KB012885

로자리아

로자리아 2

문해랑 장편소설

초판 1쇄 찍은 날 | 2018년 6월 22일
초판 1쇄 펴낸 날 | 2018년 6월 30일

지은이 | 문해랑
펴낸이 | 권태완 우천제

편집책임 | 박은정
편집 | 김효주 천희진
편집 디자인 | 이즈플러스

펴낸곳 | (주)케이더블유북스
등록번호 | 제25100-2015-43호
등록일자 | 2015. 5. 4
WFN | 제3-031호

주소 | 구로구 디지털로31길 41 이앤씨벤처드림타워 6차 1108호
전화 | 02-867-4626 팩스 | 02-866-4627
E-mail | cl_production@naver.com

ⓒ문해랑, 2018

ISBN 979-11-293-1665-3
979-11-293-1663-9 (set)

※ 파본은 구입하신 서점에서 교환하여 드립니다.
※ 저자와 협의하여 인지를 붙이지 않습니다.
※ 이 책은 케이더블유북스와 저작자의 계약에 의해 출판된 것이므로 무단 전재 및 유포, 공유를 금합니다.
※ 이 도서의 국립중앙도서관 출판시도서목록(CIP)은 서지정보유통지원시스템 홈페이지(http://seoji.nl.go.kr)와 국가자료공동목록시스템(http://www.nl.go.kr/kolisnet)에서 이용하실 수 있습니다.

로자리아

2

문해랑 장편소설

위시북

Contents

11장 발데르가

로자리아는 싸늘한 눈동자로 주변을 훑었다. 병사들이 주춤했다. 아무리 방심했다고 해도 딜런이 저렇게 쉽게 목이 잘릴 실력은 아니었다.

"딜런을 갑자기 죽이시면……."

"누가 반란을 옹호하는가? 수년 전에 바렛사로부터 케딜락을 지킨 게 누구였는지, 너희의 주군이 누군지 잊었던가?"

로자리아의 낮은 목소리가 무겁게 내려앉았다. 로자리아는 겁에 질린 소년 병사를 일으켜 주고는 그녀를 둘러싼 병사들을 좌시했다.

"누구인지 대답하는 자만 살려 주겠다."

"내 동료를 죽인 여자에게……!"

로자리아는 검을 들고 반항하는 병사를 보고 피식 웃었다.

"억!"

그녀는 단 한 번의 검술로 병사의 손목을 베었다. 잘린 손을 붙잡고 우는 병사를 지나쳐 얼어붙은 사내들에게 다시 물었다.

"너희의 주군은?"

“……공, 공작 각하이십니다. 북부 케딜락의 성주이시자 남부 무나크의 주인이신…… 공작 각하이십니다!”

“좋아, 다음.”

“공작 각하께 충성을 바칠 것이며 다시는 배신하지 않겠습니다.”

다섯 명의 병사가 겁에 질려 소리치자 로자리아는 묻는 것을 그만두었다. 겁먹게 할 생각은 아니었으나, 힘으로 내리누르는 자들을 보니 넘어갈 수 없었다. 그녀는 검을 쥔 손에 힘을 주었다. 마음 같아선 전부 정신 차리도록 검으로 내려치고 싶었으나, 죽일 순 없는 노릇이었다.

“나는 너희가 지켜야 할 황족이다. 또한 라쉬드 공작의 아내이자 바르세데스의 안주인이다. 즉 공작께서 출타하시거든, 내가 바르세데스의 이름이며 케딜락을 지키는 성주인 것이다.”

쓰러져 있던 라뮤엘이 힘겹게 몸을 일으켰다. 그는 로자리아에게 다가가 다친 곳은 없는지 샅샅이 살폈다.

“부인, 괜찮으십니까?!”

“라뮤엘, 다친 곳은?”

“전 괜찮습니다. 걱정을 끼쳐서 죄송합니다.”

“안 다쳤으면 됐어.”

라뮤엘은 겨우 숨을 돌렸다. 주위를 둘러보자 병사들이 사색이 되어 외쳤다.

“마님의 깊은 뜻을 알겠습니다!”

“명심하겠습니다.”

“저희의 잘못을 용서해 주십시오.”

병사들이 무릎을 꿇고 머리를 조아렸다. 행여 딜런을 방조한 죄로 엄중한 책임을 지고 싶지 않았다.

“탁월한 선택이십니다.”

라뮤엘은 그녀를 말리는 대신 짝짝 박수를 쳤다. 아주 훌륭한 판단이었다. 게다가 이 위급한 상황에서 자신의 안부를 묻는 공작 부인에게 조금, 사실은 많이 감동했다.

“저 라뮤엘, 정말 기쁩니다. 이토록 바르세데스와 케딜락을 생각해 주시는 분이 어디 있겠습니까? 게다가 잡힌 상황에서 제 걱정을 또 해 주시고…….”

“감동해서 울 것까지야…….”

로자리아는 김이 샌 목소리로 말했다. 라뮤엘은 조그마한 일에도 감동받곤 했다.

“반역자에게 편승한 자는 제가 공작 각하께 그 죄를 면밀히 고하겠습니다. 그 어떤 상황에서도 부인을 모욕한 자를 넘기지 않겠습니다.”

본래의 차가운 보좌관으로 돌아온 라뮤엘이 서늘한 목소리로 말했다.

“죄를 받기 싫어 군을 탈영하면 책임이 더 가중되는 건 알 거고. 죄를 저질렀다 생각하는 자는 앞으로 나와라.”

우물쭈물하던 병사들이 서로의 눈치를 보다 하나둘씩 나왔다.

“먼저 나오는 자는 눈감아주겠다.”

로자리아의 말에 병사들은 고삐 풀린 망아지처럼 서로 밀치고 나왔다. 총 48명의 병사였다.

“너, 너. 그래, 앞에 있는 두 명. 너희도 나와. 오십 명은 채워야지.”

로자리아는 팔짱을 끼곤 앞으로 나온 병사들을 훑었다. 모두 오십 명이었다. 이 정도면 충분했다. 뒤에 물러선 병사들이 안도의 숨을 내쉬고, 앞으로 나온 오십 명은 좌불안석이었다.

‘목이 잘리겠지?’

‘들개의 먹이로 삼는다거나?’

‘아니면 바렛사의 변방으로 내보낸다거나!’

들개의 먹이가 될 준비를 마친 병사들이 한마음으로 기도했다.

“따라와라.”

"예!"

병사들에게 명령을 내린 로자리아는 먼저 몸을 돌렸다. 상냥하고 나긋하게 말하면 오히려 기고만장해지는 놈들이다.

"지금부터 내가 가르쳐 준 땅을 일군다. 게으름 피우거나 농땡이를 부린다면 바로 공작 각하께 알릴 생각이야. 반란을 방관했다고."

"히억. 그건 안 됩니다! 시키신 일이라면 뭐든지 하겠습니다!"

"저, 저희를 살려 주시는 겁니까? 마님, 분부만 내려 주십쇼. 몸을 쓰는 거라면 자신 있습니다. 뭐든 하겠습니다!"

"제가 더 잘합니다! 쓸모없는 놈들은 내쳐도 저같이 근육 빵빵한 놈은 살려 주십시오."

일을 시켜 달라며 안달 난 병사들을 보며 로자리아는 흡족한 미소를 지었다. 그녀는 자신을 따라 흐뭇하게 웃는 라뮤엘에게 지시했다.

"라뮤엘 경, 저번에 부탁한 씨앗 포대 좀 들고 와 줄래요? 직접 하진 말고. 거기 두 명, 너흰 라뮤엘 경을 따라가 포대를 가져오도록."

"아아, 그 씨앗 말인가요? 그럴 줄 알고 미리 준비해 두었습니다. 금방 가져오도록 하죠."

"알겠습니다, 마님!"

병사들은 어리둥절한 얼굴로 서로를 마주했다. 분위기를 보니 안 죽이고 살려 주는 것 같은데, 도대체 뭘 시키려고 하는 걸까?

"식량이 없으면 자급자족을 할 수밖에. 지금부터 감자, 고구마, 밭에 나는 작물을 내가 일러 준 대로 심는다."

로자리아는 팔짱을 낀 채 명령했다.

"지금 작물을 심어도 날 때쯤이면 이미……."

"그걸 모를 리가 있나. 지금 대비하는 것이 아닌, 차후를 위한 일이야."

'차후라니. 부인께서 생각해 두신 바가 있는 건가?'

라뮤엘이 턱을 매만지며 생각에 잠겼다.

'아무리 생각해도 이 상황에서 좋은 수가 없어. 식량을 구할 길은 전부 막혔으니까.'

라뮤엘은 가능성을 논하는 대신 로자리아가 하는 일을 지켜보기로 했다.

"예? 여긴 척박해서 작물이 자랄 수가……."

"토 달지 말고 심기나 해."

로자리아는 벌써부터 반대하려는 병사의 말을 묵살했다.

"우리의 목적은 생존이다. 전쟁이 터지기 전에 굶어 죽을 순 없지."

로자리아는 병사들을 보았다. 저마다 공을 세우고 싶은 욕심은 있을 것이다. 남부 무나크에 가족을 두고 온 자도, 수도에 아내와 자식이 있는 자도 있었다.

"앞으로 내가 작물을 직접 관리할 테니까, 행여 훔쳐 먹는 자가 나타나면 바로 들개의……."

"저희가 지키겠습니다! 부상당해서 전장에 나갈 일도 없는지라……."

머리에 붕대를 돌돌 감은 병사가 호기롭게 대답했다. 바짝 군기가 들어간 것을 확인한 로자리아는 검을 바닥에 버렸다.

"다시 한번 말하자면 반란은 그 어떠한 경우에도 용서하지 않아. 오늘은 내가 있어서 이 정도로 끝난 줄 알아라."

기사단장은 물론, 라쉬드가 있었다면 한 명이 죽는 걸로 끝나지 않았다.

"또한 앞으로 식량을 횡령하는 자가 있다면, 라뮤엘 경에게 알리도록."

로자리아는 묵례하는 병사들을 보다가 그들의 거주지를 떠났다.

다음 날, 이른 아침 군 회의가 열렸다. 어제 낮에 있었던 사건을 논하기 위해서였다. 라뮤엘은 자리를 비운 공작을 대신해 의장을 맡았다. 그는 첫마디를 함으로써 회의 시작을 알렸다.

"딜런이란 자가 군 식량을 횡령했고 이를 몇몇 기사가 눈감아주었습니다."

"도대체 그런 자들이 어디에 있답니까?!"

"방금 말씀하신 경의 소속 기사입니다."

"그, 그럴 리가요."

가신이 부인하자 라뮤엘은 눈을 가늘게 떴다.

"그렇게 티 나게 훔쳤는데 어찌 모르겠습니까?"

모르는 척 발뺌하려던 가신이 찔끔한 얼굴로 소리쳤다.

"고얀 놈들……! 이래서 천한 놈들은 안 돼. 제가 처벌하겠습니다."

"그럴 필요 없이 본인이 옷 벗으면 됩니다."

라뮤엘은 기사를 시켜 가신을 끌어내게 했다. 회의장에 정적이 내려앉았다. 기묘한 정적을 깬 건 한 중년 사내였다.

"횡령이야 그렇다 쳐도, 마님의 처사가 너무하지 않습니까?"

"무슨 말씀이십니까?"

"횡령을 할지언정 군법에 따라 처벌해야 합니다. 그런데 공작 각하의 허락도 없이 병사를 죽이다니요. 이건 월권입니다!"

"상당히 관대하시군요. 횡령엔 너그러우신 분이 이럴 땐 군법을 까다롭게 적용하십니다."

"라뮤엘 경!"

라뮤엘은 싸늘한 시선으로 사내를 내려다보았다. 순식간에 달라진 분위기에 가신들의 입이 다물어졌다.

"마님께서 월권이라 하시던 분들, 그날 무엇을 하고 계셨습니까?"

"흠흠, 저는 그날 몸이 안 좋았습니다. 요양차……."

"저는 마을에 볼일이 있었던지라……."

방금 전까지 월권이라고 주장하던 이들이 헛기침을 했다. 막상 책임을 물으니 책잡힐까 두려워 제각기 핑계를 대었다.

"……흠, 월권이라뇨. 부인께서 충분히 그럴 수도 있지요."

도둑이 제 발 저린다고 이를 방조한 한 가신이 헛기침을 했다.

"그럼 이 의제는 없던 걸로 하겠습니다. 공작 부인께서 그때 그자의 목을 베지 않았다면 저는 이 자리에 있지 못했을 겁니다."

"그 정도라고는 보이지……!"

라뮤엘은 뒤늦게 소리치는 가신의 말을 잘랐다.

"또한 굶주림에 지친 병사들이 반란에 동조될 위험도 있었습니다. 이를 일찍 차단한 건 마님이십니다."

라뮤엘은 주위를 둘러보며 읊었다. 공작과 공작 부인에겐 말랑한 보좌관은, 뒤가 구린 가신들에겐 그러지 못했다. 그는 전(前) 대사제이자 신성제국의 두 주춧돌이었던 신성가문, 에르키사의 가주였다. 라뮤엘은 팔짱을 낀 채, 이를 지켜보던 로열 기사단장에게 물었다.

"지오 경의 생각은 어떠하십니까?"

"지나친 점이 없잖아 있으나, 결과적으론 마님께서 잘하셨습니다."

'잘했다는 거야, 못했다는 거야?'

침묵을 지키던 가신들이 마른침을 삼켰다. 그들은 라뮤엘과 지오 사이에서 눈치를 보았다.

"또한 이를 방관한 가신들에게도 책임이 있으며, 죽은 병사와 관련된 자들을 결코 봐주는 법이 없어야 할 것입니다.

"지오 경!"

"그렇게 치면 병사들 관리를 못한 로열 기사단장, 지오 경 잘못이 아니겠소!"

"마님을 반란의 위험에서 지키지 못한 건 제 잘못입니다."

깔끔한 인정이었다. 이렇게 나올 줄 몰랐던지, 지오는 충격에 물든 가신들을 좌시했다.

"이 일은 라뮤엘 경이 공작 각하께 알릴 것입니다. 병사들을 통솔하지 못한 건 저희 기사단의 책임입니다."

로열 기사단장의 싸늘한 일갈에 가신들은 꿀 먹은 벙어리가 되었다.

"그러니 제가 책임을 지듯, 경들 또한 책임을 지시길."

지오는 말을 마치며 자리에서 일어섰다. 라뮤엘도 그를 따라나섰다. 라뮤엘은 나가면서 늙은 가신들을 싸늘히 내려다보았다.

'하여간 나보다 어린놈들이 나이 좀 먹었다고 유세는, 쯧쯧.'

라뮤엘의 차가운 시선에 중년의 가신들은 고개를 수그렸다.

공작 부인이 딜런을 처리한 이후로 성내의 분위기는 달라졌다. 병사들은 여전히 불안해했지만 횡령하는 자가 없으니 당장 불만은 줄어들었다. 바야흐로 삼 일 전, 로자리아는 라뮤엘을 불렀다. 무슨 일인가 싶어 찾아온 그는 뜻밖의 이야기를 들었다.

"공작님이 자리를 비운 지금, 제가 성의 모든 업무를 보고 있어요. 이대로라면 한 달 내에 식량이 바닥날 거예요. 그래서 말인데 이건 어때요, 라뮤엘 경?"

로자리아가 제시한 건 군의 배식이었다. 식량난을 겪고 있는 상황에서 자유로이 식사분을 정할 수 있다 보니, 풍족한 식사를 하는 자들도 있었지만 아예 끼니를 먹지 못하는 자들도 나왔다. 그래서 라뮤엘은 지오를 불렀다. 로자리아가 제시한 배식을 의논하기 위해서였다. 물론, 이 회의를 개최한 건 공작 부인의 뜻이었다.

'공작 부인이 있어서 다행이야.'

라뮤엘은 가장 상석에 앉은 로자리아를 보며 안도의 숨을 쉬었다. 그녀가 아니었다면 제대로 된 파악이 어려웠을 것이다. 제 시각에 맞춰 회의실을 찾은 지오가 라뮤엘에게 인사를 건넸다. 자리에 앉은 그가 침착한 얼굴로 물었다.

"오셨군요, 지오 경."

"급히 부르셨다고 들었습니다."

이틀 전부터 전령을 보냈지만, 북부의 경계를 확인하느라 오늘에서야 회의할 시간이 생겼다. 지오와 라뮤엘 사이에 기묘한 기류가 흘렀다. 라뮤엘은 큼큼, 목청을 가다듬었다. 그는 곁눈질로 로자리아의 안색을 살폈다.

'지오 경은 에르테반가. 마님을 몇 번이나 죽이려고 했던 성녀의…….'

라뮤엘은 마른침을 삼켰다. 어쩐지 공작 부인의 표정이 바뀌어 있었다.

'둘 다 말이 없으니 뭐라도 말해야겠는데.'

"아, 지오 경. 제가 연락드린 건 군대 내 배식 문제 때문입니다."

"배식?"

지오가 궁금한 듯 물었다. 그는 줄곧 제 시선을 피하던 라뮤엘에게 시선을 고정했다.

"제게 어떠한 이유로 배식해야 하는지 설명해 주시겠습니까, 라뮤엘 경?"

"그건……."

묘한 눈으로 지오를 보던 로자리아가 입을 열었다.

"내가 낸 의견이에요, 지오 경. 현재 케딜락성은 식량난을 앓고 있으니 배식을 하는 것이 좋겠어요."

"그 연유를 물어도 되겠습니까, 부인."

"제가 대신 설명해 드리죠, 지오 경."

차분하고 곧은 목소리에 지오는 눈을 가늘게 떴다. 곧 기색을 감춘 그가 다음 말을 기다렸다.

"현재 케딜락성 내에선 자유로이 식단을 선택합니다. 북부에는 곡창지대가 있고, 북부의 군주인 공작님은 또 다른 곡창지대인 남부 무나크를 소유했죠."

"그건 저도 알고 있습니다."

"그러니 그동안 케딜락성에선 배급이 자유로웠고 이전까진 크게 문제는 없었어요. 하지만 창고의 식량을 못 쓰게 된 지금은 상황이 달라졌어요."

"배식을 하자는 말씀입니까? 케딜락은 항상 식량이 넉넉해 스스로 가져가게 한 지가 수십 년입니다. 그동안 고수하던 군대의 관습을 고친다는 건……."

"기존의 좋은 것은 택하며, 새로운 방식을 취해야 합니다. 악습을 따르는 건 전통이 아닙니다, 지오 경."

로자리아는 차분한 목소리로 말을 이었다.

"그건 저도 알고 있습니다만, 당장 바꾸면 상급자들의 불만이 생길 겁니다."

"며칠을 굶은 병사들은 불만이 생길 힘도 없어요. 이것 말고 다른 방법이 있나요?"

"……달리 없을 겁니다."

지오는 잠긴 목소리로 대답했다. 그가 우려하는 건 배식으로 인해 생길 불만이었다.

"불만이 생긴다면 그건 독식했기 때문이에요. 지오 경이 생각하시는 만큼 케딜락의 군기는 해이하지 않아요."

'그건 마님께서 그리하셨으니…….'

지오는 속으로 읊조렸다.

"라뮤엘 경의 생각은?"

"저도 동의합니다. 알아서 가져가게 하니 직급이 높은 자는 많이 먹고, 낮은 자는 쫄쫄 굶더군요."

지오는 황당한 눈으로 라뮤엘을 쳐다보았다. 이때다 싶어 냉큼 대답하다니.

"그럼 지오 경께선?"

로자리아가 차를 마시며 물었다. 살짝 떠진 그녀의 눈동자가 가늘어졌다.

"저도 따르겠습니다."

지오는 평정을 유지하며 말을 이었다.

"불만은 없습니다만, 부관이 배식을 할 경우 상관의 명령을 거절할 수 있겠습니까? 평등하게 배분하자는 건 군대에 맞지 않습니다."

"로열의 기사들이 지켜보면 될 거예요. 창고도 털렸고 병사들의 반란도 제압하지 못했는데. 로열 기사단도 이름값을 할 기회를 줘야죠."

"……그건 엄밀히 말해서!"

소리치려던 지오 경은 목소리 끝을 낮추며 말했다.

"저희 기사단의 잘못입니다. 할 일이 없는 자들을 시켜 배식을 지켜보도록 하겠습니다."

잠시 말을 멈춘 그가 입을 열었다.

"그 대신 제안을 드려도 되겠습니까?"

지오는 눈을 내리깔며, 그가 생각한 바를 말했다.

"배식으로 바꿔서 생기는 불만은, 저희 로열은 책임지지 않겠습니다."

라뮤엘이 자리에서 일어섰으나 이를 제지한 건 로자리아였다.

"좋아요, 그러도록 하죠."

로자리아는 눈꼬리를 휘며 말했다.

"지오 경을 비롯한 로열 기사단에 책임을 묻지 않겠어요. 또한 군대의 관습을 바꿔서 문제가 생긴다면, 모두 제가 책임지겠어요."

"하지만!"

"괜찮아요, 라뮤엘 경. 책임이 있어야 권한도 생기는 법이니까."

로자리아는 흔들림 없이 말했다. 이를 지켜보던 지오의 눈에 이채가 서렸다.

'위험을 지게 했는데 오히려 더 반기는 것 같군.'

그는 먼저 자리에서 일어나, 공작 부인에게 예를 다했다.

"밤이 늦었으니 저는 이만 가 보겠습니다. 앞으로 회의 시간이 즐거워질 것 같군요."

지오는 묘한 얼굴로 말했다. 그 시선을 알아챈 로자리아는 입꼬리를 살짝 올렸다.

"저 또한 마찬가지예요, 지오반니 에르테반 경."

로자리아는 한때 성녀의 수기사이자, 에르테반의 혈족인 그를 바라보다 몸을 돌렸다.

❖

프리실라는 노만 1세의 침실로 향했다. 그녀는 떨리는 두 손으로 약병을 쥐었다.

"폐하."

"프리실라, 네가 여긴 무슨 일인 게냐? 그때 이후로 짐에게 후회할 거라고 하지 않았느냐?"

"그땐 제가 너무 무례했어요. 부디 제 무례를 용서해 주세요."

그녀는 나긋한 어조로 말했다. 일부러 속이 비치는 슬립을 입는 것도 잊지 않았다.

'의심 많은 영감탱이라 약병에 든 약은 먹지 않겠지.'

프리실라는 독이 든 입안을 혀로 핥았다. 그녀는 야릇한 미소를 지으며 노만 1세에게 다가갔다.

"저를 안아주세요."

"이 늙은이에게 농을 치는 게야?"

말과는 달리 그리 싫은 기색은 아니었다. 방금 전까지 누워 있던 노만 1세는 자리에서 벌떡 일어났다.

'사내들이란.'

속으로 비웃은 프리실라는 노만 1세에게 입을 맞추었다. 어금니에 심었던 독을 풀어내자 그것이 뭔지도 모르고 노만 1세는 꿀꺽 삼켰다.

왈칵. 노만 1세의 입에서 선혈이 흘렀다. 프리실라는 숨을 크게 들이쉰 뒤 재빨리 해독제를 마셨다. 황제는 눈을 부릅떴다. 이대로 죽을 순 없었다. 뻣뻣하게 굳은 몸으로 기사를 부르려던 손을 프리실라가 짓밟았다.

"누굴 부르시려구요?"

"……네가 나…… 를."

달칵. 문이 열리며 황태자가 들어왔다. 그는 만족스러운 미소를 지으며 노만 1세가 보는 앞에서 프리실라를 끌어안았다.

"다 늙은 영감탱이가 내 연인을 노려?"

"……네, 네가!"

클라인이 이를 갈면서 중얼거렸다.

"왜? 이제 와서 라쉬드에게 살려 달라 빌어 봐. 내게 군사권도 주지 않고 꼭두각시 황제 노릇을 하라고?"

클라인은 증오에 찬 눈으로 노만 1세를 노려보았다.

"아바마마께서 택한 겁니다. 제 아우가 아니라, 저를 택하셨어야죠. 이미 늦었지만."

클라인이 조소를 숨기지 못했다. 이렇게 죽이는 일이 쉬울 줄 알았다면, 진작 죽였을 텐데. 클라인은 구석에서 숨어 있던 여자를 끌어내었다. 노만 1세의 어린 후궁, 누아였다.

"이년에게 뒤집어씌우면 되겠어, 프리실라."

"폐하의 어린 후궁이라……. 누가 봐도 그럴싸한걸요."

프리실라는 피가 묻은 입가를 손등으로 닦아 내었다. 우아한 성녀로는 볼 수 없는 모습이었다. 그녀는 자신보다 어린 후궁을 일으켜 검을 쥐게 했다.

"황제를 죽여. 네가 죽기 싫으면."

프리실라는 후궁의 귓가에 속삭였다.

"제가 어찌 폐하를……. 전 할 수 없어요!"

"멍청하긴. 네가 할 수 있고 없고는 중요하지 않아. 어차피 넌 죽어. 네 가문의 씨가 마르는 걸 보고 싶지 않으면 해야겠지?"

누아는 자신의 어린 동생과 아버지를 떠올리며 울었다. 노만 1세의 후궁이 된 것은 한미한 자작가의 영광이었다. 주위에서 비난하든, 더럽다고 모욕하든 노만 1세가 있으면 상관치 않았다. 그녀의 배 속에는 황제의 혈통이 있었다.

"그 어린 황자도 살려 줄게."

"정말이에요……? 제 아이를 살려 준단 말씀이세요?"

프리실라는 웃으며 말했다.

"황자로 자랄 수 있게 해주겠어. 대신 네 손으로 노만 1세를 죽이는 거야."

누아는 울면서 노만 1세의 가슴을 찔렀다.

"크억……."

노만 1세가 피를 토해도 멈추지 않았다. 몇 번이고 그가 죽을 때까지 단검을 찔러 넣었다.

털썩. 발버둥 치던 황제의 숨이 드디어 멎었다. 기뻐하는 프리실라를 보던 여인은 뒤로 물러섰다. 두려웠다. 무서웠다. 그러나 아무도 구해 주지 않으리라. 누아는 넋이 나간 채로 중얼거렸다. 프리실라는 피가 튄 누아의 뺨을 쓰다듬으며 말했다.

"당분간 숨어 있어. 필요할 때 부를 테니 네가 날 도와줘야겠어, 누아."

라뮤엘이 소집한 군 회의가 열렸다. 공작을 대신하여 보좌관인 그가 의장으로 나섰다. 라뮤엘은 로자리아가 제시한 배급 문제를 의제로 다뤘다. 그건 곤란하다며 반대하던 가신들은 결국 뜻을 꺾고 말았다. 로열 기사단장으로서 발언권이 큰 지오는 변방의 경계를 지키기 위해 자리를 비운 상태였다. 군 업무에 방만한 사실을 들킨 가신들은 조용히 입을 다물었다.

"그럼 공작 부인의 뜻대로 진행하겠습니다. 아, 지오 경의 의견 또한 수렴할 것입니다."

라뮤엘은 신이 나서 외쳤다. 이번만큼은 보수적인 군단장들도 개혁을 막지 못했다. 엊그제만 해도 마음대로 바꾸면 공작 각하께서 분노할 거라 반대했지만, 라뮤엘의 한마디로 정리되었다. 쥐 죽은 듯 고요한 회의장을 보며 라뮤엘은 흡족해했다. 더 이상 가신들에게 볼일이 없다 판단한 그는 미련 없이 회의실을 나섰다.

그날 저녁, 라뮤엘은 공작 부인의 부름에 회의실을 찾았다. 가신들의 동의는 얻었으니, 앞으로 주요한 업무는 로자리아의 뜻에 의해 결정될 터였다. 최종 결정권이 공작의 대리인인 로자리아에게 있음을 그 누구도 부인하지 못했다.

로자리아는 라뮤엘과 함께 계속 업무를 논의했다. 물론, 이번 회의에 참석하지 못한 지오의 의견도 물을 생각이었다. 경계에서 일이 있었는지 지오는 뒤늦게서야 회의장에 도착했다. 말끔한 옷으로 갈아입은 그는 공작 부인에게 묵례한 후 자리에 앉았다. 그가 라뮤엘을 여상한 시선으로 보며 말했다.

“아주 입이 째지겠습니다, 라뮤엘 경.”

이를 지켜보던 지오가 어이없어했다. 일은 더 많아졌는데 왜 저렇게 신났는지 의문이었다. 답은 하나였다.

‘아주 좋아 죽는군. 공작 부인이 미인계라도 쓴 건가?’

자신이 생각하기에도 터무니없는 상상이었기에 지오는 헛웃음을 지었다.

“수고했어요, 지오 경. 변방의 경계 서는 걸로 알고 있는데 매번 회의에도 꼬박꼬박 참여하는군요.”

“괜찮습니다. 밤이 늦기 전까진 자리를 지킬 생각입니다. 혹여 두 분께선 제가 불편하신 겁니까?”

“아니에요. 지오 경도 좋은 생각 있으면 얼마든지 말하도록 해요.”

“좋은 생각이라, 제겐 없습니다. 전 이대로가 딱 좋습니다만.”

라뮤엘은 본색을 드러내는 고지식한 기사단장에게 눈치를 주었다. 로자리아는 라뮤엘을 저지하고는, 차분한 목소리로 말했다.

“상황이 달라졌어요. 이대로 가다간 모두 굶어 죽을 거예요.”

“군대 내의 식량 문제는 군법대로 해결해야 합니다.”

“그 논리라면 살아남은 병사들을 바렛사와 마주 보는 변경 지대에 보내야겠네요. 먹을 입이 줄어들면 식량 문제도 해결되겠죠.”

로자리아는 팔짱을 끼며 말했다. 사소하게 문제를 고치려고 하면 지오가 사사건건 끼어들었다. 프리실라의 오라버니라 자신에게 적의를 가지고 있는 건 아니었다. 듣기론 고지식하고 깐깐한 제 오라버니에게 지쳐 프리실라도 아군으로 들이는 것을 포기했을 정도였다나.

"그때는 식량이 풍족한 상황이었어요. 이스타샤는 항상 부유했고, 공작 가문인 바르세데스도 부유했죠. 식량난이라……. 케딜락성에서 수십 년간 듣지 못했을 문제였을 거예요."

"마님의 말씀이 맞습니다. 하나, 만약 고쳐서 문제가 더 생긴다면 어찌하시겠습니까?"

"내가 책임지고 해결하겠어요. 그러니 이번 일은 내게 맡겨요."

"부인께서 하시는 일을 제가 말릴 권한은 없습니다. 그러나 도울 생각도 없습니다."

지오는 딱딱하게 말하며 자리에서 일어섰다. 라뮤엘이 그에게 눈치를 주었으나 기사단장은 모른 척 등을 돌렸다.

'날 공작 부인으로 인정하지 않는다는 거네. 로열 기사단장의 태도가 저러니, 휘하의 기사들조차 무례할 수밖에.'

겉으론 예의를 지켰으나 실상 도움이 필요할 때는 외면했다. 주군의 아내를 지켜야 할 기사들이 위험 요소를 보고도 못 본 척 넘긴 것이 한두 번이 아니었다.

"로열 기사단에는 지오 경을 따르던 기사가 많습니다. 그가 기사단장이 되기 직전, 성녀의 수기사직을 맡았을 때부터 함께한 이들이죠."

"성기사 출신들이 나를 좋아할 리가 없죠."

라뮤엘은 그녀의 말에 마음이 아팠으나 로자리아는 자책할 의도가 아니었다. 그저 담담하게 사실을 말했다.

"책임은 모두 내가 지겠어요. 공작 부인 자리에서 내쳐져도 좋아요. 유능한 라뮤엘이야, 라쉬드가 절대 내치지 못할 거예요."

"공작 각하께선 생각보다 마님을 아끼십니다."

"도가 지나치다면 넘어가 주지 않을 거라 생각해요."

"그런데도 성을 개혁하시는 건……."

"비겁한 황족이 되고 싶지 않아요. 숨어서 자리만을 보존하는 그런 황족 따위, 이스타샤엔 황태자만으로 충분하니까."

로자리아는 진심이었다. 썩고 고인 물을 정화할 수 없다면 고인 물을 버려 내고 새로운 물을 들여야 했다.

"개혁하면서 범인을 색출할 거예요. 방심할 때 칠 생각이에요."

"어찌 이리 식량에 대해 잘 아시는지……."

"테베 왕성에서 자랐을 때, 굶으면서 살았어요."

그녀는 대수롭지 않은 투로 말했다. 라뮤엘에게 과거로 돌아왔다는 믿지 못할 얘기는 할 수 없었다.

"아…… 그렇군요."

그는 곧바로 수긍했다. 라뮤엘의 시선이 안쓰러워지기 전에 로자리아는 화제를 돌렸다.

"반발하는 자가 있거든 라뮤엘 선에서 정리해 줬으면 좋겠어요. 기사들은 라뮤엘 경의 말이라면 들을 테니까요."

"알겠습니다. 걱정 마세요."

라뮤엘은 결연한 의지가 서린 얼굴로 대답했다.

군대 내에서 배식이 시작되었다. 처음에 불만을 표출하던 병사들은, 무장한 채 감시하는 기사들을 보고 얌전히 자리에 앉았다. 감자 두 개, 통밀 빵 한 개, 약간의 소금. 풍족한 식단은 아니었으나 행여 빼앗길까 그들은 허겁지겁 먹었다. 상급자인 기사들조차 같은 것을 먹고 있었다. 케딜락성에서 군의 배식을 바꾼 지 며칠이 지났다.

그날 오후 로자리아는 텃밭을 살폈다. 이미 부패한 땅에서 악취가 올라왔다.

"이미 썩은 밭입니다. 여기 씨앗을 심자는 건……."

"자, 이걸 뿌리도록 해."

병사들은 로자리아가 준 주머니를 받아 들었다. 비료인 줄 알았는데 어디서나 볼 수 있는 흙이었다. 고개를 갸웃하던 그들은 공작 부인의 칼 같은 명령에 흙을 뿌렸다.

"작물이 다 자라기 전에 굶어 죽을 것 같은데."

"어쩌겠어. 시키는 대로 해야지. 이러나저러나 죽는 건 똑같은데."

로자리아는 불만에 찬 병사들에게 식량을 나눠 주었다. 식어서 딱딱한 빵이 전부였지만, 그들은 반색했다. 땅에 흙을 뿌리고 작물을 심은 지 일주일이 지났다.

"공작님으로부터 연락은?"

"오지 않았습니다."

"황제는 물론이고 신전도 묵묵부답이야."

이러다간 모두 굶어 죽을 예정이었다. 성주의 부재로 케딜락은 멈춘 지 오래였고, 신전에서 명령을 내린 까닭에 북부에 식량을 지원할 상단은 없었다.

"……오 일 정도 남았습니다. 작물이 자랐을 땐 이미 병사들이 굶어 죽었을지도 모릅니다."

"마냥 기다릴 순 없어요, 라뮤엘 경. 일단 성내의 업무를 계속 봐 줘요."

"어디 가시려구요?"

"잠깐 자리를 비울 테니 당분간 보이지 않아도 걱정하지는 말아요."

"마님께서 사라지신다면 기사들이……!"

"부탁할게요, 라뮤엘 경."

로자리아는 검은 로브를 걸친 채 성문으로 향했다. 공작 부인을 알아본 기사들이 묵례했다. 가볍게 인사를 한 그녀는 성문을 빠져나왔다.

성 밖을 나온 로자리아는 윈드를 불러냈다. 그녀는 대강 걸쳤던 검은 로브를 깊게 뒤집어썼다.

“어디로 가실 생각이십니까?”

“수도로 가야 돼.”

“현재 신전에서 성기사를 이용해 황실을 통제하고 있다고 들었습니다. 병에 걸리긴 해도 정정했던 황제는 의식이 없으며, 대리자 또한 죽었습니다.”

“그래서 군 식량을 지원해 달란 전언에도 답신이 오지 않았던 거야. 공작님은?”

“행방은 찾지 못했습니다. 살아 있는 건 확실합니다만 어디에 있는지는 모르겠습니다. 찾아낼까요?”

“……아니, 괜찮아. 일단 상단부터 들르자.”

로자리아와 윈드는 돌풍과 함께 상단에 도착했다. 그녀는 하얀 대리석으로 꾸며진 상단을 살폈다.

‘내가 만든 상단인데, 오늘에야 완성된 모습을 보게 되다니.’

감회가 새로웠다. 로자리아가 찬찬히 건물 안을 구경할 때였다. 그녀를 알아본 관리자 두 명이 부리나케 뛰어왔다. 에단과 케이였다.

“오셨습니까, 주인님.”

“아, 마스터! 드디어 오셨군요.”

로자리아는 로브를 깊게 쓴 채 고개를 끄덕였다.

“저희에게 시키실 일이 있다고 들었습니다.”

“총수입이 얼마지?”

"이 주간 십오만 도르를 벌었습니다. 각종 비용을 제외하면 십만 도르입니다. 중급 규모 상단의 두 달 수입 정도 됩니다."

"수도는 물론, 제국 전역에서 닥치는 대로 쌀과 밀을 사들여."

"예? 지금 가뭄의 조짐이 있어서 굉장히 비쌉니다. 지금 산다면 명백한 손해입니다."

"케딜락성의 군사들을 먹여 살려야 해."

"전부 쏟아부으면 구할 수 있겠지만…… 이미 수도엔 황태자가 황제로 등극할 거란 소문이 퍼지고 있습니다. 그런 상황에서 굳이 케딜락성에 식량을 지원할 필요가 있는지요?"

"일종의 투자야. 케딜락의 군주는 우리에게 배로 베풀 거야."

"알겠습니다. 아, 참. 아이리쉬 백작이 중앙의 곡창지대를 관리하는 자입니다. 도움을 요청해 보겠습니다."

관리자가 된 케이가 얼굴을 붉히며 말했다. 그러자 에단이 로자리아에게 비밀을 알려 주었다.

"아이리쉬 백작은 여자입니다. 거래하라고 보냈더니 여백작과 은밀한 사이가 된……."

"조용히 해요, 에단!"

케이가 씩씩거리며 자리에서 일어났다. 그는 다시 정중하게 '백작님에게 식량 지원을 요청하겠다'고 말했다.

"얼마나 빨리 준비할 수 있지?"

"한 달쯤 되지 않을까요?"

"너무 늦어."

"아무리 돈을 들여도 지금 상황에서 식량을 구하는 건 무리입니다. 눈치 빠른 자들은 가뭄이 든다는 걸 알고 있으니 억만금을 주어도 팔지 않을 거예요. 나머지는 아이리쉬 백작에게 맡겨야 합니다."

"지원을 얻어 낼 수 있어? 듣기론 황태자파라던데."

"전(前) 백작님이야 그렇겠지만 이번에 백작이 되신 마네 아가씨는 달라요. 아가씨가 백작이 되신 지 이 주가 지났거든요."

"그러면 실권이 없을 거야."

"예전부터 실권은 따님이신 마네 님의 것이었어요. 개인적인 얘기를 해드릴 순 없지만 마네 님은 황태자 저하를 세인트보이라고 부르시거든요."

세인트보이? 한마디로 성녀의 치마에 휩싸인 황태자란 소리였다. 잠시 고민하던 로자리아는 케이의 제안을 수락했다.

"그럼 케딜락성으로 지원해 달라고 해줘. 믿을 수 있는 거겠지?"

"물론이에요. 마네 아가씨는 한심한 황제 밑에서 일하고 싶지 않다고 입버릇처럼 말했거든요."

"얼마나 시기를 당길 수 있어? 삼 일 안에 준비해야 해."

"삼, 삼 일이라뇨?! 이틀만 더 주시면 케딜락성으로 식량을 보내겠습니다."

아이리쉬 백작을 만나 본 적은 없지만 케이가 무척 신뢰할 만한 거래 상대라고 한다면 믿기로 했다. 기본적으로 장사치는 손익 계산이 빨랐다.

'삼 일을 부르면 오 일로 대답할 줄 알았어. 미안해, 케이.'

로자리아는 두 관리자에게 안부를 전하고는 상단을 빠져나왔다.

'분명 백작도 위험을 감수하는 일일 거야. 수도는 이미 클라인 황태자가 황위에 오를 거라고 확신하고 있어. 그 상황에서 공작의 편을 든다는 건…….'

윈드의 외침에 로자리아는 상념에서 벗어났다.

"성기사들입니다. 피하셔야 합니다."

윈드가 골목으로 그녀를 빼냈다. 무장한 기사들이 수도 주변을 감시했다.

'황제는 의식이 없어졌고 신전을 지켜야 할 성기사들이 수도 전역을 감시하고 있어.'

로자리아가 쓴웃음을 지으며 말했다.

"황제가 죽는 건 시간문제야."

과거의 클라인은 노만 1세를 죽이지 않았다. 어차피 황위는 황태자의 것이었고, 병환에 들었다 해도 황제를 죽이는 건 황태자로서도 위험부담이 큰 일이었다.

'이전엔 죽지 않았어. 황제가 죽기까지 삼 년이란 시간이 있었으니까. 그런데 과거와 달라졌어.'

그때였다.

"노만 1세께서 승하하셨다!"

"폐하께서 승하하셨다!"

갑작스레 거리에 비보가 전해졌다. 무장한 성기사들이 창을 든 채로 수도로 향했다.

"새로운 황제 폐하께서 등극할 것이다!"

그들은 겁에 질린 제국민들에게 소리쳤다.

"폐하의 후궁이 정령술사의 사주를 받아 황제 폐하를 독살했다!"

"후궁을 사주한 정령술사를 찾아내 죽여야 한다."

투구를 쓴 성기사들이 고개를 빳빳이 든 채 외쳤다. 거리에는 노만 1세를 죽인 정령술사의 수배지가 돌고 있었다.

로자리아는 윈드와 함께 성기사들과 떨어진 곳으로 피신했다. 분수대를 지나친 그들은 인적이 드문 골목으로 향했다. 윈드가 걱정스러운 얼굴로 그녀를 불렀다.

"로즈."

"괜찮아, 윈드."

로자리아는 입술을 베어 물었다. 하지도 않은 죄를 뒤집어쓰는 건 익숙한 일이었다.

'황제가 죽었어. 누가 죽인 거지?'

신성제국에서 황제를 죽일 사람은 한 명뿐이었다.

'프리실라.'

로자리아의 눈동자가 차갑게 내려앉았다.

'아직 프리실라가 내 정체를 알아차린 건 아니야.'

프리실라는 성녀로서 할 일을 했을 뿐, 자신이 정령술사란 사실은 알지 못했다. 어찌 됐든 정령술사의 정체는 몰라도 공작을 도와주고 있단 사실은 알아차린 것이 분명했다.

"정령술사가 이스타샤에 나타났기에 전염병과 가뭄이 든 것이다. 또한 바르세데스가의 군주, 공작은 정령술사와 결탁하여 성기사들을 해하려 들었다. 이어 바르세데스는 그 죗값을 치를 것이며, 클라인 황제께서 공작에게 친히 죄를 물을 것이다!"

성기사의 커다란 외침에 제국민 사이에 파란이 일었다. 제국민들이 성기사의 말을 사실로 받아들였다.

"정령술사가 황제 폐하를 죽였다!"

"세상에, 그 악마가 다시 나타났다고?"

정령술사가 나타났다는 소식은 신성제국을 흔들기에 충분했다. 노인은 낮은 기염을 토했고, 어린 소녀는 비명을 질렀다.

"결국 이렇게 되었어."

로자리아는 검은 로브를 뒤집어썼다. 그녀는 날카로워진 눈동자로 성기사들을 주시했다.

로자리아와 윈드는 성기사들의 시선을 피해 임페리얼을 찾았다.

'폰이라면 라쉬드가 어디 있는지 알 거야.'

임페리얼에 도착한 로자리아는 무너진 건물을 보고 걸음을 멈췄다.

'도대체……?'

임페리얼은 서대륙에서 가장 큰 상단이었고, 수도에 있는 지부는 수많은 사병을 거느리고 있었다.

'왜 지부가 폐쇄된 거지?'

사람이 오면 맞아야 할 관리자가 한 명도 보이지 않았다. 을씨년스러운 분위기마저 감돌았다. 기묘한 직감을 눈치챈 윈드가 그녀를 보호하듯 앞서 나갔다. 로자리아는 지부 안으로 들어섰다. 무너진 건물의 잔해가 예기치 못한 상황을 알려 주었다.

'폰은 어디에 있는 거지?'

그때 로자리아의 눈에 쓰러진 사람이 보였다. 그녀는 얼른 달려가 쓰러진 사람을 부축했다.

"로제 아가씨……?"

"도대체 무슨 일이 있었던 거죠?"

"황가에서…… 성기사들이……."

피로 물든 중년의 사내가 힘겹게 말하다가 까무룩 정신을 잃었다.

"윈드, 이 사내를 옮겨."

"알겠습니다."

로자리아는 윈드를 시켜 사내를 자신의 상단으로 옮겼다. 그러고는 사내를 치료해 주었다. 관리자가 정신을 회복한 건 저녁이 되어서였다.

"그러니까 상단주가 모두 도망가라고 했단 건가요?"

"예, 저는 중요한 것을 두고 와서 찾다가 그만…… 운 좋게 로제 아가씨를 만나 살았어요……. 쿨럭!"

관리자는 연신 기침을 내뱉었다. 피가래가 섞인 덩어리를 닦아 낸 그는 떨리는 목소리로 말을 이었다.

"무슨 일이 있었던 거예요?"

"황제 폐하께서 승하하신 후, 성기사들이 임페리얼에 들이닥쳤어요. ……그리고 상단주가 어디에 있는지 물었습니다. 건물을 불태우고…… 사람도…… 쿨럭."

관리자는 말을 잇지 못했다. 그는 힘겨운 듯 숨을 몰아쉬었다. 로자리아는 한숨을 내쉬며 관리자에게 궁금했던 것을 물었다.

"상단주의 행방을 알고 있어요?"

"……폰 님이 지금 어디에 있는진 모르겠습니다. 전에 공작님과 함께 황성으로 간다는 말은 들었지만."

"황성?"

"이유는 잘 모르겠습니다. 공작님과 함께라면 안전할 거라 생각했는데……."

관리자가 침울한 얼굴로 말을 이었다.

"지금으로선 공작님도 괜찮으실지……. 폰 님이 사라진 이후로, 공작님 또한 나타나지 않았어요. 어쩌면 대신전에 붙잡힌 것일지도 모릅니다."

"대신전에?"

대신전이라면 황성의 남쪽에 있는, 성녀가 기거하는 곳이었다.

"성녀님께선 황태자의 지지자니까요."

관리자가 가느다란 목소리로 말을 이었다.

"게다가 제국의 귀족은 클라인 황태자의 편입니다."

"어째서죠?"

"전염병이 돌았을 때, 각하께서 평민과 천민을 치료해 준 일로 불만이 많았습니다. 귀족들에겐 값비싸게 팔았으니 차별이라 이거죠. 그 외에도 각하께서 귀족들에게 하신 일이 많아서 불만은 예전부터 컸었죠."

"무슨 일을 했는데요?"

"사치와 향락을 하지 못하도록 법을 제정했고, 고위 귀족들도 군 입대를 하도록 바꾸었지만 반발이 심했거든요."

"아……. 알겠어요."

로자리아는 에단에게 관리자를 부탁한 뒤 상단을 빠져나왔다. 그녀는 윈드와 함께 집무실로 들어갔다. 아무것도 남지 않은 곳에 흰 가면이 있었다.

'……폰.'

임페리얼의 상단주, 폰의 것이었다. 로자리아는 가면을 손에 들었다.

달칵. 그녀는 가면을 얼굴에 썼다. 품이 컸지만 끈으로 고정시키니 어렵지 않았다. 그러고는 내렸던 검은 로브를 뒤집어썼다.

"윈드, 황성으로 가야겠어."

"혼자서 잠입하시는 건 안 됩니다."

"그래서 너와 갈 거야."

악마의 정령술사가 노만 1세를 독살하고 정령술사 때문에 가뭄과 전염병의 저주가 돌았다면, 그들의 믿음을 사실로 만들어줄 생각이었다.

"발데르가를 부를 거야. 신목들의 왕을."

"로즈, 차라리 제가 전부 처리하겠습니다."

"네게 그 일을 맡기고 싶지 않아. 윈드는 황성에 있는 라쉬드를 찾아줘."

"……당신을 죽인 그 사내가 그토록 소중한 겁니까?"

"라쉬드라면 날 구하러 왔을 거야. 반대의 상황이라도."

로자리아는 금발과 푸른 눈을 가리도록 가면과 로브를 단단히 썼다. 이윽고 그녀는 윈드와 함께 황성으로 떠났다.

로자리아는 가장 높은 첨탑에서 상황을 주시했다. 평소보다 세 배는 많은 기사가 있었고, 성기사들도 경계를 서고 있었다.

“공작은 대신전 안에 있었습니다. 가장 경계가 삼엄한 곳입니다.”

“좋아. 기대를 어기지 않네, 우리의 성녀님께선.”

로자리아는 허공에서 대신전으로 도약했다. 정문을 뚫는 건 시간 낭비였다.

쨍그랑! 스테인드글라스로 이루어진 유리벽이 부서져 내렸다.

“웬 놈이냐!”

“프리실라는?”

“감히 성녀님의 이름을 함부로……!”

로자리아는 바람으로 변한 윈드에게 눈짓했다. 이윽고 대신전 안에 거대한 돌풍이 불며 성기사들이 바깥으로 날아갔다. ‘깔끔하네’라고 중얼거린 로자리아는 안으로 들어섰다.

「공작은 기도실에 있었습니다. 여신 아니타의 성력이 가장 강한 곳입니다.」

대신전으로 들어서면서 그 후로도 몇 번 성기사와 마주쳤다. 로자리아는 검을 드는 대신 바람으로 날려 버렸다.

「여기서부터 성력이 강해졌습니다. 조심하십시오.」

‘여기가 기도실이로군.’

벌컥. 기도실의 문을 열자 붙잡힌 라쉬드가 보였다. 새하얀 드레스를 걸친 프리실라가 그의 뺨을 감싸고 있었다.

‘프리실라!’

로자리아는 숨 쉬는 것도 잊은 채 라쉬드를 보았다. 프리실라는 사랑스러운 연인을 보듯 그를 끌어안았다. 잠든 것인지 그의 두 눈은 감겨 있었고, 사슬에 팔다리가 묶여 있었다.

“여신의 말대로 정말로 왔네.”

‘여신?’

“아니타가 내게 밤마다 속삭이거든. 정령술사의 피를 내어 제단에 바치라고.”

프리실라가 입꼬리를 비틀었다. 그녀는 보란 듯이 라쉬드를 끌어안았다.

“어째서 정령술사께서 내 연인을 빼앗으러 온 걸까.”

“네 연인이라고?”

로자리아는 재밌다는 듯 입꼬리를 올렸다.

“정령술사, 난 그 계집이 네게 사주했다는 거 알고 있어.”

“그 계집?”

“로자리아 비아 데모나 발데르가.”

프리실라는 짓씹듯 내뱉었다. 독기가 서린 눈동자로 그녀를 노려보았다.

“그 계집이 나의 정혼자를 빼앗은 걸로도 모자라, 내 자리까지 위협했지.”

프리실라가 라쉬드의 목을 끌어안으며 중얼거렸다. 뱀이 교태를 부리듯 그녀의 가느다란 손가락이 라쉬드의 몸을 옭아매었다. 로자리아는 검을 든 채로 프리실라의 곁으로 다가갔다. 그러던 찰나, 그녀의 앞을 가로막는 자가 있었다.

“성녀님께 더 이상 접근하지 못한다.”

성녀의 수기사, 마르쉬 히킨샤였다. 윈드는 로자리아를 지키기 위해 바람을 불러일으켰다. 프리실라가 웃으며 말했다.

“이 검이 무슨 검인지 알아?”

「로즈, 그 검은!」

윈드의 다급한 목소리가 들려왔다. 마르쉬가 든 검을 본 윈드가 뒤로 물러섰다.

“지금 마르쉬가 든 검, 정령을 베는 검이야.”

프리실라는 라쉬드의 가슴팍을 어루만지며 말했다. 이에 로자리아는 입술을 깨물었다.

"그러니 지금 도망치는 게 좋을걸. 마르쉬가 네놈의 목을 치기 전에."

로자리아는 윈드를 물러서게 했다. 마르쉬가 든 검이 정말로 성검 데레사라면 윈드는 소멸될 것이다.

'윈드, 내가 알아서 할게. 나중에 라쉬드를 빼돌릴 수 있도록 도와줘. 그동안 마르쉬와 맞서지 마.'

「하지만…….」

'윈드, 저 남자는 성녀의 수기사야. 강한 데다 정령을 죽일 검을 들고 있어.'

로자리아는 마르쉬가 든 검을 본 순간 본능적으로 직감했다. 진실로 정령을 죽이는 검이리라.

「알겠습니다, 로즈.」

로자리아는 눈을 감았다. 어차피 악귀로 불린 상황에서 주저할 이유가 없었다. 그녀는 성검 데모나 대신, 마검 발데르가를 불렀다.

'발데르가, 나의 친우.'

「나의 주인, 그대의 부름을 기다렸다.」

고요한 정령어로 발데르가는 그의 주인에게 속삭이듯 말했다.

파스스. 발데르가가 나타나자 새하얀 신전에 짙은 어둠이 깔렸다. 무릇 살아 있는 모든 것이 머리를 조아리며, 두려움을 부르는 자. 발데르가는 주신 비아의 두 번째 가지로, 타락에 물든 자를 벌하는 징벌자였다.

로자리아가 쥔 금빛의 검이 검게 물들었다. 짙고 어두운 그림자가 신전 내에 그득 들어찼다. 흑발에 적안을 가진 신목의 왕, 악신 발데르가는 검으로 변이했다.

'신목의 왕이자, 악신 발데르가.'

로자리아는 그의 이름을 다시 한번 새기며 검은 그림자로 일렁이는 검을 잡았다. 새하얀 기도실이 검은 기운으로 가득 찼다.

챙! 마르쉬가 먼저 달려들었으나 로자리아는 이를 가뿐히 막았다. 그녀는 허리를 숙여 마르쉬의 옆구리를 베어 내었다. 검은 기운에 베인 상처는 성력으로 치료하지 못한다. 부식되어 썩어 가는 살을 보던 마르쉬는 재밌다는 듯 입꼬리를 올렸다.

"그때 이후로 두 번째였지. 당신과 검을 맞붙을 기회가. 지금은 놓치지 않아."

마르쉬가 혀로 입술을 핥으며 중얼거렸다.

"실컷 해봐."

로자리아는 낮게 읊조리며 검을 다잡았다.

"성녀의 수기사라더니, 미친놈인가? 일부러 검에 당할 줄이야."

"궁금했거든. 그 검에 맞으면 어떻게 되는지."

로자리아는 입술을 베어 물었다. 무언가 이상했다. 지금쯤 검을 놓치고 쓰러져야 했다. 여신의 성력과 정령술은 상반된 힘이었다. 몸 안에 아니타의 성력이 있는 자라면, 성력이 마력으로 변해 견디지 못했다.

"아쉽게도 전 성력이 없는 자입니다. 성녀님의 수기사일지언정, 여신 아니타를 믿은 적은 단 한 번도 없거든."

마르쉬는 이를 드러내며 웃었다. 틈을 보던 그녀는 단번에 그에게로 달려들었다. 저 멀리서 프리실라가 그 모습을 지켜보고 있었다.

"아직 멀었습니까, 성녀님?"

"다 됐어, 재촉하지 마."

검을 맞서는 중에도 로자리아는 라쉬드를 살폈다. 프리실라가 새하얗게 빛나는 진 위에서 신어를 읊고 있었다.

'윈드, 말려야 해.'

바람의 기척을 느낀 마르쉬가 검의 방향을 바꾸었다. 그는 정확하게 윈드를 베어 냈다.

“그때 대사제를 빼돌린 바람의 정령인가? 도망가는 게 어때? 두 번은 안 당하거든.”

검을 더 부딪칠 것 같았던 마르쉬는 갑자기 물러섰다. 그에게 검을 겨누었던 로자리아는 기묘한 직감을 느꼈다.

‘이건…….’

순수한 성력의 움직임이었다. 여태껏 본 적 없었던 강하고 짙은.

‘라쉬드의 성력이라면…….’

로자리아는 검을 내린 채로 라쉬드를 주시했다. 잠들었던 그가 깨어나자, 보랏빛 눈동자가 날카롭게 변했다.

‘어째서?’

그의 주변을 흐르는 건 위압적인 성력이었다. 이에 로자리아는 뒤로 물러섰다.

「피해야 합니다, 로즈!」

로자리아는 라쉬드에게서 눈을 떼지 못했다. 그의 짙은 시선이 그녀를 옭아매었다.

“라쉬드, 당신…….”

로자리아는 나지막이 그의 이름을 읊조렸다. 그의 잔뜩 가라앉은 눈동자가, 차갑게 다물어진 입술이 낯설었다.

“라쉬드!”

로자리아는 재차 그의 이름을 불렀다.

“내 이름을 불러 줘, 로즈.”

어째서 이 상황에서 그가 했던 말이 생각나는 건지 몰랐다. 라쉬드를 보는 그녀의 눈동자가 흔들렸다. 평소와 다른 그의 모습에 그녀는 숨을 죽였다. 어느새 마르쉬의 검을 받아 든 그가 로자리아에게 다가갔다.

"라쉬드, 저 사악한 정령술사로부터 저를 지켜 주세요."

프리실라가 회심의 미소를 지으며 로자리아를 가리켰다.

'프리실라가 무슨 짓을 한 거지?'

로자리아는 검을 든 채 라쉬드를 주시했다. 평소의 그와 달랐다. 무감정한 눈빛은 다른 사람을 보는 것처럼 낯설었다.

"그는 마르쉬보다 더 강한 기사야. 성검 데레사를 든 이상, 넌 살아나갈 수 없어."

로자리아는 프리실라를 죽일 듯 노려보았다. 그때, 라쉬드가 그녀에게로 달려들었다.

챙-!

'라쉬드!'

로자리아는 입술을 깨물고 그와 검을 맞섰다.

'과거에는 당신과 맞서는 대신 죽음을 택했어. 내가 당신을…….'

벨 수 있을 리가 없었다. 로자리아의 눈동자가 잘게 흔들렸다.

'라쉬드.'

로자리아는 속으로 그의 이름을 중얼거렸다. 발데르가의 검으로 그를 벤다면 그의 성력이 마력으로 변해 죽음을 맞이할 것이다.

'난 당신을 죽일 수 없어. 내게 손을 내밀어준 당신을!'

로자리아는 떨리는 손으로 검을 쥐었다. 그러다 이내 그녀는 검을 잡은 손에 힘을 주었다. 그가 검을 내려칠수록 더 강한 악력으로 상대했다. 악신이 깃든 검으로 자신을 해치지 못한다는 걸 알자, 라쉬드는 더욱 집요하게 굴었다.

"……악마의 정령술사라, 언제 한번 보고 싶었지."

라쉬드는 잠긴 목소리로 중얼거렸다. 그 순간 그의 눈에 늘 자신이 쓰던 흰 가면이 보였다. 라쉬드의 움직임이 멈췄다.

"그 가면은……."

서서히 깨어나는 보랏빛 눈동자를 보며 로자리아는 당황했다.

"왜 내 가면을 당신이……."

'내 가면……?'

로자리아는 숨을 급히 들이쉬었다. 그녀가 쓴 흰 가면은 폰의 것이었다.

'어째서 라쉬드가…… 설마!'

로자리아는 떨리는 눈동자로 그를 보았다. 짙어진 라쉬드의 시선이 그녀를 향했다.

"제 친우가 신성제국의 황자임을 알면서 왜 모르는 척했던 겁니까?"

"라쉬드 폰 칼라네 바르세데스, 신성제국의 황자가 로제, 당신을 만나기를 원합니다."

로자리아는 폰이 했었던 말을 떠올렸다. 폰과 라쉬드 모두 명령을 내리는 데 익숙했다.

'임페리얼에서 라쉬드를 만난 적 있어. 그리고 폰의 친우라고 밝혔지.'

이제야 알 것 같았다. 폰과 라쉬드의 관계를.

'라쉬드 폰 칼라네 바르세데스.'

로자리아는 공작의 이름을 중얼거렸다. 조각처럼 깨졌던 퍼즐이 하나둘씩 맞춰지기 시작했다.

"라쉬드……? 뭘 하는 거예요!"

프리실라가 소리쳤지만 그에겐 들리지 않았다. 정령술사를 만난 지금이 중요했다.

"난 이 순간을 기다려 왔어. 왜 이스타샤를 멸망시킨 거지?"

"……난 이스타샤를 무너뜨리지 않았어."

로자리아는 들끓는 목소리로 외쳤다. 자신이 무너뜨린 게 아니었다. 전염병과 가뭄, 전쟁. 신성제국을 지키지 못한 건 성녀인 프리실라와 황족이었다.

'뭐 하는 거야, 라쉬드! 내가 명령을 내렸는데도 왜 정령술사를 그대로 두는 거지?'

여유롭게 이를 지켜보던 프리실라의 얼굴이 굳었다. 프리실라가 성마를 든 채 앞으로 나섰다. 로자리아를 잡기 위해 신어를 읊으려던 때였다.

파앗! 라쉬드는 성검을 땅에 내리꽂았다. 그는 프리실라와 마르쉬가 들어오지 못하도록 성력으로 벽을 세웠다. 둘만 남게 되자 그는 잠긴 목소리로 물었다.

"내가 당신을 믿지 못해서 억울한 건가?"

"……."

"네가 내 기사들을 도와줬다고 들었다. 내 신임을 얻은 다음, 나를 배신하려고 한 거겠지만."

라쉬드는 힘주어 말하며 로자리아에게 검을 내려쳤다.

챙! 로자리아는 감정을 억누르곤 그와 검을 섞었다. 그녀는 적극적으로 공격하는 대신 방어술을 썼다.

"넌 누구지?"

챙! 날카로운 검과 달리 라쉬드의 눈에 간절함이 어렸다.

"왜 내게 죽었고, 왜 나를 구해 준 거지?"

"라쉬드……."

그의 눈에서 눈물이 흘러내렸다. 차가웠던 눈에 뜨거운 눈물이 서렸다. 어째서 자신을 도와준 건지 만나면 묻고 싶었다.

"왜 내게 그런 시련을 줬냐는 말이다."

"무슨 시련?"

"당신은 내게 신전에서 기회를 주겠다고 했어. 전염병, 가뭄, 바렛사. 그 모든 걸로부터 이스타샤를 지키면 날 만나러 오겠다고 했었지."

"그게 무슨 소리예요?"

"나는 당신에게 기도했다. 당신은 내게 이름 없는 여신이라 말했으며, 내게 다시 기회를 준다고 했었어."

라쉬드는 들끓는 감정을 토해 내듯 말했다. 그녀의 이름을 알고 싶었고, 그 목소리를 듣고 싶었다. 왜 자신을 구해 준 건지 알아야 했다.

"과거를 되돌릴 기회를 내게 주겠다고……."

라쉬드와 로자리아의 검이 교차했다. 그녀의 검에 그의 눈물이 떨어져 내렸다. 라쉬드는 검을 그녀의 목으로 겨누었다. 검을 두고서 이토록 감정을 주체 못 한 적은 처음이었다.

쨍그랑! 그는 들고 있던 검을 내버렸다. 반드시 정령술사를 찾아내겠다고 다짐했다. 당신을 밀어붙이면 누구인지, 왜 자꾸만 제 앞에 나타나는지 알 수 있을 거라 믿었건만. 악마의 정령술사. 이스타샤를 멸망시킬 악귀. 성녀 프리실라를 죽이고 클라인 황태자를 죽인, 자신을 구원해 준 이름 없는 여신.

라쉬드는 검을 주워 제 목으로 겨누었다. 프리실라가 정령술사를 죽여야 한다고 외쳤지만 그의 귀엔 들리지 않았다. 답을 바라는 간절한 눈동자에 로자리아는 입술을 달싹였다.

"당신이 누구인지 내게 말해줘."

"나는 당신이 죽여야 할 악귀일 뿐이야."

"악귀?"

라쉬드는 갑작스레 웃음을 터뜨렸다. 잔뜩 젖은 그의 눈동자가 자신을 보자 로자리아는 알 수 없는 기분이 들었다. 그는 늘 차가운 표정이었고 때로는 무심했다. 어떤 어려운 일이 닥쳐도 감정을 숨길 줄 알았다. 라쉬드는 로자리아에게 다가가 그녀를 붙잡았다.

"나를 속이지 마."

그는 로자리아의 검을 만졌다. 붉은 피가 발데르가를 타고 흐르자, 그녀는 뒤로 물러섰다.

"내게 말해줘. 내가 찾던 당신이 누구인지를."

한참 후에야 입을 뗀 라쉬드가 그녀에게 간절함을 담아 말했다. 성녀가 라쉬드에게 무슨 짓을 한 것인지는 몰라도 그를 되돌려야 했다. 로자리아는 발데르가를 정령계로 돌려보냈다. 프리실라가 심은 성력을 제거해야 했다. 태고의 잎이 로자리아의 손끝에서 피어났다.

파아앗! 새하얀 꽃잎이 라쉬드와 로자리아의 주위를 감쌌다. 로자리아는 레테 잎을 입에 물었다. 그녀는 라쉬드의 목덜미를 끌어안으며 그에게로 입술을 묻었다. 무엇인지도 모르면서 그는 그 잎을 받아들였다. 이윽고 회색 빛깔의 나무 덩굴이 라쉬드의 몸을 휘어 감았다.

'레테, 부탁해. 라쉬드를 구해 줘.'

그의 몸을 잠식한 성녀의 성력을 없애야 했다.

「알겠어요, 로자리아.」

부드러운 목소리가 들리고 레테나무가 잠든 사내를 끌어안았다. 그가 잠들자 성력으로 만든 공간이 사라졌다. 로자리아는 라쉬드를 데리고 사라졌다.

"윈드, 괜찮아?"

"팔이 잘려 덜렁거리는 것 빼곤 괜찮습니다."

윈드가 흐트러진 몸을 일으키며 말했다. 그는 빈 소매를 보고는 한숨을 내쉬었다.

"죄송합니다, 로즈."

윈드는 희미해진 목소리로 자신의 남은 마나를 가늠했다. 바람을 일으켜 로자리아와 라쉬드를 데리고 버려진 숲에 도착했지만 마나가 고갈되었다. 회복을 위해 돌아가야할 때였다.

"로즈, 정령계로 돌아가야겠습니다. 전 여기 있어 봤자 도움은 안 될 테니까요."

정령계로 돌아가 기운을 회복해야 했다. 고통은 느껴지지 않았지만 무척 잠이 쏟아졌다. 윈드는 감긴 눈꺼풀을 느리게 떴다.

"레테가 그를 구한 것도, 정령술사인 로즈가 자신을 구했단 사실도 모를 겁니다. 그 뒤에는 알아서……."

"윈드, 괜찮은 거야? 그리고 다치게 해서 미안해."

"이 정도야 뭘……. 다 낫거든 부르시지 않아도 찾아오겠습니다."

돌풍과 함께 윈드는 정령계로 돌아갔다. 로자리아는 흰 가면을 옆에 두었다. 그녀는 묘한 시선으로 가면을 내려다보았다.

아무도 없는 고요한 숲에서 그녀는 라쉬드를 보살폈다. 반나절을 기다리자 라쉬드가 잠에서 깨어났다. 그는 몸이 말을 듣지 않는지 한동안 아내의 품에 기대었다.

"여기는……?"

갑자기 바뀐 상황에 그는 눈을 찌푸렸다. 어질어질한 머리를 부여잡고 나자 이곳이 숲임을 확인했다.

"로즈? 내가 왜 여기에 있는 거지?"

"도대체 무슨 일이 있었던 거예요?"

"뭐?"

라쉬드는 더 놀란 로자리아를 보고 주위를 살폈다.

'센과 함께 수도로 왔어. 황태자는 내가 임페리얼의 상단주인 것을 눈치챘었고 그때…….'

그 뒤로 기억이 나지 않는다. 그는 한참을 말없이 로자리아를 쳐다보았다.

"내가 꿈을 꾼 건가? 왜 숲에서 당신과 함께 있는 거지?"

"걱정이 돼서 왔는데, 황성의 기사가 알려 줬어요. 당신이 여기 있다고."

로자리아는 혼란에 젖은 얼굴로 대답했다.

'속여서 미안해요. 하지만 난 당신에게 정령술사란 사실을 말할 수 없어요.'

로자리아는 떨리는 손을 움켜쥐었다. 라쉬드는 진정하라는 듯 그녀의 손을 붙잡아주었다. 그는 고개를 뒤로 젖혔다. 숨을 깊게 들이쉬자 한결 차분해졌다. 그는 지금까지의 상황을 정리했다.

"황제는 죽었고 클라인이 황제가 됐어."

라쉬드는 느릿하게 숨을 내쉬었다. 누군가에게 얻어맞은 건지 몸이 말을 듣지 않았다. 결국 움직이는 걸 포기한 그는 아내의 품에 기댄 채로 말했다.

"신전에선 프리실라를 대동해 식량 지원을 거부했고, 황실도 마찬가지."

"……그럼 어떻게 해야."

"무나크에 충분한 식량이 있어. 그건 최후의 비상식량이라 건들지 않았지. 케딜락이 함락되고 이스타샤의 수도가 무너지면 무나크에서 항전을 해야 하니까."

라쉬드는 심각한 얼굴로 고민했다.

'무나크를 버리고 케딜락에 우선 식량을 지원해야겠어.'

"무능한 황제가 지원을 모두 끊어 냈으니 자력만으로 케딜락을 지켜야 해."

라쉬드는 로자리아의 부축을 받으며 자리에서 일어났다. 그러다 문

듯, 힘이 꽤 센 아내를 묘한 눈으로 내려다보았다. 무거울 텐데 휘청이지도 않았다.

“왜요?”

“아니, 아무것도.”

라쉬드는 로자리아의 부축을 받으며 숲을 빠져나갔다. 이윽고 공작을 하염없이 기다리고 있을 센을 찾았다.

센은 황성 주변에서 대기하던 중이었다. 흔적을 좇던 그는 공작과 공작 부인을 보고 안도했다.

‘북부에 계셔야 할 공작 부인이 수도까지……?’

로자리아를 본 센은 놀랐지만, 한편으로 다행으로 여겼다. 황성에 들어간 주군과 연락이 끊겨 얼마나 노심초사했던가! 센이 라쉬드를 부축하려고 했으나, 그는 기사에게 저리 가라고 눈치를 주었다. 공작 부인의 품에 기댄 공작을 본 센의 표정이 미묘해졌다.

‘충분히 걸으실 수 있으실 텐데. 내 부축은 거부하시더니.’

센은 감히 주군의 마음을 파악하려 들지 않았다. 열 사람의 생각은 알아차려도, 주군의 생각을 알아내는 건 불가능했다.

이틀 뒤, 공작 부부는 케딜락성에 도착했다. 말을 구하고 식량을 챙기고 이동진을 알아보는 센의 각고의 노력이 없었다면 제때 도착하지 못했을 것이다. 라쉬드는 센에게 일주일의 휴가를 줌으로써 노고를 치하했다. 그러나 눈치가 보였던 센은 자진 반납했다. 불안에 휩싸였던 케딜락성은 군주가 돌아오자 안정을 되찾았다.

라쉬드는 여러 가문에 서신을 보냈다. 황태자가 압박을 가한 건지, 본래라면 연락이 왔을 가문으로부터 답이 없었다. 혹은 지원이 곤란하다는 서신뿐이었다.

“어떻게든 식량을 구해야…….”

깊은 고민에 빠진 그는 한숨을 내쉬었다. 밤이 늦어 집무실에서 침실로 돌아온 그를 맞이한 건 유독 평온한 로자리아였다.

"식량은 얻었나요?"

"아직. 오늘 내로 연락이 없다면 무나크에 있는 군 식량을 끌고 올 생각이야."

무리한 선택이자 얻을 것 없는 위험한 패였다. 남부 무나크와 북부 케딜락, 둘 중 하나를 버려야 했다. 그런데 그때, 한밤중에 소란이 일었다. 라쉬드가 창문을 열자, 성문 바깥에 낯익은 가문의 문장이 보였다.

"아이리쉬 백작가? 왜 백작의 마차가 여기 있는 거지?"

"정말요?"

로자리아는 서둘러 창문을 내다보았다. 창문 아래를 보니 정말로 아이리쉬 백작가의 마차 스무 대가 성문이 열리기만을 기다리고 있었다. 무슨 일인지 확인해야 했다. 라쉬드는 검은 제복을 걸치곤 성문으로 달려갔다. 로자리아는 그를 뒤따랐다.

"귀한 손님을 이리 푸대접하기야? 시간 끌지 말고 문이나 열어!"

"안 됩니다! 공작 각하의 허락이 있어야 합니다."

"장사 한두 번 하는 것도 아니고. 도대체 얼마나 기다려야 해?"

까랑까랑한 목소리가 성 바깥을 울렸다. 아이리쉬 백작은 답답함을 감추지 못했다.

'마음 같아선 '이 새끼들아, 빨리 열어'라고 소리치고 싶은데. 후우, 안 돼. 참자, 안 그래도 아버지 독살했다고 소문이 안 좋은데.'

소문은 사실과 무관했다. 그저 병약한 아버지가 천수를 누리고 떠났고, 잿밥에 관심 많은 가신들을 내리누르고 가주가 되었을 뿐이었다.

"공작 각하께서는 어디 계시지?"

아이리쉬는 열리는 성문을 보고 병사를 재촉하던 것을 멈추었다. 성벽 위에서 공작이 팔짱을 낀 채로 자신을 쳐다보고 있었다.

"아이리쉬 백작께서 여긴 무슨 일이지?"

"공작 각하께 인사드립니다. 아이리쉬 마네, 군량미를 드리고자 케딜락성에 찾아왔습니다."

아이리쉬는 성문을 올려다보며 가슴에 손을 얹었다. 공작 부인의 부탁으로 아이리쉬 백작은 케딜락성에 군 식량을 지원하기로 결정했다.

아이리쉬는 기사의 안내를 받으며 케딜락성으로 들어왔다. 그녀는 공작을 따라 서재로 향했다.

'내가 생전에 케딜락성에 오게 될 줄이야.'

아이리쉬는 묘한 기분을 느꼈다. 그녀는 공작을 곁눈질로 훑었다. 서재에 공작과 둘만 남게 되었다. 평정을 유지하려고 했지만 몸이 뻣뻣하게 굳었다. 아치형의 서재는 귀해 보이는 책으로 가득 차 있었다. 오래된 책을 둘러보다 아이리쉬는 시녀가 가져온 차를 마셨다.

'몇 번 보긴 했어도 이렇게 가까이서 얘기를 나누는 건 처음이야.'

그녀는 차를 마심으로써 긴장을 풀려고 했지만, 공작과 대화할수록 소용이 없다는 것을 깨달았다.

"케딜락에 식량을 지원하겠다고?"

"네, 그래서 마차 스무 대를 끌고 왔죠. 산맥을 넘느라 죽을 뻔했어요. 호위해 준 용병들에게도 아주 값비싼 값을 치렀죠."

"백작의 부친은 황태자를 아끼지 않았던가?"

"으음, 아버지와 전 뜻이 달라요. 이 말을 한 게 벌써 세 번째인데 도대체 왜 의심하시는 거죠?"

"백작이 손해 보는 일을 하고 있으니까."

라쉬드는 팔짱을 낀 채로 답했다. 듣고도 믿을 수가 없었다. 자그마치 삼 년을 버틸 수 있는 식량을 내어준 것이다. 수도의 곡창지대는 전부 아이리쉬의 것이니 이해는 가지만 황성에 바쳐야 할 식량까지도 전부 끌어왔다.

"당분간 케딜락에서 지내도 되죠? 백작가에 있던 가솔들도 대피시켰어요. 몰래 오느라 죽는 줄 알았네."

황태자가 책임을 물으면 백작가도 곤란할 건 자명했다. 그걸 알면서도 아이리쉬 백작은 마차를 끌고 달려온 것이다.

"누구의 사주를 받고?"

"사주라니, 참! 여기 공작 부인은 안 계세요? 전 공작님이 아니라 부인을 뵈러 온 건데."

"라뮤엘, 부인을 데려와."

이윽고 어색한 삼자대면이 시작되었다. 아이리쉬는 로자리아를 보며 반색했다.

"안녕하세요, 공작 부인."

"반가워요, 백작님."

아이리쉬는 로자리아의 두 손을 붙잡으며 눈물을 훔쳤다. 갑작스러운 행동에 라쉬드는 당황했다.

"공작 각하께서 저를 식량을 훔쳐 온 도둑놈으로 모시잖아요. 정말 너무해요. 전 평소 존경하던 공작 부인을 찾아온 건데."

"존경?"

"공작 부인이 상단…… 으어업."

잠자코 얘기를 듣던 로자리아는 아이리쉬의 입을 막았다. 그녀는 여자들끼리 할 말이 있다고 둘러대고는 아이리쉬를 자신의 방으로 이끌었다.

"비밀이에요, 비밀!"

"왜요? 남편이 알면 더 좋아할 텐데? 이런 부인이 어디 있어요? 군주인 남편을 위해 식량 지원도 해주는데."

"아무튼 사정이 있어요. 라쉬드는 물론이고 다른 사람에게도 비밀이에요. 지켜 주실 수 있죠?"

"당연하죠! 아, 참. 편하게 아이리쉬라 불러요. 백작님이라니, 아직 적응이 안 돼서요."

"그럼요, 아이리쉬. 편하게 로자리아라 불러요."

로자리아는 고개를 끄덕였다. 활기찬 아이리쉬를 보니 방금 전까지 했던 고민이 싹 해결되었다.

"당분간 케딜락성에서 지내게 될 건데, 편의를 봐주실 거죠? 제가 벌레는 질색이라서. 막 다락방을 주시면 울면서 나갈 거예요."

"가장 좋은 방을 내어드릴게요. 힘든 결정이었을 텐데 먼 거리 와 줘서 고마워요."

"저도 순수한 도움은 아니에요. 저울질을 하다가 이쪽이 낫겠다 싶어서 온 거죠. 안 그래도 성녀가 자기 말 듣지 않으면 상단이고 뭐고 탄압했거든요."

"고생 많았어요. 아, 참. 케이와는 아는 사이라던데."

"아아, 제 남자 친구요? 으음, 전 사랑 때문에 온 게 아니라 장사 때문에 온 거예요, 장사!"

아이리쉬는 거듭 강조했다. 그녀는 흐뭇한 미소를 짓다가 표정을 바꾸었다.

"그나저나 공작님 너무 무서워요. 왜 도와주러 온 건데 제게 캐물으시는 거죠? 원래 저러신 거예요? 레이디에 대한 예우를 볼 수 없는걸요."

"원래 그래요. 아이리쉬가 싫어서 그런 건 아니니까 마음 놓아요. 피곤할 텐데 푹 쉬어요."

"고마워요. 그럼 전 이만 쉴게요. 공작님과 더 대면했다간 심장이 가출할 것 같아서요."

아이리쉬는 반색했다. 심약한(?) 자신으로선 라쉬드와 마주치고 싶지 않았다. 로자리아는 시종을 시켜 가장 호화로운 방을 내어주었다.

"까마귀가 제게 언니라 부를 정도라 이만 씻어야겠어요. 그럼."

아이리쉬는 눈을 찡긋했다. 조금 미안했지만 까다로운 공작님에게 상황을 설명하는 건 공작 부인의 몫이었다.

"식량 지원을 받기로 했다고?"

의외로 라쉬드는 기쁜 기색이 아니었다. 다소 실망한 로자리아는 고개를 끄덕였다.

'잘된 일인데, 이상하게 무언가 놓친 듯한 느낌이군…….'

그는 그게 뭔지 알아내기 위해 눈을 가늘게 좁혔다.

"철회할까요? 도움을 받지 않아도 괜찮다면 아이리쉬 백작에게 말하겠어요."

"잘한 일이라고 말하려던 차였어."

"아닌 것 같은데?"

"맞아. 지금 상황이 기쁜데 몸이 말을 안 들어서 표현을 못 할 뿐이야."

라쉬드는 그녀에게 넌지시 말했다.

"아이리쉬 백작과는 어떻게 아는 사이지?"

"윈드 경과 아는 사이예요."

"그 호위 기사? 그러고 보니 그 남자가 안 보이는데."

"일이 생겨 테베로 돌아갔어요."

"이 상황에서?"

"윈드 경의…… 여동생에게 일이 생겨서."

로자리아는 있지도 않은 여동생을 들먹였다. 그에게 관심이 없던 라쉬드는 곧 수긍했다.

"후에 케딜락이 안정되면 아이리쉬의 공을 치하할 생각이야. 어쨌든 가장 위급할 때 도와준 셈이니."

"바로 그거예요, 라쉬드!"

로자리아는 기뻐서 외쳤다. 그러다 자신을 묘하게 보는 시선에 다시 차분하게 덧붙였다.

"좋아서 그런 거예요. 아이리쉬 백작도 위험을 감수한 일이니까요."

"부인 덕에 한숨 돌리게 됐어. 내가 자리를 비운 사이에 이런 일을 벌일 줄은."

"벌이다뇨. 취소할까요?"

"아니, 정말 잘했단 뜻이야. 당신이 아니었다면 케딜락의 군사 절반은 굶어 죽었을 테니까."

무나크에 있던 식량을 끌어와도 백작이 소유한 곡창지대의 삼분의 일에도 미치지 못했다. 그는 물론 그의 가신과도 안면이 없는 아이리쉬 백작이 도와준 건 분명 로자리아의 공이었다.

"백작가가 지원해 주지 않았다면 지금쯤 어떻게 되었을지……."

라쉬드는 한숨을 내쉬었다. 그는 진정으로 로자리아에게 고마웠다. 생각지도 못한 방법으로 도와주었다. 그러나 라쉬드는 그녀에게 신전에 붙잡혔다는 말은 해주지 않았다. 로자리아를 걱정시키고 싶지 않았기 때문이다. 무엇보다 가장 큰 이유는 신전에서의 일이 잘 기억나지 않는다는 것이었다.

라쉬드는 라뮤엘을 불러 일렀다.

"이제 범인을 색출해야겠어. 성문을 폐쇄하고, 기사들 이외에 성문 밖으로의 출입은 금한다."

"라쉬드, 성지기는요? 그들은 기사는 아니지만 성 밖을 오가는 게 자유로워요."

"……성지기?"

라쉬드는 의외의 말에 눈을 가늘게 떴다. 그러고 보니 성문을 지키는 병사들은 자유롭게 오갈 수 있었다.
"각하, 어떻게 할까요?"
"성지기도 나가지 못하도록 감시해."
"알겠습니다."
"군 식량은 확보했으니 앞으로 바렛사의 동태만 주시한다."
"수도는 어떻게 하실 생각이십니까? 벌써 클라인 황태자가 황제가 되었다는 소문이 파다합니다."
"소문이 아니야. 기정사실이 되었지."
"수도에 남부의 기사들을 보낼까요? 무나크에 병력이 주둔해 있습니다."
"그랬다간 우리끼리 전쟁이 날 거다. 그게 바렛사가 가장 원하는 거고. 이번에는 우리가 한발 물러서야 해."
라쉬드는 결정을 내렸다. 엄밀히 말하면 황위는 클라인의 것이었다. 그가 반란을 일으킨 것이 아니라, 노만 1세가 세상을 떠났으니 황태자가 황제가 되는 건 자연스러운 수순이었다.
"수도에 우리가 간섭할 명분은 없어."
"하지만……."
"수도는 넘겨주고, 북부와 남부의 병력을 강화한다."
"알겠습니다, 각하. 북부와 남부가 바르세데스의 수중에 있으니, 제아무리 클라인 황제라 한들 침략하지 못할 것입니다."
라뮤엘은 주군의 명을 수행하기 위해 전령을 준비했다. 그가 빠져나가고 로자리아는 남편과 단둘만 남게 되었다.
"범인을 색출하는 일, 저도 돕고 싶어요."
"군에 익숙한 기사들조차 어려움을 겪은 일을?"
"케딜락에 도움이 되고 싶어요."
한번 꺼내 본 말이었다. 라쉬드가 거부한다면 독자적으로 알아볼 생각이었다. 그런데 의외의 답이 그에게서 나왔다.
"로즈, 나를 대신하여 범인을 알아봐 주겠어?"
"대신이라뇨?"
"곧 있으면 바렛사와 전쟁을 시작할 거야. 내 예측이 틀려도 미리 준비해 놔야 하는 건 변치 않아. 범인을 찾는 건 중요한 문제지만 인력이 부족한 상황에서 신경 쓸 겨를이 없어."
그러니 그녀에게 맡기겠단 뜻이었다. 살짝 발만 걸친 채 도와주려던 로자리아는 뜻밖의 수확에 고개를 끄덕였다.
"알겠어요. 제가 책임지고 범인을 색출할게요."
"책임질 필요는 없어. 내가 해야 하는 일이었으니까."
라쉬드는 자신을 도와주려는 아내에게 부담을 주고 싶지 않았다.
"범인이 기사들과 성지기 중에 있다면 도망쳤을 가능성도 있어요."
"……아니, 쉽사리 도망치지 않았을 거야. 이건 확실해."
모처럼 얻은 기회를 바렛사가 놓칠 리가 없었다. 바렛사가 아닌 내부의 적이라 하더라도 같았다.
"묻고 싶은 것이 있었는데……."
"뭐예요?"
무슨 말을 하려기에 이토록 뜸을 들이는지 궁금했다. 한참 후에야 입을 뗀 라쉬드가 본론을 꺼내 들었다.
"그때, 숲에 있었던 날. 내가 숲에 있던 걸 황성의 기사가 알려 줬다고 했었지."
"맞아요. 그런데 왜요?"
"누가 나를 구한 거지?"
"……그건 잘 모르겠어요. 기사가 당신의 거처를 알려 주긴 했지만."
로자리아는 속으로 당황했지만 태연하게 대답했다.
"나를 위해서 꼭 알아봐 줬으면 해."

라쉬드는 신신당부했다. 부탁을 하지 않던 편인 그가 모처럼 꺼낸 이야기인지라 로자리아는 긴장한 얼굴로 고개를 끄덕였다.

"……나만 믿어요, 라쉬드."

사실 믿어서는 안 되었다. 레테 잎을 먹여 그의 기억을 잃게 만든 건 그녀 자신이었다. 물론 레테의 효능이 기억을 지우는 건 아니었다. 프리실라의 성력을 없애고자 하였는데, 성력과 정령의 마나가 부딪히면서 부작용이 생기고 만 것이다.

'그날의 기억을 잃은 것 빼곤 멀쩡해서 다행이긴 한데.'

로자리아는 안도의 한숨을 내쉬었다.

'어쨌든 라쉬드에게 레테 잎을 먹인 사실을 들키면 안 돼.'

로자리아는 두근대는 심장을 진정시켰다.

케딜락성의 아침이 밝았다. 로자리아는 바쁜 라뮤엘을 대신하여 지오를 대동했다.

"범인을 찾으신다더니 믿을 수 없군요."

"그럼 돌아가세요. 나 혼자라도 상관없어요."

"어찌 그러겠습니까? 각하께서 제게 마님을 지키라 신신당부하셨습니다."

기사단장의 곤란한 기색을 무시한 채 로자리아는 병사들의 거처로 향했다.

"그럼 나를 완벽하게 지키세요."

"……알겠습니다."

주군이 내린 명령이라면 무조건 수행하는 게 기사의 의무였다.

'여리고 가녀릴 것 같았는데 강단 있잖아.'

지오는 마음을 다잡았다. 어찌 됐든 주군의 명령이니, 범인을 찾을 때까지 공작 부인을 지키기로.

"이게 전부야?"

"네, 케딜락의 성지기는 총 백 명입니다."

"두 명이 부족하잖아."

로자리아는 빠르게 사람을 훑었다. 신속하고도 정확한 계산에 마저 사람을 헤아리던 지오는 놀란 눈치였다.

"오늘 당번이라 잠시 자리를 비웠습니다. 조금 기다려 주시면 곧 돌아올 겁니다."

개중에 직급이 높은 병사가 긴장이 역력한 얼굴로 말했다. 얼마 전에 있었던 반란 사건을 들은 뒤로, 그는 진정으로 공작 부인이 무서웠다.

"아, 마님. 제가 잘못 생각했습니다. 나머지 한 명은…… 반란죄로 처리된 자입니다."

"딜런?"

"네, 네! 바로 그자입니다."

그자도 성지기였나. 로자리아는 짚이는 구석이 있는 얼굴로 중얼거렸다.

"그래서 다른 한 명은?"

"저기 오고 있습니다! 제가 얼른 데려오겠습니다."

로자리아는 팔짱을 낀 채로 성지기를 기다렸다. 이윽고 문이 열리고 나타난 성지기는 뜻밖의 상황에 어깨를 움츠렸다.

"인사드려라, 케이사. 공작 부인이시다."

"……공작 부인이라고?"

퍽. 이를 지켜보던 지오가 병사의 복부를 발로 찼다. 갑작스러운 발길질에 성지기는 이유도 모른 채 얻어맞아야 했다.
"마님께 예를 갖춰라. 허락을 내리지도 않았는데 눈을 마주치는 건 어디서 배운 버릇이지?"
'자기도 은근히 무례한데, 남들이 내게 무례한 건 못 참는 성격인가 보네.'
로자리아는 기사단장이 병사를 내리까는 걸 방관했다. 그녀가 병사에게 물었다.
"케이사라고 했나요?"
"맞, 맞습니다."
케이사는 그때의 악몽이 떠올라 눈을 질끈 감았다. 한참을 기다려도 팔이 꺾이는 일은 없었다. 정말로 악귀 같던 그 계집이 공작 부인일 줄이야!
"본래 성지기는 이인 일조로 다니는 게 아니었나?"
"맞습니다, 마님. 원래 그…… 반역자와 같이 다녔습니다만, 케이사는 성실하고 믿음직한 병사입니다."
상급자가 케이사를 감쌌지만 그녀는 못 들은 척했다.
"성지기라면 출입이 자유롭겠군."
"그렇지도 않습니다. 제가 어찌 주군의 허락도 없이 성 밖을 나가겠습니까?"
"기록을 가져와. 당장."
로자리아는 케이사의 말을 믿지 않았다. 그녀는 자신을 말리려는 상급 병사에게 명령했다.
"하지만 마님, 케이사는……."
"성 내에 식량에 왜 문제가 생겼는지 알고 있나?"
"라뮤엘 보좌관님께 창고에 곰팡이가 피었고 쥐새끼가 갉아먹어 식량이 동이 났다고 들었습니다."

"누가 작물을 죽이는 독을 뿌린 거야."

로자리아는 지오에게서 약병을 건네받았다. 무취, 무향의 카나리아는 작물을 못 쓰게 만드는 독초였으나 일반 병사들로선 처음 보는 것이었다.

"라뮤엘 님께서 저희에게 거짓말을 하신 겁니까?!"

한 병사가 외치자, 지오는 허리춤에 든 검을 빼 들었다.

"라뮤엘은 주군의 보좌관이다. 그가 어떤 일을 하든 케딜락을 위해서란 걸 잊지 마라. 나와 검을 맞대고 싶은 자라면 무기를 들어도 좋다."

지오는 노기를 억누르며 말했다. 그가 아무리 로자리아를 주군의 아내로 인정하지 않을지언정, 공작 부인의 앞에서 무례하게 검을 든 적은 없었다. 지오가 낮게 명령하자 병사들의 기세가 수그러들었다. 이를 보던 로자리아는 병사들에게 가까이 다가갔다.

"내게 검을 드는 건 케딜락에서 반역을 일으킨다는 뜻과 같다. 내가 처리한 반역자와 한패가 있다면 숨지 말고 나와라."

로자리아는 싸늘한 목소리로 일갈했다. 침묵이 깃든 병사들을 지나친 그녀는 벌벌 떠는 케이사에게 다가갔다.

"공작 각하께서 내게 이 일을 맡기셨다. 누구든 군 식량에 장난을 친다면 그자의 목을 도려내도 좋다고."

병사들은 제각기 웅성거렸다. 이내 그들은 짜기라도 한 것처럼 입을 다물고 무릎을 꿇었다.

"맹세컨대 저희는 아닙니다!"

"저희 2대대에 범인이 있을 리가 없습니다, 마님!"

"그건 내가 판단할 문제야. 주제넘게 끼어드는 자가 있다면 용서치 않겠다."

아이리쉬 덕분에 식량 문제는 해결되었다. 그 전에야 누군가 의도적으로 식량에 독을 뿌렸다고 말할 수 없었지만 지금은 아니었다.

"자신이 생각하기에 수상한 자가 있거든 나와도 좋다. 동료를 고발한 책임을 묻지 않을 테니. 정말로 범인이 있다면 후한 포상을 내릴 것이고, 범인을 알고도 숨겨 준다면 반역자로 죽게 될 것이다."

로자리아는 힘주어 말했다. 날카로운 기세가 주위를 압도했다.

'무장한 병사들과 마주쳤는데 전혀 겁을 먹지 않는군.'

지오는 속으로 놀랐지만 이를 내색하지 않고, 병사들 앞에서 살기를 갈무리했다.

"지금부터 다섯을 세겠다."

하나, 둘, 셋…… 넷……… 다섯. 아무도 나오지 않았다. 서로의 눈치를 보던 이들은 죄인처럼 고개를 숙였다.

"아무도 나오지 않는다면 대대 전체를 처벌할 수밖에."

"저, 저희는……."

병사 하나가 울먹였다. 로자리아는 케이사를 살폈지만 그는 태연한 얼굴로 병사들을 지켜보았다.

"제, 제 탓입니다. 마님, 제가 창고를 지키던 병사들에게 고생한다며 술을 나눠 주었습니다."

"네 이름은?"

"알렉스입니다. 너무 고생하는 게 안쓰러워 몰래 훔친 쌀로 술을 빚어다가……."

"그대가 병사들을 독살했나?"

"그, 그건 아닙니다. 수년 동안 해오던 일이었고, 상관들조차 눈을 감아주셨습니다. 정해진 날이 아니면 술을 마시는 건 금지라서 몰래 마시다가……."

병사가 말끝을 흘렸다. 겁에 질린 눈동자가 그녀를 향했다.

"그다음은?"

"여느 때처럼 병사들을 위해서 술을 준비했고, 그때 한 시녀가 나타나 제게 몸에 좋은 거라 일렀습니다. 사내들에게 좋다고 해서 홧김에 탈탈 털어 넣었는데……."

"그게 독이었다?"

병사는 그런 것 같다고 주춤거리며 대답했다. 그가 기억을 더듬으며 말했다.

"그 뒤로 병사들이 사라져서 전 밤일을 하러 나가겠거니 싶어서……. 성 밖으로 함부로 나간 사실이 알려지면 모두 죽을 것 같아 비밀로 함구했습니다. 맹세코 그들이 죽게 될 거라곤 생각지 못했습니다. 독이 든 걸 알았다면 벌을 받더라도 알렸을 겁니다!"

병사는 끅끅거리며 고했다.

"모든 게 제 탓입니다……. 저희 대대는 잘못이 없습니다."

죄책감에 잠도 제대로 자지 못했다. 매일 밤 악몽에 시달려 죽은 병사들의 얼굴이 떠올랐다.

"시녀?"

"갈색 머리에 갈색 눈을 한 시녀였습니다. 특이한 건 남부 억양을 썼었는데……."

"……혹시 입가에 점이 있었던가?"

"어두워서 확인하지 못했습니다. 한, 한데 손목에 문양이 있었습니다."

"어떤 문양이었지?"

"그게…… 저에게 주머니를 주고 가려던 시녀의 손목을 붙잡았습니다. 저는 단지 이걸 한꺼번에 먹어도 되냐고 물어보던 차였는데…… 제게 무척 화를 내더니 도망쳤습니다."

"그 문양이 혹여……."

로자리아는 붓과 잉크를 가져오라 이르고는 병사들을 뒤로 물렸다.

그녀는 지오와 울던 병사만 남게 했다.

"지오 경, 성녀의 문양을 기억하십니까?"

"물론입니다. 제 누이였던 프리실라 님의 문양을 어찌 잊겠습니까?"

로자리아는 떨리는 손으로 붓을 건네받았다. 그녀는 바닥에 앉은 채로 땅에 문양을 그려 내었다. 거대한 천사의 날개가 교차하며, 여신의 상징인 성검이 날개를 관통한다. 힘을 주어 붓을 움직이자 이윽고 땅에 거대한 문양이 나타났다. 당대 성녀인 프리실라의 성흔이었다.

"혹시 이런 모양이던가?"

병사는 땅에 그려진 정교한 문양을 보고 눈을 크게 떴다. 잊어 두었던 그의 머릿속에 기억이 되살아났다. 밤에 보았던 시녀의 손목에 있던 문양과 같았다.

"이, 이겁니다……."

매번 성녀의 성흔은 바뀐다. 전 성녀인 데레사로부터 지금의 성녀인 프리실라가 되었을 때.

"……제 누이의 성흔입니다."

철컥. 지오는 검을 떨어뜨렸다. 그는 이내 침음을 삼키며 두 손으로 얼굴을 쓸어내렸다.

"분명한 프리실라 님의 성흔입니다."

그는 무너질 것 같은 얼굴로 중얼거렸다. 검은 잉크가 메마른 땅을 적셨다. 성녀 프리실라의 성흔이 땅에 짙은 흔적을 남겼다.

"……에나."

로자리아는 자신에게 상냥했던 시녀를 떠올렸다. 처음 테베에서 이스타샤로 떠나던 때였다. 열다섯의 어린 나이에 자신을 걱정스레 보던 시녀, 마차에서 힘들지 않느냐며 방석을 주면서 걱정된다며 뒤따르던 시녀였다.

"지오 경, 라뮤엘에게 말해서 무나크에서 나를 돌봐 주었던 시녀를 찾도록 해."

"……알겠습니다. 이 일은 제가 직접 각하께 고하겠습니다."

"이 일이 바깥으로 알려지면 성(聖) 에르테반은 용서받지 못해. 아무리 로열 기사단장이라고 해도 지오 경은……."

"그러니 더더욱 밝힐 것입니다. 가문의 죄를 숨기지 않겠습니다. 저는 이미 바르세데스의 사람입니다."

지오는 검을 주워 들며 말했다. 손목에 성흔이 있는 시녀라면 분명 프리실라의 신녀였다. 어째서 고위 가문 출신의 신녀가 하급 시녀를 흉내 내며 공작 부인의 곁을 맴돌았는가.

'기어코 프리실라가…….'

지오는 사랑스러웠던 누이를 떠올리며 이를 악물었다.

"제가 직접 그 시녀를 데려오겠습니다."

그는 흔들리는 눈동자로 성흔을 주시했다. 성녀 프리실라가 케딜락 성의 군 식량을 썩게 만들었으며, 케딜락을 지켜야 할 병사들을 살해했다.

"프리실라는…… 성녀는 더 이상 제 누이가 아닙니다."

누이가 무슨 짓을 하든 눈감아주었다. 프리실라가 전 성녀인 데레사를 죽이는 걸 보면서도 신전에 이를 알리지 못했다. 뒤늦게 황성에 달려갔지만 노만 1세는 어린 성녀의 편을 들었다. 수십 년간 헌신을 다해 이스타샤를 지켜 온 데레사를 버리면서까지. 데레사는 누이를 거둔 대가가 배신으로 돌아올 것을 알고 있었을까. 그 사실을 지오는 알면서도 라쉬드에게 말하지 못했다. 라쉬드는 미쳐서 자신을 죽이려는 황비보다 데레사를 어머니로 생각하고 따랐다. 그런데도 지오는 열다섯이 된 프리실라가 성녀가 되기 위해 데레사를 죽이는 걸 보면서도 말하지 못했다.

"지오. 지오, 오라버니는 내 편인 거지?"

"프리실라, 무슨 짓을 한 거야?!"

"오라버니는 내 수기사잖아. 그러니 무슨 일이 있어도 날 배신하면 안 돼. 이 사실을 말하는 순간, 오라버니는 물론 우리 가문은 사내아이든 계집아이든 모두 죽게 될 거야."

"프리실라……. 지금이라도 자백해. 설마 널 딸처럼 키웠던 데레사 님을 죽여 놓고 성녀로 살겠다는 건 아니겠지!"

"아니, 황제께서 날 도와줄 거야. 이미 그와 약속을 마쳤는걸. 난 그를 위한 신성제국을 만들어 종래엔 공작의 아내이자, 황제가 된 그의 황후가 될 거야."

그날 이후 지오는 성검을 버렸다. 도저히 그 사실을 알면서 프리실라의 곁을 지킬 수 없었다. 보름이 되지 않아 새로운 수기사가 뽑혔다. 바렛사 출신인 성력이라곤 전혀 찾아볼 수 없는 피에 물든 소년이었다. 마르쉬 히킨샤라 불린 그가 프리실라의 수기사가 되고 나서 많은 것이 달라졌다.

신권은 더욱 강해졌으며 새로운 성녀의 제국이 탄생했다. 노만 1세는 이를 눈감아줬으며, 종래엔 황태자까지 그녀의 편이 되었다. 이를 막고자 공작의 기사가 되었지만 그에게 영원히 이 사실을 말하지 못하리라. 자신의 누이가 데레사를 죽였다는 것을. 몇 번이고 말하려고 했지만 비겁한 자신은 사실을 고하지 못했다. 그를 배신자로 쳐다볼 주군의 시선보다 프리실라가 죽게 될까 봐 두려웠다.

"제가, 제가 책임지겠습니다."

지오는 검을 그러쥐었다. 그의 뺨을 타고 뜨거운 눈물이 흘렀다. 한참을 고개를 숙이고 있던 그가 서서히 고개를 들었다. 프리실라와 닮은 주홍빛 눈에 독기가 어렸다.

"제가 프리실라의 잘못을 바로잡을 것입니다."

로자리아는 겁에 질려 벌벌 떠는 병사를 지나쳐 막사로 향했다. 이윽고 병사 하나가 장부를 든 채 뛰어왔다. 근 반년 동안 성의 출입을 기록한 것이었다.

"내가 보는 앞에서 케이사란 병사의 기록을 찾아내 고해라."

지오는 로자리아의 곁을 지켰다. 이제는 그녀를 믿기로 했다. 아니, 믿어야 했다.

"여기 있습니다. 금일 케이사의 출입은 없었습니다."

"한 달 전을 찾아봐."

"아무것도…… 아, 여기 성을 나간 기록이 있습니다."

"날짜는?"

"사고가 있던 전날 밤입니다. 일주일 후에도 나갔습니다만, 장부에는 군단장의 명령을 받아 나간 걸로 되어 있습니다."

"직접 확인하겠어."

로자리아는 장부를 면밀히 살폈다. 과연, 사고가 일어난 전날 밤. 그리고 일주일 후. 마지막으로 보름. 수도에서 노만 1세가 죽은 날과 일치했다.

"저자를 붙들어라."

"예? 케이사는 이대대 군단장님의 병사입니다. 제가 함부로 잡아들일 수가……."

"지오 경, 잡아들여요."

지오는 병사를 지나쳐 케이사를 붙들었다. 반항하려던 케이사는 막사가 떠나가라 비명을 질렀다. 지오는 그 자리에서 검을 휘둘렀다. 분명 기사단장의 허리춤에 검이 매여 있었으나 언제 검을 썼는지 보지 못했다. 케이사는 잘린 손을 붙들고서 울부짖었다.

"살, 살려 주십시오!"

"적에게 매수된 자는 그 어떠한 경우에도 용서하지 않는다."

로자리아는 울면서 비는 케이사의 턱을 들어 올렸다.

"언제까지 네 오만을 봐줄 거라 생각한 거지?"

그녀의 푸른 눈동자와 마주치자 벌거벗겨진 채 심판을 받는 기분이었다. 두려웠다. 죄가 밝혀질까 두려웠고 죽게 될까 무서웠다. 덜덜 떠는 케이사는 넋이 나간 채로 중얼거렸다.

"……내가 원해서 한 일이 아니야. 나는 단지……."

"들을 것 없다. 잡아들여."

로자리아는 병사들에게 명령했다. 그들은 일사불란하게 움직여 케이사의 두 팔을 꺾어 사슬로 묶었다.

"마님, 시키신 대로 포박했습니다."

"케딜락성에 감옥은 총 몇 개지?"

"지하에 하나, 지상에 둘, 외성에 총 셋입니다."

"지오 경, 그중 반역자를 가두는 곳은 어디지?"

"외성입니다."

지오는 로자리아의 말뜻을 단번에 이해했다. 그는 성력이 미치지 않는 외성의 감옥으로 병사를 데려가게 했다.

"기사들을 시켜 심문하겠습니다."

"죽여선 안 돼요."

"명심하겠습니다."

지오는 휘파람을 불었다. 거대한 매가 나타나 병사들 주변을 빙빙 돌렀다. 지오의 수신호에 맞춰 날아간 매가 도착한 곳은 본성의 기사단이었다. 명령을 알아챈 센과 다른 기사가 바로 달려왔다. 그들은 공작부인에게 예를 갖추고는 곧바로 외성의 감옥으로 향했다.

"저자에게 따로 묻고 싶은 것이 있어요."

"죽게 만드는 일, 절대로 없게 하겠습니다."

지오가 대답했다. 성검 데레사는 정말로 존재했다. 프리실라는 병사를 사주하여 멜라니의 아버지를 죽이게 했다. 이 사실을 밝힌다면 성녀는 죗값을 받게 될까. 신전과 황성은 당대 최고의 성녀라 불리는 프리실라에게 죄를 물을 것인가.

"물을 리가 없지."

로자리아는 냉정하게 판단했다. 그녀가 상대할 프리실라는 성녀 한 명이 아닌, 이스타샤 전체의 신성이었다.

"범인을 찾았다고 들었다."

라쉬드는 기사를 따라 감옥으로 들어섰다. 햇볕 하나 들지 않아 싸늘한 한기가 올라왔다. 그는 자신에게 검은 외투를 걸쳐 주는 기사의 배려를 거부했다.

"되었다. 어차피 옷이 더럽혀질 테니."

끼이익- 거대한 철문을 열어젖히자 비릿한 피 냄새가 났다. 땀을 흘리며 쇠붙이를 쥐고 있던 지오는 주군을 확인하고는 뒤로 물러섰다.

"오셨습니까, 주군. 면목이 없습니다."

"라뮤엘에게 전해 들었다. 네가 저지른 일도 아닌데 그렇게 움츠러들 것 없어."

"누이를 제대로 가르치지 못한 제 잘못입니다."

"스승이던 데레사의 말도 듣지 않았는데, 지오 네 말을 들을 리가 없지."

라쉬드는 표정이 어두워진 지오를 지나쳤다. 그를 위로해 주는 건 한 번만으로 충분했다.

"이자가 군량미에 독을 부었다고?"

"그렇습니다. 저번에 보고한 대로입니다."

"창고의 병사들을 죽인 것은?"

"병사가 시녀에게 속아 독이 든 술을 먹였습니다. 그 때문에 창고를 지키던 이들이 두 명을 제외하고 죽었습니다. 살아남은 두 명도 딜런이란 자가 죽였습니다."

"성지기 두 명이서 벌인 일이라……. 그런 것치곤 규모가 크다는 생각이 드는데."

라쉬드는 지오를 흘끗 쳐다보았다. 더 이상 말했다간 땅을 파고 들어갈 기세였다.

"제 잘못입니다."

"어차피 지난 일이다. 프리실라가 성지기를 사주해 군량미에 독을 부었고, 시녀와 딜런이란 자를 시켜 창고의 병사를 독살했지."

"누이와 같은 에르테반가로서 부끄럽기 그지없습니다."

"에르테반은 그만 입에 담도록 해. 신성가문이 아닌 바르세데스가 네 가문이니까."

라쉬드는 고개를 들지 못하는 지오의 어깨를 쥐었다. 진심이 담긴 위로에 그는 목이 메어 말을 잇지 못했다.

"……8년 전에 저를 주군의 기사로 받아들여 주셨을 때를 기억하십니까?"

"기억한다. 그건 왜 묻는 거지?"

"……그때가 아니었다면 저는 살 방법을 찾지 못했을 겁니다."

라쉬드는 나지막이 웃음을 터뜨렸다.

"자책은 그 정도로 해. 기사단장인 네가 기가 죽어서 기사들조차 내 눈치를 보니까."

"못난 저를 생각해 주셔서 감사합니다."

"감사는 로즈에게 전해."

"……부인, 말씀이십니까?"

"그녀가 네 덕에 범인을 찾았다고 했으니까."

"그건 아니었습니다. 저는 주군의 명령에 따랐을 뿐, 범인을 밝히는 데 아무런 도움을 드리지 못했습니다."

"곁에 있는 것만으로도 도움이 됐다는데."

"……그렇습니까."

지오는 말을 잇지 못했다.

"공작 부인께서 제게 기회를 주셨습니다. 누이의 죄를 만회할 기회를."

"프리실라를 찾아가서 죽이기라도 하겠다고?"

"그럴 순 없겠지만 제 몫을 해낼 겁니다. 저는 방관자였으니까요."

"방관자라……."

라쉬드는 가라앉은 목소리로 중얼거렸다. 그는 넋이 나간 채 프리실라의 이름을 중얼거리는 죄수에게 시선을 옮겼다.

"병사들을 독살하는 데 관여한 것 이외에, 한 가지 죄가 더 추가되었습니다."

"무슨 죄?"

"북부와 조금 떨어진 마을에서 일어난 사건입니다. 명장으로 유명한 대장장이를 살해했더군요. 그것 역시 프리실라의 사주를 받아서 저지른 일입니다."

"명장?"

"각하께서도 아시는 자일 겁니다. ……데레사 님께서 거두었던 노예를 기억하십니까?"

"그건 기억나는군."

"검에 미쳐 귀족들을 닥치는 대로 죽였던 자입니다. 데레사 님께서 그자의 죄를 사면해 주셨고 북부에서 딸과 함께 조용히 살았다고 하더군요."

"딸이 있었던가?"

"네, 각하. 멜라니라고 합니다. 지금은 그 딸이 대장간을 맡고 있습니다. 저희 기사가 몇 번이고 찾아가 봤지만 만나주지 않았습니다. 기다리는 사람이 있지만 케딜락의 기사는 믿을 수 없다며 내치더군요."

"공교롭게도 죽은 대장장이가 데레사와 알던 사이라……."

라쉬드는 말끝을 흘리며 눈을 가늘게 좁혔다.

"제가 직접 가서 알아보겠습니다."

"아니, 넌 죄수를 감시해라. 이건 내가 직접 조사하겠어."

라쉬드는 자신을 보며 눈물을 흘리는 죄수에게 다가갔다. 잔혹한 고문의 흔적이 남았지만 그는 기사단장의 행동에 관여하지 않았다.

"편히 죽을 생각은 마라. 쥐새끼 같은 놈."

라쉬드는 죄수의 턱을 우악스럽게 쥐었다. 고통에 흐느끼던 죄수는 겁에 질린 채로 공작을 응시했다. 눈앞의 병사가 그를 믿고 따르던 자들을 프리실라의 사주로 죽였다. 새파란 노기가 어린 공작의 눈을 응시하자 죄수는 몸을 덜덜 떨었다. 자신에게 아무런 해도 가하지 않았지만, 고문을 한 기사단장보다 그가 더 두려웠다.

"쓸모 있을 때까진 살려 둬."

라쉬드는 자신을 두려운 눈으로 보던 죄수에게 일렀다. 그는 미련 없이 외성의 감옥을 빠져나갔다.

"케이사가 잡혔다고?"

"잡힌 지 좀 되었다고 합니다. 제가 보냈던 딜런도 죽었습니다."

마르쉬는 제 팔에 앉은 매를 쓰다듬었다. 그의 눈동자에 잘게 손을 떠는 성녀의 모습이 비쳤다.

"네가 똑바로 하지 않은 탓이야!"

철썩. 프리실라는 손을 들어 마르쉬의 뺨을 내려쳤다. 그녀는 여유로운 마르쉬의 태도를 용납하지 못했다. 성녀는 울분에 차 소리를 질렀다.

"이번에도 제 잘못입니까?"

여느 때처럼 잘못했다고 무릎을 꿇고 빌어야 할 수기사가 이상했다. 자신을 달래 줘야 할 사내가 서늘한 시선으로 내려다보았다.

"마르쉬!"

"제가 무례했습니다, 성녀님. 제 무례를 용서해 주십시오."

마르쉬는 능숙하게 표정을 감추었다. 그제야 화가 풀린 프리실라가 그에게 다가갔다.

"난 너뿐이야. 네가 내 편을 들어주지 않으면 나는 성녀로서 살아갈 수 없어."

"전 언제나 성녀님의 편입니다."

"멍청한 황태자도, 이미 죽은 황제도 형편없었어. 하지만 넌 달라. 넌 내가 발견한 원석이야."

'내가 자길 좋아한다고 생각하는 건가?'

마르쉬는 잠시 고민하다 프리실라의 장단에 맞춰 주기로 했다.

"전 언제나 성녀님의 것입니다."

마르쉬는 프리실라를 안아주었다. 지금 성녀에게 필요한 건 위로였다.

"성녀님께서 저를 믿어주신다면 실패할 일은 없을 겁니다."

"너처럼 강한 남자가 차라리 황태자였으면 좋았을 텐데."

프리실라는 아쉬움에 입맛을 다셨다. 그가 황태자였다면 이토록 쉽게 당하진 않으리라.

"네가 비천한 신분만 아니었더라면 난 네 것이 되었을 거야. 성녀가 아닌 여자로서."

'공작을 좋아한다고 했던 게 엊그제 같은데.'

마르쉬는 묘한 얼굴을 하다가 프리실라를 더욱 깊게 끌어안았다. 성녀는 다정한 행동과 다른 수기사의 냉철한 생각은 알지 못했다.

"그러니 내게 그 계집의 목을 가져와."

"성녀님께서 원하신다면."

마르쉬는 프리실라를 안은 채로 로자리아를 떠올렸다. 그는 프리실라의 새까만 머리칼보다 그녀의 눈부신 금발이 더 마음에 들었다. 그의 눈에는 뱀의 것처럼 보이는 주홍빛 눈동자보다 깊고 신성한 푸른 눈동자가 고혹적이었다.

'따지고 보면 그쪽이 더 성녀와 어울리는데.'

마르쉬는 진심으로 안타까워했다. 만약 그 여자가 성녀였다면 말을 듣는 것만으론 아쉬워했을지 모른다. 만약 그 여자가 자신의 주인이었다면 다른 사내를 눈에 담지 못하도록 품에 가뒀을지도 모를 노릇이었다.

'그 고고함이 마음에 들어. 죽음을 두려워하지 않는 맹목적인 눈도.'

계집이든 사내든 그를 보고 두려워하지 않는 자는 아무도 없었다. 공작이야 그럴 만해도 공작 부인이 자신과 맞설 거라곤 상상이나 했던가.

'정령술사라 자신 있는 거겠지만. 정령을 시켜 대사제를 빼돌린 걸로도 모자라 성기사들이 주둔한 대신전 중앙에 들이닥칠지는 몰랐지.'

마르쉬는 충실한 성기사를 연기하며 말했다.

"그 여자의 목을 자른다면 제가 가져도 되겠습니까?"

"……내게 먼저 확인시킨다면 상관없어. 그 뒤론 마음대로 해. 바렛사의 전사에게 그런 고상한 취미가 있는 줄은 몰랐지만."

프리실라는 자신을 앞에 두고 다른 여자를 논하는 수기사를 이해할 수 없었다. 마르쉬를 사랑하는 건 아니었고 연심을 품은 건 더더욱 아니었다. 그가 강하고 머리가 뛰어난 자라 해도 그녀가 유일하게 사랑하는 건 라쉬드 공작뿐이었다. 그렇다고 그녀가 원하는 사내들이 다른 여자를 보는 건 용납하지 못했다. 황태자는 물론, 노만 1세와 마르쉬까지. 언제나 자신은 그들의 여왕이어야 했다. 물론 마르쉬가 말한 대로, 그가 공작 부인의 목을 자르겠다는 건 진심이 아니었다.

로자리아의 능력을 다 확인하지 않은 상황에서 유일한 정령술사를 죽일 수 없었다. 공작 부인의 곁을 지키는 공작이라면 모를까. 어차피 바렛사가 이스타샤를 삼키는 건 시간문제였다. 원하는 패가 있다면 그게 무엇이든 가질 것이다.

마르쉬는 한쪽 무릎을 꿇은 채로 성녀의 손등에 입을 맞추었다. 그 은밀한 감촉에 프리실라는 매혹적인 이국의 기사를 내려다보았다.

"전 언제나 성녀님의 것이며, 당신께서 원하시는 거라면 뭐든 이룰 것입니다."

'네가 성녀로서 가치가 있다면야.'

마르쉬는 수려한 눈가를 접었다. 아직까지 그의 주인은 이스타샤의 성녀였다.

로자리아가 범인을 잡은 지 사흘이 흘렀다. 그동안 많은 변화가 있었다. 먼저 성내 병사들의 얼굴에 활기가 돌았다. 아이리쉬 백작가의 마차가 도착한 직후 식단은 달라졌다. 여느 날과 같이 감자 두 개, 빵 한 개를 기대하던 병사들에게 놀라운 소식이 전해졌다.

"아이리쉬 백작가에서 식량을 지원해 주었다며?"

"그럼 우리 이제 굶지 않아도 되는 거야?"

"역시 주군께서 해결할 줄 알았어. 그런데 황가에서 지원해 준 것이 아니라 왜 아이리쉬 백작가지? 본래 공작 각하와는 사이가 좋지 않다고 들었는데."

대화를 나누던 병사는 고개를 갸웃했다. 아무리 귀족들의 정세에 무지해도 아이리쉬 백작가가 황태자 편인 건 널리 알려진 사실이었다.

"이건 비밀인데 공작 부인께서 백작의 지원을 받아 냈대."

"그게 말이 돼?"

"아이리쉬 백작이 공작 부인을 도와주기 위해 케딜락으로 왔다나."

"왜지? 공작 부인이 협박이라도 했어?"

한참을 고민하던 그들은 닥치는 대로 음식을 입에 넣었다. 어쩌면 오늘이 처음이자 마지막으로 특별한 식사일지도 모른다. 그런 기우와 다르게 다음 날도, 모래도 풍족한 식단이 유지되었다. 호화로운 식단은 아니더라도 병사들은 기뻐했다. 한 달간 메마르고 딱딱한 것만 먹어야 했던 지난 식단에 비하면 감지덕지였다. 오죽하면 바렛사의 군대와 만나기 전에 지쳐 쓰러질 거란 말이 돌 정도였다.

"그리고 공작 부인이 범인도 잡았대."

"아아, 그 사건? 들었는데 못 믿겠더라. 케이사, 그놈 성실한 편이었는데 창고에 독을 뿌릴 줄이야."

"그놈 알지? 우리에게 막 협박했던 거구 대머리."

"알지, 딜런!"

"딜런도 검으로 제압하셨단다."

"뭐야, 그게 진짜야? 난 뜬소문인 줄 알았는데."

이를 가만히 듣던 병사는 사레가 들려 연신 기침했다. 죽은 딜런은 장성한 병사 다섯은커녕 열이 붙어도 이기지 못한 무장이었다.

"공작 부인이 되려면 검술은 기본인가 봐."

"그런가 보네."

병사들은 고개를 주억거렸다. 호랑이도 제 말 하면 온다고 레이스 장갑을 낀 공작 부인이 식당에 들어섰다.

'뭐 하려는 거지?'

병사들의 눈에 궁금증이 어렸다. 혹시 양심 없이 많이 먹는 병사를 색출하려는 건 아니겠지? 몇몇 기민한 자는 포크를 내려놓고 도망갈 준비를 마쳤다.

"지오 경이 여기서 식사를 한 적이 있는데 스프가 싱겁다던데. 이걸 넣어 봐."

"아이고, 감사합니다. 이런 곳까지 오실 줄이야……."

"바렛사로부터 무역이 중단되었으니 향신료를 구하기 어려울 거야. 간이 약해서 음식이 상할 수도 있고."

로자리아가 건넨 건 소금이었다. 귀족들에겐 흔한 것이었지만 병사들에겐 봉급으로 쓰일 정도로 무척 귀한 편이었다. 희귀한 소금 대신 비교적 저렴한 향신료를 썼는데, 그마저도 바렛사와 사이가 틀어지면서 구하기가 어려웠다.

"이리 귀한 걸 저희에게 주시면 각하께서 노하시는 건 아니신지……."

"짜게 먹는 편이 아니라 남은 소금을 들고 온 거야."

"정말 감사합니다, 마님."

"노역에 쓰러지는 자들도 있다고 들었다. 염분이 부족해서 그런 거니까 앞으로 조리할 때 넉넉히 쓰도록 해."

"전 양이 부족한 줄 알고 빵을 더 만들었는데…… 그런 깊은 뜻이!"

로자리아는 벅차서 울 것 같은 주방장을 다독였다. 그녀는 수백 명의 병사가 식사 중인 식당을 살폈다. 곳곳에 곰팡이가 폈고 벽 틈에 이끼마저 껴 있었다. 들어오자마자 습기가 차서 퀴퀴한 냄새가 났다. 지나치게 높은 습도 때문에 저장고에 있는 음식도 빨리 상했다.

'너무 습해.'

제습제가 필요할 테니까 만들어 둬야겠다. 로자리아는 결정을 내리고는 낡은 성을 둘러보았다.

"병사들이 식사를 마저 끝내면 간단한 내부 공사를 해야겠어."

로자리아는 성내의 환경을 조금씩 바꾸기로 했다. 전쟁을 목전에 둔 상황에서 많은 인력을 들일 순 없었다. 대신 틈이 날 때마다 지원자를 받아 성 내부를 고칠 생각이었다.

'지원자가 없으면 몰래 정령을 시켜야 하나.'

스스로가 생각하기에도 그건 좀 곤란했다. 윈드야 묵묵히 할 테지만 그는 정령계에서 휴식 중이었고, 고고한 정령들이 허드렛일에 순순히 동참하지 않을 건 분명했다.

'너무 협박만 한 것 같아 미안한데. 그래도 어쩔 수 없지.'

정령계에서 낮잠을 자던 이페리아와 베리는 한기가 들 정도였다. 이를 알 리 없는 로자리아와 그녀를 귀신 보듯 살펴보는 병사들의 시선이 마주쳤다.

"편히들 식사하도록 해."

그들은 일어서지도 앉지도 못한 채 어정쩡한 자세로 있었다. 인사를 해야 하는데 공작 부인의 시선이 닿지 않아 고민하던 차였다. 그렇다고 인사를 하지 않았다간 공작 부인의 친위대-늘 호시탐탐 감시하는 보좌관 라뮤엘, 지금은 자리를 비운 제2기사단장 센, 얼마 전에 가입한 로열 기사단장 지오를 일컬었다-가 출동할 것이다.

"마저 먹어. 식사를 방해하러 온 건 아니니까."

로자리아는 인사를 받다가 도망치듯 빠져나왔다. 벌써부터 혼날 준비(?)를 하고 있는 그들을 보니 도리어 당혹스러웠다.

"앞으론 사람이 없을 때 가야지."

가장 부담스러웠던 건 선망의 눈빛으로 보는 병사들이었다. 눈을 반짝반짝 빛낸 그들은 식사하다 말고 공작 부인의 눈에 띄기 위해 벌떡 일어설 정도였다.

"그런데 왜 겁먹는 사람들도 있지? 이번엔 아무 말도 안 했는데……."

아무리 생각했으나 그럴싸한 답은 나오지 않았다. 가벼운 한숨을 내쉰 그녀는 정원으로 향했다.

로자리아가 이번에 키운 건 커피나무였다. 각성제로 쓰이는 커피는 이스타샤에서도 희귀한 열매였다.

'이건 심어 본 적 없는 거라 키우기가 어렵네.'

고심하던 그녀는 주위를 둘러보다가 품에서 주머니를 꺼내었다. 그러고는 커피나무에 가져온 흙을 전부 부었다. 윈드가 떠나기 전에 부탁해서 얻은 흙이었다. 정령계의 흙이었으니 오염되거나 부패한 지상의 흙과는 달랐다.

"좋아. 커피나무는 심었고 이제 마취제를 만들어 볼까."

지오에게 듣자 하니 옛날부터 마취제가 부족했다고 했다. 사제가 성력을 써서 만드는데 그 양이 극소한 건 당연했다. 그마저도 전쟁이 끊긴 오백 년 전부터 마취제를 만드는 사제는 극히 드물어졌다.

"박쥐나무라…… 이름이 특이한데 효과는 확실하다니까."

로자리아는 습기가 적당한 곳에 씨앗을 심었다. 손보다 작은 나무에 노란빛을 띠는 새하얀 꽃이 피어 있었다. 그녀는 털썩 땅에 앉아 작게 피어난 나무들을 주의 깊게 보았다. 정령들이 나타나 속삭이는 것도 아니건만 마음이 평온해졌다.

"어서 컸으면 좋겠다."

홀로 평화로운 시간을 만끽했다. 지금 이 순간은 모든 고민이 거짓말처럼 사라졌다.

"다른 사람을 돕는다는 건 기쁜 일이구나."

혼자 세상을 사는 법밖에 몰랐다. 홀로 이겨 내고 버티는 법만이 전부라고 생각했다. 로자리아는 팔을 내뻗어 어린잎을 어루만졌다. 나무의 잔잔한 향이 바람을 타고 전해졌다.

"전쟁이 일어나지 않는다면 케딜락도 평화로워."

한참을 정원에서 뒹굴던 그녀는 해가 질 무렵에야 자리에서 일어섰다. 머리에는 물론 드레스에도 나뭇가지와 잎과 흙 따위가 묻었다. 가볍게 털어 낸 그녀는 아쉬운 듯 정원을 돌아보았다.

"다시 올게."

누가 보면 미쳤다고 할지 몰랐지만 그녀에겐 나무들을 돌보는 게 소소한 행복이었다. 문득 로자리아는 자신의 생각에 놀랐다. 라쉬드의 사랑을 받아야만 행복하다고 생각했었다. 그가 자신을 다정하게 바라볼 때면 기뻤지만 꼭 그것만이 전부는 아니었다. 로자리아는 제 손을 내려다보았다. 그녀의 손에서 가시지 않던 독기와 피 냄새는 거짓말처럼 존재하지 않았다. 텁텁한 흙냄새와 은은한 풀의 향만이 감돌았다.

저녁이 되어서야 로자리아는 씻고 옷차림을 정돈했다. 홀에 내려오자 라쉬드가 기다리고 있었다. 오늘 그와 저녁을 함께하기로 했다.

"라뮤엘에게 들었어. 성을 보수하기로 했다고?"

"쉬고 있는 이들에게 부탁해 군 식당부터 고칠 생각이에요."

로자리아는 따뜻한 크림 스튜를 스푼으로 떠서 입가로 가져갔다. 고소한 향미가 올라오자 절로 미소가 지어졌다.

"그런 건 어떻게 안 거지?"

"주위를 둘러봤거든요. 성안에 필요한 거나, 고치면 좋겠다는 것도."

"낮에 주방장에게 소금을 줬다던데."

"아이리쉬에게 받아서 주었어요."

로자리아는 차분하게 대답했다. 케딜락성내에 있던 식재료를 쓴 건 아니었다. 그는 로자리아가 어디서 귀한 소금을 구한 건지 궁금했다.

"아이리쉬가 전부?"

"아이리쉬 백작이 많은 도움을 줬어요."

"어째서 백작이 당신을 도와주는 거지?"

"그건……."

"곤란하면 됐어."

라쉬드가 괜찮다는 듯 말했다. 실컷 캐묻던 사람이 할 말은 아니었다.

'아이리쉬는 대대로 상업을 했던 가문이야. 그런데 로즈 한 사람만을 보고 케딜락을 도와주러 왔다…… 라. 내가 모르는 뭔가가 있는 거겠지.'

라쉬드는 식사를 하면서도 생각에서 헤어 나오지 못했다. 부인과 백작의 관계를 파악하려는 듯 그의 눈매가 가늘어졌다.

"아, 피로를 호소하는 병사가 많아서 식초를 구입할까 봐요."

"그런 건 묻지 않고 해도 괜찮아."

"아뇨. 아이리쉬에게 도움을 받을 거라……."

계속 듣다 보니 이상했다. 대가 없이 베푸는 건 동화 속에나 나오는 이야기였다. 그는 한숨을 내쉬곤 로자리아에게 말했다.

"로즈, 당신이 그녀를 좋게 보는 건 뭐라 안 하겠지만 너무 믿어선 안 돼. 이스타샤의 귀족은 순진하지 않아."

"제가 순진해 보여요?"

로자리아는 순진하다는 말을 좋아하지 않았다. 마냥 바보 같아 보였다면 곤란했다. 그녀의 표정을 본 라쉬드는 잘못 말했단 생각에 말을 덧붙였다.

"어쩔 땐 나도 모르는 일을 해결하곤 했으니 그런 것만도 아니지."

"제가 바보 같아 보인다는 말을 돌려 한 건 아니겠죠?"

"그 반대야. 나도 모르는 걸 당신은 모두 알고 있으니까."

라쉬드는 문득 아내에 대해 잘 모른다는 생각이 들었다. 그가 보는 로자리아는 그 어떤 위급 상황에서도 차분하고 침착했다. 위기가 발생

하면 원인이 무엇인지 파악하여 그에 따른 대처를 해나갔다.

“갑자기 궁금해졌어. 당신이 무엇을 좋아하는지, 어떤 음식을 좋아하고 또 어떤 취미를 갖고 있는지.”

“갑자기 말이에요?”

뜻밖의 말에 그녀의 빰이 붉게 물들었다. 한동안 사과처럼 달아오른 얼굴로 그녀는 말을 잇지 못했다.

“취미가 말하기 곤란한 건가? 그 백작 부인과 바렛사 기사 이야기 같은 걸 좋아한다거나…….”

“아니에요! 읽어 본 적도 없는걸요.”

로자리아는 부인했다. 강한 부정은 긍정이란 말이 있었지만 오해를 사고 싶지 않았다.

“그게 어때서?”

“……전 바렛사 남자에 대해 환상 같은 거 없는걸요.”

“그럼 이스타샤는?”

예상치 못한 질문에 로자리아는 애꿎은 포크만 만지작거렸다.

“왜? 대부분의 이스타샤 여인들은 바렛사의 사내들이 남자답다고 좋아하던데.”

“그걸 라쉬드가 어떻게 알아요?”

“……책에서 봤거든.”

라쉬드는 하마터면 말실수할 뻔했다. 만나 본 여자들이 그러던데, 라고 말했다간 그날 이후로 별거였다. 생각의 나래를 펼치던 라쉬드는 홀로 심각해졌다. 로자리아는 고개를 갸웃했다.

‘책이 그 정도로 심각한 내용이었나?’

“라쉬드?”

“아, 그래. 책에서 봤다고 했었지.”

라쉬드는 한숨을 쉬며 중얼거렸다. 영원히 책에서 본 거라 말하는 게 좋을 듯했다.

"테베 여자는 이스타샤 남자를 좋아하는 편인가?"

"그건 갑자기 왜요?"

'당신이 테베 여자고 내가 이스타샤 남자니까.'

라고는 말 못 하겠다. 라쉬드는 주위에서 듣기론 그렇다던데, 라고 얼버무렸지만 사실과 무관했다.

"보통은 싫어하는 편이에요. 만나자마자 야만인이라고 소리치는데 누가 좋아해요."

"그건 그렇지."

"그리고 또…… 네가 미개하니 내가 가르치겠다는 태도라서 꼴불견이에요."

"꼴불견?"

라쉬드는 다행이라 생각했다. 그는 단 한 번도 로자리아에게 미개하다거나 야만적이란 말을 하지 않았다. 본래 그런 생각도 하지 않았지만 의외로 주변의 이스타샤인이 테베인을 보면 습관적으로 하는 말 중 하나였다.

"테베의 여자는 강한 편이에요. 자국 내에서 무시를 받긴 해도 남자의 도움을 받는 대신 스스로 헤쳐 가는 법을 배워요."

"남편이 쓸모가 없어서?"

"그건 아니겠죠. 음, 뭐랄까……. 테베 사람들은 자존심이 세서 도움받는 걸 싫어해요. 그래서 다른 나라 사람이 보기엔 고집이 세 보이죠."

"그래서 내게 도와 달라 한 번도 말하지 않은 거였어?"

"아, 도와 달라 하길 바랐던 거예요? 라쉬드는 워낙 바빠서 사소한 걸로 도와 달라고 할 수 없었어요."

"사소한 거라니. 앞으로 아이리쉬에게 부탁하지 말고 내게 직접 말해. 바르세데스는 아이리쉬보다 약하지 않아."

'질투? 에이, 질투는 아닐 거야.'

로자리아는 고개를 끄덕였다. 그러더니 한참을 고민하다 말을 덧붙였다.

"사실, 난 이스타샤의 남자를 좋아하는 편이 아니었어요. 그렇지만 라쉬드를 보고 생각이 바뀌었어요."

"어떤 식으로?"

"이스타샤의 남자를 좋아하기로."

은근히 기대하던 라쉬드는 마른기침을 내뱉었다. 그는 붉어진 얼굴로 고개를 들지 못했다.

"라쉬드는요?"

이어지는 물음에 라쉬드는 일부러 무미건조하게 대답했다.

"이스타샤의 여자보단 테베의 여자가 마음에 들어."

"에이…… 입에 발린 소리 같은데."

"내 아내가 테베 사람이니까."

그 말에 로자리아는 라쉬드와 똑같은 반응을 보였다. 그날, 공작 부부는 서로의 시선을 피하며 식사를 했다.

그날 밤, 무려 백 명이 넘는 병사가 내부 수리에 지원했다. 과다한 인력은 낭비라고 생각했기에 로자리아는 겨우 열 명의 병사를 뽑았다. 성내를 관리하는 건 라뮤엘의 일이기도 했지만 그는 공작 부인의 의견을 더욱 중요시 여겼다. 그녀가 고른 병사들은 검술보단 도구를 쓰고 장비를 고치는 데 일가견이 있는 이들이었다.

"이끼부터 제거한 뒤 갈라진 벽을 메울 거야. 곰팡이는 약초 달인 물을 쓰면 잘 지워질 거고."

로자리아는 틈틈이 준비했던 약초 가루를 물에 풀었다. 오늘부터 케딜락성을 바꾸기 위한 내부 공사가 시작되었다.

이른 아침, 로자리아는 집무실로 향했다. 케딜락에서 지내면서 라뮤엘을 자주 보다 보니 예전보다 그가 친근해졌다. 여러 번 말을 놓아 달라는 청에 로자리아는 그러기로 했다. 공작 부인을 볼 때만큼은 생기가 돋는 라뮤엘이 보고를 하기 위해 그녀를 찾았다. 이미 성을 한차례 둘러본 뒤였다.

"몰라보게 달라졌네요."

"식사할 때만이라도 기분 좋게 먹었으면 해서. 막사에서 자는 것도 불편해 보이던데."

"마님, 송구스럽지만 다 고치려면 예산이……."

"케딜락성의 예산은 쓰지 않아. 아이리쉬가 도와줄 거야."

사실은 아이리쉬의 핑계를 대며 상단의 자금을 풀 생각이었다. 마땅히 상단의 자금을 쓸 이유가 없어 백작이 금전적으로 도와줄 거라 둘러댔다.

"알겠습니다. 전시 준비에 차질이 없는 선에서 필요한 인력을 구하겠습니다. 전쟁터에서 검을 휘두를 병사들은 정해져 있으니 나이가 들어 은퇴했거나 부상당한 자를 고용하겠습니다."

"그들에게 따로 봉급을 줬으면 해. 전쟁 때문에 다친 건데 소모품이란 생각은 들게 하고 싶지 않아. 이스타샤의 제국민들은 군역에 비해 노역을 가볍게 생각하니까."

전쟁에 나가 죽는 것은 신성한 일이나, 전쟁을 위해 일을 하는 건 하찮은 일이란 분위기가 만연했다. 그래서 수공업자로 실력이 있는 자들도 죄다 검을 쓰는 병사에 지원했다. 군사의 수가 늘어나는 건 반가운 일이었지만 무기의 수리, 성의 보수, 식량과 의약품을 관리할 자가 극히 적다는 건 큰 문제였다.

“당장은 어렵겠지만 수공업자들은 전쟁에 나가는 대신 다른 일을 맡겼으면 좋겠어.”

“알겠습니다. 그들을 차별하지 않고 병사들과 같은 대우를 하겠습니다.”

“전쟁 중에 다쳐서 부른 게 아니라 실력이 있어서 불렀다고 말해줘. 사소하게 보여도 중요한 문제니까.”

큰 부상을 입고 우울증을 앓는 병사들이 속출했다. 그러나 사지가 잘리고 죽어 가는 병사들이 넘치는 케딜락성에서 그들을 신경 쓸 여유는 없었다. 시간은 물론 돈을 들여야 할 문제였다.

“전쟁에서 다치더라도 다른 일을 할 수 있으며, 성에 필요한 인력이라는 인식을 심어주어야 해. 목숨을 바친 최소한의 보상이 있어야 병사들은 진심으로 이스타샤를 위해 싸울 거야.”

지금의 병사들은 소모품에 지나지 않았다. 전쟁에서 큰 공을 세운 자는 승승장구할 테지만, 그 아래에서 죽어 간 자는 시체도 거두어주지 않았다. 동료들만이 그의 이름을 기억할 뿐 어디에도 죽은 자의 흔적은 남지 않았다. 죽는다는 것은 두려운 일이나, 그보다 더 무서운 건 이 세상에 살았던 흔적조차 남지 않는 것이었다. 이스타샤의 황족과 성녀, 신성제국의 권력자들이 악착같이 기록으로 업적을 남긴 이유와 같았다.

“북부를 지키다 죽어 간 자가 있으면 가족들에게 위로금을 줬으면 좋겠어. 지금 당장은 어렵겠지만 자금 문제는 아이리쉬에게 부탁하면 되니까.”

“한 가지 걱정되는 건…… 백작께서 동의하실까요?”

“그건 걱정하지 않아도 돼. 이미 동의를 받았어.”

사실상 동의는 불필요했다. 자신이 주인으로 있는 상단의 자금을 케딜락으로 끌어들이는 것이니 아이리쉬가 거절할 이유가 없었다. 로자리아는 케딜락성에 투자하기로 결정했다.

'다른 사람에게 공을 인정받지 않아도 괜찮아.'

오히려 아이리쉬가 북부를 도운 사실이 알려진다면 병사들의 사기가 올라갈뿐더러, 중앙 귀족이 도왔다는 소식에 기뻐할 것이다.

"알겠습니다. 마님께서 말하신 대로 병사들의 처우를 개선하겠습니다."

"아, 한 가지 더. 이 김에 로열 기사단의 무기를 바꿔 줬으면 해. 저번에 훈련하는 걸 봤는데 너무 낡았더라. 명색이 바르세데스에서 제일 뛰어난 기사들인데 그런 검을 들게 할 수는 없잖아."

"으음, 이건 조금 고민되는데요? 지오 경이야 공작 부인에게 정중해졌지만 휘하의 성기사 출신들이 부인을 대하는 걸 보면……."

본래 없던 정이 떨어질 정도였다. 프라이드가 높은 성기사 출신은 달라진 기사단장의 모습을 받아들이지 못했다. 그저 공작 부인이 단장을 꼬드겨 매수한 거라 생각했다. 자주 부딪힌 단장과 공작 부인의 사이는 좋아졌지만 데면데면했던 그의 기사들과는 더욱 멀어졌다.

로자리아는 로열의 기사들이 친해지기 어려운 살쾡이(?) 같다고 생각했다. 다가서려 하면 물러서고 거리를 두면 궁금한지 찾아오곤 했다.

"그런데 무기는 어디서 구하실 생각이십니까?"

"이 일은 라뮤엘에게 맡기지 않고 직접 알아볼게. 마음에 드는 대장간을 찾았거든."

라뮤엘은 고개를 갸웃했다. 공작 부인께서 마음에 드는 꽃집도 아닌 대장간이라니?

"알겠습니다. 제게 알려 주시면 바르세데스에서 비용 처리를 하겠습니다."

"이번 일도 아이리쉬…… 아니, 바르세데스로 해도 괜찮아?"

"전부터 얘기가 나오던 것인데, 갑작스런 사건 때문에 미뤄졌던 일입니다."

라뮤엘이 미소를 띠며 말했다. 로자리아는 내일 아침 멜라니를 찾아가기로 결정했다.

❖

비가 내리는 새벽, 에나는 미친 듯이 뛰었다. 잡힐까 두려워 헐떡이면서도 발을 놀려야 했다.

"헉, 헉……."

검을 든 사내가 자신을 쫓고 있었다. 천둥번개가 치자 번쩍 그 모습이 드러났다. 여느 때와 같이 무나크에서 청소를 하던 중이었다. 이곳에 올 리 없는 기사가 찾아오자 그녀는 직감했다.

'내가 병사들을 독살했다는 사실이 발각된 거야.'

남부에서 북부로 향하는 건 어렵지 않았다. 성녀님께서 준비한 이동진을 타면 금방이었다. 술에 거나하게 취한 병사에게 몸에 좋다고 거짓말을 하는 것도 쉬웠다. 멍청한 건지 사람을 잘 믿는 건지 덥석 받는 것도 우스웠다. 단 하나, 걸리는 사실이 있다면 그가 제 손목의 문양을 봤다는 것이었다.

'프리실라 님에게 말할 수 없었어.'

그건 중대한 실수였다. 성녀에게 말한다면 잘리는 건 자신의 목이었다.

"괜찮아, 괜찮을 거야."

에나는 떨리는 목소리로 중얼거렸다. 병사를 죽였으나 죄책감 따위 느끼지 못했다.

"하등한 평민을 죽인 거야. 나는 가문이 몰락했어도 귀족 출신이잖

아. 프리실라 님의 부탁으로 시녀 노릇을 하고 있지만 원래는 성녀님의 신녀였어."

철퍼덕. 자기 위안을 삼던 에나는 돌부리에 걸려 넘어지고 말았다. 누군가 일으켜 주길 바랐지만 그녀 주위엔 아무도 없었다. 무나크에서 그녀와 함께 일했던 자들의 목이 모두 베였다. 직감하기에 자신이 마지막 희생자였다.

"나는 괜찮아. 성녀님이 구해 주실 거야. 누군가가 와서 나를 구해 줄 거야."

에나는 왈칵 눈물을 쏟았다. 어째서 이 상황에서 그 여자가 떠오르는 걸까.

"고마워요, 에나."

이용하려고 접근한 줄도 모르고 상냥하게 대해 주던 공작 부인, 그 멍청한 계집이 떠올라서 그녀는 비틀거리며 폭소했다.

'그 여자를 죽이면 나는 가장 높은 신녀가 될 수 있어. 그 여자만 죽으면…….'

그러나 어찌 된 영문인지 공작 부인은 멀쩡했다. 독을 탄 음식을 먹어도 잔병치레 하나 없었다.

"에나, 여기 붙어 있지 말고 가장 앞쪽으로 가."

"네? 그러면 왕녀님을 보필할 사람이 아무도 없게 돼요. 혹시라도 무슨 일이 생기면……."

"난 괜찮으니 성녀님을 봐주겠어? 성력을 많이 쓰다 보니 쓰러질까 걱정돼."

어째서 자신을 생각해 주던 공작 부인의 말이 떠오르는 걸까. 이미 강에 휩쓸릴 각오를 하고 그녀를 감시하는 것을 몰랐던 거였나. 프리실라가 성력으로 그녀를 죽이려 했다고, 그 사실을 미리 알았던 거라면…….

"어차피 소용없어. 부질없다고! 난 죽을 거야……."

에나는 눈물을 터뜨렸다. 어린 동생을 성녀님께서 보호하고 있다고 말해도 그 누구 하나 그녀의 말을 들어주지 않았다.

"난 사람을 죽였어. 죗값을 치러야 해……."

막다른 곳에 다다르자 그녀는 절뚝이며 걷던 것을 그만두었다. 공포에 질려 비명을 토해 내던 그녀는 절벽 아래를 내려다보았다.

"차라리 죽을 수야 있다면……."

분명 마르쉬일 것이다. 성녀의 수기사가 일처리를 제대로 못 한 자신을 죽이러 왔다.

"죽을 수야 있다면 무슨 짓인들 못 할까."

검을 든 사내가 검은 로브를 쓴 채로 중얼거렸다. 에나의 몸뚱이가 절벽 아래로 떨어지려는 순간, 그는 시녀를 구해 내었다.

"네 동생이 성녀에게 붙잡혔다고 들었다."

"……마르쉬 경?"

"아쉽게도 마르쉬는 아니야. 내가 그를 한참 전에 따돌렸으니까."

"……거짓말. 마르쉬가 날 속이고 데려가기 위해서."

철썩. 검을 든 사내, 지오는 시녀의 뺨을 후려쳤다. 시간을 지체해선 안 된다. 함정을 눈치챈 마르쉬가 시녀를 찾기 전에 구해 내야 했다.

"프리실라에게 가담한 자들이 모두 죽었다. 네가 유일한 생존자야. 입막음의 대가로 믿고 따르던 자들을 죽인 성녀를 아직도 따를 생각인가?"

"……제겐 선택권이 없었어요."

"있었으나 네가 거부한 거겠지. 우린 네게 기회를 줄 것이다."

"우리……?"

에나는 넋이 나간 얼굴로 중얼거렸다. 제정신이 아니라고 판단한 지오는 시녀를 어깨에 메었다.

"네게 되돌릴 수 있는 기회를 주겠다. 모든 것을 바로잡을 기회 말이야."

지오는 안개에 휩싸인 공작저를 내려다보며 중얼거렸다. 평화로운 무나크 땅에 핏물이 배어들었다.

"죽더라도 지금은 아니야. 죗값을 치르기 전까진 넌 죽지 못한다."

지오는 에나를 기절시킨 뒤 절벽 아래로 뛰어들었다. 그 순간, 그는 마음속에서 프리실라를 지워 냈다. 성녀는 더 이상 자신의 누이가 아니었다.

로자리아는 눈을 떴다. 그녀는 아침 일찍부터 외출할 채비를 마쳤다.

"아침에 들를 데가 있으니 라쉬드가 찾으면 그렇게 전해 줘."

"성문을 여는 것이야 어렵지 않지만 혼자 가셔도 괜찮을지……."

"혼자 가는 게 편해."

"그건 곤란합니다, 부인. 센 경을 붙여 드리겠습니다."

그의 걱정에 로자리아는 결국 센과 함께 가기로 했다. 얼마 지나지 않아 센이 로자리아를 찾아왔다. 뛰어온 건지 그의 턱 끝으로 땀이 흘러내렸다.

"죄송합니다. 잠시 시찰을 나갔던지라……."

손등으로 땀을 훔치려던 그는 우아하게 손수건을 꺼내 닦았다. 그러고는 흐트러진 머리칼도 정리했다.

"마을로 가신다고 들었습니다."

"바쁜데 괜히 부른 게 아닌가 싶어요."

"아닙니다. 라뮤엘 경께서 신신당부한 것도 있고. 이참에 저도 오랜만에 마을을 둘러볼까 합니다."

센이 입가에 미소를 지으며 말했다. 로자리아는 센과 함께 마을로 향했다.

이른 아침부터 멜라니는 담금질을 하고 있었다. 불에 달군 시뻘건 망치를 든 채로 검을 내려쳤다.

"……볼일이 있다는 곳이 대장간일 줄은 몰랐습니다."

"아, 센 경은 제2기사단 출신이죠? 마음에 드는 검을 골라 보도록 해요."

"예? 제 검 말입니까? 전 괜찮습니다."

그는 화들짝 놀라 물었다. 검 하나의 값어치는 높았다. 검을 팔면 네 명의 평민 가족이 일 년을 먹고살 수 있었다. 가짜나 불순물이 섞인 검이 아니라 명장이 만든 검이라면 그러했다.

"전 정말 괜찮습니다."

센은 검이 부러졌다며 투덜거리던 부관들이 생각났다. 그러나 부관들의 검을 전부 사 줄 수 없기에 그는 아쉬운 얼굴로 대장간을 살폈다. 겉에서 보기엔 허름해도 안에는 제대로 된 장비를 갖추었고, 듣기론 북부에서 유명한 대장간이었다.

"멜라니, 잘 지냈어?"

"로즈 아가씨, 오랜만이에요!"

멜라니는 아델이 로즈 님이라 부르던 것을 기억했다.

"검을 보러 왔는데 둘러봐도 괜찮을까?"

"네? 그 일 때문에 오신 게 아니었군요."

"아, 그 일 때문에 온 것도 맞아. 그건 나중에 얘기하고 먼저 검을 보려고 하는데."

'그 일이 뭐지?'

센은 궁금했지만 모르는 척 대장간을 둘러보았다.

"정말요? 마음껏 보세요. 제가 있는 곳은 뜨거우니 조심하시구요. 진열대에 있는 검을 둘러보시면 돼요. 저도 금방 갈게요."

멜라니는 반색하며 말했다. 그녀는 무쇠를 내려놓고는 붉어진 얼굴을 얼음물을 적신 수건으로 닦았다.

"대단하네요. 어린 나이에 검을 만드는 게 쉽지 않을 텐데."

"저도 그렇게 생각합니다."

로자리아의 시선이 진열대에 놓인 매끄러운 검들로 향했다. 그녀는 센의 말에도 대답하는 둥 마는 둥 무기만 쳐다보았다.

'검에 정신을 빼앗기셨네. 그렇게 무기가 좋으신가? 여자들은 보통 꽃을 좋아하지 않아?'

센의 머릿속이 복잡해졌다. 그러거나 말거나 로자리아는 검과 무기를 마음껏 구경했다.

"그럼 이 사브르(끝이 휘어져 있는 외날의 검)는?"

"그 검은 조금 비싸요. 천오백 도르거든요. 그 사브르는 아버지의 작품이에요."

센이 혀를 내둘렀다. 수도에 있는 대장간보다 가격이 더 높았다. 무심결에 검을 보던 그는 사브르에서 눈을 떼지 못했다.

'날도 예리하고 휘어진 곡선도 예술이야. 성검을 만든 대장간이라 하더니 뛰어나. 그런데 어째서 공작가의 기사는 만나 주지 않는 거지?'

센은 로자리아의 목소리에 상념에서 깨어났다.

"센 경, 동료나 부관들이 어떤 검을 쓰는진 잘 알죠? 제2기사단은 당연히 잘 알겠고, 로열 기사단과도 잘 아는 사이인가요?"

"그럼요! 저희끼리 맨날 하는 얘기가 검이거든요. 저도 로열 기사단 출신이에요."

"으음, 그럼 예산은 생각하지 않고 필요한 만큼 검을 고르겠어요? 동료를 대신해서."

센이 놀란 듯 로자리아를 보았다. 명검으로 유명한 대장간에서, 제2 기사단과 로열의 기사들을 위한 검을 사 준다니!

"예?!"

"기사단에 선물을 하고 싶어요. 검이 맞지 않거나 문제가 있으면 기사들이 직접 대장간으로 오면 되니까."

"알겠습니다!"

센은 신중한 태도로 검을 골라냈다. 전부 스무 자루였다. 이미 받은 검이 있거나 멀쩡한 기사들은 제치고, 얼마 전 바렛사와의 소규모 전투로 검을 잃거나 무기가 부서진 이들의 것만 골랐다.

"저희 바르세데스의 기사들을 위해 무기까지 챙겨 주시다니……. 분명 기뻐할 겁니다!"

센은 기사들이 기뻐하리란 걸 확신했다. 그는 케딜락성에 마차를 보내 달라는 전언을 보냈다. 얼마 지나지 않아, 마차가 대장간 앞으로 도착했다. 센은 로자리아가 구입한 무기를 마차에 옮겨 실었다.

무기를 싣느라 바쁜 센이 떠난 후 로자리아와 멜라니만 남게 되었다. 그사이 로자리아는 멜라니에게 있었던 일을 알려 주었다. 성지기 케이사가 성녀의 사주를 받아 아버지를 죽였다는 말을 듣자 멜라니는 한동안 말을 잇지 못했다.

"신전에서 보냈다고 했지만 차라리 케이사가 벌인 일이길 바랐어요."

"멜라니, 그자는 벌을 받게 될 거야."

"벌? 그럼 아버지를 죽인 성녀는요?"

"증거가 없어. 있더라도 아무도 네 말을 믿지 않을 거야. 프리실라는 성녀니까."

"어째서 성녀는 사람을 죽이고도 멀쩡할 수 있어요? 정령술사의 검이 뭐기에 아버지를……."

"그 검을 만든 자만이 없앨 수 있다고 들었어."

로자리아는 무나크에서 돌아온 지오에게 들었던 말을 떠올렸다. 그는 라쉬드에겐 알리지 않았다고 했다. 성검 데레사를 만든 사람이 대장장이인 것도, 대장장이가 신전 측에 의해 죽게 된 것도.

"아버지가 원치 않은 유작이에요. 제가 어떻게든 그 검을 없애 보겠어요."

멜라니는 결의에 찬 눈으로 말했다. 아버지는 명예를 위해 성검을 만드는 것을 거부했다.

"딸아, 나는 데레사 님에게 은혜를 입었단다. 그녀의 심장으로 검을 만드는 건 데레사 님을 배신하는 일이야."

"데레사 님은……."

"더 이상 성녀가 아니지. 그래도 데레사 님이야말로 이스타샤의 유일한 성녀였어. 그녀에게 받은 은혜를 갚기를 평생 동안 기다렸다."

멜라니는 어렸던 자신의 머리를 쓰다듬으며 얘기했던 아버지를 떠올렸다. 북제국의 지배층으로 태어나 바렛사에서 도망치듯 떠난 아버지는 신성제국에서 노예보다 못한 삶을 살았다. 성검을 만들 수 있다는 희귀한 능력이 아버지의 삶을 나락으로 만들었다. 종래엔 어머니가 귀족의 손에 죽임을 당하자, 아버지는 귀족을 죽였다. 죽을 날을 기다리는 바렛사의 대장장이를 구해 준 건 신성제국의 성녀, 데레사였다.

'로즈 아가씨라면…….'

멜라니의 눈동자에 로자리아의 모습이 비쳤다. 생각에 잠긴 멜라니를 보던 로자리아는 무거운 숨을 삼켰다.

'그는 성검 데레사를 만들기를 거부했지만 딸 멜라니를 들먹여 협박하자 어쩔 수 없이 만든 거야.'

로자리아는 멜라니가 진정될 때까지 기다렸다. 멜라니는 떨리는 목소리로 말했다.

"……저는 성녀를 용서할 수 없어요."

멜라니는 이를 악물었다. 정령술사를 죽이든 말든 자신과는 무관한 문제였다.

"아가씨는 공작가의 사람이죠? 공작님께선 성녀의 편을 들어주시겠죠?"

"성녀는 황태자의 편이야. 하지만 황태자와 공작의 사이가 좋은 편은 아니지."

로자리아는 멜라니의 어깨를 감싸며 말했다. 눈물을 그치지 못하던 소녀는 잠긴 목소리로 중얼거렸다.

"북부 케딜락으로 가겠어요. 케딜락의 군사를 위한 검을 만들겠어요."

멜라니는 복잡한 관계는 알지 못했다. 어째서 성녀가 황태자를 지지하는지, 왜 황태자와 공작의 사이가 좋지 않은지. 확실한 건 로즈 아가씨가 성녀를 상대할 수 있는 유일한 사람이라는 것이다.

케딜락성에서 훈련을 하던 이들의 시선이 마차에 멎었다. 공작가의 마차가 오가는 거야 흔한 일이었지만 오늘은 달랐다.

"선물을 주셨다고?"

"마님께서? 우리에게 왜?"

제2기사단장, 센에게 소식을 들은 로열의 기사들은 의아했다.

"너희 마을에 있는 대장간 알지? 단 하나 남은 곳. 거기서 만든 검이라더라."

처음에는 시큰둥하던 이들의 눈이 반짝거렸다. 훈련에 집중하던 기사들의 시선이 마차에 쏠렸다. 너 나 할 것 없이 모두 마차로 뛰어들었다.

달칵. 문을 열고 나온 건 로자리아였다.

"죄, 죄송합니다. 저희 때문에 놀라셨죠?"

"괜찮아요. 그건 그렇고 센 경은 어디에 있나요?"

"센 경께선 시찰을 나가셨습니다. 그런데 이 마차는 대체……."

"검이에요. 검이 부러지거나 녹슬었다는 말을 들었거든요. 칼라스 대장간의 것이에요."

"칼라스?! 설마, 서북쪽 마을에 사는 그 괴팍한 대장장이를 말하시는 겁니까?"

기사는 자신의 귀를 의심하며 되물었다. 명장 칼라스, 그는 돈을 줘도 자기가 만든 검을 팔지 않는 까다로운 대장장이로 유명했다.

"북부를 지키느라 고생하는 로열기사단에게 주는 선물이에요."

로자리아는 놀란 기사에게 상냥한 목소리로 말했다.

"멜라니, 나와도 좋아."

그녀를 뒤따라온 사람은 천에 쌓인 망치를 품에 안은 소녀였다.

"앞으로 제가 케딜락의 검을 책임지겠어요."

기사들은 너무 놀라 입을 다물지 못했다. 그 까다롭고 어떤 가문에도 속하기 싫어했던 명장의 딸이 케딜락에 온다고?

"전 이제부터 케딜락 사람이에요."

멜라니는 처음 와 보는 케딜락성을 올려다보았다. 아버지와 단둘이 살던 때엔 마을 사람들과의 교류도 극히 적었다. 멜라니 또한 살가운 성격은 아니었지만 검만 만들 수 있다면 좋았다.

"그럼 성검은 어떻게 되는 거지? 아버지와 함께 성검을 만들지 않았나?"

로자리아는 반색하는 기사에게서 멜라니에게 몸을 돌리며 물었다.

"……성검은 다시는 만들지 않아요. 아버지보다 부족한 실력이지만 그래도 노력했거든요. 지금으로선 성검을 만드는 건 무의미해요."

성검을 만들 수 있는 명장은 극히 드물었다. 신전의 명령을 거부할 경우, 바르세데스와 신전의 대립이 시작될 수 있었다.

"본래 명검을 만드는 대장장이는 가문에 속하지 않아요. 그러니 이때까지 제가 만든 검의 주인은 없었어요. 그저 검을 만들고 후에 주인이 나타나기를 기다렸으니까."

멜라니는 숨을 크게 들이쉬며 기사들에게 고했다. 마차 안에서 로자리아가 공작 부인이란 사실을 알게 되었지만 달라지는 건 없었다.

"앞으로 아가씨가 제 주군이에요. 전 로자리아 님만을 위해서 검을 만들 거예요."

멜라니의 고백에 기사들의 시선이 모두 로자리아에게 향했다. 그 시선에 그녀는 도리어 영문을 모르겠다며 어깨를 으쓱했다.

"앞으로 모든 검에 주군의 이니셜을 새길 거예요."

기록은 책에만 남는 것이 아니었다. 자신이 영혼을 쏟아부어 만든 검, 그 검에 로자리아의 이름을 새기리라.

저녁이 되어서야 로자리아는 숨을 돌릴 수 있었다. 침실에서 창밖을 내다보던 그녀에게 반가운 마차 소리가 들렸다. 상단을 통해 구입한 식재료가 도착한 것이다. 로자리아가 사들인 건 테베 음식을 할 수 있는 재료였다. 공작 부인이 직접 요리하는 건 아니었고, 레시피를 주방장에게 줌으로써 다양한 이국의 요리를 보여 줄 생각이었다.

'이스타샤 음식 문화가 발달하긴 했지만, 가끔 테베 음식을 먹는 것도 나쁘지 않으니까.'

처음에는 야만인 음식을 어떻게 먹느냐며 툴툴거리던 이스타샤의 귀족들이, 나중에는 먼저 찾는 것을 본 기억이 있었다. 달라진 케딜락성의 분위기에 병사들의 불만이 가라앉았다. 얼마 전만 해도 굶어 죽을 거란 공포가, 전쟁이 터질지도 모른다는 불안함이 그들을 잠식했다. 죽음의 두려움이 짙게 깔린 케딜락성의 그림자를 걷게 한 건 로자리아였다.

성의 보수가 막바지에 도달했다. 허름했던 식당은 갈라진 벽의 틈을 메우고 이끼를 제거한 것만으로도 화사해졌다. 어느 날부터 테베식 식사가 종종 나오면서 병사들은 행복한 미소를 지었다. 고소한 풍미에 담백한 이스타샤의 음식은 훌륭했지만, 병사들은 테베의 고장에서 나고 자란 생선과 특이한 향이 나는 산초를 맵게 끓인 국에 입맛을 다셨다. 고된 노동을 한 뒤에 식당에 가면 코가 짜르르한 매운 향에 스트레스가 풀릴 정도였다.

가장 인기 있는 건 비네거(식초)였다. 테베에서는 먹다 남긴 포도주로 비네거를 만들었으나 케딜락에선 넘치는 것이 포도주였다. 북부의 병사들은 추수감사절이 아니면 술을 마시기 힘들었다. 몰래 마시는 자들도 더러 있었지만 발각되면 구금이었다. 그래서 기껏 만든 포도주를 쓸 일이 없었다. 반응이 좋아 쓰지 않는 포도주를 콸콸 부어 음료를 만들었다. 요리에 쓰는 발사믹 비네거도 인기가 좋았다.

"이게 테베식이래."

"맛있는데?"

"아니야. 이 비네거는 테베에도 드문 거랬어."

눈을 찌푸릴 정도의 산미가 어느덧 달콤하게 느껴졌다. 침이 고이면서도 식사 후에 한 잔 마시면 깔끔했다. 물에 탄 비네거 주스를 마시면 피로가 싹 풀렸다.

"테베 한번 가 보고 싶다."

"에이, 그래도 야만인들 득실거리는데 뭐 하러 가?"

"넌 마님께서 만드신 비네거는 넙죽 받아먹으면서 야만인이란다. 죽을래?"

병사들끼리 약간의 소란도 있었다. 그것을 제외하면 케딜락성은 평화로웠고 식량난 때문에 불안했던 분위기는 안정을 되찾았다.

그날 밤, 비네거의 레시피를 적고 있던 로자리아에게 라뮤엘이 찾아왔다.

"헉, 헉! 부인!"

"라뮤엘? 무슨 일이야?"

어찌나 뛰어왔던지 등이 흠뻑 젖을 정도였다. 손수건으로 땀을 훔친 그가 헐떡거리며 말했다.

"수도에서 연락이 왔습니다!"

"무슨 연락?"

"클라인 황제께서 황위에 오르셨으니, 수도에 와서 즉위식에 참여하라는 전언입니다."

"라쉬드가 북부를 지키는 걸 알면서 오라고 하는 거야?"

"그렇다고 들었습니다. 간이 큰 건지 안일한 건지 모르겠습니다만, 일어나지 않은 전쟁보다 황제의 즉위가 먼저라고……."

로자리아는 레시피를 접던 종이를 구겼다. 그러다 움찔하는 라뮤엘을 보곤 다시 펴 냈다. 크게 심호흡한 그녀는 최대한 단어를 고르며 말했다.

"그 새…… 로운 황제께서 불렀으면 거부할 권리가 없는 거지?"

"오지 않는다는 건 황제로 인정하지 않겠다는 뜻과 같아서……. 실제로 노만 1세께서 그걸 빌미로 형제의 목을 쳐 낸 전례가 있습니다."

"그럼 라쉬드는……. 잠깐만 군사권을 가진 공작인데 안 가도 되는 거 아니야?"

"이번에는 반대의 상황이긴 합니다. 군사권을 공작 각하께서 가지고 계시니, 가지 않으신다면 황제는 대외적으로 인정받지 못하게 됩니다."

'하긴, 공작에게 인정받지 못한 황제라면 허수아비임을 증명하는 꼴이지.'

라뮤엘의 말이 맞았다. 로자리아는 표정이 어두워진 그에게 물었다.

"공작님은? 어쩌기로 했어?"

"가기로 했습니다만, 제게 부인의 의사를 알려 달라 하셨습니다. 일단은 바렛사와 전쟁을 앞두고 있으니 가지 않는다면 이스타샤가 우스워지는 건 둘째 치고, 군사의 사기가 저하될 테니까요."

"우리에겐 무능한 황제더라도 병사들에겐 달라. 공작의 인정을 받지 않는다면 제국민이 불안해할 거야."

"어쩔 수 없는 문제이지요. 그리고 이건 극비인데……."

라뮤엘은 주위를 둘러보았다. 아무도 없음을 확인한 그는 그녀의 귓가에 소곤거렸다.

"바렛사의 황제가 연회에 온다고 합니다."

"병에 든 황제가? 독에 당해서 눈을 뜨지 못한다고 들었어."

"……즉, 바렛사의 차기 황제가 될 황자가 온다고 합니다. 그래서 그자가 누구인지 알아내기 위해 각하께서 황성에 가신다고 하셨습니다."

로자리아는 눈을 가늘게 떴다. 바르세데스의 적인 바렛사의 황제가 클라인을 축하하러 온다는 건 이상했다.

"북부의 병사들이 들으면 기가 찰 노릇이야. 누구는 전쟁이 터질까 봐 바짝 긴장하는데 누구는 적국의 황제를 연회에 초대하다니."

"그래서 각하께서 가신다고 하셨습니다. 너무 걱정하실까 부인껜 말하지 말라 하셨지만……."

"고마워, 라뮤엘. 이건 못 들은 걸로 할게."

비밀로 하겠다고 하자 라뮤엘은 반색했다.

"이스타샤의 연회는 처음인데 준비부터 해야겠네."

"어쩌죠……? 북부는 수도에서 떨어진 곳이라 유명한 드레스 장인이 없을 텐데."

"그건 괜찮아. 혹시 필요한 일이 있으면 부탁해도 될까?"

"물론입니다! 언제든 저를 부르세요. 저는 북부에 있을 예정이라 수도까지 같이 못 가지만 닿는 데까지 도와드리겠습니다."

드레스를 구하는 건 어렵지 않았다.

다음 날 아침, 침실에 처음 보는 상자가 있었다. 이를 본 시녀가 로자리아에게 공손하게 알렸다.

"마님, 공작님께서 보내신 선물이에요."

"드레스?"

상자를 열어 본 로자리아는 그대로 굳었다. 몸에 달라붙는 형태의 고혹적인 검은 드레스였다. 몸의 곡선을 여실히 드러내는 옷에 그녀는 침묵했다.

"어머나. 공작님의 취향이신가 봐요!"

무심결에 드레스를 펴 보던 로자리아의 눈이 크게 떠졌다.

"등이 파인 것 같은데……."

"이스타샤식이라 다를 거예요, 마님. 마님께서 불편하시다면 수선을 알아볼까요?"

"아니, 괜찮아. 그대로 입고 싶어."

시녀가 조심스럽게 말했다.

"분명 마님에게 잘 어울릴 거라 생각해요. 탐스러운 금발을 옆으로 모아 묶으면 더 아름다울 거예요, 마님."

로자리아는 찬찬히 드레스를 살폈다. 누가 봐도 눈에 띌 것이 분명했다.

'황제의 즉위식이라…….'

드레스를 보니 실감 났다. 열다섯, 노만 1세의 교지를 받기 위해 이스타샤 황성으로 갔었지만 지금은 상황이 변했다. 그때와 달리 자신은 이스타샤의 황족이었다. 즉위식에 다른 나라의 귀빈과 동대륙의 사신이 올 것은 자명했다. 그럼에도 바르세데스에 가장 중요한 건 중립을 유지하는 이스타샤의 귀족들이었다.

'아직 결정을 내리지 않은 이스타샤의 귀족이 있다면 우리 편으로 끌어들여야 해.'

로자리아는 숨을 깊이 들이쉬었다. 테베의 왕녀인 자신을 야만인이라고 멸시하던 신성제국의 귀족들. 그들을 포섭할 때가 되었다.

'이미 절반의 귀족들은 클라인 황제를 택했어. 라쉬드가 공작으로서 전염병을 해결하고 바렛사로부터 이스타샤를 지키는 건 그들에겐 중요하지 않아.'

귀족은 군역을 지지 않으며, 뇌물과 부정부패를 눈감아주는 지금의 상황을 선호했다. 그마저도 노만 1세가 죽고 클라인 황제가 뒤를 잇는다면, 지금보다 더 황실의 기강이 흐트러질 것이다.

'패를 모아야 해. 바르세데스를 도와줄 이를.'

❖

드디어 연회 당일이 되었다. 시녀들은 이른 아침부터 로자리아를 꾸미기 위해 부산스러웠다. 며칠에 걸쳐 고른 장신구를 신중히 살폈다. 모두 한마음으로 공작 부인을 꾸미는 데 여념이 없었다.

'가끔 거친 병사들이 함부로 하지 못하도록 도와주시곤 했으니까.'

로자리아의 머리에 장식을 달아주던 시녀는 예전에 있었던 일을 떠올리곤 배시시 웃고 말았다. 케딜락성의 군 기강은 무척 엄격했다. 바르세데스의 주인이자 케딜락의 군주인 공작의 성정을 모르는 자가 없었다. 북부의 병사들은 주군인 공작은 물론, 바르세데스의 기사들까지 두려워했다. 그러나 시녀에겐 예외였다. 병사들의 욕지거리와 희롱에 눈물을 참고 있을 때였다. 소식을 들은 공작 부인이 병사들을 불러 모아 경고했다.

공작 부인은 그녀의 시녀들을 향한 병사들의 희롱과 욕설을 넘기지 않았다. 제아무리 공작이 케딜락의 뛰어난 군주라 한들, 시녀의 처우까지 개선할 아량은 없었다. 그것을 바꾸어 나간 건 로자리아였다.

'확실히 마님께서 케딜락성에 오고 나서 분위기가 달라졌어.'

병사들이 시녀를 대하는 태도가 변한 건 바뀐 부분 중 일부였다. 공포와 두려움에 스스로를 갉아먹던 병사들은 삶의 희망을 엿보았다. 바로 그들이 멸시했던 테베의 왕녀에게서.

장장 네 시간에 걸쳐 만족한 결과가 나왔다.

"너무 아름다우세요, 마님!"

"분명 성녀님보다 더 아름다우실 거예요!"

시녀들은 마님에게 아부하는 것이 아닌 진심이었다. 로자리아는 과도한 그들의 반응에 피로해진 눈가를 눌렀다.

"안 돼요! 화장 지워져서 안 돼요, 제발."

"……머리카락이 닿아서 간지러운걸."

"예뻐지기 위해선 고통을 참아야 해요! 제발 마님, 얼굴 만지시면 안 돼요."

신신당부하기에 더 이상 건드릴 수 없었다. 바람이 불 때마다 머리칼이 뺨에 닿아 간질거렸지만 꾹 참았다.

로자리아는 거울 속에 비친 여인을 바라보았다. 그곳에 과거와 달라진 왕녀가 있었다. 탐스러운 금발은 옆으로 느슨히 묶었고, 붉은 장미꽃으로 고정시켰다. 입술은 너무 붉지 않게 말린 장미 가루를 물에 타 적셨고, 눈썹은 우아한 아치형으로 그렸다. 눈 위에 제비꽃을 빻은 고운 가루를 부드럽게 칠하자 누가 봐도 고혹적인 왕녀가 되었다.

로자리아는 시녀의 배웅을 받으며 방을 나섰다. 수도로 가기 위해선 늦어도 저녁까지 이동진을 타야 했다. 단장을 마친 로자리아는 기사의 안내를 받으며 걸음을 옮겼다. 그녀가 도착한 곳은 황성과 연결된 이동진이었다. 이동진에서 로자리아를 기다리던 라쉬드는 그녀에게서 눈을 떼지 못했다.

"각하, 외람되지만 이만 떠나실 시간입니다."

"이미 알고 있었다, 라뮤엘."

'모르셨던 것 같은데.'

시간이 속수무책으로 흐르자 라뮤엘이 주군의 등을 쿡쿡 찔렀다. 넋이 나간 보좌관마저 겨우 정신을 차렸는데 냉철한 주군께서 혼이 가출한 모양이었다.

"게다가 부인께선 외투를 걸치지 않아 추우실 겁니다."

"……그런 말을 내게 하는 저의가 뭐지, 라뮤엘."

말을 하면서도 라쉬드는 주저 없이 검은 코트를 벗었다. 그러고는 그는 늑대 털이 달린 코트를 로자리아에게 입혀 주었다. 자신의 아내가 눈을 못 뗄 정도로 아름답긴 했지만 북부의 봄은 여전히 추웠다.

"코트를 준비하는 걸 깜빡했어."

"괜찮아요. 추위를 잘 안 타거든요."

정령술사는 대부분 추위와 더위에 강한 편이었다. 그녀는 저도 모르게 웃으며 말했다. 로자리아는 기묘한 문자가 흐르는 이동진 위에 올라섰다. 라뮤엘은 북부에 남기로 했고, 시녀들은 마차를 타고 수도에 오기로 했다.

"그럼 이동하겠습니다."

사제가 손을 휘두르자 이동진이 하얗게 빛났다. 눈 깜짝할 사이에 공작 부부는 수도에 도착했다.

쿵-!

"공작 각하와 공작 부인께서 드십니다."

거대한 징 소리와 함께 성문이 열렸다. 이미 도착해 귀족들의 인사를 받던 클라인의 시선이 공작 부부에게 닿았다. 그의 곁에서 자애로운 미소를 짓던 프리실라도 마찬가지였다.

"오랜만이구나, 공작. 그동안 잘 지냈느냐?"

"신경 써 주신 덕분에 잘 지냈습니다, 폐하. 즉위를 축하드립니다."

라쉬드는 생전 노만 1세에게 하던 예를 그대로 따랐다. 건방진 자신의 아우가 가슴에 손을 얹고 한쪽 무릎을 꿇자 클라인은 알 수 없는 희열을 느꼈다.

'방자한 네놈도 황제 앞에선 어쩔 수 없구나. 그동안 내게 황태자로서 예를 취하지 않더니.'

그렇게 생각하던 라쉬드가 말했다.

"폐하의 간곡한 청을 거절할 수 없어서 온 것이기에, 조금 더 반겨주시리라 생각했습니다."

"라쉬드! 여전히 무례하고 제멋대로구나!"

클라인은 이를 갈았다. 프리실라가 자신의 손을 덮자 속을 가라앉힌 황제가 로자리아를 보곤 비아냥거렸다.

"어찌 저리 눈치가 없을까? 네년에게 하는 말인 걸 모르는 게냐?"

"네년?"

라쉬드는 싸늘한 목소리로 물었다. 로자리아가 대답하는 것보다 그가 한발 더 빨랐다. 라쉬드는 자신의 아내를 모욕한 황제를 서늘한 시선으로 보았다.

"제 아내에게 지금 네년이라 하신 겁니까?"

"그럼 누구겠느냐?"

"그렇다면 제가 여기 온 이유가 없는 겁니다."

클라인은 부르르 몸을 떨었다. 왕좌를 손에 쥔 그의 손이 멀리서 보기에도 떨렸다.

"선황께서 내게 황위를 주셨다! 그러니 네놈의 인정 따위 필요 없다! 북부에 처박히느라 가엾은 네놈을 불러 주었건만 방자하기 그지없구나."

"제가 북부로 돌아가기 전까지 선황께선 정정했습니다. 병환을 앓아도 후궁을 아꼈던 것을 보면."

"네놈이 이젠 아버지까지 욕보이는 거냐?"

"여긴 사석이 아닙니다, 폐하. 저와 제 부인을 낮추는 것을 그만두십시오."

라쉬드가 얼음장 같은 목소리로 말했다. 클라인은 미치고 팔짝 뛸 지경이었다. 황제는 자신이건만 저 무례한 공작이 자신이 이스타샤의 주인이라도 되는 것처럼 명령을 내리지 않는가!

"저는 이미 말씀드렸습니다. 마지막으로 고하건대, 다시 한번 제 아내를 욕보인다면 바르세데스가 가만히 있지 않을 것입니다."

"바르세데스? 하! 가만히 있지 않으면 네가 뭘 하겠다고? 이미 황제가 된 나를 죽이기라도 하겠단 거냐? 내게 반란을 일으키겠다고?!"

"폐, 폐하. 고정하십시오."

옆에 있던 신하가 말리자 클라인은 더 날뛰었다. 그는 검을 가져와 자신을 말린 신하의 목을 베어 냈다. 낌새를 알아챈 라쉬드는 재빨리 로자리아를 그의 품에 가두었다. 그러곤 죽은 신하를 보지 못하도록 자신의 어깨에 고개를 기대게 했다.

"자, 봐라! 라쉬드! 나는 신성제국의 황제다. 주제도 모르는 너처럼 무례한 놈들은 죽일 수 있단 말이다!"

"알겠으니 그만 고정하십시오. 보기 좋지 않습니다."

부끄러움은 형제인 자신의 몫이었다. 라쉬드는 막장에 치닫는 클라인을 보며 한숨을 내쉬었다. 한심한 종자를 보는 시선에 클라인은 움찔했다.

"네, 네가 감히……."

"폐하!"

참지 못한 프리실라가 창백한 얼굴로 클라인을 불렀다. 황제의 즉위식이니 지켜보려고 했건만 도가 넘었다.

"폐하, 각국의 사신이 지켜보고 있어요. 여기 있는 건 이스타샤의 귀족뿐만이 아니에요. 테베와 바렛사, 동대륙의 사신까지 있다는 걸 잊지 마세요."

"그게 뭐 어쨌다는 게야?"

"방금 폐하께서 죽인 신하, 폐하가 황제가 되는 것에 힘썼던 귀족이에요. 부디 같은 편을 적으로 돌리지 마세요. 이스타샤의 귀족들이 원하는 건 폭군이 아니니까요."

프리실라는 목소리를 낮추며 클라인에게 알려 주었다. 한참을 씩씩거리던 그는 새된 목소리로 외쳤다.

"꼴도 보기 싫으니 나가거라!"

"제가 갈 데가 어디 있겠습니까? 폐하께서 바쁜 저를 즉위식에 오라 간곡히 부탁한 걸 잊으셨나 봅니다."

라쉬드는 들은 척도 하지 않았다. 나가라고 했건만 아무도 나가는 이가 없었다. 오히려 주위에 있던 다른 나라의 사신과 이스타샤의 귀족들이 눈치를 볼 정도였다.

"신경 쓸 것 없다. 폐하께서 늘 그렇듯 노한 것뿐이니 도망가지 말고 연회를 즐기도록 해."

라쉬드는 손을 내저으며 상황을 종료시켰다. 황제가 해야 할 말을 그가 대신한 것이다. 원래라면 분노 조절을 못 하는 클라인의 장단에 맞췄을 것이나 자신의 아내를 모욕하는 말을 들어줄 정도로 관대하진 않았다. 차라리 자신을 욕보였다면 적당히 대응하고 물러섰겠지만 로자리아를 건드리는 건 다른 문제였다.

'그것도 로즈가 제일 싫어하는 욕을 했지.'

야만인. 미친한 계집. 천하고 미개한……. 귀에 딱지가 생길 정도로 들은 말이었다. 어찌 된 영문인지 공작 부인보다 남편인 공작이 더 그 말을 자주 들었다. 라쉬드는 한 번만 더 그런 말을 지껄이는 자가 있다면 곱게 보내진 않으리라 다짐했다.

"라쉬드, 먼 걸음을 와 주어서 고마워요. 선황의 장례식엔 오지 않았지만 폐하의 즉위식에 한걸음에 달려와 주어서 폐하께서도 기뻐하세요."

"과하게 기뻐하실 줄 알았다면 더 일찍 올 것을."

'노만 1세와 연락이 되지 않아 수도로 왔었지.'

클라인은 임페리얼의 상단주인 '폰'이 공작이라는 것을 알아차렸다. 노만 1세가 각각 북부와 남부, 두 영지를 수여했지만 그걸 감안하더라도 바르세데스는 막대한 부를 소유했다. 이에 수년간 흔적을 쫓다가, 노만 1세가 죽기 직전 프리실라가 그 사실을 알아차렸다.

'임페리얼에 폰으로서 먼저 경고했고, 관리자를 도망시켰다. 그 후로 노만 1세를 보러 황성에 갔었지.'

라쉬드는 과거를 회상했다. 이미 황성에 심은 전령에게 노만 1세가 숨을 거뒀단 사실을 들은 직후였다. 그 사실을 눈으로 확인하기 위해 황성에 간 것이 마지막 기억이었다.

'그리고 황제의 침실에서 프리실라를 봤었지. 성녀가 내게 성력을 쓴 건가?'

기억을 지우는 일이 불가능한 건 아니었다. 성녀와 성력을 견준 적은 없지만 다친 자를 치료하는 것뿐만 아니라, 성력을 주입해 몸의 주도권을 가지는 것도 가능했다. 치료하고자 하면 치료가 되며, 독으로 쓰고자 하면 독이 되는 것. 그것이 여신 아니타의 성력이었다.

라쉬드는 프리실라에게 섣불리 성력을 쓰지 못했다. 신성제국의 성녀, 프리실라가 제국을 망치는 독임을 알면서도 죽이지 못했다. 성녀는 필요악이었다. 신성제국의 성기사와 제국민의 구심점이 되어야 할 성녀가 죽는다면, 제국은 혼란에 물들고 바렛사는 그 틈을 노려 침략할 것이다. 마지막 기억을 되새기던 라쉬드의 눈동자가 짙게 잠겼다.

라쉬드에게서 시선을 돌린 로자리아는 클라인을 보며 혀를 낮게 찼다.

'저게 황제가 공작이 온 것을 기뻐하는 거라고?'

로자리아는 아직도 분통이 안 풀려 씩씩거리는 황제를 쳐다보았다. 얼굴은 시뻘겋게 달아올랐고 자신의 화를 다스리지 못해 눈꺼풀이 파르르 떨렸다. 어찌 됐든 기뻐하는 사람과는 거리가 멀었다.

"곧 있으면 바렛사의 황자 저하께서 오실 거예요. 지난 과오는 잊고 평화로운 시간이 되었으면 해요."

이스타샤를 침략하려던 바렛사로부터 북부를 지킨 것이? 라쉬드는 조소했다.

"어찌 잊겠습니까? 반가운 이의 얼굴을."

그는 눈을 내리깔며 입꼬리를 말아 올렸다. 이윽고 그는 로자리아의 어깨를 부드럽게 그러쥐었다. 공작 부부의 다정한 모습에 귀족들은 놀라 입을 다물지 못했다. 공작이 황제와 사이가 좋지 않다고는 하나, 아내를 대할 때와는 사뭇 달랐다. 이를 멀리서 지켜보던 프리실라가 행복하게 미소 짓는 로자리아 앞으로 다가왔다.

"공작 부인, 아직 이스타샤의 예법이 어려운 건가요?"

"……실례지만 성녀님, 무슨 말씀이신지."

"폐하의 즉위식에 검은 옷이라뇨. 아무리 이스타샤의 예법에 무지해도 그렇지, 어떻게 검은 옷을 입고 올 수가 있죠?"

대놓고 창피를 주겠다는 태도였다. 로자리아는 생트집을 잡는 성녀를 빤히 보았다. 잠잠하다 싶었는데 역시나였다. 클라인이 황제가 되고 눈에 보이는 게 없는 모양이다.

"당장 그 드레스를 벗도록 해요."

"왜 그래야 하죠?"

로자리아는 변명하는 대신 진심으로 물었다. 예법 운운하는 거 보니 대단하신 성녀님께서 자신을 가르치고 싶어 안달이 난 건가.

"즉위식에 불길한 검은색 옷을 입고 오다니, 무슨 의도인 거죠? 폐하를 황제로 인정하지 않겠단 뜻인가요?"

'이 정도면 개소리도 수준급인데.'

로자리아는 어떻게든 자신을 깎아내리려 하는 프리실라를 가소롭다는 시선으로 보았다.

"이스타샤 예법에 검은 옷을 입지 말라는 말이 있던가요?"

'멍청하긴. 나보다 더 잘 아는 사람은 없어.'

속으로 조소한 프리실라가 말했다.

"성녀인 제가 신성제국의 예법을 모를 거라 생각하나요? 여기 있는 그 누구보다 더 잘 알아요."

"공작 각하께서 검은 옷을 입은 것 또한 문제인가요?"

로자리아는 자신만만한 미소를 짓는 프리실라에게 물었다. 이스타샤의 예법 또한 여신의 가르침을 적은 율법에 속했다. 황족이라면 일률적으로 적용되어야 할 예법이 성녀의 마음에 따라 바뀐다면 어찌 율법이라 할 수 있는가. 라쉬드에게 옴짝달싹 못 하는 건 알았지만 늘 검은 제복을 입는 공작에겐 무어라 하지 않으니 우스웠다.

"라쉬드는 태어날 때부터 이스타샤의 황족이었어요. 그와 결혼하여 운 좋게 황족이 된 로자리아와 달라요."

"이제야 성녀님께서 저를 황족으로 인정해 주시는군요."

"그건……!"

"저는 이미 대신전의 허락을 받았답니다. 모르실까 봐 알려 드리자면 황족으로서 명부에 제 이름을 올렸죠. 그러니 제게 가르쳐 주시겠어요? 이스타샤의 모든 율법을 기록한 성전 어디에 그런 예법이 적혀 있는지."

"그걸 일일이 말해야 하나요?"

프리실라는 도리어 화를 냈다. 불리하다 싶으면 성녀의 권력을 앞세우려는 그녀를 보던 로자리아는 가벼운 웃음을 터뜨렸다.

"가련한 아이들아, 나의 말을 듣고 기록하여라. 흰색은 고귀한 것이며 오로지 성녀와 나의 피를 이은 아이만이 입을지어다."

"갑자기 성전은 왜 읊는 거죠?"

"그러나 나의 아이가 죽거든 검은 옷을 입어 기리도록 하여라."

로자리아는 프리실라의 코앞으로 다가갔다. 그녀가 다가갈수록 프리실라는 뒷걸음질 쳤다. 미소를 띤 입가와 다르게 노기를 띤 푸른 눈동자는 서늘했다.

"여신께서 말씀하시길, 나의 아이가 죽거든 검은 옷을 입으라 하셨다. 성녀님께선 노만 1세의 죽음을 기리지 않는 거군요."

로자리아는 입꼬리를 올리며 프리실라의 귓가에 속삭였다. 그 고아한 목소리에 성녀의 몸이 분노로 떨렸다.

"성녀님의 우려와 다르게 이미 신성 아카데미에서 오 년 동안 여신의 율법을 배웠어요."

로자리아는 선명한 목소리로 말했다. 이를 듣던 귀족들의 시선이 모두 프리실라에게 향했다. 지혜롭고 현명한 성녀님께서 오늘따라 우둔

해 보였다.
웅성웅성, 소란스러운 황성에서 공작 부부만이 차분했다.
“이번에는 내가 이긴 것 같네, 가엾은 프리실라.”
로자리아는 손을 잘게 떠는 프리실라에게 귓속말했다. 아무도 듣지 못한 그 말이 높이 치솟은 성녀의 자존심을 무너뜨렸다.
“울면 폐하가 마음 아파할 텐데, 웃어야지요.”
로자리아는 위로하듯 프리실라의 손을 잡았다. 웃을 듯 말 듯 올라간 공작 부인의 입꼬리에 성녀는 이를 악물었다.
‘네년이 감히 내게 모욕을 줘?!’
귀족들의 시선에 프리실라는 연회장을 도망치듯 빠져나갔다.
뒤에서 성녀를 지켜보던 로자리아는 시종이 건네주는 와인을 건네받았다. 독이라도 탔나 싶었지만 특별한 맛은 느껴지지 않았다.
“클라인과 같이 지내더니 멍청한 것도 닮아 가는군.”
보고 있던 라쉬드도 놀랄 정도였다. 성녀가 교활하긴 해도 억지를 부리진 않았다. 그러니 오늘 일은 두고두고 신전에 회자될 사건이었다. 간교한 꾀에 넘어가는 것도 우스웠지만 비련의 여주인공처럼 달려가는 것도 진풍경이었다.
“라쉬드는 아무렇지 않아요? 노만 1세께서…….”
“독살당한 시체를 뒤늦게 본다고 달라지는 게 있을까. 내게 선황은 아버지가 아니었다.”
노만 1세의 혈통임을 부정할 수 없었다. 하나 자신에게 선황은 이스타샤의 황제였을 뿐, 아버지라 부를 자는 아니었다. 로자리아는 고개를 끄덕였다. 평소답지 않게 그의 목소리가 가라앉았다.
‘바렛사의 황자를 보게 되어서 그런 건가?’
아직까지 황자는 황위에 오르지 않았지만 바렛사의 전사들은 그를 황제로 여겼다. 이스타샤를 자극하게 될까 그런 건지, 혹은 시기를 노리는 건지 왕좌에만 앉지 않았을 뿐 모두 죽어 가는 황제 대신 열네 번째 황자를 지배자로 모셨다.

'온건파인 바렛사의 현 황제가 죽고 강경파인 황자가 황위에 오른다면 큰 전쟁이 일어날 거야.'

이스타샤의 책사가 '바렛사의 황위가 바뀌는 순간 이스타샤와 전쟁이 일어날 것'이라고 예측했다. 모두 야만인 따위가 어찌 명망 있는 신성제국을 무너뜨릴 수 있느냐며 비웃었지만 전쟁은 예견된 수순이었다.

'언제 일어나는지가 관건이야. 그러니 바렛사의 차기 황제도 아직까지 황위에 오르지 않는 거고.'

바렛사의 황자가 황위에 오른다는 건 이스타샤와 전쟁을 벌이겠단 뜻이었다. 대부분의 이스타샤 귀족은 바렛사를 무시했지만 북부 출신의 군 전략가들은 이스타샤가 패배할 것이라 예언했다. 그건 라쉬드도 마찬가지였다. 공작이 위험을 무릅쓰고 북부에서 수도로 온 건 클라인의 황위를 공인하러 온 것이 아니라, 바렛사의 황제가 될 사내를 만나기 위해서였다.

쿵. 거대한 징 소리가 다시 한번 울렸다. 그와 동시에 연회장 내에 정적이 내려앉았다.

"바렛사의 황자 저하께서 드십니다."

이름도 가문도 밝히지 않았지만 모두 숨을 죽였다. 이미 그가 황제가 될 거란 소문이 파다했다. 게다가 강경파인 황자를 실제로 만나는 건 야만제국이라 비웃던 이스타샤의 귀족들조차 두려운 일이었다.

끼이익. 철문이 낮은 비명을 토했다. 문이 열리는 소리와 함께 갑주를 입은 사내가 연회장에 들어섰다. 턱을 앞으로 당긴 사내가 여유로운 걸음을 옮겼다. 오물에 뒹굴고 왔는지 그에게선 피와 땀에 젖어 시큼한 냄새가 났다. 황자는 새하얀 터번으로 얼굴을 가려 눈만 드러냈다. 진회색 눈동자는 짐승의 것처럼 날카로웠다.

"처음 뵙겠소. 바렛사의 열네 번째 황자."

"그대가 신성제국의 공작인가?"

흥미로운 시선으로 공작을 살피던 황자가 말을 이었다.

"정신을 잃은 형님을 대신해 내가 왔소이다만, 이스타샤의 귀족들은 하나같이 어여쁘군."

그가 가리키는 건 치장한 귀족 여성뿐만 아니라 멋들어지게 꾸민 귀족 남성도 포함해서였다. 노골적인 모욕에 그들은 자존심이 상했으나 어느 하나 나서는 자가 없었다. 그는 거침없는 발걸음으로 로자리아에게 다가갔다. 그녀는 자신에게 다가오는 사내를 주시했다.

로자리아는 황자와의 거리가 가까워질수록 묘한 이질감을 느꼈다. 위압적인 기세에 일찌감치 뒤로 물러난 다른 귀족과 달리, 그녀는 물러서지 않았다.

"이쪽이 성녀님인가?"

아니면 저쪽? 사내가 가리킨 건 왕좌에 앉아 몸을 움츠린 클라인이었다. 로자리아는 자신을 빤히 보는 사내에게서 눈을 피하지 않았다. 당당하게 시선을 마주친 공작 부인을 본 그는 웃음을 터뜨렸다.

"당신이 이스타샤의 성녀인가 보군."

"그건 아니에요……. 성녀님은 조금 전에 가셨거든요."

'그것도 분한 얼굴로 뛰쳐나갔지.'

심각한 상황을 눈치챈 로자리아는 사실을 알려 주었다.

"흐음."

낮게 숨을 흘리던 황자는 로자리아의 허리를 당겼다. 그는 시선을 내리깐 채로 그녀에게 속삭였다.

"내가 보기엔 당신이 성녀야."

황자에게 붙잡힌 로자리아가 힘을 주었으나 끔쩍도 하지 않았다. 손목이 아릿할 정도의 악력이었다. 그녀가 위험을 무릅쓰고 황자의 발을 밟았으나 그마저도 피했다. 하는 수 없이 로자리아는 그의 허리를 쓰다듬는 척하다가 검을 빼내었다. 그녀는 황자에게 검을 겨누었다.

"황자 저하께 검을 빼 든 점, 용서해 주세요."

누가 봐도 비는 어조는 아니었다. 그녀는 화가 나려는 걸 꾹 참고는 최대한 이성적으로 말했다.

"결혼한 여자에게 멋대로 달려들어서 바렛사의 황자가 아니라 난봉꾼인 줄 알았거든요."

그녀는 차가운 눈동자로 황자를 주시했다. 우습게 보이는 건 사양이었다. 그가 대단한 권력자라 해도, 자신 또한 이스타샤의 황족이었다. 제멋대로에 무례한 사내. 힘으로 여자를 억누르고 취하려는 족속이 그녀가 제일 싫어하는 부류였다.

"나는 로자리아, 라쉬드 공의 아내이자 바르세데스의 공작 부인이에요."

로자리아는 힘주어 말했다. 그녀는 새파란 눈동자를 들어 올려 황자에게 경고했다. 다시 한번 제 몸에 손을 댄다면 그땐 정말로 저 무례한 자의 손목을 베리라.

"이미 알고 있어. 내게 친히 가르쳐 주지 않아도."

이어지는 대답에 그녀는 눈을 크게 떴다.

'알고 있다고? 그런데 내게 성녀라 한 건가?'

바렛사의 황자가 뼛속까지 무례하긴 해도 서대륙의 신으로 떠받들어지는 성녀에게 예를 취해야 한다는 건 알고 있었다. 그러나 그가 경외하는 성녀는 프리실라가 아니었다.

"내게 있어 성녀는 가지고 싶은 여자를 말하는 것인데, 몰랐던 건가?"

신성제국인 이스타샤에겐 물론이고 성녀와 신전에도 대단히 무례한 발언이었다. 하지만 당대 성녀인 프리실라가 죽은 선황과 현 황제와 뜨거운 밤을 지냈다는 사실을 알고 있는 그로선, 제아무리 신성제국의 성녀라 한들 거리의 창부보다 못했다.

"이스타샤의 성녀는 황제에게 몸을 바치고, 공작 부인께서는 테베 왕에게 버림받고 공작에게 팔린 건가?"

그가 비릿한 미소를 지으며 물었다. 로자리아는 대답 대신 입술을 질끈 깨물었다.

"그 대단한 밤 실력을 나도 보고 싶은데. 공작 부인께선 어때? 한낱 공작 부인의 자리에 앉기엔 아름다워서 말이야."

황자는 그녀를 대놓고 조소했다. 로자리아는 화를 삼키고 목울대를 넘겼다. 탐색하는 듯한 황자의 시선이 그녀에게 향했다.

'묘하게 사람을 건들지만 비웃는 눈빛은 아니야. 오히려 시험하는 것 같은…….'

로자리아가 말했다.

"제게 마르바를 주신다면 생각해 보겠어요."

마르바는 바렛사의 국보이자 한때 이스타샤의 성물이었다. 오백 년 전 바렛사와의 전쟁으로 이스타샤가 바렛사에 뺏긴 성물이었다.

"공작 부인인 당신에게 바렛사의 성물을 내놓으라는 건가?"

"무리한 부탁이라 생각해요. 당신은 아직 황제가 아니니까."

로자리아는 차분한 목소리로 대답했다. 자신의 화를 부추기려 안달난 황자가 원하는 대로 해줄 생각이 없었다.

"내가 황제가 된다면?"

"착각하시는데 마르바는 원래 이스타샤의 성물이었어요."

로자리아가 대답했다. 성물 마르바는 아무도 꺼내지 못한 얘기였다. 한때 이스타샤의 황제들이 바렛사 제국에 '마르바를 돌려 달라'고 어르고, 달래 보고, 간청도 하고, 협박도 했지만 그들은 묵묵부답이었다. 툭하면 '돌려주는 대신 우리와 전쟁할 건가?' 하고 되묻던 대범한 자들이었다. 노만 1세도 바렛사에게 훔쳐 간 성물을 돌려 달라 말하지 못했다. 그걸 황후도 아닌 공작 부인이 바렛사의 차기 황제에게 말했다.

"그럼 북부를 내게 줄 건가? 너희가 강제로 점령하고 있는 선조의 땅을."

"바렛사의 초대 황제께서 공인하신 그 땅 말인가요? 아쉽게도 이스타샤는 성물 마르바가 바렛사의 것이라 공인한 적 없어요. 하지만 북부 케딜락은 달라요."

로자리아는 황자의 요구가 억지라고 넌지시 말했다. 이를 가만히 듣던 그의 눈동자에 이채가 서렸다.

"정말이지 너무 마음에 드는군. 얼마든지 성물을 내어줄 정도로."

의외의 답에 그녀는 자신의 귀를 의심했다. 마르바를 돌려주겠다고? 그 성물을 가지기 위해서 전쟁을 일으킨 바렛사가?!

"내가 이스타샤에 성물을 돌려준다면 당신은 공작을 버리고 나에게 올 건가?"

이번에는 대답하지 못했다. 이스타샤의 황제라면 정말로 성물 마르바와 자신을 바꿀지도 몰랐다. 오히려 두 손을 들며 만세를 부르짖을 것이다.

"무례한 질문이로군, 바렛사의 황자."

상황을 주시하던 라쉬드가 차가운 목소리로 읊조렸다. 노기를 억누른 그의 목소리에 진득한 살기가 담겨 있었다.

"이미 빼앗긴 성물 따위 관심 없어. 하나 북부 케딜락과 공작 부인은 모두 바르세데스의 것이다."

그가 말하는 바르세데스는 그 자신이었다. 라쉬드는 빼앗는 법은 알아도 빼앗기는 법은 모르고 자랐던 황자였다. 그 누구든 자신의 것을 탐낸다면 넘어가지 않으리라.

"이미 뺏긴 북부 케딜락에 어슬렁거리더니 이젠 내 아내에게까지 들이댈 줄이야."

"말은 바로 해야 하지 않겠나, 공작? 조만간 케딜락성을 되찾을 건데 공작 각하께선 어디까지 버틸 수 있을까?"

둘의 대화를 듣던 클라인이 움찔했다. 바렛사 황자가 대놓고 북부를 되찾겠다 선언한 탓이다. 라쉬드는 그에게서 시선을 피하는 클라인을 주시했다.

'북부를 주겠다고 계약이라도 한 건가?'

그 정도로 상황 판단을 못 하는 얼간이라면 그를 황제로 봐줄 마음이 없었다.

'클라인이 정말로 이스타샤를 배신한다면…….'

신성제국을 다스려야 할 황제가 안위에 눈이 멀어 북부를 팔아넘긴다면 그땐 황제의 목을 쳐 낼 것이다. 반란을 일으키더라도 북부를 지키리라.

'단순히 전쟁을 일으켜 북부를 되찾겠단 호승심인지 정말로 둘 사이에 모종의 거래가 있었는지 확인해야겠어.'

라쉬드는 날카로운 시선으로 클라인을 주시했다.

클라인이 바렛사의 황자에게 북부를 넘긴다는 증거는 없었으므로 섣불리 판단하기엔 걸리는 점이 많았다.

'바렛사에 밀정을 보내 파악해야겠군. 이미 보낸 전령에게서 소식이 없었으니.'

내전을 무릅쓰면서 신전과 반목할 순 없었기에 잠자코 지켜볼 뿐이었다. 자신에게 주어진 의무는 이스타샤의 공작으로서 남부 무나크를 관리하고, 북부 케딜락을 수호하는 일이었다. 꼭두각시 황제가 되어 신전의 비위를 맞추고 성녀의 죄를 눈감아줄 바에야, 클라인의 멍청한 짓을 보면서 군사권을 가진 공작으로 남는 게 나았다.

"무슨 농도 못 하겠어. 이스타샤 공작께서 그리 표정이 무서워서야."

"라쉬드! 멀리 떨어진 바렛사로부터 나를 축하하러 온 황자에게 무슨 망발이냐?! 앞으로 바렛사의 황제가 될 몸이다. 용서를 구해라."

황자가 너스레를 떨자 이를 용케 알아들은 클라인이 소리쳤다.

"누가 이스타샤의 황제인지 모르겠습니다, 폐하."

라쉬드는 진심을 담아 말했다. 어찌나 어이가 없던지 헛웃음이 나올 정도였다. 황자는 흥미로운 눈으로 적대적인 관계의 황제와 공작을 지켜보았다.

"제가 사이좋은 두 형제를 틀어지게 한 겁니까? 미안하게 됐습니다, 폐하."

둘의 관계를 너무 잘 알아 이골이 날 정도였지만 오늘은 더 가관이었다. 적당히 봐주는 법 없는 공작과 어떻게든 자신의 아우를 깔고자 난리가 난 황제까지.

"이래서 전부터 이스타샤에 오고 싶었지. 조용한 내 형님들과 달리 폐하와 공작은 재밌으니까."

이를 듣던 바렛사의 귀족은 몸서리쳤다. 이스타샤인들이야 정말로 그런가 생각했지만 사실과 달랐다. 바렛사의 황족은 여자, 남자 할 것 없이 모두 혀가 잘려 말을 하지 못했다.

패배를 인정하고 머리를 조아린 자는 살려 주었으나 온전히 놓아주진 않았다. 군사에게 명령을 내리지 못하도록 혀를 자르고, 반항이 심했던 자는 두 눈을 뽑아버렸다. 그 잔혹한 방식으로 다섯의 황족은 목숨을 부지했다. 그마저도 둘은 비참함을 이기지 못해 자살했고 셋은 매일 밤 악몽에 시달리며 숨을 헐떡거렸다.

제왕은 백성에게 선했으나 피를 나눈 형제자매들에겐 아니었다. 반란에 성공했음에도 그는 관대하지 않았다. 죽이고 또 죽이고 목을 쳐내었다. 이미 그에게 반기를 들었던 형제는 목이 잘려 성벽에 꽂혔다. 단 하나, 지금의 황자에게 황비라 불릴 여인이 없었다. 내로라하는 가문에서 매일 밤 벌거벗은 여식을 보냈지만 모두 돌려보냈다. 어찌나 여자를 멀리하던지 바렛사의 황자가 고자이거나 사내를 좋아한다는 풍문이 돌 정도였다.

"덕분에 이스타사에서 즐거운 시간을 보내게 되었소."

황자는 뒤늦게서야 겉치레로 예의를 갖추며 말했다. 그는 집요한 시선으로 공작의 곁에 있는 로자리아를 지켜보았다. 이를 알아차린 그녀는 속이 비틀리는 것을 참았다. 그녀의 호위 기사, 윈드가 봤으면 저자를 도려내겠다고 바람을 일으킬지도 몰랐다.

라쉬드는 로자리아에게 다가가 안아주었다. 늘 차분했던 그녀는 힘없이 그에게 기대었다. 아무리 노력해도 테베에서 버림받았다는 말이 그녀가 듣는 전부였다. 이스타샤의 귀족은 무례한 바렛사의 황자를 탓하기보단 입을 가리며 공작 부인을 조소했다.

'이스타샤인을 도와주기로 했잖아.'

로자리아는 마음을 다잡았다. 라쉬드를 걱정시키고 싶지 않아 아무렇지 않은 척 웃어 보였다. 찌푸려진 미간을 펴고 앙다문 입술 끝을 올렸다.

"로즈."

라쉬드는 섣부른 위로를 하지 않았다. 대신 그는 아내의 손을 그의 커다란 손으로 감싸며 손등에 입을 맞추었다. 손등에 하는 키스의 의미를 모를 리가 없었다.

"손등에 하는 키스는 무슨 의미예요?"

"나는 나의 아내를 정중하게 대할 것입니다. 부인을 존경하며 귀히 여기겠습니다. 이런 뜻이야."

그의 품에 안겨서 잠들 때 물어본 적이 있었다. 그때가 생각나 왈칵 눈물이 나올 것만 같았다. 둘만 있는 것도 아닌데 그는 무릎을 꿇고 검은 장갑을 낀 손등에 입을 맞추었다.

"로즈, 당신은 내게 있어 마르바보다 더 귀해."

"라쉬드……."

"고작 성물 따위에 내 아내를 바꾸지 않아."

거래란 말도 우스웠다. 그의 아내는 사람이었다. 비록 테베 출신이라 이스타샤 귀족들에게 멸시를 받아도, 그가 본 로자리아는 귀한 사람이었다. 그녀가 능력이 있든 없든 존중해야 할 부인이란 사실은 변치 않았다. 미쳐 버린 어머니를 대신해 공작을 키운 데레사는 늘 그에게 말했다.

"저는 아이를 가질 수 없는 몸이에요."

"어째서요? 분명 성녀님을 닮으면 어여쁜 아이일 거예요."

"저는 여신에게 순결을 맹세한 성녀이니까요. 그렇지만 마음으로 낳은 자식은 있어요. 제게 마음으로 낳은 아이는 프리실라와 라쉬드예요."

데레사는 상냥한 미소를 지으며 어린 라쉬드를 안아주었다. 노만 1세는 어린 황자를 방치했고 제2황비 세레나는 그를 학대했다.

"그러니 후에 부인을 맞으면 제 가르침을 잊지 않을 거라 약속해 줘요."

"부인이라뇨? 데레사, 저는 아직 어린걸요."

"운명은 알 수 없는 법이에요, 라쉬드. 그러니 신분이 높은 자든 낮은 자든, 미천한 자든 존귀한 자든 같은 사람으로 대해 주세요."

황족으로 자라난 라쉬드에겐 어려운 이야기일지도 모른다. 그러나 데레사는 포기하지 않고 사랑스러운 황자를 품에 안아주었다.

"당신은 제일 빛나는 사람이에요, 라쉬드."

"저는 보잘것없는걸요. 형님은 성력이 아예 없는 저를 괴물이라 놀리곤 해

요. 또 아버지도 저를 싫어하고 어머니도…….”

“노만 1세와 세레나의 잘못일 뿐, 황자 잘못이 아니에요. 언젠가 라쉬드에게 소중한 사람이 나타날 거예요. 앞으로 황자의 운명을 바꿔 줄 이가.”

데레사는 미소를 지으며 라쉬드의 뺨을 쓰다듬었다. 아직 열둘, 순진무구한 황자는 다정한 손길이 그리웠다. 데레사가 죽고 그는 웃는 법을 잊어버렸다. 언제부터 사람을 이용해야 할 대상과 가치가 없는 자로 나눴는지 까마득했다.

라쉬드는 로자리아가 웃고 있었지만 슬퍼한다는 것을 알았다. 신기하게도 보이지 않던 아내의 감정이 어느 순간부터 보였다.

라쉬드는 로자리아의 이마에 입을 맞추었다. 그 순간, 그의 눈에 다른 것은 보이지 않았다. 자신을 보며 경악하는 황제도, 눈을 가늘게 좁힌 바렛사의 황자도. 그는 만약의 사태에 대비해 숨어 있던 센을 발견하고 눈짓을 했다. 센은 재빨리 주군에게 검을 건넸다.

“공작 부인에게 그런 모욕을 하고도 당당하군.”

“고작 계집을 울렸다고 공작께서 직접 나서는 건가?”

“운 적은 없어요.”

로자리아는 붉어진 눈가를 감추며 말했다. 눈물이 흐른다면 모욕을 받아서가 아니라 라쉬드가 해준 말 때문이었다.

“그렇게 입이 가벼운 걸 보니 들고 다니는 검은 장식인 것 같은데.”

“바렛사의 황자에게 검이 장식이라?”

분위기가 험악해졌다. 라쉬드는 더 이상 말하지 않고 하얀 장갑을 벗었다. 그는 흰 터번으로 얼굴을 가린 황자의 턱을 검집으로 겨누었다.

“계집이라……. 모든 여자가 계집으로 보이나 본데 네가 든 그 비릿한 검이야말로 계집의 검이 아니던가?”

“내 검?”

시종일관 웃던 황자의 입술이 굳게 다물어졌다. 그는 살기가 어린 눈동자로 라쉬드를 노려보았다.

"아아, 공작께서 나와 검을 붙고 싶다고?"

"그렇다면?"

"좋아, 내 공작의 청을 받아들이지."

황자가 굳은 얼굴로 말하자 라쉬드의 눈매가 가늘어졌다.

"네 여자를 전리품으로 삼겠다. 대검 승부에서 이기면 저 계집을 내가 가지겠어."

"……나도 남자를 보는 눈은 있어요. 난 공작님의 아내예요, 황자 저하. 결혼하지 않았더라도 당신의 여자가 되는 일은 없겠지만."

로자리아는 진심으로 말했다. 마음 같아선 저자와 직접 검을 맞대고 싶었다.

"나는 전리품 따위가 아니에요."

로자리아는 선명한 목소리로 확고한 뜻을 밝혔다. 그러자 이를 보던 황자의 눈에 이채가 서렸다. 그는 과장된 태도로 팔을 벌리며 이스타샤의 귀족들에게 소리쳤다.

"이틀 후, 클라인 황제의 즉위식이 열린다지? 이 기쁜 날을 맞아 내 작은 축제를 준비했소."

'축제?'

로자리아는 황자를 날카롭게 주시했다. 바렛사인이 말하는 축제가 신성제국에서 꽃을 뿌리고 즐거이 노는 의미와 같을 리가 없었다.

"황성의 경기장에서 바렛사와 이스타샤의 경기를 치르고자 하오."

황자가 말하는 건 오래전부터 내려오던 성전(聖戰)이었다. 이스타샤에서 새로운 황제가 즉위할 때마다 각 가문에서 두 명의 기사가 선출되었다. 그들은 가문의 인장을 단 채 목숨을 걸고 결투를 치렀다. 승리한 가문은 황제의 종신 가문이 되며, 패배한 가문은 성전에 나간 기사의 죽음으로 패배한 대가를 지불했다.

“내 직접 이스타샤 황제의 즉위를 축하하고자, 누이 비올라 가브리엘을 불렀소.”

“비올라 가브리엘?”

“바렛사의 총기사단장이지.”

라쉬드는 처음 듣는 얘기에 클라인을 응시했다. 공작의 시선을 알아챈 황제는 목에 메었는지 헛기침을 두어 번 했다.

“클라인 황제께서도 동의하셨지.”

“성전을 치르겠다?”

이스타샤의 귀족이 모두 숨을 죽였다. 성전은 신성제국의 새로운 황제가 즉위했을 때, 성녀의 대가 바뀔 때만 이루어졌다. 노만 1세에도 있었던 일이나, 보통은 가문의 기사단장이 성전을 치르는 것이 규율이었다. 그러니 바렛사의 황녀가 나서는 건 이례적인 일이었다.

“비록 이스타샤의 기사가 아니나, 이스타샤의 꽃 같은 이들이 성전을 즐겨 본다고 들었지. 여신에게 패자(敗者)의 목을 바치는 것이 묘미라더군.”

황성에 무거운 침묵이 내려앉았다. 마르쉬가 전율에 찬 목소리로 성전을 열 것을 고했다.

“바렛사의 황녀이자 총기사단장인 비올라 경과 붙을 상대는 누구인가?”

“…….”

모두의 시선이 바르세데스의 주인이자 신성제국의 공작인 라쉬드에게 향했다. 이스타샤의 귀족은 바렛사의 황녀가 날짐승도 잡아먹는, 손에 피가 마를 날이 없는 잔혹한 여자라는 소문을 익히 들었다. 그리고 그 소문은 진실이었다. 바렛사를 야만제국이라며 비웃던 이스타샤의 귀족들은 꿀 먹은 벙어리가 되어 눈치만 살폈다.

"내 좋은 제안이 있소, 황자."

"좋은 제안?"

이때다 싶은 클라인이 굳게 닫힌 입을 열었다. 그는 한껏 비열한 미소를 지으며 계획했던 바를 읊었다.

"비올라 황녀가 온다면 바르세데스가 나와야 하지 않겠소?"

'무슨 꿍꿍이지?'

로자리아는 라쉬드에게로 몰리는 시선에 눈을 가늘게 떴다. 성전, 말 그대로 여신을 위한 결투. 그러나 본래의 의미는 퇴색되어 피와 살이 튀기는 의미 없는 대결에 지나지 않았다.

'굳이 바르세데스가 나설 이유는 없어.'

깊게 생각하지 않아도 뻔했다. 총기사단장이라 불리는 황녀와 맞서게 한 다음, 이스타샤의 귀족이 보는 앞에서 바르세데스의 기사를 죽일 작정이었다.

'형식적인 대결이 아니라 한쪽이 죽을 때까지 밀어붙이는 전투이니.'

로자리아는 황자를 예의 주시했다.

"바라던 바, 이스타샤에서 가장 뛰어난 무가가 바르세데스라고 들었소."

"황자의 말에 동의하오. 바르세데스야말로 아니타 여신이 가장 총애하여 축복을 내린 가문이지."

정적이 깃든 가운데, 클라인은 기사에게 시켜 바르세데스의 주화(鑄貨)(가문의 상징을 새긴 금속화폐)를 가져오게 했다. 기사가 검은 늑대가 새겨진, 흑요석으로 된 주화를 들어 올렸다.

그때, 라쉬드가 단상으로 걸어 나갔다.

"바르세데스가 성전에 나서게 되어 영광입니다. 바르세데스가 폐하에게 즐거움을 보여 줄 것입니다."

"그래, 좋다! 어찌 즐겁지 않겠느냐!"

라쉬드는 한쪽 무릎을 꿇고 황제의 기사가 건네는 가문의 주화를 건네받았다.

꽈악. 그는 주화를 쥔 손에 힘을 주었다. 핏기가 서리지 않은 손아귀에 주화가 으그러졌다.

'한때 프리실라의 수기사이자, 에르테반 출신인 지오라면 비올라 황녀와 맞붙을 수 있겠지.'

라쉬드는 어렵지 않게 결정을 내렸다. 그로선 황제의 청을 거절할 명분이 없었다. 그러나 상대는 고를 생각이었다.

"비올라 경과 붙을 기사는 제가 고르겠습니다."

"어찌 바렛사의 황녀를, 바르세데스의 일개 기사와 붙게 할 수 있는가, 공작."

"……나와 그대의 누이를 맞붙게 할 생각인가?"

"아니, 공작. 그건 불공평하지. 내 누이가 아무리 강한들 이스타샤의 신성, 철의 공작이라 불리는 그대와 겨룰 수 있을까."

황자가 낮게 웃음을 터뜨렸다. 어차피 이스타샤는 아무리 뛰어난 검사라 한들 한낱 계집으로 치부하는 머저리들의 제국이었다.

"그대들은 예로부터 여인을 레이디로 부르곤 했지. 그러니 레이디끼리 붙는 게 이스타샤의 관습에 맞지 않겠소?"

바르세데스에 여기사는 없었다. 라쉬드는 물론, 바렛사의 황자 또한 이를 잘 알고 있었다.

"그러니 공작, 내 누이의 상대는 내가 고르겠소."

저벅저벅. 황자가 주저 없이 발을 떼었다. 이윽고 그가 멈춰 선 곳은 로자리아의 앞이었다.

"공작 부인께서 검을 다룬다던데."

"……그래서?"

라쉬드는 낮아진 목소리로 되물었다.

"공작 부인이 비올라 경과 맞붙어 보는 건 어떠한가?"
"그대가 황제가 되기 위해 혀를 자른 누이를 말하는 건가?"
"맞아. 하지만 혀가 없다고 검을 잡지 못하는 건 아니니까."
마르쉬는 눈꼬리를 휘며 로자리아를 보았다.
"공작 부인께 의견을 묻고 싶은데 어떠한가?"
"좋아요, 대신 북부를 침략하지 않겠다고 맹세해요."
"나는 그런 맹세는 하지 않아. 형님처럼 재미없는 황제는 되고 싶지 않거든."
"그렇다면 성물 마르바를 주는 건 어떤가요?"
"어디다 쓰는지도 모를 텐데. 그렇게 이스타샤를 위하고 싶은 건가? 난 이해가 가지 않아. 어째서 당신을 멸시하는 신성제국을 위해서 검을 잡겠다는 거지?"
"……."
"뭐, 어쨌든 좋아. 누이와의 대결에서 이긴다면 성물을 주겠다."
파격적인 황자의 말에 귀족들이 놀라 입을 다물지 못했다. 개중에는 황자의 진의를 의심하는 이들도 있었다. 로자리아를 무시하던 클라인 황제마저 숨을 들이켰다. 공작에게 팔렸다며, 사실은 창부가 아니냐고 조소하던 바렛사 황자의 진심이 드러났다. 바렛사인에게 있어 최고의 예우는 타고난 지배자가 자신을 적수로 여기는 것이다.
"말도 안 돼……."
"황자께서 농을 하는 거겠지?"
바렛사의 귀족들마저 지금의 상황을 믿지 못했다. 황자의 곁을 지키던 기사들조차 주군이 진심이라고 여기지 않았다.
"누이와 붙어서 이긴다면 그대에게 마르바를 주겠다. 이스타샤도, 바르세데스도 아닌 당신의 소유로."
성물 마르바는 프리실라가 가진 성물 아니타와 비견할 만한 것이었다. 프리실라는 성물 아니타의 주인이었기에, 서대륙의 유일한 성녀이자 살아 있는 여신으로 칭송받았다.

“성물 마르바는 이름 없는 신이 그녀의 시간을 담아 만든 것이다. 아니타 여신이 만든 것이 아닌, 그녀가 우리 바렛사를 위해 만든 최초의 성물이지.”

마르쉬는 로자리아에게 다가갔다. 그녀를 다시 만나게 되면서 깨달았다. 눈앞의 정령술사가 최고의 적수이자 그토록 간절하게 원했던 명검이란 것을.

열흘 전, 바렛사 제국의 남부, 바그듐에는 무거운 정적이 돌았다. 바렛사의 황녀, 비올라 가브리엘은 금속 아머를 걸친 채로 군의 주둔지에 도착했다.

“첩자가 왔다고 들었다. 그곳으로 안내해라.”

“이곳입니다, 비올라 경.”

비올라는 기사를 따라 막사 안으로 들어섰다. 마로 촘촘히 짠 두꺼운 천을 젖히자, 막사에 붙어 있던 텁텁한 모래가 그녀의 살갗을 긁었다. 붉은 생채기가 새겨졌지만 비올라는 걸음을 멈추지 않았다. 이윽고 그녀의 시야에 무릎을 꿇고 있는 두 명의 사내가 보였다. 이스타샤에서 보낸 첩자였다.

“비올라 경, 조금 늦으셨습니다. 바로 이자들이 바르세데스가 보낸 첩자입니다.”

“바르세데스?”

기묘한 울림이 있는 목소리였다. 말을 하다 말고 비올라는 메마른 입천장을 혀로 쓸었다. 수년전에 잘렸던 혀가 지금은 제대로 붙어 있었다. 비올라는 도망치지 못하게 다리가 잘린 사내들을 가느다란 눈동자로 훑었다.

"잡힌 지 얼마나 되었지?"

"사흘이 지났으나 입을 열지 않습니다."

바르세데스의 전령, 엘은 찢어진 눈가로 눈앞의 여자를 보았다.

"공작이 보낸 전령이라면 이미 죽음은 각오했겠지."

"……각오했다. 내 목숨은 주군의 것이며, 내 영혼은 바르세데스에 귀속될 것이다."

"좋아, 그 호기로움은 마음에 드는군. 이스타샤의 가소로운 사내와는 달라."

입꼬리를 올린 비올라가 곁에 선 기사에게서 검을 건네받았다. 이미 다리가 잘렸고 손톱마저 없었다. 죽는 것보다 더한 고통을 줘도 사실을 토해 내지 않았다면 더 이상의 고문은 시간 낭비였다.

"나는 너 같은 자를 사랑한다. 명예가 무엇인지 알고 가문의 존속을 위하는 자를."

스겅. 비올라는 힘껏 검을 들어 올렸다. 그녀가 든 곡도가 전령의 목을 잘랐다.

툭, 데구루루. 목숨을 걸고 왔던 부관의 죽음에도 엘은 눈 하나 깜짝하지 않았다.

'어차피 각오한 일이다. 내 죽음으로 바르세데스를 지킬 수 있다면 기꺼이 그리하겠노라.'

엘은 눈을 감았다. 그는 자신의 목이 잘리기를 기다렸다. 그러나 시간이 흘러도 아무런 감각이 느껴지지 않자, 그는 감았던 눈을 떴다.

"넌 살려 두기로 했다. 전리품으로서."

"전리품?"

"성전을 위한 전리품이 있어야 좀처럼 나서지 않는 바르세데스가 물

밑으로 올라올 테니."

비올라는 감흥이 서리지 않은 눈으로 전령을 내려다보았다.

열흘 후, 신성제국에서 황제의 즉위식이 열리게 된다. 그전에 클라인 황제를 기리기 위한 성전이 있다는 건 황자에게 이미 들은 일이었다. 그리고 그녀 또한 바렛사의 기사로서 성전에 나가게 되었단 것도.

"저자를 포박해 말에 실어라. 지금부터 전속력으로 달려 이스타샤의 황성에 도착한다."

비올라는 입술을 질끈 깨문 전령에게서 등을 돌렸다.

❖

"바르세데스의 주화. 이건 그대의 것이로군, 로자리아."

"……."

로자리아는 대답하지 않았다. 그녀는 내리깐 시선으로 주위를 한차례 둘러보았다. 반대하는 이가 없었다. 이를 반기는 이 또한 전무했다. 클라인과 바렛사 황자의 독단으로 이루어진 일이었다.

"받는 건 그대의 마음이나……."

황자는 말을 뚝 끊었다. 그의 가느다란 숨소리가 로자리아의 귓가를 스쳤다.

"받지 않는 것 또한 그대의 선택."

"……내게 선택권을 주는군요, 황자."

"명석하니 길게 말하지 않아도 알아듣겠지."

황자는 로자리아를 내려다보았다. 거부하는 건 그녀의 몫이나, 그로 인한 책임도 공작 부인의 것이었다.

"받지 않는다면 바르세데스의 패배라는 것을."

12장 데모나

남서쪽의 이스타샤와 북동쪽의 바렛사. 두 제국은 신성제국의 북부 케딜락, 강철제국의 남부 바그둠을 경계로 맞서고 있었다. 오백 년 전, 정령술사의 반란과 함께 바렛사의 초대 황제는 강철제국을 건설했다.

멸망하기 직전, 이스타샤의 신성 황제는 성녀의 도움으로 국경을 수호했다. 비록 성물 마르바는 빼앗겼으나 원래 바렛사의 땅이었던 북부 케딜락을 손에 넣었다. 북부에 꽂힌 바렛사의 붉은 기가 이스타샤의 신성을 뜻하는 하얀 기로 바뀐 지 오래.

오백 년이 지난 지금, 북부 케딜락을 놓고 두 제국은 언제라도 전쟁이 터질 수 있는 긴장 상태였다. 과거와 달라진 점이 있다면, 바렛사와 이스타샤의 결전이 아닌 바렛사와 바르세데스 공작 가문의 대치였다.

'내가 받지 않는다면 바르세데스가 물러나게 돼. 이는 전쟁과 무관하지 않아.'

황자의 누이, 비올라는 바렛사의 무력을 뜻했으며, 로자리아는 바르세데스의 전력을 상징했다. 그러니 자신이 성전에서 물러선 사실이 알려진다면 바르세데스의 사기는 꺾이게 될 것이다. 로자리아에게서 확답이 들리지 않자 황자가 말했다.

"이번에 바그둠에서 바르세데스의 첩자가 잡힌 걸 알고 있나."

"……첩자?"

"둘이었으나 하나는 죽였다. 누이와의 대결에서 승리한다면, 바르세데스의 전령을 전리품으로 내어주도록 하지."

"……."

로자리아는 두 눈을 감았다. 첩자로 갔다면 목숨을 걸었을 것이다. 바르세데스를 위해 죽음도 불사할 이였다.

"생각할 시간이 필요한가?"

황자의 말에 로자리아는 감았던 눈을 떴다. 청아한 그녀의 목소리가 홀 내에 퍼졌다.

"제게 바르세데스의 주화를 주세요, 황자."

로자리아는 손을 내밀었다. 새하얀 살이 은근히 드러나는 검은 장갑이 황자의 눈에 어렸다. 그는 그녀의 손에 입을 맞추고 싶다는 충동을 억누르고는 주화를 내밀었다.

탁. 로자리아는 손을 뻗어 황자의 손에 있던 주화를 쥐었다. 그녀의 새하얀 손에 바르세데스의 검은 주화가 존재를 드러냈다.

바르세데스의 주화를 보자 황자는 뇌리에서 지워 내지 못한 기억을 회상했다. 바렛사에서 도망쳐야 했던 그때의 날을.

마르쉬 히킨샤, 그가 바렛사의 이름 없는 황자로 태어나 황위를 거머쥔 건 결코 우연이 아니었다. 마르쉬의 나이 열셋, 자신을 감시하는 바렛사의 군인을 죽인 뒤 이스타샤로 도망쳤다. 연고도 없는 이스타샤로 와서 성녀의 수기사가 되었고, 닥치는 대로 돈과 사람을 구해 바렛사의 전사를 모았다.

'지는 게임 따위 하지 않는다.'

그가 원하는 건 대륙 통일이었다. 단 하나의 나라. 유구한 명망을 가지고 강한 군사를 지닌 신(新) 제국. 원대한 꿈을 이루기 위해서 신성제국을 삼킬 것이다.

'케딜락만 무너뜨린다면…….'

생각만 해도 황홀한 상상이 아니던가. 마르쉬는 치밀어 오르는 갈증을 억눌렀다. 새하얀 깃발이 꽂힌 이스타샤의 황성을 무너뜨리고, 천년의 시간이 담긴 신성제국의 수도를 불태울 것이며, 종래엔 마지막 격전지가 될 남부 무나크를 집어삼킬 것이다. 바렛사의 붉은 깃발이 이스타샤의 전역에 꽂힐 때까지.

"성전에서 승리한다면 정말로 성물을 주시는 건가요?"

마르쉬는 얼음기가 서린 목소리에 상념에서 깨어났다. 그는 로자리아의 손에서 요요한 빛을 발하는 주화를 주시했다.

"좋아. 기꺼이 내어드리지."

마르쉬는 만족스러움을 드러냈다. 그의 진득한 시선을 받는 로자리아는 덤덤했다.

"로즈."

오히려 놀란 건 라쉬드였다. 그는 말리듯 그녀를 불렀다. 부인의 어깨에 바르세데스의 무거운 책임을 지게 할 수 없었다.

"분명 함정이야, 그만둬."

"알고 있어요, 라쉬드."

"당신이 위험에 처하는 것을 원치 않는다."

"바르세데스의 전령이 붙잡혔어요. 이건 성물 마르바를 얻는 데다 바르세데스의 명예를 지킬 기회예요."

그녀는 라쉬드에게만 들릴 만큼 작은 목소리로 속삭였다.

"설령 황자의 말이 거짓이라도 여기서 물러서는 건 바르세데스 군사의 사기에 영향을 미칠 거예요."

로자리아는 걱정스레 자신을 보는 그를 진심 어린 눈동자로 바라보았다. 그녀를 보는 공작의 보랏빛 눈동자가, 그림자가 휘몰아치듯 일렁였다.

"내게 약조해 주시오, 부인."

그는 로자리아의 손을 그러쥐며 검은 장갑을 느릿하게 벗겼다. 새하얗게 드러난 손등에 그는 맹세하듯 입술을 맞추었다.

"내게 바르세데스의 승리를 가져오겠다고."

이틀 뒤, 성전의 날이 밝았다. 대결은 신성제국의 황성, 북쪽 끝의 경기장에서 이루어졌다. 드레고니움으로 불리는 경기장은 마치 하나의 성처럼 거대했다. 신성제국의 기사들이 가문의 명예를 위해 결전을 치르던 장소였다. 이곳에서 수많은 기사의 피가 범람했다. 경기장은 원형의 구조로 되어 있었다. 그래서 위의 단상에 앉은 귀족이 아래 대결을 하는 기사를 내려다볼 수 있었다.

기사들은 황금빛 갑주를 챙겨 로자리아의 어깨에 걸쳐 주었다. 아머(갑옷) 또한 명가로 알려진 글로리아 가문의 것이었다. 라쉬드는 경기장의 상단에 앉아 그 모습을 내려다보았다.

"제가 당신을 위해 바르세데스의 승리를 가져오겠어요."

라쉬드는 새하얀 천에 휘감긴 로자리아의 검을 붙잡았다. 기사가 대련 전에 부인에게 검을 맡기면 여신의 가호가 있을 거란 관습 때문이었다. 그러니 그가 지금 하는 축복의 의식은 관습과는 반대였다.

라쉬드는 로자리아의 검, 데모나를 두 손으로 들어 올린 채 고개를 숙였다. 이를 지켜보던 바르세데스의 기사들은 숨을 죽였다. 여신에게 기도를 올리듯, 바르세데스의 군주는 한없이 경건했다. 마침내 라쉬드는 새하얀 천에 휩싸인 검에 입을 깊게 맞추었다. 로자리아의 검은 새하얀 보에 감싸여 어떤 형태인지 알 수 없었다.

이윽고 사제가 공작에게 다가와 한쪽 무릎을 꿇고 두 손을 내밀었다. 사제의 손에는 신성한 의식에 쓰이는 천이 있었다. 그는 자신이 쥐고 있던 검을 사제가 든 천에 내려놓았다.

"지금부터 여신을 위한 성전을 거행하겠나이다."

사제는 조심스레 걸음을 옮겨 대사제에게 로자리아의 검을 바쳤다. 그걸 받은 대사제, 아리안의 목소리가 경기장을 울렸다.

"여신을 위한 성전을 치를 두 기사는 나와 맹세하십시오."

"바르세데스를 지키는 검으로서, 여신을 위해 거룩한 성전을 치를 것임을 맹세하겠나이다."

로자리아는 대사제가 두 손으로 고이 들어 올린 검을 쥐었다. 진회색 로브를 쓴 여인이 로자리아를 날카로운 눈으로 주시했다.

'테베의 왕녀로군. 과연 듣던 대로 미인이로다.'

쓰윽. 기사의 도움을 받아 무장을 마친 여인이 거추장스러운 로브를 벗었다. 이를 단상의 위에서 지켜보는 시선이 있었다. 프리실라와 클라인은 아래의 경기장을 응시했다.

"기대되지 않아요, 폐하?"

"저 계집이 검을 들면 얼마나 든다고."

"전 기대돼요. 오만한 왕녀가 비올라 황녀에게 패배하는 것이."

프리실라는 턱을 괴곤 아래를 내려다보았다. 그녀는 로자리아에게서 시선을 떼어 비올라 황녀를 바라보았다. 마르쉬의 누이라던 비올라는 웬만한 이스타샤의 사내보다 신장이 컸다. 은발에 진회색 눈을 가진 매혹적인 미인이었다.

"이스타샤의 사내론 어림도 없겠어요."

"그래 봤자 계집이지."

클라인이 시큰둥한 얼굴로 중얼거렸다. 공작이 황자와 진검 승부를 벌이는 건 흥미로웠지만 여자들의 싸움 따위 눈만 버릴 것이 뻔했다.

"비올라 경은 제 휘하에 있는 성기사들의 목을 벨 정도니까."

"성력이 있는 너야 다르겠지만 계집년이 검을 들어서 뭘 한다고?"

"그게 우리가 바렛사에게 패배한 이유예요."

프리실라는 검은 안대로 한쪽 눈을 가린 황녀를 살폈다.

비올라 가브리엘. 황위전쟁 때, 황자의 검에 패배했으나 황자에게 충성을 바친 대가로 그녀는 살아남았다.

"황자 저하께서 아끼시는 누이이자 바렛사의 총기사단장인 비올라 가브리엘입니다."

로자리아의 무장을 도와주던 바르세데스의 기사가 알려 주었다. 자신의 이름이 불렸음에도 비올라는 무표정했다. 바렛사의 기사는 그녀에게 샤쉬르(초승달도로 바렛사 전사가 쓰는 구부러진 검)를 건네주었다. 사자의 꼬리를 뜻하는 검의 이름답게 예리한 날이 굽어 있었다.

"……나 또한 여신 아니타에게 맹세한다."

거친 손으로 샤쉬르를 붙잡은 그녀가 짐승의 울음처럼 낮은 목소리를 뱉었다.

"바렛사의 전사로서 죽음을 각오할 것이며, 패자는 살아갈 가치가 없다는 것을 내 친히 여신에게 고할 것이다."

비올라의 섬뜩한 눈동자가 로자리아에게 닿았다.

'안 봐도 알겠군. 얼굴만 반반한 이스타샤의 계집. 테베 출신이라도 피부가 하얗고 반반하니 사내들이 따르는 거겠지.'

로자리아를 보던 비올라는 자신의 짧은 머리를 뒤로 쓸어 넘겼다. 비올라는 결혼하기 전엔 아버지의 말을 따르고, 결혼 후엔 남편의 종이 되며 아들을 왕으로 모시는 이스타샤의 여자가 우스웠다. 바렛사의 여자는 사내와 대등하게 맞선다. 300년 전, 바렛사의 왕위는 삼대에 걸쳐 여왕의 것이었다.

'내 비록 황위 전쟁에서 패배했지만 이국 계집의 목을 베는 것쯤이야.'

비올라는 샴쉬르를 든 채 앞으로 걸어 나갔다. 그녀의 상대는 검을 꽤 잡는다고 알려진 공작 부인이었다.

'하반신에 물건 달린 놈들이 봐줬겠지. 안 봐도 뻔해.'

비올라의 시선을 피하지 않던 로자리아는 품에 안고 있던 새하얀 천을 벗겨 내었다.

사라락. 검의 여제라 불리던 데모나의 전신. 검집 따위 없는 진검이었다. 그녀가 쥔 금빛의 레이피어가 햇빛에 반짝였다.

로자리아는 검을 든 채 비올라를 날카로운 시선으로 주시했다. 자국의 뛰어난 전사조차 무릎 꿇게 한 바렛사의 황녀. 그녀로서도 비올라를 보는 건 처음이었다. 검은 안대를 낀 은발의 황녀는 끝이 휘어진 샴쉬르를 느슨하게 쥐었다. 비올라가 흘긋, 눈을 내리깐 채 로자리아를 내려다보았다. 신장이 더 큰 비올라가 입술을 비틀어 올렸다.

"황족이라 하나 어차피 검 앞에선 한목숨인 것을."

비올라가 끓는 목소리로 내뱉었다. 혀가 잘려 수년간 말을 하지 못했다. 주술로 억지로 치료한 탓에 쇠 긁는 소리가 튀어나왔지만 말을 하는 자신에겐 익숙한 일이었다.

끼긱. 그녀의 검이 땅에 긁히면서 비명을 토해 냈다.

'저게 바로 샴쉬르로군.'

로자리아는 비올라에게 먼저 다가가 악수를 청했다. 그녀의 새하얀 손을 본 비올라는 픽 비웃었다.

'햇빛 아래에서 수련 하나 안 해본 티가 나는데. 검도 제대로 못 잡아 본 여자가 기사들의 예를 취한다?'

비올라는 더러운 것이라도 본 것처럼 로자리아와 악수를 거부했다.

"잘 들어라. 이스타샤의 반반한 계집."

비올라는 로자리아의 굳어지는 얼굴을 보며 입꼬리를 말아 올렸다.

"난 너같이 사내 밑에서 엉덩이를 흔드는 계집을 검사로 인정하지 않는다."

그녀는 단 한 번, 그때를 제외하고 패배한 적이 없었다. 마르쉬 황자에게 졌던 기억이 최초이자 마지막이이라.

"엉덩이?"

로자리아는 노골적인 희롱에 미간을 찌푸렸다. 바렛사 출신은 하나같이 무례했다. 이스타샤의 귀족이 뒤에서 숨어 흉보는 족제비라면, 바렛사의 황족은 면전에서 비아냥거리는 늙은 여우였다.

"엉덩이는 네가 더 크더라."

그녀는 비올라의 뒤쪽을 지그시 보고는 중얼거렸다.

쉭! 갑작스러운 시선에 비올라가 고개를 아래로 내렸을 때, 로자리아는 검을 들어 그녀의 은빛 머리칼을 잘라 냈다.

"농담이에요, 황녀. 여기가 전장이었다면 당신의 머리를 베었겠지만. 전장에서 방심하는 황녀께서 바렛사의 전사인지 모르겠는데."

사락. 허공에서 은빛의 가닥이 바닥으로 떨어졌다.

"그렇게까지 노려볼 건 없지 않나. 내가 황녀의 머리를 자른 것도 아니건만."

꾸욱. 로자리아는 보란 듯이 검은 구두를 신은 발로 은빛 가닥을 짓밟았다.

"덤벼 봐. 바렛사의 황녀."

로자리아는 이를 악문 비올라에게 손을 까닥했다. 흥분한 채로 검을 맞서는 것만큼 어리석은 일이 없었다.

"나에게 지면 앞으로 언니라고 불러."

그녀는 비올라에게 상냥하게 말했다.

'저 새파랗게 어린것이?'

비올라는 입꼬리를 비틀어 올렸다.

"나에게 지면 넌 내 이름을 부르지 못한다. 네년의 머리가 내게 잘릴 테니까."

"그거 기대되는군. 황녀, 네게 먼저 공격할 기회를 주도록 하지."

쉬익! 경기가 시작되자 비올라는 샴쉬르를 로자리아의 목을 향해 내던졌다.

"뭐 하는 거지? 날 즐겁게 해주려고 한 건가?"

로자리아는 자신의 목을 뚫기 위해 달려드는 검을 맨손으로 잡았다.

"바렛사의 황녀께선 보기보다 순진하시군."

낮게 읊조린 그녀는 검에 베여 찢긴 손바닥을 응시했다.

뚝뚝. 자신의 새하얀 손에서 이토록 붉은 피가 흘러내리는 건 오랜만이었다. 아니, 회귀한 이후로 처음이었다.

찌익, 드레스의 아랫단을 찢어 손바닥에 단단히 둘렀다. 지혈을 마친 로자리아는 비올라의 검을 허공 위로 내던졌다.

빙그르르. 허공으로 솟구친 검이 원을 그리며 로자리아가 있는 곳으로 떨어져 내렸다. 그녀는 힘을 주어 비올라의 검을 잡았다. 오른손엔 검의 여제 데모나를, 왼손에는 비올라의 검인 샴쉬르를 쥐었다.

"황녀께서 내게 친히 검을 바칠 줄이야."

로자리아는 눈꼬리를 휘며 말했다. 우아한 눈웃음에 비올라는 살기가 어린 눈으로 그녀를 주시했다.

"샴쉬르를 다루겠다고? 그 검은 나만이 다룰 수 있는 검이다."

"그건 직접 네 검을 들어 보면 알겠지."

로자리아는 감추었던 마나를 해방했다. 고요한 바람이 부는 가운데, 그녀는 검을 붙잡았다. 바야흐로, 최초로 데모나를 쓸 시간이었다.

챙! 로자리아는 자신의 목을 자르기 위해 들어오는 검날을 피했다. 그녀는 검을 쥔 채로 허리를 숙이곤 비올라에게 달려들었다.

“너, 내 검에 무슨 짓을 한 거지?”

“아무 짓도 하지 않았어.”

그녀는 데모나로 방어하면서 샤쉬르로 비올라의 목을 노렸다. 자신보다 더 검을 잘 다루는 로자리아의 모습에 비올라는 입술을 질끈 베어 물었다.

‘단순한 우연이야. 저 계집이 나보다 검을 잘 다룰 리가 없어.’

“바렛사의 총기사단장이라며? 생각보다 실력이 미진한데?”

로자리아는 비올라를 도발했다. 그녀는 평정심을 유지하면서 검을 높이 치켜들었다.

챙, 챙. 비올라는 방어하는 데 급급했다. 본래 공격적인 검술을 쓰는 대신 펼치는 방어술은 그녀의 자존심을 상하게 했다.

찌이익. 로자리아는 비올라의 허리를 베었다. 여린 살갗이 찢기며 상흔이 생겨났지만 비올라는 상대의 검을 막는 것이 한계였다.

‘제길, 방심한 것도 아닌데 당하고 말았어.’

비올라는 오른손으로 상처를 꾹 누르며 뒤로 물러섰다. 붉은 핏물이 그녀의 손에 배어 나왔다. 뒷걸음질 치다 보니 어느새 비올라의 등에 벽이 닿았다.

“계속 그렇게 도망갈 텐가?”

“너같이 온실 속에서 자라난 화초가 나를 이길 순 없다!”

로자리아는 같은 말을 반복하는 비올라를 보며 웃었다.

‘도대체 나를 뭐로 보는 거지? 아까부터 공주님 취급이로군.’

테베의 왕녀였으나 공주로 자라나지 않았다. 왕에게 버려져 이스타샤에 팔리듯 왔고, 최고의 권력을 가진 프리실라는 자신을 죽이려 했다. 그것이 로자리아 비아 데모나 발데르가, 그녀가 거쳐 온 과거였다.

"몇 번 죽을 위기에 처하면 죽음조차 무감각해지지. 황녀께선 모르는 건가?"

"아무것도 모르는 테베의 계집이 뭘 안다고!"

비올라는 이를 악물며 소리쳤다. 자신의 삶에 대해 뭘 안다고 저리 지껄이는가. 바렛사의 황녀로 태어나 편히 잠들지 못했다. 눈을 뜨면 아끼던 자매의 주검이 싸늘하게 굳어 있었고, 믿던 자들은 한순간 자신의 등에 검을 찔러 넣었다.

"난 너 따위에게 패배하지 않는다!"

"그건 네가 정하는 게 아니야, 황녀. 오로지 그대가 든 검만이 결과를 말해주는 것이지."

로자리아는 그렇게 말하며 이를 가는 비올라에게 미묘한 미소를 지었다. 타인의 삶을 쉽게 보는 황녀는 자신을 이기지 못했다. 자신이 어떤 삶을 살아왔는지, 죽지 않고 버텨야 하는 대가를 무엇으로 치렀는지. 삶과 영혼, 미래를 모두 검은 아수라에 처박은 끔찍한 고통을 알리가 없었다. 자신이 복수의 대가로 바친 건 삶 그 자체였다. 그 혹독한 삶의 방식은 로자리아에게 새로이 살아갈 기회를 주었다. 그리고 지금이 주어진 기회를 다시 잡을 시기였다.

로자리아는 데모나를 높이 쳐들었다. 그녀는 비올라가 샤쉬르로 막을 것임을 알면서도 검을 강하게 내려쳤다.

파삭! 비올라가 방어하기 위해 검을 들었지만 샤쉬르는 처참히 부서지고 말았다. 비올라는 떨리는 손으로 검의 잔해를 쥐었다. 바렛사의 명장이 만든 검, 사자의 꼬리라 불리는 샤쉬르가 부서졌다.

"이게 도대체……."

"현실을 받아들여."

비올라는 지금의 상황을 받아들이지 못했다. 로자리아는 친히 알려줄 생각 따위 없었기에 비올라의 목으로 검을 겨누었다. 구릿빛 피부에서 붉은 피가 흘러나왔으나 그녀는 검을 거두지 않았다.

"비올라 가브리엘, 내게 패배를 인정해라."

'내가, 이 내가 고작 테베의 왕녀에게……. 황위 다툼에서 살아남은 바렛사의 황녀인 내가……!'

털썩. 비올라는 다리에 힘이 풀려 주저앉았다. 이에 로자리아는 충격을 받아 무너져 내린 비올라를 내려다보았다.

"내가 졌다."

왕녀와 검을 맞붙는 순간, 일초가 한 시간처럼 느껴졌다. 날카로운 모래가 살갗에 박히자 비올라는 현실을 깨달았다. 바렛사의 황녀이자 북부 제국의 총기사단장인 자신은 패배했다. 그것도 신성제국의 귀족들이 조소하는 왕녀에게.

'바렛사의 총기사단장인 내가…….'

비올라는 허탈하게 웃었다. 황자는 왕녀의 실력을 미리 알고 있었던 건가. 그래서 자신에게 방심하지 말라 일렀겠지.

"일생에서 내가 진 것은 이번이 두 번째였다."

"……최초가 아니라 아쉽군, 황녀."

로자리아는 무릎을 꿇고 앉은 비올라를 내리깐 시선으로 주시했다. 비올라의 귀에 박힌 선명한 목소리는 로자리아, 그녀의 명검과 비견했다.

"……너 정체가 뭐지?"

"테베의 왕녀이자 바르세데스의 공작 부인이지."

비올라는 흔들리는 눈으로 로자리아를 올려다보았다.

"총기사단장인 황녀가 군대를 이끈다고 들었다."

"그렇다. 이번 성전에선 내가 패배했지만 승리하는 건 우리 바렛사다! 바렛사의 붉은 기를 기필코 이스타샤 전역에 꽂을 것이다."

"기적은 그대의 편이 아니다, 비올라 경. 북부 케딜락은 바르세데스의 것임을 기억해라."

로자리아는 비올라의 턱을 들어 올리며 읊조렸다.

"바르세데스는 백기를 들지 않는다. 바렛사 군대의 붉은 피가 그 기를 대신할 테니."

로자리아의 푸른 눈동자를 마주한 비올라는 눈을 떼지 못했다. 패배했다는 사실도, 분하다는 감정도 들지 않았다. 왕녀가 명백한 승리를 검으로서 보여 주지 않았던가.

'어쩌면 황자보다 더…….'

강할지도 모른다는 생각에 비올라의 손끝이 잘게 떨려 왔다.

"내가, 아니, 바렛사가 무지했다. 이스타샤의 신성은 공작이 아닌, 테베의 왕녀란 것을 몰랐어."

"……."

비올라의 말에 로자리아는 대답하지 않았다.

휙, 그녀는 금빛 갑주를 걸친 채로 황녀에게서 등을 돌렸다.

'그때와 같군.'

비올라는 두 눈을 감았다. 잊으려야 잊을 수 없는 그날의 기억이 그녀의 몸을 잠식했다. 바렛사의 전사를 이끌고 온 황자, 마르쉬 히킨샤를 본 순간 그녀는 본능적으로 직감했다. 현 황제가 병에 든 틈을 타, 황위를 거머쥐려던 그녀의 노력이 한낱 물거품이 되어버렸음을. 마르쉬가 비올라의 군대를 쳐부수었을 때, 그녀는 무릎을 꿇고 항복을 고했다. 백기 따위 손에 든 적 없었기에 그녀는 바렛사의 붉은 기를 차기 황제에게 내밀었다.

"누이께선 어리석은 형님들과 달리 명석하시군. 그러나 내 어찌 나를 죽이려 들었던 누이를 쉽게 믿을 수 있겠는가? 내게 충정을 보인다면 누이에게 명

예로운 죽음을 허락하겠다.'

"……어떠한 충정을 원하는 것이냐."

"그대가 든 샴쉬르로 혀를 자른다면 누이의 사랑스러운 군사는 살려 주도록 하지."

비올라는 주저 없이 검을 들어 올려 그녀의 혀를 잘랐다. 죽음을 각오했으나 그녀는 죽지 않았다. 눈을 떴을 땐 마르쉬의 군대가 점령하고 있는 그녀의 옛 영지였다.

"어…… 째…… 서……."

"비올라 경, 누이는 내가 처음이자 마지막으로 선택한 바렛사의 검이 될 것이다."

그의 붉은 눈동자에 대륙을 통일하겠다는 짙은 열망이 서려 있었다. 그날 이후, 비올라는 진심을 바쳐 마르쉬 황자를 모시는 충정이 되었다. 마르쉬 히킨샤, 바렛사 황제의 염원을 이룰 때까지 두 번 다시 검을 놓는 일은 없을 것이라 맹세했다.

그때, 패배의 설욕에 비참함을 토해 내던 비올라의 심장이 다시금 뛰었다.

'어째서 그때 느꼈던 기분과 같은 건지.'

비올라는 떠나가는 로자리아의 모습을 끝까지 지켜보았다. 패배했으나 분하지 않았다. 그건 승리에 대해 집착하던 그녀에게 낯선 일이었다. 끝내, 비올라는 그녀의 어깨를 짓누르던 패배를 인정했다.

차가운 바람이 정적이 깃든 경기장에 내려앉았다. 대결은 신성제국의 승리로 돌아갔다. 성전이 끝났으나 자리를 뜨는 이가 아무도 없었다.

"말도 안 돼……."

"공작 부인이 바렛사의 전사를 이길 줄이야."

고요한 침묵이 경기장에 내려앉았다. 이를 보고도 믿지 못한 이스타샤의 귀족들이 대부분이었다. 비올라 가브리엘은 바렛사의 막강한 군사력를 상징하는 이였다. 야만인이라며 멸시하면서도, 이스타샤인은 바렛사의 순수한 무력을 동경했다. 바렛사 황녀의 패배는 신성제국의 귀족을 뒤흔들기에 충분했다.

"이스타샤의 황족이 바렛사를 이겼어."

"믿을 수가 없어."

경기장의 상석에서 경외에 찬 목소리마저 나왔다. 이스타샤의 귀족은 승리에 대한 기쁨을 느낄 새도 없이 거짓말 같은 현실에 동요했다.

누이가 죽을힘을 바쳐 왕녀와 맞섰으나, 마르쉬가 예상한 대로였다. 바렛사와 바르세데스의 대결은 무참히도 바렛사의 패배였다. 마르쉬는 버쩍 마른 입술을 핥았다. 그래야만 들끓는 갈증이 조금이라도 풀리는 기분이었다.

'내 눈은 틀리지 않았어. 로자리아 왕녀가 승리할 거라 믿어 의심치 않았지.'

무슨 수를 써서라도 북부를 가져 낼 것이다. 바렛사는 패배했다. 그럼에도 걷잡을 수 없는 전율이 그의 발끝을 타고 잠식했다. 그는 꿈틀거리는 열망을 누르기 위해 숨을 들이쉬었다.

'데모나와 발데르가의 주인, 로자리아 왕녀를 내 것으로 삼겠다.'

언제 무너질지 모르는 아슬아슬한 신성제국을 지탱하는 건 위대한 신목의 뿌리였다. 이스타샤는 여신의 수호를 받을 자격이 없었다. 가치를 알아보지 않는 자에게 기회는 주어지지 않으리라.

'이름 없는 여신은…….'

마르쉬는 데모나를 든 채 대사제에게 다가가는 로자리아를 끝까지 주시했다.

'나와 바렛사의 것이었다. 여신을 저버린 신성제국 네놈들의 것이 아닌.'

마르쉬의 심장이 미친 듯이 요동치기 시작했다. 비록 바르세데스와의 대결에서 졌으나 더 값진 것을 얻었다. 그토록 바렛사가 간절히 염원했던 정령의 여신이, 그와 같은 시간을 살아가고 있음을 알지 않았던가. 신성제국과 바르세데스, 그리고 바르세데스와 로자리아의 관계를 비틀어야 했다. 그녀가 수호할 대상은 무너져 가는 신성제국 따위가 아니었다. 서대륙의 새로운 주인이 될, 바렛사이리라.

"당신도 그렇게 생각하지 않습니까, 나의 어린 여신. 오백 년 전 바렛사에 축복을 내린……."

이스타샤의 여신인 아니타와 견줄 수 있는 존재는 유일했다.

검의 여제 데모나.

신목의 왕 발데르가.

데모나와 발데르가의 가호를 받으며, 모든 정령의 주인이라 불리는 여신. 성화(聖化)에서도 영원히 어린 소녀의 모습을 한 율리아. 여신은 시간이 흐른 채 살아 있는 존재로 나타났다. 바야흐로 오백 년 만이었다. 드디어 이름 없는 여신, 율리아의 단서를 찾아냈다.

성전의 승리는 바르세데스의 것이었다. 아리안 대사제가 로자리아에게 다가갔다. 그녀는 한쪽 무릎을 꿇고 대사제가 할 행동을 기다렸다. 성호를 그어야 할 그에게서 움직임이 없었다. 고개를 들자 묘한 얼굴의 대사제가 보였다.

"……공작 부인께서 승리하셨군요."

"바르세데스의 명예를 지킬 기회였으니까요."

"성력을 떠나 바렛사의 전사를 이길 이는 몇 되지 않습니다. 앞으로 신전에서 공작 부인을 주시할 것입니다."

대사제는 목소리를 확장시키는 성력 주문을 없앤 채, 나지막한 목소리로 읊조렸다.

"그동안 신전 측의 무례를 사과드립니다. 성녀님께서 계신 대신전에는 제 힘이 닿지 않으나, 교황청의 성기사들은 주의시키겠습니다."

"그리해 준다면 거절할 이유가 없지요, 아리안 경."

로자리아는 여유로운 미소를 지으며 자리에서 일어섰다. 이윽고 대사제가 목소리를 증폭시키는 주문을 읊으며 대결의 끝을 외쳤다.

"성전이 끝이 났으매, 여신께서 선택한 승자는 바르세데스입니다."

아리안이 검을 든 로자리아의 오른손을 붙잡았다. 높이 쳐든 데모나의 예리한 날이 햇빛을 반사했다.

"여신에게 맹세한 바는 결코 가볍지 않습니다. 바렛사의 황자 저하께선 성물 마르바를 공작 부인에게 내어주십시오."

"……."

이를 지켜보던 마르쉬가 자리에서 일어섰다. 그는 주저 없이 경기장 아래로 내려갔다.

경기장의 중앙 상석에 앉은 프리실라는 입술을 질끈 베어 물었다.

'어째서 비올라가 패배한 거지?'

분하고 분했다. 참을 수 없는 욕지기가 목구멍으로 치밀어 올랐다.

"어떻게 된 거냐, 프리실라!"

"……폐하."

클라인을 부른 프리실라는 그다음 말을 잇지 못했다. 테베의 왕녀라고 얕잡아 보는 것이 아니었다. 프리실라는 자신의 과오를 인정했다. 총력을 기울여도 모자랄 지경에, 우스운 판이나 벌이지 않았던가.

'내가 어리석었어. 직접 나섰으면 왕녀를 죽였겠지. 여신의 성력을

이용해서…….'

그녀는 울컥 가슴을 치미는 뜨거운 덩어리에 숨을 제대로 쉴 수가 없었다.

'성물 마르바를 가져갔어. 아니타와 견줄 수 있는 성물을……!'

신성제국의 권력을 틀어쥔 건 성녀인 자신이었다. 성물 아니타의 주인이었기에 성기사들의 충성과 제국민의 경외를 받지 않았던가!

'이스타샤의 황족이 된 왕녀가 성물 마르바까지 가진다면…….'

프리실라는 고개를 저었다. 그 누구도 성녀의 자리를 넘볼 수 없었다.

'절대 뺏기지 않아. 이스타샤는 내 것이야. 내가 어떻게 손에 넣은 이 신성제국을 너 따위에게…….'

스승이자 어머니로 여겼던 데레사를 죽이면서까지 얻은 자리였다. 프리실라는 이를 악물었다. 분하고 억울해서 미칠 것만 같았다. 으드득, 어금니를 깨무는 소리에 클라인이 몸을 굳혔다.

"폐하, 아니, 클라인."

프리실라는 거무죽죽한 목소리로 한 자 한 자 짓씹듯 내뱉었다.

"존귀한 황위를 유지하고 싶다면 성녀인 제 뜻에 따르도록 해요."

프리실라는 황제의 귓가에 음산하게 속삭였다. 성녀는 깨달았다. 로자리아를 죽이는 건 어려웠다. 신전은 바르세데스의 반기를 견뎌 내지 못하리라. 그러니 정당한 이유를 만들어야 했다. 바르세데스의 신뢰를 받기 시작한 공작 부인을 끌어내리기 위해선.

'다른 이유. 왕녀를 끌어내릴 수 있는 정당한 근거. 그 누구도 감히 반박할 수 없는, 라쉬드조차 물러서야 하는 명분을 만들면 돼.'

프리실라는 숨을 힘껏 들이쉬었다. 그다지 놀랄 일이 아니었다. 오히려 반길 일이 아니던가. 데레사를 죽일 때보다 더 심장이 떨렸다. 프리실라는 한때 스승의 얼굴을 떠올리며 데레사와 같이 자애로운 미소를 지었다. 신중해져야 했다. 그리고 덫을 파야 했다. 뱀은 자신의 몸집보다 큰 사냥감을 주저하지 않는 법이니.

마르쉬는 로자리아와 대사제가 있는 곳을 향했다. 그는 계단으로 내디딜수록 심장에 망치질을 한 것처럼 두근거렸다. 비아의 성녀를 보게 된다. 그 사실은 대범한 바렛사의 황자를 떨게 만들었다. 황금빛 모래가 깔린 바닥을 밟는 것조차 더없이 신중했다. 거대한 의식을 치르는 것처럼 차가운 피가 그의 몸속을 타고 흘렀다. 마침내 마르쉬는 그를 기다리고 있는 로자리아의 앞에 섰다.

"누이와 바렛사의 패배를 인정하겠소."

"신성제국의 황족에게 무례하게 대했던 건 어떻게 하실 생각이신가요, 황자 저하?"

"공작 부인을 모욕했던 것과 바르세데스에 무례하게 대한 걸 진심으로 사죄드리오."

마르쉬는 가슴에 손을 얹고 묵례했다. 제국의 황자가 고개를 숙이는 건 있을 수 없는 일이었다.

'황자, 그것도 바렛사의 황제가 될 자가 내게 고개를 숙일 줄이야.'

별로 기대하지 않던 그녀는 의외의 상황에 눈을 가늘게 떴다.

"내 사과를 받아들여 주겠소?"

"알겠어요. 황자 저하의 무례를 용서해드리죠."

"고맙소, 부인."

로자리아는 한술 더 떠 용서하겠다고 말했다. 그럼에도 그는 자존심이 상하기보단 감격에 찬 얼굴이었다.

"약조한 대로 당신에게 성물 마르바를 드리겠소."

마르쉬는 그의 목에 걸었던 목걸이를 풀어내었다. 황자가 늘 하고 다니는 목걸이가 성물 마르바임을 아는 자는 몇 되지 않았다.

"이것이 성물 마르바, 바렛사를 수호하는 여신의 조각이오."

"여신의 조각?"

"아니타와는 다른 여신이 만든 것이지."

로자리아가 묻자 그가 목소리를 한껏 낮추며 말했다.

"마르바가 주인을 찾았으니 이 어찌 기쁘지 않겠소?"

입술을 미끄러뜨린 마르쉬가 말을 이었다.

"아, 비올라의 무례도 용서해 주시길. 이만 돌아가 보겠소."

"저하의 누이와 붙을 수 있게 되어 영광이었어요, 황자 저하."

로자리아는 대답하면서 눈을 가늘게 떴다. 비올라의 무례라, 맞는 말이긴 했다만 가장 무례했던 건 바렛사의 황자였다. 등을 돌려 경기장을 빠져나가려던 마르쉬가 갑작스레 걸음을 멈췄다. 성큼성큼, 거친 걸음으로 다가온 그는 로자리아에게 귓속말했다.

"바렛사의 성물, 마르바를 어떻게 쓰는지 알고 싶거든 내게 찾아와. 내가 당신 남편보단 쓸모 있을 테니까."

마르쉬는 로자리아의 귓가에 입술을 가져다 대었다. 낮은 숨이 간질거려서 그녀는 몸을 살짝 비틀었다.

"그대의 호의가 필요 없다고 했을 텐데, 황자께선 내게 몇 번을 말하게 하는 거지?"

로자리아는 황자에게만 들릴 정도로 작게 읊조렸다. 성물 마르바를 어떻게 쓰는지 궁금했지만 황자에게 물어볼 생각은 없었다.

'쓰는 방법이라……. 방법을 알려 주는 대신 대가를 치러야겠지.'

뭘 원하는지 몰라도 성물을 내줄 정도면 그만큼 원하는 게 있을 터. 어찌 됐든 자신의 소유가 되었으니 쓰는 방법을 찾는 건 그녀의 몫이었다. 게다가 라쉬드를 떠나면서까지 알아내고 싶지 않았다.

"공작은 운이 좋군. 바르세데스에 승리를 가져다주는 부인을 가졌으니.”

마르쉬는 경기장의 상석을 올려다보았다. 과연, 공작의 차가운 시선이 자신을 향하고 있었다. 그 시선이 경고하는 듯해서 마르쉬는 보란 듯이 로자리아의 손등을 그러쥐었다.

“공작 부인과 내 휘하의 기사가 검을 맞붙은 건, 바렛사의 영광스러운 시간이었소.”

마르쉬는 로자리아의 손등에 입을 맞추었다. 갑작스러운 황자의 행동에 그녀는 그를 쳐 내지 못했다. 바렛사의 기사와 귀족이 그녀를 지켜보고 있었다.

‘도대체 왜 황자가 내게 기사의 예를 취하는 거지? 곤란해지라고 그런 건 알겠지만.’

바렛사 출신을 상식선에서 이해하려 드는 건 힘든 일이었다. 그녀는 서늘한 입술이 닿은 자신의 손등을 내려다보았다.

비올라는 기사의 부축을 받아 경기장 밖으로 빠져나왔다. 혼자 남게 된 그녀는 거친 숨을 몰아쉬었다. 그리고 털썩, 아무렇게나 땅에 주저앉은 그녀는 부서진 샴쉬르를 살폈다. 하나는 멀쩡했지만 다른 하나는 산산이 부서졌다.

“너도 그렇게 생각하지, 샴쉬르? 저 여자가 네 주인 같더라.”

잠긴 시선으로 검을 내려다보던 비올라가 샴쉬르에게 말을 걸었지만 그녀의 검은 조용했다. 검의 정령은 평생 한 명의 주인을 모신다. 충성스러운 샴쉬르가 주인인 자신을 외면할 줄이야.

“샴, 그 여자가 든 검도 그러한 건가? 너처럼 혼을 가진 거라면…….”

샴쉬르는 이번에도 침묵했다. 인간 여자가 든 것은 검의 여제 데모

나. 새하얀 천으로 눈을 가린, 두 눈을 감은 백발의 여신. 모든 검의 어머니이자 감히 맞설 수 없는 존재였다.

"로자리아……."

비올라는 로자리아의 이름을 가슴에 새기듯 중얼거렸다.

두 번째로 패배를 가져다준 이스타샤의 공작 부인. 그 여자와 다시 검을 섞게 된다면 목숨을 걸어도 부족하리라.

성전이 끝나자 마르쉬를 따라 바렛사의 기사들이 움직였다. 경기장을 빠져나가던 그는 반갑지 않은 손님과 마주했다. 라쉬드 폰 칼라네 바르세데스, 신성제국의 공작이었다.

"왜 성물 마르바를 부인에게 내어준 거지?"

"약속한 바를 이행했을 뿐이다."

"마르바를 가지기 위해 오백 년 전에 전쟁을 일으킨 바렛사가?"

"그거야 죽은 초대 황제의 생각이었지. 바렛사를 건국한 선황이 성물 아니타와 마르바, 두 개의 성물을 가진 신성제국을 이길 수 없다고 판단했으니까."

"황자, 공작 부인이 마르바의 본래 주인이란 건 무슨 말이지?"

"주인이 바뀌었으니 주겠다는 소리였는데, 공작께선 그게 감명 깊었나 보군."

라쉬드는 눈을 가늘게 떴다. 진실을 교묘히 감추는 황자에게서 제대로 된 대답을 듣는 건 불가능했다.

마르쉬가 물었다.

"그걸 듣고 싶어서 나를 애타게 기다린 건가?"

"아니, 경고하러 왔다. 더 이상 로자리아에게 접근한다면……."

라쉬드의 발걸음이 마르쉬에게로 멎었다. 공작의 진득한 살기가 그의 몸을 내리눌렀다.

왈칵, 붉은 핏물이 마르쉬의 입을 타고 번졌다. 흔적조차 보이지 않았던 위압적인 성력이 일렁였다. 자신의 눈으로 보아도 그건 성력이라고 할 수 없는 기묘한 것이었다.

"그때야말로 네놈의 머리를 들개의 먹이로 삼아주지."

"이거 영광인데. 네게서 도망치던 북부의 기사들을 죽였을 때처럼?"

"그래, 그때처럼."

라쉬드는 더 이상 그의 모습을 숨기지 않았다. 바이올렛 눈동자에 차가운 살기가 금방이라도 들끓을 것처럼 휘몰아쳤다.

'어찌 얌전하다 했더니 자신의 부인이 없을 때 본색을 드러내는군.'

"큭큭, 이거 기대 이상인데?"

마르쉬는 등이 들썩일 정도로 웃었다. 종래엔 고개까지 젖혀 미친 듯이 웃었다.

"이제야 알 것 같아. 너희 사이가 어떤지."

"……뭘 알 것 같다는 거지?"

"그 여자는 필시 네게 약점이 될 거다. 네가 승리의 여신이라 믿는 너의 아내가, 너와 바르세데스를 무너뜨리는 덫이 될 테니."

마르쉬는 피로 번들거리는 입가를 손등으로 훔쳤다.

"그리고 그녀도 마찬가지. 너의 그 오만함과 승리에 대한 자신이, 언젠가 그녀의 목을 조여 올 올가미가 되리란 것도."

라쉬드는 손이 하얗게 질릴 정도로 검을 움켜쥐었다. 이를 보던 마르쉬는 입꼬리를 비틀어 올렸다.

"비록 대결에선 졌지만 전쟁에선 승리를 거둘 거다, 공작."

쾅! 마르쉬는 그의 뺨을 스쳐 지나간 검을 곁눈으로 살폈다. 은빛의 파도라 불리는 성검 칼라네, 여신 아니타의 영혼으로 만든 검이었다.

검과의 거리가 조금이라도 가까웠다면 무너지는 건 벽이 아닌, 자신의 머리였다.

"지루한 대전이었다, 바렛사의 황자. 그리고 네 발악은 귀담아듣도록 하지."

홱! 라쉬드는 차갑게 읊조리며 등을 돌렸다. 그가 걸친 검은 망토가 바람에 물결처럼 퍼졌다.

다음 날, 이른 새벽부터 대신전에 사람이 몰려들었다. 바야흐로 클라인 1세의 즉위식이었다. 마르쉬는 비올라와 함께 그 광경을 지켜봤다. 프리실라는 신전에 모인 이들의 시선을 느끼며 하얀 면사포를 쓴 채 제단 위로 걸어갔다. 원형의 제단에는 성검이 놓여 있었다. 그녀는 가라앉은 시선으로 데레사의 심장으로 만든 성검을 내려다보았다.

"성녀님, 성검을 뽑으셔야 합니다."

프리실라는 파르르 경련하는 눈가를 능숙하게 감춰 내며 성검 데레사에 손을 가져다 대었다.

'데레사, 당신이 내 말만 들었어도 죽어서 검이 되는 일은 없었을 거야.'

프리실라는 신성가문인 에르테반에서 태어났으나 성력은 미미했다. 불행 중 다행인 것은, 이스타샤의 다른 귀족 가문과 달리 에르테반은 사내아이보다 여자아이를 선호했다. 성기사를 수차례 배출한들 성녀야말로 신전의 권력을 쥘 수 있는 우두머리였다. 프리실라의 아버지, 에르테반 후작은 독한 사내였다. 그는 물건을 팔듯 가문의 여아를 성녀로 만들고자 했다.

프리실라는 일곱 살에 독방에 갇혀 울음을 참는 법을 배웠다. 소녀는 동물의 사체로 가득 찬 방에서 눈물 하나 흘리지 않았다. 날카로운 검 위를, 작고 하얀 발로 내디디면서 비명 한번 토해 내지 않았다. 종래엔 아끼던 신수(神獸), 작은 새까지 피로 젖은 손으로 죽였다.

"왜 성력이 늘지 않는 게냐, 프리실라!"

"아버지, 전 성력이 부족해요. 성녀가 되기 위해선……."

"에르테반이 몰락하는 걸 보고 싶은 거냐!"

후작이 소리쳤다. 프리실라에게 훈련을 시켰음에도 성력이 늘지 않자 그는 점차 조급해졌다. 에르테반은 5대에 걸쳐 성녀를 배출하지 못했다. 신성가문이란 명예도, 신전을 좌지우지하던 권력도 데레사의 가문인 에르키사에게 모두 빼앗겼다. 가문을 위해선 그의 딸이 데레사의 뒤를 이어 성녀가 되어야 했다.

후작은 '못난 것!'이라 소리치며 어린 딸의 뺨을 후려쳤다. 프리실라는 뺨을 붙잡고 아버지를 올려다보았다. 딸을 보는 눈빛보단 상품을 보는 시선이었다. 그날 밤, 홀로 숨어 울고 있는 프리실라를 찾아온 건 당대 최고의 성녀라 불리던 데레사였다.

데레사가 슬픈 거냐고 묻자, 프리실라는 고개를 저었다. 넋이 나간 아이는 속이 텅 빈 인형처럼 아무런 감정이 느껴지지 않는다고 중얼거렸다. 눈앞의 아이는 울고 있었다. 데레사는 프리실라의 뺨을 다정한 손길로 어루만졌다. 아이가 작은 새를 죽인 것이 잘못이라고 생각하지 않는다고 하자, 데레사는 쓴웃음을 지었다.

그녀는 '작든 크든 생명의 값어치는 따질 수 없어요'라고 프리실라에게 말했다. 덜덜 떨리는 아이의 손을 꼭 붙잡은 채로. 데레사는 자신을 노려보는 소녀를 혼내는 대신 안아주었다. 독기로 얼룩진 프리실라의 눈동자가 잘게 흔들렸다.

"프리실라, 앞으로 나와 약속해 줘요. 생명을 해치지 않겠다고."

"약속할게요, 데레사."

프리실라가 보던 데레사는 엄숙하고 경건한 성녀였다. 데레사의 성력은 최초의 성녀이자 여신인 아니타의 것과 비견되었다. 사람의 육신에 여신의 혼이 담겼다 하여 살아 있는 신으로 칭송받았다.

황제는 중요한 결정을 할 때마다 데레사의 의견을 묻곤 했다. 이스타샤의 제국민은 그녀를 두려워하면서도 사랑했다. 성녀를 도구로 여기던 귀족들조차 데레사를 동경하며 경외했다. 신성제국의 권력을 위한 도구로 여겨지던 성녀가 아닌 진실한 성녀. 프리실라는 닿을 수 없는 곳에 선 스승을 올려다보았다.

열넷, 성녀 후보가 된 프리실라는 데레사를 찾아갔다. 새벽에 찾아온 제자를 본 데레사는 크게 놀라며 우는 프리실라를 달래 주었다.

프리실라는 데레사를 보자마자 울음을 터뜨렸다. 그녀는 눈물에 젖은 얼굴로 노만 1세가 열넷이 되면 그의 침실로 찾아오라고 했다고 스승에게 일렀다. 데레사는 그 소식을 듣고 노만 1세를 찾아갔다. 평소에 노한 적 없던 온화한 성녀가 노기가 어린 목소리로 소리쳤다.

"어찌 사람의 가죽을 뒤집어쓰고 어린 성녀 후보에게 그럴 수 있습니까!"

"성, 성녀님. 그 아이가 제게 먼저 접근했습니다. 저는 억울합니다."

"폐하! 그 아이는 제 제자이자 양녀로 맞은 아이입니다. 성녀로서 순결을 지키건대 마음으로 낳은 자식이란 말입니다."

성년이 되지 못한 아이를 건드는 자는 아니타의 율법에 따라 화형에 처했다. 그러나 이스타샤의 기강이 무너짐에 따라 율법은 지켜지지 않았다. 다른 성녀와 달리 데레사는 이를 용서치 못했다.

그날 이후로 데레사와 노만 1세의 사이는 틀어졌다. 11대 성녀, 데레사의 가문인 에르키사는 황가와 척을 지게 되었다. 그것과 별개로 프리실라는 자신에게 머리를 조아리는 귀족들과 황제를 보니 경이로웠다. 데레사의 말 한마디로 모든 게 바뀌었다. 프리실라는 제 아비가 어째서 그토록 자신에게 집착했는지 깨달았다. 성녀의 권력은 그녀가 생각한 것 이상이었다.

한때 데레사는 프리실라가 마음으로 따르던 어머니였다. 친부마저 학대했고 친모마저 버린 자신을 구원해 준 성녀 데레사. 그러나 프리실라는 깨달았다. 데레사의 자리를 자신은 빼앗을 수 없다는 것을. 그녀의 드높은 명예와 후광이 자신의 자리를 빼앗는 그림자가 될 것임을.

데레사가 어리석은 거였다. 그녀가 정말로 미래를 알 수 있었다면 제 죽음은 예측했겠지. 프리실라는 스승이 눈먼 성녀라며 조소했다.

열넷, 프리실라는 노만 1세와 결탁해 성녀 데레사를 죽였다. 죄책감이 느껴졌지만 그보다 희열이 더 컸다. 데레사가 그랬던 것처럼, 아니, 자신의 스승보다 더욱 강한 권력을 가진 성녀가 되리라.

"성녀님, 세례명을 정하셔야 합니다. 데레사 님을 어머니처럼 따르셨으니 같은 세례명을 쓰셔도 됩니다."

"아니에요. 전 그녀와 다른 세례명을 쓰겠어요."

소녀는 새하얀 면사포를 쓴 채 입꼬리를 올렸다.

"프리실라. 제 세례명은 프리실라예요."

소녀는 자신의 이름을 택했다. 제12대 성녀, 프리실라 에르테반이 열다섯에 즉위했다. 채 일 년도 되지 않아 에르테반 후작 부부는 사고를 당했다. 가장 강한 성력을 가졌고, 여신 아니타의 환신이라 일컬어지던 데레사의 기록이 성서에서 사라졌다. 프리실라가 성녀가 된 후 데레사는 여신을 배반한 마녀가 되었다. 그날 이후, 데레사를 일컫던 '최고의 성녀'는 프리실라의 것이 되었다.

"성녀님, 성검을 뽑으셔야 합니다."

프리실라는 과거의 상념에서 벗어났다. 그녀는 손의 떨림을 멈추기 위해 다른 손으로 왼손을 잡았다. 데레사를 죽이고 왼손으로 그녀의 심장을 빼냈다. 한데 어째서 성검을 본 순간 데레사와 마주친 것처럼 두려운 건가.

프리실라는 이를 악물고 검을 쥔 손에 힘을 주었으나 성검은 뽑히지 않았다. 성녀가 성검을 뽑지 못한다는 건 있을 수 없는 일이었다. 그것도 오래된 성검을 새로운 성검으로 바꾸었던 프리실라 본인이.

"어찌하여 성녀님께서 검을 뽑지 못하십니까?"

제단의 북쪽에 서 있던 교황이 낮아진 목소리로 읊조렸다. 요한 2세의 차가운 시선이 프리실라를 향했다.

"무엇이 두려워 그 검을 피하려는 겁니까, 성 프리실라."

요한의 말에 신전에 정적이 내려앉았다. 성녀의 수족이라 불리는 신녀와 사제들조차 그녀의 편을 들어주지 못했다.

"……여신께서 노하셨기 때문이에요."

프리실라는 당황해서 말을 잇지 못하다가 겨우 방책을 생각해 냈다. 땀에 손이 미끄러져 옷으로 훔쳤다. 등 뒤가 축축했고 목소리 또한 제대로 나오지 않았다.

'어째서…….'

성녀의 눈동자가 한없이 떨렸다. 어째서 검을 들 수가 없는 거지? 프리실라는 성검 데레사로부터 물러섰다. 그녀를 둘러싼 신전의 광경이 일그러지고, 기묘한 환청이 들리기 시작했다.

성녀가 성검을 뽑지 못하자 귀족들의 웅성거림이 커져 갔다. 심지어 저 검은 천 년 전부터 쓰였던 본래의 성검 대신 성녀가 새로이 선택한 성검이었다. 교지를 내리기 위해선 성녀는 여신의 성력이 담은 성검으로 의식을 행하며, 교황은 성서를 읊음으로써 이를 공인했다. 이를 지켜보던 요한이 손을 들어 올렸다.

"성녀께서 검을 뽑지 못하신다면 클라인 황제께선 즉위하실 수 없습니다."

"……그, 그게 무슨 소리입니까, 성하!"

클라인이 질겁하며 소리쳤다. 그의 눈엔 떨고 있는 프리실라가 보이지 않았다.

"누구라도 저 검을 뽑는 자가 있다면, 성녀 프리실라를 대신하여 황제 폐하에게 교지를 내려야 할 것입니다."

"그럼 본래의 성검으로 교지를 내리면 되지 않소!"

"그건 불가합니다, 황제 폐하. 성녀님께서 꼭 저 성검을 쓰겠다고 하셨기에, 교지에 쓰이던 성검은 성화에 녹였습니다."

교황의 곁에 있던 대사제가 거들자 클라인이 격앙된 어조로 외쳤다.

"꼭 성검이 아니더라도……!"

"본래의 성검을 바꾸신 건 성녀님이십니다. 어찌하여 여신의 율법을 가벼이 취급하십니까, 클라인 1세."

요한이 얼음장 같은 목소리로 일갈했다. 그 이후로 고위 사제가 검을 뽑기 위해 나섰으나 아무도 들지 못했다. 이를 숨죽이고 보던 신녀도 마찬가지였다.

"성하께서는 저 검을 드실 수 있을 겁니다!"

"성검 데레사는, 제게 당신을 허락하지 않을 것입니다."

요한은 검을 들라는 고위 사제의 청에도 거절했다. 그의 호박색 눈동자가 향한 곳은 로자리아였다.

"공작 부인."

"네, 성하."

로자리아가 대답했다. 그녀의 시선이 정령술사를 죽일 수 있는 성검 데레사로 향했다. 성녀는 성검을 들지 못했고 교황 또한 이를 거부했다. 그런데 어찌하여 요한 2세는 자신을 부르는 것인가. 요한의 부름에 로자리아는 가슴에 손을 얹고 묵례했다.

"제가 공작 부인에게 청을 올려도 되겠습니까?"

"……이스타샤를 위한 것이라면 따르겠습니다."

요한은 고개를 끄덕였다. 이윽고 그는 고요한 목소리로 생각하던 바를 읊었다.

"공작 부인께서 저 검을 드셔야 합니다."

"하오나 성하, 제겐 그 자격이 없습니다. 이스타샤의 황족이라 하나 제겐 어떠한 성력조차 없습니다."

"이건 교황이자 여신의 대리자로서 내리는 명령입니다. 성검을 드십시오."

"……제겐 과분한 일입니다. 어찌하여 제게 그 검을 들라 하십니까, 성하."

"여신의 심판자로 불린 거울을 기억하십니까? 천 년간 그 거울을 깨뜨린 이는 없었습니다."

요한은 잠긴 목소리로 말을 이었다.

"이는 아니타 여신의 성력과 연관되어 있다는 증거, 신성제국을 위해 성검을 드십시오, 로자리아."

"……알겠습니다, 성하."

자박자박. 로자리아는 제단 위로 올라갔다. 과거, 성녀 프리실라의 명령으로 이곳에서 무릎을 꿇고 머리를 조아려야 했다.

'이유는 별것 없었어. 단지 테베 출신이란 이유가 전부였지.'

그녀는 검을 향해 손을 내뻗었다. 정령술사를 죽이는 검, 데레사.

철컹.

'데레사, 당신이 나를 죽이려 한들 나는 살아갈 것입니다.'

꽈악, 검을 잡은 로자리아는 손에 힘을 주었다. 이윽고 은빛의 장검이 거대한 돌에서 뽑혔다.

"……말도 안 돼!"

"성녀님도 뽑지 못한 검을 테베의 왕녀가 뽑았다니……."

"어떻게 이런 일이 일어날 수 있는 거지?"

사제들은 새파래진 얼굴로 중얼거렸다. 로자리아는 성검 데레사를 두 손으로 쥐었다. 이윽고 사제가 달려와 새하얀 천을 건네었다.

"……여, 여기 올리시면 됩니다."

그녀는 사제의 말을 무시하곤 프리실라에게 걸어갔다. 성녀는 너무 놀라 말을 잇지 못했다.

"성검을 받으세요, 성녀."

로자리아는 프리실라에게 데레사를 내밀었다. 덜덜 떨리는 손으로 검을 받아 든 성녀는 이내 비명을 내질렀다.

"아야!"

쨍그랑. 손목이 타들어 가는 통증에 그만 검을 놓치고 말았다. 프리실라는 왼손을 붙잡으며 주저앉았다. 이를 싸늘한 시선으로 내려다보던 로자리아는 허리를 숙여 성검 데레사를 다시 쥐었다.

"프리실라, 왜 그러는 것이냐?"

이 상황을 불안하게 보던 클라인이 물었다. 그의 목소리가 점차 떨리고 있었다. 황제에게 교지를 내려야 할 성녀가 성검을 뽑지 못한 것은 물론, 들지도 못했다. 이는 신성제국의 뿌리를 흔들 수 있는 최악의 사건이었다. 안절부절못하던 클라인을 본 요한이 상황을 정리했다.

"제가 앞서 고했듯이 성녀님께선 성검을 못 드십니다."

"그, 그러면 대체 누가 교지를 내려야 한다는 거요?"

클라인이 불안한 얼굴로 묻자, 요한이 주위를 둘러보며 말했다.

"누가 황제 폐하에게 교지를 내릴 수 있겠소?"

대신전에는 수십 명의 사제와 성기사, 신녀가 있었지만 아무도 대답하지 못했다.

"제가 여신의 뜻을 대신하여 교지를 내릴 아니타의 대리자를 택하겠습니다."

고요히 이를 지켜보던 요한이 담담한 목소리로 읊었다. 그는 차분한 시선으로 로자리아가 쥔 성검 데레사를 주시했다. 이제껏 이스타샤 황제에게 교지를 내리는 건 성녀의 의무였다. 천 년간 실패한 적이 단 두 번뿐이었다.

"프리실라 성녀와 저, 성기사들은 물론 사제까지 성검을 들지 못합니다."

요한은 침묵이 내려앉은 신전을 살피며 말을 이었다.

"지금으로선 공작 부인만이 저 검을 들 수 있습니다."

"그래서 교지 없이 황제가 돼라, 이 소리입니까?!"

"폐하! 성하께 무례하십니다."

"성하, 교지 없이 황제가 되란 소립니까?"

주위의 눈치를 보던 클라인이 주저하다 목소리를 낮췄다.

"교지 없이 황제가 되지 못하십니다."

요한이 딱 잘라 말했다. 그는 차가움이 묻어난 얼굴로 클라인을 응시했다.

"……그, 그러면 나보고 어쩌란 소리요?"

"저희로선 방법이 없습니다. 교지 없이 황위에 오른다면 주변국에게 우습게 보일 것입니다. 폐하와 신전, 이스타샤 제국 모두."

"그럼 황위를 비워 두란 소리입니까?"

"그럴 수밖에요. 달리 방법이 있습니까?"

황제의 가신이 소리치자 요한이 싸늘하게 말했다. 교황의 기세에 놀란 가신은 꿀 먹은 벙어리가 되어 자신의 주군 뒤로 숨었다.

"이게 무슨 일입니까, 형님. 도대체 어디까지 더 떨어져야 합니까?"

"형, 형님이라니! 나는 어엿한 이스타샤의 황제다!"

"교지도 받지 못한 황제가 어찌 신성제국의 지배자가 되겠습니까?"

"라쉬드, 네 이놈! 내게 무례하구나!"

"무례한 건 형님이십니다."

"여기가 어디라고 나를 가르치려 드는 게냐?!"

"이곳은 황성 안의 대신전이며 형님의 즉위식이란 걸 잊은 겁니까? 테베, 바렛사, 하르카의 왕족과 황족까지 모두 모인 자리입니다. 얼마나 더 제멋대로 구셔야 하겠습니까?"

"……네가 뭘 안다고 내게 그러는 거야."

클라인이 울 듯한 얼굴로 외쳤다. 분란이 난 신전의 분위기에 웅성웅성 소란이 커졌다. 하르카의 공왕이 팔짱을 끼며 이 광경을 지켜봤다.

"우리 여신은 무시하더니, 아니타가 하는 짓을 봐. 쿡, 너무 웃겨서 못 참겠네. 이단이라고 우릴 무시할 땐 언제고 성녀가 성검 하나 들지 못해서야, 쯧."

하르카의 공왕 나탈라는 측근에게만 들릴 정도로 이야기했지만, 워낙 목소리가 큰 탓에 신전 안에 쩌렁쩌렁 울렸다. 상황이 더욱 심각해졌다. 종래엔 하르카의 공왕이 더는 시간 낭비를 하고 싶지 않다고 공언했다. 성검을 들지 못하는 성녀와 허우대만 완벽한 황제인 징징대는 놈까지 가관이었다.

"언제까지 귀빈을 잡아 놓고 시간을 지체할 거죠? 황제로서 자질이 없다면 전 모국으로 돌아가겠어요."

공왕이 하품하며 중얼거렸다. 적나라한 모욕에 클라인은 몸을 부르르 떨었다. 평소라면 눈도 못 마주칠 소왕국의 공왕 따위가! 클라인은 이를 갈았다.

"방법이 하나 있습니다만……. 폐하께서 동의하실지 모르겠군요."

"무슨 방법?! 뭐든 좋으니 교지를 내릴 사람부터 구해 오시오!"

"이미 있지 않습니까?"

그때 요한이 말하며 뜸을 들였다. 갑작스러운 교황의 말에 귀족들의 시선이 그에게 향했다.

"설마…… 저 천것에게 교지를 받으라는 건 아닐 거라 믿습니다."

"맞습니다. 싫으시다면 거부하셔도 됩니다. 성검을 들 수 있는 성직자를 찾을 때까지 즉위를 미루면 되니까요."

"말도 안 됩니다! 이스타샤의 황위를 공석으로 둘 생각이십니까?"

"문제 될 건 없습니다. 베르디무스 선황의 전례에도 공석으로 두었으며 그 어떠한 예외는 없었습니다."

"신성제국의 황제가 되는데 어찌하여 성하의 허락을 받아야 한단 말이오!"

"신성제국은 여신의 뜻에 따르며, 저는 이스타샤의 교황입니다. 제아무리 황제 폐하라 하셔도 제게 무례를 범할 순 없습니다. 노만 1세께서 서거하신 후라면 제가 이스타샤의 대리자입니다. 제게 인정받지 못한 황제는 황위에 오를 수 없습니다."

"네 이놈!"

"제가 폐하께 책임을 묻는다면 어찌할 생각이십니까? 폐하께서 황제의 자질이 없어 성녀께서 검을 들지 못한 거라면?"

"그건 프리실라의 탓이다! 내 잘못이 아니야. 성녀가 갑자기 성검을 바꾸겠다 하여 일어난 일이다. 무능한 건 프리실라지, 내가 아니야!"

클라인은 뒤로 물러서며 소리쳤다. 바닥에 무릎을 꿇고 주저앉아 있던 프리실라가 흔들리는 눈으로 그를 바라보았다.

'그렇게 쉽게 나를 버려? 누구 덕에 황태자가 되었는데. 내가 너 같은 얼간이 놈을 황제로 만들기 위해 무슨 짓까지 했는데……!'

프리실라의 몸이 분노로 덜덜 떨렸다.

"제가 성검을 들지 못하는 건 폐하께서 자질이 없기 때문입니다. 제 잘못이 아닙니다."

프리실라는 독기가 서린 목소리로 말했다. 신녀들의 부축을 뿌리친 성녀가 자리에서 일어섰다.

"그러니 테베의 왕녀에게 교지를 받으세요. 저는 더 이상 이 즉위식에 관여하지 않겠어요."

프리실라는 홱 몸을 돌렸다. 그러나 아무도 그녀를 붙잡지 않았기에 더욱 비참했다.

"저, 저게……!"

"꼭 제가 교지를 내려야 하나요?"

로자리아는 곤란한 얼굴을 했다. 다른 사람도 아닌 저 얼간이에게 교지를 내려야 하는가? 그녀가 생각해도 내키지 않는 일이었다.

"공작 부인이 아니면 폐하에게 교지를 내릴 사람이 없습니다."

"……테베의 왕녀가 어찌 신성제국 황제에게 교지를 내리겠어요?"

"실례를 무릅쓰고 부탁드리겠습니다. 프리실라 님께서 이스타샤의 유일한 성녀이나 공작 부인께서 교지를 내리신다면 즉위식 때만큼은 성녀로서 대우하겠습니다."

"그건 제가 원하는 게 아니에요."

"부인을 따르는 성기사가 있다고 들었습니다. 성기사, 아델의 직위를 파면시키는 대신, 공작 부인의 성기사가 될 수 있도록 조치를 취할 것입니다."

"성녀가 될 수 있는 건 여신이 선택한 한 사람이에요."

"이제껏 성녀는 한 명이었지만 황제의 즉위식만큼 더 중요한 것은 없습니다. 성기사들과 사제들에게 공작 부인에게 최고의 예우를 하라는 교황의 성명을 발표하겠습니다."

'그러니까 명예직 같은 건가?'

로자리아는 교황의 말을 끝까지 들어 보기로 했다.

"공작 각하를 도와 푸른 사막을 해결하셨다고 들었습니다. 굳이 교지가 아니더라도 저희 신전 측에서 그에 맞는 대우를 할 것입니다."

이 순간은 성녀로 인정한다는 말이었다. 교황의 제안에 로자리아는 잠시 고민했다.

'그래 봤자 지금 상황을 넘기기 위한 임시방편이야. 뭐, 그래도 프리실라가 건재하니 나를 귀찮게 구는 일은 없을 테고.'

저 방자한 성기사와 사제들이 예의를 갖추는 건 나쁘지 않았다.

"좋아요. 제가 황제 폐하를 위해 교지를 내리겠어요."

"감사합니다, 공작 부인."

"아, 폐하께 긴히 간청할 것이 있군요."

"그게 뭐지?"

"이 순간은 프리실라 님을 대신해 제가 성녀고, 폐하는 제게 교지를 받아야 하는 입장입니다."

"그 정도는 말하지 않아도 알아!"

클라인이 소리치자 로자리아는 차분한 목소리로 일갈했다.

"이후로는 제게 말을 높여 주셨으면 합니다."

"하, 내게 교지를 내리면 영광인 줄 알아야지!"

"그럼 전 교지를 내리지 않겠습니다."

로자리아는 들고 있던 성검 데레사를 내려놓았다. 이를 곁눈질로 살피던 클라인이 질겁했다.
"잠깐만!"
"공작 부인, 어찌 그러십니까? 폐하께 교지를 내리셔야 합니다!"
클라인과 그의 가신이 그녀를 붙잡았지만 들은 척도 하지 않았다.
"……공작 부인! 무례를 용서해 주시오. 부디 제게 교지를 내려 주시길 바라오."
마음이 급해진 클라인이 체면도 잊고 로자리아를 붙잡았다. 그는 간곡한 얼굴로 몇 번이고 부탁했다.
'저 모자란 새끼.'
이를 처음부터 끝까지 지켜보던 마르쉬가 혀를 찼다.
'저런 것도 이스타샤의 황제를 하는데, 주군께선 바렛사에 태어나 죽을 고비를 넘기고 황제가 되는군.'
곁에서 그를 지키던 비올라는 시종일관 무표정이었다.
"부디 제게 교지를 내려 주십시오, 제발."
클라인이 울 듯한 얼굴로 말하자 로자리아는 그녀의 손에 들린 성검을 내려다보았다.
'원하지 않는 명예가 생긴다는 건…….'
그녀는 성검을 쥔 손에 힘을 주었다. 프리실라가 하지 못한 일을 이룬다면 명예와 위신을 얻을 기회였다.
'명예는 곧 권력이 되고, 제국민들의 지지를 얻게 될 기회다.'
신성제국에서 여신의 힘을 가졌다는 것은 명예이며, 이는 곧 대신전만이 누렸던 특권을 빼앗을 기회였다. 아주 서서히, 조금씩 자신의 손으로 움켜쥐리라. 무거운 장검이 그녀의 손에 쥐어졌다. 성검 데레사는 일반적인 검의 무게와 달랐다. 어깨를 짓누르는 위압감을 이겨 낸 로자리아가 마침내 검을 들었다.
그녀는 완벽하게 즉위식을 행하기로 했다. 성검을 들어 황제의 이마를 가리키며, 그의 왼쪽 어깨에서 오른쪽 어깨로 성검을 향한다. 너무 빠르지도 않게, 또한 너무 느리지도 않게 대칭적인 삼각을 이루도록. 로자리아의 서늘한 눈빛이 클라인을 향하자, 그는 시선을 내리며 고개를 숙였다.

"클라인 1세, 성녀를 대신하여 교지를 내리겠나이다. 아사로 죽는 이가 없도록 구휼하라. 병든 자를 돌볼 것이며……."

그녀는 나지막한 목소리로 교지를 읊었다.

"또한 침묵의 순례자로서 행동에 경거망동한 법이 없으며 정숙할지어다."

"공작 부인! 폐하께 그런 교지를 내리시면 어떡하십니까?"

"무릇 교지란 것은 여신의 대리자로서 황제의 자질을 판단하는 것입니다. 무엇이 주군을 위한 일인지 모른다면 어찌 신하 된 자라고 하겠습니까?"

"……그, 그건."

황제의 가신을 멈추게 한 건 아리안 대사제였다. 그는 요한의 명령을 받아 성기사를 시켜 가신을 끌어내게 했다.

"제국의 북부가 요충지인 것을 신성제국의 황제로서 수백 번 새길 것이며, 신전의 방만한 행태를 두고 보지 말지어다. 사치와 향락에 젖은 귀족을 봐주지 말고 황제로서 의무를 이행해라."

로자리아는 성검을 든 채로 클라인에게 똑똑히 뇌까렸다.

'그게 내 교지라고?'

클라인이 눈을 부릅떴다. 저게 무슨 일급 범죄자에게 훈계하는 내용인가! 소왕국의 왕족이 보는 앞에서, 신성제국의 황제인 자신에게 개망신을 줄 의도가 분명했다.

"이에 동의하신다면 대답하시지요, 클라인 1세."

"……알…… 겠습니다, 로자리아 님."

클라인은 떨떠름한 목소리로 대답했다. 앞으로 사관을 족쳐야 할 일이 늘었음을 직감적으로 알아차렸다. 그는 황제의 즉위식을 묵묵히 기록하던 사관을 노려보았다.

'이딴 걸 기록하는 놈들은 죄다 죽여 버리겠어.'

클라인은 분노를 참지 못했다. 그러나 로자리아의 시선이 닿자 다시 기쁜 척 웃어 보였다.

'교지가 끝날 때까지 저 건방진 년의 비위를 맞춰야지. 멍청한 년, 내가 황제가 되고 나면 네년부터 죽일 것이다!'

클라인은 셈을 헤아렸다. 그가 황제가 되고 나면 죽일 사람의 수가 퍽이나 많았다. 먼저 하르카의 공왕, 그다음은 자신을 가르치려 드는 요한 2세, 마지막에는 자신에게 개망신을 준 공작 부인까지.

"경건한 모습, 아주 보기 좋습니다. 클라인 1세께서 깨달음을 얻으신 것 같아 교지를 내리는 입장에서 기쁘군요."

그날로 클라인 1세의 이명(異名)은 이스타샤의 침묵의 순례자가 되었다. 역대 선황은 신성제국의 수호자, 선견의 대현자, 경건한 신의 사자(使者) 등등의 명예로운 칭호를 받았으나 그의 꼬리표는 침묵을 지켜야 할 황제였다.

"침묵의 순례자, 클라인 1세에게 여신의 축복이 깃들기를."

로자리아는 교지가 끝나기 직전, 클라인을 날카롭게 주시했다. 분노를 터뜨리려던 그는 위압적인 시선에 얌전히 눈을 내리깔았다. 이윽고 로자리아는 성검 데레사를 제자리에 돌려놓았다. 무거운 침묵이 깃든 대신전에서 클라인 1세의 즉위식은 요한의 공인으로 끝이 났다.

그날 오후, 마르쉬는 바렛사의 기사들과 함께 이스타샤 황성을 벗어났다. 원하는 정보도 얻었을뿐더러, 클라인 황제의 즉위식이 끝이 났으니 더는 이스타샤에 있을 이유가 없었다. 클라인 황제의 즉위식은 바렛사의 기사들에게도 잊지 못할 구경거리였다. 나흘에 걸쳐 도착한 바렛사의 황성에는 침묵이 감돌았다.

마르쉬는 그가 쓰고 있던 흰 터번을 벗었다. 피와 땀에 젖은 터번이 힘없이 바닥으로 떨어졌다. 그가 향한 곳은 한 신전이었다.

가신이 황제께서 위독하다고 일렀지만, 그는 죽어 가는 형제를 찾지 않았다. 이미 독에 중독된 황제는 살아 있는 송장이나 마찬가지였다. 이윽고 황자의 명을 받은 늙은 주술사가 그에게 걸었던 주술을 풀었다. 진회색 눈동자가 본래의 붉은색으로 돌아왔다.

신전에 도착한 마르쉬는 정적이 깃든 기다란 복도를 거닐었다. 그가 멈춰 선 곳은 성화 앞이었다. 바렛사의 여신이자 초대 황제에게 권능을 하사한 정령의 여신.

"율리아……."

성 율리아. 여신 아니타보다 위대했던, 최초의 신이자 주신이었던 비아의 성녀. 마르쉬는 확신했다. 역대 바렛사의 황제가 기다려 오던, 자신 또한 염원하던 비아의 성녀가 나타났음을.

'율리아, 바렛사에게 성물 마르바를 하사한 이름 없는 여신.'

공교롭게도 이스타샤에서 여신의 환생을 찾았다. 마르쉬는 바렛사의 황족에게만 내려오는 성서를 기억했다. 어찌하여 율리아가 축복을 내렸던 이스타샤를 자매인 아니타에게 빼기게 되었는지. 바렛사의 성서에 의하면, 신성제국의 초대 황제는 율리아를 배신했다. 이스타샤의 황제는 성녀 아니타의 손을 잡았다.

뚜벅뚜벅. 아무도 오지 않는 신전에 발걸음 소리가 들려왔다. 상념에서 깨어난 마르쉬가 몸을 돌려 자신의 누이를 바라보았다.

"비올라, 미움받는 적에게 신뢰를 얻는 법을 알고 있나?"

"모르겠습니다. 회유한 적이 없어서 말입니다."

"바르세데스의 결속력을 깨뜨린다면 한결 수월해지지. 적의 신뢰를 얻는 법은 그녀가 믿던 아군의 신뢰를 저버리게 하면 돼."

"아니타의 성녀, 프리실라를 택하신 게 아니었습니까?"

"생각이 바뀌었어. 프리실라를 이용해서 로자리아를 궁지에 몰리게 만들 생각이다."

마르쉬는 입술을 미끄러뜨렸다.

"바르세데스의 전령을 풀어줘라. 두 다리가 잘려 걷지 못할 테니 북부 케딜락으로 친히 보내 주도록."

로자리아와 약조한 바는 모두 지켰다. 성물 마르바를 내어주었으며 바르세데스의 전령을 돌려줄 것이다. 그러나 대가 없이 주는 것은 아니었다. 바렛사의 차기 황제, 마르쉬 히킨샤에겐 확신이 있었다. 로자리아, 율리아의 환생이 선택할 제국은 바렛사였다.

클라인 황제의 즉위식이 끝나고, 마지막 연회의 날이 찾아왔다. 밝게 빛나는 샹들리에와 달리 황제의 얼굴은 어두웠다. 이스타샤 귀족들의 시선이 황제에게로, 다시 공작 부부에게로 옮겨졌다.

프리실라는 연회가 끝날 때까지 신전에 틀어박혀 나오지 않았다. 신녀들은 성녀의 격노에 대신전에서 숨을 죽였다. 이스타샤의 귀족은 마지막 연회에도 참석했다. 본래라면 황제의 눈 밖에 나지 않기 위함이나, 다른 목적이 더욱 컸다. 바로 비올라 황녀와의 대결에서 승리한 공작 부인과 만나기 위해서였다.

라쉬드가 로자리아의 허리를 감싸고 있었고, 연회장의 끝에는 공작가의 기사들이 기립한 채로 경계를 서고 있었다. 그 삼엄한 감시에 누구 하나 먼저 다가가는 이가 없었다.

남색 머리칼을 단정하게 묶은 한 귀족 사내가 공작 부부를 주시했다.

그는 글로리아 가문의 장남, 더글라스 글로리아로 신성제국의 무기를 휘어잡고 있는 백작이었다. 그의 주변으로 귀족 여성들이 벌 떼처럼 몰려들었으나, 그의 관심은 오로지 로자리아뿐이었다.

틈을 살피던 글로리아의 가주가 로자리아에게 다가갔다.

"처음 뵙겠습니다, 부인. 글로리아의 가주, 더글라스 글로리아라고 합니다."

"반가워요, 더글라스 백작."

"인사가 늦었음에도 반겨 주시니 감사합니다. 부인을 뵙게 되어 가문의 영광입니다."

더글라스가 가슴에 손을 얹으며 말했다. 신성제국에는 총 여덟의 가문이 있었다. 에르키사, 에르테반 두 개의 신성가문과 바르세데스를 포함한 여섯의 무가였다. 그중 글로리아는 동쪽의 영지를 가졌으며 이스타샤의 무기를 제작하는 명가로 유명했다.

'글로리아의 가주…….'

글로리아를 알아본 로자리아의 눈에 이채가 서렸다. 신성제국 전역에 걸쳐서 군대의 물자를 공급하는 이였다.

'성기사의 무기를 만들어 내던 이가 왜 나를 찾아온 거지?'

백작과 마주한 그녀는 눈을 가늘게 떴다. 더글라스는 신성제국에서 보기 힘든 로열이라 불리는 귀족이었다. 사치와 향락에 찌든 귀족들과 작태를 달리했다. 그가 백작위를 계승하자마자 글로리아는 세력을 신성제국의 서쪽으로 확대했다. 가문 소유의 광산을 세 개에서 다섯 개로 늘렸으며, 가문의 재산을 세 배로 만들 정도로 더글라스는 능력 있는 가주였다.

더글라스가 말했다.

"바렛사 황녀와의 대결에서 승리하셨다고 들었습니다. 저와 경기를 본 글로리아의 친지들이 잠이 들지 못할 정도였지요."

"과찬이에요, 더글라스 백작."

"아닙니다, 부인. 저희 글로리아는 진심입니다."

더글라스는 한쪽 무릎을 꿇었다. 이윽고 로자리아가 손등을 내밀 때까지 기다렸다. 그녀가 손을 내밀자, 라쉬드는 백작의 손을 대신 붙잡았다. 더글라스는 뜻하지 않게 공작과 악수하게 되었다.

"나 또한 더글라스 백작께서 부인을 찾아와 기쁘군."

"……영광입니다, 각하."

라쉬드는 날카로운 눈동자로 더글라스를 주시했다. 무거운 중압감에 백작은 숨을 깊이 들이쉬며 뒤로 물러섰다.

"실례가 되지 않는다면 귀한 분께 청을 드릴까 합니다."

"청이라……. 공작님이 아닌 제게 말씀하시는 건가요?"

"공작 부인께 드릴 청입니다."

더글라스는 짙은 군청색 눈동자로 로자리아를 바라보았다. 그의 얼굴 근육이 경직되어 있어 무슨 말을 할지 짐작이 가지 않았다.

"부인께서 아시다시피 저희 글로리아는 천 년의 역사를 가진 명가입니다. 오래전부터 줄곧 성기사의 검과 창, 방패를 만들어 왔습니다."

"아아, 잘 알고 있어요. 신전의 무기는 물론 이스타샤 전역의 군 물자를 담당하는 가문이죠."

"글로리아의 인장은 금빛의 창입니다. 가문이 만든 모든 무기에 가문의 인장과 성녀님의 성흔을 기록으로서 새겼습니다."

"이스타샤의 귀족이라면 글로리아가 만든 무기에 금빛의 창과 당대 성녀의 성흔을 새긴다는 건 알고 있어요. 그 말을 하러 온 건 아닐 테고……."

"제게 허락하신다면 부인께서 가진 인장을 무기에 새기고자 합니다."

생각지도 못한 이야기였다. 그가 바르세데스의 인장을 무기에 새기고 싶다고 해도 놀랄 만한 일이나, 자신의 인장을 새기고 싶다는 건 이례적인 일이었다.

“아쉽지만 더글라스 경, 제겐 인장이 없어요. 저는 바르세데스의 소속이니까요.”

“허락만 하신다면 부인을 위한 단 하나의 인장을 만들고자 합니다.”

“……가문의 인장이 아닌?”

“부인과 공작 각하, 두 분께서도 허락하신다면 바르세데스를 종주 가문으로 삼겠습니다. 제가 가장 원하는 건 부인의 인장을 만들어 무기에 새기는 것입니다.”

더글라스는 성전을 본 순간 깨달았다. 그들이 주인으로 모시는 성녀의 권세가 한순간에 바뀔 수 있음을. 성녀의 권력이 떨어진다면 성흔을 새기던 글로리아도 역사 속으로 자취를 감출 것이다.

그러니 새로운 인장을 택해야 했다. 더글라스는 새로이 주어진 기회를 움켜쥐기 위해 나섰다. 그는 모든 가신의 반대에도 뜻을 굽히지 않았다. 대신전의 몰락과 글로리아 가문이 함께할 수 없었다.

‘바르세데스가 승리한다면?’

그 가정은 더글라스가 가주로 있는 글로리아의 움직임을 바꾸었다. 만에 하나 두 제국 사이에 전쟁이 터져, 군사권을 가진 공작의 군대가 승기를 거머쥔다면 뻣뻣한 목이 잘리는 건 대신전의 사제와 황제파 귀족들이었다.

‘라쉬드 공작이 외부의 적, 바렛사 때문에 클라인 황제의 즉위를 넘어가 주었으나…….’

공작은 대신전을 적으로 돌리면서까지 내전을 일으키고 싶지 않아 했다. 그러나 바렛사와의 전쟁에서 승리한다면 황제의 목을 쳐 내는 데 주저함이 없으리라.

“그건 제게도 위험한 일이에요, 더글라스 경. 그대의 뜻은 잘 알겠으나…….”

"부인께서 허락해 주신다면, 북부 케딜락에 글로리아의 무기를 바치겠습니다."

분명 기뻐할 일임에도 로자리아는 쉬이 허락하지 않았다. 이에 더글라스는 본론을 꺼내 들었다. 그의 목울대가 마른침을 삼키기 위해 움직였다.

"북부엔 이미 다른 명장이 존재한다. 글로리아, 그대의 가문만큼이 아니더라도."

"한때 성검을 만들었던 명장 칼라스의 후계자가 북부로 갔다는 소식은 알고 있습니다."

"글로리아에 알린 적 없는 일이건만 자연스레 말하는군."

"죄송합니다, 각하. 명장의 소식에 능통해야 글로리아의 가주라 할 수 있지 않겠습니까?"

기밀은 아니었으나 다른 가문에 널리 퍼진 사실은 아니었다. 정확히는, 명장이라곤 하나 대장장이의 딸이 케딜락으로 갔다는 건 다른 귀족에겐 관심 있는 사건이 아니었다. 그러나 글로리아, 무기를 만드는 가문에겐 극히 중대한 문제였다.

"대신전에서 반기지 않을 거예요, 더글라스 경. 성녀의 성흔을 지워내고 내 인장을 새로 만들어 새긴다는 것은……."

"모든 위험은 저 더글라스 글로리아가 지겠습니다. 가신들의 반대에도 무릅쓰고 부인의 인장을 새기고자 찾아온 것이니까요."

더글라스는 힘주어 말했다. 여기서 물러설 수는 없었다. 공작 부인의 동의를 얻지 못해서 받는 비웃음보다 글로리아의 명예를 지키겠다는 신념이 더욱 굳건했다. 성녀의 성흔을 새기는 건 일종의 상징이었다. 성흔은 그 자체로 높은 가치를 지녔다.

글로리아가 만든 무기에 성녀의 성흔을 새겨라.

이것이 글로리아 가문에 내려오던 특권이자 권력이었다. 다른 가문의 무기와는 다르며, 당대 성녀의 성흔을 새기는 것은 일종의 글로리아의 무기를 식별해 내는 기호였다. 그 기호는 대신전의 권력, 성녀의 위신과 맞물려 있었다.

성녀와 함께 몰락하는 것이 아닌, 서대륙에 널리 퍼질 새로운 인장을 만들리라. 다른 귀족들이 보면 미쳤다고 비아냥거려도 상관없었다. 지금이 글로리아에 더욱 알맞은 기호로 바꿀 기회였다. 더글라스 글로리아, 그는 자신의 선택을 믿었다.

"그러니 부디 제게 허락해 주십시오, 공작 부인."

"……부인의 뜻에 따르도록 하지."

손해 보는 일은 없었다. 성흔을 새김으로써 얻는 지금의 이익을 포기하고 위험을 감수하겠다는 백작의 의도를 모르는 바는 아니었다. 백작의 시선이 줄곧 로자리아에게 향해 있다는 것을 알아챈 라쉬드는 낮은 한숨을 삼켰다.

'이 나라의 백작들은 죄다 부인의 것으로 삼을 생각인가? 8대 명문인 아이리쉬에 이어 글로리아까지.'

중앙의 곡창지대를 관리하는 아이리쉬와 서대륙 전역에 무기를 유통하는 글로리아까지.

"좋아요, 더글라스 백작. 제 인장을 만들 기회를 드리겠어요."

로자리아는 어려운 결정을 내리듯 고심하는 어조로 말했다. 분명 바르세데스와 그녀에게 좋은 일이나 섣부른 감이 없잖아 있었다.

'벌써 인장을 만들게 되면 주위의 시선이 몰릴 거야.'

이를 알면서도 로자리아는 거부하지 않았다. 신중한 성격으로 알려진 백작이 이 일을 결정하기까지 큰 결심을 했을 것이다. 청을 거절한다면 위신을 잃는 것은 물론, 다시는 글로리아와의 연을 잇지 못하리라. 로자리아는 테라스로 향했다. 그녀는 테라스에 몸을 기댄 채 바람을 쐤다.

연회의 마지막 날, 높이 떴던 달이 저물고 있었다. 화려한 샹들리에와 귀한 새의 깃털로 만든 부채가 살랑거려 한 폭의 그림 같았다. 로자리아는 고요한 눈동자로 홀을 바라보았다.

'연회도 오늘로서 마지막이로군.'

잃은 것보다 얻은 것이 더 많았다. 성물 마르바를 얻었고 전령의 목숨을 구했으며 글로리아의 충성까지 받았다. 그러니 지금부터 시작이었다.

13장 타르난성

연회가 끝나고 새벽이 다가오자, 로자리아는 라쉬드와 함께 서궁으로 돌아왔다. 서궁에서 지내는 마지막 날 밤이었다. 침실로 들어온 공작 부부는 한동안 말이 없었다. 라쉬드는 소파에 기댄 채 로자리아를 물끄러미 주시했다.

"라쉬드, 따로 할 말이 있는 거예요?"

"아니, 아무것도."

할 말이 있는 것 같아 물어보면 묘한 시선으로 바라볼 뿐이었다.

라쉬드는 그녀가 검을 들었던 광경을 떠올렸다. 오른손에 붙잡힌 금빛의 레이피어가 춤추듯 미끄러지는 광경, 비올라 황녀의 검마저 자신의 것처럼 다루던 로자리아.

'숨기고 있을 거라 생각했지만…….'

그녀는 언제나 자신의 예측을 벗어났다. 겨우 알아냈다고 생각하면 저 멀리 있는 느낌이었다.

"피곤할 텐데 같이 씻도록 하지."

"……같이?"

"같이."

라쉬드는 소파에서 몸을 일으켰다. 침대에 앉아 있던 로자리아의 발치에 커다란 그림자가 졌다. 빤히 올려다보는 시선에 라쉬드는 그녀의 뺨을 손으로 감쌌다.

'따뜻해.'

눈을 감곤 그의 손길에 고개를 묻었다. 자연스러운 아내의 행동에 라쉬드는 그녀를 따라 침대 곁에 앉았다. 라쉬드가 앉자 로자리아는 몸을 돌려 그를 바라보았다. 둘의 시선이 마주치자 누가 먼저랄 것도 없이 입을 맞추었다.

오랫동안 참았던 그는 집요할 정도로 혀를 옭아매었다. 고개를 숙이고 상체를 밀착한 그가 로자리아의 어깨를 감쌌다. 정적이 깃든 침실에 미세한 숨소리만이 울렸다. 째깍째깍, 가냘프게 움직이는 시침도, 창문을 통해 들어오는 바람 소리도 거짓말처럼 들리지 않았다.

그는 달콤한 디저트를 삼키는 것보다 아내와의 키스가 더욱 달게 느껴졌다. 라쉬드는 로자리아의 허리를 끌어안으며 아내와의 호흡을 맞춰 갔다. 때론 독한 위스키를 마시는 것처럼 강렬했고 때론 여린 셔벗을 맛보는 것처럼 달콤했다. 로자리아가 그의 목덜미를 끌어안자 그는 기다렸다는 듯 그녀에게로 몸을 젖혔다.

"로즈."

"……말해요, 라쉬드."

입술을 달싹거리던 그는 자신의 아내를 보며 말을 잇지 못했다.

'멍청해진 건가? 왜 아무 생각도 떠오르지 않는 거지.'

라쉬드는 낮게 한숨을 쉬었다. 그는 자신도 모르게 로자리아를 품에 끌어안았다. 갑작스러운 포옹에 그녀는 눈을 깜빡였다.

시간이 멈춘 것만 같았다. 그녀는 라쉬드의 품에 안겨 그의 단단한 등을 끌어안았다. 그는 로자리아를 안고서 욕조에 들어섰다. 얇은 비단을 걸친 탓에 그의 몸이 적나라하게 보였다. 촘촘히 짜인 근육, 잔뜩 젖은 눈빛, 가라앉은 숨소리까지. 모든 것이 새벽의 시간이 무르익었다는 것을 말해주었다. 라쉬드는 고개를 숙여 로자리아의 목에 깊게 키스했다.

"……라쉬드."

뜨거운 숨이 닿을수록 가까워진 기분이었다.

"로즈."

라쉬드는 물기에 젖은 눈동자로 아내의 이름을 불렀다. 살짝 눈을 뜬 그녀의 시야에 반쯤 젖은 그의 단단한 몸이 보였다.

"어째서 당신만 보면 내가 흐트러지는지……."

라쉬드는 짧게 숨을 들이쉰 로자리아에게로 몸을 숙였다.

"알고 싶어졌어, 로즈."

그는 느릿하게 몸을 겹쳤다. 들뜬 숨과 물기가 어린 시야, 붉어진 뺨, 모든 것이 꿈처럼 달콤하게 느껴졌다.

찰박. 미지근한 물이 오가는 소리만이 욕실 안에 가득 찼다. 체온을 나누던 공작 부부는 서로에게서 눈을 떼지 않았다. 달이 저무는 밤, 새벽의 안개가 사라지는 것을 아쉬워하며 둘은 서로를 깊게 끌어안았다. 라쉬드는 로자리아의 물에 젖은 금발에 입술을 묻었다. 잊지 못할 밤이 되기를 간절히 소원하며.

아침이 밝았다. 잠에서 깬 로자리아는 시녀의 도움을 받아 준비를 마쳤다. 곧 북부 케딜락으로 돌아갈 시간이었다. 로자리아는 거울 속에 비치는 그녀의 모습을 바라봤다. 부산스러운 시녀의 손길에 따라 옅은 금발을 틀어 올렸다. 꽃잎을 갈아 넣은 가루를 입술에 살짝 칠했다. 프리지아 향수를 뿌리자 산뜻한 향이 감돌았다.

"부인, 공작 각하께서 기다리고 계십니다."

"알겠어. 가도록 하지."

로자리아는 기사의 안내를 받아 침실 밖을 나섰다. 서궁을 나서자 라쉬드가 그녀를 기다리고 있었다.

"……."

"공작 각하?"

"아무것도 아니다. 이만 가 봐도 좋아."

그는 로자리아에게서 눈을 떼지 못했다. 그녀를 호위하는 기사조차 보이지 않았다. 무미건조했던 그의 눈동자에 작은 파동이 일었다.

"라쉬드, 무슨 일 있어요?"

"아니, 아무런 일도 없었어."

라쉬드는 그녀의 손을 조심스레 붙잡았다. 이상한 기분이었다. 몸을 몇 번이나 섞은 사이임에도 고작 손을 잡는 것이 어렵게 느껴지는 이유가 무엇일까.

"이제 북부로 돌아갈 시간이야, 로즈."

"북부로 돌아간다니, 마치 오랫동안 떠난 기분이에요."

서궁을 벗어난 곳에 바르세데스의 마차가 있었다. 바르세데스의 금빛 문양이 새겨진 마차는 그 존재감이 대단했다. 로자리아는 라쉬드의 에스코트를 받으며 마차에 올라탔다. 공작 부부가 탄 마차가 서궁을 벗어나 성문에 도착했다.

쿵, 쿵, 쿵. 쇠의 톱니바퀴가 마찰하는 소리와 함께 검은 성문이 열렸다. 드디어 이스타샤의 황성과 작별을 고할 시간이었다. 센이 선두에서 군마를 탄 채로 바르세데스의 행렬을 이끌었다. 시종과 시녀를 제외한다면 병사 오백, 기사 스물로 이루어진 행렬이었다.

인적이 없는 마차 도로에 접어들자 마차는 빠르게 달렸다. 그 뒤를 따르는 건 거대한 말에 오른 기사들이었고, 이윽고 검은 늑대가 새겨진 금빛의 마차가 이들의 호위를 받았다. 예전처럼 마레샤 산맥을 건너는 건 불가능했다. 눈으로 뒤덮인 마레샤가 길목을 허락하지 않았다. 혹한기로 접어들면서 신전에서 쓰는 이동진이 작동하지 않았으니 서쪽 그레이스의 영토인 타르난성으로 들어서야 했다.

그레이스는 이스타샤의 8대 명문 가문으로서 서쪽 성의 영지를 소유했다. 그레이스는 학문과 예술에 능해 아니타 여신의 조각상을 만드는 것으로 유명했고, 성서를 기록한 사관을 배출한 가문이었다.

엘리샤 그레이스는 가문의 후계자로서 여신상을 조각하던 이였다. 그러나 그레이스의 가신들은 엘리샤가 여자의 몸으로 가주가 되는 것을 원치 않았다. 결국 엘리샤는 두 살 터울의 남동생에게 가주의 자리를 빼앗기고, 떨어진 외성에서 십 년간 갇혀 살았다.

그레이스 백작은 누이가 조각하는 것을 원치 않았다. 가문에게 버림받은 그녀가 힘들게 구한 귀한 상아와 대리석을 모조리 버렸다. 가주가 바뀐 지 오래지 않아 백작의 방탕한 운영으로 바르세데스, 헤레이스 두 가문 다음으로 부를 자랑하던 그레이스의 재정이 바닥이 났다.

가뭄이 들기 시작하면서 굶어 죽는 자들이 속출했다. 이에 영지민의 불만이 쌓여 갔으나, 그레이스의 성주는 구휼을 하는 대신 식량 창고의 문을 걸어 잠갔다.

바르세데스의 일행이 황성을 벗어난 지 삼 일이 흘렀다. 빠르게 달리던 마차의 속도가 더디어졌다. 그들이 멈춘 곳은 회색 연기로 가득한 타르난성이었다.

"며칠 전부터 그레이스 백작과 연락이 되지 않습니다. 전령이 확인했으나 성문이 닫혀 있습니다, 각하."

라쉬드가 자신의 무릎을 베고 잠든 로자리아의 머리칼을 어루만질 때였다. 일행을 따라 멈춘 마차의 문이 열렸다. 선두에서 달렸던 센이 말을 몰고 와 라쉬드를 찾아와 보고했다.

"라쉬드……?"

"잠시 일이 생겼어, 로즈. 내가 다시 올 때까지 좀 더 자 둬."

살짝 잠이 들었던 로자리아가 몸을 일으켰다. 라쉬드는 그녀가 깨고 나서야 몸을 움직였다. 로자리아의 이마에 입술을 가볍게 맞춘 그는 마차 밖으로 나왔다.

라쉬드와 센은 마차에서 떨어져 병사들이 쉬고 있는 거처를 지나쳤다. 이윽고 그들은 한적한 숲에 도착했다. 라쉬드는 센과 단둘이 있게 되자 본론을 물었다.

"무슨 일이지, 센?"

"……본래라면 마중 나와야 할 그레이스의 성주 대신 무장한 군인이 있었습니다."

"그레이스의 성주에게 무슨 일이 생긴 건지 알아보도록."

"수색대를 시켜 최대한 빨리 알아보겠습니다."

그레이스는 북부의 곡창지대와 멀지 않은 곳이었다. 곡창지대에는 현재 붉은 기를 맨 산적들이 점거하고 있었다. 그들은 바르세데스의 진압을 두려워하면서도 곡창지대를 내어주지 않았다.

북부 케딜락의 식량난, 노만 1세의 승하, 황제의 즉위식, 연이은 사건으로 산적 무리를 관조했으나 북부 성으로 돌아간다면 빠른 시일에 소탕할 계획이었다. 북부의 곡창지대는 케딜락성보다 타르난성과 가까웠던지라, 그레이스 사병의 도움을 받기로 했었다. 또한 이스타샤의 황족인 공작과 공작 부인을 맞이하는 것이 그레이스 백작의 의무였다.

반나절이 지나서야 진찰을 나갔던 수색대가 사색이 되어 뛰어왔다.

"그레이스 성주의 목이 반란군들에게 잘렸습니다! 성주의 가족은 반란 무리에게 구금되었습니다."

그는 공작과 기사단장에게 인사를 올리곤 가쁜 숨을 몰아쉬었다.

"그레이스 사병이 일만이다. 영주가 어찌 성을 빼앗길 수 있나."

그렇게 말했지만 사실상 놀라운 것도 아니었다. 본래 그레이스 백작에게 불만을 품은 자가 많았다. 다른 영지의 일곱 배에 달하는 세금, 가뭄이 들었으나 굳게 잠긴 창고, 영지민에게 엄격하고 잔혹한 율법 탓에 타르난 영지에서 불만이 속출했다.

"성문을 굳게 잠그면 반란 무리도 어쩌지 못해. 군 식량과 성문을 부서뜨릴 충차(성을 공격할 때 성벽을 들이받는 공성병기)도 없을 텐데."

더욱이 타르난성을 공격하기 위해선 사병 일만의 족히 세 배에 달하는 전력이 있어야 했다.

"항전하지 않았다고 합니다. 공성전도 없었습니다. 또한, 영지민들이 붉은빛을 띠는 무기를 들고 있었다고 합니다."

"붉은빛?"

"단정 짓기 어렵지만, 북부 바렛사의 것으로 보입니다."

강철제국이라 불리는 바렛사에서 나는 철에는 주석이 상당수 함유되어 있었다. 보통의 무기와 달리 바렛사의 철로 만든 무기는 붉은 빛깔을 띠었다.

"철로 된 무기를 들고 있다면 곡괭이를 든 민군이라 할 수 없다. 타르난성을 지나가지 않는다면 케딜락으로 돌아갈 방법은 없어."

"어찌할까요, 각하. 명령을 내리신다면 북부 케딜락에 전령을 넣겠습니다."

"대비하라는 전언은 넣되, 군 지원은 요청하지 마라."

그 말을 들은 센이 숙였던 고개를 쳐들었다. 그로선 처음으로 주군의 의도를 이해할 수 없었다.

"센, 바르세데스의 병사와 기사의 수는?"

"당장 전력이 되는 병사 오백 명, 기사 스물입니다."

좋게 봐주어도 성을 되찾는 건 어려운 일이었다. 바르세데스에 전령을 보내 지원을 요청할 수 있었지만 라쉬드는 그러지 않았다.

'북부의 군 전력을 빼면 케딜락을 지키는 전력이 줄어든다. 이는 바렛사와 소규모 전란이 일어나는 지금에선 약점이 될 테지.'

무언가 이상했다. 그레이스 백작이 방만하게 영지를 운영한 것과 별개로, 굶주림에 죽기 직전인 영지민에게 성을 빼앗긴 것은 불가능에 가까운 일이었다.

'거대 세력이 도와주지 않았다면 어림도 없었을 터. 타르난성 내부에서 열어줬을 수도 있겠군.'

라쉬드의 눈이 가늘어졌다. 그는 멀지 않은 곳에서 회색 연기가 피어오르는 타르난성을 주시했다. 영지를 가진 성주의 목이 잘렸다는 것은 반란을 뜻한다. 그레이스는 이스타샤의 8대 가문에 속하는 고위 귀족이었다. 영주는 일만의 사병을 가졌으며, 그들은 민간의 사내들과 달랐다. 더욱이 훈련받지 않은 제국민이 사병을 가진 성주의 군대와 맞붙는다는 건 현실성이 없었다. 이론으로 따진다면 불가능한 일이었다. 하나, 내부에서 도와준 세력이 있었다면? 미묘한 시기에 터진 일이었다. 어쩌면 바렛사와 연관되어 있을지도 모르니, 쉽사리 군을 움직이는 건 위험한 선택이었다.

라쉬드는 군사령관의 계책이 케딜락의 운명을 좌우하는 것임을 늘 뇌리에 새겼다.

"그레이스의 성주라……."

그레이스 전(前) 백작은 노만 1세의 총애를 받았으나 영지 관리에 무능했던 자였다. 그의 뒤를 이어 백작이 된 아들까지 영지민의 구휼을 외면했다. 굶주림을 참다못한 영지민이 들고일어났다. 그러나 백작의 사병에 의해 붙잡혔고 주동자는 모조리 처형되었다.

그것이 보름 전의 일이었다. 그러나 삼 일 전, 승리를 거두었던 영주의 목은 잘려 성벽에 걸렸다. 영주의 누이, 엘리샤는 구금되었다.

"주군께서 내리시는 명이라면 무엇이든 따르겠습니다."

다시 타르난성을 되찾는 건 시일과 식량, 케딜락의 지원군만 주어진다면 어렵지 않은 일이었다. 군주에게 충성한 기사단장으로서 역적 무리를 처단하는 것은 당연한 일이었다. 그러나 공작의 생각은 센과 달랐다.

"바르세데스의 사병은 보내지 않는다. 전령을 파견하라."

"……알겠습니다."

센은 어두워진 얼굴로 공작의 뜻을 받아들였다.

"사태를 지켜보도록 하지."

그 시각, 로자리아는 윈드에게 라쉬드와 센, 두 사람의 대화를 알려달라고 부탁했다. 바람의 정령에게는 어려운 일이 아니었다. 곧 가느다란 바람이 숲으로 떠났다. 그들은 무슨 일이 있었는지 심각한 목소리로 중대사를 논하고 있었다.

"하지만 전령으로 마땅한 자가……. 목숨을 아까워하진 않겠지만 전령이 죽는다면 그땐 돌이킬 수 없지 않겠습니까, 각하."

'전령?'

행여 기사가 찾아올까 다시 누웠던 로자리아는 마차에서 몸을 일으켰다. 처음부터 대화를 들었던지라 전령을 보낸다는 사실을 알아내는 건 어렵지 않았다. 대화를 끝낸 라쉬드와 센이 돌아온 건 반 시진이 흐른 뒤였다. 이미 윈드는 사라진 이후였다. 로자리아는 태연하게 머리칼을 정리했다. 예측했던 대로 곧 마차의 문이 열렸다.

"어딜 갔다 온 거예요?"

"잠시 숲에."

라쉬드는 짧게 말했다. 한동안 생각에 잠겨 있던 그가 말했다.

"타르난성이 민군에게 점령당했고, 성문을 열기 위해 전령을 보내려던 참이었어."

그의 말을 듣던 로자리아의 눈이 크게 떠졌다. 그녀가 놀란 것은 그가 말한 사실 때문이 아니었다. 이미 윈드를 시켜 알고 있는 내용이었다. 종종 바르세데스의 중요한 일을 감췄으니 이번에도 그러할 거라 생각했는데, 먼저 말해줄 줄이야.

로자리아는 속으로 놀라워하며 물었다.

"타르난성에 보낼 전령을 말하는 건가요?"

"그래, 죽음을 각오해야겠지."

그녀가 보기에 공작의 명을 따라 타르난성으로 향할 전령은 충분했다.

"라쉬드, 케딜락에 군 지원을 요청하지 않을 건가요?"

"이미 성문을 굳게 잠그고 있으니 모험을 하면서까지 바르세데스와 대적하진 않을 거다. 비록 무기를 들었다 한들 논과 밭을 갈던 이들이니."

"난 당신이 반란군을 진압할 거라 생각했어요."

"이스타샤에 반기를 드는 자라면 주저함이 없겠으나, 그레이스 영주에 불만이 많던 자들이니 시간을 줄 생각이다."

삼 일이면 충분했다. 성문을 열라는 전령의 요구에 응하지 않는다면 강제로 군대를 불러들여 성문을 열게 해야 했다.

"라쉬드, 당신은 타르난성의 영지민들과 대화를 하겠다는 건가요?"

"정확히는 협상이겠지."

로자리아는 이를 듣고도 믿지 못했다. 이스타샤의 황족이라면, 그것도 군사권을 지닌 공작이라면 단번에 저들의 목을 쳐 내리라 생각했다.

라쉬드는 황자로서 열다섯에 케딜락으로 보내졌다. 수년이 흐른 뒤, 그는 기강이 흐트러진 북부성의 주도권을 잡기 위해 귀족과 병사들의 목을 베지 않았던가. 지금의 선택은 과거의 행적과 많이 다른 것이었다.

"그러니 당분간 이곳에서 머물러 동태를 확인할 생각이다. 전령이 돌아올 때까지."

"전령이 돌아올 때까지……."

로자리아는 고개를 끄덕였다. 그녀가 생각하기에 전령으로서 적임자는 윈드였으나, 섣불리 추천하기엔 조심스러웠다.

그날 오후, 바르세데스의 전령은 말을 탄 채 타르난성으로 향했다. 전령을 보냈으나 그자는 이틀이 지나도 돌아오지 않았다.

"전령의 매입니다!"

기사는 매의 발톱에서 붉게 말린 종이를 빼내었다. 이내 기사가 서둘러 뛰어와 라쉬드에게 서신을 내밀었다.

[바르세데스의 검에 죽을지언정 우리는 되찾은 그레이스의 성을 내어주지 않는다.]

"성문을 열지 않겠다는 거로군."

서신을 눈으로 훑은 라쉬드는 잠긴 목소리로 중얼거렸다. 시간을 끌어 봤자 불리한 건 타르난성의 민군이었다. 타르난성에서 보낸 서신이 온 지 세 시간이 흘렀다. 라쉬드로부터 이야기를 전해 들은 로자리아는 그녀의 얼굴을 쓸어내렸다.

톡톡, 그녀의 손가락이 막사 안의 협탁을 불규칙적으로 두드렸다.

로자리아는 막사 밖으로 나가 라쉬드를 찾았다. 기사에게 물어 도착한 곳은 다른 거대한 막사였다. 그곳에서 라쉬드는 기사들과 함께 군 전략을 세우고 있었다. 최악의 경우를 대비하여 타르난성을 탈환하기 위함이었다. 그러던 중 기사가 공작에게 부인이 왔음을 알리자 라쉬드는 회의를 멈추고 밖으로 나왔다.

'전령으로 제일 적합한 자는 정령인 윈드야.'

라쉬드가 나오는 것을 보면서 로자리아는 생각을 굳혔다. 그녀가 생각하기에 전령으로서 적임자는 윈드뿐이었다.

"라쉬드, 추천하고 싶은 사람이 있어요."

로자리아는 가벼운 인사 없이 본론을 꺼냈다.

"누구를 말하는 거지?"

"제 호위 기사였던 윈드 경이 전령으로서 적임자라 생각해요."

'윈드 경이라면 로즈의 곁을 지키던 테베 출신의 기사였지.'

라쉬드는 어렵지 않게 기억을 떠올렸다. 또한 북부 케딜락에서 식량 창고에 문제가 생긴 것을 보고한 자였다.

"어떤 면에서?"

"그는 발이 빠를뿐더러, 유사시에 대비하여 검술 실력도 뛰어나니까요."

"좋아, 당신의 기사를 보내도록 해."

로자리아는 라쉬드를 빤히 올려다보았다. 일의 중대함은 물론, 그의 성정으로 보아 쉽게 허락할 문제가 아니었다. 로자리아가 길게 말하지 않아도 라쉬드는 그녀의 뜻을 알아차렸다. 대체로 전령은 검과 무기를 다룰 줄 알았으나, 센과 지오와 같은 실력을 기대하는 것은 무리였다. 그들의 임무는 검을 들고 맞서는 것이 아니라 정보를 캐내고 적국의 군대에서 첩자 노릇을 하는 것이었다.

"이렇게 바로 허락해도 되는 거예요?"

"당신이 추천한 거니 믿겠어."

로자리아는 놀란 듯 라쉬드를 보았다. 내심 말하면서도 그가 거절하리라 생각했다.

"믿어줘서 고마워요."

그녀와 시선을 마주한 라쉬드의 눈동자가 작게 일렁거렸다. 그를 보던 로자리아는 자신도 모르게 그의 뺨으로 손을 가져다 대었다. 가만히 아내의 손에 얼굴을 맡기는 공작이 무척 낯설게 느껴졌다.

"……라쉬드?"

"내겐 당신의 말을 듣는 것이 당연해. 바르세데스의 명예를 지킨 부인의 뜻이니."

라쉬드는 별거 아니란 어조로 중얼거렸다. 센이 들으면 기절할 소리였다. 바르세데스의 군주, 라쉬드 공작은 직접 확인한 자가 아니라면 중요한 직무를 내리지 않는 이였다.

'부인께선 내 뺨이 좋은 건가.'

라쉬드는 자신의 뺨을 어루만지는 그녀의 손을 감쌌다. 그 손길이 떼어지는 것을 원치 않았다.

"잠시만…… 이대로 있었으면 좋겠어."

그 말에 로자리아는 한동안 말을 잇지 못했다. 라쉬드는 그녀를 끌어안았다. 진득한 키스가 아니어도 따뜻한 온기를 나누는 것도 나쁘지 않았다. 행여 아쉬울까, 그는 로자리아를 품에서 놓아주지 않았다.

막사에서 나온 로자리아는 사람이 없는 곳으로 향했다. 그녀는 윈드를 불러 전령으로 가게 되었다는 사실을 알려 주었다. 그러고는 몇 가지 주의사항을 읊었다.

“기사와 전령은 달라. 타르난의 주인이 나타난다면 예를 갖춰야 해.”
“어렵지 않은 일입니다.”
“고마워, 윈드. 잘 부탁해.”
그녀의 시선을 느낀 윈드가 눈꼬리를 살짝 휘었다.
정령의 모습에서 사람으로 변한 윈드는 바르세데스의 주둔지를 찾았다. 입구를 지키는 병사들에게 신원을 확인받은 뒤, 그는 라쉬드와 로자리아를 찾았다. 이내 공작 부부를 발견한 윈드의 발걸음이 더욱 빨라졌다.
“공작 각하.”
“…….”
라쉬드는 대답 대신 눈을 가늘게 뜨며 윈드를 주시했다. 그가 훌륭한 실력을 가졌다는 것은 들었으나 부인의 총애를 받는다는 사실은 반갑지 않았다.
“공작 각하, 제게 명령을 내리십시오.”
“……명령? 좋다.”
그는 윈드에게로 몸을 돌렸다. 둘 다 이스타샤의 평균은 훌쩍 넘는 장신이어서, 장성한 사내 둘이서 서로를 노려보듯 마주 보는 건 기묘한 상황이었다.
‘왜 그러지? 뭔가 마음에 안 드는 건가?’
전령으로 보내는 데 수락은 했지만 사실 마음에 안 들었다거나. 로자리아가 의아할 때쯤, 그는 윈드에게 무미건조한 목소리로 명령했다.
“붙잡힌 전령을 구하고 반란군의 우두머리가 누구인지 파악해라.”
“알겠습니다, 각하.”
무척 어려운 일임에도 윈드는 긴장한 기색 없이 대답했다. 아무리 명령이라지만 불가능에 가까운 일이라 쉽게 대답할 문제는 아니었다. 무언가 말을 하려던 라쉬드는 둘을 빤히 바라보는 로자리아를 보고, 입을 다물었다.
"그거면 충분합니까, 공작 각하?"
"……그것?"
"어렵지 않은 문제입니다."
묘하게 확신에 찬 어조였다. 라쉬드는 기사의 의도를 살폈으나 단순한 호기는 아니었다.
"좋다, 내 그대를 믿겠다."
라쉬드는 무어라 하는 대신 윈드를 보내 주었다. 저렇게 호언장담하는 것을 보니 궁금해졌다.
"다녀오겠습니다."
윈드는 가다 말고 몸을 돌려 로자리아에게 다가왔다. 그는 식사하러 가는 사람처럼 평온한 얼굴로 인사를 건네었다.
"잘 갔다 와, 윈드. 기다리고 있을게."
"어찌 한낱 타르난의 인…… 짐승들이 당신의 앞길을 막겠습니까. 제가 전부 처리하고 오겠습니다."
습관처럼 인간이라고 하려던 윈드는 재빨리 말을 바꾸었다. 그는 결연한 얼굴로 한쪽 무릎을 꿇고 그녀의 손등에 입을 맞추었다.
"제가 당신을 지킬 것입니다. 다른 누구도 아닌 윈드, 당신의 기사가."
윈드는 일부러 공작을 곁눈질로 살피며 읊조렸다. 무사히 돌아오겠단 포옹을 한 그는 기사가 끌고 온 말에 올라탔다.
라쉬드는 무언가 뺏긴 것 같은 기분에 머리칼을 신경질적으로 쓸어 넘겼다. 그의 입술은 일자로 다물어졌고 눈은 가늘게 떠진 상태였다.
'저 여우 같은 것이.'
속이 답답하고 울컥 무언가가 올라오는 것만 같았다. 그는 평정을 유지하려 노력하며 숨을 깊게 들이쉬었다. 그는 윈드가 탄 말이 타르난 성을 향해 떠날 때까지 시선을 떼지 않았다.

윈드가 타르난성을 향해 달린 지 한참이 되었다. 그의 시야에 날카로운 것에 찢긴 남색의 기가 보였다. 그레이스 가문을 뜻하는 하얀 새 모양의 인장이 붉은 핏물에 젖어 펄럭거리고 있었다. 윈드는 타르난성의 정경을 무표정한 얼굴로 바라보았다. 그가 탄 말이 부지런히 발을 놀렸다. 두 시진을 달려 도착한 타르난성의 문은 굳게 잠겨 있었다.

'로즈가 의심되는 일은 하지 말랬지.'

그는 멀거니 성 밖을 바라보다가 성문 앞에서 말의 고삐를 잡았다.

"문을 열어라. 바르세데스의 새로운 전령이다."

그의 목소리는 성 너머에 들릴 정도로 크지 않았지만, 그가 걸친 갑주는 바르세데스의 것이었다. 성벽 위의 병사가 성벽 아래를 살폈다. 과연, 이번에도 전령 혼자서 보냈다. 이윽고 열리지 않을 것 같았던 성문이 열렸다. 무장한 군인들이 다가와 윈드를 경계했다.

"또다시 전령을 보낼 줄이야. 용감한 건지, 무모한 건지."

혼잣말하듯 중얼거린 중년의 사내는 타르난성의 새로운 주인으로 보였다. 각진 턱에 짙게 돋아난 수염, 꼿꼿한 걸음걸이, 엄숙한 목소리를 가진 남자였다.

"바르세데스의 전령께서 먼 길 오느라 수고가 많으시군요. 저는 타르난의 지도자, 도나트라고 합니다."

"……윈드라고 하오. 바르세데스의 뜻을 전달하러 왔소."

"또다시?"

쿡, 기분 나쁜 웃음소리가 들려왔다.

"무슨 얘기를 하겠다는 건지 궁금하니 안내해 드려야지. 길을 터라!"

도나트가 크게 소리치자 무장한 이들이 물러섰다. 군인인 줄 알았으나 자세히 훑으니 어색한 걸음걸이로 보아 영지민이었다.

'꽤 그럴싸하게 포장했는데. 정령인 내가 봐도 바르세데스와 맞설 전력은 되지 않아.'

윈드는 잠자코 도나트를 따랐다. 사내가 그를 안내한 곳은 응접실이었다. 도나트를 따라 윈드는 자리에 털썩 앉았다. 늙은 하인이 차를 따라 주자 윈드는 거리낌 없이 마셨다. 그는 곧바로 본론을 꺼냈다.

“바르세데스의 전령으로서 간략히 말하도록 하지. 바르세데스는 협상을 원하오.”

“협상?”

말을 마친 윈드가 한입에 재스민 차를 털어 넣었다. 이를 듣던 도나트의 눈에 흥미가 서렸다.

“성문을 열어 바르세데스의 군대를 지나가게 해준다면 반란을 눈감아줄 것이오.”

“그걸 저보고 믿으란 소리입니까? 이미 바르세데스도 어찌하여 타르난성이 성문을 열지 않는지 알 텐데.”

바르세데스를 신뢰하지 못하겠단 뜻이었다. 협상 없이 성문을 열어주는 건 자살행위였다.

‘제국의 귀족이, 그것도 이스타샤의 황족이 반란을 눈감아줄 리가 없지.’

도나트는 수염이 난 턱을 매만지며 생각에 잠겼다. 협상이라고 하기엔 명령으로 느껴졌다.

“주군께선 그레이스 백작의 소문을 들어왔소. 그가 학정을 일삼았고 가신의 아내를 첩으로 삼았으며, 영지민의 어린 딸에게 더러운 짓을 일삼았다는 것도.”

“……더럽다니요. 이스타샤의 귀족이 늘 하는 일이 아닙니까?”

“내가 보기엔 더러운 일이지. 주군께서도 보시기에 그러하오.”

윈드는 곧은 목소리로 생각을 피력했다. 협상을 위한 것이기도 했지만 그로선 진심이었다.

“바르세데스의 군주 라쉬드 공작께선 반란을 쉬이 용서하지 않을 것입니다. 저도 황자 저하의 성정을 익히 들어 알고 있으니 말입니다. 그 누가 비천한 것들의 반란을 눈감아주겠습니까?"

"틀렸소."

윈드는 나지막이 웃음을 터뜨렸다. 이해할 수 없는 전령의 태도에 도나트가 눈을 찌푸렸다.

"제 주군은 공작 각하가 아닌……."

윈드는 일부러 말끝을 흘렸다. 이상한 일이었다. 바르세데스의 전령이라면 공작에게 충성을 바친 가신이 아니던가.

"나의 주군은 로자리아, 테베의 후계자이자 데모나 후작의 계통을 이어받은 왕녀요."

윈드는 입꼬리를 말아 올렸다. 숨을 죽이고 듣던 도나트의 눈이 커졌다. 바로 지원군을 불러 타르난성을 빼앗기 위해 전쟁을 치르지 않는 것도 묘했지만, 젊은 전령의 말은 더욱 기묘했다.

'테베의 왕녀라면……. 내가 결정할 문제는 아니야.'

도나트는 고개를 끄덕이곤 자리에서 일어섰다.

"도나트 경, 갑자기 볼일이 생겨 가 보는 건 아닐 테고……."

"바르세데스의 군주가 당신의 주인이 아니라면, 저 또한 말씀드리겠습니다. 저는 지도자일 뿐 타르난성의 지배자는 아닙니다. 그러니 제 주군께 아뢸 것입니다."

'주군에게 아뢴다고?'

윈드는 붙잡을까 하다가 그가 하는 대로 내버려 두었다. 도나트는 전에 보냈던 전령을 포박했으나 윈드에겐 그러지 않았다. 정확히는 무겁고 낮게 흐르는 기사의 기운이 범상치 않았기 때문이다.

'강제로 무력을 쓴다면 기필코 탈이 날 상대다. 공작이든, 그의 부인이든 믿는 구석이 있으니 저자를 홀로 보냈겠지.'

도나트는 뜨거운 찻잔에 데기라도 한 것처럼 황급히 응접실을 빠져나갔다. 호록, 윈드는 응접실에서 군인의 감시를 받으며 느긋하게 차를 마셨다. 그의 진녹색 눈동자가 도나트의 뒤를 쫓았다.

❖

도나트가 향한 곳은 외성의 감옥이었다. 감옥을 지키던 병사들이 그를 알아보고 꾸벅 고개를 숙였지만 도나트는 그대로 지나쳤다.

"아가씨."

사내의 부름에 감옥에서 웅크리고 있던 여인이 고개를 들었다. 그녀가 지저분한 몰골로 고개를 들자, 탁한 잿빛 눈동자가 드러났다. 도나트는 주위를 돌아보았다. 접근하지 말라는 명령을 내렸기에 감옥 안에는 허름한 옷을 입은 죄수를 제외하곤 쥐새끼 하나 보이지 않았다.

"바르세데스에서 다시 전령을 보냈습니다."

"……바르세데스에서?"

묘한 울림이 있는 목소리였다. 낮은 목소리가 잔뜩 메마른 목을 비집고 나왔다.

"협상을 제의했습니다. 전에 보낸 전령이 한 것과는 다른 제안이었습니다."

"어떤 제안이었지?"

"바르세데스의 군대가 타르난성을 지나가게 해준다면 반란을 눈감아주겠다고 하더군요."

"눈을 감아준다고?"

붉은 머리칼의 죄수, 엘리샤 그레이스는 킥킥 웃었다. 엘리샤는 삼일 전의 일을 떠올렸다. 죽은 백작의 누이이자 그레이스의 후계자였던 그녀는 성문을 열었다. 문을 지키는 병사의 등을 검으로 몇 번이고 쑤셔 죽였다. 일생을 여신을 조각하는 데 썼던 손은 방심한 병사를 죽이는 것에도 능숙했다.

“잘난 이스타샤의 황족으로 태어난 공작께서 반란을 눈감아주겠다고?”

들을 가치도 없는 개소리였다. 엘리샤는 웃느라 끅끅대며 몸을 들썩였다. 죽는 한이 있어도 목숨을 걸고 반란을 일으킨 영지민을 배신할 생각 따위 없었다. 타르난성의 식량 창고를 관리하던 도나트가 아닌 자신이 타르난성의 새로운 주인임이 발각되더라도. 그로 인해 더한 치욕을 받는다 해도 선택은 달라지지 않으리라.

“전령이 이상한 소리를 하더군요. 자신은 바르세데스의 전령이나, 그가 모시는 주군은 공작이 아닌 테베의 왕녀, 로자리아를 주인으로 모신다고.”

“……테베?”

냉소적으로 웃던 엘리샤가 웃음을 뚝 멈추었다. 몸을 웅크리고 땅만 내려다보던 그녀는 고개를 치켜들었다.

“……로자리아, 로자리아.”

엘리샤는 홀린 듯이 그녀의 이름을 중얼거렸다. 아아, 알고 있지. 어찌 그 여자의 이름을 모를까. 고작 열다섯에 나이에 테베에서 이스타샤로 떠나야 했던 왕녀를 모르는 자는 없었다.

엘리샤는 불현듯 자신의 삶을 돌아보았다. 아버지가 죽고, 사내로 태어난 두 살 터울의 동생은 아무런 노력 없이 가주가 되었다. 두려웠다. 자신을 하찮다는 듯이 바라보는 가신들의 시선과 거짓으로 충성을 나불거리는 기사들까지. 남동생이 백작이 된 이후, 엘리샤는 십 년간 외성의 감옥에 갇혀 있었다. 더 이상 생기가 돋았던 귀족 아가씨가 아니었다. 잦은 고생으로 얼굴에는 주름이 졌으며 입가는 가면을 쓰듯 굳었다.

엘리샤가 생각하기에 백작은 끔찍하게 무능한 자였다. 어린아이를 노예로 팔아넘기는 장사를 하였고, 7배나 높은 세금을 걷었음에도 그레이스의 재산은 동이 났다. 그나마 있는 사병들에게 썩은 곡식을 내어주던 것이 전부. 엘리샤는 백작과 그의 가신들을 증오했다. 그러나 그녀에겐 나설 용기와 힘이 없었다.

왕녀에 관한 이야기는 익히 들었다. 감옥에 갇힌 그녀를 가엾게 여긴 시녀가 종종 몰래 삶은 감자를 내어주며 로자리아 왕녀에 관한 이야기를 전했다. 신성제국에서 절대 권력을 가진 성녀의 성기사를 파면시켰으며, 대신전이 버린 전염병 환자를 돌보았다는 것도. 그것은 엘리샤, 그녀가 꿈꾸던 삶이었다.

그러나 주위의 시선이 두려워 감히 시도하지 못했던 일이었다. 왕녀의 이야기는 그녀의 생각에 변화를 가져왔다. 로자리아 왕녀에 관해 이야기해 주던 시녀가 고작 감자 따위를 내어주었단 이유로 기사들에게 죽는 순간 엘리샤는 깨달았다.

'이것 또한 내 삶이거늘 감옥에 처박혀서 죽을 순 없다.'

도나트는 아버지의 충직한 신하였다. 아버지는 무능했지만 유능한 신하 몇을 두고 있었다. 그녀는 도나트의 도움을 받아 영지민을 모았다. 그러고는 불만이 터지기 직전의 사병에게 '도나트'의 이름으로 급여를 주었다.

다시 그레이스를 되찾았으나 완전한 것은 아니었다. 8가문이 그레이스를 주시하고 있었다. 만약에 반란군과 작당한 것이 알려진다면 치욕스러운 죽음을 받게 될 것이다. 그래서 일부러 감옥에 갇히지 않았던가. 반란군에게 잡힌 가엾은 영주의 누이로 보이도록.

"왕녀를 보고 싶다."

"……엘리샤 아가씨? 안 됩니다. 그저 농을 하시는 거라면……."

"전령에게 전해라. 그레이스의 진짜 주인이 로자리아 왕녀 저하를 뵙고 싶어 한다고."

엘리샤는 잔뜩 쉰 목소리로 말을 뱉었다. 과연, 소문이 진짜인지 아닌지는 왕녀와 실제로 만나 보면 알게 될 것이다. 성문을 여는 건 엘리샤 그레이스, 그레이스의 성주로서 내린 판단이었다.

생각 외로 일이 쉬워졌다. 바람인 상태로 그들의 대화를 몰래 듣던 윈드는 다시금 응접실로 정신을 집중시켰다. 미지근한 바람이 사라진 지 얼마 지나지 않아 도나트가 돌아왔다. 그가 한 말은 간략했다. 바로 '바르세데스의 공작 부인'을 만나고 싶단 소리였다.

잠시간 고민하던 윈드는 공작 부인에게 알리겠다고 뜻을 전했다. 윈드가 타르난성으로 향한 지 반나절이 지날 무렵, 그가 탄 새하얀 말이 바르세데스의 주둔지를 찾았다.

로자리아는 막사에서 윈드를 기다리던 중이었다. 윈드로부터 소식을 전해 들은 그녀는 깊은 생각에 잠겼다.

'엘리샤 그레이스가 타르난성의 진짜 주인이라…….'

그런데 왜 나를 보고 싶어 하는 거지? 로자리아의 의문은 풀리지 않았다.

'결정권은 라쉬드에게 있어. 어째서 바르세데스의 공작 대신 나를 보겠다는 건지.'

함정. 로자리아는 눈을 내리깔았다. 그녀의 푸른 눈동자에 짙은 그림자가 졌다. 함정일 가능성이 농후했다.

"윈드, 그곳에선 검을 들기도 어려울 거야. 어차피 정령술은 쓸 생각이 없지만 검을 드는 순간 그레이스와 바르세데스 사이에서 전쟁이 터질 테니까."

사실상 전쟁이라 부를 수 없는 학살이었다. 또한 율법에 따른다 해도 반란을 일으킨 영지민은 모두 사형이었다.

"저는 로즈의 뜻에 따르겠습니다."

"……고마워, 윈드."

반 시진이 지났을 때, 로자리아는 결정을 내렸다. 그녀는 공작이 있는 막사로 향했다.

막사 안에서는 최악의 경우를 대비해 공작과 그의 기사들이 전략을 세우는 중이었다. 라쉬드가 두꺼운 양피지로 만든 지도에서 타르난성을 가리킬 때였다. 그는 로자리아를 보자 센을 제외한 기사들을 물러나게 했다. 셋만 남은 상황에서 로자리아는 윈드로부터 들은 이야기를 전했다. 그리고 그녀 또한 타르난성으로 가겠다는 뜻을 밝혔다.

"타르난성으로 직접 가겠다고?"

라쉬드의 물음에 그녀는 고개를 끄덕였다.

'보통의 남편이라면 말리겠지. 하지만 주군께선…….'

센은 이를 불안한 눈으로 지켜보았다.

"로즈, 너무 위험해. 직접 가는 건 무모한 일이다."

"엘리샤 그레이스, 감금되었다고 알려진 영주의 누이가 이번 일을 일으킨 거예요."

"영주의 누이가?"

예상치 못한 일이었다. 반란의 주동자가 사로잡혔다고 알려진 엘리샤 그레이스라니.

"전령을 죽이지 않는 것은 후환을 생각해서겠죠. 그레이스가 원하는 것을 내어주고 그들의 협조를 받아야 한다고 생각해요."

로자리아는 그의 표정을 기민하게 살피며 말을 이었다. 그가 생각에 잠긴 얼굴로 대답했다.

"삼 일의 유예 기간을 주었지. 그 기간 안에 협상한다면 유리하겠지만."

그레이스가 성문을 닫아도 얻는 이익이 없었다. 당장의 식량이 급해 민란을 일으켰다 해도, 이미 타르난성 안의 식량은 바닥이 난 상태였다.

'곡창지대의 산적들을 내치기 위해선 그레이스의 도움이 필요해.'

그러나 라쉬드는 로자리아를 보내는 데 동의할 수 없었다.

"……그렇다 해도 당신 혼자 보낼 거라 생각했나?"

"그래서 의견을 물어본 거예요. 당신은 내 남편이니까."

라쉬드는 그녀의 말을 곱씹었다. 지는 법이 없던 공작이 말을 잇지 못하자 센의 눈이 휘둥그레 커졌다. 그는 묘한 기류가 흐르는 공작 부부를 곁눈질로 살폈다.

"그래서?"

"무언가를 얻으려면 위험을 감수해야 해요. 직접 가지 않는다면 협상할 의사가 없다고 판단할 거예요."

"원하는 것을 내어주지 않으면 협상은 결렬이야."

바르세데스가 그레이스에게 원하는 건 명백했다. 성문을 열고 사병을 지원하는 것.

'반대로 그레이스가 원하는 건…….'

라쉬드가 고민하는 기색을 보이자 로자리아가 말했다.

"허락해 줘요, 라쉬드. 내가 당신과 같이 가는 것을."

결국 그는 로자리아와 함께 협상에 나가기로 했다.

"서신을 보내라. 공작 부인이 직접 협상에 응하겠다고."

"각하……."

센의 만류에도 그는 로자리아에게로 한 걸음 내디뎠다. 가까워진 거리에 라쉬드의 숨결이 그녀의 목덜미를 간질거렸다. 그는 몸을 숙여 로자리아를 끌어안았다.

"함께 가는 걸로 하지, 로즈."

이윽고 라쉬드가 자신에게로 고개를 묻자 그녀는 깊이 숨을 들이쉬었다. 이를 멀리서 지켜보던 센의 얼굴이 도리어 붉어졌다.

"공작님께서 아주 살짝, 조금은 변하신 것 같기도."

센이 혼잣말로 중얼거렸다. 차갑고 독한 주군의 성정이 한결같을 줄 알았다. 바르세데스의 군주인 공작뿐만 아니라 센, 그가 아는 주변의 사람들이 변하기 시작했다. 테베의 왕녀라며 공작 부인을 무시했던 휘하의 기사들에게서 신뢰를 얻어 냈다.

'두 분께서 같이 가신다니 다행이야.'

공작 부인이야 검을 잡으면 말로 할 것 없는 데다가…….

라쉬드 폰 칼라네 바르세데스. 그는 이스타샤 최고의 무가였던 칼라네 출신이자 제2황자인 몸으로 군사권을 거머쥔 철의 공작이었다. 어쨌든 공작께서 같이 간다면 부인의 안전에 의심할 여지가 없었다. 나가는데도 조금의 눈길도 주지 않아 씁쓸했지만 생각보다 두 분의 사이가 좋은 것 같아 다행이었다. 센은 조용히 막사를 벗어났다.

타르난성으로 떠나기 전, 로자리아는 남색 제복으로 갈아입었다. 금장 단추를 잠근 그녀는 기사에게서 검은 로브를 건네받아 썼다. 허리까지 오는 금발을 묶어 로브 안으로 숨겼다.

라쉬드는 기사의 보필을 받으며 어깨에 금빛 갑주를 걸쳤다. 이윽고 늑대 털로 이루어진 검은 망토를 둘렀다. 바르세데스의 군주로서 협상을 하기 위함이었다. 건틀렛(갑옷의 손 가리개)까지 갖춘 뒤에야 그는 말에 올라탔다.

라쉬드는 말 위에서 손을 내밀었다. 로자리아는 그의 손을 잡아 말

위에 올라탔다. 단숨에 그녀를 품에 안은 라쉬드가 말의 고삐를 쥐었다. 그는 로자리아가 쓴 검은 로브를 날카로운 눈으로 살폈다. 보호 효과가 있는지 성력으로 감지하는 것도 잊지 않았다.

"줄 게 있어, 로즈."

"줄 거라뇨?"

라쉬드는 아내의 목에 손을 가져다 대었다. 이미 성물 마르바가 걸려 있었지만 그는 아랑곳하지 않았다.

"라쉬드?"

로자리아는 목에 닿는 차가운 감촉에 깜짝 놀라 뒤를 돌아보았다. 라쉬드가 그녀에게 목걸이를 걸어준 것이다.

"성검 칼라네."

"성검?"

"일종의 보호 수단이야."

로자리아는 놀라 물었지만 그는 평이한 어조로 말했다.

"당신은요?"

"난 성력이 있어서 불에 타거나 목이 잘릴 정도가 아니면 죽지 않아."

그게 라쉬드가 해준 설명의 끝이었다. 성벽 위에서 독화살을 퍼부어도 상처 하나 생기지 않도록 로자리아를 지키기 위함이었다. 이내 공작 부부가 탄 말이 타르난성을 향해 힘차게 내달렸다. 두 시간 정도 달렸을까, 회색 연기에 둘러싸인 타르난성이 보였다.

"정말로 왔군."

성주인 엘리샤의 말에 따라 도나트는 성벽에서 대기하고 있었다. 과연 아가씨의 말대로 두 명의 인영이 말을 탄 채 달려오고 있었다. 도나트는 군마의 주인이 공작이란 것에 눈을 의심했다. 이윽고 그들과의 거리가 가까워졌다.

푸르릉, 라쉬드는 고삐를 강하게 움켜쥐었다. 부부가 탄 검은 군마가 성문 근처에서 멈췄다. 드디어 타르난성에 도착한 것이다. 문이 열리는 순간이 협상의 시작이었다.

거대한 도르래가 돌아가는 소리와 함께 굳게 닫혔던 타르난성 문이 열렸다. 로자리아와 라쉬드가 탄 군마가 말발굽 소리를 내며 성안으로 들어섰다. 도나트는 공작 부부를 마중했다.

"기다리고 있었습니다. 귀한 분들께서 친히 와 주시니 그레이스에 영광입니다."

"그레이스라……. 어찌하여 영광이라는지 모르겠군. 그대들은 그레이스의 인장을 찢은 반란군이 아니던가."

라쉬드는 자신을 안내하는 중년 사내에게 낮게 일렀다.

"그레이스는 예전과 달라졌으니까요. 전 성주님의 보좌관인 도나트라고 합니다. 부족함이 없도록 모시겠습니다. 공작 각하, 부인."

"나 또한 그레이스의 주인을 만나기를 고대했어요."

로자리아는 잠긴 목소리로 대답했다. 도나트는 공작 부부를 응접실로 안내했다.

"저는 들어가지 않고 이곳에서 자리를 지키겠습니다. 그레이스의 성주께서 기다리고 계십니다."

저곳에 타르난성의 새로운 주인인 엘리샤 그레이스가 있었다. 로자리아의 푸른 눈동자가 날카로운 빛을 발했다. 그녀는 오만하고 고고한 공작 부인처럼 고개를 치켜들었다. 대기하던 기사가 철로 된 고리를 잡아당기자 응접실의 문이 열렸다.

"귀하신 두 분을 뵙게 되어 영광입니다. 공작 각하, 그리고 부인."

"타르난성은 오랜만이로군."

"반가워요, 엘리샤. 로자리아라고 해요."

자리에서 일어서서 허리를 숙인 건 삼십 대 중반으로 보이는 여인이었다.

"저는 엘리샤 그레이스, 그레이스가의 유일한 생존자입니다."

"그대가 그레이스의 새로운 주인인가?"

"그렇습니다, 공작 각하."

엘리샤는 구태여 감옥에 있었다는 소리는 하지 않았다. 놀라지 않는 것을 보니 이미 자신이 타르난성의 주인이란 것을 아는 듯했다. 자리에 앉은 라쉬드는 엘리샤를 주도면밀하게 주시했다.

"남동생이었던 백작은 종종 봤으나 엘리샤, 그대를 보는 건 처음이로군."

"안타깝게도 백작은 반란군에 의해 목숨을 잃었습니다."

"반란군?"

라쉬드는 나지막한 웃음을 터뜨렸다. 흥미로운 소리였다. 누이 된 자로 남동생의 목을 베었음에도 반란군이라?

"말 돌릴 것 없다. 이미 백작의 누이가 그 목을 쳤다는 사실을 알고 왔으니."

"……모르실 거라 생각했습니다만, 이미 아신다면 굳이 감추지 않겠습니다.

"바르세데스는 협상을 하러 왔다. 그러니 잘 판단해야 그레이스를 유지하지 않겠나."

"……외람되지만 협박이십니까?"

"아니, 충고하는 것이지."

라쉬드는 다리를 여유롭게 꼬았다. 그는 팔짱을 낀 채로 입꼬리를 올렸다.

"반란이 일어났으니 황성에서 제압하기 위해 군대를 보낼 거란 걸 알고 있나?"

"그렇습니다. 다른 가문에서 그레이스를 탐할 명분이야 얼마든지 있으니까요."

엘리샤는 공손한 어조로 대답했다. 그러나 공작의 뜻에 수긍하는 것은 아니었다.

"내가 원하는 건 바르세데스의 사병이 지나갈 수 있도록 성문을 여는 것이다."

"알고 있습니다, 각하. 성문만 열어준다면 저희의 반란을 눈감아주겠다고 하셨죠."

엘리샤는 침착한 태도로 대화에 응했다.

"하지만 그 말을 어찌 신뢰할 수 있겠습니까?"

"신뢰라……. 백작의 말이 맞아. 두 가문 사이에 어찌 신뢰가 있겠나."

라쉬드는 낮아진 목소리로 말을 이었다. 바렛사로부터 무기를 지원받았다면 가문 내의 후계자 싸움이 아닌, 신성제국을 배반한 것이 된다.

"서로에게 원하는 것이 협상이라곤 하나, 성주의 목을 쳐 낸 것과 별개로 바렛사와 내통한 것이라면 눈감아줄 수 없는 일이다."

"……그 무기가 바렛사의 것이라고는 생각지 못했습니다."

엘리샤는 입술을 질근 깨물었다. 생각지도 못한 문제였다. 그녀가 받은 무기는 대신전에서 지원해 준 것이었다. 엘리샤는 잊을 수 없던 기억을 떠올렸다. 굶주림과 증오에 들끓던 엘리샤를 찾아와 손을 내민 건 성녀인 프리실라였다.

성녀는 백작을 죽이는 것을 눈감아주겠으니 바르세데스에 사병을 지원하지 말라는 제안을 걸었다. 또한 차후에 클라인 황제파로 돌아설 것을 요구했다. 지금 생각하면 어리석었다. 얻는 것보다 잃는 것이 더 많은 거래였다.

"누구에게 지원을 받은 거지?"

"그건 밝힐 수 없습니다, 각하. 이미 알고 계실진 모르겠지만."

엘리샤는 미묘한 웃음을 걸쳤다. 태연한 그녀의 얼굴과 달리 손에는 미지근한 땀이 묻어났다. 그녀는 마른침을 삼키며 말을 이었다.

"무기를 지원해 준 쪽에서 식량을 지원해 주기로 했습니다."

"식량이라……."

"숨기려 했지만 이미 각하께서도 아실 테지요. 그레이스는 방만한 운영으로 재정은 물론, 식량까지 동이 난 상태입니다. 영지민이 죽도록 내버려 둘 수 없었습니다."

엘리샤는 침음을 삼켰다. 풍요로운 신성제국, 그것도 그레이스의 영지에서 아사라니.

"실례가 되지 않는다면 부인께 한 말씀 드려도 되겠습니까?"

"허락한다."

"좋아요, 엘리샤."

로자리아는 엘리샤의 다음 말을 기다렸다. 엘리샤가 꺼내 든 건 그녀도 익히 아는 이야기였다.

"바르세데스가 식량난을 앓았을 때, 아이리쉬 가문이 지원을 약조했다고 들었습니다. 또한 글로리아도."

엘리샤는 공작을 보던 시선을 공작 부인에게로 향했다. 아이리쉬는 신성제국의 중앙 곡창지대를 소유했고, 글로리아는 서대륙 전역에 무기를 유통하는 명가였다.

"공작 각하, 그리고 부인. 그레이스는 아이리쉬의 원조를 요청하는 바입니다."

"거절한다면?"

"저는 신성제국의 귀족입니다. 바렛사에 붙는 일은 없겠으나, 바르세데스는 그레이스와 척을 지게 될 것입니다."

심각한 어조로 이야기했으나 엘리샤가 생각하기에도 우스운 이야기였다. 척을 진다 한들 바르세데스에서 군대를 풀어 짓밟으면 그만. 이를 드러낸 늑대와 두 날개가 꺾인 작은 새가 견줄 수 있을 리가 없다.

"이미 수차례 아이리쉬에 지원을 요청했지만 모두 거절당했습니다. 망해 가는 그레이스를 도와줄 이는 없으리라 생각하면서도……."

전(前) 백작이 여러 번 식량 지원을 해달라고 빌었지만 아이리쉬는 그레이스의 종자와는 상종하지 않겠다고 못 박았다.

'그레이스가 아이들을 팔아넘기는 더러운 장사치라며 비아냥거렸지. 구린내가 난다며 상종하지 않겠다고 단언했어.'

그건 아이리쉬의 외동딸, 마네가 제 아버지를 그녀의 뜻대로 움직였기 때문이다. 그리고 마네가 아이리쉬의 가주가 되고 나서도 마찬가지였다.

"아이리쉬가 충성을 바친 건 바르세데스라 들었습니다. 부디 그레이스에 자비를 베풀어주신다면 성문을 여는 것은 물론, 곡창지대를 점령한 산적 무리를 소탕하는 데 아낌없이 지원할 것입니다."

엘리샤는 떨리는 목소리를 감추고는 원하는 바를 말했다. 십 년간 사람과의 대화가 극히 적어 협상 전에 몇 번이고 거울을 보고 연습하지 않았던가.

'아이리쉬라…….'

공교롭게도 아이리쉬가 택한 건 라쉬드, 자신이 아닌 로자리아였다.

'아이리쉬는 내가 모르는 로즈의 비밀을 알고 있는 걸지도.'

아이리쉬 출신은 뼛속부터 장사치이며 머리를 굴려 대는 종자였다. 마네 아이리쉬, 그 여자가 아무런 이득 없이 충성을 바칠 이유는 없었다.

"어려운 문제로군. 부인은 어떻소?"

엘리샤는 눈을 수차례 깜빡였다. 가신들의 말이라 해도 최측근이 아니면 듣지 않는 데다가, 자신의 뜻을 밀어붙이기로 유명한 저 사내가 부인의 의견을 물어볼 줄이야.

"……엘리샤의 뜻은 잘 알겠어요."

로자리아가 대답했다. 그녀는 찬찬히 생각을 정리했다. 타르난성에 식량을 원조한다면 그레이스 가문은 성문을 열 것이며, 곡창지대의 산적 무리를 제거할 사병을 지원한다는 것은 명확했다. 로자리아는 마른 침을 삼키는 엘리샤의 의중을 예리한 눈으로 살폈다.

"곡창지대에 식량이 어느 정도로 있는 건가요, 엘리샤?"

"고작 일 할입니다. 오래 지나지 않아 동이 날 것입니다."

정확히는 보름이었지만 엘리샤는 전부 밝히지 않았다. 약점으로 삼아 보름까지 시간을 끈다면 그레이스는 끝이었다.

"이 할, 한 달을 버틸 수 있는 식량을 지원하겠어요."

"하나, 한 달이라면 그 이후에는 타르난성의 모든 이가 굶어 죽을 것입니다."

"이건 어떤가요? 그레이스가 곡창지대를 되찾는 일을 전적으로 도와준다면, 이후로도 영지를 운영할 수 있는 식량을 지원하겠어요."

북부 곡창지대의 식량을 내어주겠단 뜻이었다. 라쉬드와 의논할 일이라 정확한 수를 말하지 않았지만, 되찾을 곡창지대의 오분의 일 정도라면 충분했다.

"그레이스에 계속 지원을 해주신다는 겁니까?"

엘리샤는 목소리가 떨릴까 저어하며 일부러 느리게 말을 이었다. 그녀는 떨리는 두 손을 힘주어 잡았다.

"그레이스가 바르세데스를 도와준다면야."

로자리아는 엘리샤와 서서히 눈을 마주쳤다. 이성적인 판단에 앞서 거래 상대가 신뢰할 수 있는 확신을 주어야 했다. 음울한 잿빛 눈동자가 일순간 흔들렸다. 왕녀의 푸른 눈과 마주친 순간, 이루 말할 수 없는 전율이 생겨났다. 대답도 하지 못한 채 로자리아를 바라보던 엘리샤는 겨우 운을 떼었다.

"제게 약조해 주신다면 그레이스는 바르세데스에 충성을 바칠 것입니다. 성문을 굳게 잠근 무례에 용서를 구할 것이며, 그레이스의 사병은 창을 드는 데 주저함이 없을 것입니다. 무기와 식량을 지원해 준 세력 또한 밝히겠습니다."

엘리샤는 무표정한 공작에게로 고개를 돌렸다. 날카로운 바이올렛 눈동자가 그녀를 좌시했다. 그레이스의 성주가 로자리아의 뜻에 응했으니 최종적인 선택은 공작인 자신의 몫이었다.

"바르세데스는 그레이스를 전적으로 지원한다. 한 달간의 식량을 줄 것이며, 곡창지대를 되찾으면 오분의 일을 내어주겠다. 가뭄이 들었다 한들, 영지민이 굶어 죽는 일은 없을 것이다."

"감사합니다, 각하. 각하와 부인께서 그레이스에 베푼 은혜는 잊지 않겠습니다."

한 달간의 식량은 일종의 계약금이었다. 엘리샤는 생각지도 못한 제안에 울 듯한 얼굴로 대답했다. 툭, 엘리샤의 메마른 눈동자에서 눈물이 떨어져 그녀의 무릎으로 스며들었다. 십 년간 짐승처럼 갇혔다. 삼일 전, 두 손에 피를 묻혀 가면서까지 무너져 가는 그레이스의 성주가 되었다. 어깨가 짓눌려 밤마다 잠들지 못했고 숨조차 쉬기 힘들었다.

'아이리쉬도 아닌 바르세데스 가문이 그레이스를 택했다.'

자신의 아버지도 남동생도 이루지 못한 쾌거였다. 엘리샤는 들끓는 울음을 참아 내며 두 손으로 얼굴을 감쌌다.

"엘리샤, 우린 당신의 편이에요."

로자리아는 자리에서 일어나 엘리샤가 앉은 소파로 다가갔다. 그녀는 엘리샤에게 조심스레 손수건을 내밀었다. 라쉬드는 팔짱을 낀 채 묘한 시선으로 둘을 지켜보았다.

"흐윽, 죄송합니다. 성주란 자가 못난 모습을 보여서……."

잠시 후 조금 진정이 된 엘리샤가 숨을 몰아쉬었다.

"그레이스 백작, 이제 좀 진정이 되었나?"

"죄송합니다, 각하. 도나트 경을 시켜 서약서를 가져오라 이르겠습

니다."

라쉬드는 서약서를 받아 직접 거래 조건을 적었다.

[바르세데스가 그레이스에 식량 원조를 한다면, 그레이스는 바르세데스에 사병을 지원한다.]

서약서 하단에 가문의 인장을 찍으면 끝이었다. 엘리샤가 그레이스의 인장을 서류에 찍었고, 라쉬드는 바르세데스의 인장을 남겼다. 이윽고 그는 그레이스 가문의 서약서를 받아 들었다.

"엘리샤 그레이스, 신성제국의 황자이자 공작으로서 그대를 그레이스의 새로운 백작으로 임명하는 바, 경건하고 엄숙한 그레이스의 뜻을 이어받는 가주가 되기를 바라오."

"난 이미 엘리샤가 훌륭한 백작이라 생각해요. 굶주림과 폭정에 무너져 가던 타르난성을 구했으니까요."

라쉬드는 로자리아와 타르난성을 떠나기 전, 엘리샤에게 축하를 건넸다. 라쉬드는 신성제국의 황족으로서 엘리샤가 백작위를 잇는 것을 공인했다. 새로이 백작이 된 엘리샤는 로자리아의 말을 잊지 못했다.

감금되었던 전령은 풀려났고 타르난성의 성문이 열렸다. 오백의 병사, 스물의 기사, 시녀와 시종을 포함한 바르세데스의 거대한 행렬이 타르난성에 들어섰다. 피에 젖어 찢긴 가문의 기 대신, 새하얀 날개를 펼친 새의 기가 바람에 펄럭였다.

로자리아는 전령을 시켜 북부 케딜락에 있는 아이리쉬에게 연락했다. 두 번의 서신을 주고받은 끝에 아이리쉬는 그레이스를 원조하는 것에 동의했다.

열흘이 지났을 때, 곡식을 실은 짐마차 일곱 대가 타르난성을 찾았다. 군인으로 무장했던 영지민은 그들의 보금자리로 돌아갔고 물러났던 그레이스의 사병이 타르난성을 지켰다.

엘리샤는 그레이스를 지원한 세력을 밝혔다. 바렛사에서만 나는 붉은 주철, 그 무기를 지원한 건 대신전이었다. 대신전에서 적국인 바렛사의 무기를 소유할 까닭이 없었다. 즉 성녀와 대신전이 바렛사와 내통했다는 증거였다. 케딜락의 식량 창고에 독을 뿌린 것도, 시녀를 시켜 창고를 지키던 병사를 죽인 것도 같은 목적이었다.

프리실라는 강철제국 바렛사의 힘을 빌려 바르세데스의 세력을 무너뜨릴 계책을 세웠다. 당대 성녀인 프리실라가 이를 약조했다는 사실을 들으면서도 라쉬드는 놀란 기색이 아니었다. '그런 거였군'이라며 그는 무덤덤한 얼굴로 차를 마실 뿐이었다.

결국 성녀와 클라인 황제가 바렛사의 황자에게 케딜락을 내어준다는 거래를 한 사실이 발각되었다. 성녀가 모르지 않을 것이다. 바르세데스 공작 가문과 북부의 군사들이 목숨을 걸며 케딜락을 지킨다는 것을. 그 사실을 알고 난 후에도 바르세데스가 향한 곳은 수도가 아닌, 북부 곡창지대였다.

바야흐로 오늘이 곡창지대로 떠나는 날이었다. 북부의 곡창지대는 밀레샤란 곳으로 작은 마을과 연결되어 있었다. 약 오백 명의 사람이 바르세데스로부터 봉급을 받으며 북부의 곡창, 밀레샤를 관리했다. 그러나 마을에 있던 사람이 사라진 지 오래였다. 그레이스로부터 일천의 사병을 지원받은 바르세데스의 군대는 정적에 깃든 마을로 들어섰다. 마을에 남은 사람은 병든 자나 땅에 떨어진 쌀알을 주워 입에 넣는 아이가 전부였다.

"오늘 밤 마을에서 야영하며 동태를 살핀다."

엘리샤로부터 보고 받은 바에 의하면, 곡창을 점거한 것은 약 칠백 명에 달하는 무장한 세력이었다. 정확히는 산적이 아닌, 산적 행세를 하는 전문 용병집단이었다. 명령을 받자 병사들은 안도의 숨을 내쉬었다. 막사를 짓고 보초를 서고 경계를 탐색하는 등, 그들은 제각기 맡은 바를 수행했다.

어느새 새벽이 되어 싸늘한 바람이 불었다. 안락한 막사에서 휴식을 취하던 로자리아는 밖으로 나섰다. 무장을 한 기사들이 묵례하자 그녀는 직접 다가가 그들에게 인사를 건네었다.

얼마 지나지 않아, 멀리 보이는 곡창지대를 내려다보는 라쉬드를 발견했다. 그는 잠긴 시선으로 풍요로운 금빛의 땅을 바라보고 있었다.

"라쉬드, 무슨 일이 있나 싶어 와 봤어요."

"잠시 바람을 쐬고 있었어. 내가 걱정을 시켰나 보군."

"조금요."

로자리아는 그의 곁으로 다가섰다. 이상한 일이었다. 고작 발걸음을 떼는 것만으로도 심장이 크게 요동쳤다.

'한때 당신과 같은 곳에 서서 바라보고 싶었어.'

얄팍한 연심 따위가 아닌, 이스타샤의 공작과 같은 길을 걸으며 같은 곳을 바라보고 싶었다. 이 순간이 과거와 겹쳐지며 기묘하게 느껴졌다.

"프리실라는……."

라쉬드가 먼저 운을 떼었다. 그의 무미건조했던 가면이 깨지며, 무겁게 잠긴 눈동자가 정면을 향했다.

"신성제국을 배반했고 북부 케딜락을 적국 바렛사에 넘기려고 했었지."

그는 쓰게 웃었다. 답을 구하는 것이 아닌, 그 자신에게 하는 말이었다.

"로즈, 나는 케딜락이 이스타샤의 성지라고 생각한다. 예로부터 아니타 여신의 힘이 닿지 않는 곳이나, 이스타샤를 바렛사로부터 지키는 유일한 경계였지."

"……라쉬드."

로자리아는 그의 얼굴을 향해 차가운 손을 뻗었다. 닿지 않을 듯 아슬아슬한 거리에 라쉬드는 그녀에게로 허리를 숙였다. 라쉬드는 아내의 푸른 눈동자에 담긴 자신의 모습을 보았다. 짙은 흑발에 어두운 바이올렛 눈동자. 누가 봐도 아니타의 피를 이은 여신의 후계자였다.

"꿈에서 당신을 본 적이 있었어."

라쉬드는 잠긴 목소리로 읊조렸다. 아직까지도 황제가 두 손으로 죽인 정령술사가 누구인지 알지 못했다. 그러나 점점 꿈속의 일이 명확히 떠오르기 시작했다. 그는 떨리는 손으로 로자리아의 뺨을 어루만졌다. 얼음장 같았던 보랏빛 눈동자가 무겁게 가라앉았다. 라쉬드는 그녀를 깊게 끌어안았다. 이에 로자리아의 눈이 크게 떠졌다. 그녀는 숨을 깊이 들이쉬었다. 라쉬드는 품에 안긴 아내를 물끄러미 바라보았다.

"……로즈."

그는 로자리아의 금발에 입을 맞추었다. 버려진 신전에서 보았던 이름 없는 여신. 어째서 그 여신이 지금에서야 떠오르는 건지. 라쉬드는 로자리아의 이마에 경건하게 입술을 맞췄다. 그리고 문득 꿈속의 일이 미래의 예언이 아닐 거란 생각이 들었다.

'어쩌면 단순한 꿈이 아닌…….'

라쉬드의 눈이 짙게 물들었다. 그의 바이올렛 눈동자에 어두운 그림자가 스며들었다.

14장 발루아의 창

“각하, 곡창으로 떠났던 전령이 돌아왔습니다.”

라쉬드는 기사의 말에 로자리아를 놓아주었다. 그는 자신을 보는 부인에게서 몸을 돌렸다.

“내가 너무 당신을 붙잡았군. 밤이 늦었으니 막사로 돌아가도록 해.”

“먼저 가 볼게요.”

로자리아는 기사의 호위를 받으면서도 생각을 지워 내지 못했다.

‘어째서 내게 그런 말을 한 거지?’

그날 밤, 라쉬드가 했던 말이 그녀의 뇌리에서 잊히지가 않았다. 무엇이 어리석었는지 또 무엇을 외면했던 건지.

‘당신은 내게 뭘 말하고 싶었던 걸까.’

로자리아는 새벽까지 잠들지 못했다. 그녀는 이불을 머리끝까지 뒤집어쓰고 뒤척였다.

다음 날, 아침이 밝았다. 병사들은 부산스럽게 움직였고 기사들도 마찬가지였다. 로자리아는 시녀의 도움을 받아 깨끗한 드레스로 갈아

입었다.

로자리아는 어제 라쉬드가 있었던 곳으로 발걸음을 내디뎠다. 겨울인 지금은 황량하나, 봄이 되면 금빛으로 수놓은 들이 보일 것이다. 저곳이 바르세데스가 되찾아야 할 곡창이었다. 오늘 아침에 바르세데스의 군이 출발하기로 했으며, 로자리아와 센은 이곳 주둔지에 남기로 했다. 그녀는 출군 준비를 하는 군사를 내려다보다가 라쉬드를 발견하곤 뛰어갔다.

"라쉬드, 직접 밀레샤로 간다고 들었어요."

"일주일 안이면 돌아올 거야. 당신과 함께 가고 싶지만 이곳에 남는 편이 안전해."

"기다릴게요."

로자리아는 발꿈치를 들어 라쉬드의 이마에 입술을 맞추었다. 한 적은 많아도 받은 적은 손에 꼽을 정도로 드문지라 그는 묘한 얼굴을 했다.

이윽고 라쉬드가 이끄는 군대가 곡창, 밀레샤로 떠나갔다. 로자리아는 수십의 군마와 천오백의 기병이 움직이는 것을 지켜보았다.

'무사히 돌아올 거야.'

로자리아는 두 손을 그러쥐었다. 어째서 떠나가는 뒷모습조차 놓치기 싫은 걸까. 한참을 바르세데스와 그레이스의 군사를 보던 로자리아는 몸을 돌려 막사로 왔다. 그곳에는 태연하게 앉아 있는 윈드가 있었다.

대신전 안에는 침묵이 감돌았다. 성녀 프리실라가 두 눈을 내리감은 채 기도를 올렸다. 세 시간이 지났으나 조금도 움직일 기미가 보이지 않았다. 프리실라가 눈을 뜬 건 반나절이 지나서였다. 기도 때문에 흠뻑 젖은 몸을 내려다보던 그녀는 성수로 목욕재계를 했다.

새하얀 드레스를 입고 나온 프리실라는 낯선 손님을 맞아들였다. 바렛사로 떠났던 황자 마르쉬가 대신전에서 기다리고 있었다. 흰 터번과 가면으로 가려 황자의 얼굴은 볼 수 없었다. 프리실라는 아쉬움을 감추며 마르쉬에게 다가갔다.

"이스타샤의 성녀님께선 소식을 들었던가? 우리가 지원했던 그레이스 가문이 바르세데스로 돌아섰다는 것을."

"이미 들어서 알고 있어요, 황자 저하."

흰 터번을 걸친 사내의 싸늘한 눈길이 닿았다. 움츠러드는 성기사들과 달리 프리실라는 그의 시선을 피하지 않았다.

"그레이스가 배신하기 전에 싹을 잘라 냈어야지."

"싹이라……. 망해 가기 직전의 그레이스 따위 붙어 봤자 바르세데스에 도움이 되지 않아요."

프리실라는 담담하게 말했다. 바렛사 황자의 진회색 눈동자가 가늘어졌음에도 그녀는 조금도 주눅이 들지 않았다.

"뭐, 되었다. 어차피 예상한 결과였으니까."

마르쉬는 입술을 비틀어 올렸다. 어차피 프리실라는 그와 같은 길을 걷고 있었고, 성녀가 처리하지 못한 자들은 자신의 몫이었다.

"바르세데스의 군대가 밀레샤를 향한다더군."

"칠백 명의 용병을 이기긴 쉽지 않을 거예요."

"바르세데스 오백, 그레이스 천의 군사다. 천오백의 군대와 칠백의 용병, 어찌 승리를 단언하는 거지?"

"제게 수가 있으니까요. 북부는 아니타 여신의 힘이 닿지 않는 곳, 다른 방도가 필요했어요."

프리실라는 구석진 곳으로 다가갔다. 그녀가 가져온 것은 검은 창 모양의 인장이었다.

"평범한 용병들이라면 지겠지만 서대륙 최고의 용병 집단, 블랙스피어가 있는 한 쉽지 않을 거예요."

블랙스피어는 나라에 소속되지 않는 자들이 모인 암살 전문 집단이었다. 막대한 돈을 퍼부어도 의뢰를 맡기기 힘든 자들이라 대신전의 자금은 물론, 북부의 산맥에서 나는 광산을 내어주기로 했다.

발루아 데모나. 블랙스피어의 수장은 묘령의 젊은 사내로, 섬멸되었다고 알려진 정령술사였다.

프리실라가 찾은 사내는 자신의 이름을 발루아 데모나라고 밝혔다. 어째서 그런 자가 이스타샤의 성녀인 자신의 편을 드는지 알 수 없었지만 블랙스피어의 세력은 왕국의 군대와도 비견했다. 그러니 제아무리 바르세데스라 한들, 밀레샤를 쉽게 가져갈 순 없었다. 이스타샤가 두려워하는 정령술사를 끌어들였으나 프리실라는 후회하지 않았다.

"황자 저하, 계속 지원을 약조해 주세요. 제가 그 계집을 당신에게 바칠 때까지."

"좋다. 성녀인 그대가 뜻을 이룰 때까지 지원을 약조하지."

마르쉬는 정령술사란 말에 눈을 가늘게 떴다. 잔악하기만 한 성녀라고 생각했건만 아예 손을 놓은 것은 아니었다. 자신도 알아내기 힘들었던 정령술사를 찾은 걸로 모자라 일을 맡긴 것은 대단하지 않은가.

"상처 하나 없이 데려와 내게 건넨다면 원하는 것이 무엇이든 내어주도록 하지."

"약속하겠어요, 황자 저하."

마르쉬는 입꼬리를 미끄러뜨렸다. 아쉽게도 로자리아가 정령술사란 사실을 아는 이는 그뿐이었다. 이를 이용하여 바르세데스의 결속력을 깨는 것, 그것이 마르쉬가 계획한 일이었다.

북부의 곡창, 밀레샤는 평화롭기 그지없었다. 무장한 용병들이 엉거

주춤 한쪽을 응시했다. 나무 사이를 연결해 만든 해먹에 수려한 사내가 누워 있었다. 오후의 햇살을 늘어지게 만끽한 그가 일어날 즈음, 한 용병이 달려와 바르세데스의 군대가 진격했다는 소식을 알렸다. 이미 최전방에서는 격전이 일어나는 중이었다. 해먹에서 휴식을 취하던 사내는 느긋하게 기지개를 켰다.

"발루아 님. 이러실 때가 아닙니다!"

"무슨 일이라도 생긴 겁니까?"

"용병들이 몰살당하고 있습니다. 발루아 님께서 나서지 않는다면 그대로 밀레샤를 빼앗기고 말 겁니다!"

발을 동동 굴리는 용병을 본 발루아는 하품을 했다. 그는 용병의 재촉에 머리를 신경질적으로 넘기며 일어섰다.

"전문 용병 집단이 그리 쉽게 전멸당한단 말입니까?"

'생각보다 이르잖아.'

족히 보름은 더 걸릴 거라 생각했건만. 발루아는 쯧, 혀를 낮게 차며 검은 로브를 뒤집어썼다. 어렵지 않게 군마에 탄 그는 밀레샤의 최전방으로 떠났다. 이윽고 그가 도착했을 때, 전력의 6할이 죽어 있었다. 남은 3할은 이미 항복한 자들이었다.

"……."

발루아는 무감각한 눈으로 피로 물든 땅을 내려다보았다. 그가 발을 딛고 선 곳만 달라졌을 뿐, 이러한 광경은 익숙했다. 전장의 경계, 그곳에서 검은 로브를 뒤집어쓴 사내만이 홀로 서 있었다. 발루아는 흘끗 시선을 들어 검은 군마를 탄 공작을 응시했다.

'바르세데스 공작…….'

발루아의 눈동자가 짙게 가라앉았다. 그는 말없이 공작을 바라보다가 손을 들어 올렸다.

"웬 미친놈이지?"

"저자가 대장인가?"

소란이 일었으나 발루아는 담담했다. 그의 목표는 군마에 탄 채로 자신을 바라보는 공작이었다. 두 눈을 지그시 감은 그는 속으로 주문을 중얼거렸다. 어차피 사람의 귀를 가진 저자들에겐 들리지 않을 정령의 언어였다.

이윽고 발루아가 눈을 떴을 때, 그의 눈동자에 날카로운 빛이 감돌았다. 짙은 적발이 그의 뺨 위로 흘러내렸고, 검붉은 눈동자에 기묘한 살기가 감돌았다.

"나의 비아."

휘이익, 북쪽으로 불었던 바람이 역풍으로 불기 시작했다. 정령술사가 중얼거리는 낭랑한 노래가 정적이 깃든 전쟁터에 퍼져 나갔다.

"간청하건대, 나에게 당신의 이름을 빌려주십시오."

발루아의 손에 검은 안개가 짙어지며 흑색의 창이 나타났다. 그는 망설임 없이 땅에 창을 꽂았다.

쾅! 창을 땅에 꽂음과 동시에, 항복을 빌었던 용병들의 몸에 검붉은 번개가 그대로 내리쳤다. 무릎을 꿇고 쇠사슬에 묶여 있던 용병들이 전부 죽어버렸다.

라쉬드는 손을 높이 휘둘렀다. 거대한 은빛의 원이 퍼지며 정령술사로부터 비호하는 결계가 생겨났다. 아군인 용병까지 죽이는 정령술사의 모습에 넋이 나간 군사들은 자신들이 살아 있다는 것에 안도했다.

"밀레샤는 제 땅입니다. 그러니 바르세데스의 군대는 물러가십시오."

발루아는 나지막한 음성으로 읊조렸다. 처음으로 정령술을 본 자들의 얼굴에 경악이 어렸다. 전쟁에서 이겼다는 승리에 도취하였던 병사들의 손이 잘게 떨렸다.

"넌 누구지?"

"저는 발루아, 정령술사입니다."

그러니 물러가라는 의미였다. 그때 말발굽이 움직이는 소리가 들렸다. 발루아는 자신에게 다가오는 검은 군마를 주시했다.

"그건 당신도 예외가 아닙니다, 바르세데스 공작."

라쉬드는 말에서 내렸다. 그가 앞으로 발걸음을 내딛기 위해 나섰을 때, 검은 번개가 다시 한번 내리쳤다.

"목숨이 아깝지 않거든 가까이 오지 않는 게 좋을 텐데."

발루아가 붉은 머리칼을 쓸어 넘겼다. 그는 이스타샤의 핏줄을 증오했다. 신성제국의 황족과 성녀를 죽일 수만 있다면 무슨 짓이든 하겠다고 수백 년 전부터 결심하지 않았던가.

"그때 나를 도와준 정령술사인가?"

"……정령술사가 어찌하여 그대를 도운단 말입니까?"

발루아는 라쉬드를 노려보았다. 그의 검붉은 눈동자에 짙은 살기가 어렸다.

"정령술사가 둘?"

"저 이외의 정령술사가 더 있었다는 겁니까?"

발루아는 기묘한 웃음을 지었다. 그의 시선이 닿은 곳은 군의 주둔지가 있는 남쪽 땅이었다.

'정령술사가 한 명. 정령이 하나.'

발루아의 눈동자가 기묘한 빛을 발했다. 라쉬드에게서 시선을 돌린 그는 마을과의 거리를 가늠했다. 정령술사가 나타났다는 소문은 듣긴 했지만 직접 보기 전까진 믿기 힘들었다. 그러나 성력과는 다른 정령의 마나가 느껴졌다. 발루아는 다시 한번 입을 열었다.

"돌아가십시오, 공작."

아까 보았던 검은 번개는 심상치 않은 것이었다. 마치 신이 단죄를 내리듯, 사내의 손에서 내리치던 것은 라쉬드로서도 처음 보는 마나의 형태였다. 그는 발루아의 목에 성검 칼라네를 겨누었다. 덜덜 떠는 병사들에게 다가가려던 발루아는 자신의 목을 향한 검을 내려다보았다. 발루아는 정령술을 쓰기 위해 손을 올렸으나 어찌 된 영문인지 쓸 수 없었다.

"밀레샤는 바르세데스의 땅이다. 돌아가는 건 그대의 몫이지. 칼라네가 있는 한, 정령술도 쓸 수 없을 거다."

"밀레샤와 정령술사의 목숨을 거래하는 것은 어떻습니까?"

"거래할 가치조차 없어. 내게 얻는 것이 없으니까."

"제가 아닌, 다른 정령술사를 바친다면 저를 놔주시겠습니까?"

"아니, 정령술사는 모두 생포한다."

정령술을 쓸 것 같았던 발루아는 두 손을 들어 올렸다. 갑작스레 그는 항복하겠노라고 말했다. 그러고는 묘한 웃음을 걸치며 읊조렸다.

"공작, 제게 온정을 베푼다면 저 이외에 다른 정령술사를 잡는 것을 도와주겠습니다."

"다른 정령술사를 알고 있나?"

라쉬드의 눈매가 날카로워졌다. 그는 대답하는 대신 가라앉은 시선으로 발루아를 내려다보았다.

"정령술사가 바르세데스를 도와주었단 이야기는 들었습니다."

발루아는 순순히 붙잡혔다. 그는 다른 정령술사가 자신을 찾아올 것을 확신했다. 같은 정령술사를 구해야겠단 생각은 아니더라도, 자신이 만나고 싶어 했던 것처럼 그 사람도 결국 자신을 만나러 올 것이다.

정령술사는 사람들의 증오와 두려움을 받으며 정체를 숨겨야 했던 존재들. 그러나 다른 정령술사가 있다는 것은 멈췄던 심장을 다시 뛰게 하는 일이었다.

'내가 먼저 다가가면 도망칠 테니 올 때까지 기다릴 수밖에.'

짤랑, 발루아는 은빛 사슬에 묶인 두 손목을 움직였다. 성검과 같은 재질로 만들었는지 정령술을 억제하는 힘이 있었다.

'언제 나를 구하러 올까.'

기다림은 무척 지루한 것이었다. 감옥의 차가운 벽에 등을 기댄 발루아는 눈을 감았다.

막사 안에서 센과 로자리아, 윈드는 차를 마셨다. 센은 로자리아에게 밀레샤를 되찾는 전략을 말해주었다. 별안간 들리는 천둥소리에 그는 자리에서 일어섰다. 가뭄이 든 이 날씨에 천둥이라니, 이상한 징조였다.

"잠시 확인하고 오겠습니다. 그동안 윈드 경이 부인을 지키십시오."

센이 떠나자 그녀는 윈드와 단둘이 남게 되었다.

"윈드, 방금 그게 뭐였지?"

"……로즈, 자리를 피하는 게 좋을 듯합니다."

윈드는 설명을 해주는 대신 바람의 형태로 변했다. 그는 로자리아를 보호하듯 결계를 펼쳤다. 그녀는 윈드의 말을 들으며 사람이 드문 숲으로 빠져나왔다. 센에게는 잠시 자리를 비운다는 간단한 쪽지를 남기는 것이 전부였다.

「직접 가 봐야 알겠지만 정령술사일 가능성이 큽니다.」

"정령술사……?"

그들은 이미 죽었잖아. 로자리아의 눈이 크게 떠졌다. 정령술사는 오백 년 전에 전멸되었다고 알려지지 않았던가.

이스타샤에 반기를 들었던 그들은 모조리 죽임을 당했고, 정령술에 관한 것은 금기가 되었다. 그리고 그 후, 바렛사가 건국되어 이스타샤와 국경을 마주한 지가 오백 년이 지났다.

「정령으로서 정령술사의 기척을 알아내지 못한 것은 제 실책입니다.

이 정도로 강한 정령술사가 있었다면 모를 리가 없었을 텐데.」
"강해?"
「전투력으로 따지자면 데모나, 발데르가 이후 세 번째가 바로 저입니다. 그러나 기척을 못 알아차렸다면 저보다 강할 가능성이 큽니다.」
윈드의 말을 들은 로자리아는 입을 다물었다. 그녀는 가라앉은 눈동자로 검게 물든 하늘을 올려다보았다.
'이 넓은 대륙 안에 살아남은 정령술사가 나뿐인 것도 이상했지만…….'
어째서 과거에는 보이지 않던 정령술사가 이제야 나타났는지는 의문이었다. 잠시 뒤를 돌아본 그녀는 베리 나무를 불렀다.
로자리아는 베리에게 자신의 모습을 하라고 명령을 내린 뒤, 밀레샤 곡창으로 향했다. 그녀는 옅은 금발을 로브 안으로 숨긴 뒤 바짝 몸을 숙였다.
로자리아는 말을 타는 대신 늑대로 변한 윈드의 몸에 올라탔다. 발데르가를 꺼내 들자 머리칼과 두 눈동자가 검게 변했다.
"정령술사가 우리 편이 아닌 건 확실해. 두 눈으로 직접 확인할 거야. 나 말고 다른 정령술사가 있다는 것을."
한 시간도 되지 않아 도착한 밀레샤에는 숨을 거둔 주검만이 늘어져 있었다. 놀랍게도 전부 곡창지대를 점령했던 용병들이었다. 바르세데스의 군사가 전부 죽인 건가. 그런 생각이 들면서도 의아함이 가시지 않았다.
로자리아는 인적이 끊긴 숲에서 멈췄다. 정령술사의 위치를 알아내기 위해 윈드를 북쪽으로 보냈다. 이윽고 감찰하기 위해 떠났던 윈드가 돌아왔다. 정령술사의 정체는 발루아 데모나, 그가 감히 잊으래야 잊을 수 없는 자였다.
윈드는 침전하는 모래처럼 잠긴 목소리로 입을 열었다.
「북쪽의 외성에 정령술사가 붙잡혀 있었습니다. 로즈와 같은 가문의…….」

윈드는 직접 눈으로 보고도 믿지 못했다.

발루아 데모나. 한때 데모나의 수장이자 성녀 율리아의 수기사였다. 오백 년 전, 율리아의 환생이 나타났고 그녀를 위해 이스타샤에 반기를 들었던 정령술사들의 수장이었다. 율리아의 죽음과 함께 발루아도 죽었다. 이스타샤 성녀의 검으로서 죽음을 맞지 않았던가. 그런데 어찌하여 살아 있는 거지? 윈드는 그 답을 찾지 못했다.

"안내해 줘, 윈드."

'데모나, 나와 같은 가문의 사람이 살아 있다고?'

윈드의 말을 들으면서도 그녀는 믿지 못했다. 데모나의 모든 혈통은 끊겼으며 자신이 유일한 생존자였다. 로자리아가 정령술사를 만나기를 원하자, 윈드는 복잡한 심경을 억누른 채 발루아가 갇힌 외성의 감옥으로 향했다.

「저곳입니다, 로즈.」

늑대로 변한 윈드가 안내한 곳은 낡은 외성이었다. 로자리아는 떨리는 발걸음을 옮겼다.

「바르세데스의 기사들이 있으니 정체를 숨겨야 합니다.」

로자리아는 윈드의 말에 고개를 끄덕이며 감옥 안으로 들어섰다. 인기척을 지운 그녀는 기사가 자신을 알아보기 전에 뒷목을 쳐 기절시켰다. 감옥 안으로 들어선 그들은 사슬에 묶인 사내를 발견했다.

「조심하십시오. 발루아 데모나는 오백 년 전의 반란을 이끌었던 수장입니다.」

"데모나……."

어머니가 마지막 데모나 후작이었다. 그러니 자신을 제외한 데모나의 혈통이라 해도, 오백 년 전 사람이란 사실은 믿기 힘들었다. 인기척을 느낀 발루아는 누웠던 몸을 일으켰다. 짤그랑, 사슬 소리와 함께 그는 몸을 일으켰다.

「당신, 정령술사인가?」

로자리아는 일부러 정령어로 말을 걸었다. 이를 용케 알아들은 사내가 고개를 끄덕였다.

「저를 구해 주러 오신 겁니까?」

로자리아는 대답하는 대신 그를 지켜보았다. 사내 또한 정령어를 하는 것으로 보아 정령술사인 것은 확실했다.

"……."

로자리아는 손을 뻗어 창살을 움켜쥐었다. 파지직, 손이 찌릿할 정도로 거대한 성력이 느껴졌다. 성력 때문에 고통스러웠지만, 그녀는 창살로부터 손을 떼지 않았다. 프리실라로 인해 감옥에 수십 차례 처박힌 탓에 성력을 풀어내는 것은 어려운 일이 아니었다. 로자리아의 시야에 자색으로 빛나는 신어가 보였다.

「해제.」

구속과 반대되는 신어를 읊자 감옥을 짓눌렀던 성력이 서서히 흩어졌다.

"얘기는 나중에."

로자리아는 발루아의 손목을 잡아끌었다. 순순히 끌려오는 남자가 의심스러웠으나 이곳에서 시간을 허비할 순 없었다.

"윈드, 이제 그만 돌아가자."

「알겠습니다.」

로자리아는 감옥을 벗어나기 위해 걸음을 옮겼다. 발루아의 시선을 느꼈음에도 그녀는 망설이지 않았다. 라쉬드와 마주치기 전에 먼저 이곳을 떠나야 했다. 윈드가 거대한 늑대로 변이하자 발루아는 로자리아를 따라 늑대에 탔다. 마른 바람이 불면서 윈드는 나는 것에 박차를 가했다. 감옥을 빠져나온 그녀의 시선이 땅 아래를 향했다.

그때였다. 분명 인기척을 지웠다고 생각했는데, 무장한 기사들의 화살이 그녀를 향해 겨누어졌다.

'함정이었나.'

기척을 감춘 기사들이 매복해 있었다. 발루아를 잡은 건 다른 정령술사인 자신을 잡기 위한 덫이었다.

"말씀하신 대로 정령술사입니다!"

로자리아의 귀에 날이 선 기사들의 목소리가 파고들었다. 그녀의 시야가 기사들에게서 은빛의 활시위를 당기는 흑발의 사내에게로 닿았다.

'라쉬드.'

라쉬드가 활을 자신에게 겨누고 있었다. 그는 알고 싶어 했다. 바르세데스를 구한 정령술사가 누구인지. 그러나 자신은 잡혀 줄 수 없었다.

쾅, 성력과 정령의 마나가 부딪히는 소리와 함께 거대한 망이 그녀가 있는 곳으로 덮쳐들었다. 그녀는 라쉬드에게서 시선을 떼지 않았다. 허공 아래, 그는 자신을 차가운 시선으로 바라보았다.

"모두 물러서라. 우리를 공격했던 자와 다르다고 하나, 저자 또한 악마의 사주를 받은 정령술사일 테니."

'악마…….'

로자리아는 그녀의 주위를 둘러보았다. 그제야 자신의 눈에 보이지 않았던 은빛의 촘촘한 그물이 보였다.

「로즈, 성검 칼라네입니다. 공작의 성력이 정령술을 제어해서 움직일 수가 없습니다. 시간을 준다면 결계를 파훼하겠습니다.」

로자리아는 서서히 고개를 들었다. 그녀의 눈에 은발에 보랏빛 눈을 가진 검의 정령이 보였다.

성검 칼라네의 현신. 그것은 로자리아로서도 처음 보는 것이었다. 회귀하기 이전에는 흔적조차 볼 수 없었던, 라쉬드가 가진 성검이었다. 두 눈을 감은 정령에게선 짙은 그림자가 비호하듯 일렁거렸고, 거대한 결계가 펼쳐져 있었다. 거대한 크기의 두 날개를 가진 은발의 정령이 자신을 내려다보고 있었다.

"나에게 성검을 겨눈 것은……."

로자리아는 사내처럼 목소리를 깔았다. 기묘한 바람 소리와 섞여 깊은 울림을 자아냈다.

"정령술사인 나와 맞서겠다는 건가?"

로자리아는 정령술을 억누르는 칼라네의 결계를 살폈다. 억지로 파훼하려고 했다간 바르세데스의 군사가 다칠 위험이 있었다. 그녀는 일부러 시간을 끌며 말했다.

"바르세데스는 어찌 은혜를 모르나."

"은혜라……. 내가 그대를 붙잡는 것이 은혜를 갚기 위해서라면?"

라쉬드는 거대한 늑대를 놓칠까 봐 시선을 떼지 않았다.

악마의 정령술사. 발루아란 자가 아니라면 분명 꿈에서 본 정령술사였다. 꿈과는 달리 자신을 도와준 이유를 알아내야 했다.

라쉬드는 성검에 붙잡혀 떠나지 못하는 로자리아에게 다가갔다. 그녀의 로브를 벗기려고 했으나 날카로운 바람이 그의 뺨을 스쳤다. 주륵, 새하얀 뺨에서 붉은 피가 새어 나왔다. 로브가 벗겨지는 찰나, 짙은 흑발이 뺨을 타고 흘러내렸고 새하얀 목덜미가 보였다.

"여자?"

라쉬드는 잔뜩 잠긴 목소리로 중얼거렸다. 분명한 여자였다. 로브 속에 감춰진 얼굴을 본다면 정령술사의 정체를 알게 되는 것은 시간문제.

"그대의 정체는 무엇이지? 누구의 사주를 받았나."

"……."

로자리아는 고개를 숙인 채로 들지 않았다. 그녀는 입술을 짓이겼다. 여린 살이 악력을 이기지 못해 붉은 피가 흘러나왔지만 내버려 두었다.

"어째서 나와 바르세데스를 도와준 거지?"

해치려는 의도가 아니었다. 결계라도 치지 않으면 도망칠 테니, 잠시나마 붙잡고 싶었다. 그저 알고 싶다는 말이 그의 목구멍을 맴돌았다.

라쉬드는 그녀에게 떨리는 손을 가져다 대었다. 온기가 느껴지지 않을 거란 예상과 다르게 정령술사의 뺨은 따뜻했다.

"어찌하여 이스타샤를 멸망시키려고 했는지도."

'……이스타샤를 멸망시켰다고?'

로자리아가 무언가 말을 하려던 찰나, 칼라네의 결계가 미세하게 움직였다. 그 흔들림을 간파한 그녀는 윈드를 불러들였다.

쾅! 거대한 돌풍이 휘몰아치자, 기다렸다는 듯 검은 번개가 마른하늘을 뚫고 바닥으로 솟구쳤다.

"착각하지 마십시오, 바르세데스 공작. 모든 정령술사는 당신의 편이 아닙니다."

고마움도 모르는 버러지 같은 것들이 어찌하여 율리아의 피가 흐르는 정령술사에게 손을 댈 수 있는가. 발루아는 진득한 감정을 내비치는 대신, 살기를 억누르며 담담하게 읊었다.

"율리아."

발루아는 그리움이 점철된 목소리로 여신의 이름을 뇌까렸다.

'율리아?'

방금 뭐라고 한 거지? 로자리아의 몸이 한순간에 굳었다. 그녀는 싸늘한 시선으로 발루아를 돌아보았다.

「저자를 눈에 담지 마십시오. 이스타샤의 초대 황제가 그러했듯, 바르세데스의 공작 또한 당신을 배신할 겁니다.」

주신 비아의 딸이자 정령의 여신, 율리아. 그녀는 검의 여제 데모나와 악신 발데르가의 선택을 받은 주신의 후계자였다. 본래 그녀의 것이던 신성제국은 아니타와 초대 황제의 교악한 배반으로 빼앗겼다.

발루아는 눈앞의 여자가 율리아가 아닌 그녀의 환생이란 것을 알아차렸다. 그러니 자신과의 기억은 물론, 오백 년 전의 일도 기억하지 못할 것이다.

당신이 유일하게 신뢰를 주었던 기사가 나였다고, 발루아는 말하지 못했다. 율리아를 지키지 못한 죄가 그의 어깨를 무겁게 짓눌렀다. 그는 떨리는 손으로 로자리아의 손을 움켜쥐었다.

「당신의 이스타샤는 저였습니다, 나의 어린 여신.」

발루아는 그녀의 대답을 기다리지 않았다. 그는 두 눈을 감았다.

로자리아는 발루아가 하려는 짓을 알아차렸다. 그가 같은 편인 용병을 죽였듯 바르세데스의 군사도 섬멸할 작정이었다.

"물러서지 않겠다면 공작의 군사에게 정령술을 쓸 것입니다."

경고의 의미였다. 발루아의 의도를 알아챈 라쉬드는 군사를 물러나게 했다. 라쉬드는 결계를 불러들여 은빛의 성검을 강하게 틀어쥐었다.

"나의 비아, 그대의 이름을 빌려주십시오."

발루아의 귀에 달렸던 짙푸른 사파이어가 파사삭 깨졌다. 억눌렸던 정령의 마나가 풀려나자 전의 것과 비교할 수 없는 위압적인 기운이 몰려들었다.

"무지한 자들에게 심판을 내릴 수 있도록."

발루아는 손을 뻗어 검은 창을 쥐었다. 금방이라도 목을 벨 듯한 위협적인 기운에 기사들은 라쉬드를 비호하듯 가로막았다. 발루아는 가라앉은 눈빛으로 공작의 기사를 바라보았다.

「그만둬. 바르세데스의 군을 해치려 든다면 네 목부터 도려낼 테니.」

그때, 로자리아는 발루아의 손목을 강하게 움켜쥐었다.

"바르세데스 공작."

로자리아는 눈을 감았다. 이런 말을 하게 될 줄은 몰랐지만, 더 이상 그와 얽히는 건 위험했다.

"내가 바르세데스의 기사를 지킨 건……."

입술을 뗀 로자리아는 망설였다. 라쉬드의 바이올렛 눈동자를 본 순간, 그녀는 마음을 굳혔다.

"당신을 도와주기 위함이었어. 당신이 이스타샤를 지키기를 원했으니까."

로자리아는 몸을 돌렸다. 정령술사인 자신의 말을 믿지 않아도 다른 이의 모습으로 진심을 전할 수 있다면……. 정령술을 쓸 것 같았던 발루아는 손을 내렸다. 그의 눈에 이채가 서렸다.

"율리아."

라쉬드는 떠나가는 정령술사를 붙잡기 위해 손을 내뻗었다.

"율리아!"

그건 당신의 이름이었어. 처음 듣게 된 정령술사의 이름이 유일한 단서였다.

「윈드, 돌아가자」

「알겠습니다.」

로자리아는 라쉬드의 손을 붙잡으려다 그만두었다. 정령술사로서 그에게 잡힐 순 없었다. 그들은 밀레샤를 벗어나 동쪽으로 향했다. 라쉬드는 떠나가는 정령술사를 지켜보았다.

붉어진 하늘에서 빗물이 떨어졌다. 로자리아는 동굴 속에서 잠이 든 늑대의 갈기를 쓰다듬었다. 무거운 정적이 깃든 곳에서 빗소리만이 울렸다. 그녀는 발루아를 바라보았다.

"넌 누구지?"

"발루아 데모나, 당신과 같은 정령술사입니다."

"발루아 데모나라고……?"

"정확히는 발루아 비아 데모나."

사내의 어조는 독특했다. 고대 테베어와 비슷했으며 어딘지 모르게 귀족의 것처럼 고풍스러웠다. 로자리아의 눈동자에 어두운 그림자가 스며들었다.

"정말로 데모나 후작인 건가?"

"지금은 아니지만 한때는 그렇게 불렸던 적이 있습니다."

"왜 나를 보고 율리아라고 부른 거지?"

"그건 당신이 정령의 신인 율리아의 환생이니까."

발루아는 담담하게 읊었다. 속일 생각도, 감출 이유도 없었다. 로자리아는 발루아의 말을 받아들이기 힘들었다. 그녀는 떨리는 목소리로 물었다.

"환생?"

'……내가 율리아라고?'

성 율리아. 이스타샤를 건국한 최초의 성녀. 로자리아는 거울 속에서 보았던 환상을 떠올렸다. 금발의 푸른 눈. 새하얀 날개를 가진 여신. 그러나 기록 속에서는 찾지 못했던 존재였다.

로자리아는 그녀가 율리아의 환생이란 말을 믿지 못했다. 그가 데모나 출신이란 것보다 더욱더. 한데 이상한 점은 발루아가 한 말과 달리 이스타샤는 성녀 아니타가 세운 신성제국이었다. 겨우 평정을 되찾은 로자리아가 잠긴 목소리로 말했다.

"당신의 말과 달라. 이스타샤는 아니타의 것이었어. 줄곧."

이스타샤의 최초의 성녀이자 여신은 아니타였다. 발루아가 한 말은 그녀가 아는 기록과는 달랐다. 발루아가 대답했다.

"원래는 당신의 것, 그러나 아니타와 이스타샤의 초대 황제에게 빼앗긴 겁니다."

"초대 황제?"

"바르세데스 황제가 율리아에게 여신의 기사로서 살겠다고 맹세했으나, 아니타와 손을 잡고 율리아를 죽였습니다."

발루아가 착잡한 얼굴로 말을 이었다.

"이스타샤는 아니타의 것이 되었고, 진실과는 반대로 율리아와 주신비아는 악마로 기록되었죠."

"믿을 수 없어."

"믿든 믿지 않든 당신의 자유입니다."

오백 년 전 율리아가 나타나 발루아에게 이런 이야기를 해주었을 때 그의 반응도 같았다.

"당신의 말이 사실이라면 왜 내 앞에 나타난 거지?"

"원하는 바를 이루기 위해서."

"……원하는 것?"

"이스타샤의 멸망."

발루아는 붉은 눈동자를 내리깔며 나지막이 뇌까렸다.

"그리하여 율리아가 빼겼던 권능을 당신에게 돌려주는 것."

"……."

"그것이 제가 바라는 전부입니다."

발루아는 그의 확고한 뜻을 밝혔다.

"이젠 제가 물을 차례입니다. 제게 당신의 존귀한 이름을 알려 주시겠습니까?"

로자리아의 모습을 눈에 새기던 발루아는 입술을 열었다. 더 이상 율리아가 아니겠지. 발루아는 그리운 속내를 감춰 내었다.

"로자리아."

로자리아는 자신의 이름을 알려 주었다.

"로자리아."

발루아는 천천히 그녀의 이름을 읊조렸다. 그는 저도 모르게 자신의 메마른 입술을 어루만졌다.

"로자리아 비아 데모나 발데르가."

로자리아라면 테베의 왕녀였다. 자신은 이미 한 번 죽은 몸이었으니, 그녀가 데모나 후작가의 유일한 생존자였다. 발루아는 확신했다. 로자리아 왕녀가 정령술사였고, 그녀는 공작의 아내였다. 정령술을 가지지 못한 왕녀에게 애초에 관심을 두지 않았으나, 그녀가 율리아의 환생이라면 이야기는 달라진다. 발루아는 율리아가 원했던, 그리고 이제는 그가 바라는 염원을 밝혔다.

"정령술사로 태어난 죄로 죽었고 살아남은 자는 숨어야 했습니다. 저는 이것을 바꿀 것입니다."

"정령술사를 위해서?"

"제 목적은 하나뿐입니다. 율리아의 뜻을 지키기 위해서. 저와 뜻이 같다면 블랙스피어를 찾아오십시오."

블랙스피어의 수장이라 밝힌 그는 로자리아에게 묘한 말을 남기고 떠났다.

북쪽의 주둔지로 돌아온 로자리아는 안도의 한숨을 쉬었다. 오던 중에 보았던 마을에는 여전히 사람이 없었고, 베리가 착실히 자신의 흉내를 내고 있었다.

윈드는 바람의 형태로 돌아갔고, 기사와 마주치는 것을 피했기에 막사 안까지 들어오는 것은 어렵지 않았다.

"아무 일 없었지?"

"응."

오랜만에 본 베리가 느긋하게 기지개를 켜며 대답했다. 한창 자던 중이었는지 막사 안의 발이 쳐 있었다.

"있었던 것 같은데."

"아니, 자꾸 말을 붙이기에 짜증 나서 꺼지라고 할 뻔했잖아."

베리가 집요하게 굴었던 기사단장 센을 떠올리며 학을 떼었다. 분명 얼굴과 목소리, 체격도 같았고 말투도 그대로 따라 했는데 어딘지 모르게 질척였다.

"베리, 센에게 꺼지라고 했어?"

"아니, 하려다 말았어. 식사는 했냐, 불편함은 없냐 물어서 얼마나 귀찮았는지 알아? 그냥 자기 전에 갑갑해서 옷을 벗는다니까 바로 나가던데."

로자리아는 한숨을 내쉬었다. 그녀는 베리에게 무어라 말을 하는 대신 정령계로 돌아갈 것을 부탁했다. 라쉬드가 막사로 돌아온 건 사흘이 지나서였다.

"별다른 일은 없다고?"

"네. 그저 일찍 잠드신 것을 뺀다면 평소와 같았습니다. 하온데 공작 각하, 어찌하여 부인을 감시하라고 한 건지……."

"그럴 리가. 그저 걱정되었을 뿐이야."

라쉬드는 손을 휘휘 내저었다. 일말의 가능성이 틀어졌다. 문득 로자리아가 정령술사가 아닐까란 생각이 들었지만 센으로부터 막사 안에 쭉 있었다고 듣지 않았던가.

"밀레샤는 되찾았다. 그레이스로부터 곡창의 3분의 1을 지원할 거고, 나머진 바르세데스로 옮기면 돼."

그레이스의 식량 문제는 해결되었고 바르세데스의 군량미 상황은 안정되었다. 그리고 살아남은 용병에게 블랙스피어에 대한 존재를 듣게 되었다.

블랙스피어의 수장, 발루아는 정령술사이며 그를 따르는 이들이 있다는 것도. 누가 블랙스피어와 거래했는지 알 수 없었지만 추측하는 건 어렵지 않았다. 성녀 프리실라. 혹은 바렛사의 황자. 아니면 이 둘이 이미 결탁했거나.

밀레샤의 곡창은 평화를 되찾았고, 감금되었던 마을 사람들도 제자리로 돌아왔다. 발루아란 자가 민간인은 건들지 않았기에, 죽은 건 밀레샤를 점령했던 용병들뿐이었다

센이 물었다.

"그레이스의 사병은 어떻게 되었습니까? 일천의 사병이 움직였다고 들었습니다만."

"타르난성으로 돌아갔다. 일은 해결되었으니 우리도 케딜락으로 돌아가야겠지."

"알겠습니다, 각하. 시간이 지체되지 않도록 행렬을 정비하겠습니다."

라쉬드는 고개를 끄덕였다. 더 이상 이곳에서 머무를 이유가 없었다. 이틀이 지나지 않아, 공작가의 행렬은 북부 케딜락으로 돌아가기 위한 준비를 마쳤다.

바르세데스 행렬은 나흘 만에 케딜락으로 돌아왔다. 마차 안에 있던 공작 부부의 시선이 성문으로 향했다. 쇠사슬로 묶인 도르래가 서서히 움직이기 시작했다.

성문이 열리기 직전, 로자리아는 라쉬드에게 물었다.

"라쉬드, 센에게 밀레샤의 일을 전해 들었어요. 무사히 해결되어서 다행이에요."

"하지만 용병이 모두 죽었지."

그것도 바르세데스의 군사가 아닌, 한 사내에 의해.

"바르세데스의 군이 나선 게 아니었어요?"

"정령술사의 짓이었어."

그는 묘한 시선으로 로자리아를 보면서 대답했다. 라쉬드의 어조가 달라진 것을 눈치챈 그녀의 심장이 망치질하듯 두근거렸다. 로자리아의 시선을 느낀 그가 도리어 왜 그러느냐고 물으려던 차였다. 마차의 문이 열리며 도착을 알렸다. 케딜락성에서 공작의 업무를 대신 처리하던 라뮤엘이 버선발로 뛰어나왔다.

"마님, 드디어 오셨군요."

"라뮤엘, 나는 보이지도 않는 건가?"

"공작님이야 늘 항상 건강하시니, 하하."

라뮤엘은 공작에게서 관심을 끄고는 마차에서 내리는 로자리아에게 한걸음에 달려갔다.

"마님, 어디 불편하신 점은 없었습니까? 타르난성에 일이 있었다고 들었지만 오랫동안 연락이 되지 않아 걱정했습니다."

"고마워, 라뮤엘. 공작님과 센이 신경 써 준 덕분에 안전했어."

로자리아는 부드러운 미소를 걸치며 그를 반갑게 맞아들였다. 공작부인을 환영하기 바쁜 보좌관을 부른 것은 라쉬드였다.

"로즈, 먼 길 오느라 힘들었을 텐데 먼저 쉬도록 해."

"그럴게요, 조금 피곤하긴 하네요."

로자리아는 그의 배려에 따라 먼저 침실로 떠났다. 기사의 호위를 받으며 그녀가 떠나자, 라쉬드도 몸을 돌렸다. 그는 보좌관의 보고를 들으며 집무실로 향했다.

"라뮤엘, 엘은?"

"바렛사에서 온 지 일주일이 지났습니다. 다리를 잘린 상처가 심각해 제가 급한 대로 성력으로 치료했습니다."

"다리는 어떻게 되었지?"
"바렛사의 주술 때문인지 고치지 못했습니다."
"생명에 지장이 없다면 그걸로 되었어. 나중에 내가 직접 가 보겠다."
말과는 달리 라쉬드는 복잡한 얼굴이었다. 무표정을 가장했지만 아끼던 전령의 두 다리를 잃었다.
"아, 각하. 글로리아가 전령을 보냈습니다."
"글로리아는 왜?"
"대신전에서 자금 압박에 들어갔다고 합니다."
"자금 압박?"
"대신전에서 지금껏 무기를 어마어마하게 사들이지 않았습니까? 글로리아의 가주도 바르세데스에 충성을 바치면서 거래가 끊길 것은 예상했다고 합니다."
"그런데 급히 전령을 보낸 것을 보면 문제가 생긴 건가?"
"대신전에서 무기 대금을 지불하지 않겠다고 합니다. 계약을 먼저 깬 건 글로리아라고 엄포를 놓았으니 더글라스 백작으로선 어쩔 수 없을 테고요."
글로리아는 바르세데스에게 충성을 약조했다. 공작가는 글로리아의 종주 가문으로서 좋든 싫든 책임을 져야 했다.
"이번이 기회라고 생각합니다. 바르세데스가 글로리아의 문제를 해결해 준다면 중립을 지키던 귀족들은 물론, 친황제파에서 돌아서는 자들이 있을 겁니다."
"그레이스를 도와준 건 이미 수도에 알려졌을 테고. 성내의 회의를 열어 방안을 찾도록 하지."
"실례가 되지 않는다면 제 뜻을 밝혀도 되겠습니까?"
"무슨 뜻? 생각해 둔 바라도 있나?"
"제게도 별달리 묘안이 있는 건 아닙니다. 엊그제 밤에 급히 연락을 받아 따로 방책을 생각해 두진 못했습니다."

라뮤엘은 답지 않게 말을 끌었다. 라쉬드가 본론을 말해보라고 눈짓을 하자 그는 목청을 가다듬고 말했다.

"이번 케딜락 회의에 마님을 모시는 것이 어떨까 합니다."

"로즈를?"

"전에도 말씀드렸듯이 공작님께서 부재중이실 때, 마님께서 케딜락 성의 업무를 보셨습니다. 또한 식량 문제를 해결한 것은 물론 성내의 상황 또한 개선되었지요."

"그건 내가 부재중일 때고, 라뮤엘 경과 지오가 있을 때라 들었다. 케딜락의 가신들은 꽉 막힌 자들이라 염려되는군."

부인의 능력을 의심하는 것은 아니나, 불편해할까 걱정되었다. 가신들은 감히 자신의 앞에서 야만인 소리 따위 내뱉지 못하겠지만, 로자리아에게 우호적이지 않을 것은 분명했다.

"마님의 공을 제 공으로 삼는 것 같아 마음이 무겁습니다. 마님께선 신성 아카데미를 훌륭한 성적으로 마치셨고 수완도 뛰어나시니 공식적으로 회의에 참여하시는 건 어떨까요?"

결정권은 공작에게 있으니 그가 거절한다면 라뮤엘로서도 달리 방도가 없었다. 로자리아가 부탁한 일은 아니었을뿐더러, 그녀가 직접 참여하기를 원한다는 말을 들은 것도 아니었다. 하지만 그것이 케딜락과 바르세데스를 위한 길임은 확실했다.

"제가 공작님의 보좌관으로서 바르세데스의 외교를 보고 있으나 인력이 부족합니다."

"그래서?"

할 말이 뭐냐는 돌직구에 라뮤엘은 침착한 어조로 대답했다.

"공작 부인을 외교 자문으로 추천하는 바입니다."

글로리아 가문의 문제를 해결해야 할뿐더러, 후에 전쟁이 일어날 기미가 보이든 보이지 않든 바렛사와의 외교를 진행해야 할 것이다.

"좋다. 부인이 동의한다면 그러도록 하지."

"감사합니다."

"한데 네가 이렇게까지 하는 이유가 뭐지?"

"……."

허락을 받고 기뻐하던 라뮤엘은 침묵했다.

"그녀를 처음 봤을 때부터 묘하게 호의적이지 않았나. 라뮤엘, 내가 모르는 걸 넌 알고 있는 건가?"

"……저는."

라뮤엘은 미소를 띠며 말을 이었다.

"부인께서 고작 열다섯, 어린 나이에 테베에서 오게 되었는데 어찌 마음이 가지 않겠습니까?"

"그런 이유로?"

라뮤엘이 사려 깊긴 해도 마음보단 머리로 움직이는 자였다. 라쉬드는 라뮤엘에 대해 잘 안다고 생각했다. 그가 움직일 이유가 되지 못했다.

"되었다. 어차피 말하기 싫어하는 것 같은데."

"전 잘 모르겠는데 그렇게 보였나요?"

라쉬드는 쯧 혀를 낮게 찼다. 그는 미련 없이 등을 돌렸다. 라뮤엘은 묘한 시선으로 공작을 바라보았다.

15장 글로리아

오랜만에 온 침실은 아늑했다. 로자리아는 시녀의 도움을 받아 씻고 침대에 누웠다. 겨울이 끝나 갈 무렵이었지만 바깥에는 한기가 돌았고 공기는 싸늘했다. 방 안의 온기는 몸의 긴장을 풀어주었다. 얼마 만에 느끼는 휴식인지. 그녀는 베개에 얼굴을 묻곤 눈을 깜빡였다.

'블랙스피어.'

그리고 정령술사. 그의 정체는 데모나 후작으로 불렸던 발루아였다. 깊게 한숨을 내쉬던 때 시녀가 로자리아를 찾아왔다. 그녀는 아이리쉬 백작이 찾아왔다는 말에 옷차림을 정돈하고 방을 나섰다. 마네 아이리쉬는 응접실에서 로자리아를 기다렸다. 가문에 일이 있어 수도로 떠나야 했으니 오랜 시간 있을 순 없었다. 공작은 뵈었으니 공작 부인을 보고 갈 생각이었다.

"오랜만이에요, 로즈."

"아이리쉬, 잘 지냈어요?"

"배려해 주신 덕분에 느긋한 휴가가 되었어요. 아쉽지만 가문의 영지에 가 봐야 할 것 같아요."

살벌한 케딜락에서 휴가라니, 로자리아는 묘한 얼굴을 했다. 어쨌든 그녀가 간다는 건 아쉬운 일이었다.

"당분간 아이리쉬를 못 보겠네요."

"서신을 주고받으면 되니까요. 언제든 답해 주실 거죠?"

"물론이에요."

가벼운 인사말을 나눈 뒤, 마네는 본론을 꺼냈다.

"글로리아와 대신전의 사이가 틀어졌다고 들었어요."

"아이리쉬도 들은 건가요?"

"모르려야 모를 수 없죠. 글로리아 백작이 남들 눈에 띄는 홀에서 그랬는데."

미간을 찡그린 마네가 표정을 펴 내며 말을 이었다.

"부인께선 글로리아의 행보를 어떻게 생각하시나요?"

"바르세데스를 지원하는 세력이 느는 건 좋은 일이에요. 대신전의 압박이 들어오겠지만, 글로리아를 놓칠 순 없어요."

"저도 그렇게 생각했어요. 생각이 같아서 다행이네요."

두 가문이 사적으로 친밀한 건 아니었지만, 글로리아는 아이리쉬가 마음에 들어 하는 몇 안 되는 가문이었다.

아이리쉬는 곡창지대를 소유했지만 그것만으론 부족했다. 군무기를 지원할 수 있는 글로리아가 기둥이 되어준다면 황제와 대신전의 세력을 억누를 수 있을 것이다. 더 나아가 바렛사까지.

'쉬운 일은 아니야. 글로리아가 안정되기 전까지 바르세데스가 투자를 해야 할 테니.'

이미 공작가에 충성을 바쳤으나 가문의 사활까진 걸진 않았다. 마네는 바르세데스의 행보를 지켜볼 생각이었다. 바르세데스가 위기에 놓인 글로리아를 저버렸다면 아이리쉬도 떠날 생각이었다. 무책임한 주인을 종주로 여길 필요가 없었다.

'일단은 지켜봐야겠어.'

마네는 차를 마시며 결론을 내렸다. 그레이스야 곡창을 되찾음으로써 구했지만, 글로리아의 빚은 어떻게 해결할 건지 의문이었다.

"공작님의 생각은 잘 모르겠지만 부인의 생각을 알게 되어서 기뻐요. 더글라스, 그자가 마음에 드는 건 아니지만 글로리아를 놓치지 않아야 아이리쉬도 버틸 수 있으니까요."

"제 뜻도 같아요, 아이리쉬. 걱정 말고 다녀와요."

로자리아는 고개를 끄덕이며 가벼운 미소를 걸쳤다. 마네가 굳이 인사를 하겠다고 찾아온 이유가 있었다. 행여 글로리아를 버릴까 걱정이 되었던 탓이다.

"딱딱하게 아이리쉬라니, 마네로 불러 주세요."

로자리아가 눈을 크게 뜨자 마네는 그녀의 뺨에 가볍게 입술을 맞추었다.

"저는 당신의 선택을 믿어요. 아이리쉬뿐만 아니라 그레이스, 글로리아의 마음을 돌렸으니까."

마네는 생긋 웃으며 묵례했다. 그녀가 떠난 후에도 로자리아는 자리를 뜨지 못했다.

'이스타샤 귀족에게 이런 말을 듣게 될 줄이야.'

나쁘지 않은 기분이었다. 로자리아는 라뮤엘이 찾아오고 나서야 자리에서 일어섰다.

라뮤엘로부터 소식을 전해 들은 로자리아는 복잡한 얼굴을 했다.

'회의에 참석이라…….'

거절하면 그만이었지만 그녀는 쉽사리 입을 떼지 못했다. 한참 후에야 그녀의 입이 열렸다.

"그러도록 할게. 공작님에게도 그렇게 전해 줘."

"알겠습니다, 마님. 내일 저녁, 글로리아의 가주께서 케딜락에 오시기로 했습니다. 마님께서 괜찮으시다면 회의에 참여하실 수 있도록 준비하겠습니다."

"고마워, 라뮤엘."

뜻밖의 인사에 라뮤엘이 눈을 크게 떴다. 부담이 되지 않을까 저어했는데 고맙다는 말을 들었다.

"……."

"라뮤엘?"

"아, 아무것도 아닙니다. 아무튼 마님께서 수락해 주시니 마음이 놓입니다."

공작의 보좌관으로서 케딜락을 위한 판단이었지만, 전적으론 로자리아를 도와주고 싶은 마음이 컸다. 바르세데스 가문에서 그녀의 입지를 키워야 사후에 문제가 생겨도 탈이 나지 않으리라.

"그럼 내일 저녁에 뵙겠습니다."

로자리아는 고개를 끄덕였다.

그날 저녁, 로자리아는 케딜락성을 돌아보았다. 축축한 이끼가 꼈던 성은 과거와 달라져 있었다. 로자리아를 알아본 기사들이 묵례하자 그녀 또한 그들의 인사를 받아들였다. 이미 성내에서는 비네거 만들기가 열풍이었다. 레시피를 알려준 뒤로, 주방장은 그녀를 따라 원기 회복에 좋은 음료를 만들었다.

좋은 평판을 바라지도 않았지만 케딜락 사람들의 시선이 바뀌었다는 사실을 그녀 또한 깨달았다. 빠르게 흘러갔던 시간에 돌아보지 못한 것들이 시야에 들어왔다.

복수 이외에 무언가를 이루기 위해 이토록 노력해 본 건 처음이었다.

케딜락과 바르세데스를 위해서. 그리고 자신을 위해서.

로자리아는 눈을 감은 채 입가에 미소를 띠었다.

'내일부터 바빠지겠어.'

내일 회의에 글로리아 백작이 찾아올 테니 그의 가문을 구할 방법을 찾아야 했다.

다음 날 저녁, 케딜락성이 소란스러워졌다. 글로리아의 가주가 온다는 소식은 시녀와 시종, 주방장까지 분주하게 만들었다. 백작을 맞이하기 위해 홀 안에는 붉은 캐노피 원단이 깔렸고, 벽에 걸린 횃불이 은은하게 안을 밝혔다. 새하얀 천이 깔린 협탁 위로 은으로 된 포크와 나이프가 놓였다.

로자리아는 라쉬드의 곁에 앉아 가신들의 인사를 받았다.

"글로리아 백작께서 오셨습니다."

기사가 고하자 홀 내의 문이 열렸다.

"먼 걸음 오느라 고생 많았소, 백작."

라쉬드가 정중하게 말하자 더글라스가 우아한 미소를 곁들었다. 공작 부부에게 다가간 그는 가슴에 손을 얹고 묵례했다.

"부인을 뵙게 되어 영광입니다."

"반가워요, 더글라스 백작."

허리를 숙인 더글라스가 라쉬드의 손등에 입술을 맞추고는 로자리아에게도 같은 인사를 마쳤다. 그는 몸을 일으키며 바르세데스의 가신들을 돌아보며 말했다.

"글로리아의 가주, 더글라스 글로리아라고 합니다. 바르세데스에서 반겨 주시니 기쁘기 그지없군요."

"바르세데스 또한 글로리아 백작을 초대하게 되어 기쁘오. 이만 앉도록 하지."

라쉬드가 앉으라는 듯 손을 내밀자 더글라스는 착석했다. 백작은 호기심 어린 가신들의 시선에도 미소를 잃지 않았다. 바르세데스 가신들의 소개가 오가고 나서야 라쉬드는 말했다.

"식사를 들도록 하지."

묘하기 긴장감이 어린 식사 시간이었다. 로자리아는 가신들의 시선을 받으며 스푼을 움직였다.

'가신들은 내가 회의에 끼지 않기를 바라는 눈치인데.'

흘끔흘끔, 묘하게 기분 나쁜 시선들이었다. 그녀는 고소한 크림 스튜를 삼키며 마른 빵을 집어 들었다.

탁. 바르는 버터와 거리가 멀자 가신들과 대화 중이던 라쉬드가 로자리아 앞으로 건네주었다.

"……고마워요."

그러고는 목이 마를까 크리스털 잔에 샴페인을 따라주었다. 로자리아는 뜻밖의 호의에 놀란 눈으로 라쉬드를 바라보았다. 곁에 서 있던 시종이 무안할 지경이었다. 놀란 것도 잠시, 곧 그녀는 평정을 회복했다. 회의 시작은 알리지 않았지만 자연스레 글로리아와 대신전의 이야기가 오갔다.

"부인의 뜻은 어떻소?"

"대신전에서 대금을 지불하지 않는다면 달리 방도가 없을 거예요."

글로리아의 자금 문제가 의제였음에도 더글라스는 말을 하는 대신 가신들의 말을 경청했다. 바르세데스가 어떠한 전략을 취하는지 판단하기 위한 것이었다. 몇몇은 생각보다 말수가 없는 백작의 모습에 놀랐지만 눈치 빠른 이들은 그 뜻을 알아차렸다.

"도저히 이해할 수 없소! 대신전이 이제껏 금화를 발행하여 배를 두

둑이 불린 주제에 어찌 무기를 산 대금을 지급하지 않는다는 것인지."

"대신전의 뜻이 그러하니 저로선 어찌할 방도가 없지요."

한 가신이 일부러 화가 난 듯한 목소리로 외쳤다. 오히려 태연한 백작의 말에 가신들은 당황했다. 더글라스는 감정적으로 동의를 보이지 않았다.

"그, 그러게 말이오. 어떻게 대금을 받아 내야 할지……."

"억지로 받아 낼 것도 아니지만, 어떠한 명분을 들이밀어도 먹히지 않을 거예요."

로자리아의 말에 더글라스는 고개를 끄덕였다. 그는 옅은 한숨을 내쉬며 말을 덧붙였다.

"맞습니다, 부인. 어떤 합리적인 이유를 대더라도 글로리아가 먼저 대신전을 배신했다, 이런 말만 메아리처럼 들려올 뿐입니다."

"계약서를 다시 보는 것은 어떤가요?"

"그건 곤란합니다. 대신전과 틀어졌다곤 해도, 함부로 계약서를 보여 주는 것은 계약상 의무를 저버리는 것입니다."

결국은 어떠한 명분을 꺼내도 대신전이 거부할 거란 소리였다.

"백작님께선 계약서도 못 보여 주겠다고 하시면서 아까부터 줄곧 대신전을 설득하지 못할 거라고 말씀하시는데, 어찌하란 겁니까?"

"그래서 도움을 구하러 온 겁니다."

한 가신이 얼굴을 붉히자, 더글라스는 평온한 얼굴로 대답했다.

'백작은 짜증을 돋우러 온 건가?'

로자리아는 시종일관 미소를 잃지 않는 더글라스를 살폈다. 그녀와 눈을 마주친 백작이 눈꼬리를 휘었다. 가문의 위기가 분명한데도 백작은 편안해 보였다. 오히려 붉어진 얼굴로 열불을 내는 것은 바르세데스의 가신들이었다.

"사실, 해결 방법이 없는 난제입니다. 지금 당장 무기를 만드는 것은 문제가 없으나, 서대륙에 무기를 유통하는 길이 막혔습니다."

자금난이 더욱 심각해진 이유는 헤레이스가 빌려준 대금을 갚으라고 독촉했기 때문이다. 헤레이스는 아이리쉬, 그레이스, 글로리아와 같은 8대 가문으로, 금융업과 고리대금업으로 배를 불렸다. 그리고 이번 대 성녀인 프리실라를 전적으로 지원했으며 바르세데스에 이어 두 번째로 부유한 가문이었다.

"그건 바르세데스가 모든 부담을 치러야 한다는 건가, 백작?"

"어찌 그런 터무니없는 요구를 하겠습니까. 이렇게 회의에 불러 주신 것만으로도 감사할 일입니다."

더글라스는 속내를 드러내는 대신 감추었다. 그러나 그 말의 뜻을 알아듣지 못한 자는 없었다. 공작가가 어떤 선택을 할지 지켜보겠단 뜻이었다.

"바르세데스는 북부 케딜락에 상주하고 있어요. 백작께서도 아시다시피, 바렛사의 군대와 대치 중이죠."

"외람되오나 그건 저도 잘 알고 있습니다, 부인."

공작 부인의 뜻을 모를 리가 없었다. 더글라스가 깍지를 낀 손에 턱을 올렸다. 그는 저마다 고심에 찬 가신들을 보며 진중한 목소리로 본론을 꺼냈다.

"저는 구걸하러 온 것이 아닙니다."

"구걸이라뇨, 흠흠. 누가 백작께 구걸이라고 했답니까."

더글라스는 생긋 웃었다.

"또한 대금을 빌려 달라 간청하러 온 것도 아닙니다."

백작의 대답에 라쉬드가 말했다.

"원하는 바를 말해보도록 하시오, 더글라스 백작."

"공작님께서도 아시다시피 글로리아는 가문의 상단을 운영했습니다. 지금은 돈을 갚지 못해 잠정적으로 중단된 상태입니다만."

"그래서?"

"새로운 상단을 찾고자 합니다. 글로리아의 무기를 유통할 수 있는."

'어쩌면 기회일지도 몰라.'

로자리아는 가늘게 뜬 눈으로 백작을 보았다. 상단이 필요한 것이라면…….

로자리아가 물었다.

"상단?"

"기존의 글로리아 상단은 버려야 합니다. 부채를 갚는 데 급급해서 가문 내에서 상단은 운영하지 못할 테니까요."

라쉬드는 그가 가진 상단 임페리얼을 떠올렸다. 한때 서대륙을 주름잡던 상단이었으나, 노만 1세가 죽은 이후에는 상단의 운영이 멈췄다. 클라인과 프리실라는 이미 임페리얼이 공작가의 소유임을 알고 있었다. 그러니 무기를 유통할 상단으로 임페리얼은 부적절했다.

"실례가 되지 않는다면 공작님과 부인, 저 셋이서 이야기를 나누어도 되겠습니까?"

라쉬드는 백작의 청을 수락했다. 그들은 식사를 마치고 응접실로 향했다. 셋만 있게 된 기묘한 상황에서 더글라스는 서류를 한 장 꺼내 보였다.

"그게 무엇이지?"

"동대륙으로부터 받은 서신입니다."

협탁 위에 붉은빛이 도는 양피지가 놓였다. 동대륙의 언어를 배우긴 했지만 완벽하게 구사하는 것은 불가능에 가까운지라 더글라스는 다른 서류를 옆에 놓았다.

'무역에 관한 건가?'

로자리아는 그녀의 앞에 놓인 서류를 예의 깊게 주시했다. 세부적인 내용은 알지 못해도 대략적인 추측은 가능했다. 회귀 전에 읽었던 수만의 성서 중 동대륙 언어로 이루어진 고서를 본 덕분이었다.

"동대륙의 이레펠트 제국에서 이스타샤 언어로 번역한 것입니다. 동대륙의 제후, 이레펠트 대제께서 글로리아와 무역하기를 원한다는 뜻을 전해 왔습니다."

"이레펠트 대제가?"

이레펠트는 동대륙의 맹호라 불리는, 패권을 가진 제국이었다.

동대륙과 서대륙은 거대한 흑해로 나뉘어 있다. 배를 타고 폭우와 파랑이 휘몰아치는 흑해를 건너려는 자는 많았지만 모두 바다에 잠겨 그 일부가 되고 말았다. 그러던 3년 전, 저명한 해상학자, 크로이덴은 일 년에 두 번 바닷물의 수위가 낮아지고 길이 열리는 사실을 발견했다.

제국의 봄, 그리고 겨울. 이론상으로는 두 번이었지만 그마저도 목숨을 걸고 흑해를 건너야 하는 실정이었다. 두 대륙을 가르는 흑해에는 성력이 미치지 않았다. 즉, 이스타샤인이 알고 있는 천문 지식과 성력은 항해하는 데 쓸모가 없었다.

"듣기론 내년 봄이 1년에 2번 있는 기회라더군요. 무기는 미리 준비되었으니 급박한 것은 아니지만, 교역선과 사람을 꾸리는 데 드는 시간을 감안한다면 여유가 있는 것도 아닙니다."

라쉬드로선 처음 듣는 이야기였다. 그건 로자리아도 마찬가지였다. 글로리아 가문이 동대륙으로부터 서신을 받은 건 수년 전 일이었다. 더글라스는 철저하게 이 일을 비밀에 부쳤다.

글로리아 내에서도 동대륙과의 교역을 아는 이는 드물었으며, 그가 가문과 오랜 계약 기간을 유지했던 대신전에 등을 돌린 배경이었다. 동대륙의 이레펠트 제국은 가격을 깎으려고 안달이 난 대신전과 달리 더 높은 가격을 제시했다. 교역에 드는 비용은 동대륙에서 전부 지불하겠다는 뜻을 밝혔다.

"대제께선 서대륙과 동대륙을 잇는 해상로드를 개척하길 원합니다. 글로리아는 영광이 될 기회를 바르세데스와 함께하기를 바라고 있습

니다."

그러니 동대륙과의 교역을 주도할 상단을 구하란 소리였다. 더글라스는 자신을 묘한 눈으로 보는 공작 부부와 시선을 마주했다. 글로리아, 더 나아가 동대륙과 교역할 기회란 건가. 그런 생각을 하던 라쉬드는 시선을 내리깔았다.

"교역을 주도할 상단이라."

임페리얼은 쓰기 곤란한 패였다. 그때 라쉬드의 머릿속에 한 상단이 떠올랐다. 생각에 잠긴 그가 테이블을 톡, 두드렸다. 공작의 기색을 살핀 더글라스가 말했다.

"글로리아의 무기를 유통하며, 바르데세르의 비호를 받는 상단이 생긴다면 대신전에서도 압박을 가하지 못할 것입니다."

"로즈, 당신의 생각은?"

"동대륙과의 교역을 독점할 수 있다면 좋은 기회예요. 그 어떤 상단주라 하더라도 거부하지 않을 기회예요."

라쉬드는 턱을 매만졌다. 로제가 만든 상단, 그녀를 설득할 수 있다면 더없이 좋은 기회였다.

"알고 계시는 상단이 있는 겁니까?"

"얼마 전에 전염병이 돌았던 소식은 들었겠지."

"푸른 사막을 말씀하시는 거군요. 저희 가솔들도 걸렸던지라 골치가 아팠었죠."

"내가 소개할 상단주가 바로 그 치료제를 만든 사람이지."

"치료제를 만든 사람이라면…… 로제?"

더글라스는 한동안 수도 내에서 떠들썩했던 소문을 떠올렸다. '로제'란 여자가 이페리아로 만든 치료제로 전염병을 해결하지 않았던가.

로자리아는 물을 마시다가 사레에 들렸다. 더글라스가 흥미롭다는 얼굴로 말했다.

"아아, 이번에 익히 소문은 들었습니다."
"소문이라니?"
일명 로제 상단. 그 상단의 줄을 쥐고 있는 귀족이 있다고 들었다.
"아이리쉬 백작가에서 연줄을 대었다고 들었습니다만, 정확한 것은 아닙니다."
"아이리쉬가?"
어째서 아이리쉬가 로제가 만든 상단에 투자한 거지? 그런 생각을 하던 라쉬드의 눈이 가늘어졌다. 로제가 어떻게 아이리쉬와의 연줄을 만든 건지 파악해야 했다. 곡창지대를 소유한 아이리쉬는 케딜락성이 식량난을 앓고 있을 때 지원하러 왔었다. 그것도 자신이 아닌 로자리아를 찾아온 것이라며.
'로제, 로자리아…….'
단순한 우연이라고 치기엔 석연찮았다. 로제의 상단과 거래한 아이리쉬가 로자리아를 위해 공작가로 온 것도. 그리고 그간의 기묘한 행적까지.
라쉬드는 가라앉은 눈동자로 로자리아를 바라보았다.
"단, 이스타샤의 귀족이 만든 상단은 아니니 제한이 있을 거야. 그래도 더글라스 백작이 원한다면 서신을 전하도록 하지."
더글라스는 잠시간 고민했다. 그 유명한 상단 말인가. 신생이지만 만나고 나서 판단해도 늦지 않았다. 그는 눈꼬리를 휘며 대답했다.
"그녀와 직접 만나게 해주시겠습니까?"
더글라스의 청에 로자리아는 곁눈질로 둘을 살폈다.
'직접 나를 만나겠다고?!'
그녀는 하마터면 잡고 있던 잔을 놓칠 뻔했다. 그녀의 상단에 바르세데스로부터 연락이 올 것은 자명했다. 로자리아가 일을 어떻게 처리해야 하나 고민하던 차에 더글라스는 그녀와 눈을 마주치며 웃었다.

"아이리쉬가 좋은 상단을 독점하게 둘 순 없지요."
그 뒤로도 상단에 관한 이야기가 오갔다.
로자리아는 더글라스를 예의 깊게 주시했다. 상단이 작아도 상단주가 유명한 사람이니, 백작으로선 상단의 세세한 정보라도 놓칠 수 없었다. 아이리쉬와 차(茶) 사업을 시작했다는 것도. 상단주를 만날 때까지 더글라스는 북부에서 지내기로 했다. 대화가 끝나고 공작 부부는 먼저 자리에서 일어섰다.

공작 부부가 떠난 후, 더글라스는 기사의 안내에 따라 응접실을 벗어났다. 자신을 알아본 병사들의 인사를 받으며, 그는 성벽 위로 걸어갔다. 백작의 전령이 그를 뒤따랐다. 휘익, 짙은 휘파람 소리와 함께 그가 부른 것은 전령새로 쓰이는 새하얀 매였다.
"대화는 만족스러우셨습니까?"
"꽤."
더글라스는 묘한 웃음을 걸치며 대답했다. 그는 품이 넓은 소매 안에서 날카로운 깃펜과 말린 양피지를 꺼내었다.
"급히 보내실 서신이라면……."
"이레펠트 대제께 전언을 넣을 생각이다. 바르세데스 가문과의 교역을 허가받아야 해."
"대제께 허락받지 않으시고 결정한 일인데, 괜찮으십니까?"
"누가 망해 가는 제국과 거래를 틀고 싶겠어? 어쨌든 서대륙과 교역은 하고 싶을 거고, 황가보다는 바르세데스가 더 마음에 들 거야."
"그렇군요."
전령은 더글라스의 말에 고개를 끄덕였다. 백작은 금속 판자를 이용해 서신을 써 내려 나갔다.

율(律)국의 황제, 이레펠트 대제께 칭합니다. 서대륙 신성제국의 바르세데스 가문이 글로리아와 함께할 것입니다.

이레펠트 제국을 동대륙의 언어로 번역하면 율국이라 불렸다. 그는 연금술사로, 동대륙의 무기가 눈에 차지 않아 서대륙의 무기에 지대한 관심을 두고 있었다.

"저희가 신전에서 노렸던 기회를 선수 쳐도 괜찮을까요?"

"쯧, 걱정은. 위험이 클수록 몫 또한 커진다. 그리고 대제께서 신전과 거래를 하지 않겠다고 한 적은 없었어. 대신전의 얼간이놈들이 설레발을 친 거지."

대신전에서 동대륙 제후의 답을 수년간 기다렸지만, 아쉽게도 대제가 택한 것은 대신전이 아닌 글로리아 가문이었다.

"네게 시킬 것이 있어."

"뭐든 명령하십시오."

"이름은 로제, 수도의 중소 규모 상단을 운영 중인 여자야. 듣기론 테베 출신이었고. 내가 말한 사람을 조사해 봐."

"알겠습니다."

"아, 그리고 이페리아도 다시 거래하면 좋겠어. 사실 그 잎에 대해 잘 모르기도 하고. 그것도 조사해 와."

"알겠습니다, 백작님."

검은 로브를 쓴 사내는 내키는 대로 발걸음을 옮겼다. 유유자적한 걸음에도 어딘지 모르게 고풍스러운 분위기가 어렸다.

"사율 님!"

"……왜?"

뒤따라오던 무사가 헉헉거렸다. 어찌나 걸음이 빠른지 뛰다시피 따라왔음에도 벅찼다. 게다가 서대륙의 기운이 동대륙과 달라 속이 갑갑했고 걷는 것조차 힘들었다.

"설마 그런 모습으로 대신전에 가시겠다는 건가요?!"

"안 갈 건데?"

사율이 심드렁하니 대답했다. 무심한 그의 얼굴에 무사는 더욱 당황하며 말을 이었다.

"하지만 성녀님은 뵈어야 하지 않겠습니까? 서대륙에서 제일 존귀한 분은 뵙고 가셔야…… 하지 않을까요?"

"뵙고?"

"아, 아니, 만나고 가 주셔야 하지 않겠습니까?"

사율은 눈을 찡그렸다. 귀찮기도 할뿐더러, 성녀의 기운은 껄끄러웠다. 듣기론 집요한 성격이라 사람을 붙잡고 놓아주지 않는다던데.

"어젯밤, 자는 내 귓가에 대고 성녀가 예쁘다고 밤낮으로 지껄였지. 좋아, 성녀를 보는 게 네놈 소원인가 본데 대신전으로 가자."

"정, 정말로 가시는 겁니까? 저야 좋지만 폐하께서 원래 모습으로 가시면 눈에 띌 거예요!"

"귀찮고 성가셔. 네놈을 데려오는 게 아니었는데."

눈을 가늘게 뜬 사율은 한숨을 쉬며 얼굴을 매만졌다. 흑발에 흑안, 단아한 미인이었던 황제의 얼굴이 서대륙 사람의 것으로 변모했다. 금발을 아무렇게나 쓸어 넘긴 그가 어안이 벙벙한 무사의 뒷목을 움켜잡았다.

"시간 끌지 말고 글로리아부터 가자고."

"그, 그렇지만 아무도 사율 님이 이레펠트 대제이신 것을 몰라볼 텐데."

"염탐."

"예? 대우받기 좋아하시는 분이 갑자기 왜 염탐이십니까?"

"입 다물고 그냥 따라와."

교역은 글로리아와 할 심산이었고, 그러기 위해선 글로리아와 대신전이 돌아가는 상황을 살펴야 했다. 글로리아를 전부 믿는 건 아니었다. 단지 그들의 신용도가 높았고 '글로리아'란 이름의 가치가 있었기에 교역 상대로 택한 것이다. 그러니 직접 두 눈으로 확인하러 귀찮음을 무릅쓰고 동대륙에서 건너온 것이다.

"잊지 마라, 우리에겐 교역보다 더 중요한 것이 있음을."

"그게 무엇인지 잘 모르겠습니다만."

"그렇겠지. 내가 네게 비밀로 했으니까."

사율, 그는 바로 이레펠트 대제로 불리는 율의 황제였다. 무사는 황당한 눈으로 황제를 바라보았다. 그는 말없이 목 안으로 손을 집어넣었다. 이윽고 새하얀 손에 푸른 원형의 보석으로 세공된 목걸이가 잡혔다.

성물 마르바. 그가 가진 것은 반쪽이었다. 이레펠트의 대제, 그는 어렸을 때 황실의 서고에서 기록을 찾았다. 신기한 빛을 띠는 푸른색 성물. 그것은 두 개로 나뉘어 서대륙과 동대륙에 머물렀다. 나머지 절반의 성물을 찾아낸다면, 자연의 오행(五行)의 섭리를 깨닫게 되리라. 물, 불, 바람, 땅. 더 나아가 일식과 월식의 시기를 알아낼 수 있을뿐더러 가뭄과 홍수에 대비할 수 있었다.

동대륙에선 이를 음양오행을 다스리는 월계화(月季花)라 불렀다. 즉 이 월계화가 바로 서대륙에서 자취를 감춘 정령술이었다. 신전에서 정령술사를 박해했다고 들었고, 지금도 비슷한 상황임은 파악했다.

"서대륙에 사는 악귀를 만나 볼 생각이다."

"전 그냥……."

"글로리아로 가자."

"예? 이런 꼴로요?"

황제가 걸친 것은 동대륙의 비단으로 만든 것이었는데, 겉보기엔 새까매서 무명천과 다를 것이 없었다.

"내가 간다면 가는 거야."

그는 호위의 멱살을 쥐고 말에 올라탔다.

"글로리아가 동쪽이었지, 아마."

그러고는 무작정 동쪽으로 달렸다.

겨울이 끝나 갈 무렵이었다. 프리실라가 기도를 끝낸 저녁, 귀한 손님이 대신전에 찾아왔다. 신녀들은 손님을 모시기 위해 바삐 움직였다. 프리실라가 부른 귀족이 응접실에서 그녀를 기다리고 있었다. 소파에 앉아 있던 중년의 사내가 자리에서 일어나 성녀에게 묵례했다.

프리실라는 헤레이스의 가주, 던컨 헤레이스를 반갑게 맞아들였다.

"오랜만이에요, 던컨 공."

"먼저 불러 주시다니 감읍합니다, 성녀님."

오십 대의 중년 사내가 성녀의 손등에 입을 맞추었다. 허옇게 센 머리에도 사내의 눈빛만큼은 형형했다.

"소식은 들었겠죠, 던컨 공? 글로리아는 대신전과의 거래가 끊겼어요."

"성녀님께서 말씀하신 대로 저희 가문에게 진 막대한 부채를 갚으라고 압력을 넣었습니다."

글로리아는 서대륙의 무기를 유통함으로써 막대한 수익을 벌었다. 그러나 광산을 운영하고 철을 제련하는 비용과 유통비는 만만치 않았다.

글로리아는 이를 헤레이스로부터 빌렸고, 헤레이스는 십 년에 걸쳐 갚아야 할 대금을 세 달 만에 갚을 것을 요구했다. 글로리아 백작이 대신전에 등을 돌리면서 감안했겠지만, 부채를 갚지 못한다면 광산을 빼앗기는 것으로 모자라 글로리아 자체가 무너질 것이다.

"대신전의 주교(금화를 발행하는 사제)에게 연락해서 시중에 풀린 금화를 사들이도록 했어요."

대신전에서 시중에 풀린 금화를 사들인다면, 금화의 가치는 올라간다. 금화가 귀해질수록 글로리아는 투자받기도 어려울뿐더러, 부채를 상환하는 것이 더욱 까다로워졌다.

"던컨 공, 글로리아를 파산하게 만들어야 해요. 황가와 대신전을 배반한 대가가 무엇인지 이스타샤는 물론, 서대륙에 알릴 좋을 기회예요."

프리실라는 뺨을 톡톡 두드리며 웃었다. 던컨은 그녀의 의견에 동조하며 소식을 전했다.

"사람을 시켜 글로리아 백작의 뒤를 쫓았습니다. 북부로 가더군요."

"북부?"

"바르세데스 공작께서 계시는 케딜락 말입니다."

"제아무리 바르세데스라 해도 글로리아의 빚을 다 갚는 건 불가능해요. 글로리아를 살리려고 해도."

프리실라는 가느다란 입술을 올렸다. 성녀의 미소에 던컨도 흡족한 얼굴로 차를 들이켰다.

더글라스가 케딜락을 찾아온 날 이후, 로자리아는 더욱 바빠졌다.

라뮤엘이 공작의 명으로 상단을 찾아 수도로 떠난 후로, 로자리아는 그의 업무를 처리했다. 또한 그녀는 라쉬드가 자리를 비울 때면 윈드를 불러 수도의 상황을 파악했다.

"대신전이 금화를 사들였다고?"

"네, 더 비싼 값을 주고 발행한 금화를 거둬들였다고 합니다. 게다가 황가에서 이스타샤의 상단을 통제했습니다."

"글로리아를 아예 망하게 할 작정이야."

로자리아는 턱을 괴곤 중얼거렸다. 가볍게 넘어갈 문제가 아니었다.

"우리 상단은?"

"중소규모라 감시는 피해 갔습니다만, 조심하는 것이 좋을 듯합니다."

윈드는 상단의 관리자인 에단의 말을 직접 전했다. 한때 임페리얼의 직원이었던 그는 착실히 로자리아가 만든 상단의 운영을 맡았다.

"아, 그리고 또……."

윈드는 잠시 망설였다. 로자리아는 답지 않은 그의 태도에 의문을 가졌다.

"라쉬드 공작과 글로리아 백작이 로제를 만나기를 원했습니다."

로자리아는 옅은 한숨을 쉬었다. 만나야 한다는 사실은 알고 있었지만, 백작뿐만 아니라 라쉬드를 봐야 하는 건 곤욕이었다.

"지시했던 대로 에단에게 수락의 뜻을 전했습니다. 사흘 뒤에 케딜락에서 보기로 했습니다만……."

"사흘 뒤? 좋아."

급한 시안이라 그런지 빨리도 잡았네. 로자리아가 중얼거리자 윈드는 걱정스러운 눈으로 그녀를 보았다. 윈드를 다독인 로자리아는 변신 능력을 가진 정령 베리를 소환했다. 그녀에게서 이야기를 전해 들은 베리가 깊은 한숨을 내쉬며 말했다.

"모습을 바꿔 달라니, 어려운 문제야."

"어려워?"
"그냥 정령술로 가면을 만들어줄게."
"가면?"
"그냥 다른 사람처럼 보이도록 하는 거야. 일종의 환영술이지."
베리는 시간이 걸린다며 중얼거리고는 바닥에 주저앉아 정령술의 진을 그려 나갔다. 원형의 진에 맞춰 정령어를 바닥에 끄적거리던 그가 꺼내 든 것은 푸른색 귀걸이였다.
"이게 뭐야?"
"널 다른 사람으로 보이게 해줄 거야. 실제로 바뀌는 게 아니라, 정령술로 만든 환영일 뿐이지만."
"이런 게 있었으면 미리 주지 그랬어?"
"조심하는 게 좋아. 성력이 닿으면 부서지니까."
일반적인 물리력으로는 깨지지 않지만, 정령술 이외의 성력이나 주술이 닿으면 부서질 위험이 있었다.
베리는 로자리아에게 사파이어로 만들어진 귀걸이를 내밀었다.
"고마워, 베리. 잘 쓸게."
"명심해. 성력이 닿으면 풀어질지도 모른다는 거. 알아서 잘하겠지만."
이만 가 봐야겠다고 떠날 준비를 하던 베리가 뒤를 돌아보았다. 열다섯 소년의 모습을 한 정령의 눈에 가득 걱정이 서렸다.
"걱정 마. 들킬 일은 없을 테니까."
"그래, 난 가 볼게. 윈드, 로즈에게 반말했다고 그렇게 노려보지 마요."
윈드가 어린 정령 주제에 무례하고 건방지다며 팔짱을 끼고 자신을 노려보고 있었다. 베리는 질겁하며 정령계로 도망쳤다. 베리가 떠나간 후 로자리아는 사파이어 귀걸이를 소매 안에 감췄다.

사흘 뒤, 공작이 선택한 상단주가 찾아왔다는 소식이 성내에 퍼졌다. 때마침 로자리아는 열병에 앓아 골골 누웠다. 물론 앓는 역할은 공작 부인으로 변한 베리의 몫이었다. 행여 공작이 베리를 만나러 올까 봐 들어오지 말라는 축객령을 내렸다.

로자리아는 공작 부인이 아닌, 상단주의 '로제'로서 성문 앞에 섰다. 공작과 기사의 시선을 피해 자리를 어떻게든 비워 내느라 사흘이 정신없이 훅 지나갔다. 그녀는 기사의 안내를 따라 응접실로 향했다. 홀 안에 글로리아 백작 그리고 그녀의 남편인 라쉬드 공작이 있었다.

"오랜만이로군."

"반갑습니다, 로제."

로자리아는 떨리는 발걸음을 옮겼다. 베리의 말에 의하면 그녀는 변장한 얼굴로 보일 거라 했다. 한때 베리가 로제로 변장하여, 외곽에 있는 신전에서 전염병 환자를 돌보았을 때의 모습처럼.

"저를 이 자리에 불러 주셔서 영광입니다, 바르세데스 공작 각하. 글로리아 백작께서도 반겨 주시니 감사합니다."

"수도에서 오느라 힘들었을 텐데, 어서 앉도록."

라쉬드가 답지 않은 친절한 태도로 자리를 가리켰다. 하필이면 그의 맞은편이었다. 로자리아는 원형으로 된 테이블을 흘끗 둘러보다가, 공작의 명령에 따라 자리에 앉았다.

"상단의 관리자를 통해 소식은 들었을 테고. 바로 본론으로 들어가도록 하지."

'본론?'

바라던 바였다. 빨리 회의가 끝난다면 그녀로선 반가운 일이었다. 그렇다고 일 처리를 대강 하진 않겠지만. 라쉬드와 더글라스는 로제가 만든 상단의 조사를 끝낸 후였다. 그리고 둘은 이미 구두로 로제의 상단을 택하기로 결정을 내렸다. 동대륙과 교역한다는 기밀을 관리자에게 말할 수 없으니 상단주인 로제와 직접 만날 것을 요청했다.

더글라스는 로자리아를 바라보며 입을 열었다.

"공작님과 제가 어째서 당신의 상단을 선택했는지, 그 이유를 아시나요?"

"제가 만든 이페리아가 푸른 사막을 해결했기 때문이겠죠?"

"그 이유도 있지만 이번에 아이리쉬와 차 사업을 시작했다는 소식을 들은 것도 컸지."

라쉬드는 로자리아를 떠보듯 말했다.

'아이리쉬?'

왜 갑자기 아이리쉬 이야기를 꺼내는 거지? 로자리아는 그런 생각을 하며 그의 말을 기다렸다.

"까다로운 아이리쉬의 마음에 들 정도면 일처리 하나는 확실할 테니."

"저도 동감입니다, 로제."

"두 분께서 이런 큰 기회를 주시니 감사할 따름입니다."

"때마침 아이리쉬가 두 발을 걸치고 있는 줄은 몰랐지만."

"두 발이라뇨?"

"바르세데스와 로제, 그대가 만든 상단 말이야. 몰랐던 건가?"

"아뇨, 저도 들어서 알고 있습니다, 공작 각하. 마네 아가씨로부터 직접 들은 건 아니지만요. 수도에서 널린 퍼진 소문이었죠."

"소문?"

쿡, 낮게 터뜨리는 웃음소리가 들렸다. 라쉬드의 입매가 올라가자 그녀는 덩달아 불안해졌다.

"아, 저도 들었습니다. 아이리쉬 백작께선 저만큼이나 까다로운 분이신데 말이죠."

동조하듯 말하는 더글라스를 보던 로자리아는 라쉬드 쪽으로 고개를 돌렸다. 여유롭게 차를 마시던 라쉬드가 느긋하게 운을 떼었다.

"아이리쉬는 우리 같은 사내들보다 로제나 내 부인이 마음에 든 모양이야."

"확실히 아이리쉬 백작은 저를 싫어하셨죠."

'뭘 알고 저러는 거야? 아니면 그냥 농담?'

로자리아는 겨우 웃음을 끄집어냈다. 어딘지 모르게 뼈가 실린 농담이지 않은가. 그녀를 예의 주시하던 라쉬드가 본론을 꺼냈다.

"로제, 관리자로부터 대강의 소식은 들었겠지. 글로리아를 대신하여 서대륙의 무기 유통을 맡게 되었다고."

"네, 공작 각하."

두근거리는 심장 소리가 들릴까 조마조마했다.

"나와 백작이 오늘 그대를 부른 건 동대륙과의 교역을 맡는 상단이 필요해서야."

"동대륙…… 말씀이신가요?"

"어느 정도는 알고 있지 않았나?"

"하지만 흑해를 건너는 건 힘들다고 들었어요."

이레펠트 대제가 해상 로드를 개척할 거라는 말을 들었지만, 모른 척 물었다.

"그건 걱정할 것 없다. 글로리아는 동대륙의 제후, 이레펠트 대제와 거래를 하게 될 거야. 중간에 유통을 책임질 상단이 필요했고 로제, 그대를 적임자로 추천했지."

"감사합니다, 공작 각하."

"임페리얼이 무너진 소식은 알고 있을 테고. 앞으로 대신전에서 탄압이 시작될 거다. 물론 바르세데스와 글로리아가 도와줄 테지만, 이를 감당할 수 있겠나."

"……대신전의 탄압이 있더라도 해내겠어요, 공작 각하. 백작님, 두 분께서 제게 기회를 주신다면야."

라쉬드는 의연한 그녀의 모습에 흐음, 낮은 숨을 흘렸다. 그는 옆으로 흘러내린 머리칼을 손으로 쓸어 넘기고는 깃펜을 들었다.

"백작의 생각은?"

"저 또한 동의합니다."

"좋아. 계약서를 작성하도록 하지."

라쉬드는 라뮤엘에게 계약서를 가져오도록 했다. 보좌관이 라쉬드에게 계약서를 내밀자, 그는 유려한 필체로 계약 조건을 기재했다. 핵심은 그녀의 상단이 글로리아와 동대륙 제후와의 거래를 맡게 된 것이다. 이에 드는 교역선과 물자, 인력을 구하는 건 상단의 일이었다.

"동대륙과의 교역은 우리에게 중대한 일이다. 필시 바르세데스와 글로리아의 세력을 키울 기회일 뿐만 아니라, 이스타샤가 바렛사를 누를 수 있는."

동대륙의 중심인 이레펠트 제국과의 교역은 이스타샤의 전성기를 되찾을 기회였다.

"두 가문의 운명이 로제, 그대의 어깨에 달려 있는 셈이지."

"공작 각하의 말씀이 맞지만, 처음 만난 상단주에게 너무 겁을 주시는 것 같군요."

'알아서 잘하라는 거지?'

더글라스가 슬쩍 거들자 로자리아는 옅은 한숨을 삼켰다.

"제가 맡은 임무가 막중하나, 모든 일은 공작 각하와 백작님의 뜻을 물어 진행하겠습니다. 거래에 쓰인 비용은 장부에 빠짐없이 기록할 것이며, 비용을 줄일 수 있는 효율적인 방안을 마련하겠어요."

"대제께서 전부 비용을 치르겠다고 하셨지만, 비용을 줄일 수 있다면 더할 나위 없겠지요. 저 또한 로제의 파트너로서 협력하겠습니다."

"거래 자체는 글로리아와 더 많은 이야기를 하게 될 거다. 지금 당장은 무리일 테니, 처음 항해에 쓰일 교역선은 바르세데스에서 준비하도록 하지. 또한 대신전과 황가의 압력으로부터 보호해 주겠다."

"영광입니다, 공작 각하. 두 분께, 그리고 바르세데스와 글로리아에 누를 끼치지 않도록 확실히 일을 처리하겠습니다."

로자리아는 또렷한 목소리로 대답했다. 그녀가 안도의 한숨을 내쉬려는 찰나, 별안간 라쉬드의 목소리가 들렸다.

"둘이 긴히 할 얘기가 있는데 자리를 비켜 주겠나?"

"알겠습니다, 각하."

로자리아가 선뜻 자리에서 일어서자 라쉬드는 손을 내저었다. 그는 더글라스에게 눈짓했다.

"아아, 저를 말씀하시는 거군요. 이야기가 끝나면 불러 주십시오, 각하. 그럼 다음에 보도록 하죠, 로제."

더글라스가 나가고 그녀는 라쉬드와 단둘이 남게 되었다. 더글라스가 나가고 문이 닫히자 로자리아는 다시 자리에 앉았다. 둘 사이에 기묘한 침묵이 흘렀다. 먼저 입술을 뗀 건 라쉬드였다. 그는 애써 웃고 있는 그녀를 미묘한 시선으로 주시했다.

"로제, 내게 할 말은 없나?"

"네? 할 말이라뇨."

"아니, 잘못 물었군. 내가 그대에게 할 말이 있으니까."

그녀를 보는 라쉬드의 눈이 한껏 가늘어졌다. 턱을 괸 그가 로자리아를 묘한 시선으로 보며 물었다.

"내 아내와는 무슨 사이지?"

"로자리아 님과는 외곽의 신전에서 뵈었습니다만, 그 외에 따로 만난 적은 없었습니다."

"따로 본 적이 없다?"

"어렸을 때, 테베 왕성에서 뵌 적을 제외한다면요."

로자리아는 그녀를 떠보듯 말을 하는 라쉬드에게 대답했다. 그녀는 잘게 떨리는 손끝을 감추고자 잔을 쥐었다. 동요를 들키고 싶지 않았다.

"……우연이라고 하기엔 겹치는 것이 너무 많아."

당신의 표정도. 라쉬드가 로자리아를 보며 말했다.

"우연이라뇨?"

"로제, 그대와 내 부인 말이야."

라쉬드는 로자리아를 향해 손을 뻗었다. 아내의 눈부신 금발과 청아한 푸른 눈동자가 아니었다. 어째서 다른 모습을 하는 건지. 겨우 추측의 끈을 붙잡고 있노라면 그 끈은 어찌하여 잘리는가.

"둘 다 테베 출신이었고, 나를 도와주었지."

"저는 이익을 얻기 위해 임페리얼과 거래를 했을 뿐이에요, 각하. 그러다 공작 각하를 만나게 되었죠."

"……."

라쉬드는 속을 알 수 없는 눈동자로 로자리아를 바라보았다. 살짝 떨리는 그녀의 눈동자가, 숨을 삼키기 위해 벌어진 입술이 로자리아의 모든 것을 떠올리게 했다.

"그러고 보니 나이도 비슷하군. 나와 그대가 처음 만났을 때와 왕녀와 처음 왕성에서 마주쳤을 때."

나이가 비슷하다는 사실만으론 동일 인물이라 단정 지을 수 없었다. 하지만 상단을 잘 알던 것과 전염병 치료에 발 벗고 나섰던 것. 로제가 이페리아로 푸른 사막을 고쳤다면 로자리아는 비네거를 만들고 성벽을 보수해 케딜락성을 바꿨다. 로즈와 로제, 둘은 다른 듯 닮아 있었다.

"아이리쉬는 어떻게 설명할 거지?"

"……아이리쉬 말인가요?"

로자리아는 메마른 입술을 축였다. 입안이 바짝 말라 목소리가 제대로 나오지 않았다.

"케딜락이 식량난을 앓고 있을 때, 아이리쉬 백작이 먼저 찾아왔었지. 지금껏 아이리쉬 가문의 행보와는 정반대로."

"그건 공작 부인의……."

"공작 부인? 아이리쉬가 내 부인을 도우러 온 연유까지 알고 있던가?"

로자리아는 아차 싶은 얼굴로 대답했다.

"……죄송합니다, 각하. 하나 아이리쉬 백작님께 들었던 사실입니다."

"아이리쉬가?"

라쉬드는 잘게 떨리는 그녀의 손끝을 내려다보았다. 늘 침착했던 로제가 흔들렸다. 그것도 자신의 말 한마디로.

'아예 타인이라면 이토록 긴장할 이유가 없지.'

라쉬드는 자리에서 몸을 일으켰다. 그는 로자리아의 곁에 비스듬히 걸쳐 앉았다. 허리를 숙인 탓에 둘의 거리가 가까워졌다.

"거짓말."

"거짓말이라뇨?"

"숨기거나 진실을 감출 땐 내 눈을 똑바로 바라봤었지."

"……그건 누구나."

그럴 거라고 대답하려던 로자리아의 입술이 다물어졌다. 묘하게 올라간 라쉬드의 입술 끝이 그녀를 벼랑 끝에 몰아세웠다. 심장이 망치질하듯 두근거려서 그를 바라보기 힘들었다.

"왜 내게 거짓말을 하는 거지, 로제?"

"전 공작 각하께서 무슨 말씀을 하시는지 모르겠어요."

"아이리쉬 백작이 로자리아를 위해 북부로 왔고, 마침 백작이 로제, 그대가 만든 상단의 거래자였지. 그것도 상단 최초로."

"죄송하지만, 각하. 충분히 그럴 수 있다고 생각합니다."

"아니. 차라리 아는 사이라고 말했다면 의심이 조금 가셨을지 모르겠지만. 갑자기 병을 앓는 것도……."

"부인께서 아프신 건 제가 어찌할 수 없는 문제예요. 이상한 말을 계속하신다면 떠나겠어요."

"어디로? 로제, 그대의 보금자리가 케딜락이지 않았나."

라쉬드는 어두워진 보랏빛 눈동자로 그녀를 바라보았다. 어째서 숨기는 건지, 어째서 말해주지 않는 것인지 그는 묻고 싶었다. 물어도 말해주지 않으니 먼저 알아낼 수밖에 없지 않은가.

"제가 눈도 못 마주칠 신분이긴 하나, 각하께서 제게 사적으로 이러신다면………."

"아아, 그래. 내가 착각한 거였어."

뜻밖에 라쉬드는 손쉽게 물러났다.

"잘못 생각했나 보군. 로제, 내 부인에게 인사를 할 겸 같이 만났으면 해."

"알겠어요, 각하."

라쉬드는 시녀에게서 들은 말을 떠올렸다. 지금은 한결 열이 가셨지만, 열병을 앓아 그 흔적이 남았으니 보고 싶지 않다고 했었지. 라쉬드는 숙였던 허리를 바로 했다. 다시 그와의 거리가 멀어지고 나서야 로자리아는 안도의 숨을 내쉬었다.

"따라오도록."

라쉬드가 먼저 홀의 문을 열고 나섰다.

쿵쿵, 요동치는 심장 쪽을 어루만지던 로자리아는 그를 뒤따랐다.

베리는 눈에 띄게 당황했다. 마나가 부족해서 완벽하게 로자리아로 변신하지 못했다. 어색하게 닮은 얼굴로 그는 소리 없는 비명을 질렀다. 바로 눈앞에 베리가 몇 번 보았던 공작이 있었다. 곁에는 자신이 준 귀걸이를 찬 로자리아까지!

「어떻게 된 거야?! 공작을 여기까지 끌고 오면 어떡해, 로즈!」

베리는 급한 마음에 언령을 썼다. 보아하니 로자리아도 생각지 못한 얼굴이었다. 시녀가 건네준 천으로 얼굴을 가렸지만, 저 남자가 들춘다면 금방 들통이 난다!

베리는 질겁했다.

"아프다고 들었는데, 아직 안 나은 건가?

"……예."

"일이 있어 찾아보지 못했어."

"……괜찮아요."

얼음 호수를 걷는 것처럼 아슬아슬하고 위태로웠다. 베리는 고개를 돌려 라쉬드의 시선을 피했다.

"부인께서 내가 와도 반갑지 않은 모양이야. 오지 말라고 해서 들르지 못했지만 결국 내 잘못이지."

"……아파서 그런가 봐요. 바쁘신 걸 아니 괜찮아요, 쿨럭."

베리는 도와주지 않는 로자리아가 야속했다. 하지만 그녀도 곤란한 건 마찬가지였다. 라쉬드는 부인의 이마에 입을 맞추기 위해 고개를 숙였다. 꽤 가까운 거리에서 그의 숨결이 닿자 베리는 몸을 뒤로 젖혔다.

「로즈, 로즈, 로즈! 이건 정말 아니야. 아니라고! 네 남편 좀 말려 봐.」

까딱하다간 첫 키스(?)를 빼앗길 법했다. 아무리 자신이 정령이라지만 마음만큼은 열다섯 소년이었다. 라쉬드는 베리의 머리칼을 코끝에 대었다. 잔향이 났다. 바람이 스치듯 메마른 땅의 향이 감돌았다. 뭐라 설명하기 어려운 잣나무 향이 은은히 퍼졌다. 그는 이불에 얼굴을 파묻은 채 바들바들 떠는 베리에게서 물러섰다.

"내가 무심했어. 아픈 이에게……."

베리는 대답하지 않았다. 그의 얼굴이 새파랗게 질렸다. 이때다 싶어 로자리아는 라쉬드를 재촉했다.

"부인께서 아프시니 마을의 약방에 들를까 해요. 잘 듣는 해열제를 알고 있거든요. 그러니 먼저 자리를 벗어나도 될까요?"

"잘됐어. 나도 따라갈 생각이니까."

"……예?"

로자리아는 그녀의 귀를 의심했다. 그렇다고 따라오지 말라고 할 수도 없는 법. 라쉬드도 이미 같이 갈 생각인 듯했다.

"케딜락에 있는 약을 먹어도 아프다니, 지금 당장 약을 구하러 마을로 가도록 하지.

라쉬드는 사시나무 떨듯 몸을 떠는 베리를 곁눈질로 살폈다. 그는 로브 두 개를 들고는 몸을 돌려 침실을 나섰다. 라쉬드는 로자리아와 함께 마구간으로 향했다. 라쉬드는 그가 타던 군마와 함께 로자리아가 탈 말을 골라 그녀에게 건네주었다.

마을로 나갈 때 귀한 옷을 걸쳤으니 이목을 살 건 분명했다. 라쉬드는 로자리아에게 잊지 않고 팔에 걸쳤던 로브를 주었다. 그리고 그도 흑발과 바이올렛 눈동자를 가리기 위해 로브를 깊숙이 썼다.

"말을 탈 수 있나? 마차를 타고 가기엔 이목이 쏠려서 말이야."

"……조금요."

라쉬드는 말을 로자리아의 앞으로 끌고 왔다. 그는 그녀를 말에 올려 주기 위해 로자리아의 손을 잡았다.

그 순간, 기묘한 감각이 그의 손을 스쳤다. 낯설지 않았다. 밤에 온기를 나눌 때 깍지를 꼈던 손과 자신의 손을 붙잡는 여인의 손이. 황성을 갈 때면 감쌌던 따뜻한 감촉도. 부드럽고 새하얀 살결도 그대로였다.

라쉬드는 그녀의 손을 잡은 채로 행동을 멈추었다. 그는 손을 뻗어 로자리아의 머리칼을 쥐고는 고개를 숙였다. 언젠가 그녀를 위해 준비해 두었던 장미 향.

"요새 유행하는 히아신스나 재스민 향과 다르지만, 장미 향이 더 좋아요."

로제와 로자리아. 그의 머릿속에 지난날의 기억이 되풀이되었다. 오년 만에 만난 아내가 성년이 되던 날, 장미 한 송이를 꺾어주었다. 그러고는 남부 공작저에 있을 때, 장미 향수를 선물로 건넸었지. 그녀가 숨을 쉴 때마다 은은한 장미꽃 향이 그를 간지럽혔다. 따스한 숨결도, 살짝 흔들리는 눈동자도 어찌 잊을 수 있을까.

"로자리아."

라쉬드는 잔뜩 잠긴 목소리로 그녀의 이름을 불렀다.

"로즈."

그는 본능적으로 그녀의 머리칼을 어루만졌다. 로자리아는 행여 귀걸이와 닿을세라 그의 손길을 피했다. 라쉬드는 그녀가 하는 행동을 지켜볼 뿐, 강제로 안거나 제지하지 않았다.

"……공작 각하?"

"놀랐나? 갑자기 아내가 보고 싶어서 이름을 불렀던 것인데."

"아, 아니에요. 밤이 늦기 전에 마을로 출발하도록 해요."

로자리아는 그녀를 묘한 눈으로 바라보는 라쉬드의 시선을 모른 척했다. 그의 시선이 그녀가 접촉을 피하려고 했던 사파이어 귀걸이에 닿았다. 그녀를 보는 라쉬드의 눈매가 가늘어졌다.

두 사람 사이에 어색한 침묵이 흘렀다. 로자리아는 라쉬드를 흘끗 보다가 말의 고삐를 쥐고 몰았다. 쉬지 않고 달렸음에도 시간이 더디게 흘러만 갔다. 마을에 도착하고 나서야 그녀는 안도의 숨을 내쉬었다.

마구간에 말을 묶고는 로자리아는 라쉬드와 마을을 둘러보았다. 마을의 분위기가 평소와 달랐다. 한결 날씨가 풀려 따뜻해진 이유도 있었지만, 사람들이 묘하게 들떠 보였다.

"무슨 일이 있었나요?"

"곧 있으면 건국제니 분위기가 달라질 만도 해."

"건국제?"

"신성제국의 초대 황제, 엔리케 바르세데스가 이스타샤를 건국한 날을 축하하는 거야."

"그렇군요."

황성에 갇혀 축제를 본 적은 없었고, 그 뒤로는 숨어 살았던지라 축제를 즐긴 기억도 없었다. 정신없이 시간을 보낸 탓에 잊고 말았다.

"그러고 보니 신녀와 사제들이 자주 보이네요."

"대신전에서 주관하는 축제니까. 엔리케와 최초의 성녀였던 아니타를 기리기 위함이지."

엔리케? 성서에서 종종 보았던 초대 황제의 이름이었다. 그러나 그에 관한 정보는 찾기 힘들었을뿐더러, 그녀에게 죽은 지 천 년이 지난 초대 황제는 중요한 정보가 아니었다. 초대 황제와 성녀 아니타가 율리아를 배신했다 하였지.

로자리아는 발루아가 그녀에게 했던 말을 떠올렸다. 자신이 율리아의 환생이라면, 무슨 일이 있었는지 알아낼 필요가 있었다.

'지금 당장은 아니더라도 기록을 찾아봐야 해.'

로자리아가 상념에서 깨어난 건 그녀를 부르는 목소리 때문이었다.

"무슨 일이라도 생긴 건가?"

"아, 아니에요. 어서 약방으로 가죠."

약방은 북부 마을의 변두리에 있었다. 마을 자체도 상업이 발달한 중심지가 아니라서 한적했지만, 사람이 잘 찾지 않는 약방과는 거리가 꽤 있었다.

로자리아는 라쉬드를 따라 인적이 드문 골목길로 들어섰다. 낡은 길목으로 들어갈수록 비교적 깔끔했던 벽돌집이 초라하고 낡은 집들로 변해 갔다. 말없이 앞을 걷던 라쉬드가 걸음을 멈췄다. 그는 날카로운 눈매로 정면을 주시했다. 로자리아는 그의 행동에 의아해져서 물었다.

"공작 각하?"

"……뒤로 물러나 있어."

라쉬드를 따라 앞을 본 로자리아는 그녀의 눈을 의심했다. 흰 로브를 쓴 여자가 중앙에 있었고, 여자를 뒤따르는 건 무장한 성기사들이었다.

로자리아는 라쉬드와 함께 성기사들의 뒤를 쫓았다. 골목으로 접어든 그들은 오래된 집으로 향했다. 멀리 떨어진 곳에서 앞장서는 신녀를 지켜볼 때였다. 기다린 지 얼마 지나지 않아, 한 성기사가 어린아이의 목덜미를 잡은 채 나왔다.

"안 돼요, 제발……."

"비천한 것! 성녀님께 데려갈 아이인데 영광인 줄 알아야지."

"배운 것도 아는 것도 없는 불쌍한 아이입니다. 아직 일곱 살밖에 되지 않은 어린아이를 어디로 데려가신단 말이에요?!"

아이를 뺏긴 중년의 여인이 울부짖었다. 주름진 얼굴 위로 얼룩진 눈물이 흘러내렸다.

"비싼 옷 입혀 주고 굶기지 않고 신녀로 키워 주겠다는데, 어딜 감히 막아?"

"제발……."

"네 남편이 도박 빚을 어마어마하게 진 거 알지? 우리가 빚을 대신 갚아줬으니 네년 아이라도 데려가야지."

퍽. 귀찮은 시선으로 여인을 보던 기사가 그녀의 배를 발로 짓밟았다. 왈칵, 붉은 핏덩이를 토해 내면서도 여인은 아이를 잡고 놔주지 않았다.

"엄마!"

신녀의 품에 억지로 붙들린 아이가 여인을 따라 울었다.

"시끄럽게 울면 그 입……."

싸늘하게 말하던 신녀의 입이 다물어졌다. 인기척을 느낀 신녀의 시선이 라쉬드와 로자리아를 향했다.

"누구냐!"

대신전에서 파견된 신녀는 눈을 가늘게 떴다. 회색 로브를 걸친 남녀가 그들을 지켜보고 있었다.

로자리아는 라쉬드를 곁눈질로 살폈다. 걸음을 멈춘 것과 달리 그는 나설 생각이 없어 보였다. 바르세데스 공작인 라쉬드가 나서면 단번에 해결될 일이었다. 그러나 그는 그러지 않았다.

"무슨 일인가요?"

하는 수 없이 로자리아는 로브를 깊이 눌러쓴 채 앞으로 다가섰다. 라쉬드의 시선이 느껴졌지만 모른 척 넘어갔다. 그녀의 뇌리에 열둘에 어머니와 헤어진 기억이 겨울의 산에 메아리치듯 맴돌았다. 로테사왕에게서 자신을 보호하려고 했던 어머니. 어머니는 기사들에 의해 죽음을 맞았다. 그녀는 로브를 깊게 쓴 채 신녀를 주시했다.

신녀가 날이 잔뜩 선 목소리로 외쳤다.

"대신전의 일이다. 평민이 어찌 신녀와 성기사들의 일을 간섭하는 것이냐?"

신녀는 행여 도와줄 세력이 있는지 재빠르게 주위를 살폈다. 남자 하나, 여자 하나. 여자는 별 볼 일 없는 평민 계집이었고, 남자는 무기도 들지 않았다. 게다가 물어 오는 여자와 달리 남자는 그저 지켜보고만 있었다.

'……제물.'

로자리아는 쓰게 웃었다. 그녀는 저 아이가 어떻게 될지 알았다. 살아 있는 채로 사람 모형으로 된 쇠틀에 갇혀 죽지도 못한 채 새하얀 제단 위에 피를 흘려 내리라.

프리실라는 성년이 되지 않은 여아 중에서 성력을 지니고 태어난 아이의 목숨을 대가로 성력을 유지했다. 이는 성녀의 최측근과 대신전의 고위 사제만 아는 기밀이었다. 과거 로자리아는 이를 밝히려고 했으나 모두가 한통속이 되어 성녀의 죄를 은폐했다.

성녀의 죄는 죄가 아님을 어렵지 않게 깨달았다. 그래서 직접 검을 들지 않았던가. 여신 아니타와 비견될 만큼 성력이 강력했던 성녀 데레사와 달리, 프리실라는 성녀가 될 만한 성력이 부족했다.

"대신전이라곤 하나, 민가의 아이를 납치하는 것이 여신 아니타께서 시키신 일은 아닐 테지요, 자매님."

로자리아는 일부러 고아한 어투를 쓰며 속삭였다. 부드러운 목소리가 신녀의 귀에 똑똑히 들렸다.

'자매님?'

신녀의 몸이 움찔했다. 그녀는 믿을 수 없단 눈으로 로브를 쓴 여자를 살폈다.

"자매님께선 신녀님이신가요?"

신녀의 질문에 로자리아는 고개를 끄덕였다. 네까짓 게 뭐라도 되느냐고 목을 빳빳하게 들었던 신녀는 고개를 숙였다.

'젠장! 교황청 사람이었나! 이 일을 들키면 내 목이 잘리는 거로 끝나지 않아.'

신녀는 무례했던 태도를 바꾸고는 공손하게 말했다. 만에 하나 저 계집이 거짓을 고하는 거라면 사지를 찢어도 성녀님께선 눈감아주리라.

"실례지만 어디 소속이시죠?"

"아리안 대사제님의 소속이에요."

"아, 대사제님을 보필하는 신녀시군요. 뒤에 있는 분은 성기사일 테고?"

그제야 로자리아는 뒤를 돌아보았다. 이대로 물러서야 하나 싶던 차였다. 상황을 지켜보던 라쉬드가 나섰다.

"교황청 소속 성기사입니다."

라쉬드는 그녀의 의도를 알아차리곤 대답했다. 이를 듣던 로자리아의 눈이 크게 떠졌으나, 라쉬드는 그녀의 귓가에 속삭였다.

'놀랄 것 없어, 로제. 임시방편일 뿐이니까.'

라쉬드는 그녀의 곁을 떠나지 않았다. 그는 가라앉은 시선으로 성검을 움켜쥔 성기사들을 노려보았다.

"자매님, 그리고 형제님. 무슨 일을 하시는지 여쭈어도 되겠습니까?"

그렇게 물으며 로자리아는 그들에게 다가갔다. 로자리아의 날카로운 시선을 받고도 신녀는 태연한 얼굴로 대답했다.

"저는 프리실라 성녀님의 직속 신녀입니다. 납치가 아니라, 신녀가 되기 위한 아이를 데려가기 위해서예요. 그 과정에서 오해가 있었던 듯하네요."

"오해?"

로자리아의 눈매가 가늘어졌다. 억지로 안긴 아이와 그를 보고 우는 여인, 신녀의 말과는 상황이 다르지 않은가.

"그러니 이만 대신전으로 돌아가야 하니 비켜 주시겠어요?"

신녀는 평소에 해본 적 없는 공손한 태도로 물었다. 그녀가 생각하기에 어차피 대사제 소속의 신녀는 문제가 되지 않는다. 문제는 교황의 직속 성기사였다.

로자리아가 팔짱을 낀 채로 어이가 없다는 듯 물었다.

"그렇게 하지 않는다면 어쩌실 건가요?"

"성녀님께서 내린 명령이에요! 어찌 이를 간섭한단 말인가요?"

신녀는 새된 목소리로 소리쳤다. 그 누가 감히 자신이 모시는 성녀님께서 내리신 명령에 간섭한단 말인가? 로자리아가 차분한 어조로 말했다.

"성하께서 제게 내리신 명령이 있다는 걸 말씀드리지 않았군요."

교황과 연락도 안 했을뿐더러, 그런 명령 따위 없었다. 이를 알 수 없던 신녀는 잔뜩 굳은 눈초리로 로자리아를 살폈다. 신녀의 눈짓에 성기사들이 검을 쳐들었다. 제물을 구하는 건 쉬운 일이 아니었고, 수도 내에서 성력을 가진 아이를 구하는 것은 어려웠다.

노만 1세는 눈감아주었으나, 수도 내에 소문이 퍼지기 직전이었다. 그래서 멀리 떨어진 북부로 왔지만 문제 될 건 없었다. 교황청 소속은 하나같이 제 주제를 알아서, 성녀 프리실라의 소속이라고 밝히면 물러섰다. 하지만 눈앞의 여자와 사내는 달랐다.

'이대로 물러가면 제물을 구하지 못하게 된 거고, 이들과 부딪히게 되면 소란이 생길 거야.'

신녀는 조급함에 제 옷자락을 그러쥐었다. 더 이상 시간을 지체해선 안 된다. 그녀는 여기서 벗어나기 위해 재빨리 머리를 굴렸다.

"그 뜻, 잘 알겠습니다. 아이만 데리고 물러갈 테니 비켜 주시지요."

어떻게든 부딪히는 건 피해야 했다. 자존심이 상해도 교황의 귀에 들어가는 것보다 머리를 굽히는 것이 더 나았다. 로자리아는 비켜서는 대신 잠긴 눈으로 그들을 바라보았다. 대신전의 신녀가 물러나기로 했으니 못 본 척 넘어가야 하는가. 성녀가 어린아이를 성력을 유지하기 위한 제물로 쓰는 것은 명백했다. 그럼에도 영원히 수면 위로 떠오르지 않을 문제였다. 기회를 보고도 놓칠 수야 없었다.

잠시 그녀를 보던 라쉬드는 결정을 내렸다.

"교황청의 조사에 응해 주시겠습니까?"

"조, 조사라뇨?!"

신녀가 질겁하며 소리쳤다. 신녀는 상황이 잘못되어 간다는 걸 깨달았던지 성기사들에게 눈짓했다.

'절대로 잡히면 안 돼. 무력을 써서라도.'

명령을 들은 성기사가 노린 것은 로자리아였다. 죽지 않을 정도의 상처를 입힌다면 저 남자도 여자를 치료하기 위해 어쩔 수 없이 물러나리라.

로자리아는 그 자리에 멈춰 섰다. 팽팽하게 당겨진 활시위가 그녀를 노렸다.

"물러나세요."

성기사가 로자리아에게 활을 겨누는 것을 본 신녀가 고했다.

"물러서라?"

로자리아는 자신의 목을 겨누는 화살을 예의 주시했다. 그녀가 앞으로 걸음을 내딛자 화살촉이 그에 따라 움직였다.

"물러서라는 것치곤 대단히 협박적인데."

로자리아는 가소롭다는 듯 입꼬리를 올렸다. 차갑게 내려앉은 눈동자가 그들을 향했다.

"교황청을 우습게 보는 건가? 그게 아니라면 여신 아니타의 말이 들리지 않든지."

로자리아는 성기사들을 향해 다가갔다. 무장한 사내들 사이에 둘러싸였음에도 조금도 긴장한 기색이 보이지 않았다.

"이쪽으로 오지 못하게 해요!"

더욱 불안한 건 신녀 쪽이었다. 아이를 안고 가려던 그녀는 비명을 지르듯 외쳤다.

"자매님께서 성기사들에게 명령하여 제게 먼저 검을 빼 드셨으니 저도 어쩔 수 없군요."

"……그게 무슨 말도 안 되는!"

"으억!"

새어 나온 성기사의 비명에 신녀는 몸을 움찔했다.

로자리아는 성기사가 쥐었던 검을 빼 들어 신녀의 목에 겨누었다.

"어서 화살을 쏘지 않고 뭐 하는 거예요!"

그 순간, 성기사가 당겼던 화살의 시위를 놓았다. 쉭, 화살이 포물선을 그리며 로자리아를 향해 날아왔다. 날카로운 화살촉이 그녀의 뺨을 스쳤다. 파사삭, 무언가 깨지는 소리와 함께 사파이어 귀걸이가 산산이 부서졌다.

새하얀 뺨 위로 붉은 핏물이 주르륵 흘러내렸다. 철그렁, 동시에 그녀의 손에서 성검이 떨어져 내렸다. 짙은 감색을 띠었던 머리칼이 금빛으로 변해 갔다. 로자리아는 제 시야에 닿은 금발을 그러쥐었다.

'변신술이…….'

로자리아는 입술을 꾹 깨물었다. 성기사가 쏜 화살로 인해 베리가 건 정령술이 풀렸다. 결국 그녀는 담담히 사실을 받아들였다.

"……겁도 없이."

로자리아는 쓴웃음을 지었다. 그녀의 싸늘한 시선이 신녀를 향했다. 위압적인 기운은 아무리 봐도 신녀의 것이 아니었다.

"너, 넌 누구냐!"

신녀가 마주한 건 오만한 빛을 띠는 푸른 눈동자였다. 신녀라고 보기엔 여자에게서 느껴지는 기세가 범상치 않았다.

"자매라고 불러 줬을 때 물러섰어야지."

그와 동시에 로자리아는 검을 들어 신녀의 손을 베었다. 덩그러니 잘린 손목에서 핏물이 질질 새어 나왔다.

"아아악!"

날카로운 비명이 들렸음에도 로자리아는 담담했다. 사실 어느 정도 예상하긴 했지만, 먼저 위협한 건 대신전이었다.

그때였다.

"……로제."

로자리아는 그녀를 부르는 목소리에 뒤를 돌아보았다. 짙은 그림자가 진 바이올렛 눈동자가 그녀에게서 떼어지지 않았다.

"아니, 로자리아."

"……!"

라쉬드는 아내의 이름을 잠긴 목소리로 읊조렸다. 그 목소리에 로자리아는 고개를 들어 그를 마주 바라보았다. 허공에서 둘의 시선이 섞이듯 얽혀 들었다.

'정말로 로제가 로자리아였어.'

라쉬드는 깊은숨을 들이쉬었다. 짐작한 것과 눈앞에서 사실이 밝혀지는 파급력은 달랐다. 그는 흔들리는 눈동자로 로자리아를 바라보았다. 이페리아를 처음 그에게 넘겼고 푸른 사막을 해결한 건 로즈, 그의 아내였다. 또한, 아이리쉬로부터 지원을 받아 낸 것도, 전부 로자리아가 한 일이었다.

'어째서 내게 그 사실을 말해주지 않은 거지?'

라쉬드는 생각하던 것을 그쳤다. 성기사들이 로자리아를 위협하고 있었다.

'……라쉬드.'

예리한 살기가 느껴졌다. 그에게서 몸을 돌린 로자리아는 성기사들을 향해 검을 들었다. 그녀는 입꼬리를 비틀어 올리며 읊조렸다.

"바르세데스 땅에서 겁도 없이 나섰을 때 생각이란 걸 하지 그랬나."

"바르세데스? 그래 봤자 성녀님이 나서면 끝이 날 일이야! 킥킥, 네 년 따위가 뭘 할 수나 있겠어!"

흐느껴 울던 신녀가 악에 받친 소리를 내질렀다. 로자리아는 신녀를 비웃는 대신 로브를 벗었다. 금발을 감추던 로브가 바람에 펄럭였다. 이스타샤 제국에서 희귀한 푸른 눈동자가 여실히 드러났다. 이를 본 성기사들이 뒤로 물러섰다.

"나는 로자리아 비아 데모나 발데르가, 테베의 후계자이다. 또한 바르세데스 공작의 아내이며, 그대들이 감히 검을 겨누어선 안 되는 이스타샤의 황족이다."

"바르세데스의 공작 부인……."

활을 들었던 성기사가 침음을 삼켰다. 정체를 몰랐다고 변명해도 이스타샤 황족에게 활을 겨눈 죄는 무마되지 않는다. 최소한 사형. 사태가 커진다면 일가족이 몰살되어도 입을 함부로 놀리지 못할 반역죄였다.

"검을 내려라!"

활을 든 사내가 바닥에 무기를 내던지며 소리쳤다. 그는 벌벌 떨며 머리를 조아렸다. 테베의 왕녀라며 괄시한 자가 어떻게 됐는가! 성기사직에서 파면된 것은 물론, 가문에서도 그를 받아주지 않아 결국은 스스로 목숨을 끊었다. 지금은 그때와 비견할 수 없는 사태였다. 자신의 목숨 하나로 끝낼 수 있다면 그야말로 행운일 정도로.

"이스타샤의 황족이시다! 성기사 된 자로서 부인께 검을 든 사죄를 구해라."

로자리아의 눈에 이채가 서렸다. 개중에 대장으로 보이는 자가 소리치자 성기사들이 무기를 버리고 바닥에 무릎을 꿇었다.

"무, 무슨 짓을 하는 거야?!"

이러면 안 돼. 이러면 안 되었다. 잘린 손목을 움켜쥔 신녀가 겁에 질려 소리쳤다.

"다들 성녀님의 명령을 잊었어?! 빨리 저년의 목을 베고 한시라도 빨리 아이를 데려가야 한다고."

뚜벅뚜벅.

로자리아는 성기사의 검을 든 채로 신녀에게 서서히 다가갔다. 짙은 살기에 신녀가 소리 없는 비명을 삼키며 뒷걸음질 쳤다.

"성녀?"

"……뭐, 뭐야."

"아이를 제물로 바치는 자가 정말로 성녀라 생각하나?"
"비천하고 무지한 빈민들 따위 고작 몇 명 없어진다고 달라질 것 같아? 성녀님께서 이스타샤를 위해……."
철썩. 로자리아는 손을 높이 들어 신녀의 뺨을 후려쳤다.
"왜 멈추지? 계속 지껄여 봐."
"……난, 나는."
철썩. 신녀의 고개가 힘없이 돌아갔다.
"살고 싶다면 계속 입을 놀려라. 다음 말이 정말로 궁금하니까."
"성녀님께서 내리신 명령…… 명령. 그래, 명령이었어요."
신녀는 도리질을 치며 소리쳤다. 벽에 부딪혀 더 이상 도망칠 곳도 없었다. 뒤늦게 그녀의 눈에 두려움이 검게 색을 칠한 듯 번졌다. 두려웠다. 프리실라, 이스타샤를 제 손에 넣고 휘두르는 성녀보다 눈앞의 여자가.
신녀는 오한이 느껴져 제 몸을 감싸 안았다. 누구든 자신을 구해 주기를 바랐지만 성기사들은 전부 무릎을 꿇은 지 오래였다. 이 자리에서 고개를 치켜든 건 로브를 쓴 사내뿐이었다.
"아이를 성녀에게 바친 죄, 그 죄를 인정하는가?"
"제, 제 잘못이 아니에요."
"좋아, 마음에 드는군. 감옥에 가서도 똑같이 말해. 목숨을 부지하기 위해 죄를 인정하지 말고."
로자리아는 신녀의 귀에 낮게 읊조렸다. 싸늘한 웃음기를 머금은 입술이 호선을 띠었다.
"어차피 넌 바르세데스 감옥에서 살아 나갈 수 없을 테니까."
처음에는 그 말을 이해하지 못했다. 그저 저 여자가 비켜선 것만으로 멎었던 호흡을 이을 수 있다는 것에 안도했다. 곧 그 말을 이해한 신녀가 털썩 바닥에 주저앉았다.

"살, 살려 주세요. 제발 살려 줘……."

"그 누가 널 구원해 줄까, 가엾은 것."

신녀는 엉엉 울며 손으로 땅을 헤집었다. 어떻게 해서 이 자리를 유지했는데 감옥에서 평생 썩을 순 없었다.

"제가, 제가 죄를 고한다면요?"

"성녀의 신녀로서 죄를 밝히겠다고?"

"그러면 저를 살려 주실 건가요? ……이대로, 이대로 죽을 순 없어요. 부인, ……부디 제게 기회를 주세요."

신녀가 넋이 나간 얼굴로 중얼거렸다. 그녀의 눈동자에 옅은 금발과 푸른 눈동자를 가진 여자가 보였다. 성녀 프리실라와 다른 위압감. 그리고 그녀의 주변을 흐르는 고압적인 분위기가 무서울 것 없었던 신녀를 떨게 만들었다.

"기회라, 무슨 기회를 원하지?"

"프, 프리실라 님의 죄를 고, 고할 기회 말이에요."

신녀는 데구루루 눈을 굴리며 정신없이 말했다. 주인을 배반한 대가를 치르게 된다는 것보다 눈앞의 여자의 말을 따라야겠단 생각이 먼저 들었다.

"그대가 직접 성녀의 죄를 밝히겠다? 나와 약조할 수 있나."

"약조하겠어요."

로자리아는 확답을 듣고 나서야, 신녀에게 겨누었던 검을 거두었다. 신녀는 갓 세상에 태어난 것처럼 숨을 몰아쉬며 안도했다. 어린아이처럼 울던 그녀가 로자리아의 눈치를 보며 몸을 일으켰다.

"시, 시키는 대로 따를게요. 원하신다면 지금 당장 신전의 재판장에서 증인으로 나설 수도 있어요."

"이름이 뭐지?

"쥴리아예요."

"방금 그대가 한 말을 지켜야 할 거야."

지금은 때가 아니었다. 모든 패를 쥔 프리실라를 무너뜨리기엔. 그러나 그저 흘려보낼 수 없는 기회이기도 했다.

그때, 그녀를 부르는 목소리가 들렸다.

"로즈."

"……!"

라쉬드는 로브를 벗고는 그녀의 이름을 불렀다. 그는 고개를 조아리는 성기사들을 지나쳐 로자리아에게 다가갔다. 신녀에게는 조금도 시선을 주지 않은 그가 손을 들어 로자리아의 뺨을 어루만졌다. 느릿하게 배회하던 손이 상처 바로 위에서 멎었다.

로자리아는 고개를 들어 라쉬드를 바라보았다. 그녀는 입술을 달싹이다가 겨우 말을 꺼냈다.

"라쉬드, 미안해요. 당신을 속여서……."

"사과하지 않아도 괜찮아."

"하지만……."

"듣는 귀가 많은데 계속 말하려고?"

눈매를 휜 라쉬드가 새하얀 뺨에 입술을 맞추었다. 라쉬드의 입술이 상처에 닿자 묘한 전율이 그녀의 몸을 스쳤다. 이윽고 입술을 뗀 그가 그녀의 뺨으로 새하얀 손을 가져다 대었다. 그가 가진 서늘한 성력이 열기가 올랐던 뺨의 상흔을 덮어주었다. 라쉬드의 손가락 사이로 흘러나온 새하얀 빛이 상처에 닿았다. 로자리아는 눈을 동그랗게 떴다.

"제게 할 말이 있었던 거 아니었어요?"

"다쳤잖아. 상처를 치료했으니 이제 됐어."

라쉬드는 로자리아에게 로브를 다시 씌워 주었다. 그녀의 탐스러운 금발과 푸른 눈을 보는 건 저만으로 족했다. 라쉬드는 낮게 휘파람을 불었다. 그러자 얼마 지나지 않아, 새하얀 매가 날아와 그의 오른쪽 어깨에 걸터앉았다. 그는 손바닥만 한 종이에 깃펜을 휘갈겼다. 북부에서 중범죄를 일으킨 자들을 잡았으니 기사단을 보내라는 서신이었다.

라쉬드는 신녀가 있는 쪽으로 걸음을 옮겼다.

'바르세데스 공작!'

신녀는 그의 정체를 알아보고 소스라치게 놀라 머리를 조아리기 바빴다. 라쉬드는 로자리아에게 소리쳤던 신녀를 차가운 시선으로 내려다보았다.

"북부는 바르세데스의 땅, 그대들이 신녀와 성기사들이라고 한들 이번 일까지 눈감아줄 거라 생각했나."

그는 신녀와 성기사들에게 차갑게 읊조렸다.

"하오나 성녀님께서……."

"제아무리 대신전이라 해도 바르세데스에 간섭할 수 없다."

말을 하려던 신녀의 눈동자가 절망과 공포로 빛을 잃었다. 자신과 눈을 마주한 건 바르세데스 공작이었다. 다른 사람이라면 몰라도 그가 봐줄 리가 없었다.

라쉬드가 매를 보낸 지 한 시간도 지나지 않아 거대한 말발굽 소리가 땅을 울렸다. 군마를 탄 열 명의 로열 기사단이 공작의 명에 따라 찾아왔다. 그들은 라쉬드와 로자리아에게 예를 갖추고는 애초에 저항을 포기한 성기사들을 포박했다.

로열 기사단은 신속하게 신녀와 성기사 무리를 구금했다. 신녀가 제물로 끌고 가려고 했던 아이는 목숨을 구했다. 상황이 일단락되자 직급이 높은 기사가 라쉬드에게 아뢰었다.

그사이, 로자리아는 무슨 일이 있었는지 아이를 안은 여인과 대화를 나눴다. 덜덜 떠는 여인의 잇새로 믿을 수 없는 말들이 흘러나왔다.

여인, 델리는 그녀의 딸과 또래였던 이웃집 아이와 어머니를 기억했다. 아이를 신녀로 보내게 되었다며 기뻐하던 여인이 목숨을 끊었다.

죽은 여인에게서 들은 말이 잊히지가 않았다. 여인은 '델리, 당신 딸을 신녀로 키워 준다구? 그 말을 믿어요?'라고 말하며 킬킬거렸다. 그러다 세상을 잃은 것처럼 바닥에 몸을 엎드리고 대성통곡했다.

여인이 델리에게 충격적인 이야기를 했다. 사람을 가두기 위한 철로 된 모형을 보았으며, 쇠틀에 갇힌 아이가 울부짖었고, 아이에게서 나온 피가 아니타의 제단으로 흘러들었다. 얼마 뒤, 신녀로 보냈던 여인의 아이가 주검으로 돌아오자, 처음에는 믿지 않았던 델리도 그 사실을 받아들였다.

이야기를 듣던 로자리아는 침음을 삼켰다. 그녀는 옅은 한숨을 내쉬고는 말했다.

"이제 괜찮을 거예요. 신전도 나서지 못할뿐더러 바르세데스가 이 일대를 보호할 테니까요."

"정말, 정말 감사합니다, 부인."

로자리아는 델리를 안정시키고는 라쉬드가 있는 곳으로 돌아왔다. 델리의 이야기를 전해 들은 그는 한동안 말이 없었다. 놀라기보다 담담한 얼굴이었다.

"프리실라가 성력이 부족한 건 알고 있었지. 스승님을 늘 부러워했을 정도로."

그것이 그가 한 마지막 말이었다. 케딜락성으로 돌아와서도 로자리아는 그 말을 잊지 못했다.

침실에서 휴식을 취하던 중, 시녀가 그녀를 찾아왔다.

"마님, 라뮤엘 경이 기다리고 계십니다."

"안내하도록."

시녀의 언질에 로자리아는 몸을 일으켰다. 그녀는 라뮤엘이 기다리고 있을 응접실로 향했다.

짱그랑, 날카로운 소리가 연이어 들렸다. 겁에 질린 신녀가 벌벌 떨었지만 프리실라 눈에는 보이지 않았다.

"멍청한 것! 일 처리도 제대로 못 해?!"

"쥴리아 신녀님께서도 어쩔 수 없이……."

싸늘한 눈길에 신녀는 바닥에 머리를 조아렸다.

"하, 제물을 구하지 못해서 들킨 신녀를 내 앞에서 감싸고 돌아?"

"주, 죽을죄를 지었습니다! 부디 용서해 주세요, 성녀님."

다른 신녀의 잘못은 자신의 죄였다. 벌벌 떠는 신녀를 벌레 보듯 내려다보던 프리실라는 몸을 돌렸다.

"갈 채비를 해라."

"……예?"

"버리는 패가 한둘 늘어난들 문제가 되겠느냐?"

언제 화를 냈냐는 듯 노기 서린 음성이 누그러졌다.

신녀의 손을 부드럽게 움켜쥔 프리실라가 우아한 미소를 입가에 띠었다.

"에르테반가로 가자. 숙부님을 뵈어야겠다."

죽은 제 아비를 대신해 후작위를 이어받은 숙부는 발이라도 핥을 듯이 구는 비굴한 사내였다.

"아, 아 네! 에르테반 후작님에게 연통을 넣겠습니다."

꼼짝없이 죽은 목숨이라 여겼던 신녀는 제 목이 붙어 있음에 감격하며 얼른 대답했다.

"연통을 넣지 않아도 돼. 후작이 날 반겨야지, 누가 날 반기겠어?"

쿡, 웃음을 터뜨린 프리실라가 손등으로 입가를 가렸다. 그녀는 내리깐 시선으로 신녀를 보며 중얼거렸다.

"오라비를 만나야겠다."

"오, 오라버니라면……."

"지오반니 에르테반. 지금은 바르세데스의 단장이자, 내가 총애했던 수기사였지."

지오와 연락이 끊긴 지 수년이 지났다. 마음 약한 오라버니는 데레사의 죽음에 죄책감을 느껴 바르세데스로 도망쳤다. 붙잡지 않았다. 눈물을 흘리지도, 유일하게 남은 피붙이에 그리움을 표하지도 않았다.

"떠나도 좋아요. 결국 당신은 제게 다시 돌아올 테니까."

하나, 바르세데스의 검으로 등을 돌린 그에게 무엇이 에르테반을 위한 길인지 알려 줄 때가 되었다.

16장 에르테반 (1)

공작 부인을 알아본 기사가 응접실의 문을 열어주었다. 안으로 들어서자 라뮤엘이 그녀를 기다리고 있었다. 그는 가슴에 손을 얹고 로자리아에게 인사를 올렸다.

"급한 일이 있어 찾아뵙고자 했습니다. 아프신 마님께 누를 끼친 게 아닌가 염려됩니다."

로자리아는 라뮤엘의 말에 고개를 젓고는 자리에 앉았다. 그녀를 따라 라뮤엘도 자리에 앉았다. 로자리아와 라뮤엘, 응접실에는 두 사람이 마주 보고 있었다. 먼저 운을 뗀 건 로자리아였다.

"아픈 건 다 나았으니 걱정 마. 라뮤엘의 안색이 더 좋지 않아."

"괜찮습니다. 그보다 위험한 일을 겪으셨다고 들었습니다, 마님."

"크게 다친 곳은 없는걸."

"다치지 않으셨다니 다행입니다만. ……대신전 신녀와 성기사들이 감옥에 갇혔다고 들었습니다."

"죄목도 알고 있어?"

"……로열 기사가 말해주었습니다."

라뮤엘은 착잡한 얼굴로 말을 이었다.

"민가의 아이를 제물로 쓰려고 했더군요. 금기를 들키기도 했을뿐더러, 감옥에 성녀를 따르던 신녀와 성기사가 갇힌 건 성녀에게 견딜 수 없는 치욕입니다. 대신전의 화살이 마님을 향할 겁니다."

"어느 정도는 감안했어. 그렇다고 죄 없는 아이를 제물로 쓴 죄를 눈감아줄 수는 없지."

로자리아가 담담하게 읊으며 라뮤엘을 바라보았다. 라뮤엘은 에르키사의 가주였다. 에르키사는 성녀의 가문인 에르테반과 같은 신성가문었다.

'라뮤엘은 아델과 만난 걸 알려나.'

조만간 아델을 찾을 일이 생길지도 몰랐다. 생각을 정리하던 그녀에게 청아한 목소리가 들렸다.

"예전부터 줄곧 고민했던 문제입니다만……."

무거운 숨을 내쉰 라뮤엘이 그의 손가락을 만지작거렸다.

"무슨 고민?"

로자리아가 물어도 그는 쉽사리 말을 꺼내지 못했다.

"지오 경에게 이 사실을 말해야 하는지 말입니다."

시간이 흐른 후에야 라뮤엘은 말을 꺼냈다. 그의 누이가 어린아이를 제물로 바쳤다는 것을 오라버니에게 말해야 하는지 묻는 것이었다.

"라뮤엘 생각은 어때?"

라뮤엘이 쓴웃음을 지으며 말했다.

"저는 잘 모르겠습니다. 제물이 수면 위로 밝혀지면 성녀뿐만 아니라 에르테반도 무사할 수 없을 겁니다."

로자리아는 어두워진 눈빛을 감추고는 말을 꺼냈다.

"이미 지오는 바르세데스의 기사단장이잖아."

"지오 경은 프리실라의 수기사였으니까요."

"그래도 말해야 한다고 생각해. 선택은 지오 경의 몫이니까."

"알겠습니다, 마님. 제가 지오 경에게 전하겠습니다. 이미 알고 있을지도 모르겠지만요."

로자리아는 두 손으로 찻잔을 그러쥐며 고개를 끄덕였다. 맑은 차에 그녀의 얼굴이 비쳤다. 프리실라의 죄를 그녀의 오라버니가 밝힌다면…….

"라뮤엘은 에르키사의 가주였지?"

"따로 말씀드린 적은 없지만 그렇습니다. 타고난 신성력으로 가주의 자리가 정해졌지요. 제 의사와는 상관없이."

라뮤엘은 묘한 시선으로 로자리아를 보며 답했다.

"에르키사와 에르테반은……."

"늘 사이가 좋지 않았습니다. 성녀의 자리를 놓고 두 가문은 치열하게 경쟁했으니까요. 더러운 짓도 마다하지 않았죠."

말을 하는 그의 목소리가 한껏 낮아졌다. 에르키사의 가주인 라뮤엘은 바르세데스의 편이었다. 로자리아는 확신을 내렸다.

"라뮤엘, 궁금한 게 있어."

"말씀하십시오."

"어째서 대사제를 그만둔 거지?"

"……그건."

찻잔을 들던 라뮤엘의 손이 멎었다. 탁, 겨우 잔을 내려놓은 그는 제 입술 끝을 매만졌다.

"……제가 한때."

라뮤엘은 과거를 회상하며 운을 떼었다. 대사제로 있었을 때, 지금과는 많이 달랐다. 그는 신성 에르키사의 적자로 태어난 순간부터 후계자가 되었다.

당시 신전은 정령술사와 관련된 자를 찾는 데 혈안이 되어 있었다. 대다수의 정령술사는 죽고 없었지만 신전의 힘을 과시하고 싶었던지, 그저 이단자들을 공포에 떨게 하려고 했던지 관련된 자를 모조리 죽였다. 그 중심에는 라뮤엘 에르키사, 대신전의 대사제인 그가 있었다.

"……마님께서 경멸하시는 자들과 다를 바가 없었습니다. 여신의 말이라면 무엇이든 들었고 정령술사와 관련된 자라면 탯줄도 자르지 못한 아이를 죽이라 명했습니다."

"……라뮤엘 당신이?"

"괴로워서 그만두었습니다. 제가 신성력을 쓰지 않는 것도……."

도망치듯 대신전을 빠져나왔다. 그를 붙잡는 가문의 손길을 내쳤다. 정신없이 걷고 나니 저보다 어린 황자 앞이었다.

"마님, 저는 속죄하는 마음으로 살아갑니다. 에르키사의 힘을 기대하셨다면 송구스럽게도……."

"그런 걸 물으려던 건 아니었어. 내가 생각이 짧았어. 라뮤엘의 탓을 하려던 것도, 에르키사 가문의 힘을 빌려 달란 것도 아니었어. 난 그냥……."

"어째서 마님을 특별히 대하는지 묻고 싶은 건가요?"

로자리아가 고개를 끄덕이자 라뮤엘은 찻잔을 그러쥔 채 읊조렸다.

"제가 비아의 신자니까요."

"……비아?"

"주신 비아는 여신 아니타가 악귀라 칭한 신입니다. 한때 아니타의 종이었던 저는 비아를 따르는 자가 되었습니다."

라뮤엘의 푸른 눈동자가 로자리아에게 고정되었다. 그는 에르키사 중에서도 극소수만 아는 사실을 내뱉었다. 다른 사람도 아닌, 신성가문의 가주가 비아를 믿는다는 건 에르키사가 위험에 처할 일이었다.

"성녀의 악행과 원죄, 금기를 어긴 것까지 전 처음부터 모두 알고 있었습니다."

라뮤엘이 주신의 기억을 받아들인 때부터 그의 가문, 에르키사는 중립을 지켰다.

"에르키사는 움직이지 않아요. 그러니 마님에게 힘을 실어줄 수 있는 신성가문은 에르테반이 유일할 거예요."

"에르테반을 편으로 만들라?"

"……글쎄요. 선택은 마님의 몫이겠죠."

라뮤엘이 아쉬운 듯 손을 떼어 내며 대답했다.

"제가 쓸데없는 말을 한 것 같군요. 시간이 늦었으니 이만 물러나겠습니다."

라뮤엘이 가슴에 손을 얹고는 고개를 숙였다.

로자리아는 그가 나간 뒤에도 자리를 떠나지 못했다. 그녀는 응접실의 문을 열고 나와 호위를 서던 기사에게 명했다.

"지오 경은 어디에 있지?"

"연무장에서 훈련하신다고 들었습니다."

"그곳으로 안내해 줘."

에르테반을 손에 넣으면 미래가 달라질까. 진득한 핏덩이가 손에 달라붙어 떼어지지 않았다. 자신이 죽인 원혼의 증오 섞인 비명, 새하얀 옷을 입고 쓰러진 신전의 이들. 과거가 바뀌었고 현재는 흘러가고 있었다. 그녀가 붙잡아야 할 건 지금 이 순간이었다.

금발을 느슨하게 묶은 사내는 한쪽 눈을 감고 활시위를 당겼다.

피융, 사내의 손에서 벗어난 화살이 과녁의 정중앙을 맞췄다.

"대단하십니다, 단장님!"

"호들갑은."

지오는 연무장이 떠나가라 박수를 치는 로열 기사를 흘겼다. 그는 손을 들어 턱 끝에 흐르는 땀을 훔쳤다. 기사로부터 마을에서 무슨 일이 있었는지 들었다. 주저하는 기사를 다그쳐 알아낸 사실은 프리실라, 제 누이가 아이를 제물로 바쳤단 이야기였다. 배 속에 돌을 집어넣은 듯 구토감이 치밀었고 머릿속을 휘젓는 것처럼 어지러워 이를 악물었다. 훈련이라도 하면 나아질까 연무장을 찾았건만 귀신같이 알아차린 다른 기사가 자신을 졸졸 쫓아왔다.

"언제나 백발백중! 정말 멋지십니다."

"할 일 없나? 거슬리게 하지 말고 일이나 하도록."

무언가 부족했다. 턱없이 연습해도 손끝에서 벗어난 화살이 느리게만 느껴졌다. 예전보다 더 강도 높은 훈련을 하고 있음에도 텅 빈 것처럼 아무것도 느껴지지 않았다. 지오는 가라앉은 눈으로 과녁의 정중앙을 바라보았다. 모처럼 주어진 휴일에도 훈련을 나섰건만 왜 이리 마음이 심란한 건지.

이른 저녁, 연무장에는 임무를 나간 자를 제외하고 로열 기사단 절반에 해당하는 인원이 있었다. 그들은 눈치껏 단장의 불편한 심기를 알아차리고 거리를 두었다. 활을 잡던 지오는 낯선 인기척이 느껴져 뒤를 돌아보았다.

"……마님?"

"오랜만이에요, 지오 경."

공작 부인이었다. 그녀가 연무장 끝자락에서 자신을 지켜보고 있었다. 그는 흐트러진 머리를 정리하고, 기사가 건넨 수건을 받아 땀을 대강 훔쳤다.

"따로 부르실 일이 있었다면 제가 먼저 찾아뵈었을 텐데요."

"휴가라고 들었어요. 연무장 구경도 할 겸 와 봤는데 방해가 되었나요?"
"마님께 흐트러진 모습을 보였던지라……."
로자리아는 자신에게 다가온 커다란 사내를 올려다보았다. 나무에 기대선 그녀의 발아래로 그림자가 졌다. 로자리아는 지오가 잡고 있는 활대를 바라보았다. 문득 그녀의 시선을 느낀 지오가 그가 쥐고 있던 활을 내밀었다.
"한번 겨눠 보시겠습니까?"
지오는 저도 모르게 그녀에게 물었다. 선뜻 말을 건넨 것에 로자리아도 놀랐지만, 그도 의아했다.
"저는 활은 배우지 못했어요. 분명 우스운 꼴만 보일 거예요."
"그럴 리가 있겠습니까."
지오는 말도 안 된다는 얼굴로 대답했다. 그는 예전부터 생각해 온 말을 건네었다.
"제가 인사가 늦었습니다. 마님께서 로열 기사단에 검을 하사하셨다고 들었습니다. 본래 제가 신경 써야 할 일을 해주시니 송구한 마음이 큽니다. 고맙습니다."
"센 경과 같이 본 거였어요."
로자리아는 머쓱해진 얼굴로 뺨을 긁적였다. 라쉬드에게 종종 고맙다는 말을 듣긴 했어도, 그의 기사들에게 이런 말을 듣긴 또 처음이었다.
"보답으로 제가 마님께 활을 가르쳐 드려도 괜찮을는지요?"
"활을?"
"제 휘하의 기사에게 들었습니다. 활을 배운다면 피하는 데 유리하니까요."
"좋아요, 지오 경. 어떻게 잡아야 하는지 가르쳐 주겠어요?"
로자리아는 눈가를 휘며 대답했다. 그녀는 지오의 가르침에 따라 활의 중앙을 잡았다. 팔꿈치를 힘껏 뒤로 젖히고는 활시위를 팽팽하게 당겼다. 그러기를 몇 번, 꽤 무거운 활대에 땀이 흘렀다. 이를 보던 지오가 그녀에게 손수건을 내밀었다.

"고마워요, 지오 경."

로자리아는 지오가 내민 손수건을 건네받았다. 묘한 기분이었다. 프리실라, 자신이 그토록 증오했던 성녀의 혈육인 지오와 함께 있다는 사실이. 그러나 나쁘지 않았다. 땀을 훔친 그녀는 손수건을 넣고는 다시 과녁을 응시했다. 왼쪽 눈을 감고서 과녁의 중앙을 주시했다. 두 눈을 뜬 시야와 한쪽 눈만 뜬 시야는 확연히 달랐다. 무거운 활시위에도 그녀는 팔을 움츠리지 않았다. 어깨를 펴고 활시위를 당긴 그녀는 숨을 크게 들이쉬었다.

"호흡을 멈춘 지금 놓으십시오."

피융, 매처럼 날아간 활은 바람을 가르며 바닥에 박혔다.

"……."

"잘하고 계십니다."

로자리아는 눈을 깜빡였다. 처음 쏘는 거라 많이 기대한 건-사실 조금 기대했었다-아니었지만 바닥에 내리꽂을 줄은 몰랐다.

"소질이 없는 걸까요."

"다시 해보십시오."

"다시?"

그녀는 조심스레 활대를 쥐었다. 로자리아는 눈을 내리깔고는 다시 숨을 내쉬었다. 실패한다면 다시 하면 된다. 추락한다면 다시 날면 된다. 어머니가 어린 자신에게 했던 말을 가슴 깊이 새겼다.

후욱, 숨을 들이켠 로자리아는 활대를 팽팽히 당겼다. 그녀의 눈동자가 바람의 움직임을 살피듯 가늘어졌다.

'윈드가 없어도, 정령술을 쓰지 않아도 바람의 기척을 느낄 수만 있다면…….'

로자리아는 머릿속으로 지오의 움직임을 붓으로 칠하듯 그려 나갔다. 손으로 활대를 잡는 것과 호흡, 팔의 각도까지. 지오가 했던 모습을 그대로 옮겼다. 그러고는 그녀의 신체에 맞춰 팔을 살짝 들었다.

지오는 활을 연습하는 로자리아를 물끄러미 지켜보았다. 한때, 그의 누이였던 프리실라에게 손수 활을 가르쳐 줬었다.

피융, 로자리아의 손에서 화살이 벗어났다. 바람을 가르며 날아간 화살이 과녁의 정중앙을 맞췄다. 이를 멀리서 지켜보던 기사들 사이로 탄성이 흘러나왔다.

"명중입니다!"

기사가 척 흰 깃발을 들어 올렸다. 주위에서 짝짝짝, 우레와 같은 박수 소리가 터져 나왔다. 무기를 받고 모른 척하던 것이 내심 마음에 걸렸던 로열 기사단이 열렬히 박수를 쳐 댔다.

"지오 경?"

멋쩍은 웃음을 지은 로자리아가 뒤를 돌아보았다. 뭐라고 말을 할 것 같았던 지오가 자신을 물끄러미 바라보았다.

그 순간, 거짓말처럼 어렸을 때의 프리실라와 겹쳐 보였다. 잘 맞췄느냐고 물어보던 어린 누이. 주홍빛 눈동자가 바람이 퍼지듯 푸른색으로 변해 갔다. 더 이상 성녀는 제 누이가 아니었고, 이곳 또한 대신전이 아니었다. 햇빛을 받아 반짝거리는 금발과 백청색 눈동자가 그의 눈에 담겼다.

어찌하여 과거에 사로잡혀 있는가. 스스로에게 질문을 던지던 지오가 로자리아가 쥔 활대를 건네받았다.

"……오히려 제가 마님께 한 수 배워야겠군요."

"우연이에요."

"우연이 겹치면 필연이니까요."

지오는 옆으로 묶었던 머리끈을 어루만졌다. 그가 버리지 못했던,

어린 누이가 자수를 남겼던 주홍빛 천. 프리실라의 눈동자와 닮아 있어 버리지 못했던 흔적이었다.

"마님께선 아무렇지 않으신 겁니까?"

그는 낡은 머리끈을 만지작거리는 것을 그만두었다. 다시 활대를 쥔 지오가 과녁의 정중앙으로 활을 겨누었다.

"제 누이가 한 예언 때문에……."

"……예언."

알고 있었다. 성녀의 예언이 자신의 삶을 망가뜨린 것쯤은. 로자리아에게서 별다른 말이 없자 지오는 깊숙이 묻어야 했던 이야기를 꺼냈다.

"하면 마님께선 다른 예언을 아시는지요?"

"다른 예언?"

로자리아의 목소리가 떨렸다. 그녀가 아는 예언은 단 하나였다. 왕의 피를 이어받은 딸이 아비의 목을 베리라고 했던 프리실라의 예언뿐이었다. 프리실라가 한 예언 때문에 어머니는 죽었다. 로자리아는 가라앉은 눈으로 지오를 바라보았다.

"전(前) 성녀인 데레사 님이 하신 예언이 있었습니다."

"성녀 데레사가?"

성녀 데레사, 프리실라가 죽인 그녀의 스승. 하지만 로자리아는 데레사의 예언을 알지 못했다. 지오는 주변의 기사를 물렸다. 그는 로자리아에게 한 걸음 다가가 낮은 목소리로 말했다.

"테베에서 대륙을 통일할 여제가 태어날 것이다. 신성제국의 속국이던 테베의 여왕은 신성제국과 강철제국, 두 나라를 삼키고 찬란한 문명을 가지고 올지어다."

그는 데레사의 예언을 토씨 하나 틀리지 않고 읊조렸다. 무겁게 잠긴 목소리가 그녀의 귀에 들려왔다.

"금빛 장미가 대륙의 기를 수놓으리라."

"그건……."

로자리아는 말을 잇지 못했다. 그녀의 눈꺼풀이 파르르 떨렸다. 심호흡하며 무너질 듯 요동치는 가슴을 진정시켰다. 로자리아는 시간이 조금 흐른 뒤에 지오에게 물었다.

"지오 경이 한 말이 정말이라면 어째서 데레사는 마녀로 몰려 죽은 거죠?"

"데레사 님이 한 예언은 이스타샤에 혼란을 가져왔을 겁니다. 노만 1세는 이를 원하지 않았고, 새로운 성녀가 필요했습니다."

"다른 예언을 할 성녀……?"

예언은 쉽사리 바뀌지 않는다. 이는 성녀의 명예였고, 미래를 보는 성녀는 어떠한 이유로든 예언을 바꾸어선 안 되었다.

"예언이 아니었더라도 노만 1세는 데레사 님보다 자신의 편이 되어줄 어린 성녀를 원했습니다."

그 누가 성녀 데레사가 죽을 줄 알았을까. 아니타와 견줄 최고의 성녀가.

"제 누이가 거짓으로 뱉은 예언이 당신의 삶을 빼앗았습니다."

지오는 로자리아에게 숨김없이 털어놓았다. 성녀의 죄는 곧 에르테반 가문의 죄가 되었지만, 그 누구도 대가를 치르지 않았다.

"원래의 예언은 그 누구에게도 듣지 못했던 거예요."

로자리아는 눈을 감으며 중얼거렸다. 성녀 데레사가 죽지 않았다면, 아니, 프리실라가 거짓 예언을 하지 않았다면 미래가 바뀌었을까. 지금 와서 되돌리기엔 많은 길을 걸어왔다. 더 이상 과거에 얽매일 순 없었다.

"지오 경은 프리실라의 예언이 거짓이라 생각하나요?"

"제 누이에게 미래를 보는 예지 능력은 없습니다. 전 그녀를 어릴 때부터 지켜봐 왔으니까요."

성녀 중에서도 예언 능력을 가진 이는 극소수였다. 천 년 동안 손가락에 꼽을 정도였다.

"그거면 됐어요."

처음이었다. 그녀의 앞에서 예언이 거짓이라 말한 사람은. 그녀를 위한 것이든, 그저 사실을 읊은 것이든 상관없었다.

"마님께선 저를 증오하십니까? 당신의 삶을 통째로 망가뜨린 프리실라의 오라버니인 저를."

"지오 경은 바르세데스의 단장이에요. 증오하지 않아요, 당신이 한 일이 아니니까."

로자리아는 담담하게 읊었다. 오히려 그녀를 마주 바라보는 지오의 눈빛이 흔들렸다.

"앞으로 제가 성녀의 걸림돌이 된다면, 지오 경께선 저를 미워할 건가요?"

그녀가 묻고 싶었던 말이었다.

지오반니 에르테반. 그가 선택한 건 바르세데스, 그러나 태어난 핏줄 자체는 에르테반이었다. 성녀의 존재 자체만으로도 에르테반은 많은 이득을 누렸다. 반대로 성녀가 권세를 잃는다면 에르테반도 마찬가지.

"저는 당신을 미워하지 않습니다. 제게 어찌 그럴 권리가 있겠습니까."

지오는 손에 있는 끈을 그러쥐었다. 성녀의 방종을 지켜본 대가는 그가 생각한 것보다 참혹했다. 지오는 떨리는 손을 내려다보았다. 숨을 크게 들이쉰 그는 프리실라가 자수를 놓았던 천을 자신의 손으로 버렸다.

팔랑, 바람에 휘날리며 떨어지는 주홍빛 천을 보자 형용할 수 없는 감정이 들었다. 에르테반. 바르세데스. 오늘 결정을 내리지 않는다면 둘 다 잃게 될 것이다.

찌이익, 그의 검이 천을 찢어발기며 땅에 박혔다.

"저는 바르세데스의 기사단장입니다."

"지오 경은 바르세데스를 위해서 어디까지 할 수 있죠?"

"……마님께서 생각하시는 것보다 더한 일도 해낼 것입니다."

로자리아가 무어라 말하려는 찰나, 저 멀리서 기사 하나가 다급히 뛰어왔다. 기사가 로자리아에게 예의를 갖추고는 지오에게 말했다.

"단장님! 성녀님께서 북부 케딜락으로 오신다는 전언입니다."

조금 전 날아든 새하얀 매로부터 받은 연통이었다.

성녀가 북부로 온다고? 어째서? 그녀에게 등을 돌린 바르세데스를 찾아올 이유가 마땅히 없었다.

"다음에 찾아뵙겠습니다, 마님."

놀란 건 지오도 마찬가지였다. 그는 로자리아에게 묵례하고는 기사를 따랐다.

'프리실라…….'

공작이 이를 허락한다면 성녀는 북부로 올 것이다.

케딜락에 봄이 찾아왔다. 귀한 손님은 반갑기보단 혹한 겨울을 나는 북부 사람들에겐 낯설었다. 프리실라는 케딜락을 찾았다. 그녀의 패를 다시 찾기 위해서. 성녀가 북부에 전령을 보낸 지 보름이 지난 뒤였다. 케딜락성의 군주인 공작의 허가가 없었다면 어려웠겠지만, 그는 프리실라의 방문을 허락했다.

고대할 수는 없던 약속의 날. 성녀 프리실라가 그녀의 최측근과 함께 케딜락성을 방문할 것이다.

로자리아는 케딜락의 분위기를 살필 겸 산책을 나섰다. 그녀의 뒤를 공작가의 기사가 따랐다. 기사를 대동한 공작 부인을 본 이들은 묵례하기에 바빴지만, 간혹 눈치 없는 이들은 저들끼리 속닥거렸다.

"성녀님께서 직접 케딜락성으로 오신다는군!"

"이런 별 볼 일 없는 곳까지?"

성녀가 온다는 소식은 케딜락을 흔들기에 충분했다. 프리실라가 군량미를 썩게 만들고 자신의 신녀를 시켜 병사를 독살했단 사실을 아는 자는 극소수였다. 이를 모르는 병사와 로열 기사단-그들은 지오를 따르던 이들로 대부분 성기사 출신이었다-의 입가로 웃음이 번졌다. 아직 오지 않은 성녀의 존재감은 실로 대단했다. 마치 이것이 현실이라 친히 알려 주는 것만 같았다.

'프리실라는 분열을 원하는 거야.'

성녀가 온다. 이 사실만으로도 케딜락의 견고한 성은 깨졌다. 나는 너와 다르다. 네가 겨우 바꾼 케딜락도, 결국은 성녀를 추앙하는 자들이 모인 곳이다. 뱀이 쉭쉭거리며 속삭이는 것만 같았다.

로자리아는 깊은숨을 들이쉬며 따라오는 기사들을 물리고는 성벽 위로 향했다. 속이 복잡했지만 내색하지 않았다.

햇볕이 내려앉은 정오, 그녀는 하나로 묶었던 머리를 풀었다. 상아색 금발이 뺨에 닿아 간질거렸다. 공작 부인을 알아본 기사들이 인사를 건넸지만, 그녀의 시선은 성벽 아래를 향했다.

로자리아는 눈을 가늘게 떴다. 저 멀리서 마차가 달려왔다. 마차 행렬을 주시하던 로자리아는 눈을 감았다. 다시 눈을 떴을 땐, 그녀의 푸른 눈동자가 한층 짙어졌다. 그녀는 손을 뻗어 가지런한 바람을 어루만졌다. 자신의 손을 따르듯 모여드는 바람은 마나를 가진 정령술사로서 익숙했다. 그러나 오늘은 평소와는 느낌이 달랐다.

"마님, 공작님께서 기다리고 계십니다."

"알겠다."

가라앉은 시선으로 성벽 아래를 보던 그녀는 몸을 돌렸다. 조만간 대신전과의 협상이 시작될 것이다. 케딜락성이 분주해졌다.

로자리아는 장장 세 시간에 걸쳐 시녀의 도움을 받아 치장을 마쳤다. 목깃까지 올라온 검은 드레스는 엄숙하고 고풍스러운 분위기를 자아냈다. 탐스러운 금발을 틀어 올렸음에도 새하얀 목덜미는 가려 보이지 않았다.

"준비가 끝났습니다, 마님. 더 필요하신 것이 있으신지요?"

"루시, 네가 잘해 줘서 더 필요한 건 없어. 수고했어."

로자리아는 가볍게 웃고는 침실을 벗어났다. 그녀를 기다리고 있는 라쉬드와 만나기 위해서. 로자리아는 접견실에 도착했다. 본성 입구에는 기사가 있었으나, 접견실에는 기사와 시종조차 보이지 않았다.

끼익, 낡은 쇠고리를 잡아당기자 문이 열렸다. 안에는 아무도 없었다. 붉은 카펫이 깔려 있었고, 어두운 주홍빛 횃불이 횃대에서 일렁였다. 중앙의 계단 위에 거대한 왕좌가 자리했다. 로자리아는 눈을 깜빡였다.

군주의 자리였다. 어찌하여 왕좌로 보였는지 그녀 또한 의문이었다. 로자리아는 무거운 발걸음을 떼었다. 스륵, 드레스 자락이 그녀의 움직임에 맞춰 사락거리는 소리를 냈다.

또각또각. 유리처럼 투명한 대리석에 구두 소리가 부딪혀 울렸다. 로자리아는 군주의 자리에서 멈췄다. 그녀는 저도 모르게 손을 뻗어 차가운 쇳덩이를 어루만졌다.

달칵, 철문이 열리는 소리에 로자리아는 뒤를 돌아보았다. 라쉬드가 그녀를 물끄러미 지켜보았다.

"왔으면 미리 말해주지 그랬어요?"

"탐나는 듯이 보고 있기에 말할 수 없었어."
라쉬드는 묘한 얼굴로 중얼거렸다. 반듯한 이마를 드러내는 검은 머리에 그녀는 공작에게서 시선을 떼지 못했다. 평소에도 흐트러지는 일은 없었지만, 머리를 내린 모습만 보다 보니 오늘은 색달랐다. 목깃에는 새하얀 천이 달려 있었고, 부채꼴의 천을 감싼 홍옥이 어두운 빛을 발했다. 발목을 넘는 검은 구두와 허리춤에 찬 검, 격식을 차린 공작의 모습에 그녀는 라쉬드에게서 시선을 떼지 못했다.
"나보다 더 공들인 것 같아요."
"……격식을 갖춰야 하기에."
라쉬드는 행여 오해할까 말을 덧붙였다. 그는 멈춰 선 로자리아에게 먼저 다가갔다. 거리가 가까워지자 둘 사이에서 묘한 기류가 흘렀다. 먼저 피하려던 로자리아는 자신을 가로막는 손에 움직이던 것을 그만두었다. 그녀는 고개를 들어 라쉬드를 바라보았다. 평소에 하지 않았던 귀걸이가 그의 손에 있었다.
"그건 뭐예요?"
"귀물."
"귀물이라뇨?"
성물까진 아니더라도 귀한 것일 텐데. 로자리아의 생각을 알아차렸는지 라쉬드는 입꼬리를 올렸다.
"딴 곳 보고 있어 봐."
"왜요?"
"묻지 말고 해줬으면 하는데."
"……알았어요."
로자리아는 투덜거리면서도 그가 원하는 대로 고개를 돌렸다. 로자리아가 옆을 바라보는 사이, 라쉬드는 그녀의 귀에 귀걸이를 걸어주었다.
차가운 감촉에 그녀는 저도 모르게 고개를 돌렸다. 한쪽은 무사히 끼워졌으나 나머지 한쪽은 여전히 그의 손에 들려 있었다. 뭐든지 능숙한 공작이 귀걸이 하나에 쩔쩔매는 건 상상도 못 한 풍경이었다. 손이 자꾸 미끄러져 제대로 되지 못했다. '제기랄, 젠장' 따위를 내뱉고 싶었지만 그는 꾹 참았다.

로자리아는 그가 다 할 때까지 기다려 주었다. 놀리고 싶어 핀잔을 줄까 싶었지만, 오늘의 낯선 모습이 마음에 들어서 관두었다. 장장 십 분에 걸쳐 흑요석으로 만든 귀걸이가 그녀의 귀에 달렸다.

"이게 뭐예요? 산 거예요?"

"샀을 리가. 내가 만든 거야. 당신에게 주려고."

라쉬드는 별거 아니란 어조로 대답했다. 귀걸이의 재료가 된 흑요석은 칼라네가로부터 전해 오던 가보였다. 흑요석을 귀걸이로 가공해 오랫동안 성력을 담았다. 그는 슬쩍 로자리아의 반응을 보았다.

'성공인가? 실패?'

그녀에게선 별다른 반응이 없었다. 그는 한숨을 삼키며 애꿎은 머리칼을 손으로 헤집었다. 백작 부인과 위험한 기사! 그 싸구려 소설을 믿는 게 아니었어. 그는 절망적인 얼굴로 침음을 삼켰다. 부끄러움은 자신의 몫이었다.

"이거 마음에 들어요. 나 생각해서 준 거예요?"

"오다가 주웠어."

"만들었다면서요?"

"……주운 흑요석으로 만들었어. 성력으로부터 널 보호해 줄 거야."

라쉬드는 빨라진 목소리로 귀걸이의 용도를 알려 주었다. 자신을 속이지 말라고, 눈에 담고 싶은 모습을 숨기지 말아 달라고 어찌 말할 수 있겠는가. 한 귀에 귀걸이를 두 개 달 순 없으니 전에 보았던 사파이어 귀걸이 대신, 자신이 만든 것을 달았으면 했다.

라쉬드는 로자리아의 손을 감쌌다. 그는 그녀의 손을 잡고 계단 위로 올라왔다.

"여기가 내 자리야. 성녀 일행이 찾아오면 여기서 인사를 받을 거고."

아쉬운 듯 손을 놓은 라쉬드가 자리에 털썩 앉았다. 한쪽 다리를 꼰 그는 턱을 괴고는 제 아내를 물끄러미 바라보았다.

'요즘따라 도통 무슨 생각을 하는지 알 수 없단 말이야.'

좋은지 싫은지, 화가 났는지 기쁜지. 그 기점은 프리실라가 케딜락으로 오는 일을 허락하고 나서였다. 말이 허락이지, 성녀의 방문을 거절할 수 있는 군주는 없었다. 대신전에 붙잡힌 이들을 풀어줄 생각은 추호도 없었지만, 확실한 물증이 없어 죄를 묻기도 애매한 상황이었다.

그는 꼬았던 다리를 풀어내고는 곁에 서 있는 로자리아를 자신의 무릎 위로 끌어당겼다. 어느새 라쉬드의 무릎에 앉혀진 로자리아는 그의 어깨에 고개를 묻었다.

"로즈."

귓가에 닿는 목소리는 실로 달콤했다. 묘한 색기를 품은 눈이 그녀를 내려다보았다. 한 손으로 로자리아의 허리를 끌어안은 그는 그녀의 드레스 자락을 어깨까지 벗겨 내었다.

라쉬드는 새하얀 목덜미에 입술을 묻었다. 간질거리는 숨에 그녀의 손끝이 움찔했다.

"남겨도 되겠지?"

"……뭘, 뭘 말이에요?"

"키스."

그는 천천히 탐미하듯 로자리아의 목에 입술을 지분거렸다. 서늘한 입술이 닿자 그녀의 맥박이 주체할 수 없이 뛰었다. 쿵쿵, 망치질하듯 두근대는 심장에 미칠 지경이었다.

로자리아는 그의 어깨에 고개를 묻었다. 관계를 가졌음에도 이런 일은 언제나 설레고 부끄러웠다. 자신의 어깨에 기댄 아내의 머리칼을 다정하게 헤집던 그가 쿡, 하고 웃는 소리가 들렸다. 낮게 터진 웃음에 로자리아는 얄미운 듯 그를 흘겼다.

"계속 기대도 되는데."

"아뇨, 이제 일어설 거예요."

놓아줄 것 같았던 라쉬드는 그녀를 품에 끌어안았다. 갑작스러운 포옹에 로자리아는 눈을 크게 떴다. 커다란 공작의 품에 영락없이 안긴 꼴이었다.

"로즈, 귀걸이를 선물로 줬으니 답례를 바라도 되는 건가?"

"답례라뇨?"

"가는 게 있으면 받는 게 있어야지."

"난 가진 게 없어요."

"상단도 가진 데다가, 아이리쉬 백작의 신임을 얻었고, 글로리아의 충성도 받아 냈지. 이제 라뮤엘과 센은 나보다 당신을 더 좋아해."

"……나를요?"

로자리아는 놀란 듯 눈을 동그랗게 떴다. 저도 모르게 홀린 듯이 아내를 보던 라쉬드가 잔뜩 잠긴 목소리로 말했다.

"그래. 바르세데스도, 공작의 기사들도 부인을 지키기 위해서 검을 들 테고."

"……라쉬드."

"부유한 부인께 대가를 받아도 되려나?"

부유하다는 말에 로자리아는 한숨을 쉬었다. 그래 봤자 바르세데스의 부에 비할 바 아니었다. 뭘 바라는 걸까. 혹 상단과 관련된 일이려나. 로자리아는 고개를 끄덕였다. 과한 요구를 하면 어쩌지. 그녀는 라쉬드의 대답을 기다리며 목울대를 넘겼다.

"로즈, 내게 먼저 키스해 줘."

로자리아는 서서히 눈을 감는 그에게로 고개를 숙였다. 그녀는 조심스레 그에게 입술을 맞췄다. 흐트러진 호흡이 오가고 서늘했던 그의 몸에 열감이 돌았다.

"하아."

먼저 키스한 건 그녀였지만 주도하는 건 라쉬드였다. 그는 아내의 아랫입술을 느릿하게 핥으며 생소한 감각을 알려 주었다. 동화 속에 나오는 달콤한 키스와는 사뭇 다른 짙은 키스였다.

라쉬드의 품에 안긴 채, 로자리아는 붉어진 눈가로 그를 내려다보았다. 정적이 내려앉은 군주의 접견실에서 둘은 서로의 온기를 나누었다. 사실, 라쉬드는 키스만으론 부족했지만 안달이 난 것처럼 보이고 싶지 않았다.

"조금 있으면 성녀가 올 거야."

"알고 있어요. 아까 전에 성벽 위에서 보고 왔으니까요."

"직접?"

"그냥 두 눈으로 보고 싶었어요."

라쉬드는 쓴웃음을 짓는 그녀의 뺨에 입술을 맞추었다. 쪽. 심각했던 로자리아의 얼굴이 풀어지자 그는 안도의 숨을 내쉬며 그녀를 끌어안았다. 자리가 불편했던지 라쉬드는 자세를 바꾸었다. 제 어깨에 고개를 묻은 그 때문에 그녀는 어찌해야 할지 몰랐다. 그가 해주었던 것처럼 머리칼을 쓰다듬으면 될까. 머리가 흐트러진다고 싫어하면?

"만져 줘."

로자리아는 조심스레 손을 뻗어 그의 머리칼을 매만졌다.

"부드러워요."

철의 공작이라기에 머리카락 또한 철같이 뻣뻣할 줄 알았는데. 로자리아는 배시시 미소를 지었다. 얼마 만에 느끼는 행복인지 올라가는 입매를 내리기 힘들었다. 시간이 흐른 후에야 로자리아는 그의 감긴 눈을 보다가 입술을 열었다.

"라쉬드, 내가 당신과 다른 길을 걷게 된다면……."

"다른 길?"

눈을 여전히 감은 채, 그는 나지막이 물었다.

"성녀는 분명 당신을 회유할 거예요."

"……나를 회유한다?"

"어떻게 해서든. 바르세데스가 거절할 수 없는 명분을 들먹이거나 제안하겠죠."

"부인께선 내가 홀라당 넘어갈 것 같았어?"

"조금은."

로자리아는 지끈거리는 머리에 한숨을 쉬었다. 조금 전 행복이 거짓말처럼 사라질 것만 같았다. 빼앗기고 싶지 않아. 그의 곁을 내주고 싶지 않아. 그와의 온기도, 가끔 다정하게 대해 주는 것도, 겨우 신뢰를 얻은 바르세데스의 기사들까지.

"명심하도록 하지. 내가 부인을 실망시키는 일이 없도록."

라쉬드는 로자리아의 손등을 들어 올리고는 정중한 태도로 입을 맞추었다. 그는 로자리아에게서 시선을 떼지 않았다. 반쯤 잠긴 목소리로 한 말은 진심이었다. 비록 그녀가 모른다고 해도.

접견실의 중앙, 가장 높은 단상에는 공작이 앉았다. 그 곁에는 공작부인이 있었다. 그들은 흐트러진 머리칼과 의복을 정제한 지 오래였다. 공작 부부는 드높은 단상 위에 앉아 성녀를 기다렸다.

중앙에 깔린 붉은 카펫의 양옆에는 기사단이 시립했다. 오른편에는 허리춤에 검을 찬 지오가 있었고, 왼편에는 새하얀 신관복을 걸친 라뮤엘이 자리를 지켰다. 지오의 뒤로 기사들이 흐트러짐 없는 자세를 유지했다. 로열 기사단. 바르세데스를 지키는 제1기사단이자 이스타샤에서 가장 강한 무력 집단이었다.

로열 기사단은 모두 남색 제복을 입었기에 구별하는 건 어렵지 않았다. 검은 천으로 허리를 덧댄 것과 달리, 지오는 단장으로서 금빛 자수가 놓인 실을 매달았다.

이들을 보는 로자리아의 눈에 이채가 서렸다. 지오야 엄격한 성정으로 유명하니 그렇다 쳐도 라뮤엘은 그녀가 알던 상냥한 보좌관이 아니었다. 예기를 띤 눈동자가 날카로운 빛을 발했다. 그녀와 닮은 푸른 눈동자는 범인의 것이라 보기 어려웠다.

쿵! 성녀의 도착을 알리는 징 소리가 들려왔다. 굳게 닫혀 있던 문이 열리고, 눈부신 빛이 새어 들었다. 모두의 시선이 문으로 향했으나 단 한 명, 라뮤엘은 그러지 않았다. 지오를 제외한 기사들은 대열을 유지한 채 고개조차 돌리지 않았다.

"프리실라 에르테반, 신성제국의 성녀님께서 드십니다!"

기사의 커다란 외침과 함께 새하얀 드레스를 입은 여인이 먼저 안으로 들어섰다. 프리실라, 이스타샤의 성녀였다.

"오랜만에 보게 되어 기뻐요, 바르세데스 공."

"먼 걸음 오느라 수고가 많았소, 성 프리실라."

라쉬드는 겉치레로 쓰이는 미소를 입가에 걸쳤다. 웃고 있었지만 그의 표정이 차갑기 그지없다는 것을 프리실라도 느꼈다. 라쉬드의 서늘한 태도는 프리실라의 마음에 불을 지폈다. 그래서 더욱 갖고 싶다는 것을 정녕 그는 모르는 걸까. 공작의 싸늘한 태도는 아쉽게도 프리실라를 흔들지 못했다. 그녀는 상냥한 미소를 띠며 물었다.

"바르세데스 공, 제 얼굴을 잊은 건 아니시겠죠."

"내가 그대의 얼굴을 기억해야 할 일이 무어 있겠소."

"있지 않나요? 제가 아끼는 신녀와 성기사들을 바르세데스 공께서 구금하셨으니까요."

프리실라는 알 듯 말 듯 묘한 미소를 지었다. 이윽고 성녀의 차가운 시선이 닿은 곳은 공작의 곁에 앉은 로자리아였다.

"아니면 부인께서 구금하신 거였나요?"

"어찌하여 그렇게 생각하시나요, 성녀님?"

"그 이유가 불분명하다고 들었어요. 제 명성에 흠집을 내려는 얼토당토않은 소문이야, 그 소문을 낸 자를 처벌하면 될 것이고……."

프리실라는 교묘히 말끝을 흘렸다. 그러고는 눈을 내리깔며 말했다.

"이스타샤의 성녀이자, 대신전의 주인으로서 말씀드리죠."

로자리아는 프리실라의 시선을 피하지 않았다. 오히려 공작 부인의 입매가 호선을 그렸다. 가진 건 천박한 몸뚱어리밖에 없는 주제에! 속으로 욕지거리를 삼킨 프리실라의 얼굴이 굳었다. 로자리아가 여유롭게 나오자 그녀의 속이 탈 지경이었다. 하지만 그것도 잠시, 프리실라는 회심의 미소를 지으며 말했다.

"유감이지만 공작님이라 하여도 부인의 잘못을 감싸선 곤란해요. 듣기론 부인께서 제 신녀와 성기사들에게 정체를 숨기고선 교황청의 신녀라 거짓말을 하셨죠. 공작 부인께선 신전의 사제를 사칭한 죄, 그 죗값을 어찌 치를 생각이신가요?"

"죗값?"

로자리아는 느릿하게, 그러나 강단 있는 목소리로 물었다. 겁을 집어먹거나 떨고 있을 거란 예상과 다르게 공작 부인은 너무나도 태연했다. 로자리아는 단상 위에서 프리실라를 내려다보며 낮게 읊조렸다.

"제게 죄가 있었던가요? 그것도 제가 모르는."

"부인께선 발뺌하실 생각인가 보네요. 처벌받을 것이 두렵나 봐요?"

"아뇨, 전 두렵지 않아요."

로자리아는 저도 모르게 웃고 말았다. 성녀를 조롱하기 위함이 아니라, 입술 사이로 새어 나온 웃음이었다.

"제가 저지른 죄가 없는데 무엇을 두려워하며, 어떤 죗값을 치러야 하는지 궁금했을 따름이에요."

로자리아는 눈매를 우아하게 휘고는 절제된 어조로 대답했다. 그녀의 청아한 목소리가 정적이 깃든 접견실에 울렸다.

프리실라가 말했다.

"부인, 이스타샤는 신성제국이에요. 사칭죄는 결코 가볍지 않아요."

"민가의 아이를 신녀로 끌고 가려던 건 죄가 아닌가요?"

프리실라가 같은 말을 반복하자 로자리아는 그럴 줄 알았다는 듯 속으로 혀를 찼다.

"아비를 잃은 가련하고 불쌍한 아이였어요. 신전의 자금으로 신녀를 키워 주는 게 어떻게 죄가 되는지, 이해가 가지 않는군요."

"정말로 키워 주기 위한 건가요, 성녀님?"

"그럼요. 다른 뜻이 있겠나요."

프리실라는 눈을 깜빡였다. 순진무구한 성녀의 얼굴에 공작 부인께서 성녀님께 너무하다며 몇몇의 로열 기사가 불편한 기색을 표했지만, 지오의 눈빛에 제 속내를 감췄다.

로자리아는 자리에서 일어섰다. 그녀가 신은 구두가 또각또각 소리를 내며 프리실라의 앞으로 향했다.

면전에서 마주치자 성녀는 불쾌함을 표했지만 로자리아는 아랑곳하지 않았다. 친근한 사이가 아니었으니 이토록 거리가 가까울 이유가 없었다. 프리실라는 입술을 다물고 미간을 찌푸렸다.

"예로부터 신녀는 귀족 가문의 아이가 아니라면 되지 못했어요. 하지만 지금은 성년도 되지 못한 채 죽는 신녀가 한가득이라고 하죠."

"그건 헛소문이에요."

"소문이라뇨. 제가 어찌 소문 따위를 가벼이 입에 담아 성녀님의 명예를 더럽힐 수 있는지요. 대신전의 기록을 보면 나와 있을 텐데, 지금이라도 가져오라 이를까요?"

"……명부를 가져오겠다?"

프리실라는 가느다란 입매를 올렸다. 가소로웠다. 고작 그 정도 생각을 못 해 명부 조작도 하지 않았을까. 멍청한 것. 프리실라는 속으로 비아냥거렸다.

"좋아요. 얼마든지 가져오도록 해요."

로자리아는 자신만만한 성녀와 눈을 마주치며 선명한 목소리로 말했다.

"프리실라 님께서 관리하는 그 명부, 명부에 가축 취급받는 사람도 기록되어 있나요?"

"가축이라뇨, 무슨 말인지 모르겠어요."

로자리아는 프리실라가 있는 쪽으로 허리를 숙여, 성녀의 귓가에 낮은 목소리로 속삭였다.

"왜 모르는 척하지? 네가 죽인 가련한 제물을 말하는 건데."

로자리아의 서늘한 시선이 프리실라를 옭아매었다. 뒤로 물러서려던 성녀의 발끝이 무거웠다.

왜? 순수한 의문이었다. 무언가에 사로잡힌 것처럼 움직일 수조차 없었다. 프리실라는 미칠 지경이었다. 자존심이 상했으나 어떤 힘인지 가늠조차 되지 않았다. 이스타샤 성녀이자 제물을 이용하여 강한 성력을 가진 자신이!

"제가 하는 말이 어렵다면 친히 가르쳐 드릴까요, 성녀님."

목소리를 낮춘 로자리아가 프리실라를 향해 손을 내뻗었다.

"재미없게 내가 당신이 성력을 가진 여아…… 가문이 없는 어린아이를 제물로 쓴다는 사실을 밝혀야 하나."

"……!"

손이 닿으려는 찰나, 성녀는 저도 모르게 뒤로 물러났다. 차가운 조롱이 담긴 목소리가 프리실라의 귀로 파고들었다.

"……지금 뭐라고 한 거죠?"

프리실라가 헛웃음을 삼켰다. 그래, 신녀에게 물어 아이들을 제물로 바친다는 것쯤은 알아냈겠지.

'이 맹랑한 것이 감히 나를 협박해?'

프리실라가 로자리아를 노려보았다.

"이젠 저를 모함하시겠단 건가요?"

"모함이라뇨. 아이를 좋아한다는 말이 그렇게 화를 내실 일인가요?"

로자리아는 그게 무슨 소리냐고 되물었다. 입술을 베어 문 프리실라가 그녀를 노려보았다.

"……아이?"

프리실라가 하 하고 웃음을 터뜨렸다. 어차피 말해봤자 아무도 그 말을 믿어주지 않을 텐데, 그걸 지금 협박이라고 하는 건가? 프리실라는 로자리아에게만 들릴 만큼 작게 속삭였다.

"말하려면 언제든 말해. 누가 테베에서 온 네 말을 들어주겠어?"

"그럼 이것도 말해도 되려나. 당신의 성력이 제물로 인해 겨우 유지된다는 것도?"

프리실라는 그녀의 귀를 의심했다. 잘못 들었기를 바랐으나, 현실은 냉혹했다.

"너……!"

"아무도 모른다고 생각했겠지. 네가 가련한 아이를 제물로 쓴다는 것과……."

로자리아는 말을 하던 것을 멈추었다. 그녀를 보는 프리실라의 눈이 흔들렸다.

"성녀 데레사, 네 스승을 죽이고 마녀라고 누명을 뒤집어씌운 것도."

프리실라는 뒤로 물러섰다.

'어째서 저 여자가 스승님 일까지 알고 있는 거지?'

성녀 데레사, 그 이름만으로도 프리실라는 벌벌 몸을 떨었다. 아무도 죽은 스승을 들먹이는 일은 없으리라 여기지 않았던가!

"대화가 너무 길어졌군요. 모처럼 케딜락성에서 편안한 시간을 보내도록 해요."

로자리아는 프리실라가 자신을 붙잡기 전에 몸을 돌려세웠다. 우두커니 자리에 선 프리실라는 입술을 달싹거렸다. 그러나 그게 전부였다. 로자리아는 걸음을 옮기다가 뒤를 돌아보고는 프리실라에게 말했다.

"제게 무례를 저지른 신녀, 그리고 제 목에 검을 겨눈 성기사들까지. 성녀님께서 안타까워하는 것도 이해가 가요."

다정한 어조와는 다르게 로자리아의 눈빛만큼은 싸늘했다. 그녀를 보던 프리실라가 말했다.

"무슨 이해를 말하는 거죠?"

"아랫사람을 제대로 다루지 못한 것 말이에요."

"처음부터 공작 부인인 것을 밝혔다면, 제 신녀와 성기사들도 그러지 않았을 거예요. 이번 일을 너그럽게 넘어가 준다면………."

"죄를 덮어줄 심산인가요? 공과 사는 구분하셔야죠."

프리실라는 입술을 깨물었다. 모두가 보는 앞이었다. 성녀로서 우스운 꼴을 보이고 말았다.

"……제 뜻을 곡해했군요. 그들의 죄를 덮고자 온 것이 아니라, 부인의 안부를 묻고자 온 것이니까요."

프리실라는 겨우 입을 떼었다. 아무도 대답하지 않는 접견실에서 성녀는 손이 하얗게 질릴 정도로 힘을 주었다.

“가진 것 없는 왕녀 주제에, 이제 공작 부인이 되었다고 내게 고개를 빳빳이 들어?”

프리실라는 이를 악물었다. 아까 전의 일을 생각하면 몸이 파르르 떨렸다. 성녀를 위해 내어준 호화로운 방에서 그녀는 한시도 몸을 가만두지 못했다. 신녀와 성기사를 감옥에서 빼돌릴 수 없다는 건 프리실라도 이미 알고 있는 사실이었다. 지오가 일방적으로 에르테반의 전령과 연락을 끊은 탓에 케딜락성까지 찾지 않았던가.

‘언제까지 그렇게 기고만장한지 지켜보겠어.’

응접실로 가면서도 프리실라는 초조한 듯 입술을 잘근잘근 깨물었다. 그녀는 응접실 안으로 무거운 발걸음을 내디뎠다.

“지오!”

“그간 강녕하셨습니까, 성녀님.”

틀림없는 그였다. 지오반니 에르테반, 무엇 하나 부족함이 없는 제 오라버니. 한때는 그녀를 지키던 수기사.

“얼굴 보기가 어려워졌어요.”

“케딜락과 거리가 있으니 말입니다.”

프리실라의 눈에 반가움이 어렸다. 그녀는 애처로운 눈길로 지오를 올려다보았다. 하지만 프리실라를 보는 지오의 시선은 차갑다 못해 무뎠다.

‘예전과 달라.’

그녀는 어째서 자신을 반기지 않는지 이해가 가지 않았다. 에르키사의 성녀를 죽인 건 프리실라, 그녀와 에르테반 가문을 위한 일이었다. 그러니 시간이 흐른다면 해결될 일이라 여겼다. 잠시간의 비틀림이라 믿었다.

"……더 할 말이 없으시다면 이만 물러가겠습니다."

"지오!"

어렸을 적부터 오라버니는 자신과 달리 완벽했다. 이용 가치에 따라 휘두르는 아버지마저 오라버니는 진심으로 아꼈다. 금발을 느슨히 묶은 수려한 기사단장. 그녀가 가지지 못했던 지오가 무엇을 위해 바르세데스에 남아 있는가.

"이대로라면 지오까지 위험해져요."

문고리를 잡던 지오가 멈췄다. 이때다 싶어 프리실라는 그의 등을 끌어안았다.

"공작 부인이 제게 누명을 씌우려고 해요. 누명을 받는다면 전 물론이고, 에르테반 가문까지……."

"전 이미 가문을 나왔습니다. 제 가문은 에르테반이 아닌, 바르세데스입니다."

서리가 낀 듯 시린 음성이었다. 프리실라는 이를 악물었다. 처음에는 공작을 제 것으로 만들려고 했지만, 지금 당장은 어려우니 지오라도 가져야 했다.

"제가 누명을 쓴다면 오라버니께서 도와주셔야 해요."

"무슨 누명을 말하시는 겁니까?"

"그건……."

지오의 물음에도 프리실라는 대답하지 못했다. 그의 싸늘한 시선이 혈육을 향한 거라 믿기지 않았다.

"성녀님께서 가문이 없는 가련한 아이를, 성력을 위한 제물로 바친 죄를 일컫는 거라면……."

"……!"

프리실라가 멍하니 자신의 오라버니를 올려다보았다. 자신과 닮은 주홍빛 눈동자에 서늘한 노기가 서렸다.

"저를 잘못 찾아온 겁니다."

지오는 제 몸을 감싸던 가녀린 손길을 떼어냈다.

'네 죄로 인하여 나는…….'

애증을 억누르자 겨우 숨통이 트였다. 지오는 타인을 바라보듯 성녀를 내려다보았다.

"지오……?"

"다시는 저를 오라버니라 부르지 마십시오."

지오는 세차게 몸을 돌렸다. 그걸 멀리서 지켜보던 프리실라는 자리에 주저앉았다. 어째서 그녀의 것이 되어야 할 오라버니마저 등을 돌렸는가.

프리실라는 한동안 자리에서 몸을 일으키지 못했다. 낯선 발걸음 소리가 들리고 나서야 그녀는 벽을 짚고 일어섰다. 후들거리는 다리, 어지러운 속까지 모든 것이 최악이었다.

그날 이후, 프리실라는 눈에 띄게 조심했다. 감옥에 있는 신녀를 보러 가겠다는 말도 입 밖에 내지 않았다. 그렇다고 물러설 프리실라가 아니었다. 그녀는 라쉬드에게 다른 제안을 했다. 바로 바르세데스와 에르테반, 두 가문이 대결을 치르는 것.

지금이야 드문 일이었지만, 백 년 전까진 귀한 손님이 오면 유희 거리로 대전을 치렀다.

프리실라는 라쉬드에게 내기를 하자고 청했다. 그의 가문이 이긴다면 신녀와 성기사들의 죄를 인정할 것이며, 대신전에서도 어떤 결과가 나오든 승복할 것이라고 전했다. 반대로 에르테반이 이긴다면 붙잡힌 신녀와 성기사들을 모두 풀어 달라 요구했다.

라쉬드로선 거절할 이유가 없었다. 신녀의 죄를 밝힌다 해도 대신전에선 모르는 일이라 발뺌할뿐더러, 오히려 죄 없는 신녀와 성기사를 구금했다고 모함할 것은 자명했다.

라뮤엘 에르키사, 에르키사의 가주가 이를 공인했다. 신어로 기록한 계약은 어떤 조건으로도 물리지 못했다. 이를 전해 들은 로자리아도 수긍했다.

'프리실라의 기사로는 마르쉬가 나오겠지.'

며칠 전에 들은 소식을 떠올린 로자리아는 생각을 정리하곤 밖으로 나갈 준비를 마쳤다. 날이 풀리자, 그녀는 연무장을 향했다. 프리실라가 로열 기사단을 매일 찾는다는 소식은 들었지만 실제로 보니 더욱 가관이었다.

성녀의 만행을 아는 이는 일찌감치 자리를 떴고, 프리실라는 어떻게든 지오와 말을 붙이려 했다. 기사를 시켜 비네거를 주기 위해 들렀던 로자리아는 제법 화기애애한 분위기에 눈을 가늘게 떴다.

'이제 와 관리라도 하겠단 건가?'

그녀는 기사들에게 비네거를 건넨 뒤, 마지막으로 지오에게 다가갔다. 무표정한 단장의 얼굴에 기사들이 눈치를 볼 때였다. 지오가 기척을 알아채고 몸을 돌렸다.

"마님, 오신 걸 알려 주셨다면 먼저 모셨을 겁니다."

"집중하는 것 같아서 말 붙이기가 어려웠어요."

활대를 잠시 놓은 지오가 로자리아를 슬쩍 풀린 얼굴로 맞아들였다. 그 괄목한 변화에 웃던 프리실라의 입가가 멎었다.

"활을 잡아 보시겠습니까?"

로자리아는 고개를 끄덕였다. 지오는 들던 활을 내려놓은 다음 다른 활을 잡았다. 그러고는 그녀에게 활대를 내밀었다. 금장식으로 된 제법 화려한 것이라 로자리아의 눈이 커졌다.

"제 활은 마님이 들기에 무겁고 커서, 며칠 전 마님을 위한 활을 멜라니에게 부탁했습니다."

지오는 답례라고 덧붙였다. 대장장이라고는 하나, 처음 보는 소녀에게 부탁한 건 그로서도 낯선 일이었다.

로자리아는 조심스레 활대를 받아들였다.

"마님의 체격엔 이게 더 맞는 듯싶군요."

"고마워요, 지오 경. 마음에 들어요, 잘 쓸게요."

"마음에 드셨다니 다행입니다."

"오늘 저녁때, 답례로 지오 경에게 선물을 줘도 될까요?"

"주신다면 감사히 받겠습니다."

지오가 웃음 띤 얼굴로 답했다. 그걸 보는 프리실라의 낯이 굳어졌다. 오랜 시일을 지오의 마음을 돌리고자 노력했건만! 프리실라는 둘의 대화를 듣고는 이를 악물었다. 손아귀에 쥔 소중한 보물들을 빼앗기는 더러운 기분이었다. 라쉬드도, 바르세데스도, 지오도 모두 자신의 것이어야 했다. 이때껏 성녀가 가지지 못한 것이 없었다.

다음 날 정오, 기사들은 부지런히 움직였다. 바르세데스와 에르테반, 두 가문의 대전이 치러질 예정이었다. 비공식적인 대결이라 이를 볼 수 있는 자는 공작 내외, 심판을 주관하는 라뮤엘, 로열 기사단, 성녀와 최측근에 한했다.

로자리아는 라쉬드와 함께 어제 가 보았던 곳보다 넓은 연무장으로 향했다. 케딜락의 본성에서도 한참 떨어진 곳이라 다소 거리가 있었다. 훈련을 위한 곳이 아닌, 결전을 위한 것이었으나 지금은 잘 쓰이지 않는 장소였다. 울창한 숲을 지나 도착한 연무장은 실로 거대했다.

공작 부부가 미리 준비된 천막에 앉았다. 뒤이어 늦게 온 성녀도 자리를 지켰다.

"바르세데스와 에르테반의 대결이었죠? 기사들의 대전이라 기대되네요."

"마르쉬 히킨샤의 소문이 자자했으니 그럴 만도 하지."

라쉬드가 모래가 자욱하게 깔린 연무장을 보며 대답했다. 프리실라 측에서 먼저 대결을 제의한 건 일종의 도발이었다. 성녀가 그녀의 수기사 마르쉬에 절대적인 신뢰가 없었다면 어려운 일이었다.

이윽고 흰 제복을 걸친 사내, 마르쉬 히킨샤가 검을 허리춤에 찬 채로 연무장 중앙으로 발걸음을 옮겼다.

"바르세데스 공, 다른 제안을 하고 싶어요."

로자리아와 멀지 않은 곳에 있던 프리실라가 불현듯 말을 꺼냈다.

"다른 제안?"

"마르쉬 경과 부인의 기사가 붙어서 대결을 치르는 건 어떨까요?"

"그럴 이유가 있습니까?"

"전 공작 부인께서 원하실 거라 봐요."

프리실라의 시선이 로자리아에게 닿았다. 그 어떤 기사를 데려와도 마르쉬를 이길 사내는 없다고 프리실라는 확신했다.

"……청을 수락하겠소. 바르세데스에서 부인을 위해 나설 기사가 없지 않을 테니."

"성녀님의 뜻을 받아들이겠어요."

로자리아는 그녀의 곁을 지키는 윈드를 보았다. 눈이 마주치자 윈드는 고개를 끄덕였다. 성녀에게 윈드의 정체를 들킬 위험이 있으니, 마르쉬와 붙는 건 피해야 했다.

"대결의 규칙이 바뀌었다. 검을 든 기사 중 부인을 위해 나설 자가 없나."

마르쉬에게 관심을 주던 로열 기사들은 쉬이 나서지 못했다. 어쭙잖은 호승심으로 덤볐다간 폐를 끼치게 되는 꼴이었다. 노력이야 어찌 됐든 패배하면 끝이었다. 그것도 공작과 부인이 보는 앞에서. 제아무리 로열이라 한들 바렛사에서 온 타고난 붉은 눈의 전사를 이길 자는 없어 보였다.

"제가 이야기를 잘못 꺼낸 건가요? 당연히 나서는 기사가 있을 줄 알았는데."

주위에 침묵이 감돌았다.

에르테반 출신인 지오라면 모를까, 마르쉬를 이길 자를 떠올리긴 힘들었다. 따지고 보면 성녀와 같은 가문인 기사단장이 나서는 것도 이상한 상황이었다.

"제가 나서겠습니다, 마님."

아무도 없자 나갈 준비를 하던 윈드가 눈을 가늘게 떴다. 생각지도 못한 곳에서 답이 들려왔다. 로열의 가장 상석에 앉아 있던 기사단장이 몸을 일으켰다. 나직한 저음에 곁에 있던 기사들조차 그들의 귀를 의심했다.

느슨한 금발을 옆으로 묶은 지오였다. 그가 천막을 벗어나 연무장으로 걸어 나갔다. 모두의 시선을 받으면서도 긴장이라곤 조금도 찾아볼 수 없는 기색이었다.

로열 기사단장이라는 값을 하려는 건가. 은근히 시선을 피하던 기사들과 달랐다. 마르쉬의 눈에 이채가 서렸다. 성녀의 전(前) 수기사, 지오는 걸음을 옮기면서도 마르쉬와의 시선을 피하지 않았다.

"……지오 경?"

뜻밖의 상황에 라뮤엘은 믿을 수 없다는 목소리로 물었다. 아무도 나서지 않는다면 슬쩍 검을 잡아 볼까 싶었던 라뮤엘은 지오를 보며 뜻밖이라고 여겼다.

"두 분 다 살생은 금물입니다."

라뮤엘은 구태여 대결의 규칙을 읊지 않았다. 둘 다 수기사 출신이니 알 만할 터였다. 마르쉬를 보는 지오의 눈이 가늘어졌다.

"마르쉬 경께선 바렛사 출신이라 들었습니다."

"그렇습니다, 지오 경."

"예전부터 의문이었습니다. 성력이 전혀 느껴지지 않는데, 어떻게 성기사가 된 겁니까?"

"그거야 검을 맞대면 아시겠지요."

마르쉬는 묘한 웃음을 입가에 걸쳤다. 지오는 대답 대신 기사가 건넨 검을 받아 들었다.

"프리실라 님의 오라버니라, 그 어여쁜 얼굴에 상처가 날까 걱정되는군요."

라뮤엘은 흥미롭게 둘을 지켜보았다. 지오는 말없이 제 검을 살폈다. 예리한 검의 상태는 더할 나위 없이 훌륭했다. 굳은살이 박인 기사단장의 손에 검이 잡혔다.

챙! 두 기사의 검이 맞부딪혔다. 브로드 소드(양날검)를 든 지오는 진심으로 마르쉬를 상대했다. 마르쉬의 검술은 기묘한 것이라서, 피하기에 까다로웠다. 이스타샤와 바렛사가 섞인 검술은 찌를 때와 피할 때를 절묘하게 알았다.

"왜 부인의 기사로 나왔는지 물어도 되려나."

대결이 시작되고 말을 놓은 마르쉬가 지오에게 물었다. 비릿한 웃음에 지오는 대답하지 않고, 그의 목을 쳐 내기 위해 검을 휘둘렀다. 가까스로 막은 마르쉬가 눈을 가늘게 떴다. 아무리 가문의 대결이라고 하나 살생은 금지였다. 그런데 이런 식으로 나오겠단 건가.

풀럭. 마르쉬가 쓴 터번이 단칼에 잘려 바닥으로 떨어졌다.

"제 누이를 버리고 간 도망자께서 단단히 화가 나셨군."

"도망자?"

"성녀가 된 어린 누이를 버리고 갔다고 신전 내에서 소문이 자자하던데."

지오는 입술을 깨물었다. 늘 무심하던 그의 눈매에 서늘한 격분이 서렸다.

"불쌍한 네 누이 대신 공작 부인의 기사라……."

"네가 모시는 주인에게 할 말은 아니지."

지오는 단번에 감정을 추스르고는 마르쉬와 검을 섞었다. 횡으로 그의 가슴팍을 베려고 했으나 마르쉬는 예측이라도 한 듯 막았다.

"비밀 하나 알려 줄까?"

"프리실라에 관한 거라면……."

두 검을 맞댄 두 기사는 서로를 노려보았다. 한순간에 훅 가까워진 거리에서 마르쉬가 지오에게 은밀한 이야기를 나누듯 속삭였다.

"아니, 로자리아."

챙-!

검이 맞부딪치는 상황에서도 마르쉬는 아랑곳하지 않고 말을 이었다.

"너흰 모르는 비밀을 말이야."

지오는 뒤로 물러섰다. 세 치 혀로 자신을 농간하려는 의도는 충분히 알았으니, 더 이상 봐줄 마음은 없었다.

지오는 검을 치켜들었다. 예로부터 전해져 오던 순례자 에르테반의 검. 그는 검을 들어 마르쉬의 복부에 검을 짓쑤셔 넣었다.

으득. 무언가 부러지는 소리와 함께 마르쉬는 기묘한 웃음을 흘렸다.

"한때 신성가문의 가주였던 자가, 정령술사에게 꼬리를 흔드는 꼴이라니."

메마른 땅에 무릎을 꿇고 앉은 마르쉬가 왈칵 잇새로 핏덩이를 내뱉었다. 단순한 협박이라고 하기엔 급소를 아슬아슬하게 스쳐 간 공격이었다.

"지오반니 경께서 승리하셨습니다."

라뮤엘이 지오의 손을 들어 올리며 외쳤다. 승리는 지오의 것이었다. 그러나 그는 승리를 거머쥐었음에도 기쁜 기색이 아니었다.

'살기조차 느껴지지 않았지.'

무슨 꿍꿍이로 대결에 진심으로 나서지 않은 것인지. 몸을 돌리려던 지오는 스릉 검을 검집에 갈무리하고는 마르쉬에게 손을 내밀었다. 대결을 치른 상대에게 하는 예우였으나, 마르쉬에겐 예의 따위 중요치 않았다.

"……잡아라."

"패배자에게 내미는 아량이라, 친절하시기도 하지."

힘껏 그의 손을 잡아당긴 마르쉬가 소매 품으로 숨기던 단검을 그러쥐었다.

"그러니 네가 충성을 바친 정령술사에게 살려 달라고 구걸해 봐."

그러고는 지오의 가슴팍에 검을 찔러넣었다.

"……!"

지오는 그의 말을 듣고 정령술사가 누구인지 물으려던 참이었다. 자신에게만 들릴 정도로 낮은 목소리와 함께 가슴팍에 아릿한 통증이 일었다. 급소를 정확히 꽂은 단검에 뒤에서 이를 보던 라뮤엘이 뛰어왔다.

"지오 경!"

예기치 못한 상황에 관중석에 있던 이들이 모두 얼어붙었다. 그건 존경하는 단장을 보던 기사들도, 심판을 주관하던 라뮤엘도 마찬가지였다. 붉은 핏물이 남색의 제복에 급속도로 번져 갔다. 노심초사하며 지켜보던 프리실라도 자리에서 벌떡 일어섰다.

"지오!"

천막에서 뛰쳐나온 프리실라가 지오에게 달려왔다. 그녀에게 남은 유일한 가족이자, 한때 성녀가 되도록 이끌어주었던 오라버니였다. 무언가 말을 하려던 지오의 눈가가 파르르 떨렸다. 붉은 선혈이 흐르는 입가를 겨우 누른 그가 무감각한 눈으로 제 가슴팍을 내려다보았다.

"마르쉬 히킨샤를 생포해라!"

라쉬드도 이번 일은 예상치 못했다. 그는 격분으로 떨리는 목소리로 기사들에게 명했다. 대결에서 패배한 자가 손을 잡아주려던 승자를 찔렀다. 이는 명백히 규칙을 어긴 비열한 짓거리였다.

마르쉬는 저에게 득달같이 달려오는 기사들을 보고도 담담했다. 그는 항복하듯 단검을 땅에 버렸다.

"변절자를 처리하는 게 제 일이 아니겠습니까?"

마르쉬의 말을 듣고도 프리실라는 지오를 보는 데만 급급했다. 저런 명령 따위 내리지 않았다. 대결로 나온 상대가 지오가 아니며 설령 패배했다고 해도 두 가문의 약속을 깨는 일 따위 시킬 리가 없었다! 프리실라는 떨리는 손으로 지오의 몸을 살폈다. 그의 피가 멎지 않았다. 마치 그녀가 제 오라버니를 죽이기라도 한 것처럼.

마르쉬는 기사들이 제 목에 검을 겨눌 때까지도 가만히 있었다. 오히려 무기를 쥐지 않은 사실을 알리듯 두 손까지 들어 올렸다.

"라뮤엘 경, 제발 오라버니를 치료해 주세요."

손을 뻗었던 라뮤엘의 움직임이 멎었다. 무언가가 가로막는 것처럼 제대로 치료가 되지 않았다.

"……이건."

라뮤엘은 말을 잇지 못했다. 어째서 성력으로 치료가 되지 않느냐는 프리실라의 말에도 그는 아무런 대답을 할 수 없었다. 정령술의 기운이었다. 라뮤엘은 그제야 땅에 떨어진 단검을 주웠다. 단검을 면밀히 살핀 그는 무겁게 탄식했다. 정령술사가 내린 강한 저주였다. 단검에 서린 저주는 목표가 된 상대의 피가 닿으면 발동되었다. 라뮤엘은 로자리아를 찾았다. 지오를 치료할 수 있는 건 그녀뿐이었다.

라쉬드가 잔뜩 잠긴 목소리로 말했다.

"로즈, 상황을 정리할 테니 지오를……."

라쉬드의 목소리가 떨렸다. 지극히 아꼈던 기사단장이 다쳤다는 것만으로 화가 나기에 충분했다. 라뮤엘이 성력으로 치료할 수 없다면 다른 방법을 찾아야 했다. 그녀가 키운 이페리아로 치료가 된다면 위급한 상황은 넘길 것이다. 로자리아는 그에게 고개를 끄덕이고는 라뮤엘의 품에 안겨 쓰러진 지오를 향해 뛰었다.

"……마님, 지오 경이."

의식이 혼미한 지오의 눈동자가 빛을 잃어 갔다. 실처럼 내려뜨린 금발이 핏물에 젖어 들었다.

"제가 지오 경을 보살피겠습니다. 성녀님께선 몸을 추스르시지요. 단장을 걱정하는 마음을 모르는 건 아니나, 치료에 방해되니 경들도 물러가십시오."

라뮤엘은 주위를 살피고는 낮아진 목소리로 읊조렸다. 그는 저보다 큰 지오를 들어 올리고는 조심스레 발을 떼었다.

"마님께선 저를 도와주시겠습니까?"

"알겠어, 라뮤엘."

로자리아는 라뮤엘을 뒤따랐다. 무릎을 꿇은 채로 이를 지켜보던 프리실라가 몸을 일으켰다.

짜악. 프리실라는 마르쉬에게 다가가 있는 힘껏 그의 뺨을 내려쳤다.

"무슨 짓을 한 거야!"

"이런 걸 원하시던 게 아니었습니까?"

마르쉬는 충격에 빠진 이들을 둘러보며 쯧 혀를 낮게 찼다. 고작 이런 일로 다들 놀라다니, 이제 시작이건만. 과연 이스타샤의 귀족들은 온실 속 도련님들이로군. 마르쉬는 기사들에게 붙잡힌 상황에서도 무덤덤했다. 기사들에게 구금당하겠지만, 목이 잘리진 않을 것이다. 게다가 발루아가 만든 저주는 강했으니, 쉽게 풀리지 않으리라. 그가 생각하던 대로 상황이 돌아가자, 마르쉬는 흡족해했다.

로자리아는 라뮤엘을 따라 의료실로 향했다. 자리를 지키고 있던 이를 물러나게 하는 건 그녀의 몫이었다. 지오를 침대에 누인 라뮤엘이 그의 옷을 벗겨 내곤 능숙한 손길로 지혈했다.

'지오 경…….'

로자리아는 라뮤엘이 치료하는 것을 도우며 정신을 잃은 지오를 바라보았다. 라뮤엘은 바늘과 실을 찾아냈다. 상처 봉합이 우선이었다. 다행히 피는 멎었고 급한 치료는 끝냈지만, 악기(惡氣)를 품은 정령술이 성력을 갉아먹었다. 성력을 가진 이에게 성력은 생명 그 자체였다. 늘 밝던 그의 얼굴이 오늘만큼은 유독 어두웠다. 피에 흠뻑 젖은 두 손을 닦아 내며 라뮤엘이 말했다.

"저는 지오 경을 치료하지 못합니다. 하지만……."

라뮤엘은 말을 하다가 멈추었다. 주위에 인기척을 살피던 그는 아무도 없는 것을 확인하고 말을 이었다.

"단검에 정령술로 된 저주가 걸려 있었고, 이를 풀 수 있는 건……."

"나쁜이겠지."

로자리아는 창백해진 얼굴로 누운 지오를 내려다보았다.

"라뮤엘, 언제부터 알고 있었는지 묻진 않을게. 지금은 지오를 치료하는 것이 먼저이니까."

"알겠습니다, 마님. 다른 이가 들어올 수 없도록 성력으로 벽을 두르겠습니다."

로자리아는 고개를 끄덕였다. 그녀는 눈을 반쯤 내리깔고는 정령어로 된 주문을 읊었다. 사람은 들을 수 없는 낭랑한 노랫소리와 함께 그녀는 지오의 상처를 향해 손을 내뻗었다. 그녀의 손에서 금빛 실이 새어 나와 지오의 몸을 감쌌다.

그때였다. 그녀의 손이 멈칫했다.

'발루아?'

그의 몸에 다른 정령술사의 흔적이 있었다. 놀란 것도 잠시, 로자리아는 다시 치료에 집중했다. 라뮤엘은 숨 쉬는 것도 잊은 채 그 광경을 바라보았다.

'정말로 그때 보았던 비아의 기억과 같아…….'

그에겐 경이로운 광경이었다. 라뮤엘은 하염없이 그 모습을 그의 눈에 담았다. 찬란한 금발과 깊은 푸른 눈동자. 비아가 가장 아꼈던 주신의 딸, 율리아가 다시 태어난다면 이런 모습일까.

그 순간, 지오의 눈꺼풀이 느릿하게 움직였다. 힘없이 떠진 그의 시야에 금빛 기운이 일렁거렸다.

"……마…… 님?"

그의 목소리가 떨렸다. 지오는 고통도 잊은 채 자신을 치료해 주는 로자리아를 물끄러미 바라보았다. 로자리아는 그녀의 손에서 뻗어 나온 정령의 마나를 다스렸다. 금빛 마나가 닿자 거짓말처럼 사라지는 상처에 라뮤엘의 눈에 순수한 감탄이 서렸다.

지오는 흔들리는 눈으로 로자리아를 올려다보았다. 어지러운 시야에도 어쩐지 그녀의 모습은 선명했다.

"……정령술사?"

지오는 넋이 나간 얼굴로 읊조렸다.

정령술사. 물음이 아닌, 확신이었다. 로자리아는 부인하는 대신 무거운 입술을 떼었다.

"이후엔 지오 경의 선택이에요."

로자리아는 완벽하게 나은 상처를 보고는 중얼거렸다.

"어째서 제게……."

"지오 경이 나를 위해 줬으니까요."

지오는 말을 잇지 못했다. 무심했던 그의 주홍빛 눈동자가 흐릿해졌다.

"……선택."

"정령술사의 정체를 밝히는 것도, 이를 묵인하는 것도."

지오는 신성가문 에르테반의 전 가주이자, 수기사였다. 방금 전 자신을 치료해 준 힘이 정령술이란 걸 모를 리가 없었다.

지오는 망설였다. 정령술사. 오백 년 전부터 신성가문에게 정령술사는 죽여야 할 사이한 존재들이었다. 지오에게서 대답이 없자 라뮤엘의 얼굴이 굳었다.

'기억을 지워야 하나?'

라뮤엘이 심각한 고민을 하고 있을 때, 지오가 맨발로 바닥으로 내려왔다. 제멋대로 엉킨 금발과 피가 흘러 더러워진 옷까지. 무엇 하나 제대로 된 게 없었다.

"라뮤엘, 제 검을 주십시오."

"예?"

"어서."

라뮤엘이 되묻자 지오가 그를 재촉했다. 하는 수 없이 라뮤엘은 밖으로 나가 기사에게 그의 검을 가져오라 일렀다. 무슨 짓을 하려기에 검까지 달라는 거지?

자리를 떠나려던 로자리아는 지오가 그녀를 붙잡자 걸음을 멈췄다. 차마 부인의 손목을 잡을 수 없어 소매를 잡았는데, 달리 할 말이 없었다.

"기다려 주십시오."

뭘 기다리라는 거지? 로자리아가 의아할 때쯤, 기사에게 검을 받은 라뮤엘이 지오에게 에르테반의 검을 건네주었다. 지오는 옷의 주름을 털어 내었다. 라뮤엘의 새하얀 제복을 빼앗듯 걸쳐 입은 그는 바닥에 한쪽 무릎을 꿇고 앉았다.

"지오 경? 아픈데 이렇게 하면……."

"마님께서 정령술사란 사실은, 그 어디에도 고하지 않겠습니다."

"에르테반 출신인 지오 경이 내 비밀을 지켜 주겠단 건가요?"

"어찌하여 목숨을 구한 이를 배반하겠습니까."

"지오 경……."

"비록 에르테반의 이름은 버리지 못해도, 정령술사라 하여 마님을 배반하는 일은 없을 것입니다."

지오는 진심을 담아 말했다. 그는 고개를 들어 로자리아를 바라보았다. 지오는 말하지 않아도 그녀가 처한 상황을 이미 알고 있었다. 정령술사는 이스타샤에서 정체가 발각된다면 죽음을 피할 수 없었다.

"이스타샤에서 정령술사를 보고도 눈감아준 건 대역죄예요."

"짐승도 은혜를 아는데, 어찌 제가 마님을 정령술사라 밝히겠습니까."

로자리아는 굳이 위험을 감수하려는 지오가 이해되지 않았다. 그의 진심을 의심하지 않는다 해도. 아니타 여신상과 성검, 그리고 가문의 검에 바치는 맹세는 그 의미가 가볍지 않았다. 그렇게까지 하는 이유가 무엇인지 로자리아는 묻고 싶었다. 그녀를 보는 지오의 결연한 눈빛에 진심이 드러났다.

로자리아는 결국 수긍했다. 정체를 비밀로 해준다면 그녀에겐 잘된 일이었다. 로자리아는 지오의 손을 조심스레 감쌌다. 따스한 온기에 지오의 눈이 크게 떠졌다.

"지오 경의 진심, 믿어요."

"……아."

지오는 짧게 탄식했다. 이윽고 그는 처음 수기사로서 의식을 치렀을 때 하였던 맹약을 그대로 읊었다. 토씨 하나 틀리지 않고 그대로 고하는 지오를 보면서, 라뮤엘이 묘한 얼굴을 했다.

맹약을 마친 지오가 물었다.

"그런데 라뮤엘 경은 어떻게……."

"어떻게 아느냐고요?"

라뮤엘은 어깨를 으쓱했다. 그는 어린아이를 놀리는 듯한 말투로 의미심장하게 말했다.

"다 아는 수가 있지요."

"무슨 수?"

"아, 깜빡하고 지오 경에겐 말 안 한 듯한데 저희 에르키사는 정령술사 편입니다."

"오백 년 전에 정령술사를 처단하는 데 일조했던 가문이?"

"그거야 에르테반이 일등공신이었지요. 에르키사는 살짝 발만 담근 정도고요."

과거의 죄를 가벼이 여길 생각은 없었지만, 라뮤엘은 같이 묻어가려던 지오를 보며 질색했다.

"솔직히 말씀드리면, 이번 대에서 에르키사는 가문의 종교를 바꾸었습니다."

라뮤엘 에르키사, 신성가문의 가주가 더 이상 여신 아니타를 믿지 않는다는 소리였다.

"이단?"

이단 소리에 라뮤엘이 무슨 소리냐는 듯 지오에게 눈을 흘겼다. 지오는 그의 시선을 받으면서도 자리에서 일어나 마른 천 위에 검을 올려 두었다. 꿋꿋한 지오를 보며 라뮤엘이 말했다.

"이단은 아닙니다. 어쨌든 제일 중요한 건……."

"중요한 건?"

"비밀을 지키는 겁니다. 함부로 비밀을 누설한다면 온순한 저라도 가만있지 않아요."

라뮤엘은 손으로 제 목을 긋는 시늉을 했다. 선량한(?) 전직 대사제의 협박에 지오는 한숨부터 쉬었다. 그는 라뮤엘에게 말려들지 않으려 노력하며, 가장 중요한 것부터 물었다.

"누구로부터?"

지오의 의문에 라뮤엘은 그의 귀에 속닥거렸다. 길게도 말했으나 전부 한 사람이었다.

'주군과 주군. 그리고 주군?'

한마디로 공작에게 말하지 말란 소리였다. 지오는 의아해하면서도 알겠다고 고개를 끄덕였다.

"그 외엔?"

"성녀 프리실라와 대신전이겠죠. 이 비밀을 아는 건 저희 둘밖에 없으니까요."

둘의 담화를 귀를 쫑긋 세우고 듣던 로자리아가 별안간 한숨을 내쉬었다.

"한 명 더 있어요."

"더 있다뇨, 마님?"

"마르쉬 히킨샤, 성녀의 수기사가 비밀을 알고 있어요. 어째서 마르쉬가 밝히지 않는지 모르겠지만, 성녀는 아직 그 사실을 알지 못해요."

"……그자가 알고 있었던 거로군요."

라뮤엘이 침음을 삼켰다. 성녀의 수기사가 이를 알고 있다는 사실은 그저 넘길 일이 아니었다.

"네가 충성을 바친 정령술사에게 살려 달라고 구걸해 봐."

지오는 마르쉬가 했던 의미심장한 말을 떠올렸다. 또한 대결 중에 기묘했던 마르쉬의 행적도. 어째서 성녀의 수기사가 정령술사의 정체를 알면서도 눈감아주었을까. 공작 부인이 정령술사이며, 그 정령술사가 자신을 치료해 주리란 것을 아는 것처럼 굴었던 자가. 지오의 눈빛이 무겁게 가라앉았다.

프리실라는 며칠간 잠들지 못했다. 지오의 몸이 나았다는 소식은 들었지만, 그녀의 가문인 에르테반은 패배했다.

'신녀와 성기사들의 죄를 인정해야 해.'

규칙은 이미 알고 있었지만 지금에 와선 받아들이기 싫었다. 게다가 그녀의 명령을 수행할 수기사는 감옥에 처박힌 지 오래였다. 프리실라는 입술을 지그시 깨물었다.

"바르세데스 공을 뵙겠다고 전해."

그녀의 명령을 들은 신녀가 머리를 조아렸다. 그러나 라쉬드는 보이지 않았고 그 대신 로자리아가 홀을 찾았다.

라쉬드는 더글라스 백작과 이야기했던 대로 교역선을 준비하기 위해 케딜락을 비웠다. 이를 알 리 없는 프리실라는 그녀를 모욕하는 처사라고 여겼다.

'라쉬드를 부른 거였는데, 저 여자는 또 왜……!'

형식적인 인사치레와 함께 프리실라는 자리에 앉았다. 로자리아도 자리에 앉으며 탐탁지 않은 기색의 성녀에게 말했다.

"공작님 대신 제가 있어서 아쉬운가요?"

"그럴 리가요, 부인."

"성녀님의 수기사인 마르쉬 경이 지오 경을 죽이려 들었어요. 이를 어떻게 해명하실 건가요?"

"해명이라뇨! 지오는 제 오라버니예요. 마르쉬 경에게 명령을 내린 적 없어요."

"수기사의 잘못은 성녀인 당신의 잘못이 아니다?"

로자리아는 낮게 웃음을 터뜨렸다. 불리해질 때면 쏙 꼬리를 자르다니.

"성녀님 덕분에 서류에 쓸 것이 또 늘었군요."

프리실라는 초조한 기색을 숨기고는 애써 침착하게 물었다.

"……어째서 마르쉬 경이 제 오라버니를 찔렀는지는 잘 모르겠어요."

"성녀님께서 모르신다면 누가 알겠어요?"

로자리아는 저와 무관하다는 듯 구는 프리실라을 보고 눈을 찌푸렸다.

"그 말은 저를 의심한다는 건가요?"

"의심할 게 무어 있겠어요. 이미 벌어진 일인데."

수많은 죄를 저지르고도 당당하게 굴더니, 이번 일에도 마찬가지였다.

"전 부인이 아닌 바르세데스 공과 이야기를 나누러 온 거예요. 실질적인 결정권은 공작님께 있으니까요."

"이번 일은 공작님께서 제게 맡기기로 하셨어요."

지금 무어라 한 건가. 저 계집에게 결정권을 주었다? 자리에서 벌떡 일어서려던 프리실라는 몸에 힘을 주었다.

"바쁘신 공작님을 대신해 제가 결정하도록 하죠. 불편하신 거라도?"

"……아뇨, 시작하도록 해요."

로자리아는 깃펜을 들어 서류에 글을 적어 나갔다.

'저 계집이 언제 또 이스타샤 문자를 쓸 줄 알게 된 거야.'

물결처럼 퍼지는 유려한 서체에 프리실라는 눈을 가늘게 떴다.

"먼저 민가의 아이를 납치하려고 한 죄, 성기사들이 이를 위해 무력을 쓴 죄를 인정하시나요?"

"……누누이 말하지만 그건 신녀로 키우기 위한 것이었어요!"

로자리아는 쯧 혀를 낮게 찼다. 이미 되지도 않는다는 걸 알면서 저리 고집을 부리나.

"두 가문의 신성한 대결, 승자는 제 기사로 나온 지오반니 에르테반 경입니다. 설마 성녀님께서 벌써 조건을 잊으신 건 아니실 테고."

프리실라는 꿀 먹은 벙어리가 되었다. 한참 후에야 탁해진 목소리로 그러겠노라고 대답했다.

"신녀와 성기사들의 죄는 그들의 주군인 성녀님의 잘못이기도 합니다. 의도야 어찌 됐든, 율법에 따라 신녀로 데려간 게 아니었으니까요."

"그것 또한 인정하겠어요."

프리실라는 조마조마한 마음으로 답했다. 감금된 신녀가 납치된 아이를 제물이라고 밝힌다면 그땐…….

"이번 일은 성녀님께서 아랫사람을 제대로 다루지 못한 죄. 그리고 대신전에도 책임이 있다고 봐요."

"……알겠어요."

로자리아는 그녀가 방금 전에 말한 내용을 그대로 기록했다. 계약서는 바르세데스, 에르테반, 대신전 총 세 부가 보관될 예정이었다. 대신전이 그들의 잘못을 제국 전체에 알리지 않는다면 더 엄한 책임을 물을 것이다.

"……대신전과 성녀님께서 일을 제대로 처리하신다면 소문은 언급하지 않겠습니다."

"헛소문이니까요."

"전 확실한 증거가 없으니 다루지 않겠다는 뜻이었어요."

로자리아는 눈매를 휘며 말을 이었다.

"헛소문이라…… 마침 조사를 해볼까 싶던 차였는데."

조사한다는 말에 프리실라의 얼굴이 새하얗게 질렸다. 화를 내려던 그녀는 답지 않게 말을 골랐다.

"소문은 제 명예와도 관련된 것이니, 거론하지 않으셨으면 해요. 그 외의 죄는 모두 인정하겠어요."

프리실라의 손끝이 잘게 떨렸다. 로자리아는 차가운 눈으로 이를 지켜보았다. 제물로 성력을 유지한다는 것과 성녀 데레사를 죽인 것. 이거야말로 목숨을 걸고서라도 감춰야 할 문제였다.

성녀의 역린. 로자리아는 지금 당장 이를 건들지 않기로 했다. 이스타샤는 성녀 중심으로 돌고 있는 제국이었으니, 확실한 증거 없이 벌집을 쑤실 수는 없는 법이었다.

"마르쉬 경의 처사는 어떻게 되나요?"

용케도 그걸 안 묻나 했다. 그래도 버리긴 아까운 모양인가. 로자리아는 무표정한 얼굴로 말했다.

"전적으로 바르세데스에서 결정할 문제예요. 성녀의 수기사란 무거운 직책을 가진 자가 어찌 쉬이 검을 휘두른단 말입니까?"

"그건……."

프리실라는 입술을 잘근잘근 깨물었다. 마르쉬는 그녀를 배신할 사내가 아니었다. 그래서인지 그가 곁에 없으면 불안했다. 마르쉬가 죽는다면 어디서 그만한 수기사를 구한단 말인가.

"케딜락에서 며칠간 푹 쉬도록 해요. 모처럼 먼 거리를 온 건데 바로 가기 아쉽잖아요?"

"배려 고마워요."

프리실라는 겨우 웃어 보였다. 자신의 자리를 빼앗은 주제에 저따위 건방진 말을 하다니!

로자리아는 그녀가 적은 서류를 프리실라에게 내밀었다.

"자, 받아요."

참을 수 없는 굴욕이었다. 주저하던 프리실라는 겨우 손을 뻗어 서류를 받았다.

"이 일은 잊지 않고 기억하겠어요."

"그거 영광이군요. 얼마든지 기억하도록 해요."

로자리아는 웃는 얼굴로 프리실라에게 마지막 인사를 건네었다. 결국 감옥에 갇힌 마르쉬를 빼내지도 못했다. 조사를 끝내고 나서야 풀어줄 텐데 기다리겠느냐는 말에 프리실라는 먼저 수도로 돌아가겠다는 뜻을 밝혔다.

마지막으로 지오를 만나기를 청했지만, 로자리아는 성녀의 간절한 청을 거절했다. 모든 것이 성녀의 뜻대로 돌아가던 이스타샤 제국. 권력, 명예, 부, 사내. 프리실라는 원하는 거라면 뭐든지 손에 넣었다. 그러나 이번만큼은 달랐다.

로자리아는 측근과 함께 돌아가는 프리실라를 지켜보았다. 북부 케딜락에서 더 이상 성녀를 반기는 이는 없었다. 한때 프리실라를 보필했으며 성기사 출신이었던 로열의 기사들조차 냉담했다. 과거에 높은 단상에 앉아 늘 죄를 묻는 건 프리실라였고, 없던 죗값을 치러야 하는 건 로자리아였다. 그러나 성녀가 원하는 대로 되지 않았다.

감옥에 있는 마르쉬는 갇힌 시일을 기록했다. 닷새가 되던 날, 바르세데스의 기사가 찾아와 여러 가지를 물었지만 그는 '우발적으로 그러했다'고 앵무새처럼 같은 말을 반복했다. 그는 외성 감옥으로 옮겨졌고, 그 안에 갇힌 신녀와 성기사들은 마르쉬를 보곤 수기사까지 붙잡힌 현실을 믿지 못했다.

그들은 마르쉬가 지오를 베었다는 소식에 귀를 의심했다. 행여 공작 부인에게 성녀의 죄를 밝히겠다고 한 일을 아는 걸까. 마르쉬와 눈을 마주친 신녀가 몸을 움츠렸다.

반면 마르쉬는 겁에 질린 신녀에겐 조금의 관심도 없었다. 마르쉬조차 감옥에 있으니 성기사들은 성녀께서 풀어주실 거란 기대를 저버렸다.

'약속된 시일인가.'

감옥에 묘한 향이 돌았다. 제아무리 마르쉬라 한들, 성력으로 삼엄한 결계가 쳐진 감옥을 탈출하기는 쉽지 않았다. 향나무를 태운 듯 코끝을 스치는 잔향에 마르쉬는 몸을 일으켰다.

"그대는 항상 늦는군."

"그래야 내 도움을 간절히 바랄 테니."

검은 로브를 쓴 사내가 모습을 드러냈다. 사내의 정체는 발루아였다. 그는 마르쉬를 감옥에서 빼내기 위해 찾아왔다. 이미 감옥을 지키던 자 중 서 있는 자는 없었다.

"수면향인가? 더러운 이스타샤 놈들이라며 전부 죽일 줄 알았는데."

"어리석은 짓을 할 이유는 없지."

발루아는 소매 품에서 작은 병을 꺼내 들었다. 이를 쇠창살에 붓자 치익 녹는 소리가 들렸다. 신녀와 성기사들은 넋을 놓고 바라보았다.

"왜 저들은 재우지 않았지?"

"어차피 전부 죽일 놈들이니."

발루아는 기다란 소매를 들었다. 딱, 손가락이 맞부딪히는 소리와 함께 그들의 숨통이 조였다.

"크, 크윽. 살…… 려 줘."

"나를 봤다는 증거가 남으면 곤란하잖아, 안 그래?"

목을 붙잡고 사지를 축 늘어뜨린 신녀를 보면서도 발루아의 눈에는 감흥 하나 서리지 않았다. 신녀를 죽일까 하던 발루아는 생각을 바꿨다. 그는 공포에 질린 성기사들 쪽으로 몸을 돌렸다. 손톱으로 벽을 긁던 성기사들의 몸이 빳빳하게 굳어 갔다. 그들의 숨이 멎을 때까지 발루아는 정령술을 거두지 않았다.

“왜 이렇게까지 하는 거지?”

“아끼던 정령술사를 뺏긴 치졸한 질투 정도로 해둘까.”

발루아는 적발을 쓸어 넘기며 붉은 눈가를 휘었다. 뿌리까지 썩은 대신전을 무너뜨리는 건 이스타샤를 위한 길이었다. 그러니 신성제국을 위한 것에 그는 동조할 수 없었다. 발루아는 마르쉬보다 앞서 걸어 나갔다. 정령술사라 얼마나 강한진 몰라도, 성력으로 가득 찬 감옥에 오는 것조차 거리낌이 없었다.

감옥이 있는 외성에 짙은 회색 연기가 타올랐다. 적이 접근했다는 소식이었다. 지오는 로열 기사단을 이끌고 황급히 외성으로 향했다. 발루아는 마르쉬를 먼저 탈출시킨 후 느린 걸음으로 외성을 빠져나왔다. 그는 저를 겨누고 있는 화살에도 걸음을 멈추지 않았다.

“무기를 버리고 투항해라!”

기사의 외침에 발루아는 피식 웃었다. 무기를 든 적도 없건만 버리라는 개소리를 하는군. 속으로 중얼거린 그가 항복하듯 두 손을 들어 올렸다.

“엎드려 개처럼 빌라?”

“네놈, 정체가 무엇이냐!”

“밝혀 봤자 모를 텐데.”

흐음, 주변을 둘러보던 발루아는 가벼운 주문을 읊었다. 그의 손끝에서 검붉은 가시가 돋아나 기사들의 목을 옥죄었다. 목을 끊을 듯 팽팽한 가시에 지오는 성력을 써 끊어 냈다.

"정령술사다. 피해라!"

과도한 성력을 쓴 탓에 지오의 심장이 터져 나갈 듯 요동쳤다. 거친 숨을 몰아쉬던 지오의 눈에 기묘한 붉은 눈동자가 또렷하게 보였다. 사내의 오른쪽 뺨에 새겨진 검은 성흔도.

"지오반니 에르테반."

발루아는 성력의 기운만으로도 지오의 정체를 맞췄다. 그 전에 성녀의 오라버니였으니 모를 리가 없겠지만.

발루아는 지오를 가늘어진 눈으로 주시하다 몸을 돌렸다. 마르쉬가 탈출했으니 여기서 굳이 시간을 끌 필요는 없었다.

"신성가문의 버러지 같은 놈들을 살려 줄 이유가 없다 생각했다. 하나, 네놈만은 살 가치가 있어 보이는군."

발루아는 손을 뻗어 지오가 보는 앞에서 기사들의 목을 베었다.

툭, 데구루루. 발루아의 손짓 하나만으로 다섯 명의 기사의 목이 동시에 베였다. 멀쩡한 건 지오뿐이었다.

"누굴 원망할까? 내게 명령을 내린 성녀?"

발루아는 입매를 비틀었다. 어차피 바르세데스의 기사 놈들 몇 죽인다고 달라지는 건 없었다.

"내가 기사들이라면, 무능력한 에르테반의 가주였던 너를 원망하겠지."

검은 안개가 휘몰아치더니 발루아는 허공에서 사라졌다. 지오는 검을 잡은 채 억눌린 비명을 내질렀다.

그날 밤, 급히 케딜락으로 돌아온 라쉬드는 라뮤엘의 보고를 받았다. 정령술사의 도움을 받아 마르쉬는 탈출했다. 외성에 갇혔던 신녀는 정신을 잃은 지 오래였고, 성기사들은 모두 죽었다. 또한 그가 아끼던 로열 기사 다섯이 죽었다. 발루아란 정령술사의 짓이었다.

"대신전과 교황청에 공식 서신을 넣어라. 이번 일의 배후가 누구인지 밝힐 것이며, 그 책임을 묻겠다고."

"알겠습니다."

라뮤엘이 어두운 얼굴로 대답했다. 지오를 먼저 보낸 것이 화근이었다. 정령술사를 막기 위해 어떻게든 외성으로 가야 했다.

라뮤엘은 기사들의 장례를 준비하던 지오를 떠올리곤 한숨을 쉬었다. 케딜락성에 무거운 정적이 내려앉았다. 이스타샤의 최전방이자 바렛사와 경계를 마주한 케딜락의 외성에 정령술사가 침투했다는 소문이 내내 돌았다. 성녀가 자신의 수기사를 구하기 위해 정령술사와 결탁했다는 말도 떠돌았다.

"지오는?"

"그를 찾아가 봤지만 만나기를 원치 않았습니다. 보고는 서신으로 끝냈으니 당분간 마음을 추슬러야겠다더군요. 공작 각하께서 부르시면 오겠지만……."

"되었다. 혼자 있게 둬."

라쉬드는 성녀의 재판을 요구했다. 처음엔 다소 이르다고 생각했던 로자리아도 이에 동의했다. 이번 사건은 억지로 아이를 신녀로 끌고 가려던 일보다 더욱 중대한 사안이었다. 정령술사가 케딜락에 나타나 수기사를 빼내었다. 교황청의 답을 기다릴 필요가 없었을뿐더러, 시간을 지체할 만한 사건이 아니었다. 때마침 열흘 뒤가 건국제의 시작이었으니, 수도로 가기에 알맞은 시기였다.

"증거를 모으도록 해. 어떻게 해서든 신녀가 정신을 차리도록 치료를 계속해라."

"알겠습니다. 제가 신녀를 보호하겠습니다."

"로즈는?"

"마님께선 이른 시간에 잠드셨습니다. 로열 기사가 죽은 건 마님께서도 받아들이기 힘든 상황이라……."

라뮤엘은 조심스럽게 답하며 낮에 있었던 상황을 떠올렸다. 로자리아와 라뮤엘이 도착하기 전에 발루아는 떠났고, 그들이 본 건 죽은 기사들의 시신을 끌어안고 울부짖는 지오였다.

로자리아는 선불리 지오를 위로하지 못했다. 라뮤엘이 그녀를 보았을 때, 늘 평정을 유지했던 로자리아가 무너질 것처럼 보였다. 라뮤엘은 그녀가 저지른 죄인 것처럼 여기는 공작 부인이 걱정스러웠다. 발루아란 자가 온 것도 자신의 탓이라고 말하는 것을 들었다. 이를 보던 라쉬드가 말했다.

"당분간 로즈에게 이 일은 언급하지 마라. 사람이 죽는 걸 눈앞에서 봤으니 충격이 크겠지."

며칠 전까지 이야기를 나누던 기사들이었다. 그들에게 검을 선물해 주고, 비네거를 건네며 친해지기 위해 노력하지 않았던가. 겨우 마음을 얻었다고 생각했을 때, 알던 자들이 죽었다.

"라뮤엘, 성녀가 정령술사와 결탁했다는 증거를 찾아내야 한다."

"……결탁 말씀이십니까?"

라뮤엘이 답지 않게 말끝을 흘렸다.

"정령술사를 끌어들였다는 것만으로도 성녀에겐 큰 죄가 될 거다."

"……하지만."

"라뮤엘, 사태의 심각성을 모르는 건가?"

라뮤엘이 망설이자 공작이 낮아진 목소리로 읊조렸다.

"아닙니다, 각하. 그러도록 하겠습니다."

라뮤엘은 짙은 한숨을 쉬었다. 이번 일은 전적으로 그의 몫이었다.

"공작가의 보좌관이 아닌, 에르키사의 가주로서 대신전과 교황청에 알리겠습니다."

❖

로자리아는 낮에 보았던 광경을 잊지 못했다. 이미 도착했을 때 지오를 제외한 기사 모두가 죽어 있었다. 다섯 명의 기사는 모두 지오를 따르던 이들이었다. 그녀는 창밖을 내려다보았다. 어둠에 잠긴 시선이 무의미하게 흩어졌다. 꼭 자신의 탓인 것 같아 지오의 얼굴을 보기 괴로웠다.

"내가 끌어들인 거야."

그녀는 제 손에 닿는 작은 정령을 보며 중얼거렸다. 정령이 그녀의 머리칼을 들어 올리며 가벼운 장난을 쳤지만, 로자리아의 표정은 여전히 어두웠다.

달칵, 문이 열리는 소리와 함께 라쉬드가 들어섰다. 편한 원피스 차림으로 창밖을 보던 로자리아가 고개를 돌렸다.

"라쉬드……."

그의 얼굴을 본 것만으로도 울컥, 가슴속에서 가다듬지 못한 것이 올라왔다. 라쉬드는 로자리아에게 다가갔다. 무어라 말하는 대신 그녀를 품에 가득 끌어안았다.

"난……."

"괜찮아. 로즈, 네가 생각하는 것이 무엇이든."

라쉬드는 그녀의 등을 조심스레 쓸어내렸다. 눈물 하나 흘린 적 없는데도, 울지 말라는 것처럼 머리칼을 부드럽게 헤집었다. 그 다정한 손길에 로자리아는 라쉬드의 어깨를 고개를 묻었다.

"제가 로열 기사를 지켜야 했어요."

"로즈, 나를 봐."

라쉬드는 그의 시선을 피하는 로자리아의 어깨를 조심스레 쥐었다. 그러고는 허리를 숙여 그녀와 두 눈을 마주했다.

"기사를 지키지 못한 건 내 잘못이었어."

그러니 자신을 탓해도 좋다는 소리였다. 로자리아를 신뢰하는 것이, 그녀가 스스로 옭아매는 덫이 될 거라 생각지 못했다.

"모두 내 잘못이야, 로즈."

"라쉬드가 자리를 비웠을 때, 제가 책임져야 했어요."

"그렇지 않아. 당신이 바르세데스를 위기에서 구했고, 케딜락도 안정을 되찾았어."

라쉬드는 눈물을 흘리는 그녀의 뺨으로 손을 가져다 대었다. 널 위로해도 될까. 도리어 상처를 주는 것은 아닐는지, 한없이 조심스러웠다. 그는 눈물로 얼룩진 로자리아의 뺨에 입술을 맞추었다.

"앞으로 이런 일이 없을 거란 말은 하지 못하겠지. 하지만 더한 일이 있더라도 달라지지 않을게."

그녀가 지쳐서 떠나 버릴까 무서웠다. 라쉬드는 흐트러진 로자리아의 머리칼을 정리해 주며 고개를 제 어깨에 기대게 했다. 고작 스물. 테베의 왕녀로 자라나 숨을 돌릴 품조차 없었던 로자리아. 그녀는 그가 지켜야 할 아내였다.

"발루아는……."

로자리아는 주저하다 입을 열었다. 달싹거리는 그녀의 입술을 바라보던 라쉬드가 고개를 숙여 키스했다. 그녀의 입에서 다른 사내의 이름이 나오지 않기를 바랐다.

"말하지 않아도 괜찮아. 기사를 죽인 배후를 꼭 밝혀낼 테니."

그녀는 라쉬드의 어깨에 고개를 기대며 눈을 감았다. 다시 살게 되면서 이토록 위로를 받은 적이 있었을까.

"라쉬드, 나를 믿어줄 건가요?"

로자리아는 손을 뻗어 그의 뺨을 쓸었다. 라쉬드는 아내의 손길을 기다렸다는 듯 제 뺨을 내어주었다. 그러고는 그녀의 손을 커다란 손으로 감쌌다.

"로즈, 난 당신을 이미 믿고 있어."

밤이 저물어 가고 있었다. 옅어지는 달빛이 공작 부부의 곁을 지켰다.

북부에 있는 교황청에 새하얀 매가 날아들었다. 날카로운 발톱에 검은 서신이 묶여 있었다. 휘익- 아리안 대사제가 휘파람을 길게 불자 새하얀 매가 그의 오른쪽 어깨에 걸터앉았다.

"……이게 무슨!"

케딜락성의 공작으로부터 온 서신을 읽은 아리안은 경악했다. 그는 서신을 다시 접어 소매 품에 넣었다. 그러고는 요한 2세와의 접견을 청했다.

"무슨 일인가요, 아리안 대사제?"

"함부로 입에 담을 문제가 아니기에, 성하께 직접 전언을 알리고자 왔습니다."

성 프리실라가 아이를 제물로 바쳐 성력을 유지하고 있다는 것. 이는 교황인 요한도 알지 못했던 사실이었다. 데레사만큼은 아니더라도, 프리실라의 성력은 막강했기에 의심할 여지가 없었기 때문이다.

"아리안 대사제, 성녀와 정령술사가 결탁했다는군요. 대사제께선 어떻게 생각하시나요?"

"혹, 공작 각하께서 과한 추측을 하신 게 아닐지 염려됩니다."

요한의 질문에 아리안은 심각한 얼굴로 대답했다.

"예로부터 바르세데스 공께선 감정적으로 움직이는 분이 아닙니다. 확실히 보고 들은 것이 있으니 제게 서신을 보냈겠지요."

요한 2세는 사제에게 시켜 깃펜을 가져오라 일렀다. 그는 반듯한 서체로 재판에 동의하겠다는 내용을 적었다. 깃펜을 거둔 그는 서신을 밀봉해 매의 발톱에 매었다.

"성하, 성녀의 몰락은 대신전이 무너지는 결과를 가져올 것이며, 이는 교황청과도 무관하지 않습니다."

"알고 있습니다, 대사제. 하지만 저는 바르세데스 공의 편을 들겠다고는 하지 않았습니다."

"그러면……."

아리안은 염려스러운 시선으로 교황을 바라보았다.

"어찌 신의 대리자로서 사사로운 감정으로 결정을 내리겠습니까. 증거를 가져온다면 그때 판단해도 늦지 않습니다."

요한의 말에 아리안은 고개를 끄덕였다. 심각한 대사제의 얼굴과 달리 요한은 평온했다. 여신의 대리자이자 교황으로서 바르세데스와 대신전에서 어떻게 나올지 지켜볼 것이다.

❖

라쉬드는 교황의 서신에도 그리 놀라지 않았다. 재판을 여는 의견에는 동의하며, 증거를 확보한다면 그때 결정할 거란 내용이었다. 물러설 것 같았던 대신전도 이에 응했다. 바르세데스가 재판을 건의했고, 교황청이 이에 동의했으므로 발뺌하기 어려웠다.

라쉬드는 라뮤엘과 함께 신녀를 찾았다. 바르세데스 공작임을 알아본 쥴리아의 몸이 잘게 떨렸다. 바짝 바닥에 몸을 엎드린 그녀의 귀로 싸늘한 목소리가 들렸다.

"성녀의 죄를 밝히겠다고 들었다."

"예, 예. 시키신 대로만 하겠어요. 뭐든지 할 테니 살, 살려 주세요."

"성녀를 배반하면서까지 살고 싶은 건가?"

"제, 제게 기회만 주신다면 성녀 님의 죄를 밝히겠어요."

"재판에서 증인으로서 역할만 해낸다면 풀어주도록 하지. 성녀와 대신전으로부터 보호해 줄 것이며, 타국으로 망명해서 살 수 있도록 해 주겠다."

생각지도 못한 거래 조건이었다. 쥴리아는 그러겠노라고 연신 고개를 끄덕였다. 그녀는 메말라 피가 새어 나오는 입술을 달싹이며 불안한 눈초리로 감옥 안을 두리번거렸다.

"……쥴리아. 나를 배신하려 든다면."

그들이 떠난 뒤, 홀로 남은 쥴리아의 얼굴이 창백해졌다. 아무도 없는 감옥에서 성녀의 목소리가 머릿속을 울렸다. 아아악, 악에 받친 소리를 질러도 환청과 환각은 지워지지 않았다.

"흑, 흐윽. 죄, 죄송해요, 성녀님."

내게 주어진 마지막 기회야. 쥴리아는 두 무릎에 얼굴을 묻으며 새벽이 밝을 때까지 중얼거렸다.

로자리아는 수도로 떠나는 마지막 날이 되어서야 지오를 찾았다. 이틀 전 있었던 기사들의 장례에 자리를 지켰지만 지오에게 말을 붙일 수 없었다. 로자리아는 기사들의 이름이 새겨진 비석을 찾았다. 그녀가 준비한 백합 외에도 이미 지오가 놓은 국화가 있었다.

"지오 경."

"제가 먼저 찾아뵈어야 했는데……."

지오는 쓴웃음을 감추었다. 며칠 사이에 그의 얼굴이 해쓱했다.

"지금이라도 봤으니 괜찮아요. 당분간 북부에서 지낸다고 들었어요."

"아…… 엊그제 공작 각하께는 말씀드렸습니다만, 마님께는 알리지 못했군요."

지오는 마른 입술을 축이며 말을 이었다.

"오늘부로 에르테반으로 떠나게 되었습니다."

"……에르테반으로 떠난다뇨?"

로자리아의 심장이 덜컥 아래로 내려앉았다. 그녀가 오해한 것을 깨달은 지오가 고개를 저었다.

"전 여전히 바르세데스의 사람입니다. 마님에게 했던 맹세는 죽어서도 변함이 없을 것입니다."

"지오……."

"프리실라가 죄를 저질러도 대가를 치르지 않는 건, 이스타샤 전체가 성녀의 지지자이기 때문입니다."

로자리아는 고개를 끄덕였다. 그의 말마따나, 신성제국에서 성녀의 말 한 마디는 황제의 것과 비견했다.

"그러니 제 가문으로 돌아가 에르테반을 거머쥘 것입니다. 현 숙부가 먼저 나서서 성녀를 위해 아이를 바쳤다는 사실을 알게 되었으니까요."

지오는 결정을 내렸다. 에르테반으로 돌아가 인두겁을 쓴 숙부의 목을 벨 것이다.

"제가 에르테반의 가주가 되어도 제 진심을 기억해 주시겠습니까."

지오가 로자리아의 손등을 그러쥐며 허리를 숙여 입을 맞추었다. 차가운 바람이 서린 키스는 모순적으로 따스하게 느껴졌다. 오랫동안 보지 못할 사람처럼 굴기에 로자리아는 그에게 하고 싶었던 말을 전했다.
"믿을게요. 경이 정령술사인 나를 믿어준 것처럼."
그것이 지오반니 에르테반, 그와 진심으로 나눈 마지막 대화가 될 줄은 로자리아는 알지 못했다.

공작 부부는 대신전으로 떠나기 위한 준비를 마쳤다. 로자리아는 말을 탄 채로, 수도로 출발하는 거대한 공작가의 행렬을 내려다보았다. 케딜락성을 돌아보던 그녀는 말의 머리를 돌렸다.
꼬박 일주일에 걸쳐 도착한 수도는 건국제의 영향으로 활기가 돌았다. 바르세데스 일행은 수도를 지나쳐 황성에 도착했다. 벌써부터 황성 내에 깨질 듯 팽팽한 긴장감이 서렸다.
성녀의 죄를 묻기 위한 재판이 열린다는 소식이 황성에 전해졌다. 오백 년간 성녀를 대상으로 한 재판이 한 번도 열리지 않았으니 이는 이례적인 일이었다.
라쉬드와 로자리아는 가신과 기사들의 환대를 받으며 서궁에 도착했다. 공작 부부는 성수로 몸을 씻고 옷을 갈아입고, 황성 남쪽에 위치한 대신전으로 향했다. 대신전의 중앙 본관에는 수백 년 전부터 써왔던 재판소가 있었다. 금지된 사술과 정령술, 그 이외의 주술을 쓰는 자가 있다면 마녀로 끌려와 심판을 당하던 곳이었다.
새하얀 문 앞에서 로자리아는 과거의 기억을 떠올렸다. 성기사를 유혹했노라고, 도리어 그자를 죽인 죄로 심판을 받았던가.
문이 열리기 직전, 로자리아는 과거의 기억을 버렸다. 그녀는 라쉬드의 손을 붙잡은 채 안으로 들어섰다. 이스타샤의 황족이자 바르세데스 가문으로 재판소에 들어서게 되었다.

"바르세데스 공, 로자리아 공작 부인께서 드십니다."

사제의 알림과 함께 모두의 시선이 이들에게 향했다. 과거에 보았던 늙은 대사제도, 신녀장도 그대로였다. 바뀐 건 로자리아, 그녀가 죄인으로 오르지 않았다는 것뿐이었다.

밧줄에 몸이 묶인 채, 검은 로브를 쓰고 두 무릎을 꿇었었지. 로자리아는 쓴웃음을 지었다. 그녀의 시선이 성녀에게로 향했다. 프리실라는 죄를 의심받는 상황에서도 새하얀 단상 위, 가장 상석에 앉았다. 프리실라는 그녀로 인해 열린 재판에도 시종일관 여유로운 태도였다.

로자리아는 성녀에게서 회의장으로 시선을 돌렸다. 원형으로 된 회의장은 세 개로 나누어졌다. 중앙의 교황청, 오른쪽의 바르세데스, 왼쪽의 대신전 세력.

중앙에는 교황청에서 온 이들이 있었다. 제일 높은 곳에 교황 요한 2세가 있었고, 그의 오른쪽은 아리안 대사제가 자리를 지켰다. 왼편에는 성녀 프리실라, 그녀의 곁에는 새하얗게 수염을 물들인 레비스 대사제가 앉았다. 또한 성녀의 최측근인 신녀장과 고위 사제도 보였다.

평민 출신의 레비스가 대사제가 된 건 이례적인 일이었다. 레비스는 고위 가문 출신도 아닐뿐더러 성력도 없었다. 민가에서 사람을 조종하는 사술로 널리 이름을 떨치던 자였다. 레비스를 대사제로 추천한 건 성녀 프리실라였다.

로자리아는 라쉬드를 따라 오른쪽 자리에 앉아 자리를 지켰다. 이번만큼은 에르키사의 가주로 온 라뮤엘 또한 나란히 앉았다. 오랜만에 가주를 본 에르키사의 가신들은 라뮤엘을 흘끗거렸다. 재판에 필요한 인원이 모두 앉자, 아리안 대사제가 앞으로 나왔다. 그는 바르데세스가 교황청에 심판을 건의한 내용을 그대로 읊다가 본론을 꺼냈다.

"성 프리실라 휘하에 있는 쥴리아 신녀가 민가의 아이를 신녀로 끌고 가려고 했다는 죄목은 모두 알고 계실 겁니다."

"흐흠, 그것참 이상하군요. 그게 어떻게 죄가 된다는 것인지."

대신전의 대사제, 레비스가 큼큼 헛기침하며 말했다.

"맞습니다. 민가의 아이에게 기회를 주는 성녀님의 뜻이 지난 행보와 다를 뿐, 무엇이 죄가 되겠습니까?"

모두 성녀를 변호하기 위해 나온 자들 같았다. 프리실라는 마음고생을 했는지 수척해진 얼굴로 고개를 끄덕였다.

"그러한 내용만 있었다면 바르세데스 공께서 공식 서신을 보내지 않았을 겁니다."

아리안 대사제는 한쪽으로 치우치려는 분위기를 경계했다. 가장 중앙에 앉은 교황, 요한은 상황을 주시하며 말했다.

"바르세데스 공에 의하면 성녀께서 아이를 제물로 바쳐 성력을 유지한다더군요."

"세상에, 그게 무슨 말도 안 되는 소리요!"

"성녀님께서 그러실 리가 없다는 건, 아리안 대사제께서 잘 아시지 않습니까!"

대신전의 사제들이 자리에서 벌떡 일어섰다. 고아한 척하던 늙은 사제들은 콧수염이 들썩일 정도로 기함했다. 사실로 밝혀진다면 성녀 자격이 박탈됨은 물론, 성녀로서 아니타의 율법과 신전을 기만한 대가를 치러야 했다. 이 사실을 모르는 자는 아무도 없었다. 목이 베이는 건 성녀뿐만 아니라, 이를 방관한 대신전의 사제들도 마찬가지.

"사실로 밝혀진다면 성녀로서 자격은 박탈될 것이며, 명부에서 그 이름이 지워질 것입니다."

"하지만……!"

말도 안 되는 소문을 믿느냐고 소리치려던 사제는 아리안의 싸늘한 눈빛에 고개를 숙였다.

"아직, 사실이라고 말씀드린 적 없습니다. 아무리 성녀라고는 하나 아이를 제물로 바쳤다면 모든 직위를 박탈하고 목숨으로 대가를 치러야 할 것입니다."

아리안은 정적이 깃든 회의장에 의장으로서 말했다.

'도대체 무슨 생각을 하는지 알 수 없단 말이야.'

프리실라는 바르세데스와 대신전, 두 세력의 중재자로서 결정권을 가진 요한을 슬쩍 바라보았다. 그녀의 시선을 느낀 교황의 눈이 잠시간 성녀에게 머물렀다.

라쉬드는 아리안의 말이 끝날 때까지 기다렸다. 그가 의제를 읊기 전에 끼어드는 건 무례한 일이었다. 그의 차례가 되자 라쉬드는 생각했던 바를 말했다.

"북부 마을에서 신녀가 아이를 매매했고, 한 번이 아니었습니다. 아이를 제물로 바쳐 성력을 유지하고 있다는 소문을 확인해야 하지 않겠습니까?"

"과한 추측이 아니겠습니까?"

레비스가 은근슬쩍 성녀의 눈치를 보며 말을 꺼냈다.

"그래서 신녀를 이곳으로 데려왔습니다."

회의장에 있던 이들은 숨을 죽였다. 성녀의 신녀가 죄를 밝히기 위해 이곳에 왔다고?

"증인을 부르겠습니다."

아리안은 성기사에게 눈짓했다. 이윽고 너덜너덜한 의복을 입은 맨발의 여인이 끌려 나왔다. 어디 하나 성한 구석이 없었고 발에는 자잘한 돌에 긁힌 상처가 나 있었다. 눈을 데구루루 굴리는 신녀는 불안한 듯 회의장 주위를 둘러보았다.

"신녀 쥴리아, 성 프리실라의 신녀가 맞습니까?"

"그, 그러하옵니다."

쥴리아는 떠듬떠듬 대답했다.

"성 프리실라의 신녀로 일한 지는 얼마나 되었습니까?"

"……올해로 오 년째입니다."

"신녀의 명령을 따라 아이를 데려간 것에 동의합니까?"

"네."

쥴리아는 순순히 고했다. 그녀는 차마 정면을 보지 못하고 초라한 발끝을 내려다보았다. 두려웠다. 그 누구와 눈을 마주치든 간에. 그러나 아리안은 질문을 계속했다.

"본래 성년이 된 자만이 신녀가 될 수 있으며, 그때까지 보호하는 것이 대신전의 일입니다. 또한 성력 여부를 불문하고 신녀는 억지로 강요할 수 없는 자리입니다. 이를 아십니까?"

"네."

쥴리아는 이번에도 수긍했다.

"조사한 결과로는 성년이 되지 못하고 죽은 여아가 스물이 넘더군요."

"……그, 그건."

쥴리아는 망설이다가 결국 입을 다물었다. 아리안은 틈을 주지 않고 물었다.

"성녀의 명령으로 아이를 데려오는 임무를 맡으셨습니다. 이에 동의하십니까?"

"네, 그건 제가 맡은 일이었어요."

"그럼, 성녀께서 아이를 제물로 바친 죄도 인정합니까?"

쥴리아의 눈동자가 흔들렸다. 그녀의 몸이 사시나무 떨듯 잘게 떨렸다. 온몸에서 피가 쫙 빠진 사람처럼 얼굴이 새하얗게 질렸다. 성녀가 제물을 원했다. 이 말 한마디면 살 수 있었다. 말을 하려던 쥴리아의 귀로 기괴한 목소리가 파고들었다.

"……*쥴리아, 나를 배신하려 든다면.*"

어째서 감옥에서 들었던 환청이 다시 들리는 거야! 성녀와 지킬 신의는 없었다. 목숨만 부지할 수 있다면 프리실라를 배신할 거라 결심했다. 그러나 그녀의 몸뚱아리는 주인의 의사를 배반했다.

"제물로 아이를 데려온 걸 인정합니다. 하지만 성녀님께는 죄가 없어요."

"쥴리아, 제대로 대답하십시오."

제물로 아이를 데려온 건 맞는데, 성녀의 죄가 아니다? 쥴리아가 뱉은 말은 고요했던 회의장에 거대한 격랑을 몰고 왔다.

"성녀가 시킨 명령이 아니라……."

쥴리아는 일그러진 웃음을 지었다. 방금 전까지 흐느끼던 신녀가 지금은 웃고 있었다. 사이한 간극에 로자리아는 눈을 가늘게 떴다. 죄인처럼 고개를 숙였던 쥴리아는 고개를 들었다. 그 순간 쥴리아와 레비스의 눈이 마주쳤다. 머릿속이 멍하고 어질어질했다. 제 귀에 대고 악마가 속삭이는 것만 같았다. 쥴리아의 온몸이 덜덜 떨렸다. 그녀는 파르르 떨리는 입술을 겨우 떼었다.

"공작 부인께서 시킨 명령이니까요."

쥴리아가 가리킨 건 상석에 앉아 그녀를 지켜보는 로자리아였다.

"쥴리아, 오 년간 성녀의 곁에서 일한 신녀로서 거짓을 고하는 겁니까?"

아리안 대사제가 엄숙한 목소리로 물었다.

"어찌 그러겠어요. 전 사실만 말한 것뿐인데."

킥킥, 쥴리아가 참지 못하고 웃었다. 정신을 놓은 신녀가 킬킬거리자 보고 있던 이들이 눈을 찌푸렸다.

로자리아는 차가운 분노를 숨긴 채 곧은 목소리로 물었다.

"제가 내린 명령이라고 하셨나요?"

"그, 그럼요. 부, 부인께서 제게 사주하셨잖아요? 아이를 제물로 바쳐서 성녀님에게 죄를 뒤집어씌우라고."
"쥴리아, 신전에서 위증하는 건 명백한 죄입니다."
로자리아와 눈을 마주친 쥴리아의 몸이 움츠러들었다. 프리실라와 레비스를 번갈아 보던 쥴리아가 혼이 나간 얼굴로 대답했다.
"제 주, 죽음으로 진실을 증명하겠어요."
쥴리아는 으득 혀를 깨물었다. 그녀의 입가로 핏덩이가 후드득 쏟아졌다. 신녀의 몸뚱이가 풀썩 힘없이 바닥으로 떨어졌다. 그녀는 진실을 밝히기 전에 스스로 목숨을 끊었다. 신녀의 죽음에 누구 하나 입을 여는 자가 없었다. 뒤늦게 아리안이 쥴리아를 살폈지만 이미 숨을 거둔 직후였다.
"신녀가 숨을 거뒀습니다."
아리안이 침음을 삼키며 고했다. 프리실라는 웃음을 참기 위해 고개를 숙였다.
"이를 어찌하실 작정입니까? 결백을 밝힌 신녀가 스스로 목숨을 끊다니요."
프리실라의 곁에 있던 레비스가 끌끌 혀를 낮게 찼다. 레비스가 쥴리아에게 건 사술은 오 년 전 신녀로 데려왔을 때부터 시작되었다. 제아무리 신녀라 한들, 오랜 기간 반복된 주술을 피하는 건 불가능했다. 잠자코 상황을 지켜보던 라쉬드가 몸을 일으켰다. 그는 검을 빼 들곤 레비스 대사제 쪽으로 걸어갔다.
"라쉬드!"
로자리아가 그를 불렀지만 라쉬드는 걸음을 멈추지 않았다.
"무모하고 어리석지 않은가."
그는 성검 칼라네를 쥔 채 움직였다.
"내가 보는 앞에서 사술을 쓴 것이."
창백한 정적이 내려앉은 대신전. 공작의 무거운 발걸음 소리만이 들렸다. 그는 레비스 앞에서 걸음을 멈추었다.

"나를 얼마나 우습게 보았으면……."

라쉬드는 낮게 웃었다. 그의 목소리는 검을 들었다고 볼 수 없을 정도로 무미건조했다.

"아니타의 후계자이자 이스타샤의 황자인 내 앞에서 사술을 썼을까."

성녀를 감싸기에 바빴던 비열하고 교활한 늙은 뱀. 대사제가 사람을 조종하는 주술에 능하다는 건 암암리에 알려진 사실이었다.

"안 그런가, 대사제?"

라쉬드는 검을 레비스의 목으로 겨누었다. 조금이라도 힘을 준다면 주름져 비틀린 목이 잘릴 것이다. 레비스의 옆에 있던 프리실라는 그녀의 두 손을 숨겼다. 그녀가 쓴 사술이 아님에도, 레비스의 죄가 들킬까 두려웠다. 레비스에게 하는 소리가 꼭 자신에게 하는 소리 같아서.

"주술 따위로 내 눈을 속이고, 바르세데스에 더러운 누명을 씌우려 했던 거로군."

"어, 어찌 제가 감히 공작 각하께 그러겠습니까!"

라쉬드의 검은 레비스의 목을 겨누었지만, 그의 시선은 프리실라를 향했다.

"내가 그대의 오만을 봐준 건 도를 넘지 않아서였다."

"바르세데스 공!"

아리안 대사제가 이를 말렸으나, 멀리서 이 일과 무관하다는 듯한 목소리가 울렸다.

"제가 보기에도 사술이 틀림없건만 어찌 눈감을 수 있겠습니까?"

라뮤엘이었다. 에르키사의 가주의 한마디로, 공작에게 다가가려던 성기사들의 움직임이 멎었다.

"라뮤엘 경!"

프리실라가 말도 안 된다는 듯 소리쳤지만 라뮤엘의 서늘한 시선에 그를 쳐다보던 이들이 고개를 숙였다. 중재해야 할 교황이 이를 방관했다. 하는 수 없이 프리실라는 라쉬드에게 강한 어조로 말했다.

"확실한 증거도 없이……."

"증거?"

라쉬드는 낮게 되물었다. 그는 피식 웃고는 프리실라에게 되물었다.

"지금에 와서 무슨 증거가 필요하다는 거지."

"라쉬드!"

라쉬드는 그에게 소리치는 프리실라를 싸늘한 눈으로 바라보았다. 그는 성녀에게 다가가 그녀의 귓가에 나지막이 속삭였다.

"스승이든, 아끼던 신녀든 모든 게 네 뜻대로 되지 않으면 죽이던 네가."

프리실라의 눈이 크게 떠졌다. 라쉬드는 그녀에게서 몸을 돌려, 레비스의 목을 겨누던 검을 떼어 냈다.

"자, 잘 생각하셨습니다, 각하. 아무리 공작 각하이시지만 대사제인 제게 검을 드시면……."

바람을 가르는 소리가 들렸다. 검을 한번 휘둘렀을 뿐이건만 종잇장처럼 레비스의 팔이 베였다.

"아아악!"

레비스는 잘린 팔을 부여잡고 울부짖었다. 털썩, 지체 높은 대사제가 바닥을 굴렀지만 그 누구도 나서는 이 없었다. 라쉬드의 차가운 얼굴 위로 붉은 핏자국이 튀었다. 그의 검은 제복에 검붉은 핏물이 스며들어 더욱 기묘하게 보였다.

"나는 아니타의 후계자이며……."

라쉬드는 대사제의 잘린 팔을 무감각하게 내려다보고는 단상 중앙으로 내려왔다.

"노만 1세의 정당한 핏줄을 이어받은 황자이다. 여신의 뜻에 따라 대사제의 지위와 임무를 막론하고, 신성한 재판을 더럽힌 죄인을 처벌하는 것 또한 나의 권한이다."

툭. 검에 묻은 핏방울이 새하얀 대리석에 떨어졌다. 그는 자신과 눈을 마주치지 못하는 사제를 둘러보며 한없이 낮은 목소리로 고했다.

"여신의 후계자로서 성녀와 대사제의 죄를 밝힐 것이오."

이스타샤를 수호하는 여신 아니타. 그는 아니타를 믿지 않았다. 후계자라는 칭호 따위 바라지 않았지만, 로자리아를 위해서라면 얼마든지 감내할 수 있었다.

그 사실을 그는 지금에서야 깨달았다.

"사술인지 아닌지는 지금부터 조사하면 되겠지."

"만, 만약 사술이 아니라면 레비스 대사제를 해하신 책임은……."

라쉬드의 입이 열리기 전, 낭랑한 목소리가 먼저 퍼졌다.

"책임이라, 에르키사가 제일 좋아하는 말이군요. 그 책임, 제가 지도록 하죠."

에르키사의 가주, 라뮤엘은 부드러운 눈웃음을 지었다.

"성력 자체로는 성녀님과 비견한 제가 어찌 눈앞에서 벌어진 사술을 모르겠습니까?"

라쉬드는 눈을 가늘게 떴다. 가문의 힘을 빌리지 않겠다, 에르키사를 끌어들이지 않겠다고 했던 라뮤엘의 행동이 바뀌었다.

"사술이 아니라 공작께서 죄 없는 대사제를 해하신 거라면 위증한 대가로 제 목숨을 여신께 바치겠습니다."

"가, 가주님!"

옆에 있던 가신이 소리쳤지만, 라뮤엘은 조금도 주저하지 않았다.

"그 말을 우리가 믿을 것 같소?! 에르키사의 가주께서 바르세데스 편인 건 누구나 아는 사실인데."

한 사제의 외침에 라뮤엘이 뚝 웃던 미소를 멈추었다. 웃던 눈가가 풀어지며 날카로운 눈매가 드러났다.

"그러니 제 목숨을 바치겠다는 겁니다."

라뮤엘이 그에게 소리친 사제를 차가운 시선으로 보았다. 성녀를 변호하려는 의도는 알겠다만, 그는 신성가문의 가주였으니 공작 다음으로 권한을 가진 후작이었다.

"아니면 가문을 걸겠습니다."

라뮤엘은 그에게 소리치는 사제 대신 프리실라를 보며 말했다.

"가문을 건다는 건 무슨 말씀이시죠?"

"레비스 대사제가 신녀에게 사술을 걸었다. 그래서 신녀가 거짓 증언을 하여 공작 부인에게 누명을 씌우려 했다. 이렇게밖에 생각이 들지 않는군요."

"제 생각은 달라요. 증인으로 자리에 선 쥴리아가, 부인께서 제게 누명을 씌웠다고 증언하지 않았던가요?"

프리실라는 그렇게 말하며 혼란에 물든 회의장을 둘러보았다.

"그러니 명백히 부인의 죄를 밝혀야 하며, 동시에 바르세데스 공이 신성한 신전에서 대사제의 피를 보인 책임을 져야 해요."

프리실라의 말이 끝나자, 라뮤엘은 가벼운 웃음을 터뜨렸다. 어지간해선 에르키사의 가주로서 나서지 않던 그였으나, 이번 일은 쉽게 넘어갈 일이 아니었다.

"신녀가 죽을 이유가 뭐가 있겠습니까? 진실 여부를 밝히기 전에 자살한 것도 사술 때문입니다. 저는 레비스 대사제가 신녀에게 사술을 걸었다, 이 사실에 에르키사를 걸 텐데 성녀님께선 무얼 거시겠습니까."

"어찌 가문의 존위를 함부로 건단 말인가요?"

"오히려 저는 이해가 가지 않습니다, 성녀님. 아끼던 신녀가 죽었고 성녀로서 제물로 바친 죄를 의심받는 상황에서 무얼 꺼리십니까."

"하, 좋아요. 라뮤엘 경, 바르세데스로 가더니 판단이 흐려졌군요.

부인께서 결백을 증명하신다면, 저와 레비스 대사제 또한 제물로 바쳤는지 아닌지 신전의 조사를 받겠어요."

회의장에 있는 이들의 시선이 로자리아에게 쏟아졌다. 로자리아는 터질 듯이 뛰는 심장에 속이 어지러웠다. 갑자기 다른 사람처럼 위증하던 신녀가 이상하다는 건 진즉 알아차렸지만, 스스로 목숨을 끊을 줄은. 지금도 이 상황이 거짓말처럼 느껴졌다. 로자리아는 자신을 보는 두 사내의 눈빛을 받아야 했다. 선택은 그녀의 몫이었다. 조사해도 신녀에게 누명을 씌우란 적이 없으니 나올 것도 없겠지만…….

'혹여 내가 정령술사란 사실이 밝혀진다면.'

그러나 여기서 물러난다면 더 큰 의심을 사게 될 것이다. 자신을 위해 검을 든 라쉬드도, 사술임에 제 목숨을 바치겠다고 공언한 라뮤엘까지.

아주 찰나의 시간, 호흡을 가다듬으며 그녀는 떨리는 속을 감추었다. 과거와 달라졌음에도 죽음에서 벗어나거나 죽이는 길을 피해 갈 수 없다면 기꺼이 맞서리라.

"성녀님의 뜻에 동의합니다. 제 결백함을 입증하기 위해서……."

로자리아는 담담한 목소리로 말을 이었다.

"그리고 바르세데스, 에르키사 두 가문의 명예를 위해 조사를 받을 것입니다. 성녀님께서 지정하신 사제로부터 조사를 받겠습니다."

"현명한 판단이에요."

"하지만 제가 대신전의 조사를 받는다면, 성녀님은 물론 레비스 대사제께서도 대신전의 사람이 아닌 다른 가문의 조사를 받아야 할 것입니다."

프리실라는 떨떠름한 얼굴을 했다. 감히 성녀의 죄를 조사하려는 겁 없는 자가 몇 있겠는가.

"다른 가문이라니, 그건 곤란하군요."

대신전에서 조사하면 된다고 하면 그만이었다. 프리실라는 교묘한 웃음을 지었다. 굳이 자신이 나설 필요도 없었다. 이미 이 자리에 있는 모두가 성녀인 그녀의 편이었다.

"맞습니다! 신전 소속이 아닌 자에게 맡기는 건 부당한 처사입니다. 성력이 없는 자가 어찌 죄 여부를 밝힌단 말입니까!"

한 사제가 항의하자 로자리아는 날카로운 시선으로 주변을 훑고는 말했다.

"성력은 있으시되, 한쪽으로 치우치지 않은 사람이면 되는 건가요?"

"그러니 성녀님의 조사도 대신전에서 하는 것이……."

"그건 불가합니다. 대신전의 주인인 성녀님과 대사제를 그 누가 판단하려 들겠습니까?"

로자리아는 제법 직급이 높은 사제에게 딱 잘라 말했다. 그녀는 상황을 정리하며 의견을 밝혔다.

"대신전의 사제가 아니면서, 동시에 높은 성력을 가진 사람을 선택해야 합니다."

"대신전의 사제가 아니면서 성력이 높은 자가 몇이나 있겠습니까, 부인. 바르세데스 공은 물론이고 라뮤엘 후께서 나서는 건 편파적인 일입니다!"

"어찌 바르세데스 공과 라뮤엘 후께서 나서시겠습니까? 제가 대신 성녀님이 신뢰할 만한 분을 추천하겠어요. 성녀께선 이를 받아들이실 건가요?"

"그러도록 하죠, 부인."

프리실라는 순순히 대답했다. 제깟 것이 무슨 수를 내밀어도 이기는 건 자신이었다.

로자리아는 숨을 들이켜고는 잠긴 목소리로 말했다.

"지오반니 에르테반, 전(前) 수기사였던 지오 경께서 성녀님의 죄 여부를 판단하는 것을 추천하는 바입니다."

프리실라의 얼굴이 굳었다. 예전이었다면 어떻게든 지오를 설득할 수 있다고 확신했기에 승낙했을 것이다. 요한은 지오의 조사를 받는 것이 최선이라고 판단했다.

"지오 경은 에르테반 출신이나 바르세데스 가문에 속해있으니 올바른 판단을 하실 겁니다. 지오 경께 조사를 맡기는 건 받아들이겠습니다."

프리실라는 입술을 달싹였다. 아니라고, 그렇지 않다고 말하기엔 일이 너무 커졌다. 자세한 사정은 모르는 사제들은 지오가 여전히 프리실라의 오라버니이기에 성녀에게 유리할 것이라 여겼다.

"왜, 걸리시는 거라도 있으신가요?"

로자리아의 말에 프리실라는 대답하지 않았다. 오라버니인 지오조차 자신의 편으로 만들지 못한 것이 알려지면 타격을 입는 건 그녀였다. 늙은 숙부가 만에 하나 사고로 숨을 거둔다면 지오가 에르테반의 가주가 될 테니.

"아니에요. 지오 경께서 제 무죄를 밝히시리라 믿어요. 부인의 뜻대로 하겠어요."

상황을 지켜보던 아리안이 프리실라에게 말했다.

"조사를 위해서 교황청의 사제가 붙을 것입니다. 성하의 뜻대로, 저 아리안 또한 지오반니 경과 함께 조사에 응하겠습니다."

프리실라의 손이 주체할 수 없을 정도로 떨렸다. 이제 와서 가문이 무슨 소용이 있단 말이냐! 자신에게서 등을 돌린 쥐새끼 같은 교황청 소속들도 가증스러웠다.

프리실라는 자조적인 웃음을 터뜨렸다. 지오가 오든 교황청의 대사제가 찾아오든, 어차피 증거 따위 발견하지 못할 것이다. 지금껏 수백, 아니, 수천의 아이의 목숨을 거둬 성력을 유지했다.

어리석은 자들은 하나만 알고 둘은 알지 못했다. 그 또한 여신 아니타가 묵인했다는 것을. 여신의 환생이라 불리던 데레사의 죽음조차 아니타는 방조했다. 여신의 진의도 모른 채 아니타를 떠받드는 어리석은 것들. 프리실라는 이 상황이 너무나도 웃겨 올라가려는 입꼬리를 꾹 내렸다.

"부인을 조사할 사제 두 명은 대신전에서 정하겠어요. 부디 죄가 밝혀지기 전에 먼저 자백하면 좋겠군요."

로자리아를 노려보던 프리실라가 재판소를 먼저 떠났다.

로자리아가 지내는 서궁에 감금령이 내려졌다. 성녀 또한 대신전에서 한 발짝 움직일 수 없는 건 마찬가지였다. 조사하기로 정해진 사제는 두 명, 모두 대신전 출신이었다. 로자리아는 응접실에서 차를 마시며 대신전의 사제 둘을 기다렸다. 문이 열리며 새하얀 로브를 입은 사내 둘이 들어섰다.

"처음 뵙겠습니다, 부인. 대신전의 사제, 일렌이라고 합니다."

"메릴이라고 합니다. 저희는 부인의 죄의 유무를 판단하러 온 것이니, 무례를 용서해 주십시오."

로자리아는 찬찬히 그들을 살폈다. 깊게 가린 로브로 얼굴은 보이지 않았지만, 한쪽은 어쩐지 목소리가 익숙했다.

그들은 반구로 된 검은 그릇을 협탁 위에 올려놓았다. 가져온 건 성물, 바빌론이었다. 아무런 무늬가 없는 겉과 달리 안쪽에는 은빛의 진이 새겨져 있었다. 금기를 저지른 자를 판단하기 위한 성법구였다. 여신 아니타의 금기를 깬 자라면 피가 검게 변할 것이다.

"성검으로 베어 흘러나온 피를 그릇에 담으시면 됩니다."

로자리아는 사제가 건넨 얇은 단검으로 손가락을 베었다. 그녀는 따끔한 고통에도 덤덤한 시선으로 자신의 손을 바라보았다. 손에서 피가 흘러나와 그릇으로 뚝 떨어졌다. 반 시진이 지나도 아무런 반응이 일어나지 않았다. 그런데도 사실을 알려야 할 사제에게서 별말이 없었다. 기묘한 정적이 응접실 안을 흘렀다.

"다 됐나요? 시간이 얼추 흐른 것 같은데."

죄가 없음을 판단해야 할 사제는 침묵을 지켰다. 몇 번이고 성물을 지켜보던 그의 손이 잘게 떨렸다. 상처를 지혈하던 로자리아는 그를 쳐다보았다.

'원하는 대로 결과가 나오지 않으니 조작하려는 거로군.'

꼴을 보아하니 다급해져서 성력을 쓰기 위해 신어를 읊는 모양이었다. 그 순간 그의 몸이 한순간에 축 늘어졌다.

쿵. 조작하려던 메릴 사제가 협탁에 머리를 박았다. 로자리아의 시야에 다른 사제의 매끄런 손등이 드러났다.

'목을 후려쳐서 기절시킬 줄이야.'

"로즈라고 불러도 되려나."

사제는 로브를 벗으며 눈가를 휘었다. 경계하는 시선으로 사제를 보던 로자리아의 눈이 커졌다. 적발의 사내, 발루아가 턱을 괸 채로 그녀를 보았다. 로자리아는 자리에서 벌떡 일어나며 외쳤다.

"발루아! 여긴 어떻게 온 거지?"

"제가 당신을 곤란하게 만들었으니까요."

해칠 의도가 없다는 듯 발루아가 두 손을 들어 보였다.

"왜 이렇게까지 하는 거지?"

"당신이 저를 미워할까 봐."

발루아는 기절한 사제를 대신하여 바빌론을 챙기며 말했다.

"어쨌든 누명은 벗겨질 겁니다."

"곁에 있는 자는?"

"시간이 지나면 깰 겁니다."

발루아는 손을 뻗어 로자리아의 손목을 조심스레 쥐었다. 그는 고개를 숙여 상처를 주의 깊게 살폈다. 그러고는 손을 뻗어 마나로 상처를 치료해 주었다. 발루아는 옅은 한숨을 쉬었다. 자그마한 상처라도 입게 하고 싶지 않았다.

“전 당신이 죄인 취급받는 걸 원치 않습니다, 로자리아.”

모순적인 말이었다. 마르쉬를 도망가게 도운 발루아가 이런 말을 하는 것은.

“오직 저만이 당신의 빼앗긴 권리를 되찾아줄 수 있습니다.”

악마처럼 달콤한 목소리는 짙은 그리움이 담겨 애절했다.

“그들이 악마라 부른다 해도 로자리아 당신만이 제 곁에 있어준다면…… 원하는 건 뭐든 들어드리겠습니다.”

발루아의 방식은 예전의 그녀가 밟아 온 방식과 닮았다. 원하는 게 있으면 뺏고, 걸림돌이 된다면 죽였다. 정령술사를 먼저 핍박한 건 이스타샤 제국이었으니, 사람을 죽이고 베는 데 주저함이 없었다.

“도와준 건 고맙다만, 당신의 힘을 빌리지 않을 거야.”

그녀는 그걸로 대답을 대신했다. 원하는 것이 있다면 해나갈 것이며, 자신을 죽이려 드는 자가 있다면 맞설 것이다. 발루아가 원하는 건 이스타샤의 몰락이었다. 그는 이스타샤의 핏줄 그 자체를 증오했다. 그러나 로자리아가 아끼는 사람들은 바르세데스와 에르키사, 그녀를 위해 남아준 이스타샤의 사람들이었다.

“난 당신이 찾던 율리아가 아니야.”

로자리아는 먼저 자리에서 일어섰다. 나머지는 발루아의 몫이었다. 그리 깊은 사이도 아니었으니 배신한다는 말도 우스웠다.

“내가 당신의 뜻을 따르지 않아 내게 누명을 씌우려거든 그렇게 해.”

“……로자리아.”

“당신도 그러했듯 내게도 익숙한 일이니까.”

발루아의 눈이 잘게 흔들렸다. 애절한 기색을 지운 그가 고개를 숙였다. 발루아는 기절한 사제를 둘러업고는 응접실을 빠져나갔다. 그녀는 조금의 틈도 주지 않았다. 그가 마주한 여인은 율리아가 아니었다. 그의 도움을 필요로 했던 어린 여신도 아니었다.

"……당신이 율리아가 아닌 건 처음부터 알고 있습니다."

발루아는 서궁을 나선 후에야 뒤늦게 중얼거렸다.

발루아는 기절한 사내를 깨웠다. 그는 황망한 얼굴로 주위를 둘러보더니, 결과가 어떻게 되었느냐고 물었다. 발루아에게서 이렇다 할 대답이 없자, 무언가 이상함을 느낀 메릴이 그에게 말했다.

"다시 부인에게 돌아가야……."

발루아는 저보다 작은 사내의 턱을 손으로 들어 올렸다. 붉은 눈동자와 마주친 메릴이 시선이 서서히 잠겼다.

"네 주인은 더 이상 성녀가 아니다. 재판에서 공작 부인의 죄가 없다고 밝히도록 해."

"……알겠습니다."

정신을 조종하는 것은 어렵지 않았다. 그러니 정령술사를 악마라 부르는 것도 이상하지 않은 일이었다. 발루아는 로브를 깊이 쓰고는 메릴과 함께 서궁을 벗어났다.

대신전에서 사제가 파견된 지 일주일이 흘렀다. 그동안 지오와 아리안도 성녀와 그녀의 최측근을 조사했다. 한때 성녀의 수기사이자 성녀와 같은 가문인 지오는 프리실라가 아이를 제물로 썼다는 죄까지 모두

들추었다.

이틀 후, 성녀의 조사까지 끝나자 클라인 황제는 교황의 청을 받아들여 마지막 재판을 행했다. 며칠 전 대신전에서 관련된 자만 모였던 것과는 다른 양상이었다. 교황을 대신하여 아리안 대사제와 신성가문의 두 가주, 이스타샤의 8대 가문의 가주들이 황성의 회의장에 모였다. 바르세데스의 공작, 성녀, 황제, 신성가문의 두 가주가 모인 자리였다.

대신전에서 파견된 사제, 메릴은 긴장을 늦추기 위해 여러 번 마른 침을 삼켰다. 그는 프리실라의 시선을 피하며 공작 부인에게 죄가 없음을 고했다. 또한 대신전은 신녀가 거짓으로 증언한 것을 인정했다. 대신전의 중심 권력이었던 레비스 대사제가 사술을 썼으며, 그가 원래 사제가 될 만한 성력이 없다는 사실도 발각되었다.

프리실라는 직위를 박탈당했으며, 목숨만 겨우 부지했다. 레비스 대사제의 간교한 악행을 알고서도 밝히지 않았으며, 이를 눈감아준 대가였다.

로자리아는 재판장에서 결과를 기다렸다. 대신전 소속인 사제, 벤은 로자리아의 곁을 지켰다. 벤은 재판 결과가 성녀에게 유리할 거라 믿어 의심치 않았다. 로자리아는 안으로 들어가겠느냐는 그의 제안을 거부했다.

결과가 나오면 그때 가도 늦지 않다는 말에 벤은 문밖에서 공작 부인과 함께 초조한 시간을 보냈다. 이윽고 문이 열리고 나온 건 메릴 사제였다. 그는 아리안 대사제와 신성가문의 두 가주로부터 들은 전언을 전했다.

"부인께선 무죄입니다."

로자리아는 사제의 말을 들으며 그녀와 눈을 마주치지 못하는 벤을 바라보았다. 성녀의 명에 따라 죄인이 입는 회색 로브를 준비한 그가 고개를 떨구었다.

"그 로브, 나를 위해 준비해 둔 건가요? 내게 주세요."

"예? 무죄이니 로브를 걸칠 필요는 없으십니다."

"그건 이미 알고 있어요."

벤은 얼떨떨한 얼굴로 로브를 건네었다. 팔에 로브를 걸친 그녀는 드레스 자락을 쥐고선 거대한 홀로 들어섰다.

이스타샤의 8대 가문이 모두 모인 자리였다. 로자리아는 따르는 사람 없이도 당당히 앞으로 걸어나갔다. 그녀가 신은 구두가 황족을 위한 붉은 벨벳 카펫에 흔적을 남겼다.

"기다리게 해서 송구스럽습니다, 폐하."

로자리아는 무릎을 살짝 굽히고는 클라인 황제에게 예를 다했다. 매번 로자리아를 야만인처럼 멸시하던 클라인이 멍한 눈으로 그녀를 응시했다.

"폐, 폐하?"

클라인의 곁에 있던 가신이 조심스레 그를 불렀다. 뒤늦게 정신을 차린 그가 의제로 다뤄야 할 사안을 줄줄 읊었다.

"레비스 대사제는 대신전의 소속으로 신녀를 시켜 아이를 제물로 바치게 했다. 이는 아니타의 율법을 어긴 데다 금기를 저지른 중대죄이다."

로자리아는 황제의 말을 들으며 고개를 들었다. 그녀를 바라보는 8가문 출신 귀족들의 시선을 받고서도 움츠러들지 않았다.

"또한 성력이 없는 죄인에게 대사제의 자리를 준 건 성녀 프리실라의 과책이며, 성녀로서 대사제의 죄를 알고서도 넘어간 건 성녀의 책임과도 무관하지 않다."

로자리아는 정면을 향하던 고개를 돌렸다. 그녀의 시선이 닿은 곳에 프리실라가 있었다. 성녀는 고개를 들지 못했다.

"성녀 프리실라는 앞으로 나오라."

클라인이 잠긴 목소리로 명령을 내렸다. 프리실라는 황제가 가리킨 제단 위로 걸어갔다.

"신녀에게 사술을 쓴 죄를 인정하겠는가?"

"네, 그렇습니다."

"또한 사제의 자격이 없는 자에게 대사제의 자리를 내어준 죄를 인정하겠는가?"

"네."

"성력이 있는 아이를 제물로 쓴 죄를 인정하는가?"

"……네. 하지만 전염병이 꺼지지 않는 이스타샤를 위해 어떻게든 방법을 찾으려 했습니다."

프리실라가 가냘픈 목소리로 말했다. 애처로운 성녀의 눈물에도 이스타샤의 귀족은 그녀를 외면했다. 마지막 구원줄이라도 잡듯 프리실라는 오직 이스타샤를 위해서였다며 선처를 호소했다.

"여기에 있는 모두가 성녀가 전염병 해결을 하지 못했으며, 관심조차 없었다는 사실을 알고 있습니다."

아리안 대사제는 제물로 바친 성력이 프리실라 개인을 위해서 쓰였음을 증거로 제출했다. 더 이상 죄를 덮을 수 없었다. 프리실라는 꺼멓게 죽은 눈으로 주위를 둘러보다 고개를 떨구었다. 로자리아는 흐느끼는 프리실라를 그저 고요한 눈빛으로 주시했다.

"외람되옵게도 성녀님, 전염병을 해결하신 건 바르세데스 공과 공작부인이십니다."

사내의 나직한 목소리가 정적이 깃든 홀을 울렸다. 글로리아 백작이었다. 지금 그걸 누가 모르겠느냐는 소리가 들렸지만 더글라스는 한 귀로 흘려 넘겼다. 글로리아 가주의 한마디에 분위기가 착 가라앉았다.

"이런, 다들 싸늘하시군요. 제가 눈치가 없었던 건가요?"

더글라스가 쿡쿡 낮게 웃음을 터뜨렸다. 점잖던 글로리아의 가주가 대놓고 적대를 드러낸 건 이례적인 일이었다.

프리실라는 더 이상 성녀가 아니었다. 그러니 이스타샤 황족과 같은 대우를 할 필요가 없었다. 성녀와 대신전으로 인해 가문이 몰락 위기에 처했던 그는 글로리아의 원수를 잊지 않았다.

"다들 잊으셨나 보네요. 성녀님께서는 전염병도, 가뭄도 해결하지 못하셨어요. 그런 것치곤 기도는 열심히 하셨나 봐요. 제물까지 바칠 정도로 헌신적인지는 몰랐지만."

뒤이어 낭랑한 여인의 목소리가 울렸다. 아이리스 백작이 손등으로 입가를 가렸다. 소리 내어 웃지 않았지만 마네의 입꼬리가 호선을 그렸다. 프리실라의 죄를 고하던 클라인이 오히려 허둥지둥 어쩔 줄 몰라 했다.

한때 모두가 프리실라의 편이었으나, 지금은 아니었다. 교황이 써 준 공식 서신을 든 클라인이 프리실라의 눈치를 보며 끝을 맺었다. 때때로 성녀는 황제인 자신에게도 무례했지만, 프리실라만큼 쓸모 있는 패는 없었다.

"죄인 프리실라, 성녀로서의 직위를 박탈하며 아니타 여신께 죄 없는 아이의 목숨을 빼앗은 용서를 구하시오. 또한 이와 무관하지 않은 자는 처형될 것이며……."

프리실라는 사형당하지 않았다. 그녀는 클라인에게 빌다시피 하여 겨우 목숨만은 부지했다. 보름 전만 해도 이런 상황은 예측하지 못했다. 그토록 어리석다 무시하던 황제에게 살려 달라고 빌어야 할 처지가 될 거라곤.

그녀가 악에 받쳐 세운 공든 탑의 기둥 하나가 부서졌다. 프리실라는 자신의 상황을 깨달았다.

"공작 부인께 누명을 씌우려던 죄를 사죄하십시오."

아리안 대사제의 말에 프리실라는 입술을 질끈 깨물었다. 내키지 않는 발걸음을 옮기는 프리실라에게 로자리아는 회색 로브를 건네었다.

"율법에 따르시지요."

흰색은 여신을 따르는 성녀, 사제를 포함하는 성직자와 이스타샤의 황족만이 누릴 수 있는 권한이었다. 로자리아는 사제가 혹시 몰라 준비해 둔 회색 로브를 프리실라에게 내밀었다.

"받지 않으실 건가요?"

프리실라는 분노로 떨리는 손으로 로브를 받아 들었다.

'그래, 네깟년이 원하는 대로 해주겠다!'

프리실라는 잔뜩 헝클어진 머리를 내버려 둔 채 소리 없는 저주를 퍼부었다.

"받겠습니다."

그녀는 로자리아를 노려보며 로브를 걸쳤다.

"앞으로 교황청의 감옥에 감금되어 죄를 반성하시오."

마지막이 남아 있었다. 프리실라는 꺼멓게 죽은 눈으로 자신에게 다가오는 사내를 바라보았다.

"그간의 성녀로서의 공을 인정하여 목숨을 거두지 않을 것이다. 오늘부로 이스타샤의 12대 성녀, 프리실라 에르테반의 성녀 직위를 박탈한다."

아리안이 성녀의 직위를 박탈한다는 교황의 칙령을 내렸다. 프리실라는 고개를 숙인 채 흐느꼈다.

그때, 새하얀 제복을 입은 지오가 성녀에게 다가갔다. 그의 짙은 금발에 붉은 장미가 묶여 있었다.

"오라버니."

"오래전 네가 데레사 님을 죽였을 때, 넌 내게 더 이상 누이가 아니었다."

혈육의 싸늘한 시선이 더없이 낯설었다. 그녀는 기사들에게 붙들린 채로 웃었다.

◈

12대 성녀였던 프리실라는 성녀에서 파면되었다. 또한 성녀의 악행을 도운 에르테반의 가주, 길버트를 처형하라는 황명이 내려졌다. 황명이 떨어지자 지오는 프리실라의 숙부이자 가주였던 길버트의 목을 직접 베었다. 지오는 바르세데스 기사가 아닌 에르테반의 가주로서 프리실라의 죄를 밝혔다.

대사제가 사술을 썼으며 에르테반의 가주가 직접 아이를 바쳤다는 범죄 행각이 수면 위로 드러났다. 프리실라는 제물로 스무 명의 아이를 바쳤다고 고했으나 지오는 그 목숨이 수천임을 밝혀내었다. 또한 이스타샤를 위했다는 성녀의 말과 달리, 성력이 부족했던 자질을 숨기기 위해서였다.

아니타의 제단 앞에서 프리실라는 회색 옷을 걸친 채 두 무릎을 꿇었다. 초라한 누이의 행색을 보던 지오는 교황에게 고했다.

"프리실라 에르테반의 죄를 눈감아준 것은 신성가문으로서 씻을 수 없는 원죄입니다. 전(前) 가주였던 길버트 에르테반은 죽음으로 그 죄를 갚았으며, 성녀의 죄 또한 에르테반의 가주로서 책임질 것입니다."

지오의 말에 교황은 고개를 끄덕였다. 성녀의 편이었던 황제는 몸이 아프다는 핑계로 자리를 비웠다.

지오는 바닥을 멀거니 내려다보는 프리실라에게 다가갔다.

"프리실라, 마지막으로 묻겠다."

"오라버니……."

지오는 눈을 내리감으며 감정 하나 서리지 않은 목소리로 물었다.

"전(前) 성녀, 프리실라. 당신의 스승이자 11대 성녀였던 데레사 에르키사의 살해죄를 인정하는가?"

"나는……."

지오는 프리실라의 대답을 기다리는 대신 차가운 목소리로 말했다.

"성녀 데레사를 죽이고, 그녀의 기록을 성서에서 지웠으며, 데레사를 마녀로 몰았던 것을 속죄해라."

지오는 프리실라에게 다가갔다. 그러고는 단검을 높이 쳐들어 그녀의 검은 머리칼을 잘랐다. 그는 프리실라가 애지중지하던 그녀의 흑발을 성화 위에 내던졌다.

타닥타닥, 불이 타는 소리와 함께 프리실라는 자리에 주저앉았다. 프리실라 에르테반, 그녀는 고귀한 신성가문의 핏줄이자 이스타샤의 성녀였다. 성녀는 여신의 상징이라 굳게 믿었던 머리칼이 불에 휩싸여 타들어 가는 것을 멍하니 지켜보았다. 주홍빛 눈동자에 붉은 화염이 휘몰아쳤다. 프리실라는 끝까지 그 광경을 지켜보았다. 눈에 담고 행여 잊을까 뇌리에 새기기 위해 보고 또 보았다. 그녀의 눈동자가 증오심에 불타올랐다.

"하하, 하하하."

프리실라는 제 뺨을 휘갈겼다. 그걸로 모자라 목에 피가 날 정도로 긁던 성녀는 고개를 젖히곤 미친 듯이 웃었다.

"여신께서 그대의 목숨을 거뒀다 여기십시오, 프리실라."

지오는 감정 하나 담기지 않은 목소리로 말했다. 그 엄숙한 광경에 지켜보던 귀족들조차 입을 다물었다.

"회의에서 결정된 대로 반년간 대신전의 일은 성녀를 대신하여 제가 처리할 것입니다."

여자가 아닌 남자, 성녀가 아닌 자가 신전의 일을 주관하는 것은 극히 이례적인 일이었다.

"로자리아 님, 저희 에르테반은 당신에게 저지른 죗값을 치를 것입

니다."

"에르테반의 선택을 믿겠습니다."

용서를 구한다는 말은 없었다. 죄에도 용서받을 것과 받지 못할 것이 있지 않은가.

로자리아를 하염없이 바라보던 지오가 말했다.

"잘못된 것을 바로잡겠습니다. 모든 것이 제자리로 돌아갈 때까지."

지오는 목울대를 삼켰다. 그는 올곧은 신념이 서린 눈으로 로자리아를 보았다.

"제가 로자리아 님의 얼굴을 볼 수 있는 날이 오면 좋겠군요."

자격이 없는 자에게 해야 할 일은 많았다. 말을 더 하려던 지오는 귀족들의 시선을 느끼며 물러섰다. 더 이상 바르세데스의 기사가 아니었다. 그는 에르테반을 이끌 가주였다. 지오반니 에르테반. 그가 진실로 바라는 염원은 이루어지기에 아직 이른 시기였다.

성녀의 죄가 밝혀졌으며, 이와 관련된 고위 사제들의 목이 잘렸다. 에르테반의 가주는 목이 잘려 에르테반성에 효시되었다. 12대 성녀 프리실라 에르테반은 성녀 직위를 박탈당했으며 지하 감옥에 갇혔다. 그리고 11대 성녀였던 데레사 에르키사는 성녀로서 복권되었다. 그 이후로 바르세데스와 에르테반 사이에 묘한 기류가 흘렀다. 처음에는 맞물렸던 톱니바퀴가 점차 삐걱거리며 어긋나듯.

로자리아는 감금령이 풀린 서궁을 둘러보았다. 관리가 덜 된 정원도, 녹빛으로 가득한 숲도 꿈처럼 느껴졌다. 그녀는 윈드와 함께 티타임 중이었다. 오랜만의 휴식에 로자리아는 턱을 괴곤 바람이 부는 정경을 바라보았다.

"윈드, 나 있잖아."

그 말에 윈드는 그녀를 바라보았다.

"가끔은 꿈이 아닐까란 생각이 들어."

윈드는 부드러운 미소를 지었다. 로자리아에게 일어난 이야기는 전해 들었다. 로자리아를 죽음으로 몰았던 이스타샤의 성녀가 지하 감옥에 감금되었다고.

"조금씩 제자리를 찾는 것뿐입니다. 가끔은 느긋하게 차를 마시는 것도 좋군요."

"그렇지?"

윈드는 바람을 천천히 불게 했다. 탐스러운 금발이 그가 엮어준 풀꽃들로 엮여 있었다. 어릴 적과 비슷한 로자리아의 모습을 보자 그는 저도 모르게 입꼬리를 올렸다. 차를 마시던 로자리아가 물었다.

"윈드, 아니타가 율리아의 자리를 빼앗았다고 했지? 율리아는 어떤 사람이었어? 사람이라고 말하기에 곤란한가."

"……율리아는."

따뜻한 여신이었다. 무릇 이 땅에 태어난 모든 것을 감싸 주듯 자그마한 손길로 안아주던 다정한 여신. 권능을 타고난 정령들도, 선택받지 못해 스러진 작은 나무조차 그녀의 친구이자 가족이었다.

"정령인 제게 사람의 감정을 처음 가르쳐 준 분이었습니다. 모든 것을 내어주는 분이라, 데모나께서 걱정하실 정도였죠."

"나와는 조금 다르네."

로자리아는 턱을 괴곤 중얼거렸다.

"비슷한 면도 없잖아 있는……."

윈드는 데모나가 율리아를 '퍼 주기만 하는 바보'라고 놀렸던 것은 말하지 않았다. 혜안을 가졌으며, 미래를 보는 눈이 있음에도 율리아는 검을 들지 않았다. 자신을 따르는 작은 정령들을 밟을까 조심조심 걷던 여신. 율리아는 그녀에게 반기를 들었던 자매 아니타의 죄를 눈감아주었다.

"율리아는 제게 처음 정령술을 가르쳐 준 여신이었고, 로자리아는 제게 사람이 느끼는 감정을 가르쳐 주었습니다."

천 년 전, 율리아가 어린 나무에게 알려 주었던 사랑, 기쁨, 슬픔, 증오, 비통, 그리움이란 감정은 윈드에게 너무 어려웠다. 그저 작은 정령을 돌보는 것이 바람의 정령으로서 본분이라 여겼지만 로자리아를 본 순간, 윈드는 자신이 달라졌음을 깨달았다.

"율리아가 계실 땐 그저 그녀가 제 곁에 오래 있기를 바랐습니다. 여신께선 제가 가장 사랑하는 분이셨기에……."

"지금은?"

로자리아는 조심스럽게 물었다. 다른 대답이 들려오면 어쩌지 걱정하면서 그녀는 찻잔의 손잡이를 만지작거렸다. 윈드는 로자리아와 눈을 마주치며 상냥한 미소를 지었다.

"지금은 로즈가 제일 소중한 사람입니다."

가만히 듣던 로자리아는 사레가 들려 콜록거렸다. 정령이라 그런지 생각을 말하는 데 거리낌이 없었다. 낯간지러워진 그녀는 괜스레 애꿎은 찻잔만 툭툭 건드렸다.

"윈드, 성물 마르바에 대해 알아?"

윈드는 잠시 고심하다가 그가 아는 진실을 알려 주었다.

"마르바는 율리아의 권능이 담긴 성물입니다."

"율리아의 권능?"

"율리아는 질병과 가뭄으로부터 이스타샤를 수호하는 여신이었습니다."

윈드는 낮게 잠긴 목소리로 말을 이었다.

"하지만 아니타가 율리아의 자리를 빼앗았고, 이로 인해 이스타샤엔 전염병과 가뭄이 빈번했습니다. 아니타에겐 재앙을 막을 힘이 없었고, 마르바는 재앙을 막는 성물이었습니다."

성물 마르바에는 율리아의 권능이 담겨 있었다. 그러나 오백 년 전 이후, 이를 쓸 수 있는 자는 나타나지 않았다.

"아니타가 율리아의 영혼과 심장을 각각 두 개의 성물에 담았다고 하더군요."

"각각?"

"마르바는 두 개입니다. 하나는 심장, 다른 하나는 혼을 담은 그릇으로 나뉘어졌죠. 지금 로즈가 들고 있는 건 심장이 담긴 성물일 겁니다."

심장은 마나를 뜻했다. 율리아의 순수한 마나만이 저주로부터 이스타샤 제국을 지킬 것이라 하였다.

"성물 마르바의 반쪽을 찾아보았습니다. 지금껏 단 한 번도 기척을 느끼지 못했지만……."

윈드는 지금에서야 겨우 단서를 찾았다. 처음으로 잡힌 마르바의 흔적에 그조차 믿지 못했다.

"성물 마르바를 들고 있는 자가 한 명 더 있습니다."

예상치 못한 이야기였다. 로자리아는 윈드의 대답을 기다리며 숨을 죽였다.

"비단천을 입고, 흑발에 흑안을 가진 사내라 하더군요."

"……서대륙에서 흑발이 희귀한 건 맞지만 그 정도 단서로는 찾기 힘들 텐데."

"이건 확실치 않지만 동대륙 사람이 아닐까 싶습니다."

"동대륙 출신이라면 이레펠트 대제와 관련 있을지도 몰라."

로자리아는 깊은 생각에 잠겼다. 동대륙 사람이라면 황제와 같이 건너온 이일 테고. 백작은 자신에게 대제가 금발의 사내라고 말했다. 그렇다면 동제국 황제를 따라온 이 중에 있다는 걸까? 또한 이레펠트 대제는 연금술사였다. 서대륙에 없는 주술사. 주술사가 아니더라도, 동대륙의 패자(敗者)로 불리는 이를 함부로 건들 수는 없었다.

"어쨌든 교역을 위해 만날 상대야. 건국제가 끝나기 전에는 온다고 했었으니까, 그때 직접 보는 수밖에 없어."

"알겠습니다. 어떤 명령을 내리든 따르겠습니다."

'동대륙의 사신이 클라인 황제의 즉위식 때 왔었지. 얼굴을 가리고 있어서 못 봤지만.'

로자리아는 동대륙의 사람은 어떻게 생겼을까 궁금해하며 스푼으로 차를 저었다.

17장 이레펠트 대제

일주일의 시간이 흘러 대신전은 안정되었고 로자리아는 동대륙 교역 일을 시작했다. 시간이 날 때마다 상단에 들러 교역에 쓰일 사람을 구했고, 흑해를 건너는 데 드는 비용까지 준비를 마쳤다. 교역선은 라쉬드가 마련한다고 했으니, 나머지에 필요한 인력과 물품을 구비하는 건 그녀의 일이었다. 처음에 드는 비용은 바르세데스에서 투자받기로 했다.

날이 따뜻해져 봄기운이 완연했다. 로자리아는 윈드와 함께 상단에 들러 필요한 서류를 건네주었다. 그러고선 관리자들에게 동대륙과의 교역을 맡게 되었다는 소식을 알려 주었다. 무심결에 듣던 케이와 에단이 마시던 차를 픕 뿜었으나, 그녀는 이미 예상한 반응이었다. 로자리아는 둘이 진정되기를 기다렸다가 이야기를 꺼냈다.

"상황 설명은 이 정도면 됐나요? 이제 상단도 자리를 잡아 가니, 내 소개를 할까 해요."

"지금이라도 알려 주시니 감사할 따름입니다. 테베 귀족 출신이라고 듣기는 했지만, 그동안 저희가 신뢰를 못 드렸나 싶었거든요."
"신뢰하지 않았다면 처음부터 맡기지 않았을 거예요. 개인적인 사정이 있었으니 그렇게 생각하지 말아요."
"그랬군요. 상단주께는 말씀드리지 못했지만, 저희끼리 나름의 고민이었죠."
에단의 말에 로자리아는 고개를 끄덕였다. 그녀는 손을 깍지 낀 채로 꿀꺽 침을 삼키는 둘에게 일렀다.
"로자리아 비아 데모나 발데르가 그게 내 이름이에요."
로자리아는 그녀의 이름을 밝혔다. 처음에는 '그렇군요'라고 말하며 고개를 끄덕이던 케이가 자리에서 벌떡 일어섰다.
에단은 그의 얼굴을 쓸어내리며 침음을 삼켰다. 테베의 왕녀이자 지금은 바르세데스가의 공작 부인이었다. 적잖은 충격을 받았는지 멍한 얼굴의 두 사내가 정신을 차릴 때까지 로자리아는 기다려 주었다.
"그, 그러면, 아니, 로제 님께서 바르세데스가의 공작 부인이셨단 말입니까?!"
"그전에 테베의 왕족이셨지."
놀란 케이가 소리쳤고, 에단이 그보단 침착한 태도로 대답했다.
"가끔 제 머리로 이해가 안 가는 일이 있었는데, 지금에야 이해가 가네요. 놀라운 것과 별개로."
"그랬어요?"
"말도 안 되긴 했죠. 이페리아 잎으로 전염병 치료제를 만들고, 아이리쉬와 차 사업을 시작한 걸로 모자라……."
마네 아이리쉬의 연인이자 재정관리자, 케이가 턱을 매만지고는 심각한 얼굴로 덧붙였다.
"동대륙과의 교역이라니, 생각지도 못한 일이군요."
"그것도 놀랍지만 공작 부인이신 줄은……. 저희가 그동안 무례했던 것이 아닌지 염려됩니다."

한때 임페리얼의 관리자였던 에단이 곤란해했다. 항상 깍듯했던 이들이라, 로자리아는 '그런 적 없었어요'라고 대답했다.

"그럼 임페리얼과는……."

로자리아는 폰은 잘 살아 있다고 알려 주었다.

"그때 이후로 폰 님과 소식이 끊겨서 한 번도 뵈지 못했군요."

에단이 씁쓸하게 말하자 로자리아 무언가를 깨달은 듯 '아' 하고 작은 탄성을 내뱉었다.

"폰과 한번 찾아올게요."

로자리아는 그 말을 지켰다. 그녀는 말을 한 지 삼 일 만에 라쉬드와 함께 상단을 찾았다. 건국제가 끝나 갈 무렵이기도 했고, 오늘은 상단에 먼저 들른 후에 글로리아가를 찾을 예정이었다. 마차를 탄 내내 라쉬드는 상단이 어디에 있는지, 누가 일하는지-라쉬드는 이미 알았지만 직접 듣고 싶어했다-간단한 것만 묻곤 더 이상 묻지 않았다.

곧 마차가 상단에 도착했다. 검은 제복을 단정하게 갖춘 사내가 상단 안에 발걸음을 내디뎠다. 상단은 제법 커져 일하는 사람이 오십 명이 조금 넘었는데, 그들은 모두 자신의 눈을 의심했다.

"오늘은 손님으로 찾아왔는데, 다들 반겨 주지 않는 분위기야."

"그야, 제국에서 흑발을 가진 남자가 흔치 않으니까요."

앞서 걷던 라쉬드는 한차례 둘러보았다. 아직까진 규모가 작았지만, 동대륙과의 교역을 시작하면 이스타샤에서 제일 큰 상단이 될 것이다. 한때 이스타샤의 제1상단이었던 임페리얼을 아쉬워하는 기색은 조금도 찾아볼 수 없었다. 오히려 라쉬드는 로자리아가 만든 상단을 무척 마음에 들어 했다.

대리석으로 만들어진 외관-이건 임페리얼과 비슷해 왠지 모르게 뿌듯했다-은 화사하게 느껴졌다. 화려한 장식을 두기보다 여백의 미가 느껴지는 인테리어였다.

자박자박. 라쉬드는 대리석 기둥을 보고 걸음을 멈추었다. 그림자가 물결치듯 음각이 새겨진 대리석 기둥을 찬찬히 살폈다.

'대리석 기둥이라……. 마치 신전의 양식과 비슷하군.'

그는 눈으로 보는 걸로 모자라 손으로 매만져 촉감을 느꼈다.

"이왕 온 건데 더 둘러봐요."

로자리아는 구경에 빠진 남편의 모습에 새어 나오는 웃음을 감추었다. 라쉬드는 새하얀 기둥이 놓인 본관을 지나쳐 주위를 더 둘러보았다. 한때 기억 속에 보았던 이름 없는 신전과 비슷하게 느껴져 그는 시간이 멈춘 듯 고요한 모습을 두 눈에 담았다.

"로즈, 이 상단 말이야. 대신전을 본뜬 건가?"

"대신전은 닮고 싶지 않았는데 그렇게 보여요? 화려한 것보단 분위기 있는 게 좋아서요."

"아니, 전혀 달라. 난 임페리얼보다 이곳이 마음에 들어."

라쉬드는 로자리아에게 다가가 그녀의 손을 쥐었다. 로자리아도 라쉬드의 손을 꼭 붙잡았다. 두근거리는 심장 소리가 들릴까 봐 그녀는 힐끔힐끔 라쉬드를 살폈다. 반듯한 이마에 짙은 흑발. 사내다운 날카로운 눈매에 단정한 입술까지. 로자리아는 그를 홀린 듯이 바라보았다.

"왜?"

"그냥요."

"할 말이 있는 건가?"

"있긴 한데 잊어버렸어요."

로자리아는 빤히 그를 보다가 고개를 슬쩍 돌렸다. 눈을 마주치는 것만으로도 심장이 쿵쾅거려서 그녀도 모르게 시선을 피하고 말았다.

"그럼 생각나면 말해줘."

라쉬드는 궁금하다는 듯 눈매를 부드럽게 휘었다. 가끔 이렇게 다정한 모습을 볼 때면 기분이 묘해졌다. 느긋하게 걸음을 옮기던 공작 부부는 관리자가 있는 응접실 안에서 걸음을 멈추었다.

“들어가야죠.”

로자리아는 잔기침을 몇 번 하고 라쉬드와 함께 들어섰다.

“처음 뵙겠습니다, 폰 님. 한때 임페리얼 상단에 관심이 많았는데…….”

주절주절 미리 외워 둔 말을 읊던 케이의 입이 다물어졌다. 차를 마시던 에단은 자리에서 일어선 채로 왜 그러나 싶어 고개를 들었다.

“오랜만입…… 니다?”

에단은 케이보다 족히 반은 더 크게 입을 벌리고는 멍하니 공작을 바라보았다.

“오랜만이군, 에단.”

라쉬드는 입꼬리를 살짝 올리고는 에단에게 인사를 건네었다. 에단은 자신에게 인사를 건넨 사내를 놀란 눈으로 쳐다보았다. 흑발에 보랏빛 눈동자, 금빛 자수가 놓인 검은 제복. 게다가 친근하게 인사를 건네도 절로 허리를 굽혀야 할 것 같은 분위기.

“……폰 님?”

목소리도 달랐고, 타고난 천연 금발―물론 거짓말이었다―이라던 상단주의 모습과도 달랐다. 단 하나, 차가워 보이던 입꼬리가 닮아 있었다.

“라쉬드 폰 칼라네 바르세데스, 폰은 바르세데스의 공작이자 내 남편이에요.”

로자리아는 감히 물을 생각조차 못 하는 두 관리자를 대신해 알려 주었다.

더글라스는 그의 가문에서 제집처럼 반쯤 드러누운 사내를 보며 전

전궁궁했다. 율국-서대륙 어로 번역하면 이레펠트 제국으로 불렸다-의 황제, 사율이 머문 지 벌써 한 달이 흘렀다.

"백작, 무언가 불편한 거라도?"

"예?"

"뭔가 내가 불편하게 했어?"

그의 입에서 술술 나오는 이스타샤어에 더글라스는 화들짝 놀랐다. 언제 들어도 적응이 되지 않았기 때문이다. 이레펠트 대제를 실제로 본 건 더글라스도 처음이었다. 더글라스는 행여 그의 기분을 상하게 할까 조마조마하며 말했다.

"아, 아닙니다. 대제께서 편하시다면 제가 어찌 불편하겠습니까?"

"이거 고단수네. 지금 불편하다고 돌려 까는 거야?"

무사의 부채질을 받으며 사율이 눈을 흘겼다. 일부러 무안을 주는 태도에 더글라스는 빨갛게 물든 얼굴로 변명을 읊었다.

"제가 어찌……."

"서신으로 당돌하게 뽑아 달라고 하기에 기대했는데 재미없긴 마찬가지야."

그는 주술로 물들인 금발을 슥 훑고는 소파에 누운 채로 천장을 바라보았다. 마치 관에 누운 것처럼 휴식을 취하는 태도에 더글라스는 민망해하며 물었다.

"혹시 시키실 일이라도 계시는지요?"

"없어. 궁금한 건 있지."

"궁금하신 거라면……."

더글라스는 그도 모르게 말끝을 흘렸다. 귀족으로서 예법 교육을 철두철미하게 받은 그였지만, 이국의 황제를 대하느라 진이 빠진 터였다.

"이번에 성녀가 파면당했다지?"

"예, 제가 말씀드린 대로입니다."

"교역을 맡긴 바르세데스 가문과는 사이가 좋지 않은 편이라, 해가 될 일은 아니라 하였고."

"조금 시국이 불안정하긴 해도 교역을 진행하는 데 무리는 없습니다."

"그리고 바르세데스 안주인이 만든 상단이 그 일을 대신한다고 하였지."

"예, 약초술과 다른 사업에 능한 분이시니 대제께서도 만족하실 겁니다."

이미 동대륙어로 번역된 서류도 확인했고, 상단을 신뢰할 수 있다는 확답도 받았다.

'또 뭐가 마음에 안 드신 건가.'

더글라스는 긴장감을 늦추지 않은 채 입가에 경련이 날 정도로 웃으며 대제의 말을 기다렸다. 사율은 자리에서 느긋하게 일어나 팔짱을 낀 채로 물었다.

"아, 그 여자."

"예?"

"그대가 귀에 딱지가 날 정도로 말하던 공작 부인 말이야."

"예, 뭐든 말씀하시지요."

"그 여자가, 테베 왕국…… 한때 정령술사로 유명했던 데모나의 후계라지?"

더글라스는 미간을 찡그렸다가 곧 표정을 풀었다.

'데모나 가문이 정령술사로 유명했다고?'

그로서는 처음 듣는 소리였다. 게다가 사율이 한 질문의 의도가 이해가 가지 않았다.

"처음 듣는 소리입니다만……. 따로 조사해 볼까요?"

"아니, 됐어."

사율은 눈을 가늘게 떴다. 황궁 서고에 있는 서책에서 보았던 기록이었다. 기록이 오래되었기도 한 터라 확인차 물었는데 예상했던 반응이 아니었다.

'기록이 잘못된 건가?'

정령술사의 대가 끊겼고 모두 죽었다는 건 서대륙에 와서야 알게 된 사실이었다.

"뭐, 준비는 잘되어 가고 있지?"

"글로리아, 바르세데스 가문에서 준비하는 교역이니 무엇 하나 빠짐이 없을 것입니다."

"그럼 그 여자도 볼 수 있는 건가?"

"예? 아, 예. 부인께선 바르세데스 공작 부인이고, 상단주시니 만나실 수 있습니다."

더글라스는 찜찜한 얼굴로 사율을 보았다. '공작 부인'이라고 몇 번 말하지 않았던가.

"어찌하여 물으시는지 여쭈어도 되겠습니까?"

"궁금해서 말이야."

더글라스는 얼떨떨한 얼굴로 '그렇군요'라고 대답을 흘렸다. 사율은 더글라스의 묘한 시선을 느끼면서도 굳이 내색하지 않았다. 사율은 백작이 직접 준비한 백차를 마셨다. 더글라스 또한 그를 따라 차를 들었다.

"필요하신 게 있다고 들었습니다. 제가 준비할 수 있는 거라면 바로 구해드리겠습니다."

"아니, 그냥 가만히 있어. 내가 알아서 구할 테니까."

사율은 혼잣말을 뒤이어 중얼거렸다.

"훔칠 거거든."

"예? 훔…… 치시다뇨?"

더글라스는 사레에 들려 하마터면 마시던 차를 뿜을 뻔했다. 사율이 듣고서도 대답하지 않자 더글라스는 답답한 마음에 물었다.

"외람되옵게도 제가 잘못 들은 것인지……."

"맞아, 그대가 잘못 들은 거야."

사윤은 언제 한량처럼 굴었냐는 듯 우아한 태도로 차를 마셨다.

❖

라쉬드는 로자리아와 함께 자리에 앉고는 둘에게 권했다.

"일단 앉도록 하지. 그렇게 빤히 쳐다보면 나라도 기분이 묘해져서 말이야."

"감, 감사합니다."

케이는 뻣뻣한 몸으로 자리에 앉았다. 힐끔힐끔 라쉬드를 훔쳐보는 동료 때문에 에단은 노심초사했다. 임페리얼의 상단주가 이스타샤의 공작이란 사실도 놀라웠지만 그 장본인이 눈앞에 있다는 것도 믿기지 않았다.

"이미 들었겠지. 글로리아 가문이 동대륙 교역을 시작하게 되었고, 부인의 상단이 이를 맡게 되었단 소식은."

"예, 예. 그렇습니다."

"바르세데스가 교역선을 준비할 테니 차질없이 준비하도록 해. 내 부인에게 누를 끼치는 일 없도록."

라쉬드는 차를 마시며 날카로운 눈으로 사내 둘을 주시했다.

'마음에 들지 않는 건가? 케이야 그렇다 쳐도, 에단은 그의 밑에서 일하던 사람이었는데.'

로자리아는 처음부터 사내 둘을 휘어잡는 라쉬드를 보고 의아해했다.

"내가 너무 간섭한 건가?"

"아닙니다, 각하! 지당하십니다."

라쉬드는 무조건 옳다고 대답하는 케이를 보곤 만족한 듯 고개를 끄덕였다.

"오늘은 부인이 만든 상단을 보러온 것이니 그리 긴장할 것 없어."

"알겠습니다!"

로자리아는 단단히 기합이 들어간 케이를 보며 한숨을 쉬었다. 자신의 이름을 밝힐 때도 저러더니 한동안 오래갈 것이다.

"제가 임페리얼에 속했음에도 몰라뵀던 점, 죄송합니다."

"그게 에단 그대 탓은 아니야. 내가 말하지 않은 거니."

라쉬드는 에단의 어깨를 가볍게 쳤다. 처음으로 닿는 상단주의 손길에 에단은 그의 눈을 의심했다. 상단주로 있었을 때도 틈 하나 보이지 않는 철두철미한 사내였다. 묘하게 이전보다 부드러워진 것 같았다.

"감사합니다, 각하."

에단은 의외라고 생각하며 대답했다. 로자리아는 그들을 독려하고는 라쉬드가 그토록 궁금해하던 아이리쉬와의 일을 말해주었다. 순진해 보이던 케이가 마네 아이리쉬의 연인이란 말을 듣게 된 라쉬드는 눈을 가늘게 떴다.

"미남계?"

"그, 그런 건 쓰지 않습니다. 마네 아가씨께 언제 차일지 모르는 상황. 아니, 아무튼 로즈 님께서 만드신 상단과는 무관합니다."

"그렇겠지. 아이리쉬 백작이 오히려 그 점은 잘 알고 있을 테고."

라쉬드는 고개를 끄덕였다. 뭐라고 더 물어볼 것 같았던 그는 시간을 확인하고는 자리에서 일어섰다.

"다음에 종종 보도록 하지."

교역의 중요한 이야기를 나누나 싶었는데 그보다는 아내 밑에서 일하는 관리자를 보러 온 느낌이었다. 일을 잘하는지 안 하는지도 중요했지만, 자신들이 믿을 만한지 살피는 듯했다. 그건 한때 임페리얼에서 일했던 에단도 마찬가지였다. 무언의 압박을 느낀 관리자 둘은 꿀꺽 침을 삼켰다.

로자리아도 이미 알고 있겠지만, 앞으로 상단이 알려진다면 더 큰 유혹이 관리자들에게 찾아올 것이다.

'대신전은 한동안 잠잠할 테고. 헤레이스나 황제 쪽에서 나설 수도 있을 테니.'

신뢰를 유지하지 않는다면 동대륙 교역도 무산될 터. 기우라곤 해도 경계해야 했다.

"두 분께 폐를 끼치지 않도록 더욱 노력하겠습니다. 아, 교역일 외에 저희가 앞으로 준비할 게 있나요?"

"앞으로 글로리아 백작을 종종 보게 될 테니, 귀족의 예법 같은 것도 신경 써야 할 거예요. 지금도 훌륭하지만."

로자리아는 눈치 보기에 바쁜 케이를 보고 한숨을 삼켰다.

"이만 돌아가 볼게요. 직접 볼 때도 있을 테지만 전령을 시켜서 연락하는 일이 많을 거예요."

"저희가 가시는 데까지 안내하겠습니다."

괜찮다고 말하려던 로자리아는 라쉬드가 황족임을 상기했다. 고맙다고 덧붙인 그녀는 그들의 배웅을 받으며 라쉬드와 함께 상단을 나섰다. 시간을 보니 세 시경이었다. 마차의 호위는 윈드와 센을 포함한 바르세데스의 기사들이 맡았다. 글로리아가는 수도에서 제법 떨어져 있어서 지금 출발해도 이르지 않았다.

"동대륙 대제가 와 있다더군."

"동대륙 사람은 본 적이 없어서 그런지 떨리네요. 우리에게 교역을 맡긴 사람이 황제라고 생각하니."

"백작 말로는 빼어난 미남이라던데."

"그건 나도 들었어요. 먹으로 얼굴을 그린 듯한 수려한 사내라나."

라쉬드는 속으로 코웃음을 쳤다. 이런 말 하긴 뭐하지만, 미인으로 치자면…….

"백작의 말로는 나도 그렇다던데."

"뭐라고 했어요?"

로자리아는 에단이 준비해 둔 서류를 보느라 라쉬드가 한 말을 듣지 못했다.

"별말 아니었어."

라쉬드는 정말 별거 아니란 어조로 말했다. 그러고는 로자리아 쪽으로 허리를 숙이며 말했다.

"로즈. 마차에서 서류를 보면 눈에 좋지 않아."

"라쉬드는 매일 봤잖아요?"

정령술사는 시력이 좋은 편이었다. 로자리아는 걱정하지 말라는 듯 그의 어깨를 감싸고는 서류를 계속 확인했다. 그 뒤로 몇 번 이야기가 오갔지만, 전부 동대륙 황제에 관한 것이었다. 라쉬드도 황제가 어떤 사람인지 궁금했지만, 로자리아는 더 궁금한 모양이었다.

세 시간쯤 달려 마차는 수도를 벗어나 동쪽 영토에 도착했다. 신의 영광, 글로리아 가문이 있는 슈르네였다. 무기 생산으로 유명한 가문답게 커다란 산맥을 이루는 광산이 멀리 존재를 드러냈다.

라쉬드는 먼저 마차에서 내려 로자리아가 내리는 것을 도와주었다.

"고마워요."

로자리아는 마중 나온 글로리아 백작을 보며 반색했다. 그의 뒤로 붉은 천을 두른 가문의 가신들과 기사들이 일렬로 시립해 있었다.

"공작 각하와 부인께서 글로리아를 찾아주시니, 기쁘기 이를 데 없습니다."

겉치레가 아닌 정말로 기쁜 얼굴이었다.

"못 본 사이에 수척해졌군, 백작."

"오랜만이에요, 더글라스 백. 교역 준비로 더글라스 백이 신경을 많이 썼으니까요."

"하하, 신경 쓰이는 일이 없진 않았지만 어찌 두 분의 공에 비하겠습니까? 먼 걸음 오시느라 불편하셨을 텐데 어서 들어가 쉬시지요."

라쉬드는 고개를 끄덕였다. 마차 내에 있었지만 이스타샤의 동쪽 영토는 봄 시기에 이르러 북쪽 바렛사로부터 모래바람이 불어왔다. 광산 일대가 있는 곳이라 광물 성분이 섞여 살갗이 따끔할 정도이니, 글로리아를 찾는 이들은 먼저 여독을 풀곤 했다.

"준비를 끝낸 다음에 바로 만나도록 하지."

"알겠습니다."

백작의 안내를 받으며 성안으로 들어선 라쉬드는 더글라스에게만 들릴 정도로 작은 목소리로 물었다.

"이레펠트 대제는?"

"폐하께선 오수에 드셨습니다."

더글라스는 저도 모르게 낮게 탄식하곤 뒷말을 이었다.

"아, 서대륙에 잘 쓰지 않는 말이었군요. 늦은 저녁에 뵙기로 했기에, 낮잠을 주무시고 계십니다. 저녁때 맞춰 제가 깨워 드리기로 했습니다."

'낮잠 잔다고?'

로자리아는 귀를 쫑긋 세웠다. 동대륙 교역은 대제에게도 중요한 일일 텐데. 그들의 문화인가? 뭔가 미심쩍었지만 로자리아는 수긍했다. 라쉬드는 시종을 따랐고, 그녀는 시녀의 안내를 받았다.

로자리아는 시녀의 도움을 받아 씻고 나서 푸른 드레스를 걸쳤다. 다시 치장하는 데만 두 시간이 걸렸다. 그녀가 걸친 드레스는 동대륙 풍의 무늬가 수놓아진 비단옷이었다. 준비를 끝낸 로자리아는 침실을 나와 라쉬드와 함께 글로리아 성의 홀을 찾았다.
"저곳에서 폐하께서 기다리고 계십니다."
얼마 전까진 대제라 칭하던 더글라스가 관자놀이를 꾹꾹 누르며 문을 가리켰다. 철문이 열리며 로자리아는 라쉬드와 함께 안으로 들어섰다. 듣던 말과 달리, 검은 비단천을 걸친 사내가 점잖게 차를 마시고 있었다.
'흑발에 흑안을 가진 사내였지.'
홀을 슬쩍 둘러보았지만 동대륙에서 온 사람은 단둘뿐이었다. 고풍스러운 의복을 걸친 금발의 사내, 그리고 그의 수하로 보이는 갈색 머리칼의 남자밖에 보이지 않았다.
로자리아는 금발의 사내 쪽으로 시선을 돌렸다. 붉은 비단천으로 허리를 묶었고, 검은 비단에는 금실로 자수를 놓은 용이 새겨져 있었다. 동대륙의 황제, 사율은 자리에서 일어나 부드러운 목소리로 입술을 떼었다.
[먼 곳에서 왔다고 들었습니다. 귀한 손님을 만나게 되어 기쁘군요. 율국의 황제, 사율이라 합니다.]
동대륙 황제에게 예를 갖추려던 공작 부부는 더글라스를 쳐다보았다. 무슨 말인지 모르겠으니 통역하란 소리였다. 더글라스는 갑자기 동대륙어를 내뱉는 사율의 의도를 의심하면서도 성실하게 그의 말을 통역했다.
"만나게 되어 반갑습니다, 이스타샤의 황자이자 바르세데스 가주인 라쉬드 공작이라 합니다."
"이번에 상단을 맡게 된 로자리아라고 해요."
더글라스가 공작 부부의 눈치를 살피자 사율이 동대륙어로 말했다.
[그대로 읊어. 내가 이스타샤어를 안다고 눈치 없게 말하지 말고.]
"예, 알, 아니, 사율 님께서도 반갑다고 하십니다."

로자리아는 불편해 보이는 더글라스를 보며 의아했지만, 먼저 자리에 앉았다. 더글라스는 진땀을 빼며 제일 늦게 자리에 앉았다.

[부인께선 상당한 미인이시군요.]

로자리아는 귀를 기울였다. 부인, 미인이라는 단어가 들려서 그녀는 대강 뜻을 유추했다.

"부인께서 아름다우시다고 하십니다."

예의상 하는 소리라는 생각에 로자리아는 덤덤하게 감사 인사를 전했다.

[하늘에서 내려온 선녀인 줄 알았습니다. 목소리 또한 꾀꼬리 같군요.]

"테베 출신은 전부 미인이시냐고 물어보십니다."

"감사합니다, 폐하."

예의상 하는 말치곤 길었다. 사율이 '하늘에서 내려온 선녀' 같으며 '목소리 또한 꾀꼬리' 같다는 말을 했지만 더글라스는 그대로 통역하지 않았다. 동대륙에서도 쓰이지 않을, 연정을 담은 옛 시가에나 나올 법한 시구를 그대로 읊는 것이 아닌가.

라쉬드 공작과 동대륙의 대제가 그대로 전하라 했지만, 부끄럽기도 했을뿐더러 그런 말 했다간 공작에게 어떤 대답을 들을지 몰랐다.

'무슨 말을 한 거야?'

그러나 로자리아는 더글라스의 통역이 늦어지자 들었던 말을 추측했다.

'새? 짐승 같아?'

짐승 같다는 말은 듣긴 했는데 기우였나. 동대륙어를 완벽하게 구사하지 못한 것이 지금에서야 아쉬울 줄은.

로자리아는 그녀만 빤히 바라보는 황제와 시선을 마주했다. 눈이 마주치자 사율이라 자신을 소개한 사내가 눈꼬리를 휘었다.

[부인이 보기에 어떤지 물어봐.]

사율의 곁에 앉아 있던 무사가 딸꾹질을 했다.

"뭐라고 한 거지?"

심상치 않은 반응에 라쉬드는 더글라스가 통역하지 않자 그를 재촉했다. 더글라스는 붉어진 얼굴로 말을 잇지 못했다.

"……저, 그게 말씀드리기 곤란한지라, 제가 알려드려도 될는지 모르겠습니다."

"동대륙 교역은 글로리아, 바르세데스 두 가문에게 중요한 일이다. 그대로 전하도록 해, 백작."

"알겠습니다, 공작 각하."

더글라스는 차마 로자리아 쪽은 바라보진 못하고 애꿎은 벽을 바라보며 뜻을 전했다.

"……부인께서 보시기에 폐하께서 미남이신지 물어보십니다."

'미남?'

로자리아는 눈을 가늘게 뜨고는 사율을 주시했다. 동대륙의 문화인가? 더글라스의 얼굴이 심각해지자 로자리아는 입을 떼었다.

"미남이시라고 전해 줘요, 더글라스 공."

로자리아는 사율의 심기를 거스르는 일은 하지 않기로 했다.

"미남이시라고 하십니다."

[고맙다고 전해 줘.]

라쉬드는 로자리아에게서 사율 쪽으로 시선을 돌렸다. 대놓고 말은 하지 않았지만, 로자리아에게 묻는 태도가 마음에 들지 않았다.

라쉬드는 말없이 차를 마셨다. 겉치레인 말에 사내의 입꼬리가 슬쩍 올라갔다. 수상했다. 더글라스가 통역하기 전에 황제가 먼저 웃는 것이 아닌가.

[이제 동대륙 교역을 시작할 마음이 생겼어.]

"동대륙 교역에 대해 말씀을 나누고자 하십니다."

더글라스는 풀어진 분위기에도 긴장의 끈을 놓지 않은 채 사율의 말을 전했다.

로자리아는 자신을 보며 눈가를 휘는 사내 때문에 어떻게 대해야 할지 곤혹스러웠다. 몇 번 헛기침을 한 그녀는 교역에 대해 이야기하기 시작했다.

“흑해를 건널 수 있는 시기는 딱 두 번이에요. 봄과 겨울이며, 서대륙의 바다는 파도가 약한 편이라 이미 만들어진 배로는 흑해를 건널 수 없어요.”

바닷길이 열리는 건 두 번, 바닷물의 수위가 낮아지며 거센 풍랑이 잦아드는 시기였다. 그렇다고 해도 위험한 항해란 사실은 여전했다.

“그래서 바르세데스에서 교역선을 준비하지만 시간이 걸릴 거예요.”

더글라스는 사율에게 뜻을 전했다. 그에 깍지 낀 손에 턱을 괸 사율이 흐음, 낮게 숨을 쉬었다.

[얼마 정도?]

“빨라도 두세 달, 늦어도 반년 안엔 만들어질 것입니다.”

더글라스는 로자리아의 말을 전했다.

[바닷길이 열리는 이번 겨울에는 만들어졌으면 하는데.]

“사율 님께서 이번 겨울에는 준비를 마치기를 원하십니다.”

더글라스가 전한 말에 라쉬드가 말했다.

“겨울에 건너는 데 문제없을 거라고, 그대로 전해 주겠나?”

“네, 그렇게 말씀드리겠습니다.”

아직 배가 준비되지 않은 터라, 정확한 일정은 잡히지 않았다. 교역선을 만드는 데 드는 비용과 시간이 막대할 테니, 사율은 기다려 주기로 했다.

로자리아는 사율이 이미 마셔 봤을 백차 대신 백련화차를 꺼내었다.

[부인이 꺼낸 게 뭐지? 차?]

"차인지 물어보셨습니다."

"아, 이건 제가 가져온 차예요."

로자리아는 시녀에게 뜨거운 물을 가져오라 일렀다. 그러고는 자기로 된 잔에 말린 백련화를 넣고 물을 부었다.

조르륵, 조용해진 홀 안에 물 붓는 소리만이 들렸다.

"사울 님께 전해드리겠어요?"

로자리아는 더글라스에게 차를 부탁했다.

"아, 알겠습니다."

묘한 기류가 흘렀던 홀에 더 기묘한 평화가 찾아왔다.

[차가 정말 마음에 드는데.]

"차가 마음에 드신다고 하십니다."

"다행이네요."

말린 봉오리가 꽃처럼 피어났다. 사울은 차에 마음을 빼앗긴 듯 잔을 물끄러미 내려다보았다.

[마시기 아까울 정도로 예뻐.]

"차가 예쁘다고 하십니다."

"보기에도 좋은 차가 마시기 좋은 법이니까요. 제 기사에게도 종종 주었던 차예요."

그 말에 라쉬드는 한숨을 삼켰다. 그로서는 처음 보는 차였다. 기사라면 윈드를 말하는 건가? 윈드는 마셔 봤지만 그는 오늘에서야 맛보게 된 차였다. 차 맛이 씁쓸한 건지, 현실이 그런 건지 라쉬드는 애꿎은 차만 들이켰다.

"뜨거운데 조심해요."

로자리아의 말에 라쉬드는 잔에서 손을 떼었다. 말 한마디에 얼음이 녹듯 마음이 풀렸다. 무심결에 손을 내려다보니 벌겋게 물들었다. 그럼에도 라쉬드의 입가에서 미소가 지워질 줄 몰랐다.

"걱정해 주는 건가?"

"……다른 사람도 있는데."

"왜? 난 그냥 물어본 건데."

공적인 자리에서 묻는 것이 스스럼없었다. 턱을 괴곤 라쉬드를 물끄러미 보던 사율이 눈을 내리깔았다. 그의 긴 소매가 잔을 툭 건드렸다. 곧바로 뜨거운 물이 그의 손으로 쏟아져 내렸다.

[폐하!]

병풍처럼 앉아 있던 무사가 놀라 자리에서 벌떡 일어섰다. 놀란 건 더글라스도 마찬가지였다. 라쉬드를 보던 로자리아도 바로 고개를 돌렸다. 차가 엎어졌고, 황제의 손이 벌겋게 부어올랐다. 뜨거운 물을 그대로 맞은 탓에 화상을 입었다. 아플 텐데도 반응 하나 없는 사율이 무덤덤하게 시선을 내리깔았다.

로자리아는 자리에서 일어나 사율에게 다가가 서툰 동대륙어로 말했다.

[치료할게.]

높임말까진 배우지 않았던 그녀는 조심스레 사율의 손을 잡아 차가운 물을 맞게 했다. 로자리아는 시녀에게 시켜 침실에 두었던 이페리아를 가져오게 했다. 말린 가루를 달아오른 부위에 얹고는 열기가 가시기를 기다렸다. 사율은 대답 대신 자신의 손에 올려진 새하얀 손을 내려다보았다.

조금만 더 조심했으면 이런 일은 생기지 않았을 텐데. 로자리아는 입술을 지그시 깨물었다. 행여 이번 일로 더글라스와 라쉬드의 노력이 물거품이 될까 초조했다. 이를 알아차린 사율이 부드러워진 음성으로 말했다.

[부인과 단둘이 이야기를 나누고 싶은데, 괜찮은지 물어봐.]

"……사율 님께서 부인과 단둘이 이야기를 하길 바라십니다."

라쉬드의 얼굴이 굳었다.

"백작, 지금 뭐 하자는 거지?"

라쉬드의 목소리가 싸늘해졌다. 그는 실수를 깨달은 듯 고개를 숙인 더글라스를 지나쳐 사욜에게 성큼성큼 다가갔다. 그러고는 황제의 손을 붙잡은 로자리아의 손을 떼어 냈다.

"당신이 직접 치료까지 해줄 필요는 없잖아."

"……급히 치료해야 했어요."

라쉬드는 약초가 묻은 로자리아의 손을 자신에게로 이끌었다.

"얽은 건 황제의 책임이었지."

라쉬드는 그녀를 대신해 사욜의 손을 붙잡았다.

"의원을 부를 필요 없어. 내가 직접 치료해 줄 테니."

사욜은 갑작스레 닿은 사내의 손길에 눈을 찌푸렸다.

'성력을 쓰려는 건가?'

썩 좋은 기분은 아니었지만 내버려 두었다. 불쾌감보다는 동대륙에 없는 기운이라 궁금증이 더 컸다. 라쉬드의 손에서 나온 새하얀 빛이 사욜의 손을 감쌌다. 피식, 사욜은 터져 나오려는 웃음을 꾹 내리 참았다.

[소용없다고 전해.]

'왜 낫지 않는 거지?'

라쉬드는 변함이 없는 황제의 손을 주시했다. 더글라스는 사욜의 말을 전하지 못했다. 사욜은 고개를 들어 차가운 눈매로 라쉬드를 올려다보았다. 묘하게 적대적이었다. 부인을 보던 시선과 다르다는 것을 라쉬드는 이미 알아차렸다.

[나는 연금술사라, 서대륙의 주술은 통하지 않아.]

"폐하께선 연금술사이시니 성력이 통하지 않는다고 하셨습니다."

[……그러니 부인과 남겠다는 건데. 그녀가 만든 약초로만 치료가 될 테니까.]

기대는 했지만 역시나 성력은 통하지 않았다. 사율은 라쉬드에게 잡힌 손을 비틀어 빼냈다.

[뭐가 그리 불안한 건지.]

사율은 소매로 입가를 가리고는 웃음을 터뜨렸다.

[폐, 폐하. 상황이 심각한데.]

눈칫밥 먹고 살아온 무사가 조심스레 거들었다. 아무리 동대륙에서 온 손님이라지만, 척 보기에도 사율이 무례하게 나온 것이리라.

[원래 이래야 재밌지. 수야, 넌 그렇게 간이 작아서야 내 호위라 할 수 있겠느냐.]

별안간 사율은 낮은 신음을 내뱉었다. 급작스레 고통을 호소한 황제가 눈물마저 맺힌 눈가로 라쉬드를 올려다보았다.

[공작께선 무서운 사내로다. 아픈 환자에게 배려라곤 눈 씻고 찾아봐도 찾을 수가 없구나.]

더글라스는 사율의 말을 순화해 전했다. 라쉬드가 서늘한 시선으로 사율을 내려다보자 동대륙 황제는 구해 달라는 뜻으로 로자리아를 바라보았다.

"……라쉬드. 폐하와 대화를 나눠야겠어요."

"로즈."

"무슨 일이 있지 않을 거예요. 일단 폐하의 치료를 끝내야 해요."

'여기서 문제가 생기면 안 돼. 빌미를 주지 않으려면 어떻게든 치료해야 해. 게다가 성물도 있고…….'

단둘이 남아야만 치료를 받겠다는 사율의 의도가 무엇인지 정확히는 알지 못했다. 하지만 그녀로서도 알아볼 것이 있었다.

"그러도록 해."

라쉬드는 더 말을 하는 대신 로자리아에게서 몸을 돌렸다. 그는 더글라스가 말릴 새도 없이 홀을 빠져나왔다.

"부인, 괜찮으실지……."

"사적인 일로 교역을 망치고 싶지 않아요."

동대륙과의 교역에서 아쉬운 건 황제가 아닌 바르세데스와 글로리아였다. 두 가문이 동대륙의 교역을 원했지만, 이레펠트 대제에게 있어 글로리아 말고도 선택지는 많았다. 그러나 두 가문에겐 선택할 여지가 없었다. 고작 뜨거운 차 하나로 교역을 그르칠까 싶기도 했지만, 일단은 원하는 대로 맞춰 주는 편이 나았다.

종잡을 수 없는 동대륙의 황제가 행여라도 교역하지 않겠다고 한다면 바르세데스는 막대한 피해를 보게 된다. 신전은 물론 바렛사까지 바르세데스의 목을 조여 오는 상황에서 타개할 방법을 찾아야 했다. 교역으로 세력을 키우지 않는다면 전쟁에서도 이길 수가 없었다.

[폐하, 공작 각하께서…….]

[알고 있으니 이제 통역은 필요 없어.]

"예?"

어떻게든 둘이 있는 자리를 만들려고 했는데, 이렇게 힘들어서야 원. 사율은 낮게 혀를 차며 말했다.

[이제는 내가 알아서 할 테니 이만 가 봐.]

사율은 귀찮다는 듯 손을 휘휘 저었다. 그는 공작 부인과 단둘이 남기를 원했다. 명백히 나가라는 소리에도 더글라스는 못 들은 척 자리를 지켰다.

"폐하께서도 제가 나가기를 원하시는데, 부인 혼자 있으셔도 괜찮을지…… 전 잘 모르겠습니다."

더글라스는 책임감을 느끼다 못해 죄책감마저 느낄 지경이었다.

"무슨 뜻인지 알겠어요. 생각해 줘서 고마워요."

"문 앞에 기사를 두겠습니다."

더글라스는 힐끔 사율을 보다가 빠져나갔다. 뻘쭘하게 앉아 있던 무사는 제 발로 문을 빠져나갔다. 단둘이 남게 된 상황에서 사율은 머리칼을 제멋대로 헝클어뜨렸다.

'나쁜 놈 역할은 그리 좋아하지 않는데.'

낮게 한숨 쉰 사율이 로자리아에게 말했다.

"드디어 둘만 남게 되었네요."

사율이 지친 기색이 역력한 얼굴로 중얼거렸다. 찰거머리 공작과 작은 거머리 백작을 쫓아내느라 어찌나 곤욕이었는지.

"지금……."

툭. 로자리아가 쥐던 손수건이 바닥에 떨어졌다. 그녀는 손수건을 떨어뜨린 것도 잊은 채 그를 쳐다보았다. 통역이 필요했던 게 아니었나?

사율은 친히 허리를 숙여 손수건을 주웠다.

"자, 여기 손수건을 흘리셨군요. 더글라스보단 제가 더 이스타샤어를 잘하는 것 같은데."

사율은 자신의 손을 마른 천으로 감싸며 중얼거렸다. 이를 보던 로자리아의 눈이 크게 떠졌다. 무척 자연스러운 대화였다. 조금의 위화감도 없었다.

"이스타샤어를 할 줄 알았던 거군요."

"저보다 말을 더 못하는 무사 한 명 끌고 서대륙엔 올 수 없죠."

사율의 말에 로자리아는 대답하지 않았다. 속았다는 생각에 지금이라도 빠져나갈까 싶었지만, 무슨 의도인지 알아내기로 했다.

"옷을 갈아입어야 하니 잠시 뒤돌아주시겠습니까?"

로자리아는 그에게 이페리아 가루가 든 통을 건네고는 등을 돌렸다.

사라락. 옷 벗는 소리가 들리자 로자리아는 내심 후회했다.

'그냥 안 남겠다고 할걸.'

이게 무슨 상황이냔 말이다. 로자리아는 두 손으로 얼굴을 쓸어내렸다. 한참을 부스럭거리는 소리에 뒤를 돌아본 그녀는 놀라고 말았다.

'……상처가.'

황제의 몸에 어울리지 않는 상처들이었다. 노예라고 봐도 좋을 정도로 등에 가혹한 상처가 남아 있었다. 무언가에 베이고, 살을 도려낸 듯한 상흔이 그득했다.

"그렇게 빤히 보면 부끄럽습니다."

"그 상처는 치료가 되지 않던가요?"

"지워지지 않을뿐더러, 지우지도 않았습니다."

사율은 의미 모를 말을 하며 제 머리칼을 쓸어 넘겼다.

"잠시 주술을 풀어도 되겠습니까? 영 갑갑해서."

"주술?"

사율은 서대륙의 공기가, 정확히는 마나가 불편하다고 느꼈다. 그는 손목에 있는 검은 용 문양에 입술을 맞추고는 무어라 중얼거렸다. 이윽고 목덜미를 겨우 덮었던 금발이 어두운 흑발로 바뀌었다. 허리까지 오는 기다란 흑발은 용의 껍질처럼 짙었다.

검은 머리칼에 검은 눈. 윈드가 말했던 성물 마르바를 가진 사내가 바로 황제였다. 로자리아는 놀란 기색을 숨기고는 주위를 날카롭게 살폈다. 문밖에는 글로리아 가문의 기사가 있었으나 문은 닫혀 있었다.

"왜 놀라는 겁니까?"

자박자박. 사율이 로자리아에게 다가와 손을 뻗으면 닿을 거리에서 걸음을 멈추었다.

"내가 주술을 써서? 그것도 아니라면 동대륙의 사내라 신기했던가요?"

공작 부인의 목적도 그와 같을지 몰랐다. 사율은 팔짱을 낀 채로 물었다. 그의 시선이 그녀의 목으로 향했다.

"아니면 내게 볼일이 있어서?"

로자리아는 자신에게로 닿으려는 사율의 손을 붙잡았다. 사람의 체온치곤 무척 서늘해서 바로 손을 떼었다.

"폐하께선 이상하신 분이군요."

로자리아는 눈을 가늘게 떴다. 강압적으로 성물을 빼앗으려 든다면 최악의 경우, 그녀 또한 검을 쓸 수밖에 없었다. 그러나 사율은 그러지 않았다. 그저 떠보는 것이었는지 로자리아의 행동을 가만히 지켜보았다.

"월계화에 대해 알고 있습니까?"

"월계화?"

로자리아는 모른 척 물었다. 윈드에게 들었던 성물 마르바를 동대륙에서 부르는 말이었다. 로자리아가 대답하지 않자 사율이 그녀를 보며 말했다.

"자연을 다스리는 성물이라더군요."

"……."

"성물은 두 개, 반쪽을 가져야만 온전히 쓸 수 있다던데."

사율은 말을 하면서도 로자리아를 살폈다. 놀랄 거란 예상과 달리 무덤덤했다.

'성물을 받았다고 들었건만.'

그녀의 목을 찬찬히 살피던 사율의 눈이 가늘어졌다. 그가 한 발자국 움직이자 로자리아는 뒤로 물러섰다. 굳이 자신만 남으라고 한 이유를 알아차렸다. 동대륙 교역이야 황제에게도 중요하겠지만, 성물 마르바를 얻기 위한 목적도 있겠지. 로자리아는 사율이 어떻게 나오나 예리한 시선으로 주시했다.

사율은 그의 품에서 다른 목걸이를 꺼내 들었다. 물결이 흐르는 듯한 원형의 푸른 보석, 분명한 성물 마르바였다.

'주술을 쓸까.'

얼핏 보기엔 그저 평범한 여자였다. 데모나 가문의 혈통이라고 해도 이미 정령술사의 대는 끊긴 지 오래. 그러나 그로서도 월계화에 대해 아는 정보가 없었다.

'숨겨 둔 거라도 있는 건가.'

사율은 주술로 주변의 소리를 차단했다. 그는 로자리아가 자신을 경계하는 것을 알면서도 그녀에게로 손을 뻗었다. 로자리아의 손을 잡으려던 사율은 한 사내에 의해 저지당했다. 짙은 회색 로브를 쓴 사내가 그를 날카로운 눈으로 주시했다. 강한 악력으로 사율의 손을 잡아챈 윈드가 그를 내려다보았다.

"부인께 볼일이라도 계시는 겁니까?"

"아, 주려던 게 있었지."

'어디서 나타난 거지?'

사율은 슬쩍 시선만 내려 여전히 복도와 연결된 문이 닫혀 있음을 확인했다. 로자리아는 뛰어든 사내의 정체를 확인하곤 눈을 크게 떴다. 윈드였다.

'언제 잠입한 거야?'

부르지도 않았는데 윈드가 먼저 나타나는 일은 드물었다. 그는 로자리아의 시선을 느끼곤 사율을 놓아주었다.

"실례를 용서해 주시길."

윈드는 살기를 거두지 않은 채 사율에게서 물러났다.

'확실히, 기사는 아닌 것 같군.'

기묘한 감각이었다. 주술사에서 느껴지는 특유의 기운과는 달랐다. 윈드를 보는 사율의 눈에 이채가 서렸다. 로자리아는 영문을 모르겠다는 듯 말했다.

"주려던 것이라뇨?"

"사실, 부인께서 월계화를 가졌다는 이야기는 들었습니다."

사율은 로자리아의 반응을 살피며 말을 이었다.

"제가 가진 월계화의 반쪽을 드리려고 했을 뿐입니다."

사울은 순순히 대답했다.

'무슨 꿍꿍이지?'

로자리아는 그의 저의를 의심했다.

"아무리 귀한 것인들, 다스릴 줄 모른다면 쓸모가 없는 법이니까요."

사울이 그의 손에 놓인 마르바를 로자리아에게 건넸다. 그녀는 바로 마르바를 받지 않았다. 분명 함정이 있을 것이리라.

"제게 월계화를 주는 이유가 무엇인가요?"

"어차피 전 쓸 수도 없습니다."

로자리아는 사울을 바라보다가 손을 뻗어 마르바를 쥐었다. 그녀가 만지자 마르바의 물결이 미세하게 요동쳤다.

'역시.'

이를 보던 사울의 눈에 이채가 서렸다. 성물을 만져도 아무런 반응이 없던 그와 달랐다.

"대가는 무엇인가요?"

"주인에게 돌려주는데 어찌 대가를 바라겠습니까?"

로자리아는 의심을 거두지 않으며 마르바를 품에 갈무리했다.

"앞으로 제게 할 말씀이 있으시거든, 더글라스 백에게 먼저 뜻을 전하세요."

"왜 그를 통해야 한다는 겁니까?"

"아무리 귀한 손님이라곤 하나, 저는 바르세데스 공의 아내니 단둘이 있는 건 원치 않아요."

로자리아는 사울을 경계하는 윈드에게 눈짓했다. 여기서 이만 나가자는 신호였다.

"그리고 여긴 이스타샤, 서대륙의 중심인 신성제국이에요."

일종의 경고였다. 로자리아는 윈드와 함께 홀을 빠져나왔다.

로자리아는 윈드보다 앞서 붉은 카펫이 깔린 복도를 걸었다.

"저녁때 정원에서 봐."

"알겠습니다."

윈드는 주위를 한차례 둘러보고는 바람으로 변했다. 그가 사라진 후 로자리아는 홀로 문을 향해 걸어갔다.

'성물을 받지 말 걸 그랬나.'

마르바를 얻을 기회를 영영 놓칠까 받긴 했지만, 정말로 순순히 내어주는 것도 이상했다.

복도 끝에 다다르자, 라쉬드가 로자리아를 기다리고 있었다. 기사들은 자리를 비운 것인지 보이지 않았다.

"한참을 기다렸는데 이제야 온 건가?"

라쉬드는 벽에 비스듬히 몸을 기댄 채로 읊조렸다. 그는 부인에게 다가가는 대신 그녀와 거리를 두었다.

"……라쉬드."

어두워서 그의 표정을 읽기 힘들었다. 로자리아는 섣불리 그에게 다가가지 못했다.

"화났어요?"

"화나지 않았어. 바르세데스를 위해서 잘한 선택이었으니까."

라쉬드는 책망하는 대신 덤덤한 목소리로 읊었다. 그는 멈춰 서 있는 로자리아에게 다가갔다. 이럴 때만큼은 먼저 와 주기를 바랐다.

"하지만 내가 바라던 선택은 아니었어."

그는 로자리아를 자신의 품에 끌어안았다. 무어라 할 것 같았던 라쉬드는 그녀를 안아주었다.

"로즈, 내가 바라는 선택은……."

라쉬드는 조심스레 입술을 떼었다. 감정을 강요하는 걸론 보이지 않았으면 했다.

"내 곁에 남아주는 거면 충분해."

"하지만……."

"알아. 내가 바르세데스의 공작이라서 어려운 거."

그는 로자리아를 깊은 시선으로 바라보며 말했다.

"바르세데스 공작보다 당신의 남편이기를 원해."

그 말에 로자리아는 놀란 듯 고개를 들었다. 라쉬드는 그녀에게서 시선을 떼지 못하며 말했다.

"욕심이라면 그렇다고 말해줘."

"……라쉬드."

"정말로 우리 사이가 계약뿐인 건가?"

계약뿐일 리가 없었다. 로자리아는 그를 물끄러미 바라보았다. 그러자 라쉬드는 그녀의 머리칼을 부드럽게 그러쥐고는 입술을 맞추었다.

"나는 아닌 것 같으니까."

그는 허리를 숙여 로자리아의 뺨에 입술을 맞추었다. 그의 차가운 입술이 그녀의 뺨에 닿았다. 라쉬드는 캐묻지 않았다. 먼저 말해준다면 모를까, 사율과 무슨 일이 있었는지 이야기를 꺼내지 않았다.

"아무 일도 없었어요."

"알고 있어."

"선물을 받았어요."

"선물?"

라쉬드는 그녀의 말에 귀 기울였다. 정성을 다해 들어주는 태도에 로자리아는 애꿎은 손을 만지작거렸다.

'의심하려나.'

왜 받았느냐고 물어보면 어쩌지? 하지만 이것만큼은 숨기고 싶지 않았다. 차갑게 등을 돌리던 그의 모습이 잊히지가 않았다.

"성물 마르바."

"성물?"

침착하게 들으려던 라쉬드의 목소리가 낮아졌다.

"하나가 아니었나."

"성물이 두 개였어요."

로자리아는 어물쩍 넘어가듯 중얼거렸다. 그녀의 의도를 알아차린 라쉬드가 깊은 한숨을 삼켰다.

"성물을 줄 수도 있는 거라 생각해."

로자리아는 그녀의 귀를 의심했다. 분명 왜 주었는지, 어떻게 동대륙의 황제가 성물 마르바를 들고 있는지 물어볼 줄 알았는데.

"마르바에 관한 건 내가 알아봐 줄게."

"……고마워요."

마냥 고마워할 순 없었지만 로자리아는 그의 배려를 받아들였다.

'잘한 거겠지. 계속 속일 수는 없으니까.'

중요한 이야기를 다른 사람에게 듣게 된다면 겨우 쌓은 신뢰가 무너질 거란 생각이 들었다.

"아, 라쉬드. 정원에 갔다 올까 해요."

"정원은 왜? 같이 가는 것도 나쁘진 않지만."

"윈드 경과 보기로 했어요. 길게 보지는 않을 거예요."

"윈드 경과?"

라쉬드의 목소리가 잠길 듯 낮아졌다.

"동대륙 교역에서 차를 준비하기로 했는데, 윈드 경이 차에 조예가 깊어서 때때로 도와주거든요."

실제로 차를 윈드에게 먼저 내어준 건 맞았다.

'정말로 차에 대해 이야기를 나누는 건가?'

단순히 그것뿐은 아니라는 생각이 들었지만, 라쉬드는 담담한 얼굴로 말했다.

"그러도록 해."

그는 겨우 지은 웃음이 사라지기 전에 로자리아의 뺨에 다시 키스하고는 먼저 침실을 나섰다. 바쁜 일이 있었는지 먼저 떠나는 라쉬드를 보다가 로자리아도 정원으로 향했다.

로자리아는 윈드와 정원에서 성물 마르바를 놓고 고심에 빠졌다.

"도대체 이게 뭐지?"

로자리아는 목에 있던 마르바를 풀어내곤 품에서 다른 마르바를 꺼냈다. 그녀는 턱을 괴며 골똘히 생각에 잠겼다. 마주 앉은 주인의 얼굴이 심각해지자 윈드의 표정 또한 굳어 갔다. 로자리아는 마르바를 찬찬히 살폈다. 푸른 빛깔을 내는 원형의 보석은 크기와 색 모두 같았다. 반구로 된 에메랄드빛 보석에는 잔잔한 물결이 흘렀다.

'얼핏 보기엔 펜던트 같은데.'

반으로 되어있으니 두 개를 합치면 되려나. 숨을 들이켠 그녀는 두 개를 성물을 합쳤다. 무언가 일이 생길 거란 예상과 달리 아무런 반응이 없었다.

휘이익. 바람이 부는 소리만이 그들을 스쳐 지나갔다.

"뭐야, 아무 일도 없잖아?"

잔뜩 긴장했는데 어쩐지 김이 빠졌다. 로자리아는 한숨을 쉬고는 성물을 내려놓았다.

"왜 아무 일도 없지? 뭐가 잘못된 건가?"

로자리아는 두 성물 다시 쥐고는 이리저리 살폈다.

"내가 가진 성물이 위로 와야 하는 건가?"

그러자 탁 무언가 부딪히는 소리와 함께 두 개의 성물이 합쳐졌다.

"아무런 일도 없군요."

로자리아는 실망한 기색을 지우지 못했다. 윈드도 마찬가지였다.

그때였다. 갑작스레 바람이 휘몰아치며 그녀가 들고 있던 성물에서 눈부신 빛이 새어 나왔다. 푸른 보석이 바람에 녹듯 빛과 섞인 가루가 허공으로 흩어졌다. 이내 눈부신 빛과 함께 성물 마르바가 흔적도 없이 사라졌다.

'방금…… 뭐였지?'

빛 때문에 눈이 부셔 제대로 눈을 뜨지 못했다. 로자리아는 마르바가 있던 자리에 놓인 작은 물건을 발견했다. 그녀는 가늘어진 눈동자로 물건의 정체를 확인했다. 지도였다. 물결처럼 흐르는 지도는 모든 대륙의 지형을 나타냈다. 로자리아는 손을 뻗어 땅에 떨어진 지도를 들었다.

'차가워!'

종이로 된 재질이 아닌 물이 흐르는 듯한 서늘한 감촉에 놀랐다.

"윈드, 이거 봐."

"정령의 마나로 된 지도군요."

윈드도 놀란 기색이었다. 서대륙뿐만 아니라 동대륙도 표시된 지도의 북쪽은 안개를 뿌려 놓은 듯 기록이 지워져 있었다.

"이스타샤의 북쪽. 바렛사 제국이 있는 쪽이야."

정확히는 바렛사에서도 방치된 땅이었다. 거대한 모래바람이 불어 폐허의 사막으로 불리는 곳.

"이게 대체 뭐지?"

로자리아는 지도를 유심하게 살폈으나 이렇다 할 생각은 나지 않았다. 그녀는 지도를 돌돌 말아 넓은 소매 안에 갈무리했다.

"무슨 지도인지 알아봐야겠어."

"저도 정령을 시켜 알아보겠습니다."

그 순간이었다. 윈드가 갑작스레 나무 위쪽을 주시했다. 언제부터 있었는지 몰라도 검은 까마귀가 나무 위에 앉아 있었다.

쉬익, 윈드는 검을 들어 새를 향해 휘둘렀다. 나뭇가지 위에 앉아 있던 새가 푸드득 날갯짓을 하자 까마귀의 검은 깃털이 사방으로 흩어졌다.

"평범한 새는 아니었습니다."

윈드는 붉은 피가 뚝 떨어지는 검을 거두었다. 그의 눈동자가 한껏 날카로워졌다.

새가 검에 베인 순간, 사울은 감았던 눈을 떴다.

'분명 지도였지.'

그는 새의 눈을 통해 보았던 광경을 떠올렸다. 합쳐진 두 성물이 사라진 대신, 자리에 남은 건 지도였다. 사울은 단사(丹沙)라 불리는 돌을 꺼내 들었다. 연금술로 만든 새를 통해 보았던 건 정체를 알 수 없는 것이었다. 그들은 월계화를 성물이라고 불렀다.

"맡긴 보람이 있었군."

생각지도 못한 수확이었다. 사울의 입매가 호선을 그렸다. 그는 돌을 소매에 넣고는 생각에 잠겼다.

"공작 부인이 성물을 알면서도 이를 숨기는 게 확실한데."

재상이 이번 겨울까진 돌아오라고 했었지. 사울은 재상의 말을 떠올렸다. 일단 그로서도 동대륙 교역은 확실하게 매듭짓고 가야 했다. 월계화도 중요했지만, 오랜 시간 자리를 비웠는데 빈손으로 돌아갈 수야 없었다.

◈

"새?"

"제가 뒤늦게야 기척을 알아차렸습니다."

윈드는 정령이었다. 정령이 생명체의 기척을 느끼는 건 본능적인 일이었다. 그런데 나중에서야 새가 있음을 알아차리다니.

"황제가 주술을 쓴 건가?"

로자리아는 땅에 떨어진 검은 깃털을 손에 쥐었다. 파스스, 깃털과 닿은 그녀의 손에는 검은 잿빛 가루만이 남아 있었다. 로자리아는 손 안에 남은 깃털을 차가운 시선으로 내려다보았다.

◈

성물 마르바를 얻게 된 후로 미묘한 변화가 있었다. 정령술을 쓰지 않아도 바람의 기척을 느낄 수 있었고, 마나의 기운이 더욱 선명해졌다.

'폐허의 사막이라.'

바렛사인마저 살아남지 못해 버려진 사막의 땅. 그곳에 무엇이 있는지 확인해야 했다. 수만의 성서를 보았어도 이렇다 할 생각이 나지 않았다. 로자리아는 더글라스가 내어준 집무실에 앉았다. 혹시나 싶어 글로리아 성의 서고를 찾았지만 사막에 관한 정보는 없었다. 무얼 놓친 걸까. 그녀는 턱을 괴곤 생각에 잠겼다.

"부인, 잠시 들러도 괜찮겠습니까?"

"어서 와요."

"오늘 폐하께 글로리아의 검을 보여드리기로 했는데, 부인의 생각을 먼저 듣고 싶어 찾아왔습니다."

더글라스는 새하얀 천 위에 놓인 검을 조심스레 내밀었다. 로자리아는 장갑을 낀 손으로 검을 쥐었다. 그녀는 검을 세워 날카로운 시선으로 날을 살폈다. 흠 하나 찾을 수 없는 완벽한 검이었다. 그녀가 쓰는 레이피어와는 달랐지만, 양날의 검은 예리했으며 견고했다.

"마음에 드실지 모르겠습니다."

검을 보던 로자리아는 손잡이에 눈길이 멈추었다.

"이건……."

"금빛으로 새겼는데 마음에 드실지 모르겠군요."

더글라스는 헛기침을 두어 번 했다. 행여 마음에 들지 않을까, 초조한 눈길로 로자리아의 반응을 기다렸다.

Rosaria.

양각으로 새겨진 문양이 햇빛을 받아 빛났다. 로자리아는 조심스레 손을 뻗어 검 손잡이를 어루만졌다. 은빛의 검날에 그녀의 푸른 눈동자가 비쳤다.

"허락해 주신 대로 동대륙에 유통하는 검에도 부인의 이름을 새겼습니다."

로자리아의 표정을 읽을 수 없었다. 무언가 실수라도 했나 싶어 더글라스의 얼굴이 굳어졌다. 찬찬히 검을 보던 그녀는 더글라스를 멀거니 바라보았다.

"역시 부인의 눈에 차지 않는……."

"아뇨, 오히려 영광이에요."

"예? 영광이라뇨, 부인."

신분이 높은 사람이 할 말이 아니었다. 로자리아는 검에서 시선을 돌려 그를 보며 웃었다.

"마음에 들어요. 정말로."

더글라스의 귀가 빨갛게 물들었다. 누군가가 인정해 주는 건 기분 좋은 일이었지만, 그 사람이 검의 실력자로 알려진 공작 부인이라니 기분이 남달랐다.

"사실 걱정 많이 했습니다. 제가 부인의 명성에 누를 끼친 게 아닌가 하여……."

"누라뇨, 어찌 누가 되겠어요."

"검의 뒤를 보시면 글로리아 가문의 상징을 새겼습니다."

정말로 금빛의 창이 있었다. 영광의 찬가를 뜻하는 글로리아 가문의 인장이었다. 로자리아는 더글라스에게로 시선을 돌렸다. 그가 너무 빤히 보는 것 같기도 하고, 마치 칭찬을 바라는 아이 같은 눈길이었다.

"고마워요."

"마음에 드셨다니 다행입니다."

더글라스는 손수건을 꺼내 입가를 가렸다. 제멋대로 올라간 입꼬리가 내려올 생각을 하지 않았다.

"폐하께서만 마음에 들어 하시면 괜찮을 텐데."

더글라스는 한숨을 내쉬며 중얼거렸다.

"폐하께서도 마음에 들어 하실 거예요."

로자리아는 걱정 말라는 뜻을 담아 더글라스의 어깨를 가볍게 두드렸다.

로자리아와 더글라스는 먼저 홀로 향했다. 뒤늦게 도착한 사울이 자리에 앉자 더글라스는 숨을 들이쉬었다.

'괜찮을 거야.'

더글라스는 속으로 중얼거리며, 그가 준비한 무기를 점검했다. 다시 봐도 완벽했다. 그는 광산에서 나는 철을 제련해 가문의 장인이 만든 검을 사율 앞에 선보였다.

"어떠하십니까, 폐하."

"별로."

사율은 턱을 괴곤 중얼거렸다. 더글라스는 그의 귀를 의심했다. 잘못 들었나? 별로라고? 그는 충격을 받은 얼굴로 사율을 바라보았다. 어떤 쓴소리가 나와도 받아들이겠다고 생각했던 더글라스—사실 좋은 평을 받을 거란 기대를 많이 했었다—가 떨리는 목소리로 물었다.

"어, 어떠한 점이 마음에 안 드시는지 알려 주시겠습니까?"

"영혼이 느껴지지 않아."

무슨 검에 영혼이 있다고. 아무리 동제국의 황제라지만 생트집을 잡는 것이 아닌가! 사율은 불안한 듯 입술을 깨물던 더글라스를 보며 똑바로 말했다.

"그때 보았던 옛날 검들은 마음에 드는데, 그대가 만든 검은 다 별로야."

사율은 어떻게든 시간을 끌기 위해 온갖 이유를 가져다 대었다. 모양이 투박하다. 손잡이의 문양이 세련되지 못하다. 검날이 부실하다 등등.

더글라스는 멍한 얼굴로 숫자를 중얼거렸다. 일, 십, 백, 천, 만……. 대신전에서도 돈을 못 받았는데 이대로 교역은 물 건너가고 파산인 건가? 더글라스는 말을 잇지 못했다. 그는 떨리는 손으로 검을 만지작거렸다. 이를 보던 로자리아가 보다 못해 사율에게 말했다.

"어떠한 점이 마음에 안 드시는지 제게 설명해 주시겠어요, 폐하."

"아까 말씀드리지 않았습니까."

"검은 장식품이 아니에요. 무기로서 쓰이는 것이지."

"투박한 무기는 부인의 취향이고, 전 아름다운 검만 예술품으로 취급합니다만."

사율이 우아하게 차를 마시며 대답했다. 거래는 거래였다. 검을 사들이는 자신의 마음에 들지 않는다면 그만이었다.

"다시 만드는 것도 나쁘지 않군요. 그간 교역의 일로 바빠 백작에게 믿고 맡겼는데 기대 이하입니다."

더글라스는 대답 대신 고개를 숙였다. 이스타샤의 8대 귀족 출신이자 명가의 가주로 살아온 그는 무슨 일이 있어도 항상 당당했다. 그런데 지금은 고개를 숙인 자신이 초라하게 느껴졌다.

"검은 드는 사람에 따라 달라져요. 들지도 않고 겉만 보고 판단할 수 있나요?"

"부인께선 대장간에 가서 사람에게 검을 휘둘러 보고 사나 봅니다? 무서워라."

사율이 어찌 그럴 수 있느냐며 고개를 설레설레 저었다.

'지금 해보자는 거지?'

"그렇게 예쁜 검을 가지고 싶으시면 연금술사가 좋아하는 금으로 특별 제작해 드릴까요?"

"널리고 차이는 게 금인데, 검으로 만들어서 무얼 하겠습니까."

도돌이표였다. 사율은 더글라스를 말 한마디로 무너뜨리고는 로자리아의 심기를 살살 긁었다.

"차라리 바렛사에서 만든 검이 낫겠군요."

어떻게든 대화를 이어 가려던 로자리아의 입술이 멎었다.

"바렛사라뇨?"

"거기서 나는 붉은 철, 주철로 만든 검이 더 훌륭하겠단 생각이 들었습니다만."

사율은 일부러 이스타샤의 적국, 바렛사를 꺼냈다.

"계약금은 어차피 지불할 생각입니다. 굳이 검을 쓰지 않아도 그 돈으로 백작의 가문이 망하는 일은 없을 텐데."

약속한 대로 돈은 주겠지만 검은 쓰지 않겠단 소리였다. 바렛사로 가 보겠다는 의도에 로자리아는 입술을 깨물었다.

"글로리아가 만든 검은 훌륭해요. 제가 보증하겠어요."

"부인께서 언제 검을 들어 보셨다고 보증하십니까? 차라리 제 후궁이 더 잘 볼 것 같은데."

사율은 차를 호록 마시며 읊조렸다.

"……이거, 바르세데스 공이 없으면 이야기가 안 되는군요."

사율이 주위를 훑으며 한숨을 쉬었다. 들으라는 듯한 한숨 소리에 로자리아는 드레스를 쥐던 손에 힘을 주었다. 그러다가 그녀는 힘을 풀고는 어쩔 수 없다는 듯 말했다.

"글로리아와 바르세데스가 폐하를 만족시키지 못한 듯하여 아쉽군요."

이번 한 번뿐인 거래로 끝난다면 바르세데스뿐만 아니라 교역선의 비용까지 지불하기로 한 이레펠트 제국의 손해였다. 분명 저 여자 성격으로 봐서 쉽게 포기할 리가 없을 텐데? 사율은 바로 체념하듯 나오는 로자리아를 보곤 눈을 가늘게 떴다.

"전 검에 문외한이라 바르세데스 공과 이야기를 나누도록 하세요."

사율은 이미 로자리아의 실력을 알고 있었다. 직접 본 건 아니었지만, 더글라스가 입에 침이 마르도록 실력자라며 추켜세우지 않았던가.

"듣기론 부인께서 실력자라시던데."

"전 검에 문외한이랍니다."

사율은 그의 의도대로 상황이 돌아가지 않자 미간을 살짝 찌푸렸다. 분명 아쉬운 건 바르세데스 쪽인데, 로자리아는 평온한 얼굴로 차를 마셨다.
"백작, 바렛사에서 나는 주철로 만든 검과 글로리아의 검……. 둘 중 어떤 것이 훌륭한지 비교할 수 있겠나?"
더글라스는 고개를 끄덕였다. 자존심이 상했지만 글로리아의 가주로서 어떻게든 사율을 설득해야 했다. 계약에 따라 대금만 받고 물건을 쓰지 않는 건 명가로 알려진 글로리아의 수치였다.
"바렛사는 강철제국으로 유명하다던데, 검으로 신성제국이 이길 수 있겠습니까?"
"물론이요."
로자리아는 분주한 더글라스를 대신해 대답했다.
"입으로 여럿 말해봐야 어찌 폐하께 신뢰를 줄 수 있겠습니까? 제가 기사들을 시켜……."
"그거야말로 이상한 소리인데, 백작. 그대의 기사들을 시켜 두 검을 맞붙게 한다니."
사율은 더글라스를 흘겼다. 더글라스는 목까지 붉어진 얼굴로 남몰래 주먹을 쥐었다. 사율은 턱을 매만지다가 무언가 생각난 듯 탁 손가락을 맞부딪혔다.
"글로리아 가문의 검을 시험해 보고 싶습니다."
"시험이라뇨?"
"제가 직접 검을 들어 보면 되겠군요."
"폐하께서…… 직접 말이신가요?"
무사는 폼으로 데려온 건가. 로자리아는 그렇게 생각하면서도 '연금술사'라 그런 거라고 짐작했다.
"외람되지만 제 호위보다 제가 검을 더 잘 씁니다."
사율은 한 귀로 듣고 흘리는 듯한 로자리아에게 말했다.
"그런데 저와 맞붙을 실력자가 글로리아에 있을지 모르겠군요."

허풍이야, 진짜야? 더글라스는 사율을 힐끔거렸다. 햇볕에 타지 않은 새하얀 피부에 굳은살 하나 없는 매끄러운 손까지.

'누가 봐도 서생으로 보이는데. 얼굴로 여자 홀리는 서생.'

그러나 더글라스는 쉽사리 대답하지 못했다. 그는 애처로운 눈길로 로자리아를 바라보았다.

"게다가 이 문양도 마음에 안 드는군요. 검에 금빛 장미라니, 촌스럽다 해야 하나."

사율이 글로리아의 검을 보는 건 그의 눈을 흐리는 일이라며 낮게 혀를 찼다.

"그건 제가 부인을 동경하여, 아니, 부인과 공작 각하께 허락을 받아 새긴 인장입니다."

"알고 있어, 백작."

"이미 말씀드렸는데 왜 지금에 와서……."

"그땐 바빠서 제대로 못 들었고 말로만 듣던 것과 실제로 보니 마음이 바뀌는 걸 어쩌겠어?"

그는 어깨를 으쓱했다. 더글라스는 울 듯한 얼굴로 뻔뻔한 미소를 짓는 사율을 응시했다. 사율의 의도를 알아차린 로자리아가 입술을 떼었다.

"바렛사의 주철로 만든 검, 그리고 글로리아에서 만든 검을 비교하는 방법은 대련뿐이에요."

"저도 부인과 같은 생각입니다. 백작 말로는 부인께서 검을 잘 다룬다던데 영 농담 같아서……."

"실력자인 폐하께서 바렛사의 검을 들고, 문외한인 제가 글로리아의 검을 들면 되겠네요."

로자리아는 사율의 뜻을 받아들였다. 모른 척 넘어가기엔 더글라스가 마음에 걸렸다.

'날 위해 인장을 새겼다는데, 백작에게 해줄 수 있는 건 해줘야지.'

사들이기로 한 검을 버리지 않겠지만, 만에 하나 교역 상대를 바렛사로 바꾼다면 큰일이었다. 또한 제안을 거절한다면 글로리아의 검이 마음에 안 든다며 얼마나 우려먹을지 모를 노릇이었다.

사율은 곰곰이 생각하다가 말했다.

"흐음, 한데…… 동대륙과 서대륙의 검술은 다른 것으로 알고 있습니다. 어찌 검만으로 승패가 결정 나겠습니까? 제게 불리하다고 생각됩니다만."

"안대라도 써드릴까요?"

로자리아는 농담 반 진심 반으로 말했다. 그렇게 불안하면 눈을 가리고 검을 들면 되겠냐는 소리에 더글라스의 눈이 커졌다.

"자신이 있나 봅니다?"

사율이 낮아진 목소리로 중얼거렸다.

"자신이 없는데 어찌 폐하의 제안을 받아들이겠어요."

로자리아는 차를 마시며 부드러운 웃음을 걸쳤다.

"부인께서 바렛사의 검으로 유명한 비올라 황녀와의 대결에서 이기셨습니다."

더글라스는 그것을 실제로 본 장본인이었다.

'이쯤 되니 정말 궁금해지는데.'

그 말에 심드렁하니 로자리아를 보던 사율의 눈빛이 변했다.

"제게 한 수 가르쳐 주시겠습니까?"

사율은 웃음기를 지우고는 진중한 목소리로 청했다.

"제게 선택권이 있나요?"

"저는 권한 것뿐입니다. 선물을 받은 작은 대가로 쳐도 좋겠지만."

"좋아요, 제 인장의 가치를 증명할 좋은 기회라 생각해요. 폐하께서 몰라보신 글로리아의 검과 제 인장의 가치는……."

로자리아의 말에 사울이 픽 웃었다.

"……가치라, 부인의 인장이 가치가 있다 확신하십니까?"

"제가 든 글로리아의 검이 증명할 겁니다, 폐하."

로자리아는 우아한 동작으로 글로리아의 검을 들어 올렸다. 그녀의 손에 닿은 검이 금빛으로 빛났다.

"증명이라, 좋습니다."

사울은 로자리아를 탐색하는 눈으로 보다가 기대감을 언뜻 내보였다.

"부디 제 기대를 실망시키지 않았으면 하는군요."

"기대에 부응할 것입니다."

로자리아는 검을 쥔 채로 사울에게 대답했다.

다음 날, 글로리아의 성의 아침이 밝았다. 로자리아는 그녀의 금발을 가지런히 묶었다. 그녀는 검은 제복을 입은 채로 연무장 주변을 눈으로 훑었다.

"공작님은?"

"곧 오실 겁니다."

로자리아는 바르세데스의 검은색 인장을 찬 채로 고개를 끄덕였다. 그녀의 가벼운 무장을 도와주던 더글라스가 걱정이 서린 눈으로 로자리아를 보았다. 그럼에도 더글라스는 그녀의 앞에서 기우를 표하지 않았다.

"바르세데스 공께서 오셨습니다."

로자리아는 고개를 돌렸다. 흑발의 사내가 자신을 향해 다가왔다.

"로즈."

"기다렸어요. 이제야 온 거예요?"

라쉬드는 로자리아를 끌어안았다. 그것이 의외란 듯 그녀의 눈이 살짝 크게 떠졌다.

"내가 걱정을 끼쳤나 봐요."

로자리아는 그의 품에 안기며 말했다. 라쉬드는 그녀의 손등을 제 손으로 감싸 쥐며 허리를 숙였다.

"걱정이라니, 부인께서 승리할 텐데."

라쉬드는 로자리아에게 걱정을 내비치는 대신 그녀의 뜻을 존중했다. 예로부터 바르세데스에선 전장에 나가는 이에게 불안과 초조함을 보이지 않았다. 행여 승리의 여신이 떠나갈까 굳건한 신뢰를 비쳤다.

라쉬드는 더글라스가 두 손을 받쳐 든 검을 바라보았다. 새하얀 천에 은빛의 검이 놓여 있었다. 그녀를 위해 만든 글로리아의 검이었다.

라쉬드는 더글라스에게 다가가 그 검을 쥐었다.

"당신을 위한 검이로군."

오른손에는 검을, 왼손으론 로자리아의 머리를 부드럽게 쥔 그가 그녀의 이마에 입술을 맞추었다.

로자리아는 작열하는 햇빛을 가리듯 선 라쉬드를 올려다보았다. 그녀의 시선을 받으며 그는 로자리아의 앞에서 한쪽 무릎을 꿇었다. 그러고는 검에 고개를 숙여 입술을 맞추었다. 그 모습이 여신께 기도를 올리듯 경건하여 더글라스는 말을 잇지 못했다.

두 눈을 내리깐 채로 검을 바라보던 라쉬드는 진심을 읊었다. 이번에도 무사하기를. 그리고 로자리아가 든 검이 승리하기를.

로자리아는 라쉬드에게 손을 내밀었다. 그는 이스타샤의 공작임에도 자신이 걸친 검은 제복에 흙이 묻는 것을 아랑곳하지 않았다. 정성을 다하는 모습에 그녀는 라쉬드의 손을 잡아끌어 일으켜 주었다.

"공께서 저를 축복해 주셨으니, 저는 승리를 가져다드리겠어요."

그녀를 보던 라쉬드의 눈빛이 짙어졌다. 밝은 낮임에도 그의 어둑한 바이올렛 눈동자에 그림자가 스며들었다. 그는 기사의 안내를 따라 떠나가는 로자리아의 모습을 끝까지 바라보았다.

더글라스가 의아한 얼굴로 그를 불렀다.

"공작 각하?"

"아……."

라쉬드는 낮은 목소리로 탄식했다. 시간이 얼마나 흘렀는지, 어째서 그 자리에 못 박힌 듯 떠날 수 없었는지조차 그는 생각지 못했다.

로자리아가 먼저 떠난 뒤 라쉬드는 더글라스와 남았다.

"연무장으로 모시겠습니다."

"부인을 부추겼다고 들었다."

"……예?"

농담치곤 한기가 어린 목소리였다. 싸늘한 시선에 더글라스는 그의 눈을 의심했다.

'뭐지?'

방금 전까진 승리를 기대한다며 조금의 걱정도 없어 보였는데.

"내게 뜻을 구하지 않고 부인이 검을 들게 한 건 그대의 오만이다."

"하지만 공작 각하, 제가 어찌 부인의 뜻을 바꾸겠습니까?"

더글라스는 라쉬드를 이해할 수 없었다. 누가 보아도 승리를 자부할 검의 여제였다. 그걸 자신보다도 더 지켜보았을 공작이었다.

"이번엔 감이 좋지 않아."

동대륙의 황제, 사율은 연금술사였다. 그가 모르는 주술사가 어떻게 나올지 장담할 수 있겠는가.

"뺨 하나가 긁혀도 마음이 아픈데."

라쉬드는 지나가는 듯한 말로 중얼거렸다. 무심결에 나온 말에 그 자신도 놀란 듯 보였다.

"부인께서 이기실 겁니다."

"그대에겐 모시는 주인일지 몰라도 로즈는 내 부인이다."

그러니 어찌 걱정이 안 될 수 있을까. 라쉬드는 대련에 앞서는 아내를 위해 완벽하게 감정을 감추었다.

'괜히 무어라 하시는 듯한……. 아니면 내가 공작 각하의 뜻을 몰랐던 건가.'

애꿎은 원망을 듣게 된 더글라스는 멍한 얼굴로 눈을 깜빡였다.

"제가 경솔했던 것 같습니다, 각하."

라쉬드는 알면 됐다고 말하고는 연무장으로 향했다.

봄의 햇빛치곤 강렬했다. 무더운 여름을 머금은 듯 건조한 태양이 하늘 높이 떠 있었다. 사락, 바람에 나뭇잎이 바스락거리는 소리가 속삭였다. 목이 말라 로자리아는 차가운 물로 목을 축였다. 벌레 우는 소리 따위가 귀에 스치듯 들렸다. 차가운 물을 쥐자 절로 낮은 숨이 쉬어졌다. 미지근한 봄바람이 그녀의 뺨을 어루만졌다.

그녀의 시선이 연무장에 앉은 이들로 향했다. 글로리아의 성의 가신들이 모인 건 오랜만의 일이었다. 그들은 더글라스, 글로리아 가주의 선택을 믿었다. 그때 보았던 영광과 기적이 다시 행해질 거라는 데 추호의 의심도 없었다. 개중에 몇몇 자는 공작 부인에게 맡겨도 되느냐며 의구심을 표했지만, 더글라스는 눈짓으로 경고를 보냈다.

라쉬드는 자신의 곁에 서 있던 센에게 앉으라고 명했다. 가만히 공작을 보던 윈드는 센을 따라 앉았다. 얼떨결에 주군과 같이 앉게 된 센은 연무장 중앙을 바라보았다. 늘 드레스만 입던 모습을 보다가 검은 제복을 걸친 로자리아의 모습은 색다르게 보였다.

라쉬드는 한이라도 맺힌 듯 로자리아를 뚫어져라 보는 센을 잠긴 시선으로 내려다보았다.

"센."

"예?"

"입은 닫아라."

"……송구합니다, 각하."

센은 팔짱을 끼며 로자리아를 보기에 바쁜 윈드를 돌아보았다. 잔뜩 긴장한 자신과 다르게 윈드는 태연해 보였다.

"윈드 경은 아무렇지 않소?"

"무슨 뜻입니까?"

윈드는 의문을 표했다.

"그, 부인께서 걱정되지 않는가 하여……."

"걱정할 일이 무어 있겠습니까."

윈드는 뭐 그런 걸 물어보느냐고 타박하는 어조로 말했다. 그런 것치곤 그의 손이 잘게 떨렸다.

"손이라도 잡아드릴까요?"

"됐습니다."

윈드는 그의 생각을 들킨 것 같아 기분이 좋지 않았다. 그는 차가운 목소리로 대답하고는 로자리아를 물끄러미 바라보았다. 윈드는 로자리아의 말을 떠올리고는 한숨을 곁들였다.

"혹여 그자가 연금술이라도 쓴다면……."

"그래도 나서지 마."

"하지만……!"

늘 침착히 로자리아의 뜻을 다르던 정령이었다. 윈드는 이번만큼은 양보할 수 없다고 말했지만, 결국엔 로자리아의 뜻을 따를 수밖에 없었다.

"윈드, 넌 내 정령이니까 날 믿어주었으면 해."

그런 말까지 들었는데 어떻게 말리느냐 말이다. 윈드는 이 상황에서 제일 태연해 보이는 라쉬드를 원망의 시선으로 보았다.

'역시 모든 일의 원흉은 저 남자 때문이다.'

윈드는 제 손을 붙잡았다. 죄다 이놈이고 저놈이고 전부 마음에 들지 않았다. 갑자기 날카로워진 바람에 라쉬드는 손을 들어 올렸다. 거친 모래바람이 유독 그의 앞으로 들이닥쳤다.

가볍게 검을 쥐던 로자리아는 심기가 불편해 보이는 남자 셋을 우연히 보게 되었다. 나란히 앉은 걸 보니 보기 좋다고 생각했는데, 하나같이 표정이 좋지 않았다.

"마님!"

센이 저 멀리서 작게 입을 벙긋거렸다. 눈이 마주치자 '마님께서 저를 가장 먼저 보셨습니다'라며 소녀처럼 얼굴을 붉히는 모습이 제법 귀여웠다.

윈드는 눈치 없이 구는 센을 짜증스레 노려보며 실수인 척 그의 발을 밟았다.

'바르세데스의 거머리들.'

윈드는 사내 둘을 그리 정정하며 로자리아에게 손을 흔들어 보였다.

"로즈."

윈드는 그의 녹색 머리칼을 묶은 붉은 장미를 점검하고는 로자리아를 보며 웃었다. 보아하니 그녀가 자신에게만 준–사실 윈드가 직접 포섭의 의미로 지오에게도 주었지만–모양이었다.

"로즈의 승리를 기다리겠습니다."

로자리아는 윈드와 눈을 마주치며 웃고 말았다. 그녀는 라쉬드를 바라보는 대신 고개를 돌렸다. 방금 전 일이 생각나 얼굴이 달아올랐다. 이마에 닿던 입술은 부드러웠고, 차가운 검을 향한 맹세는 더없이 경건해 보였다. 그의 진심이 담긴 것 같아 이루 말할 수 없는 기분이 들었다.

로자리아는 살짝 고개를 젖히곤 푸른 하늘을 올려다보았다. 검을 잡기에 앞서 숨을 들이쉬었다.

뒤늦게야 동대륙의 황제, 사율이 나타났다. 가벼운 무장을 한 그녀와 달리 사율은 검은 비단천을 걸친 게 다였다. 무사가 '무장을 안 해도 괜찮느냐'라고 넌지시 물었지만 사율에게서 '벗지 않는 것만으로도 충분하다'는 어처구니없는 답만 들어야 했다.

사율은 기사가 건네주는 바렛사의 검을 들어 올렸다. 상품을 평가하듯 그의 눈이 검을 촘촘히 살폈다. 검에 장난질했을까 기대했건만 흠 잡을 데 없어서 아쉬웠다.

'재미없게 나오는군. 부실한 검을 내어줘야 흥미진진할 텐데.'

어디서 누가 만들었는지 모르지만 꽤 훌륭한 검이었다. 듣기론 글로리아 성에 오래전 있던 명검이라 하였던가. 검을 살피던 사율의 눈에 이채가 서렸다. 검에 균열도 없었고 주철로 만들어서 강한 검이었다. 그때 당시 명장으로 유명한 글로리아의 선조가 만든 것이었다.

'얕잡아 보였나.'

아니면 저 여자를 그토록 맹신하는 건가. 어찌 됐든 좋았다. 검이야 명색에 불과했다. 주철이 더 좋은 품질의 원료라 하여도, 글로리아의 검은 손색이 없었다.

"이거 분위기를 보아하니, 내가 부인의 기대를 충족시켜야겠는데."

혼잣말을 중얼거린 사율이 검을 들었다. 그는 주술이 유지된 금발을 아무렇게나 헤집었다. 맞지 않는 가면을 쓰듯 편치 않았다. 동대륙과 다른 서대륙의 기운은 물에 젖은 솜처럼 무거웠다.

기사가 하얀 깃발을 들어 올렸다. 사율은 검을 쥐고는 탐색하듯 로자리아를 살폈다. 서대륙의 검은 동대륙의 도와는 달랐다. 이질적인 기분은 찰나에 그쳤다. 사율은 검을 쥔 채로 두 눈을 내리깔았다. 지금이 성물 마르바의 주인을 알아볼 유일한 기회였다. 그 정체가 무엇이든 오늘로써 판단할 기회는 끝날 것이다.

“귀한 옥체에 상처가 남으면 어찌합니까.”

“대련에서 상처야 얻을 수 있는 것 아니겠습니까.”

로자리아는 의미 모를 미소를 지으며 대답했다. 곧 매끄러운 입가에서 미소가 사라지고 푸른 눈동자가 한껏 날카로워졌다.

사율은 서대륙의 검을 받아들였다. 차가운 금속의 감촉도, 예리한 검날도 그에겐 문제가 되지 않았다. 무표정한 금발의 사내가 진심으로 검을 휘둘렀다. 목을 베기 위해 날아오는 검에 로자리아는 검을 들어 막았다.

챙! 금속끼리 맞부딪히는 소리가 정적에 내려앉은 연무장에 울렸다. 무겁고 탁한 공기가 자욱하게 퍼져 검을 든 그녀의 시야를 가렸다. 방어만 하던 로자리아는 틈을 보았다. ‘서생’이라고 중얼거리던 더글라스의 말과 달리, 언뜻 보이는 어깨의 근육은 평생 검을 쓴 자의 것이었다. 사내의 새하얀 손목에 푸른 핏줄이 돋았다. 무거운 장검을 어렵지 않게 휘두르는데도 파고들 틈이 없었다.

‘검술로는…….’

로자리아는 마른침을 삼켰다. 비올라 황녀와 대련할 때와 달랐다. 불리한 건 사율 쪽이었다. 처음 밟은 서대륙, 동대륙과는 다른 마나의 움직임. 그러나 그것은 동제국의 황제에게 문제가 되지 않았다. 가벼이 짓던 웃음이 거짓말처럼 없어지자, 뜻을 읽을 수 없는 무기질의 검은 눈동자가 드러났다.

바렛사의 검이 그를 택한 것 같았다. 그런 기시감이 문득 그녀의 뇌리를 스쳤다. 검의 주인이 되지 못한 자는 검을 휘두르지 못한다. 검에 인정받지 못한 자는 검을 들 수 없다.

"그대의 검은 실로 정직하고……."

사율은 뒤로 물러선 로자리아를 보며 중얼거렸다.

"너무나도 곧아서."

그는 곧바로 몸을 숙이며 로자리아에게 달려들었다. 본 실력을 숨길까, 조금의 틈도 허용하지 않았다.

"내 목을 베려는지, 내 가슴을 베려는지 모를 수가 없어."

챙! 두 사람의 검이 맞부딪히자 마른 모래바람이 일어났다.

"나를 얕잡아 보는 것인지, 무언가를 숨기는 것인지."

사율의 검이 로자리아의 뺨을 스쳤다. 새하얀 살갗에서 흘러나온 피가 느리게 번졌다. 로자리아는 검을 비스듬히 들어 횡으로 그었다. 변칙적으로 변한 검에 사율의 눈에 이채가 서렸다. 사율은 묘한 미소를 걸쳤다.

"장난은 이쯤 하겠소, 부인."

그는 소매에서 연금술로 만든 돌, 단사를 꺼내 들었다.

"저게 뭐지?!"

지켜보던 이들이 웅성거렸다. 검을 휘둘러야 할 황제의 움직임이 이상했다.

'주술?'

로자리아의 움직임을 좇던 윈드의 눈이 크게 떠졌다. 그때, 곁에서 기민한 기척이 느껴졌다.

"로즈!"

라쉬드가 기사가 붙잡을 새도 없이 로자리아가 있는 곳으로 뛰어들었다.

"방해꾼이 와선 곤란하지."

나지막이 중얼거린 사율이 허공에서 두 손가락을 가볍게 맞부딪혔다.

파아앗-!

땅이 갈라지며 그 사이로 거대한 벽이 생겨났다. 검은 기운을 토해 내는 벽이 연무장을 둘러쌌다.

"자, 방해꾼은 못 올 테고……."

로자리아는 그녀와 사율 주위를 에워싼 검은 벽을 주시했다. 그녀는 낮아진 목소리로 물었다.

"무슨 짓을 한 거지?"

"글쎄."

교묘히 말끝을 흘린 사율의 입매가 호선을 그렸다.

"지금 대련을 포기하면 다치는 일은 없을 텐데."

사율은 혼잣말로 중얼거리면서 붉은 입술에 단사를 물었다. 이내 새까만 돌이 붉은 연기를 휘감으며 공기 중으로 흩어졌다. 사율은 바렛사의 검을 내려다보았다. 그가 쥔 검에 붉은 기운이 감돌았다.

"글로리아의 검이든, 바렛사의 검이든 처음부터 상관없었다."

그는 붉은 기를 토해 내는 검을 들어 로자리아의 목을 향해 겨누었다.

"내게 금속으로 이루어진 물질은 모두 무의미하니까."

로자리아는 글로리아가 만든 검으로 사율의 검을 막았다.

파지직. 검에 균열이 일어나기 시작했다. 부서지는 건 바렛사의 검이 아닌 그녀가 쥔 글로리아의 검이었다. 검에 생긴 균열이 선명해지더니 검이 부서졌다.

챙그랑. 바닥으로 떨어져 내린 검의 조각이 로자리아에게 쏟아졌다.

"윽……."

로자리아는 팔을 뻗어 그녀의 몸으로 퍼붓는 검날을 막았다. 채 막지 못한 검날이 그녀의 팔과 어깨에 박혀 핏물을 토해 냈다. 지금으로선 로자리아가 쥐고 있는 검이 없었다. 사율은 무표정한 얼굴로 검을 치켜들었다.

"내가 착각했어. 그대는 검을 들 가치가 없을뿐더러……."

사율은 낮은 숨을 토해 내며 말을 이었다.

"성물의 주인도 아니었다는 것을 이제야 알았어."

사율은 검을 거둬들였다. 그는 로자리아에게로 손을 뻗었다. 몸을 움직이려고 했으나, 어느새 허공에 나타난 서늘한 사슬이 그녀의 몸을 묶어 움직이지 못하게 했다.

사율은 로자리아의 옷으로 손을 가져다 대었다. 그녀가 품에 감췄던 지도를 꺼내 들었다. 갈 곳을 잃은 그녀의 몸이 바닥으로 쓰러졌다. 로자리아는 두 손으로 바닥을 짚고서 거친 숨을 몰아쉬었다.

"무능력한 부인께서 가치를 이렇게 증명할 줄이야."

사율은 자신을 노려보는 로자리아를 보고 입꼬리를 올렸다.

"글로리아의 검도, 부인의 이름을 건 인장도 하등 쓸모가 없을뿐더러……."

사율은 푸르게 빛나는 지도를 움켜쥐었다.

"이젠 교역을 맡은 바르세데스 가문조차 의구심이 드는군."

로자리아는 더 볼 것도 없다는 듯 떠나는 사율을 보며 입술을 강하게 베어 물었다.

"나를 시험에 들게 하고 싶은 거라면……."

로자리아는 팔에 꽂힌 검 조각을 힘주어 빼냈다. 으득, 살갗이 찢어지며 피를 뱉어 냈다.

"기꺼이 응해드리지."

잘린 검은 제복 사이로 붉은 핏물이 뚝뚝 바닥으로 떨어졌다.

"아니면 처음부터 그런 이유로 연금술을 쓴 건가?"

로자리아는 피식 웃으며 바닥에 떨어진 글로리아의 검을 들었다. 부서진 검 아래, 푸른 눈동자가 기묘한 빛을 품었다. 검날에 자신의 모습이 비치는 걸 보던 로자리아는 사울에게 다가갔다. 그녀는 대련을 지켜보던 이들의 시야를 가리는 벽을 확인했다. 제아무리 성력을 가졌다 한들, 이를 단시간에 없애긴 어려울 터.

'차라리 라쉬드가 내 정체를 알고 있다면…….'

이리 망설일 이유가 없었을 텐데. 로자리아는 잔뜩 낮아진 목소리로 정령어를 읊었다.

「데모나.」

로자리아는 한쪽 무릎을 꿇은 채로 여신의 존재를 간절히 청했다. 주신의 첫 번째 딸이자 검의 여제, 데모나. 프리실라의 목을 베었을 때를 제외하곤 감히 소환하지 못했던 존재였다. 그녀의 발끝 아래, 금빛 진이 퍼져 나갔다. 그저 데모나로부터 검의 형체만 빌리던 이전과는 달랐다. 데모나의 힘을 빌려 검을 소환하는 것이 아닌 데모나 그 자체를 부르는 것.

"동대륙의 황제께선 이런 걸 바란 건가?"

어차피 눈으로 보아도 볼 수 없으며 존재를 알려 해도 허락지 않았다. 잠잠하게 불던 바람이 거칠게 휘몰아치기 시작했다. 단정하게 묶은 끈이 바람에 풀리며 로자리아의 상아색 머리칼이 바람에 휘날렸다.

로자리아는 형체가 보이지 않는 금빛 덩어리를 향해 손을 뻗었다. 그것을 쥐자 알 수 없는 전율이 그녀의 몸을 잠식했다. 금빛의 거대한 마나가 심장박동에 따라 요동쳤다. 마치 검 자체에 사로잡힌 기분이었다. 마나를 품은 심장이 느릿하게 뛰었다.

「로자리아, 나의 자매.」

로자리아는 서서히 눈을 떴다. 피가 흐르는 손에 짙푸른 마나에 휘감긴 검이 잡혔다. 로자리아는 몸을 일으켰다. 금빛 레이피어가 그녀의 손에서 존재를 드러냈다. 그녀는 정령어가 새겨진 검을 강하게 움켜쥐었다.

"연금술사인 내게 검은 통하지 않아."

어차피 금속으로 된 물질은 해체하면 그만이었다. 검을 주시하던 사율이 멈칫했다.

'뭐지?'

새로 나타난 검은 이상했다. 척추를 타고 흐르는 섬찟한 기운에 그는 뒤로 물러섰다. 로자리아는 그를 향해 검을 휘둘렀다.

챙-!

사율은 자신에게로 떨어지는 검을 아슬아슬하게 막았다. 검을 가까스로 피한 그는 허리를 숙이곤 로자리아에게 달려들었다. 로자리아는 제 몸으로 향하는 검을 보면서도 피하지 않았다. 도리어 그녀는 검을 강하게 휘둘렀다.

'무모하군.'

정면으로 들어오는 검을 본 사율의 눈이 크게 떠졌다. 로자리아와 사율의 검이 정면에서 맞부딪혔다. 그의 검은 세 번을 버텨 내지 못했다. 푸른 마나가 물결처럼 요동치며 붉은 기운을 집어삼켰다. 사율의 눈이 커졌을 때, 로자리아는 검을 내려쳤다.

챙그랑-!

붉은 기운이 사라지며 바렛사의 주철로 만든 검이 부서졌다.

"무슨 수를 쓴 거지?"

사율이 주술을 쓰려는 순간, 로자리아는 검으로 그의 목을 겨누었다. 주르륵 붉은 피가 흘러내리자 사율의 목울대가 넘어갔다. 곁눈질로 검을 살피던 그가 잠긴 목소리로 말했다.

"그 검은 뭐지? 연금술이 통하지 않는 거면 이세계의 물질로 이루어진 건 아닐 테고."

"내가 알려 줄 이유는 없어."

다시 연금술을 쓰려던 사율의 움직임이 멎었다. 피융, 가로막은 벽 사이로 라쉬드가 쏜 은빛 화살이 벽을 꿰뚫고 그의 턱 끝을 스쳐 지나갔다.

'성력인가?'

연금술을 쓰려던 사율은 손을 내렸다. 성력 때문인지 연금술을 쓸 수가 없었다. 그는 이내 체념한 듯 순순히 항복을 표했다. 동시에 둘을 가로막던 거대한 장벽이 와르르 무너졌다.

"로즈 님!"

뛰어든 기사들은 생각지도 못한 광경에 경악을 금치 못했다. 쓰러져 있을 거란 예상과 달리 검을 든 채로 승리를 거둔 건 로자리아였다. 무슨 일이 있었는지 짐작조차 가지 않았다. 로자리아는 사율을 바라보며 말했다.

"내 인장의 가치."

"……."

사율은 대답하지 않았다. 그는 가만히 로자리아의 말을 기다렸다.

"그리고 글로리아 검에 대한 가치는 증명했습니다."

로자리아는 그에게 글로리아의 검을 건넸다.

"부인의 인장이라면 모를까, 글로리아 검은 바렛사에게 패배하지 않았습니까?"

"제 인장이 곧 글로리아의 가치예요, 폐하."

연금술을 썼으니 제아무리 멀쩡한 검이라 한들, 버텨 낼 리가 없었다. 사율은 주변을 둘러싼 기사들을 보며 말했다.

"대련 중에 연금술을 쓴 책임을 지겠소."

'무슨 의도로 저런 말을 하는 거지?'

이해할 수 없는 소리였기에 로자리아는 눈을 가늘게 떴다. 사율은 두 손을 들어 올렸다. 항복하겠단 뜻에도 살벌한 분위기는 가시지 않았다. 사율에게 화살촉을 겨누던 라쉬드는 활을 거두었다. 그는 기사들을 물리고는 그의 앞에 다가섰다.

"제 부인을 연금술로 해치려 한 건 넘어갈 수 없는 일입니다."

"승리에 급급해 과오를 범했습니다. 바르세데스 공, 전 이 일에 책임을 질 생각입니다."

"어떤 책임을 지겠단 겁니까?"

"연금술로 문제를 일으켰으니 연금술로 문제를 해결하는 건 어떻습니까?"

사율이 셋이서 이야기를 나누고 싶다는 뜻을 밝혔다. 라쉬드의 뜻에 의해 더글라스와 글로리아의 가신들이 자리를 비켰다. 그제야 사율은 입을 열었다.

"이스타샤가 바렛사와 사이가 좋지 않다는 건 알고 있습니다."

"그게 이번 일과 무슨 상관이 있는 겁니까."

라쉬드의 목소리가 낮아졌다. 교역이 아무리 중요해도 먼저 신뢰를 깬 쪽은 사율이었다.

"대련을 벌일 때는 검보다 실력이 더 중요합니다."

사율은 냉막한 두 사람을 보며 말을 이었다.

"하지만 전쟁은 다릅니다. 글로리아의 검이 훌륭하다 한들, 강도가 더 높은 바렛사의 검 앞에서 승리를 확신할 수 있겠습니까?"

"동대륙의 황제께서 깊은 일까지 관여하려 하시는군요."

"어찌 전쟁에 관여하겠습니까. 단지 글로리아 검에 연금술을 걸어주겠다는 것뿐인데."

"……터무니없는 소리로 들립니다만."

라쉬드는 그렇게 말하며 차가운 시선으로 사율을 보았다.

"바렛사의 검을 이길 수 있도록 글로리아 검을 강화시키는 연금술을 걸어드릴 생각입니다."

"그걸 받아들여야 하는 이유는?"

"이스타샤의 북쪽에 있는 바렛사의 땅을 밟고자 합니다."

"바렛사의 땅?"

라쉬드는 낮아진 목소리로 물었다. 동대륙에서 온 황제가 바렛사의 땅을 찾는다라.

"연금술사로서 찾고자 하는 물건이 있습니다."

"무슨 물건을 말씀하시는 겁니까?"

"한때 바렛사의 수호신이었던 여신의 흔적이 담긴 것. 바렛사의 북쪽에 있는 지역으로 가기 위해선……."

사윤은 말을 삼켰다. 이내 공작에게서 공작 부인을 향해 시선을 돌린 그가 잠긴 목소리로 말했다.

"부인과 바르세데스 공의 도움이 필요하겠군요."

어둑해진 밤, 로자리아를 치료한 라쉬드는 집무실을 찾았다. 그는 낮에 들었던 말을 떠올렸다.

"폐허의 사막을 가고자 합니다."

폐허의 사막이라……. 분명 어제, 사윤이 로자리아에게 성물을 주었다고 했었지. 폐허의 사막. 그곳은 이스타샤의 황제가 밟았던 땅이었다. 바렛사의 군대에 쫓기던 황제가 찾은 땅이자 자신이 그토록 찾던 여신이 잠든 곳.

'이름 없는 여신의 신전.'

라쉬드는 발루아가 했던 말을 되까렸다.

"율리아."

그가 찾아 헤맸던 여신의 이름은 율리아였다.

'아니타의 저주로부터 이스타샤를 지킬 것이라 하였지.'

단순한 우연이라고 치기엔 겹치는 일이 많았다. 그에게 기회를 주겠다고 한 여신 율리아, 여신을 찾는 열쇠가 될 성물 마르바. 사율이 어떻게 성물 마르바를 가졌는지 알 수 없었지만, 대륙 건너의 황제가 탐낼 만큼 귀한 것이 북쪽 사막에 있을 거란 건 확실했다.

'황제를 도와주고 나서…….'

동대륙 이레펠트의 황제 사율은 북쪽 사막에 버려진 신전이 있는 사실까지 알지 못했다. 서로 가진 정보가 달랐다. 반대로 그가 성물 마르바를 가졌기에 자신이 모르는 사실까지 알고 있을 터. 꿈속에서 보았던 버려진 신전을 찾는다면……. 꿈속의 일을 밝힐 수 있는 유일한 열쇠였다.

18장 신탁

지오는 교황청의 신전을 찾았다. 그를 알아본 아리안 대사제는 프리실라가 있는 감옥으로 안내해 주었다. 감옥에 있는 죄수는 프리실라뿐이었다. 그녀가 들어오기 전에 있던 죄수들은 모두 처형당했다.

시체처럼 축 늘어져 가느다란 숨만 내쉬던 프리실라는 몸을 일으켰다. 절그럭, 움직임에 따라 차가운 쇠사슬이 발목을 조여 왔지만 고통마저 무감각했다. 삶에 대한 집착은 프리실라의 몸을 움직이게 했다.

"……누구야?!"

그녀는 잔뜩 비명을 질러 쉰 목소리로 외쳤다.

"……누가 나를 여기서……."

구해 줘. 제발 구해 줘. 프리실라는 끝까지 말을 잇지 못하고 끅끅 숨이 차오르도록 눈물을 토해 냈다. 그때, 단정한 구둣발 소리가 들렸다. 누군가 오는 소리에 프리실라의 심장이 제멋대로 요동쳤다.

"지…… 오?

짙게 물든 주홍빛 눈동자가 어둠 속에 드러났다. 프리실라는 떨리는 목소리로 지오를 불렀다. 그가 찾아왔다. 감옥에 자신을 처박은 혈육이 왜 온 것인지 프리실라는 알지 못했다.

"여긴 어떻게……."

"새로운 신탁이 내려왔다."

프리실라는 예전과 달리 지오의 표정을 읽을 수 없었다.

"나를 감옥에 처박은 오라버니께서…… 신탁을 전해 주러 왔다고?"

비틀거리던 프리실라는 넘어질까 발에 힘을 주었다. 발을 떼자마자 귀에 거슬리는 쇠사슬 소리가 났다. 그녀의 자조적인 웃음소리에도 지오의 시선은 차가웠다.

"여신 아니타에게서 새로운 신탁이 내려졌다."

그 순간, 프리실라의 움직임이 멎었다. 꺼멓게 죽어 가던 주홍빛 눈동자가 타오르는 잿불처럼 일렁였다. 자신을 버렸던 아니타가 구원해 주기 위해서? 그녀는 겨우 평정을 유지하며 답을 기다렸다.

"신성제국을 수호할…… 이스타샤의 13대 성녀가 즉위할 거다."

지오의 입술이 느릿하게 움직였다.

'뭐라고?'

프리실라는 그가 한 말이 들리지 않았다. 갈 곳을 잃은 시선이 어지러이 헤맸다. 그녀는 몸을 접으며 비틀린 웃음을 토해 냈다. 감옥에 처박혀 귀도 제구실을 못하는 거다. 아니면 지금의 상황이 거지 같은 악몽이거나!

"그년."

프리실라는 이를 갈며 거친 목소리를 내뱉었다. 꿈이라도 상관없었다. 이렇게라도 분노를 토해 내지 않으면 숨이 턱 틀어막혀 미칠 지경이었으니까.

"나를 대신해 13대 성녀가 된다는 그년의 이름이 뭔데?"

"에르키사 가문이자……."

지오는 무감각한 눈동자로 프리실라를 바라보며 말했다.
"한때 네가 마녀로 몰았던 가련한 성녀."
프리실라는 개 같은 꿈이라며 지껄였다. 이런 악몽은 제가 쓸모없다며 아니타가 준 건가.
"성 데레사."
지오의 말을 들은 프리실라가 말도 안 된다며 킥킥대었다. 멈출 수 없는 웃음이 그녀의 입가로 흘러나왔다. 흐윽, 짐승이 흐느끼는 듯한 울음이 목구멍을 비집고 새어 나갔다. 눈물에 젖은 뺨과 달리 그녀의 입꼬리는 하염없이 떨렸다.
"데레사는 죽었어."
"……."
"데레사는 죽었잖아. 그렇지, 지오?"
이번에도 그는 대답하지 않았다.
"대답해! 내가 그년을 죽인 걸 똑똑히 봤잖아!"
지오는 제정신이 아닌 것처럼 흐느끼는 프리실라를 보며 확신했다. 데레사는 죽었다. 그의 누이가 그녀의 심장을 빼내어 죽였다. 여신의 명령에 따라 데레사의 심장으로 성검을 만들었다.
"어째서 데레사를 찾으라는 신탁이 내려온 것인지, 너라면 그 연유를 알 거라 생각했다."
프리실라가 초점이 흐릿한 눈으로 고개를 들었다. 누이를 보는 지오의 시선은 무미건조했다. 신성가문, 에르테반의 가주로서 데레사를 찾아야 했다. 그러나 오백 년 만에 내려진 신탁은 모호했다. 데레사란 이름을 가진 자를 말하는 것인지, 정말로 죽은 데레사를 뜻하는 것인지.
"시체라도 가져다가 성녀 노릇을 시키겠단 거야?"
프리실라가 그사이 웃음을 참지 못하고 킥킥거렸다.
"이제 쓸모없어진 나 대신 오라버니를 택한 거야. 가엾은 지오반니."

"그게 무슨 소리지?"

"아니타는…… 내가 쓸모가 없어졌으니, 오라버니라도 이용하겠단 거야."

정말로 시체가 새하얀 면사포를 걸칠지는 두고 볼 일이었다.

로자리아는 집무실로 돌아왔다. 사울이 했던 말이 그녀의 뇌리에서 잊히지가 않았다.

'글로리아가 만든 무기에 연금술을 걸어주겠다고?'

바렛사와의 전쟁에서 승리할 수 있도록. 북부, 폐허의 사막을 찾아간다면 답을 알 수 있을까. 생각에 잠긴 로자리아는 사울에게서 받은 지도를 바라보았다.

"폐허의 사막이라."

로자리아는 따로 전할 게 있다는 백작의 전언을 떠올렸다. 그녀는 집무실에서 나와 홀로 향했다. 홀에 도착한 그녀는 주위를 살폈다. 늦은 밤에 따로 말할 것이 있는 건가. 이윽고 문이 열리고 나타난 건 더글라스였다.

"부인……."

"무슨 일이라도 있는 건가요?"

라쉬드는 보이지 않았다. 로자리아는 할 말이 있어 보이는 더글라스에게 시선을 주었다. 그는 조심스레 운을 떼었다.

"대신전으로부터 연락이 왔습니다."

"대신전?"

"어찌 말씀드려야 할지……."

더글라스는 한참 동안 말을 골랐다. 그도 저녁이 되어서야 대신전 측으로부터 연락을 받았다.
"프리실라와 관련된 일인가요?"
로자리아는 더글라스에게 찬찬히 되물었다. 그의 표정으로 보아 좋은 일은 아닐 터.
"프리실라는 이미 성녀직에서 파면되었습니다. 지금도 감옥에 있습니다만……."
"그러면 더 안 좋은 일이라도 생긴 건가요?"
그렇게 묻는 로자리아의 표정은 담담해 보였다. 더글라스는 그녀를 보다가 어렵게 입술을 열었다.
"새로운 성녀가 즉위한다 합니다. 나머지 8가문도 소식을 들었을 겁니다."
"새로운 성녀?"
이상한 일이었다. 현 성녀로부터 가르침을 받은 성녀 후보가 다음 대 성녀가 되는 것이 관례 아니던가.
'프리실라가 가르치는 후보가 없었지.'
아카데미에서 만난 성녀 후보 셋은 이미 후보 자격을 박탈당한 지 오래였다. 그렇다 쳐도 성녀가 급작스레 뽑힌 건 오백 년 전 이후로 전무했다.
"여신께서 성녀를 선택했다는 신탁이 내려왔습니다."
아니타. 로자리아는 여신의 이름을 낮게 읊조렸다. 그저 신성제국의 빌미를 위한 그림자 같은 존재가 아니었던가.
"……데레사 님께서."
더글라스의 입술이 떨렸다. 모래성에 발을 내디딘 것처럼 위태로운 분위기가 흘렀다.
"13대 성녀가 될 거라 하셨습니다."

지오는 이스타샤 서역으로 떠났다. 여신의 인장을 가진 흑발의 소녀가 나타났다는 소문을 확인해야 했다. 마을에 들어서자마자 굶주림에 지친 이들의 시선이 지오를 향했다. 비쩍 마른 가뭄에 갈라진 땅을 지나쳐 지오는 마을을 둘러보았다. 지오는 씻지 못해 땟물이 흐르는 소년을 붙잡았다. 그러고는 은화 하나를 건네며 물었다.

"흑발을 한 소녀를 찾으러 왔는데 알고 있나?"

"아아, 유리를 말하는 거예요?"

누가 볼세라 은화를 넣은 소년이 종종걸음으로 지오를 안내했다.

"유리는 아파서 누워 있어요."

십 분쯤 걸었을까, 다 무너져 가는 집이었다. 집에서 퀘퀘묵은 냄새가 났으나 지오는 거리낌 없이 들어섰다. 그곳에서 기도를 올리고 있는 소녀가 있었다. 단아한 갈색 머리칼은 어깨를 겨우 넘었고, 두 눈을 짙게 감고 있었다.

지오는 소녀의 기도가 끝나기를 기다려 주었다. 한참 후에야 작은 목소리가 멈추었고, 소녀는 낯선 기척에 뒤를 돌아보았다. 그 순간 지오의 심장이 쿵 내려앉았다.

"귀한 분께서 저를 찾으러 오신 건가요?"

소녀는 말간 눈으로 지오를 바라보았다. 데레사 에르키사, 생전 그녀의 모습을 그린 듯했다. 아니, 닮은 게 아니라 어려진 데레사 그 자체였다.

"데레사 님, 당신을 모시러 왔습니다."

'단순히 닮은 거라고 치기엔…….'

지오는 신탁을 따르면서도 그의 눈을 의심했다. 제대로 말을 잇지 못하는 사내를 보던 소녀가 해맑게 웃었다.

"전 데레사가 아니라 유리예요."

"그러면……."

"제 세례명은 데레사이니 여신께서 붙여 준 이름은 맞아요."

소녀는 자리에서 일어섰다. 걷지 못하는 것인지 비틀거리는 움직임에 지오는 제 품으로 쓰러진 소녀를 안았다.

"죄송해요. 어렸을 때 열병을 앓아 다리가……."

"저는 지오반니 에르테반, 여신을 모시는 에르테반의 가주입니다. 신탁에 따라 당신을 성녀로 모시기 위해 찾아왔습니다."

"여신께서 말씀해 주셨지만 제가 정말 성녀가 맞나요?"

유리는 눈을 동그랗게 뜨고는 지오에게 물었다.

"신탁에 따른다면 그러할 것입니다."

"그렇다면 지오반니 님은 제 수기사인가요? 여신께서 저를 구원해 줄 사람을 보내겠다 약속하셨어요."

굶주림과 기아. 두 다리는 쓰지 못했고 성녀가 되어야 할 몸뚱어리는 허약했다.

"……저는."

지오는 대답하지 않았다. 그는 눈을 내리깔며 그가 잊지 못한 목소리를 되새겼다. 죽어 가는 저를 살려 주던 로자리아. 그녀에게 원망을 받아도 이상할 것 없는 사이였다. 적대 가문인 자신에게 정체를 밝히면서까지 살려 준 은인.

"저는 마음에 담은 분이 있습니다."

"프리실라?"

유리가 순진무구한 얼굴로 전(前) 성녀를 언급했다.

"제가 실수한 거예요?"

"괜찮습니다."

지오의 말에 유리가 그를 빤히 쳐다보며 물었다.

"어떻게 불러야 할지……."

"지오반니라고 부르시면 됩니다."

"이름이 어려워요. 지오라고 불러도 돼요?"

"성녀님께서 더 높은 신분이나, 저는 신성가문의 가주이니 제게 예의를 지켜 주셔야 합니다."

불허한다는 뜻이었다. 유리는 고개를 끄덕이며 지오에게로 손을 뻗었다. 마치 일으켜 달라는 태도에 지오는 어린 성녀를 품에 안았다.

"성녀님의 몸에 손을 대었습니다. 무례를 용서하십시오."

"괜찮아요. 전 걸을 수 없으니까요."

유리는 지오의 머리에 묶인 장미를 향해 손을 뻗었다. 생화임에도 장미는 시들지 않았다. 신기한 듯 피어난 꽃을 보던 유리가 그의 머리에서 장미를 빼냈다.

"기사님에게 장미라니, 안 어울려요."

빼낸 장미는 지오의 발끝으로 떨어졌다. 어찌나 힘을 주었던지 무더운 날씨에도 멀쩡하던 장미잎이 갈기갈기 찢어져 바닥으로 뒹굴었다. 지오의 시선이 닿자 유리는 황급히 얼굴을 굳히며 고개를 숙였다.

"죄송해요. 그냥 꽃이라 생각해서……."

지오는 한숨을 삼키고는 유리를 타일렀다.

"괜찮습니다. 마음에 두지 않으셔도 됩니다."

"꽃을 좋아하신다면 제가 대신 여신께서 좋아하시는 프리지아를 드릴게요."

유리는 바닥을 나뒹구는 꽃을 보며 그의 품으로 고개를 묻었다. 지오는 유리를 안은 채로 한쪽 무릎을 꿇고는 찢어진 꽃을 쥐었다. 너덜너덜해져 장미라고 보기 힘들 정도였다. 그런데도 지오는 꽃에 달라붙은 흙과 모래를 조심스레 털고는 더러워진 꽃에 입을 맞추었다.

그 순간, 성력을 담은 장미가 흐드러지게 피어났다. 무표정한 사내의 얼굴에 옅은 화색이 돈았다. 봄날에 얼음이 녹듯 부드러워진 눈빛에 유리는 되살아난 장미를 쳐다보았다. 소녀가 자신이 귀애하던 장미로 손을 뻗자 그는 유리의 손을 붙잡았다.

"제 것입니다."

"지오반니 님?"

"성녀가 되셔야 할 분이 꽃이라 하여 함부로 대하시면 성녀의 자격을 잃게 될 겁니다."

이제 갓 성녀가 될 아이에게 과했던가. 지오는 무표정한 얼굴로 유리를 내려다보았다. 서늘한 시선에 유리는 지오의 소매를 꾹 쥐었다.

'그 계집이…….'

죄다 내 것을 빼앗으려고 하는군. 유리의 몸이 들썩였다. 지오는 아이가 우는 거라 생각했지만 유리는 제멋대로 빠져나가려는 웃음을 억눌렀다.

"전 여신께서 직접 선택하신 몸, 성녀의 자리를 그 누구에게도 빼앗기지 않아요."

"제가 무례했습니다."

지오의 사과를 들었지만 화가 쉽게 풀리지 않았다. 누가 감히 제 자리를 논하는가. 성녀의 수기사가 될 지오도, 후계자로 권능을 주었던 라쉬드도 모두 제 것이거늘.

'내 손으로 정령술사를 죽이면 돼. 오백 년 전 그때처럼.'

유리는 감았던 눈을 느릿하게 떴다. 신성제국의 후계자, 공작의 것과 같은 보랏빛 눈동자였다. 뱀의 것처럼 가느다란 눈동자가 지오를 보며 휘어졌다.

"13대 성녀라고 하셨나요?"

로자리아가 믿을 수 없다는 얼굴로 물었다. 그녀로선 쉽사리 받아들일 수 없는 문제였다. 죽은 사람이 어찌 성녀가 될 수 있는가. 자신의 머리로는 이해되지 않았다. 데레사 에르키사는 11대 성녀였으며, 그 뒤를 이은 프리실라 에르테반이 12대 성녀였다.

"데레사는 죽었다고 들었어요."

"저도 그리 알고 있었습니다만……."

어찌 죽음을 맞았는지까진 알지 못했다. 죽은 이후에 신명부에서 성녀의 기록이 지워진 사실만 알 뿐.

"성녀의 즉위식이 언제였죠?"

"스무날 뒤로 알고 있습니다."

고개를 끄덕인 로자리아가 더글라스에게 물었다.

"공작님은?"

"그레이스 가문으로 떠나셨습니다. 급히 확인할 것이 있다고 하시더군요."

라쉬드가 떠난 건 데레사의 기록을 찾기 위해서인가? 로자리아는 그가 간 이유를 추측했다. 어찌 됐든 그도 소식을 들었을 테니, 이번 일에 의아할 것이다.

로자리아는 무거운 마음을 가라앉혔다. 노만 1세는 어렸던 황자를 방임했다. 독에 중독되어 미쳐 버린 세레나 황비는 친자식인 황자를 죽이겠다고 소리쳤다. 그때 어린 황제에게 손을 내밀어준 이가 데레사 성녀였다.

'데레사는 라쉬드에게 어머니 같은 존재이자 스승이었다고 했었지.'

로자리아는 라뮤엘에게 들었던 이야기를 떠올리다가 표정을 갈무리했다.

"황성에서 즉위식이 열리면 성녀를 축하하러 귀족들이 모이겠군요."

"황성까지 제가 부인을 모시게 되었습니다. 아, 사율 님께서도 성녀를 보러 가겠다고 하시더군요."

"알겠어요."

축하는 명분에 불과했다. 사울은 이스타샤에 관심이 많으니 성녀를 볼 기회를 놓치진 않을 것이다. 쉽게 떨어진 대답과 달리 지면에 닿은 두 발이 한없이 무거웠다. 잔뜩 엉켜 보이지 않는 실의 끈을 겨우 잡았는데, 놓칠 수야 없었다. 과거가 바뀌어 미래가 비틀어진 걸까. 로자리아는 회귀 전에 있던 일을 떠올렸다.

'프리실라가 죽을 때도 신탁은 내려오지 않았어.'

아니타는 자신의 뒤를 이을 성녀가 죽는 상황조차 방관했다.

'프리실라는 전염병을 해결하지 못했지.'

성녀의 문제라고 생각했으나, 정작 중요한 상황에서도 신탁은 없었다.

'지금에서야 새로이 신탁이 내려진 이유가 뭐지?'

과거의 율리아가 잃어버린 것들을 되돌릴 기회였다. 그녀는 성녀와 황태자를 죽이지 않았다. 프리실라는 죗값을 받았고 성녀의 직위를 박탈당했으며, '데레사'의 이름을 가진 새로운 성녀가 나타났다. 회귀 전에도 아니타의 신탁은 내려오지 않았다.

과거와 달라진 사실이 더 있었다. 바로 정령술사인 발루아가 나타났다는 것. 과거에는 다른 정령술사의 존재를 만나지도 못했다. 그런데 어찌하여 지금에선…….

로자리아는 두 눈을 감았다. 곧 눈을 뜬 그녀가 선명한 눈동자로 더글라스를 응시했다.

"여신께서 직접 신탁을 내렸다면, 그 어떤 성녀보다도 성력이 강할 것이며 존재 자체만으로도 정당성을 가질 거예요."

"우리에게 불리하겠군요."

평민 출신이라 하여도 여신의 신탁을 받았으니 성녀가 될 자격은 충분했다. 고개를 끄덕인 로자리아가 말했다.

"앞으로 황가와 헤레이스의 움직임을 지켜봐야 해요. 성녀를 보고 나서 결정해도 늦지 않겠지만."

"확실히 어린아이라 프리실라보다 휘두르기 쉬울 겁니다. 성녀의 권력에 빌붙었던 자들이 어찌 성녀가 바뀐다 한들 기회를 놓치겠습니까."

이 혼란스러운 시기에 성녀라니. 더글라스는 짙은 한숨을 내쉬었다.

그레이스성이 분주해졌다. 공작이 기록을 찾기 위해 그레이스성을 찾을 거란 전언을 들은 이후였다. 이스타샤의 8대 가문인 그레이스는 여신 아니타 상을 조각하고 성서를 기록하고 보관한 가문이니 찾아올 만도 했다. 공작이 탄 군마가 성문 앞에서 멈추었다. 마중을 나간 엘리샤는 공작에게 고개를 숙였다.

"오랜만입니다, 공작 각하."

"오랜만이군, 엘리샤 백작. 성의 분위기가 달라졌어."

"그레이스도 서서히 안정을 되찾았지요. 전부 공작 각하와 부인 덕분입니다."

엘리샤는 라쉬드가 찾은 목적을 떠올렸다.

"아, 각하. 그레이스성에서 찾을 것이 있다 하여 가문의 서고를 모두 개방했습니다만……."

"수고했다."

"찾는 것이 무엇인지 여쭤도 될는지요."

"서신에 가뭄을 해결할 방법을 찾으러 온 거라고 알리지 않았던가?"

"아, 그렇군요."

엘리샤는 힐끔 라쉬드를 살폈다. 그런 거라면 저를 시켜도 될 일인데.

"제가 직접 찾아서 드렸으면 좋으련만, 신어로 된 기록은 읽지 못해 큰 도움을 드리지 못한 것 같습니다."

"직접 찾는 편이 편하니 신경 쓸 것 없어. 오히려 흔쾌히 서고를 보게 해준 그레이스에 감사해야 할 일이지."

라쉬드는 그레이스를 찾은 본래 목적은 밝히지 않았다. 그레이스성 내부가 복잡한 탓에 엘리샤는 앞장서서 걸었다. 뒤따라오는 발걸음 소리가 들렸다. 처음 공작을 봤을 때보다 긴장이 조금 풀린 그녀가 직접 가문의 서고로 라쉬드를 안내했다.

"서고 관리는 어떻게 하고 있지?"

"저는 물론 아버지께서도 서고에 큰 관심이 없어서 그대로 두었습니다."

"신전의 기록을 보관한다는 것 자체가 까다로운 일이니."

라쉬드는 서늘한 바람이 불어오는 지하 서고를 바라보았다. 그는 그레이스성에 온 목적을 되새겼다. 바로 여신의 흔적을 좇기 위해서였다.

'율리아.'

라쉬드는 속으로 여신의 이름을 읊조렸다. 이름 없는 여신이자 버려진 신전의 주인. 어찌하여 율리아는 아니타의 저주를 막겠노라 하였는가. 가시넝쿨에 휘감긴 여신상을 떠올리던 라쉬드는 홀로 서고 안으로 들어섰다. 그는 직접 성물 마르바와 율리아에 관한 기록을 찾아 나섰다.

라쉬드는 열흘이 지나서야 글로리아성으로 돌아왔다. 새벽에 돌아온 그는 더글라스의 보고를 받았다.

"공작 각하, 그레이스에 머무는 동안 불편함은 없었습니까?"

"부인이 없어서 그레이스 백작이 아쉬워했지만 두 팔 벌려 환영하더군.”

엘리샤 그레이스가 그럴 만도 했다. 공작과 부인께서 그레이스성의 반란을 눈감아주고 식량을 지원해 주지 않았던가. 어쨌든 공작가의 세력에 그레이스가 합류한 건 좋은 일이었다. 부인에게 그레이스성으로 떠난다는 사실을 알리지 않은 라쉬드가 매몰차다는 생각과 별개로.

“부인께 미리 말씀드렸으면 좋지 않았을까 싶습니다만…….”

“일부러 말하지 않은 거다, 백작. 부인 몰래 간 거였으니까.”

“예? 제겐 말씀해 주셨잖습니까.”

“알아서 잘 둘러대란 소리였어.”

당황한 더글라스를 본 라쉬드가 ‘되었다’고 말했다. 어차피 비밀로 하라고 해도 부인에게 쪼르르 달려가 말할 놈이었다. 민망해진 더글라스가 큼큼 헛기침하며 말했다.

“헤레이스로부터 진 빚은 전부 갚았습니다.”

“수고했다, 백작.”

더글라스는 라쉬드에게 서류를 내밀었다. 그는 공작의 서명을 받고 나서도 머뭇거렸다.

“한데…… 이상한 소문이 수도에 떠돌더군요.”

“소문?”

“근래 가뭄이 더 극심해지지 않았습니까? 대신전에서 가뭄을 막기 위해 정령술사를 부르겠다는 소문이 파다합니다.”

“단순한 소문에 그치진 않을 거다. 내게 직접 서신을 보내왔으니.”

라쉬드는 이스타샤의 상황을 떠올렸다. 이페리아 잎으로 푸른 사막이 전역으로 퍼지는 것은 막았다. 그럼에도 연이어 들이닥친 가뭄에 제국민들은 망국의 기조라며 불안에 떨었다. 더글라스는 걱정된다는 듯 물었다.

“프리실라가 하지 못한 일을 새로운 성녀가 할 수 있을까요?”

"쉽지 않겠지. 예로부터 물을 내리는 성녀는 귀했으니까."

최고의 성녀라던 데레사조차 물을 내리진 못했다. 그녀의 능력은 미래를 보는 예지였다. 프리실라가 테라강의 물줄기를 나눈 것만 해도 대단한 일이었다. 프리실라가 전염병은 물론, 가뭄을 해결했다면 죄를 저질렀어도 쉽게 파면당하지 않았을 것이다.

"만약 성녀께서 비를 내려 가뭄을 해결한다면 대신전의 위세가 커질 거라 생각합니다."

헤레이스의 빚은 전부 갚았고, 이제야 동대륙과의 교역을 시작하려던 참이었다. 더글라스는 대신전의 위세가 커지는 것을 원치 않았다.

"정령술사를 부르겠다는 걸 보면 비를 내리진 못하는 건 확실해."

성녀가 비를 내리지 못한다는 건 불행 중 다행이었다. 생각을 정리하던 더글라스가 어려운 이야기를 꺼냈다.

"새로운 성녀께서 전 성녀이신 데레사 님을 닮았다고 하더군요."

"그 이야기는 이미 들었다. 실제로 보진 못했지만."

데레사는 공작의 스승이었으니, 새로운 성녀로 뽑힌 아이가 죽은 스승과 닮았다면 마음이 약해질 가능성도 있었다.

"부디 제 선택이 옳았음을, 제가 틀리지 않았기를 바라고 있습니다."

라쉬드는 대답 대신 더글라스를 바라보았다. 그 시선을 느끼면서도 백작은 말을 계속 이었다.

"각하, 글로리아는 바르세데스에 모든 것을 걸었습니다."

"그대가 무얼 걱정하는지는 알겠어."

자신의 마음이 데레사에게 기울어 사리 분별을 못 할까 걱정하는 거겠지.

"그대의 선택에 후회할 일은 없을 거라 약속하지."

그제야 더글라스는 안도의 한숨을 내쉬었다. 시간이 이미 새벽이 지나갔음을 확인한 라쉬드는 더글라스에게 당부하듯 말했다.

"성녀의 즉위식 때 부족함이 없게 준비하도록 해."

이스타샤 황족으로서 성녀의 즉위를 축하해야 하니, 그에 걸맞은 선물을 준비해야 할 터.

"최선을 다해 준비하겠습니다."

말과 달리 더글라스는 떨떠름한 얼굴을 하다가 곧바로 표정을 바꾸었다. 이제껏 대신전과는 거래 관계였고, 비록 신전 쪽에서 비열한 짓을 했어도 이렇다 할 감정은 들지 않았다. 그러나 프리실라와 대신전에서 공작 부인에게 누명을 씌우던 때를 떠올리자 가슴이 답답하고 울컥했다. 보고를 마치고 떠나려던 더글라스는 미련이 남은 얼굴로 운을 떼었다.

"저는 대신전의 의도가 잘 이해가 가지 않습니다."

"어떤 걸 말하는 거지?"

천 년의 역사를 지닌 신성제국. 그런 이스타샤가 정령술사를 핍박한 건 코흘리개 꼬마도 아는 사실이었다.

"여신의 뜻에 따라 제국민도 정령술사를 증오했지만, 정령술사를 마녀로 몰았던 건 대신전입니다. 아무리 급하다고 해도 정령술사의 힘을 빌리겠다는 건 여태까지의 신성제국 율법에 위반되는 일일 텐데요."

"그렇게 해서라도 가뭄을 해결해야겠지. 이 이상 가뭄이 지속되면 바렛사와의 전쟁에서 불리해져."

더글라스 생각에 라쉬드도 동의했다. 단순한 유인책인가, 그게 아니라면 정말로 여신의 뜻을 저버리면서까지 떨어진 대신전의 위세를 회복하려는 의도인가. 제국의 주요 도시를 제외하면 기본적인 식수마저 해결이 어려운 상황이니 급박한 상황이었지만, 신전 측에서 정령술사를 부른 건 위험한 선택이었다.

"정령술사의 힘을 빌려 비를 내려도 성녀의 공으로 만들 작정일 테지."

가뭄을 해결하기 위해서 정령술사를 끌어들인다면 정체를 확인할 수 있을 것이다. 더글라스는 수긍하면서도 어딘가 모르게 찜찜한 기분을 지우지 못했다. 그는 공작에게 인사를 건네고는 집무실을 빠져나왔다.

혼자 남게 되자 라쉬드는 그레이스성에서 가져온 기록을 내려다보았다. 성물 마르바에 관한 것이었다. 톡톡, 원목 책상을 두드리던 그의 손길이 멎었다.

'정령술사의 힘을 빌리겠다라.'

대체 뭘 믿고 정령술사가 나타날 거라 확신하는 거지. 그들의 힘을 빌리겠다는 건 맹랑한 생각이었다. 이스타샤에서 정령술사가 어떤 의미인 줄 모를 리가 없을 텐데. 이제껏 그들을 죽이지 못해 안달 난 건 대신전이었다.

라쉬드는 신어로 적힌 기록을 떠올렸다. 그레이스의 서고에서 가져온 기록에는 그가 알지 못한 사실이 적혀 있었다. 마르바는 정령어로 '물'을 뜻했다. 또한 이스타샤가 건국되기 오래전, 아니타 이전의 여신이 있었다. 북부 폐허의 사막에 있는 이름 없는 신전, 그곳에 주신의 기록이 있다는 것도 알아내었다.

"가뭄을 해결하기 위해서 정령술사를 끌어들인다면 정체를 확인할 수 있겠지."

발루아란 사내의 정체는 물론, 어째서 로자리아가 성물 마르바를 가졌는지도.

❖

글로리아성의 마지막 밤이 지나갔다. 라쉬드는 폐허의 사막으로 안내해 주는 조건으로, 글로리아의 무기에 연금술을 걸어주겠다는 사율의 제안을 받아들였다. 로자리아도 이에 동의했다. 이렇다 할 정보가 없으니 연금술사의 힘을 빌리는 것도 나쁘지 않을 거라 판단했다.

날이 밝자, 글로리아와 바르세데스 일행은 성녀의 즉위식에 참석하기 위해 황성으로 떠나게 되었다. 수도에 도착하자 새로운 성녀가 즉위했음을 알려 주듯 새하얀 프리지아가 휘날렸다. 본래 성녀의 즉위는 황제의 즉위만큼이나 성대한 축제였다. 그러나 가뭄과 식량난이 휩쓸었던 제국 전역에는 무거운 신음만이 흘렀다. 개중 몇몇만이 새하얀 프리지아를 들며 성녀를 반겼다.

'예전과 분위기가 달라.'

성녀를 어머니처럼, 또는 여신처럼 받들던 제국민이었다. 그러나 연이은 재앙으로 성녀에 대한 신뢰는 바닥으로 떨어졌다. 제국 수도의 분위기와 달리, 황성은 성녀를 반겼다. 프리실라가 파면당한 후로 몸을 사리던 대신전이 나설 기회를 찾은 것이다.

로자리아는 황성 정문에서 걸음을 멈추었다. 그녀는 라쉬드와 함께 안으로 들어섰다. 예전과는 분명 다른 분위기였다. 그녀를 곁눈질로 살피며 비웃던 귀족들이 고개를 숙였다. 숨을 내쉬기 어려운 팽팽한 긴장감이 감돌았다.

귀족들은 바르세데스의 공작 부부를 보고 예를 올렸다. 오랜만에 본 클라인의 얼굴은 수척했다. 잠을 잘 못 잤는지 눈은 붉게 충혈되었으며, 눈 밑이 시꺼멓게 물들었다.

"먼 걸음 오느라 고생이 많았소."

"반겨 주셔서 감사합니다, 폐하."

"그간 강녕하셨는지요?"

'그걸 지금 말이라고!'

로자리아가 묻자 클라인은 울컥 목구멍으로 튀어나오려는 울분을 집어삼켰다.

"덕분에 잘 지냈던 것 같소."

클라인이 관자놀이를 꾹꾹 누르며 답했다. 프리실라가 감옥에 갇힌 후로 이리저리 눈치를 보던 클라인은 지금의 상황이 반갑지 않았다.

"곧 성녀가 올 테니 인사는 이쯤으로 하지."

클라인의 말에 로자리아는 물러섰다. 형식적인 인사가 끝나고, 그녀는 라쉬드와 함께 자리를 옮겼다. 로자리아는 그녀를 힐끔힐끔 바라보는 시선에 익숙했다.

"공작 부인께서 성녀를 파면시켰다고 하지 않았어요?"

"쉿, 들리겠어요!"

'귀가 좋아도 피곤해.'

거리가 멀었음에도 귀족 영애 둘이서 소곤거리는 목소리가 들렸다. 로자리아와 눈을 마주친 영애가 황급히 고개를 숙였다. 징이 세 번 울리며, 기사가 고하는 목소리가 들렸다.

"이스타샤의 제13대 성녀, 유리 에르키사 님께서 드십니다."

모두의 시선이 문을 향했다. 고개를 돌린 로자리아는 그녀의 눈을 의심했다. 고작 열다섯은 되었을까 싶은 소녀였다. 다리를 다쳤는지 걷지 못하는 것인지, 성녀는 사제의 품에 안겨 나타났다.

안으로 들어선 성녀는 조심스레 사제의 손을 쥐었다. 붉은 카펫 위로 새하얀 프리지아가 뿌려졌다. 유리와 눈을 마주친 로자리아는 눈을 가늘게 떴다.

'보랏빛 눈동자.'

아니타의 축복을 받아 강한 성력을 지녔다는 증거였다. 유리가 단상 위에 놓인 의자에 앉자 무거운 정적이 감돌았다. 귀족들은 숨을 죽이고 새로운 성녀를 바라보았다.

"13대 성녀, 유리 님의 즉위식을 거행하겠습니다."

교황, 요한 2세의 지시에 따라 성녀의 즉위식이 진행되었다. 몸이 약한 성녀를 위해 약식으로 치러졌으며, 요한이 의식을 행했다.

두 무릎을 꿇은 소녀가 눈을 감고 기도를 올렸다. 그녀의 눈 밑에는 최초의 성녀, 아니타에게 있었던 성흔이 있었다. 검은 뱀이 금빛의 검을 감싼 인장을 본 귀족들은 입을 다물 줄 몰랐다.

로자리아가 클라인 황제의 즉위식 때 의식을 했던 것처럼, 요한은 성수를 든 채 성호를 그어 내렸다.

툭. 차가운 성수가 뺨에 떨어지자 소녀의 눈가가 파르르 떨렸다.

"아니타께서 그대를 성녀로 택하셨습니다. 유리, 그대는 프리실라에 의해 명예를 잃었던 데레사 님의 세례명을 쓰게 될 것입니다."

"네."

유리는 자그마한 목소리로 대답했다.

"11대 성녀였던 데레사의 뜻을 이어받아 이스타샤를 수호하는 성녀가 되기를 바랍니다."

"네, 성하."

유리는 고개를 끄덕였다.

"이스타샤 전역에 가뭄이 들었어요. 성녀로서 가뭄을 해결하고 이스타샤를 안정시킬 것이며, 전(前) 성녀께서 하지 못했던 일을 해내겠어요."

유리는 또박또박한 목소리로 내뱉었다. 그 뒤로 성녀를 위한 축하 인사가 이루어졌다.

'죽은 데레사가 살아 돌아왔을 리가……. 아니타가 닮은 아이를 성녀로 택한 걸까.'

주위를 둘러보았지만, 라뮤엘은 보이지 않았다. 데레사 에르키사, 그녀의 세례명을 쓰는 유리를 보러 올 거라 생각했는데.

요한이 유리에게 다가갔다. 그가 건넨 것은 아니타의 심장으로 만들었던 성마(聖魔)였다. 익숙한 듯 지팡이를 짚은 소녀가 입가에 맑은 미소를 띠었다.

로자리아는 그녀의 차례가 되어서야 걸음을 움직였다. 모두의 시선이 그녀에게로 닿았다. 그녀는 글로리아에서 만든 목걸이를 손에 쥔 채 유리에게 다가갔다.

"즉위를 축하드립니다."

"고마워요."

말을 하던 유리는 어느 한곳에서 눈을 떼지 못했다. 로자리아의 곁에 있던 공작과 눈이 마주쳤던 탓이다. 공작을 본 소녀의 눈이 크게 떠졌다. 짙은 흑발에 바이올렛 눈동자를 가진 사내에게선 날카로운 분위기가 흘렀다.

"즉위를 축하드립니다."

라쉬드는 무미건조한 얼굴로 인사를 건넸다. 유리는 그녀도 모르게 그를 향해 손을 뻗었다. 죽어 가는 몸과 비교할 수 없을 정도로 강인한 성력, 그이를 닮은 것 같은 아름다운 사내. 율리아의 총애를 받고, 그녀의 기사로만 살겠다고 맹세했던 엔리케를 떠올리게 했다.

엔리케는 율리아를 죽이려는 제 의도를 알아차린 유일한 사내였다. 여신의 제단을 지키는 기사로서 그는 율리아만을 바라보았으며, 율리아만을 위해서 검을 들었다. 과거의 일이 생각난 유리의 눈빛이 어두워졌다.

"여신께서 제게 말씀하셨어요."

"무얼 말씀하시는 겁니까."

"공작님께서 초대 황제이신 엔리케 바르세데스 님을 닮으셨다고."

"제가 엔리케 님을?"

신성제국을 건국한 엔리케를 닮았다는 말은 쉽게 듣지 못할 소리였다. 라쉬드는 기뻐하는 대신 차가운 시선으로 유리를 바라보았다.

"제겐 과분한 이야기입니다."

라쉬드는 제 뺨에 닿은 손을 붙잡아 거두게 했다. 유리가 그의 시선을 끌기 위해 말을 걸었다.

"제가 데레사 님과 닮았나요? 모두가 닮았다 하던데요."

데레사는 라쉬드의 스승이자 어머니 같은 존재였다. 그녀는 성녀로서 헌신적인 삶을 살다 죽음을 맞은 이였다.

"……닮았군요."

그의 말에 유리가 화사한 미소를 지었다. 하지만 유리의 입술이 열리기 전에, 라쉬드가 무표정한 얼굴로 말했다.

"하나 어찌 제 스승님과 같다 하겠습니까. 데레사의 이름은 결코 가볍지 않으니, 그 무거움을 견딜 수 있기를 바라겠습니다."

어쩐지 그 말이 싸늘하게 느껴졌다. 생각지도 못한 대우에 유리는 라쉬드를 붙잡기 위해 손을 내밀었다. 그는 유리의 대답을 듣는 대신 먼저 몸을 돌렸다. 공작의 발걸음이 향한 곳은 로자리아가 있는 곳이었다.

유리는 웃는 낯을 서서히 굳혔다. 그녀는 곧 표정을 풀고는 자신에게로 다가오는 사내를 맞이했다. 붉은 비단옷을 입은 사내가 사뿐사뿐 걸음을 옮겼다. 그는 제 모습을 감추었던 로브를 벗어 내렸다. 허리까지 오는 짙은 흑발에 속을 알 수 없는 검은 눈동자를 가진 이, 사울이었다. 더글라스로부터 사전에 이야기를 들은 사제가 유리에게 '저분이 이레펠트의 황제이십니다'라고 작은 목소리로 고했다.

"이스타샤의 새로운 성녀가 되신 것을 축하드립니다."

"감사합니다, 폐하."

사울은 유리를 날카롭게 훑었다. 생글생글 미소를 띠던 소녀의 입꼬리가 내려갔다.

"뱀 좋아하십니까?"

"네?"

사울은 품에서 연금술로 갓 만든 물건을 꺼내 들었다. 철로 조각한 뱀이었다. 마치 살아 있는 듯 정교한 모양새에 유리는 눈을 가늘게 떴다. 사울은 소녀의 곁을 지키는 거대한 뱀을 보며 묘한 얼굴을 했다.

로자리아가 다가갔을 때 그녀를 집어삼킬 것처럼 그림자가 일렁이지 않았던가.

'나보다 더 괴물인가?'

사율은 뱀을 가만히 지켜보다가 고개를 갸웃하는 소녀를 쳐다보았다.

"장난감인 건가요?"

"마음에 드셨으면 좋겠군요."

사율은 숨이 조여 와서 뒤로 물러섰다. 서대륙을 감싸던 무거운 마나가 성녀의 주위에서 느껴졌다.

'사람이라고 하기엔…….'

지나치게 기묘하군. 사율은 문득 느껴지는 악취에 소매로 코끝을 가렸다.

"사율 님……."

더글라스가 조바심에 사율을 불렀다. 하아, 낮은 숨을 들이쉰 그가 성녀의 곁에서 멀찌감치 떨어졌다.

'얼마나 사람을 죽였으면 이리 악취가 나나.'

사율은 저보다 더 대단한 여자는 처음 봤다고 속으로 중얼거렸다.

"성녀보단 도살자 같은데."

혼잣말이었지만 궁 안이 워낙 조용해서 적나라하게 들렸다.

"어린아이라고 치기엔 눈에 살기가 그득하며……."

"네?"

유리는 살기가 깃든 눈을 감추며 당황한 듯 물었다.

"손에서 피가 마를 날이 없으니 저주는 끊이지 않고, 제국에 망조가 어찌 깃들지 않으랴."

"……그게 무슨 말씀이신가요?"

유리는 잠긴 목소리로 물었다.

"본래 연금술사는 피와 금속에 예민한 족속들입니다."

"그래서요?"

"이런 말까진 안 하려고 했는데 그대에게서 썩은 피 냄새가 납니다."

과거, 사람을 제물로 바쳤고 황제가 되기 위해 혈육까지 거리낌 없이 죽였다. 수천의 사람을 죽여 그 피로 살아왔다. 그래서인지 기묘한 검은 덩어리가 자신의 눈에는 유독 잘 보였다.

사율을 조마조마한 심정으로 보던 더글라스는 자신의 얼굴을 쓸어내렸다. 가끔 무사가 혼잣말로 '황제 폐하는 제정신이 아니라 곁에 있으면 심장이 멈출 것 같다'라던 말이 허풍이 아니었다. 이번만큼은 대신전의 사제들도 나서지 못했다. 여신의 상징이라던 흑발은 물론, 범인의 것으로 느껴지지 않는 기묘한 눈동자는 사람을 움츠러들게 하는 구석이 있었다. 게다가 동대륙에서 건너온 이레펠트의 황제에게 무어라 말하겠는가.

유리는 고개를 숙였다. 그녀는 성력이 깃든 지팡이를 쥔 손에 힘을 주었다. 마음 같아선 저자의 목을 쳐 내고 싶으나 현실적으로 불가능한 일이었다.

"오해가 있으신 듯해요."

"그럴지도 모르겠군요."

사율은 무어라 말하는 대신 유리에게서 시선을 거두었다.

'이제야 물러났군.'

소녀의 시선이 공작 부인에게 닿을 때마다 거대한 뱀이 그녀를 향해 머리를 치켜들었다. 로자리아에게 별 감정은 없었으나 사막의 신전을 찾을 때까지 죽거나 다치는 일은 없어야 편했다.

연회가 시작되고 로자리아는 테라스로 향했다. 모두의 시선이 닿았지만 아까부터 숨이 막혀 갑갑했고, 어질어질했다. 라쉬드는 그녀를 따라가려고 했지만 클라인이 의논할 일이 있다며 붙잡았다. 로자리아는 먼저 테라스로 향했다. 문을 열어젖히자 그제야 숨이 탁 트였다.

'숨 막혀.'

테라스로 나오자 몸을 짓누르는 무거움이 한결 가시는 기분이었다. 로자리아는 테라스의 난간에 몸을 기대었다. 방금 전 성녀가 한 말이 잊히지 않았다.

'묘하게 다정했던 것 같기도.'

스승과 닮은 소녀라면 그럴 만도 했다. 아무렇지 않게 라쉬드의 뺨에 손을 올린 성녀가 생각나 그녀는 두 팔에 고개를 묻었다.

'그게 뭐라고 이러는 거지?'

하아, 로자리아는 낮은 숨을 들이쉬었다. 테라스 문이 열리는 소리에 그녀는 뒤로 고개를 돌아보았다.

"라쉬드?"

로자리아는 들어온 이를 확인하곤 눈을 크게 떴다.

"지오 경?"

"공작님이 아니어서 실망하셨겠지만……."

어쩐지 지쳐 보여서 찾아왔다고 하면 싫어할 수도 있겠지. 로자리아를 본 지오는 생각하던 것을 멈췄다. 그는 테라스의 문이 닫힌 것을 확인하고는 말했다.

"드릴 것이 있어 찾아왔습니다."

지오는 말재주가 없는 편이었다. 그는 가벼운 인사말 대신 여기 온 이유를 밝혔다.

"부인께 드릴 선물을 준비해 봤는데 마음에 드실지 모르겠군요."

지오가 건넨 것은 새하얀 장미였다. 숨이 꺼지지 않은 장미는 달빛이 비칠 때면 때론 금빛으로 보였다.

"라뮤엘 경에게 들었습니다. 이곳의 성력이 짙어져 힘드실 수도 있다고……."

"제게 주시는 건가요?"

"싫으시다면 거절하셔도 좋습니다. 저는 이제 에르테반의 가주니, 예전과는 상황이 많이 달라졌을 테지요."

"그 꽃을 제게 주세요, 지오 경."

지오는 로자리아에게 꽃을 건네었다. 행여 그녀와 손이 닿을까 그는 더욱 조심했다. 라뮤엘의 도움을 받긴 했지만, 테베에서만 나는 하얀 장미를 찾은 건 지오의 몫이었다.

'머리 장식이네.'

갑작스러운 선물에 의아했지만 지오에게 처음으로 받는 거라 기뻤다. 머리에 달기 위해 손을 뻗었지만, 드레스 자락이 불편해 팔이 잘 올라가지 않았다. 결국 머리가 제멋대로 풀어졌다. 허리 끝까지 닿는 금발을 손으로 그러쥐던 그녀는 한숨을 삼켰다.

"제가 해드려도 되겠습니까?"

로자리아가 고개를 끄덕이자, 지오는 그녀에게 가까이 다가왔다. 그는 섬세한 손길로 그녀의 머리에 장미를 꽂아주었다. 부드러운 금발이 그의 손에 닿자 지오는 숨을 낮게 쉬었다. 얼마나 긴장했던지 손이 미끄러질 것만 같았다.

"다 됐습니다."

"고마워요, 지오 경."

"잘 어울리시는 것 같습니다."

지오는 입가를 손등으로 가리며 답했다. 로자리아는 지오를 바라보다가 그의 머리를 느슨히 묶은 붉은 장미를 발견했다.

"지오 경, 그건 윈드가 준 건가요? 조금 시든 것 같네요."

그녀의 말에 지오는 장미꽃을 빼내어 살폈다.

"정말로 그렇군요. 역시 성력으론 유지가 잘 안 되나 봅니다."

지오는 아쉬움을 감추지 못했다. 그걸 보던 로자리아는 그의 손에 있던 꽃을 들었다. 그러고는 고개를 숙여 잎이 메마른 장미꽃에 입을 맞추었다. 붉은 입술이 꽃에 닿자, 장미꽃이 화사하게 피어났다. 이를 무심결에 보던 지오의 귓불이 달아올랐다. 공작 부인을 만나러 온 건 선물을 주기 위함도 있었지만, 다른 목적도 있었다. 한참 후에야 평정을 되찾은 그가 목소리를 낮추며 속삭였다.

"소식을 들으셨을지 모르겠군요. 신전에서 정령술사를 부르기로 했습니다."

"라쉬드에게 들었지만 자세히 묻진 않았어요. 대신전에서 정령술사를 유인할 생각인지도 모르겠군요."

"부인, 이스타샤가 가뭄에 들어도 정령술을 쓰지 않으셨으면 합니다. 설령 신성제국을 위한 일이라 해도 말입니다."

지오의 말에 로자리아는 눈을 크게 떴다. 정령술을 써 달라는 게 아니라, 쓰지 말라고 한 건가.

"부인께서 위험해지는 걸 원치 않습니다."

"……지오 경."

로자리아는 말을 잇지 못했다. 가슴이 뭉클해져 해야 할 말이 나오지 않았다. 대신 그녀는 지오에게 생기를 되찾은 꽃을 건네었다.

"성녀께서 수기사가 되어 달라 청했다고 들었어요."

"……아, 알고 계셨군요."

"지오 경이 어떤 선택을 하든 믿을 거예요."

로자리아의 말에 지오의 눈이 크게 떠졌다. 바르세데스와 대신전은 적대적인 사이였다. 그리고 한때 바르세데스의 기사단장이었던 그는 에르테반의 가주가 되었다.

"저를 믿어주시는 겁니까?"

바르세데스에서 무슨 말이 떠도는지 모르지 않았다. 한때 그를 진심으로 뒤따랐던 이들이 지오의 결정에 등을 돌렸다. 대신전에서 지내다 보면 사제들 사이에서 오가는 이야기를 모를 수가 없었다.

변절자. 그리고 배신자. 프리실라를 한번 배신했던 지오반니가 이제는 바르세데스를 다시 배신하겠지. 그들의 말을 들으면서도 지오는 자신의 선택을 후회하지 않았다. 그 누구도 몰라준다 해도, 믿던 자들이 제게 실망하고 등을 돌린다 하여도 그가 에르테반을 선택한 이유가 있었다.

"지오 경이 저를 먼저 믿어주었으니까요."

지오의 눈동자가 미세하게 흔들렸다. 에르테반의 가주가 된 주제에 신뢰를 바라는 건 사치라고 생각하지 않았던가.

"제가 에르테반의 가주로서, 부인을 실망시키는 선택을 하게 되더라도……."

믿어 달라 말할 생각은 없었다. 그의 선택은 제 몫일 뿐, 이해를 바라는 건 욕심이라 여겼다.

"저를 끝까지 믿어주시겠습니까?"

지오는 허락을 구하듯 로자리아를 바라보았다.

라쉬드는 무표정한 얼굴로 클라인의 말을 들었다. 바렛사 때문에 급히 의논할 일이 있다 하여 황제의 내실로 사람을 불러 놓고 한다는 말이 고작 '새로운 성녀가 이상하다'는 것 따위였다. 사람을 부른 구실이라도 만들 셈이었는지, 바렛사와 이스타샤의 전역이 표시된 서대륙 지도가 협탁에 놓여 있었다. 그러나 클라인은 새로운 성녀에 대한 이야기만 계속했다. 이제 갓 열일곱이 된 성녀의 눈치를 보는 황제라니, 기가 찰 노릇이었다.

"하시고자 하는 말씀이 무엇입니까, 폐하."

가뭄을 해결하고자 부른 거라 생각했건만, 다섯 살 많은 황제는 라쉬드의 귀가 나갈 때까지 징징거림을 계속했다. 그러다 애원이 통하는 것 같지 않자, 무안한 듯 헛기침을 두어 번 했다.

"흠흠……. 프리실라가 있을 때가 좋았다고 생각한다만."

"그녀가 걱정된다면 감옥에서 빼내시지 그러셨습니까."

"뭐?"

클라인이 화들짝 놀라 소리쳤다. 어찌나 놀랐는지 마시던 차를 엎을 뻔했다.

"그, 그래도 되는 건가?"

"황가가 흔들릴 정도의 위험을 감수하시겠다면."

그래도 좋다면 마음대로 해보란 소리였다.

"내가 언제 구하겠다고 했느냐?! 프리실라가 있어서 좋았다고만 했지."

클라인이 질겁하며 소리쳤다. 그 반응에 라쉬드는 어이가 없다는 듯 낮은 웃음을 터뜨렸다. 만약에 그였다면 가문과 명예, 지위를 버려서라도 제 연인을 구해 냈을 것이다. 프리실라가 클라인을 못마땅해한 것도 지금에선 이해가 갔다. 멍청하고 미련한 줄은 알았지만 겁까지 많을 줄이야. 라쉬드는 자조적인 웃음을 감추지 못했다.

프리실라라는 패를 잃자 클라인은 의지할 곳이 없었던지, 오랜만에 본 공작을 붙잡아 두었다. 자신의 아우가 잔혹하고 냉정하긴 해도, 뜻을 거스르지만 않는다면 살려 줄 거란 생각에서였다.

"내가 어떻게 하면 좋겠느냐?"

"제가 어찌 그걸 알겠습니까."

황제는 클라인이었고, 자신은 공작으로서 그의 명령을 들어야 했다.

'물론 들을 생각은 추호도 없지만.'

그런데도 황제가 되어서 의견 하나 결정하지 못해 도와 달라고 간절히 빌 줄이야.

"라쉬드, 이건 비밀인데."

공작이라고 근엄하게 말할 땐 언제고 어릴 때로 돌아간 것처럼 이름을 불렀다. 그러면서도 눈치를 보는 것은 잊지 않았다.

"비밀이면 제게 말씀하지 않으셔도 됩니다."

"너와 난 혈육인데 내가 누굴 의지하겠느냐? 응?"

클라인이 그게 무슨 소리냐는 듯 눈을 휘둥그레 뜨고는 라쉬드의 팔을 붙잡았다.

"좋습니다, 폐하. 말씀하십시오."

"바렛사에서 프리실라를 풀라고 압력을 주는데, 어쩌면 좋으냐?"

클라인이 이실직고하자 잠자코 듣던 공작의 눈이 가늘어졌다. 그래서 황제가 자신을 떠본 것이었나. 프리실라의 편에 붙어 바르세데스를 없애겠다고 할 땐 언제고 조언을 구할 줄이야. 어지간히 급한 모양이었다.

"바렛사 제국에서 그랬단 말입니까?"

"그래! 그놈들이 황제인 내가 있거늘 제깟 것이 이스타샤의 주인이라도 되는 것처럼 설치지 않아."

"우리 제국이 힘이 없는 걸 어찌하겠습니까."

"뭐? 이스타샤가 힘이 없다니?!"

"폐하께서 협력해 주지 않은 탓에, 이스타샤의 군권은 바렛사의 3분의 1에도 못 미치는 실정입니다."

사실과 달랐지만 굳이 황제에게 알려 줄 필요는 없었다. 라쉬드는 턱을 괴곤 별거 아니란 어조로 말했다.

"그런 건 처음 듣는다고!"

"말할 기회가 있을 리가……. 제게 묻지 않으셨으니까요."

"그럼 이제 어쩌냔 말이다!"

"폐하께서 프리실라의 뜻 대신 제 의견을 숙고했다면 이 정도로 내몰리진 않았을 겁니다."

"……그게 왜 내 잘못이냐? 아버지가 프리실라를 감싸고 돈 탓이지."

라쉬드는 피식 웃었다. 어렸을 적부터 노만 1세는 자신을 혈육 취급하지 않았으나, 장자로 태어난 클라인에겐 달랐다. 순진무구한 어릴 때와 달리, 황태자가 매일 홍등가를 찾고 밤마다 여자를 갈아 치우면서 제왕학은 내팽개치니 그때 돌아선 것이다.

"선황께선 폐하를 가장 아끼셨습니다."

진실만을 말하던 성녀 데레사를 죽이고 외가인 칼라네의 세력이 커질까 두려워, 세레나 황비에게 독을 먹이면서까지 클라인에게 황위를 주려고 했던 노만 1세였다.

"그러면 뭣해. 아버지께서 제국을 다 말아먹었는데."

클라인이 투덜거렸다. 톡톡, 느릿하게 협탁을 두드리던 공작의 손길이 멎었다.

"그래서 죽이셨습니까?"

"……뭐?"

"바뀐 선황의 태도가 마음에 들지 않아, 혹은 황위를 받지 못할까 두려워 저지른 일이 아닙니까."

라쉬드는 목소리를 낮추며 읊조렸다.

"내, 내가 누굴 죽여?"

"작당하고 선황에게 독을 먹였던 게 아닙니까?"

일상적인 어조였지만, 클라인을 보는 시선만큼은 싸늘했다.

"나는 그 자리에 없었다. 그래서 몰라. 누아란 후궁이 질투에 눈이 멀어 죽였다는 걸 너도 알지 않느냐?"

"폐하께서 이미 정령술사의 짓이라 공표하였습니다만."

"그거야 대외적인 명분이지. 아무튼 나는 무관한 일이다."

클라인의 손이 덜덜 떨렸다. 라쉬드는 무표정한 눈길로 그 모습을 내려다보았다.

"힘없는 후궁 하나가 무엇을 얻고자, 노만 1세를 시해하겠습니까?"

"내가 어찌 죄인의 마음을 읽겠느냐!"

"사실, 폐하께서 프리실라와 작당해 선황을 시해했다고 해도 상관없습니다."

"그, 그게 무슨 말이냐? 내가 죽인 건 아니지만……."

"바르세데스에 누명을 씌우지 않는다면 이번만큼은 눈감아드리겠습니다. 이제 프리실라를 감싸는 일은 없어야 합니다."

"……알겠다."

"유리 에르키사에 관한 일은 저와 의논하고 결정하십시오."

"그러도록 하마."

"폐하께서 누굴 선택하든 관여치 않겠습니다. 다시 성녀를 택하든, 바렛사와 내통한 프리실라를 택하든. 하나, 그 책임은 오롯이 폐하의 것입니다."

"내가 이스타샤의 황제인데 바렛사의 편을 왜 들겠느냐!"

제 발이 저린 클라인이 벌떡 일어나며 소리쳤다. 라쉬드의 차가운 시선에 그는 다시 얌전히 자리에 앉았다.

"바렛사가 지금이야 폐하의 신뢰를 얻으려고 하는 모양이지만 제가 죽거나……."

라쉬드는 체스 말의 폰을 쓰러뜨렸다. 상아로 깎인 말이 클라인의 발치로 툭 떨어졌다. 이를 보던 그는 꿀꺽 마른침을 삼켰다.

"바르세데스가 무너진다면 바렛사는 이스타샤를 집어삼킬 것입니다. 천 년의 역사를 가진 신성제국을 무너뜨린 오명은 썩은 시체가 되어서도 견뎌야 할 것이며, 이스타샤의 하얀 기가 바렛사의 붉은 깃발로 뒤덮일 즈음이 되면…….”

라쉬드는 말을 끊었다. 그는 생각을 읽을 수 없는 눈으로 클라인을 마주 보며 말을 이었다.

“제 목이 잘려 성벽에 걸릴 때쯤 폐하는 목숨만 겨우 부지하여 바렛사의 노예가 되거나, 저와 같이 성벽에 나란히 목이 걸리지 않겠습니까.”

“……아우야. 무, 무슨 농담을 그리 살벌하게 하느냐?”

꿀꺽. 클라인의 목울대가 넘어갔다. 제 부족한 머리로 생각해도 단순한 위협은 아니었다. 바렛사는 그럴 만한 놈들이었다. 게다가 가면을 쓴 바렛사의 차기 황제는 저를 아랫사람, 아니, 모지리 취급하듯 대하지 않았던가!

“명심하십시오, 폐하. 케딜락성의 군사들이 죽어 나가며 국경을 수호하고 있으며, 제 가문인 바르세데스가 살과 피를 도려내면서까지 이스타샤를 지켜 왔다는 사실을.”

라쉬드의 바이올렛 눈동자에 짙은 그림자가 졌다. 얼간이 황제를 겁줄 마음은 없었지만 지금만큼은 진심이었다.

“온전히 이스타샤의 군사력만으론 바렛사와의 전쟁에서 승리할 수 없습니다.”

사실이었다. 군사력에 모든 것을 내건 바렛사. 오백 년간 전쟁을 겪지 않은 이스타샤가 강철제국을 상대로 어찌 승리를 쟁취할 수 있겠는가. 클라인이 질겁한 얼굴로 물었다.

“그, 그러면 내가 어떻게 해야…….”

“제 부인이 테베의 후계자이며, 테베가 이스타샤의 군사동맹국이 될 것입니다.”

“공작 부인이?”

“지금껏 제 부인께 저질렀던 무례에 용서를 구하십시오. 그리한다면야, 부인과 제가 어찌 형님을 내치겠습니까."

"……정말로 그, 그거면 되겠느냐? 내가 달리 할 게 있다면 뭐든 알려 주거라."

"폐하께선 나서지 않으셔도 됩니다. 제 결정에 따르신다면, 이스타샤가 패배하는 일은 없을 것입니다."

"하지만……."

"폐하께서 아쉽다 한들, 전 끝까지 살아남을 것입니다. 전쟁이 끝날 때까지 무슨 수를 써서라도."

라쉬드는 클라인을 바라보며 낮게 읊조렸다. 자신의 심장이 멎는 건 그 이후의 일이었다. 꿈속의 예언과 미래는 다를 것이다. 그러나 얼마만큼의 무거움과 무게를 견뎌야 하는지, 또 얼마나 많은 죽음을 겪어야 하는지 어찌 짐작할 수 있을까. 걷지 않은 미래는 깜깜하여 발을 내딛는 한 치 앞조차 보이지 않았다. 그러니 지금으로선 알 수 없었다. 정해진 미래를 바꾼 대가로 무엇을 바쳐야 하는지.

어째서 그렇게까지 하느냐는 클라인의 말에 라쉬드는 말했다.

"이스타샤는 한낱 권력에 따라 저버릴 정도로 제게 가볍지 않습니다."

이스타샤의 존재 가치는 그가 태어난 모국이라는 의미를 벗어났다. 그가 사랑하는 부인과 피를 이어받은 아이가 살아갈 수 있는 터전. 죽어서도 그 터전은 만들어야 하지 않겠는가. 사람 구실도 못 하는 무능한 황제의 목이 잘리는 건 제 알 바 아니었다. 그러나 라쉬드는 제 부인과 약조했다. 그 누구도 감히 넘볼 수 없는 높은 지위와 안전을 주겠다고.

클라인은 죽음을 이야기하면서도 담담한 라쉬드를 힐끗힐끗 보았다. 성력 하나 타고나지 못했다고 지독히도 괴롭혔던 아이였다. 미친 여자를 어미로 두었다며 비아냥거려도 제게 손을 내밀어주던, 한때는 다정한 아이였다.

'그때는 생각도 나지 않을 정도로 무서워졌지만.'

황태자 자리를 빼앗길까 두려웠고, 병약한 어머니가 돌아간 뒤 자신보다 어렸던 이복동생을 원망했다. 클라인은 데레사의 죽음 이후로, 피도 얼어붙을 거라 여겼던 공작이 다르게 느껴졌다. 바렛사의 황자는 공작이 결혼하여 약점이 잡혔다고 조소했지만, 제 아우에게서 흔들림이라곤 조금도 찾아볼 수 없었다.

"난 네가 욕심에 눈이 멀어 아버지와 나를 속이는 거라 생각했다."

프리실라는 늘 공작이 그의 부인을 진심으로 사랑하지 않는다고 확신했으니까. 테베를 얻기 위한 계약일 뿐이라고 비웃지 않았던가.

"타인은 속여도 어찌 제 자신을 속일 수 있겠습니까."

라쉬드는 쓴웃음을 지었다. 적이든 아군이든, 그 누구에게도 무릎 꿇을 이유가 없었다. 그러니 다시 겪어야 할 죽음도, 이미 한번 겪었던 패배도 두렵지 않았다. 그러나 그에게도 두려운 것이 있었다. 겨우 붙잡은 손을 놓칠까, 보이지 않는 눈앞에서 연인을 잃게 되는 건 아닐까. 제 과오로 인하여…….

라쉬드는 제 손을 내려다보았다. 피로 얼룩지기만 한, 다른 사람을 죽이는 것밖에 몰랐던 악귀의 손. 그만큼 승리가 절박했다. 이스타샤가 무너지지 않기를 간절히 바랐다.

그런데 왜 지금에서야 그 무엇도 의미가 없게 느껴지는지. 그 사실을 깨닫자마자 라쉬드는 조소했다. 그가 선택한 일이었다. 그런데도 이스타샤의 군사권을 가지지 않기를 바란 적은 처음이었다. 이스타샤보다 더욱 소중한 것이 생겨날 거라곤 생각지 못했다. 범부로 자라나 전쟁 따위 생각하지 않고 살 수 있다면 좋았을까.

그러나 처음부터 불가능하다는 걸 알기에 라쉬드는 자조적인 웃음을 지었다. 그는 어둑한 시선으로 바렛사의 전역이 표시된 지도를 내려다보았다.

"대신전을 내리눌러야 바르세데스가 바렛사와의 전쟁을 버텨 낼 수 있습니다."

바렛사의 전쟁에서 승패를 기대할 수 없다면 홀로 북부에 남아 지킬 것이다. 설령 로자리아가 함께 남기를 원해도. 바렛사와의 전쟁에서 패색이 짙다면 로자리아를 이스타샤에서 떠나게 할 계획이었다. 다시 볼 수 없을지 몰라도 바렛사의 군대가 건널 수 없는 곳이라면 안전하겠지. 지킬 것이 생기니 그만큼 간절하다는 사실을 왜 이제야 알게 되었나.

"바렛사와의 승리를 위해서라면 성녀의 목을 베어서라도……."

라쉬드는 클라인을 무거운 시선으로 바라보며 말했다.

"제 모든 것을 걸어 이스타샤를 지켜 낼 것입니다."

바르세데스의 영광. 이스타샤의 승리. 그것보다 중요한 건 자신을 바라보는 로자리아였다. 라쉬드는 제 손바닥을 거세게 움켜쥐었다.

"그러니 폐하께서 제 기대를 저버린다면 저는 공작으로서 황가를 위해 나서겠습니다."

황가를 위한다는 일은 황제를 쳐내겠다는 엄중한 경고였다.

"……알겠다. 이번만큼은 실망시키지 않으마."

클라인은 무심결에 제 목을 어루만지며 대답했다. 이미 목이 잘린 것 같은 느낌에 그는 숨죽였다. 라쉬드는 시간을 확인하고는 자리에서 일어났다.

"전 이만 가 보겠습니다, 폐하."

"그, 그래. 들어가 봐야지."

클라인은 라쉬드가 빠져나가고 나서야 안도의 숨을 내쉬었다.

겨우 정신을 붙잡은 클라인은 보좌관을 불렀다.

"수도에 숨은 바렛사의 전령을 죽이도록 해라."

"폐하, 다시 한번 생각해 주시지요. 필시 이스타샤에 그 화가 미칠 것입니다. 그 전령은……."

클라인은 보좌관의 만류에 분통을 터뜨렸다. 아까 공작이 했던 말이 생각나 울분이 가시지 않았다. 프리실라와 직접적으로 연락을 취하던 바렛사의 황자는 노선을 바꾸었다. 그녀가 감옥에 갇힌 후로 마치 제가 하수인이라도 된 듯 명령을 내리지 않던가!

"폐하, 전쟁을 일으킬 명분을 만드시면 안 됩니다."

"이 화상을 보았나! 내가 바르세데스의 중요한 정보는 모두 말했는데!"

"제가 그러지 말라고 말리셔도 듣지 않으셨지 않습니까."

필립은 한때 케딜락 출신이었던 군전략가였다. 그는 바렛사를 끌어들이는 일이 더 큰 문제를 불러일으킬 거라 경고했지만 클라인은 듣지 않았다. 바렛사의 전령에게 자기가 먼저 불어 놓고 이제 와서 전령을 죽이겠다니?

"공작이 방금 전에 다녀와서 네놈은 물론이고 나까지 죽이겠다고 하는 걸 못 들었느냐!"

"폐하, 외람되옵게도 저는 그 자리에 있지 않아서 알 수 없었습니다."

"저놈이 점잖은 척해서 그렇지, 내가 밀고한 걸 알게 되면 눈 뒤집혀서 황제고 뭐고 칼부림 날 거다!"

"그랬다면 진작에……."

무심결에 말하던 필립이 실수를 깨닫고 입을 다물었다.

"네 이놈! 넌 내가 시해되는 게 보고 싶으냐?"

"알겠습니다, 폐하. 제 소견이 짧았습니다. 폐하의 뜻에 따르겠습니다."

필립은 내실 밖에 대기 중이던 기사를 불렀다. 그가 알기론 바렛사의 전령은 현재 수도에서 머물고 있었다.

"암살자를 보내 전령의 목을 베겠습니다."

"아, 참. 티 나게 죽이지 말고 사고에 휘말려서 죽게 만들어라."

"……어려울 겁니다, 폐하."

죽이는 것 자체가 위험한 도박이었다. 차라리 잘못된 정보를 흘려 혼선을 주는 법을 권해도 클라인은 군전략가의 말을 무시했다.

"이런 무능한 놈! 황제인 내가 하라고 하면 하는 거다!"

공작 앞에선 꼼짝 못 했던 클라인은 황제로서의 권위를 내세웠다.

"하면 프리실라 님은……."

"지금 프리실라의 사면이 문제냐? 어차피 죄를 저질렀으니 감옥에 갇힌 거겠지."

클라인은 더 이상 내 앞에서 성녀 얘기는 꺼내지도 말라고 손을 휘휘 내저으며 말했다.

"곧 회의가 열릴 거다. 난 병이 들어 참여하지 않겠다고 전해."

"폐하! 새로운 성녀님과 8대 가문의 가주들이 모이는 자리입니다."

"피해 가는 게 때론 나은 법이야. 공작이 내가 나서면 가만 안 두겠다는데."

클라인은 되레 짜증을 내며 황가의 인장이 찍힌 서류를 가져오게 했다.

"대신전과 바르세데스, 둘 사이에 끼이는 일은 원치 않아."

클라인은 깃펜을 들어 무언가를 써 나갔다. 그걸 보는 필립의 얼굴이 경악으로 변해 가도 황제는 아랑곳하지 않았다.

삼 일 뒤, 대신전에서 회의가 열렸다. 이스타샤 전역에서 시작된 가뭄을 해결하기 위함이었다. 새하얀 드레스를 입은 유리가 가장 높은 단상에 앉아 이스타샤의 귀족들을 반갑게 맞아들였다. 회의에 참석한 건 8명의 귀족, 모두 이스타샤 8대 고위 가문의 가주들이었다.

유리는 차례로 들어서는 가주들에게 말했다.

"어서 와요. 제가 여러분을 부른 건 이스타샤에 든 가뭄을 해결하기 위해서예요."

며칠 지나지도 않았건만 예법에 흠잡을 데가 없었다. 평민 소녀라고 하기엔 위화감이 들었다.

"저 역시 이스타샤 전역에 든 가뭄을 해결하고자 대신전에서 귀한 분들을 모신 걸로 알고 있습니다."

더글라스가 운을 떼었다. 그는 맞은편의 던컨 헤레이스를 보며 화두를 던졌다.

"지금으로선 가뭄을 해결할 수 있는 방법이 없다고 들었어요."

짙은 남색 드레스를 걸친 여인이 입을 열었다. 마네 아이리쉬, 아이리쉬 백작이었다.

"어차피 유리 성녀님께서 다 해결하실 텐데, 뭐가 다들 그리 급한 겁니까?"

던컨이 얇은 입술을 비웃듯 올렸다. 그의 미소가 멎은 건 로자리아가 나타나고서였다. 회의장의 문이 열림과 동시에 웃던 낯이 굳어졌다.

"바르세데스 공작 부인께서 드십니다."

가주들은 로자리아의 등장에 자리에서 일어나 가슴에 손을 얹고 예를 취했다. 로자리아는 허리를 곧게 세운 채로 회의장 안으로 들어섰다. 긴장이 역력한 사제들 사이로, 유리는 눈을 가늘게 떴다. 그녀는 입술을 베어 물다가 다시 미소를 띠었다. 귀족들이 보는 자리였다.

주위를 둘러보던 유리가 눈을 깜빡였다.

"바르데세스 공께선……."

"바르세데스 공께선 이번 회의에 오시지 않기로 하셨습니다."

"어째서죠? 바르세데스 공 없인 회의를 진행하지 않을 거예요."

"……회의를 진행하지 않겠다라."

로자리아는 나지막이 웃음을 터뜨렸다. 그녀는 피식 웃고는 고개를 들어 유리를 주시했다.

“그럴 권리가 성녀께 있는 건가요?”

“권리라뇨? 이상한 말씀이시네요. 전 아니타께서 직접 선택한 이스타샤의 성녀예요.”

“저 또한 이스타샤의 황족입니다, 유리.”

로자리아는 흔들림 없는 확고한 목소리로 대답했다. 로자리아는 그녀의 자리를 지나쳐, 유리가 있는 곳으로 다가갔다. 가장 높은 단상에 앉아 있던 유리가 물었다.

“공작 부인, 할 말이 있거든 그 자리에서 해주세요. 제게 오는 건 무슨 뜻인가요?”

“성녀께서 아직도 이스타샤 예법이 부족한 건 사제들 책임이라 하여도…….”

로자리아는 눈을 내리깔며 고요한 목소리로 읊었다.

“장차 이스타샤의 대신전을 이끌 성녀께서 기본적인 율법과 자리를 모르는 것에 대한 이유가 되진 못합니다.”

왜 주어진 자리에 앉지 않고 내 쪽으로 오는 거지? 유리는 무슨 짓을 하나 싶어서 로자리아를 행동을 주시했다. 로자리아는 대신전에서 준비한 자리 배치를 따르지 않았다. 자리는 권력, 더 나아가 회의에 결정을 가진 이가 누구인지 보여 주는 수단이었다.

귀족들 간의 서열은 오등작(제후의 다섯 등급. 공작, 후작, 백작, 자작, 남작)에 따랐다. 즉, 8대 명가라 하여도 귀족들의 서열에 따라 자리가 달라졌다. 그리고 지금 이곳에서 가장 높은 자리에 앉은 건 성녀인 유리였다.

“이번 회의의 최종 결정권은 제게 있습니다.”

“이곳은 대신전이며, 대신전의 주인은 성녀인 저예요. 누가 공작 부인에게 그래도 된다고 말씀하시던가요?"
율법에 따르면 이스타샤 황족과 성녀로서 지위는 대등했다. 그러나 이제껏 이스타샤의 관례에 따르면 황위를 잇지 않은 황족은 성녀에게 먼저 예를 취했다. 또한 여긴 대신전 안이었으며 가뭄 해결은 성녀에게 달린 문제였다.
"사제들이 잘못 알려 준 건가요. 전 그대의 아랫사람이 아닙니다."
로자리아가 꺼내 든 건 금빛 인장이 찍힌 서신이었다. 로자리아는 성녀에게 황가의 인장을 보여 주었다. 클라인 황제는 몸이 아프다는 이유로 회의에 참여하지 않았다. 대신 그는 위임장을 써서 그의 뜻을 전할 대리자를 정했다.
자박자박. 로자리아는 유리가 있는 단상 위로 발을 내디뎠다. 흠잡을 데 없는 완벽한 걸음걸이였다. 주위를 지키던 성기사들은 성녀에게 다가가는 로자리아를 막지 못했다.
"여기가 제 자리인 것 같군요."
로자리아는 상석에 앉은 유리를 차가운 시선으로 내려다보았다.
"무슨 소리예요?"
유리는 받아들일 수 없다는 듯 물었다. 말도 안 되는 소리였다. 대신전의 주인은 언제나 자신이어야 했다.
"위임장을 보시면 될 것 같군요."
로자리아의 말에 유리는 위임장을 받아 들었다. 황가의 공식 서신을 읽던 유리의 손이 잘게 떨렸다.
"……이게 무슨 일이죠?"
"황제 폐하와 바르세데스 공께서 최종적으로 결정권을 가졌으나, 제게 모두 위임하겠다는 겁니다."
유리보다 당황한 건 사제들이었다. 던컨 헤레이스조차 황가의 서신 앞에서는 입도 방긋하지 못했다.

"……좋아요."

유리는 힘겹게 몸을 일으켰다. 이를 지켜보던 성기사가 달려와 그녀를 안으려 했지만 유리가 손을 쳐 냈다.

"……지오반니 공은?"

"조금 늦으실 듯합니다."

유리는 입술을 깨물었다. 하는 수 없이 성기사의 품에 안겨 단상 밑으로 내려왔다. 유리는 낮아진 자리를 가만히 바라보았다. 마침내 로자리아는 단상 위에 있는 상석에 앉았다.

"시간이 많이 지체되었으니 바로 회의를 진행하도록 하죠."

상황 파악이 빠른 가주들은 그러겠노라 대답했다.

회의가 시작되었지만 의견이 모이지 않았다. 각기 이익을 따져 가는 터라 가주들은 제국민의 구휼에도 손익계산을 따져 가며 반대했다. 로자리아가 짙은 한숨을 내쉬자 던컨이 물었다.

"공작 부인께선 좋은 방도가 있으신지요?"

"좋은 방도라……."

로자리아는 가볍게 웃고는 말을 이었다.

"바닷물을 식수로 만드는 걸 제안하는 바예요."

"말도 안 되는 소리를 하시는군요. 아니타 님께서 바다의 것을 금지하신 것을 모르시는 겁니까?"

"던컨 후작, 그대야말로 기본적인 율법조차 모르시는 건가요."

무언가 말을 하려던 던컨은 로자리아의 싸늘한 시선에 입을 다물었다. 인정하긴 싫어도 그녀는 이스타샤의 황족이었다.

"제 견해가 부족했습니다. 무례를 용서해 주십시오."

던컨은 고개를 숙이며 사죄를 구했다.

'나와 계실 땐 저렇게 무섭진 않으셨는데.'

더글라스는 로자리아를 곁눈질로 살폈다. 보다 못한 마네가 운을 떼었다.

"던컨 후작의 뜻은 알겠지만 가뭄이 심한 남부 도시에선 기본 식수조차 해결하지 못하는 상황이에요."

"아이리쉬 백작!"

"전 바닷물을 식수로 만들자는 계획이 시도해 볼 만다고 생각해요."

다른 가주가 조심스레 물었다.

"소금으로 된 물을 어떻게……. 성력으로 가능한 건지 염려됩니다."

"성력은 필요치 않아요."

로자리아의 말에 더글라스와 마네를 제외한 이들의 눈이 커졌다.

"증류로 바닷물을 식수로 만들 수 있어요. 자세한 건 기술자를 불러와 의논해야겠지만."

"여신께서 바닷물을 금지한 이유가 있지 않아요? 신뢰가 가지 않는 방법이에요."

상황을 지켜보던 유리가 말을 꺼냈다. 성녀의 의견에 가주들이 동조하며 '어찌 율법을 어길 수 있느냐'고 웅성거렸다.

"성녀께선 바닷물을 금지한 이유가 뭐라고 생각하시나요?"

"그건 여신께서 금지하셨기 때문에……."

"제가 묻는 건 왜 여신께서 금지하셨나예요."

유리는 숨을 깊이 들이쉬었다. 그러지 않으면 당장 로자리아의 목을 벨 것만 같았다.

"물을 마시지 못한 상태에서 바닷물을 마시면 더 갈증이 일뿐더러, 목숨을 잃을 수 있기 때문이에요."

유리는 여신의 뜻을 운운하는 대신 질문에 대답했다. 이를 듣던 로자리아가 말했다.

"증류는 바닷물에서 소금기를 제외하는 작업이에요. 지금 마시는 물과 같게 만드는 거죠."

"공작 부인께선 그걸 어떻게 하시겠다는 건가요?"

증류의 원리는 간단했다. 바닷물을 큰 접시에 담고 작은 접시를 안쪽에 둔다. 위에 비닐을 설치하여 무거운 돌을 올려놓은 뒤, 태양이 비치는 곳에 두면 끝이었다.

"증류할 수 있는 장치를 만들까 합니다. 가뭄이 올 때마다 기우제를 지내도 달라지는 건 없었어요."

"저도 다른 방법이 필요하다고 생각합니다."

더글라스도 이에 동의했다. 회의장에 무거운 침묵이 감돌았지만, 로자리아는 그녀의 뜻을 밝혔다.

"언제까지고 성력에 의존할 순 없어요. 앞으로 가뭄이 오기 전에 준비해야 해요."

"그 장치가 될지 의문일뿐더러, 된다 해도 막대한 비용이 들 거라 생각됩니다."

던컨의 말에 로자리아는 그녀가 준비한 설계도와 증류 장치를 설명한 기록을 가져오게 했다. 죽기 전에 보았던 수만의 성서. 그때 성서에서 보았던 기록을 준비했다. 프리실라야 아니타의 율법만 익혔으나 성서는 천 년간 수천 명의 사제에 의해 기록되었다. 사제들이라고 전부 성력에 의존했던 건 아니었다. 폐쇄적인 지금과 달리 고대의 사제들은 각기 관심 있던 분야에서 두각을 드러냈고, 천문학과 자연학에도 뛰어난 식견을 가진 이들이었다.

"제가 찾은 기록을 보여드리고자 합니다."

로자리아는 괴짜로 불렸던 그리핀의 기록을 보여 주었다. 이를 꼼꼼히 보던 가주들이 고개를 끄덕였다. 성서를 기록할 만한 사제였다면, 뛰어난 지식과 혜안을 가졌음을 의심할 여지가 없었다.

"될 것 같군요. 글로리아에 있는 기술자에게 의뢰하면 충분히 가능합니다."

더글라스의 말에 던컨이 날카롭게 물었다.

"비용은 어떻게 하실 겁니까?"

"칠 할은 황가와 바르세데스가 지불할 것입니다. 나머지는 가주들의 동의가 필요하겠군요."

"흠……. 관례대로 가주들의 전원 동의를 얻으신다면 저도 반대하지 않겠습니다."

던컨은 분위기를 살폈다. 어떤 얼간이가 저 허무맹랑한 소리를 믿고 투자하는지 보기 위함이었다.

"전 새로운 도전이 마음에 들어요. 아이리쉬는 자금을 지원하겠어요."

"글로리아도 함께하겠습니다."

두 명이 동의하자 다른 가주들은 곁눈질로 서로의 의중을 살폈다. 단순히 자금을 투입하는 일이 아니었다. 앞으로 대신전의 줄을 잡을 것인가, 바르세데스의 줄을 잡을 것인가 하는 정치적인 문제였다.

"저도 동의하겠습니다."

그레이스 가문을 포함한 다른 가주 셋이 동의하자, 던컨은 초조한 기색을 숨기지 못했다. 수염을 매만지던 그는 입술을 달싹거렸다.

"여기에 계시지 않은 가주들의 의견도 듣고자 합니다."

"신성가문의 가주 두 분께서 참여하지 않으셨군요."

던컨의 말에 더글라스가 대답했다. 라뮤엘 에르키사, 지오반니 에르테반, 두 명이 참석하지 않았다.

"라뮤엘 경께선 케딜락에 계신다고 들었습니다. 서신으로 동의 여부를 물으면 될 것입니다만, 그분의 뜻은 한결같지 않습니까?"

더글라스의 말에 다른 가주들이 고개를 끄덕였다. 라뮤엘 에르키사가 바르세데스의 편인 건 코흘리개 아이도 아는 사실이었다.

"그럼 지오반니 공께서 남으시는군요."

로자리아의 말에 유리는 눈을 가늘게 떴다. 지오가 그녀의 수기사가 되는 것을 거절했지만 그는 에르테반의 가주였다. 지오가 나타난 건 회의를 시작한 지 세 시간이 지나서였다. 대신전에서 정령술사를 불렀다는 사실을 확인하느라 시간이 걸렸다.

에르테반 가주의 등장에 가주들이 자리에서 일어나 그를 반겼다. 회의장 안으로 들어선 지오는 유리의 곁에 앉았다. 간단한 이야기를 보고받은 그는 깊은 생각을 정리하며 로자리아가 준비한 기록을 내려다보았다.

"지오반니 님. 저는 이 일이 옳지 않다고 봐요."

유리가 그의 소매를 붙잡았다. 대강 상황을 눈치챈 지오가 입을 열었다.

"제 의견을 밝혀도 되겠습니까?"

"그러도록 하세요, 지오반니 공."

"가뭄이 극심하니 당장 제국민이 마실 식수와 농작지에 투여할 용수(用水)가 필요합니다."

지오의 말에 던컨이 '그렇지'라는 얼굴로 쾌재를 불렀다. 기록에 그려진 건 간단한 장치였지만, 대규모 식수를 구하기 위해선 막대한 시간과 비용이 들 것이다.

"그건 저도 동의하는 바입니다."

"저 또한 공작 부인의 뜻을 따르겠습니다만, 지금 당장 문제를 해결할 방법이 필요하다고 생각됩니다."

유리는 무표정한 얼굴로 지오를 보았다. 지오는 에르테반의 가주니 대신전을 위한 결정을 내려야 했다.

'거절하려고 저 말을 꺼낸 게 아니었나?'

던컨이 어안이 벙벙해 지오를 쳐다보았다.

"저희 대신전에선 정령술사의 도움을 구하고자 합니다."

그의 말은 회의장에 커다란 충격을 몰고 왔다. 이미 알고 있던 더글라스는 적당한 타이밍에 탄식을 내뱉었다.

"성녀님께서 차라리 기우제를 지내시는 게 낫지 않겠습니까! 어찌 정령술사를 이 나라에 불러들이겠단 겁니까?"

던컨이 자리에서 벌떡 일어서서 소리쳤다. 정령술사를 불러 비가 정말로 내린다면, 이후에 성녀께서 비를 내렸다고 밝히기로 했다. 이에 동의한 건 지오였다.

유리는 무표정한 눈길로 기록을 내려다보았다. 정령술사를 불러 비를 내리게 한 다음, 성녀가 물을 다스렸다고 이스타샤 전역에 알리려던 계획이 틀어졌다. 게다가 비밀로 함구해야 할 일이 이미 수도에 파다할 정도로 소문이 나돌았다. 한동안 침묵을 지키던 유리가 입을 열었다.

"여신 아니타께서 가뭄을 해결하기를 원해요. 제게는 비를 내릴 능력이 없습니다."

나중에 기우제를 지내고, 비가 내리게 되면 그때 제 힘으로 비를 내렸다고 공표할 계획이었다. 무려 성녀의 입에서 정령술사를 불러야 한다는 말이 나오자, 가주들은 귀를 의심했다.

"가뭄을 해결하기 위해 어느 정도 위험은 감수해야 한다고 생각해요."

지오에게서 시선을 뗀 유리는 로자리아를 똑바로 쳐다보았다.

"설령 신성제국 이스타샤에 정령술사, 악귀를 부른다 한들 이미 대신전에서 결정한 일이죠."

유리는 입꼬리를 올렸다.

"뜻대로 하시길."

악귀라, 많이 들었던 말이 아닌가. 로자리아는 주저 없이 대답했다. 어차피 그녀가 나설 이유는 없었다. 대신전에서 정령술사를 불렀단 사실이 새어 나가면 위험해지는 건 성녀와 사제들이었다. 한 가지 걸리는 점은 지오 또한 무사하지 못할 것이다.

'대신전은 정령술사를 불러서 뭘 하겠단 거지?'

로자리아는 눈을 가늘게 떴다. 오히려 정령술사를 불러 위험해지는 건 대신전이었다. 그런데도 유리는 입가에 띤 미소를 지우지 않았다.

회의가 끝난 지 나흘이 흘렀다. 나른한 오후, 로자리아는 서궁의 정원에 앉아 차를 마셨다. 곁에는 윈드도 함께 티타임을 즐기는 중이었다. 황가와 바르세데스는 정령술사를 구하는 일에 책임지지 않겠다고 뜻을 밝혔다.

더글라스는 증류 장치를 만들 기술자를 만나고자 글로리아 가문으로 돌아갔다. 교역도 준비해야 하니 늦어도 보름 안에는 돌아오겠다고 전했다.

"오늘이었지, 윈드?"

윈드는 고개를 끄덕이며 말했다.

"이스타샤 황성에 정령술사가 오는 날이군요."

누구인지 확인하지 못했지만 짐작가는 이가 있었다. 발루아, 적발의 사내 말고는 나타날 정령술사가 없었다.

"앞으로 정령술을 쓰는 건 더 조심해야겠어."

"알겠습니다."

윈드가 찻잔을 만지작거리다 말문을 열었다.

"전 발루아가 이해가 가지 않습니다."

"정령술사인 그가 이스타샤를 도와서?"

"이스타샤와 성녀를 증오하던 자입니다. 어째서 대신전의 제안을 따랐는지……."

이스타샤가 멸망하길 원하는 사내가 제국을 위해 비를 내린다는 건 모순이었다.

"대신전의 편을 들어 바르세데스를 세력을 약화시킬 생각이야. 이스타샤를 무너뜨리는 건 그다음이라 생각했겠지."

로자리아는 담담한 얼굴로 차를 마셨다. 안 그래도 걱정 많은 윈드에게 복잡한 속을 들킬까 봐 그녀는 한숨을 삼켰다.

검은 로브를 쓴 사내가 황성을 찾았다. 안내를 맡은 사제들은 행여 병이라도 옮을까 주저하며 대신전 안으로 사내를 안내했다.

"이곳입니다."

사제의 말에 발루아는 대신전 안으로 들어섰다. 오백 년 전 이후로 처음 밟는 아니타의 신전이었다. 새벽의 신전에는 어둠을 밝히는 횃불만이 덩그러니 놓여 있었다. 자박자박, 무거운 발걸음 소리만이 울렸다. 하얀 의복을 걸친 사제들이 문을 열어주었다. 대신전의 밀실, 그곳에선 두 눈을 감고 기도를 올리는 소녀가 있었다.

"그대가 정령술사인가요?"

발루아는 대답하지 않았다. 그는 어두워진 눈동자로 소녀를 주시했다.

"제가 두 다리를 잃었다고 하여 귀까지 들리지 않는 건 아니에요."

"좀 더 완벽하게 만드시지 그러셨습니까."

발루아의 말에 유리는 작게 웃었다. 서늘한 새벽 공기와 어우러져 스산한 바람이 신전 안을 스쳤다.

"그러려고 했지만 아쉽게도 제물이 부족해서 그러지 못했지."

유리는 자신에게로 다가오는 사내를 바라보았다.

"발루아, 율리아의 기사였던 그대는 나를 이해하겠지."
유리는 발루아에게 손을 내밀었다.
"원하는 것을 뺏기면 어떤 기분인지."
과연, 뱀의 시체 썩는 내가 진동한다 했더니. 거대한 성력으로 시체를 움직이는 것에 불과했다. 육신은 죽은 데레사의 것이었으나, 혼은 아니타였다.
"아니타 여신께서 원하시는 게 무엇입니까?"
"난 이스타샤가 영원히 내 것이길 원해."
그 계집이 빼앗아 간 에르테반과 바르세데스도 제 것이어야 했다.
"그 대가가 작지 않다는 건 아실 텐데, 율리아를 죽인 당신이 저를 어찌하여 부르신 겁니까?"
발루아는 날카로운 검을 들어 유리의 목을 겨누었다. 금방이라도 제 목을 쳐 낼 살기에도 유리는 눈 하나 깜짝하지 않았다. 유리는 손을 뻗어 검날을 잡았다.
툭, 툭. 진득한 핏물이 검을 타고 흘렀지만 고통은 느껴지지 않았다. 유리는 눈꼬리를 휘며 말했다.
"발루아 데모나, 그대가 나를 도와준다면 그 계집을 가질 수 있게 해주겠어."
"……제게 율리아를 주시겠단 겁니까."
발루아는 검을 쥔 손에 힘을 주었다. 게다가 계집이라. 그는 가벼운 웃음을 터뜨렸다. 율리아는 자신에게 다시는 없을 존귀한 존재였다.
"율리아는 제가 모시던 여신입니다. 함부로 낮추지 마십시오."
발루아는 유리의 목을 겨누던 검을 거두었다.
"여기까지 와서 내 제안을 거절하겠단 거야?"
"받아들이겠습니다."
발루아가 대답했다. 율리아를 주겠다는 말에도 놀랄 것 없는 담담한 얼굴이었다.

"당신이 바르세데스 공작을 원하듯, 저 또한 왕녀를 가지고 싶으니까요."

공작이란 말에 순간이나마 유리의 눈동자가 미세하게 흔들렸다. 바르세데스 공작이 한때 성녀였던 아니타가 마음을 가졌던 엔리케 황제의 환생이었기 때문이리라.

"모든 일을 마무리 짓고 나면 전 로자리아 왕녀과 함께 테베로 돌아갈 겁니다."

"그게 그대가 원하는 전부라고?"

"당신의 힘이 닿지 않는 곳……. 테베에서 왕녀의 자리를 되찾아주는 게 제가 바라는 전부입니다."

서대륙 어디로 도망가든 제 발아래였다. 유리는 입꼬리를 비틀어 올렸다.

"좋아, 마음대로 해."

"하나, 로자리아 왕녀를 해치려 든다면…… 공작의 심장을 당신의 제단에 바치겠습니다."

발루아는 유리를 차가운 시선으로 내려다보았다. 사내의 짙은 적색의 눈에는 알 수 없는 감정이 서려 있었다. 발루아는 진득한 살기를 감추며 치솟는 증오를 억눌렀다.

'아니타, 당신이 내게 그랬듯이.'

잊지 못한 지독한 기억이 되살아났다. 눈앞에서 율리아의 죽음을 바라봐야 했던 악몽은 영원히 자신을 놓아주지 않으리라.

정령술사가 아니타의 신전을 찾은 다음 날, 클라인 황제는 로자리아에게 전언을 보냈다. 로자리아는 기사로부터 황제의 전언을 확인했다. 정령술사의 도움을 받기로 했으니, 의논하고 싶다는 내용이었다.

'정오부터 클라인의 얼굴을 보게 될 줄이야.'

요새는 얌전히 지낸다고 하였나. 시녀의 도움을 받아 치장을 마친 로자리아는 윈드와 함께 서궁을 빠져나왔다. 마차에 탄 로자리아는 창문을 열어젖혔다. 창밖으로 이스타샤 황성 정경이 시야에 담겼다. 노만 1세가 기거하던 본궁은 클라인의 것이 되었다. 오랜만에 찾은 본궁은 엄숙했던 예전의 모습과 사뭇 달랐다.

"윈드, 여기서 기다려 줘."

"알겠습니다."

호위는 황제의 내실에 들어갈 수 없었다. 문이 열리고 로자리아는 내실 안으로 들어섰다. 그곳에는 어딘가 불편한 기색의 황제와 차를 마시는 성녀가 있었다. 유리의 맞은편에는 짙은 남색 제복을 걸친 사내가 앉아 있었다.

"의논할 일이 있다 하여 부르셨다고 들었습니다."

"아아, 그렇소. 이번 일은 전적으로 부인에게 맡기기로 했으니, 하하."

유리의 눈치를 보던 클라인은 로자리아의 기분을 살폈다.

'차라리 그때 라쉬드의 결혼을 반대했어야 했는데.'

테베의 야만인과 결혼한다며 낄낄거렸던 게 엊그제 같은데, 이스타샤를 제 손아귀에 넣으려 들 줄 몰랐다.

"믿고 맡겨 주셔서 감사합니다, 폐하. 실망시켜 드리지 않겠습니다."

로자리아가 싱긋 웃으며 말하자 클라인이 고개를 주억거렸다. 그 한심한 작태에 유리가 헛웃음을 지었다.

"아, 여긴 정령술사라오."

클라인은 유리에게 조금의 시선도 주지 않으며–성녀에게 휘둘리지 말라는 공작의 조언 때문이었다–적발의 사내를 가리켰다. 어떻게 정령술사와 같은 공간에 있을 수 있느냐며 난리 치던 전과는 사뭇 다른 반응이었다.

발루아 데모나. 위험을 감수하면서까지 이스타샤 황성에 온 정령술사.

로자리아는 가라앉은 시선으로 발루아를 응시했다.

“처음 뵙겠습니다, 공작 부인.”

“정령술사를 보는 건 처음이군요.”

굳이 밝히지 않는 걸 보면 이유가 있는 건가. 로자리아도 그에 따라 모르는 척 대답했다.

“로브를 벗어도 되겠습니까?”

발루아는 클라인에게 물었다. 정령술사로서 죄인처럼 로브를 쓸 이유가 이제는 없어졌기 때문이다.

“그, 그래야지! 이스타샤를 도우러 온 건데 갑갑하게 로브를 쓰면 되나.”

“감사합니다, 폐하.”

“대가 없이 이스타샤를 돕는 건 아닐 테고, 혹여 원하는 게 있느냐?”

“저는 금전도, 명예도, 권력도 바라지 않습니다.”

클라인이 미간을 찌푸렸다. 요구를 들어주지 않으면 비를 내려 주지 않겠다고 이미 들었건만!

“원하는 게 무엇이든 들어주겠다 하지 않았느냐. 솔직하게 말해보거라.”

“여전히 이스타샤의 사람들은 정령술사를 두려워합니다만, 앞으론 그럴 이유가 없을 거라 믿어도 되겠습니까?”

“뭐?”

클라인이 멍청한 얼굴로 되물었다. 발루아는 입꼬리를 슬쩍 내리고는 말했다.

“제가 이스타샤 전역에 비를 내렸다는 것을 황명으로 공표해 주시기만 하면 됩니다."

"이야기가 조금 다르지 않나?"

발루아는 클라인의 말에 대답하는 대신 자신의 요구 조건을 밝혔다. 제안을 받아들이는 건 황가의 선택이었고, 거부한다면 그로서도 비를 내릴 이유가 없었다.

"원하든 원하지 않든 정령술사로 태어난 이들은 이스타샤의 핍박에 죽기 직전까지 숨어 살아야 했습니다."

"핍, 핍박이라니……."

"핍박입니다. 제아무리 여신의 뜻이라곤 하나, 살아 있는 생명을 거둘 명분이 어디 있겠습니까."

자신의 과오로 아니타와의 전쟁에서 이기지 못했다. 정령술로, 그리고 검으로 승리를 거두는 것이 전부라 여겼으나 한계가 존재했다. 발루아는 정령술사로 태어났다는 이유로 마녀사냥을 당해야 하는 현실에 반기를 들었다.

"이스타샤 전역에 있는 정령술사에 대한 금제를 풀어주십시오."

정령술사를 본 제국민은 어떠한 경우를 막론하고 신전에 신고해야 했다. 혹여 정령술사를 보고도 살려 주거나 그와 내통한다면 일가가 몰살당했다. 천 년간 행해졌던 마녀사냥은 지켜야 할 관습이 되었고, 어느덧 여신의 이름으로 행하는 정의가 되었다. 로자리아의 심장이 낮게 요동쳤다. 정령술사로 살 수 있기를 그토록 바랐지만, 시작도 하지 못했던 일이었다.

"……이건 내가 결정할 게 아니라 성녀님의 의견을 물어야 하지 않겠소?"

"좋아요, 받아들이도록 하죠. 최초의 성녀, 아니타께서 한 율법을 지우겠어요."

유리는 발루아의 제안을 받아들였다. 이번에야말로 비를 내리지 못하면 대신전부터 무너질 것이 자명했다. 그러니 지금으로선 발루아가 내건 조건을 받아들이는 수밖에 없었다. 이미 정령술사는 오백 년 전에 몰살당했으며 서대륙을 감싸는 마나는 아니타의 성력이었다. 핏줄을 멸하고 대를 끊었으니 둘을 제외한 정령술사는 나타나지 않을 것이다. 금제를 풀어도 제까짓 것들이 뭘 할 수 있겠나. 유리는 로자리아를 보며 조소했다.

"흠. 이건 바르세데스 공과 의논해 보고 결정하겠소."

클라인은 결정을 유보했다. 그는 자못 심각한 얼굴로 어디서부터 가뭄을 해결해야 할지 의견을 구했다.

"가뭄이 극심한 남부부터 해결하도록 하죠."

이스타샤의 지도를 훑어보던 로자리아는 정확히 남부를 짚었다. 바르세데스의 영지이자 공작저가 있는 무나크였다.

라쉬드는 수도의 외곽에 위치한 허름한 여관을 찾았다. 밑판이 닳은 간판 아래로 칠이 벗겨진 녹색 문이 삐걱거렸다. 그는 필립과 함께 낡고 작은 여관 안으로 들어섰다. 얼굴을 흑색 가면으로 가린 데다가 검은 로브까지 쓴 사내 두 명의 등장에 여관 주인이 움찔했다. 툭 던져진 금화에 주인은 못 본 척 고개를 돌렸다. 자다 일어나 끌려온 필립이 울듯한 얼굴로 하소연했다.

"공작님, 저 진짜 그만두고 싶습니다."

"아직까지 살아 있는 걸 보면 클라인이 마음에 들어 한 것 같던데."

"하아, 공작님껜 꼼짝도 못 하지만 폐하께서 저를 세 치 혀라고 부르면서 수틀리면 죽이겠다 하는데……."

"마음에 들었으니 변덕 심한 형님께서 살려 둔 거겠지."

"게다가 폐하께서 제가 고용한 암살자가 공작님인 걸 알게 되는 날에는 제 목이 잘려 굴러다니겠죠."

"내 목이 먼저 잘리지 않는 한 들킬 일은 없어."

라쉬드는 격려 아닌 격려를 하며 지하 2층으로 내려갔다. 클라인이 은밀히 뜻을 전하던 바렛사의 간자를 만나기 위함이었다.

"저는 칼부림이 싫습니다, 공작님."

라쉬드는 한 귀로 듣고 흘리며 낡은 방의 문을 열었다. 그곳에는 사람이 들어오는 줄도 모르고 필사에 열중인 사내가 있었다. 인기척을 지운 라쉬드가 사내에게 거침없이 다가갔다. 뒤늦게서야 등 뒤에 느껴지는 기척에 바렛사의 전령은 터져 나가려는 비명을 삼켰다.

"……누, 누구냐!"

"쉿, 조용히 해야지."

라쉬드는 사내의 머리채를 우악스럽게 쥐고는 땀이 흘러내리는 목에 검을 대었다. 필립은 가면을 쓴 채로 그 모습을 지켜보았다. 머리만 굴려 대던 종자라 끼어들지 않는 게 오히려 도움되는 편이었다.

"세 치 혀로 황제에게서 정보를 빼낸 간자의 목을 베러 왔지."

전령이 무기를 들려고 했으나 라쉬드의 검이 더 빨랐다.

"아아악!"

조금 전까지 필사를 위해 움직이던 오른쪽 손목이 잘려 나갔다. 전령은 끔찍한 고통에도 이를 악물며 비명을 삼켰다. 라쉬드는 발을 들어 사내의 복부를 내려쳤다. 왈칵 붉은 핏덩이가 흘러나와도 전령을 보는 공작의 시선은 무감각했다.

"어디까지 알고 있지?"

"무, 무엇을 말이냐!"

"바르세데스의 군사 기밀. 어디까지 알고 있나."

"내가 말할 것 같으냐? 차라리 죽여라!"

크큭 비웃는 듯한 조소에 라쉬드는 피식 웃었다. 어차피 죽일 것을 알고 저리 나오는 거겠지.

"바르세데스의 군 기밀을 필사했군."

전령의 손이 잘게 떨렸다. 제 잘린 손목은 버려둔 채 어떻게든 필사한 기록을 가져가려고 후들거리는 손을 내뻗었다.

라쉬드는 허리를 굽혀 기록을 확인했다. 전부 오래전 것이었다. 그가 케딜락성의 군주가 되기 이전의 기록들. 예상했던 대로 군 개편을 한 이후의 기록이 아니었다. 그는 방심한 척 서류를 내려다보았다. 바렛사의 전령이 도망갈 틈을 내어주기 위해서였다.

그때, 쥐 죽은 듯 숨만 내쉬던 전령이 검을 휘둘러 공작의 등에 단검을 찔러 넣었다. 멀리서 이를 지켜보던 필립의 눈이 커졌다.

허억허억. 금방이라도 숨이 끊길 듯한 전령이 절뚝이며 필사한 기록을 품에 갈무리했다. 그러고는 여관에서 도망쳤다.

"공작님?"

구석에 숨어 있던 필립이 라쉬드를 보며 기겁했다. 정말로 등에 칼을 맞아 쓰러진 건지, 그런 척했던 건지 구분이 가지 않았다. 전자라면 공작의 죽음과 함께 제 목숨도…….

"흐윽, 흑. 공작님. 여기서 죽으시면 어떡하십니까?"

"……."

"전 공작님을 보필하느라 여우 같은 마누라에 토끼 같은 자식도 없는데, 갈 땐 가시더라도 저 결혼 지참금은 주시고 가셔야죠."

필립은 정말로 죽었나 싶어 나뭇가지를 주워 등을 쿡쿡 찔렀다. 허억, 이 피 좀 봐. 이스타샤는 가뭄인데 공작님 등에선 피로 홍수가 났네.

"아이고, 아이고. 우리 공작님, 토끼 같은 공작 부인 두고 먼저 세상을 뜨셨네."

"시끄러워."

바닥에 쓰러진 라쉬드가 실눈을 뜨며 읊조렸다. 검을 쓸 줄 모르는 전령이라 들었건만, 기본적인 훈련은 받은 것인지 급소를 아슬아슬하게 스쳐 지나갔다.

"……윽."

단말마를 삼킨 라쉬드는 필립에게 시켜 검을 뽑게 했다. 고통스러울 만도 한데, 신음 하나 내뱉지 않는 걸 보면 역시 독하기로 유명한 바르세데스 공작다웠다.

"역시 독을 묻혀 놨어."

"그런데 잘도 살아 계시네요. 공작님은 목숨이 여러 개라도 된답니까?"

라쉬드를 도와주던 필립이 상처를 보곤 눈을 찡그렸다. 그는 주인의 목숨이 길어야 부관의 명줄도 길다고 투덜거렸다. 라쉬드는 바닥에 점철된 피로 원형의 진을 그렸다. 새하얀 빛과 함께 상처에서 쉴 새 없이 흐르던 피가 멎었다. 비록 땀과 피에 젖어 몰골은 엉망이었으나 그런대로 버틸 만했다. 세 치 혀를 휘두른 대가로 정말로 사달이 날 것 같아 필립은 재빨리 화두를 바꾸었다.

"기밀을 빼내려다가 이미 들켰는데도 그걸 들고 간다니, 참."

"목숨 걸고 얻은 기밀인데, 그걸 버려둘까. 제 공을 세우려고 안달 난 놈인데."

"바렛사에서도 고민이 크겠군요."

"그렇겠지."

라쉬드는 필립의 말에 고개를 끄덕였다. 바렛사의 입장에서 전령이 훔쳐 온 군 기밀을 쓰자니 이미 바르세데스가 기밀을 새어 나간 사실을 알고 있을 테고, 안 쓰기엔 이렇다 할 군사 정보가 없었다.

"어차피 빼돌린 기밀 자체는 군 개편 전의 것이지. 좋든 싫든 기밀을 토대로 군 전략을 세울 수밖에 없어."

"하긴 그것도 그렇군요. 이제 와서 군을 개편할 시간은 없을 테니까요."

클라인이 군 기밀을 알려 달라 조르길래 오래전의 것을 던져 주었다. 그리고 클라인은 겨우 얻은 기밀이라며 바렛사의 간자에게 넘겼다.

"전령이 가져간 기밀을 믿고 전략을 세우면 우리에게 유리할 테고, 믿지 않아도 시간은 끌 수 있을 거다."

검은 가면을 벗은 라쉬드는 뺨에 묻은 피를 손등으로 대강 훔쳤다. 여관 안의 상황을 정리하던 필립이 그에게 물었다.

"아, 참. 그건 어찌하실 생각이십니까? 대신전에서 정령술사를 쓰겠다는 거 말입니다. 다들 공작님의 결정을 기다리고 있던데요."

"천 년간 지속되었던 금제를 풀 생각이다. 더 이상 정령술사를 박해할 이유가 없어."

라쉬드는 그렇게 말하며 피를 닦은 뒤 얼굴에 가면을 덧씌웠다. 한 가지 흥미로운 건, 성녀가 먼저 동의했단 것이다. 필립은 라쉬드를 보며 눈을 깜빡였다. 원래도 속을 알 수 없는 공작님이었으나, 지금은 그 의도조차 짐작할 수 없었다.

19장 결탁

황성의 회의장에 무거운 침묵이 감돌았다.

"부인께선 남부 지역부터 가뭄을 해결하자는 것이오?"

"그렇습니다, 폐하."

클라인이 재차 물었지만 로자리아의 뜻은 확고했다. 이를 지켜보던 유리가 입을 열었다. 로자리아의 뜻대로 되게 할 순 없었다.

"어째서 수도가 아닌 남부부터 비를 내려야 한다는 거예요? 전 로자리아 님의 뜻이 이해가 가지 않아요. 남부가 가뭄이 심하긴 해도 인구가 많은 건 수도예요."

"비상시 용수가 있는 수도와 달리, 남부 지방에는 마실 물조차 없어요."

"발루아 님이 비를 내리더라도 한계가 있으니, 남부와 수도 중 한 곳은 포기해야 해요."

그러니 황성이 있는 수도를 택하겠단 소리였다. 유리는 로자리아를 보며 비식 웃었다. 수도를 제치고 남부의 식수를 해결하게 둘 리가 있나.

로자리아가 물었다.

"성녀께선 수도 외의 지역은 버리겠단 건가요?"

"발루아 님은 저희 대신전이 찾은 정령술사예요. 아쉽게도 남부 무나크는…… 자력으로 생존할 방법을 찾아야겠군요."

유리가 웃을 듯 말 듯한 입가를 가렸다. 클라인은 누구의 편을 들어줘야 하나 눈치 보기에 바빴다.

"이번만큼은 대신전의 뜻에 따르도록 하겠소."

클라인은 진땀을 흘리며 결정했다. 정령술사를 구한 건 대신전이었으니, 성녀의 편을 들어주지 않을 수가 없었다. 회의가 끝나고 로자리아는 자리에서 일어섰다. 문밖으로 나간 그녀는 갑갑한 기분을 풀고자 깊은숨을 들이쉬었다.

유리는 기사의 품에 안겨 떠났다. 성녀를 따라가려던 발루아가 별안간 로자리아 앞에서 걸음을 멈추었다. 그는 말없이 로자리아를 내려다보았다. 한동안 시선이 멎자 그녀도 고개를 들어 발루아를 바라보았다.

"이만 가 보겠습니다."

그 말이 전부였다. 먼저 몸을 돌린 그가 로자리아 곁을 스쳐 지나갔다.

서궁으로 돌아온 로자리아는 이스타샤의 지도를 꺼내 들었다. 손으로 지도를 짚던 그녀의 눈에 무나크령이 유독 선명하게 보였다.

'가뭄이 언제까지 계속될지, 또 발루아가 언제 비를 내릴 수 있을지 확신이 서지 않아.'

발루아가 설령 이스타샤 전역에 비를 내릴 수 있다 한들, 비를 내려달라는 요청에 따라줄지도 알 수 없다.

'어째서 유리의 편에 붙은 거지.'

바르세데스를 와해시키기 위해 유리를 도와주는 거라면……. 그로선 얻는 것보다 잃을 것이 많다는 생각이 들었다. 지도에서 손을 뗀 그녀는 어두워진 시선으로 지도에 표시된 무나크령을 내려다보았다.

발루아는 성녀와 함께 이스타샤의 수도를 찾았다. 비쩍 마른 땅에는 실금이 가 있었고, 무너져 가는 천막만이 그 자리를 대신했다. 대신전은 이틀 전, 비를 내리겠다고 공표했지만 제국민들은 비가 올 거라 기대하지 않았다. 한때 성녀를 반겼던 제국민들은 모두 문을 걸어 잠그고 집 밖으로 나가지 않았다.

발루아는 검은 로브를 더욱 깊게 쓰며 모래바람이 날리는 땅을 주시했다.

"당신의 능력은 의심할 여지가 없지만 그렇다고 수도에 비를 너무 많이 내리진 말아요."

"……수도의 가뭄을 해결하려던 게 아니었습니까?"

발루아는 눈을 가늘게 떴다. 유리는 당연한 걸 묻느냐는 얼굴로 입을 열었다.

"저들도 물이 부족해야 귀하다는 걸 알지 않겠어요?"

"어차피 제겐 상관없습니다."

발루아는 그렇게 말하며 손을 들어 올렸다. 곧 그는 눈을 감고 정령술을 읊었다. 나른한 노랫소리와 함께 맑았던 하늘에 어두운 그림자가 졌다. 갑작스러운 변화에 놀란 사제들이 고개를 들어 하늘을 올려다보았다.

"정령술사라도 별거 없었어."

한참을 기다려도 비는 내리지 않았다. 실망한 사제들이 돌아가려던 차였다. 그때, 물기를 품은 서늘한 바람이 불기 시작했다. 거리에 구경을 나온 아이가 손을 들어 올렸다.

투둑. 투두둑. 손안에 차가운 빗방울이 내려앉았다. 콰르릉, 천둥이 치는 소리와 함께 쏴아아 비가 내리기 시작했다. 어느새 시작된 빗물이 마른 땅을 적셨다.

"정말로 비가……."

"비야, 비가 내리고 있어!"

분명 비가 내리는 소리였다. 멍하니 고개를 쳐든 사제들이 차가운 빗물에 정신을 차렸다. 땅을 치닫는 빗소리에 닫혔던 창문이 열렸다. 문을 걸어 잠그던 사람들이 하나둘씩 나오기 시작했다. 하늘 위에서 쏟아지는 비를 보며 제국민들은 환호성을 내질렀다.

"정령술사가 비를 내렸다!"

대신전의 사제가 하얀 깃발을 높이 쳐들며 소리쳤다. 정말로 비가 내렸다. 제국민들의 시선이 한 사내에게 닿았다. 검은 로브를 쓴 적발의 사내가 거짓말처럼 비를 내리고 있었다.

서궁으로 돌아온 라쉬드는 전령을 불렀다. 전령에게서 남부의 상황을 보고받은 그는 무거운 침음을 삼켰다.

"무나크를 너무 오랫동안 비웠어."

비가 내린 지 일주일이 흘렀다. 그간의 많은 변화가 있었다. 건국초부터 지금까지 천 년간 계속되었던 정령술사에 대한 금제가 풀렸다. 대신전은 정령술사가 성녀의 명령으로 비를 내렸다고 공표했다. 이스타샤의 제국민들은 정령술사를 두려워하면서도, 정작 연이어 퍼붓는 비를 보면서 기쁨을 감추지 못했다.

수도에는 충분할 정도로 비가 내렸지만 남부 지방은 정반대였다. 가뭄이 시작되기 전부터 바르세데스에서 식수를 공급했지만 부족한 물을 나르는 것도 한계가 있었다.

가뭄은 또 다른 문제를 들고 왔다. 식량과 식수를 해결하지 못한 이들이 약탈을 일삼다가 병사를 죽이는 일이 허다했다. 한때, 공작령이었던 남부 무나크는 죽은 도시가 되었다. 여전히 사람들이 살고, 창을 든 경비병이 보였지만 인형처럼 표정이 없었다. 괴로움과 비명, 굶주림과 갈증만이 그득 들어찼다.

그때, 한 기사가 라쉬드를 찾아왔다. 성녀께서 의논할 일이 있다며 공작님을 뵙고 싶다고 아뢰었다. 잠시 고민하던 라쉬드는 성녀의 방문을 승낙했다. 그는 겉치레로 하는 인사 대신 본론을 물었다.

"무슨 일로 여기까지 오신 겁니까?"

안부를 전하려던 유리의 얼굴이 딱딱하게 굳었으나, 그것도 잠시였다. 그녀는 공작이 걱정된다는 듯 애처로운 눈길을 했다.

"발루아 님께선 당분간 비를 내리지 못하실 거예요."

"그건 이미 들어서 알고 있는 사실입니다."

그렇겠지. 이미 파악을 끝낸 건가? 속으로 중얼거린 유리가 라쉬드에게로 손을 뻗었다.

탁, 차갑게 쳐 낸 손길에 그녀의 눈이 크게 떠졌다.

"성녀님께선 무례하시군요. 제 몸에 손을 대는 것을 허락한 적 없습니다."

라쉬드는 자신의 뺨을 어루만지려는 손길을 내쳤다.

"제게 그 귀한 몸을 언제 허락해 주실 거예요?"

"대답할 가치가 없는 질문이로군요."

유리는 아쉬움을 억누르며 입을 열었다.

"공작님께서 제 뜻에 따라주신다면야, 가뭄이 문제겠어요?"

라쉬드는 눈을 가늘게 떴다. 예전부터 유리에게선 묘한 위화감이 느껴졌다. 어릴 적의 데레사와 지나치게 닮은 것도, 진득한 그림자가 엉겨 붙은 마나의 흐름도.
"무나크는 대신전의 도움을 받지 않을 겁니다."
"지금의 결정을 후회할 게 될 거예요."
라쉬드는 더 말할 것도 없다는 듯 몸을 일으켰다. 그러고는 유리를 서늘한 시선으로 내려다보았다. 공작의 시선이 무척 차갑게 느껴져 유리는 입술을 깨물었다.
'후회라.'
라쉬드는 자신을 바라보는 성녀에게서 시선을 거두었다.
"유리 성녀를 대신전으로 모셔라."
"공작님……?!"
유리가 믿을 수 없다는 듯 소리쳤다.
"앞으로 성녀를 서궁까지 모셔 올 필요는 없다."
라쉬드는 대기하고 있던 성기사에게 명령했다.

가뭄이 해결될 기미가 보이지 않자, 북부에 있던 라뮤엘이 급히 수도를 찾았다. 그는 이미 로자리아로부터 상황을 들은 직후였다.
로자리아는 위험을 감수하면서까지 무나크령을 돕고 싶다는 뜻을 그에게 전했다. 라뮤엘도 이미 알고 있었다. 정령술사인 그녀가 나선다면 남부의 가뭄은 해결될 것이다. 그러나 그녀가 감수해야 할 위험 부담이 컸다.
서궁의 응접실을 찾은 라뮤엘은 공작을 보곤 묵례했다. 소파에 몸을 기대던 라쉬드가 그를 보곤 말했다.
"서신을 보냈으면 될 것을 왜 굳이 여기까지 오겠다고 한 거지?"
"서신으론 결정할 수 없는 문제이기 때문입니다."

"이야기가 길어질 테니 일단 앉도록 해."

"감사합니다."

라뮤엘은 라쉬드의 맞은편에 자리에 앉았다. 한참을 뜸을 들이던 그가 화두를 던졌다.

"각하께선 제게 어째서 직접 온 건지 물으셨죠."

"그랬지. 그대가 서신으론 밝힐 수 없다고 여러 번 말했으니까."

"저도 쉽사리 결정할 수 없는 문제라, 공작님을 뵙고서 의논하고 싶었습니다."

라뮤엘은 말하기에 앞서 숨을 깊이 들이쉬었다. 그는 라쉬드의 시선을 받아 내며 입을 열었다.

"대신전이 정령술사를 불렀듯, 저희도 정령술사를 부르면 됩니다."

톡, 톡. 테이블을 두드리던 라쉬드의 손이 멎었다. 그도 정령술사가 한 명 더 있다는 걸 알고 있었다. 이미 생각은 해봤지만 위험부담이 큰 방법이었다.

"진심으로 말하는 건가? 바르세데스도 정령술사를 부르겠다고?"

"그것 말고는 달리 방법이 없으니까요."

'에르키사의 가주가 정령술사를 부르자고 할 줄이야.'

라쉬드는 계속 말해보라는 식으로 눈짓했다. 목소리를 낮춘 라뮤엘이 말했다.

"제가 알기론 발루아 말고도 다른 정령술사가 있습니다. 제가 그자를 알고 있습니다. 무나크에 비를 내려 달라고 제가 직접 부탁하면 들어줄 수도 있을 겁니다."

"어째서 그 정령술사가 올 거라 확신하는 거지?"

"금제도 풀렸을뿐더러, 제가 그분께 신뢰를 얻기 위해 노력을 했으니까요."

"신뢰?"

정령술사들은 경계가 심해 마음을 잘 놓지 않았다. 그것도 신성제국에서 비를 내려 달라 부탁한다는 건……. 정령술사를 오랫동안 탄압했던 신성가문의 가주의 청을 받아들일 리가 없다. 라쉬드는 그렇게 생각했다.

“어째서지? 라뮤엘, 그대는 아니타를 따르는 신성가문의 가주일 텐데.”

“제가 비아의 신자니까요.”

“비아?”

라쉬드의 표정이 한순간에 변했다. 날카로운 시선에도 라뮤엘은 빙그레 미소를 지을 뿐이었다. 일상적인 이야기를 하듯 평온한 어조였다.

“이를테면 사이비, 아니, 이교도라고 보시면 되겠군요.”

라뮤엘은 먼저 공작의 반응을 볼 생각이었다. 아끼던 가신이 비아의 신자라면 눈감아줄 것인지, 아니면 다르게 나올 것인지. 비아의 신자라 하여 아끼던 가신까지 눈감아줄 수 없다면, 위험을 감수하면서까지 로자리아가 무나크를 도울 순 없었다.

“금제는 풀렸으나 이스타샤의 황족께서 어찌 정령술사를 쉽게 받아들이겠습니까.”

라뮤엘은 소매 품에서 단검을 꺼내 협탁 위에 올려놓았다. 갑작스러운 행동에 라쉬드가 눈을 가늘게 떴다.

“금제가 풀리기 전이었다면 각하께서 제가 드린 검으로 저를 해하셔도 할 말이 없을 겁니다.”

“지금 나를 협박하는 건가?”

라쉬드가 어이없다는 듯 헛웃음을 터뜨렸다. 그러고는 라뮤엘이 보는 앞에서 휘익 단검을 저 멀리 내던졌다.

“계속 말해봐. 이젠 라뮤엘 너까지 왜 이러는지 궁금해지잖아.”

“전 처음부터 비아의 신자였습니다. 당신의 가신이 되기 전에도. 그리고 앞으로도 전 비아의 신자일 겁니다."

공작을 속였다는 사실은 부정할 수 없었다. 그렇지만 더 이상 숨길 수도 없는 노릇이었다.

"그 말은 바르세데스를 배신하겠다는 걸로 들리는데."

"전 영원히 바르세데스의 사람입니다. 바르세데스가 정령술사를 해하지만 않는다면."

늘 부드럽게 휘던 눈매가 날카로워졌다. 라쉬드는 무표정한 라뮤엘을 마주 보며 물었다.

"죽이지 않겠다면?"

오랫동안 함께했으나 라뮤엘의 이런 모습은 처음 보는 것이었다. 라쉬드의 눈에 이채가 서렸다. 비아를 따르리라곤 조금도 눈치채지 못했다. 정령술사와 그토록 가까운 사이란 것을, 그것도 자신을 만나기 오래전부터.

"저와 에르키사는 끝까지 바르세데스의 편입니다."

이교도들은 하나같이 맹목적이었다. 어차피 처음부터 여신을 믿지 않았으니, 라쉬드는 어찌 됐든 상관없다고 생각했다.

"라뮤엘, 그대와 약속하겠다. 그 어떤 일이 생겨도 정령술사를 해하지 않겠다고."

"저와의 약속을 지켜 주시리라 믿습니다. 바르세데스를 위해 제가 마지막 정령술사를 소개해 드리도록 하죠."

공작이 비아의 신자가 된다면 가장 좋은 방법이겠으나, 눈앞의 사내는 이스타샤의 공작이었다.

그날 밤, 소파에 몸을 묻던 라쉬드는 몸을 일으켰다. 그는 두 손을 깍지 낀 채로 무거운 한숨을 내쉬었다.

'정령술사.'

그때 보았던 정령술사를 만나게 된다. 아군인지 적인지 판단할 수 없었던 그자를.

'정말로 무나크를 도와줄 생각인가.'

달칵. 예민해진 귓가로 문이 열리는 소리가 들렸다. 자박자박, 안으로 들어서는 발걸음 소리가 선명하게 스쳤다.

"라뮤엘?"

"……."

그러나 대답은 들려오지 않았다. 그제야 고개를 든 라쉬드의 눈동자에 검을 찬 여인의 모습이 보였다.

"처음 뵙겠습니다, 공작 각하."

여인치고는 낮은 기묘한 울림이 담긴 목소리였다. 검은 가면을 쓴 여인이 제게로 다가왔다. 꿈인지 현실인지 확연했던 경계가 뭉그러졌다. 라쉬드는 숨 쉬는 것도 잊은 채 여인을 바라보았다.

"공작 각하께서 저를 찾으셨다고 들었습니다."

얼굴을 가린 정령술사, 그러나 분명 꿈속에서 보았던 백발의 여인이었다.

이 순간이 꿈이라고 생각했다. 라쉬드는 여인에게서 시선을 떼지 못했다. 그의 눈이 정령술사의 움직임을 좇았다. 걷는 것부터 사소한 버릇까지.

"라뮤엘로부터 이야기는 들었을 겁니다. 이만 자리에 앉으셔도 됩니다."

"불러 주셔서 감사합니다, 공작 각하."

로자리아는 조심스레 자리에 앉았다. 두근두근, 감추지 못한 심장 소리가 들릴까 조마조마했다. 가면 아래, 그녀의 눈꺼풀이 파르르 떨렸다.

라쉬드는 긴장을 늦추기 위해 차를 마셨다. 성기사 무리에 구금당한 바르세데스의 기사를 구해 줬었고, 발루아의 탈출을 돕기도 했었지. 정령술사가 무슨 생각으로 여길 왔는지 짐작하기 어려웠다.

라쉬드가 말했다.

"여기 올 거라 생각하지 못했습니다."

"쉬운 결정은 아니었습니다만, 이스타샤를 도울 수 있다기에……."

라쉬드는 문득 그녀의 검은 가면을 벗기고 싶단 충동이 들었다. 그녀가 자신이 아는 사람일지도 모른다는 생각을 겨우 억눌렀다. 라쉬드는 손이 뻗쳐 나갈까 다른 손으로 힘을 주어 붙잡았다. 라뮤엘이 했던 말이 그의 뇌리에서 떠나가지 않았다.

"대가는 바라지 않을 겁니다. 다만, 가면을 벗기거나 정체가 발각되는 행동을 해서는 안 됩니다."

여인의 목소리에 라쉬드는 상념에서 깨어났다.

"이제 남부 지역의 일을 의논하고 싶은데, 얘기를 꺼내도 되겠습니까?"

라쉬드는 고개를 끄덕였다. 복잡한 속을 내리누르며 그는 지도를 내려다보았다.

"이미 수도 내에 충분한 식수가 확보되었으니, 저는 무나크령을 포함한 남부 일대에 비를 내리겠습니다."

"그게 가능한 겁니까?"

"쉬운 건 아니지만 해볼 만한 일입니다."

'발루아라는 정령술사만큼이나 강하군.'

정령술사의 확답에 라쉬드는 생각에 잠겼다. 그는 무언가를 캐낼 것 같은 시선으로 여인을 주시했다.

"저를 믿어주신다면 무나크령의 가뭄을 해결하겠습니다."

"좋습니다. 비를 내려 준다면 원하는 게 무엇이든 지불할 것입니다."

정령술사가 뭘 원하느냐에 따라 정체를 간파할 수 있지 않겠는가. 그러니 비를 내린 후에 정체를 파악해도 늦지 않았다.

"감사합니다, 각하. 그때가 되면 원하는 것을 말씀드리겠습니다. 전 먼저 무나크로 가 있겠습니다."

문밖으로 나온 로자리아는 바삐 걸음을 옮겼다. 얼굴에 덧씌운 검은 가면도, 발목을 무겁게 죄던 무거운 모래주머니도 마음의 무게만큼은 못했다. 숲으로 빠져나오면서 정령술을 풀자 머리색이 원래대로 되돌아왔다. 성 밖으로 나선 그녀는 옷을 갈아입고 상단을 찾았다. 놀란 듯 일어선 에단과 케이를 지나쳐 장부를 확인했다.

"식수 확보는 어떻게 되었죠?"

"수도에 비가 내린 덕에 사들인 것이 제법 됩니다."

"남부 지역에 풀도록 해요."

"대가 없이 풀면 의심할 겁니다."

"그럼 시세보다 싸게 팔도록 해요."

로자리아는 에단과 케이에게 최대한 빠른 시일 내에 남부 지역에 식수를 제공하라고 일렀다.

❖

비가 내려서인지 며칠 만에 찾은 수도는 달라져 있었다. 서궁으로 돌아온 로자리아는 침실을 찾았다. 늦은 시간까지 처리할 일이 있는 것인지, 라쉬드는 집무실에서 돌아오지 않았다. 씻고 나온 그녀는 테라스로 발을 내디뎠다. 창밖으로부터 무더운 열기를 식혀 주는 바람이 불어왔다.

"이스타샤를 위해 정령술사의 힘을 쓰지 않으셨으면 합니다."

문득 그 순간, 지오의 말이 생각났다.

'라뮤엘이 도와주고 있으니 들킬 일은 없겠지만. 만약에 들킨다면 당신은 나를 미워할까.'

만약, 정말로 만약 그가 자신을 미워하게 된다면 어떻게 해야 하나. 그녀는 괜스레 머리칼을 헝클어뜨렸다. 미지근한 바람을 쐬자 복잡한 속이 한결 가셨다.

로자리아는 무나크로 떠나는 말에 올라탔다. 선두에 있던 라쉬드는 센에게 보고를 받던 중이었다. 라쉬드는 센이 말릴 새도 없이 말머리를 돌렸다. 그러고는 로자리아에게 다가가 제 아내를 반겼다.

"로즈!"

"……공작님?"

혼자 남게 된 센이 수차례 자신의 눈을 의심했다. 부인이 오기도 전에 먼저 달려 나간 것이다.

'꼬리라도 달리신 건가?'

그렇게 안 보였는데. 센은 좋아해야 할지 슬퍼해야 할지 감이 잡히지 않았다.

'내가 전쟁이 터지기도 전에 죽을 때가 된 건가.'

공작님께선 모르시겠지만 부인을 보는 눈빛이 달라져 있었다. 그전에는 얼핏 무심한 면도 있었는데, 지금은 한없이 다정해 보였다.

"보고를 받던 게 아니었어요? 라쉬드가 바쁜 것 같아서 따로 왔는데, 그럴 필요가 없었네요."

"바쁘지 않아."

라쉬드는 로자리아를 보며 웃음을 감추지 못했다. 웃긴 이야기를 한 것도 아니었는데, 자신도 모르게 입매가 부드럽게 올라갔다.

"라쉬드? 좋은 일 있었어요?"

"아니, 그냥 당신을 보니 갑자기 웃음이 나왔어."

라쉬드는 말을 재촉해 로자리아에게 가까이 다가갔다. 손을 뻗어 바람에 살짝 흐트러진 그녀의 머리칼을 정리해 주었다.

"당신을 보면 웃음이 나와."

무슨 의미일까. 로자리아가 눈을 깜빡였다. 그녀는 알려 달라는 듯 라쉬드를 재촉했지만, 그는 어물쩍 대답을 피할 뿐이었다. 보고가 급했던 센이 공작을 찾았다. 방해하고 싶지 않았지만, 보고를 늦출 순 없는 노릇이 아닌가.

"공작 각하, 이제 출발하셔야 합니다. 죄송합니다, 마님."

"괜찮아요. 내가 도리어 눈치 없이 공작님을 붙잡았나 봐요."

센이 그게 무슨 소리냐는 듯 두 손을 휘저었다. 농담인데 얼어붙은 기사가 제법 귀여워 그녀는 가벼운 웃음을 터뜨렸다.

"아, 무나크로 가시면 정령술사를 보시게 될 겁니다."

"알려 줘서 고마워요, 센."

하마터면 말을 탄 상태에서 사레가 들릴 뻔했다. 로자리아는 겨우 말고삐를 잡아 몸을 지탱했다.

"센, 쓸데없는 말로 놀라게 할 것 없다."

"죄송합니다, 각하."

라쉬드는 언제 웃었냐는 듯, 무표정한 얼굴로 센을 혼냈다.

"이만 가 볼게, 로즈"

라쉬드는 아쉬움을 감추고는 말머리를 돌렸다.

바르세데스 일행은 무나크에 있는 공작저에 도착했다. 충분한 식량과 식수를 구비했던 공작저는 예전과 별다름이 없었다.

'사람이 바뀐 건가?'

일하던 시종이 변한 것 같았지만, 머무는 시간이 짧았던 탓이라 여겼다. 로자리아는 시녀의 도움을 받아 침실로 향했다. 오랜 여정으로 흙먼지로 뒤덮인 몸을 씻어 냈다. 따뜻한 물에 몸을 담그는 게 언제였는지 까마득했다.

'내일이면 무나크 일대에 비를 내려야 할 거야.'

로자리아는 두 손으로 재스민 향이 나는 물을 모았다. 찰랑, 손에 담긴 물에서 긴장을 풀어주는 향이 퍼졌다.

'정령술사로서 그의 앞에 나서야 해.'

로자리아는 무릎을 끌어안은 채 고개를 묻었다. 미지근한 물의 감촉에 여러 가지 생각이 들었다. 가뭄이 들면 식수도 구비하지 못한다. 하지만 자신은 이스타샤의 황족이었다. 그러니 가뭄과 상관없이 이렇게 따뜻한 물에 씻는 것도 가능했다.

예전부터 어렴풋이 느꼈던 무게가 확연히 자리 잡았다. 라쉬드의 어깨가 무겁게 보였던 이유도 지금에서야 알 것 같았다. 물을 내려다보던 로자리아는 몸을 일으켰다. 찰랑, 새하얀 살결을 타고 흐르는 물이 바닥으로 맺혔다.

날이 밝았다. 이른 아침부터 준비를 마친 로자리아는 라쉬드와 함께 아침을 먹었다. 그날은 별다를 것 없는 하루였다. 정령술사를 불러 비를 내릴 테니 그동안은 성에서 지내 달란 이야기였다. 수도에서 무나크까지 오는 동안 알게 모르게 남편의 행동은 다정했다. 땀에 젖으면 어디서 구했는지 모를 얼음물을 갖다 주었고, 보드라운 손수건도 건네주었다.

밤이 급격히 온도가 떨어지면 미리 구한 양모로 만든 로브를 주었다. 여행 중이라 씻지 못해 흙먼지가 달라붙은 모습에도 시선을 떼지 못했다. 시종이 준비해 둔 물로 씻고 나오면 나올 때까지 근처에서 기다렸다가 함께 막사로 가곤 했다. 그래서 그가 더 좋아졌다. 예전에는 감정을 들키지 않으려 조심했는데, 지금은 저도 모르게 남편이 보고 싶었고, 그가 없으면 그러려니 했던 예전과 다르게 찾게 되었다.

일주일 사이의 변화였다. 그 미묘한 변화에 로자리아는 자신의 가슴 부근을 어루만졌다. 달콤하면서도 씁싸름한, 행복하면서도 문득 불안해지는 이유 모를 감정들이 불쑥 머리를 들곤 했다.

"……로즈? 내 말 듣고 있어?"

"아, 잠시 생각 좀 하느라."

"날 두고 무슨 생각을 했어?"

정말로 궁금해서 물은 거였다. 그런데 반응이 이상했다. 차분한 얼굴로, 혹은 태연하게 대답할 부인에게서 한동안 말이 없었다. 로자리아는 달아오른 뺨을 들킬까 손으로 얼굴을 가렸다. 고개를 푹 숙인 로자리아는 애꿎은 스테이크를 콕콕 찔렀다.

"스테이크가 연해서 맛있어요."

"나도 똑같은 생각을 했어."

라쉬드는 묘한 기분을 느끼며 중얼거렸다. 고기가 입으로 들어가는지 코로 들어가는지 알 게 뭔가. 라쉬드는 스테이크를 썰던 것을 그만두었다. 그는 턱을 괴곤 제 부인을 빤히 바라보았다.

"혹시 염색한 적 있어?"

갑작스러운 질문에 로자리아는 먹던 것을 뱉을 뻔했다. 목이 메어 물을 벌컥벌컥 마신 그녀가 고개를 저었다.

"아니면 말고."

라쉬드가 별거 아니란 어조로 얼버무렸다. 저택 안이 더운 것도 아닌데, 어찌나 긴장했던지 땀이 날 정도였다. 주인의 의사를 배반한 심장이 쿵쾅쿵쾅 제멋대로 요동쳤다. 라쉬드는 손까지 떠는 로자리아를 보다가 말했다.

"무나크에 비를 내리게 되면 남부도 안정될 거야."

"그랬으면 좋겠어요."

"하루 정도는 같이 시간을 보내도 괜찮겠지."

"누구와요?"

"나와 단둘이 시간을 보낼 사람이 누구겠어."

아마, 나인 것 같은데. 로자리아는 누군지 알겠다는 듯 고개를 끄덕였다. 그녀의 뺨이 복숭아처럼 발그레해졌다.

"누군진 몰라도 좋아할 거라 생각해요."

"아아, 나도 센이 좋아할 거라 생각해."

로자리아가 쥐던 포크가 힘없이 바닥으로 툭 떨어졌다. 멀리서 이를 지켜보던 시종이 달려와 새 포크를 건네자 그녀는 떨리는 손으로 받아 들었다.

"간혹 둘이서 시간을 보내곤 했으니까."

라쉬드가 담담한 목소리로 읊으며 차를 들었다. 향긋한 백차를 마시며 그는 흘끗 곁눈질로 로자리아를 살폈다.

"센 경과 함께 시간을 보내는 데 제가 방해할 수야 없죠."

로자리아는 입술 끝을 간신히 끌어 올렸다.

"저도 하루쯤은 저를 위한 시간을 보낼까 해요."

"어떻게?"

"윈드 경과 티타임을 가지려구요. 여름엔 어떤 차가 좋으려나."

"그러도록 해. 부인께서도 그간 고생이 컸으니 하루는 푹 쉬어야지."

라쉬드는 말리지 않았다. 오히려 독려하는 태도에 로자리아의 표정이 설핏 굳었다. 그녀의 반응을 살피던 그가 별거 아니란 얼굴로 말했다.

"난 센 경과 단둘이 검을 보러 다닐까 해."

입가를 슬쩍 올리며 미소 짓는 것도 잊지 않았다.

'나도 검 좋아하는데.'

왜 저렇게 얄밉지? 로자리아는 살짝 굳어진 얼굴로 차를 마셨다. 뜨거운 차를 홧김에 마시다가 입천장을 데었다. 무심결에 정면을 본 그녀는 눈을 깜빡였다. 분명 맞은편에서 같이 식사를 하고 있었는데, 이미 빈자리였다.

'뭐야, 언제 움직인 거지?'

로자리아는 뜨거운 물에 데었단 사실보다 바로 곁에 있는 사내 때문에 더 놀랄 뻔했다. 시종이 재빨리 약을 들고 왔지만 라쉬드는 제지했다. 의아한 시종을 물리는 것도 잊지 않았다.

'따가워.'

덴 입안이 화끈거렸다. 입천장이 부은 것 같은 불편한 느낌에 로자리아는 눈을 찌푸렸다. 그러다 그녀를 걱정스레 보는 시선에 이까짓 상처는 아무렇지 않다는 얼굴을 했다.

"이 정도는 괜찮아요."

"성력으로 치료하면 돼."

그가 허리를 숙이며 턱을 부드럽게 그러쥐었다. 그녀가 대답하기도 전에 라쉬드의 차가운 입술이 그녀의 입술을 삼켰다.

로자리아는 눈을 감으며 라쉬드의 키스를 받아들였다. 그의 옷자락을 쥔 손에 힘이 풀렸다.

"조금 있으면 정령술사를 봐야 할 거야."

라쉬드는 제 품에 기댄 그녀의 머리칼을 부드럽게 쓸어 넘겼다. 고개를 든 로자리아는 그를 물끄러미 보았다. 그와 이대로 계속 있고 싶었다.

"로즈, 메마른 강에 비가 내리면 성 밖에서도 보일 거야. 금방 갔다 올게."

"조심히 갔다 와요."

로자리아는 고개를 끄덕였다. 아내를 놓아주려던 라쉬드의 손이 허공에서 멎었다. 장미를 보던 그의 눈동자가 가늘어졌다.

'장미라…….'

상아색 머리칼에 하얀 장미가 있었다. 언뜻 보면 금빛으로 보이는 장미는 케딜락성에선 보지 못했던 장식이었다.

'언제였었지? 성녀의 즉위식 이후였던가.'

수도에서 무나크로 오기까지 일주일이란 시일이 걸렸다. 이미 꺾인 생화가 시들지 않아 예전부터 줄곧 수상했었다.

'성력으로 꽃의 생명을 연장할 수 있다 쳐도…….'

라쉬드가 물었다.

"못 보던 장식인데, 무나크로 오기 전부터 매일 하는 걸 보면 마음에 드나 봐."

"아……."

어쩐지 로자리아의 반응이 이상했다. 평범한 생화는 아닐 테니 시녀가 준비해 둘 리는 없을 테고.

"다른 사람에게 선물 받은 건가?"

라쉬드는 잠긴 목소리로 물었다. 그러고는 찬찬히 그녀의 반응을 살폈다.

"……이건."

로자리아는 말을 잇지 못했다. 그녀는 잠시 망설이다가 말했다.

"성녀의 즉위식 때, 지오 공이 제게 준 거예요."

"지오반니가?"

이제는 에르테반의 가주가 된 사내가 어찌하여 제 아내에게 선물을 준단 말인가.

"지오 공이 라뮤엘 경이 준비한 선물을 전달해 준 거라……."

그 말이 더 의심스러웠다. 케딜락성에 있는 라뮤엘이 지오에게 부탁해 선물을 전해 준다고? 숨기려던 게 아니었다는 말이 들렸지만 라쉬드는 받아들이지 않았다.

"예전에 지오 공을 치료해 준 것이 고마웠던지, 성녀의 즉위식 때 받았어요."

"생화인데 시들지 않는 걸 보면 평범한 장식은 아닐 테고, 뭘 한 거지?"

"……그건 나도 모르겠어요."

얼핏 손에 닿았을 때 성력과 다른 기운이 느껴졌다.

'성력과는 다른 마나의 흐름.'

라쉬드의 시선이 줄곧 로자리아의 머리칼을 향했다. 마나의 정체를 알 수 없다는 게 기묘했다. 하얗게 핀 장미를 어루만지자 낯설면서도 기묘한 감각이 그의 손끝을 스쳤다. 그의 손에 하얀 장미가 잡혔다. 아내의 몸에서 감도는 향기가 장미 안에 서려 있었다. 장미에게서 시선을 뗀 라쉬드의 시선이 그녀에게 닿았다.

그 순간, 그의 눈이 크게 떠졌다. 제 눈이 잘못된 게 아니라면 로자리아의 모습이 평소와 다르게 보였다. 조명 때문인지 그녀의 머리칼이 평소보다 더 밝게 보였다. 마치 백금이 섞인 듯한…….

착각인가. 그렇게 생각하던 라쉬드가 말했다.

"시간이 늦었군. 로즈, 이제 가 봐야겠어."

아직 시간이 조금 남아 있었지만, 라쉬드는 일부러 급한 것처럼 행동했다. 그는 로자리아에게 장미를 돌려주었다. 조심스레 장미를 받아 든 그녀를 보던 그의 눈매가 좁혀졌다.

"위험하니까 성안에 있어."

"그럴게요. 라쉬드는 이제 가는 거예요?"

"그래. 곧 정령술사를 봐야 할 테니."

로자리아를 다시 한번 끌어안은 그는 몸을 돌렸다. 라쉬드이 향한 곳은 성 밖이 아닌 바르세데스의 기사단이 있는 별관이었다.

"센 아미르."

성의 군수물자를 점검하던 센은 하마터면 비명을 지를 뻔했다. 전언도 없이 불쑥 나타난 공작 때문이었다.

'무슨 일이 생긴 건가?'

센은 답지 않은 공작의 행동에 의아해하며 물었다.

"각하……! 미리 언질을 주셨으면 제가 찾아뵈었을 텐데, 여기까지 어쩐 일이십니까?"

"네게 시킬 일이 있다."

어떤 일이 닥쳐도 늘 평정을 유지했던 공작님이 오늘따라 더욱 심란해 보였다. 무슨 명령을 내리나 싶어 센의 얼굴에 긴장한 기색이 역력했다.

"내가 성을 비운 사이, 부인을 지켜보도록. 평소와 다른 움직임이 있다면 매를 시켜서 전령을 보내도 좋다."

명령을 내리는 공작의 목소리가 낮아졌다.

로자리아는 성 밖에서 라쉬드를 기다렸다. 색이 빠진 백발에 검은 가면을 쓴 그녀를 모두가 기피했다.

'역시 정령술사는 무서운 걸까.'

사람들이 은근슬쩍 저를 피해도 우울한 감정은 들지 않았다. 예전처럼 돌을 던지거나 증오에 섞인 목소리로 소리치지 않아서 그걸로 족했다. 이윽고 성 밖으로 나오는 라쉬드의 모습이 보였다. 그녀는 가슴에 손을 얹고 공작에게 묵례했다.

"기다리게 했군요."

"괜찮습니다, 공작 각하."

늘 이름으로만 부르다가 딱딱하게 부르자니 어색했다. 곁눈질로 힐끔 그를 살피던 로자리아는 가면을 고쳐 썼다. 성으로부터 베헤누스강까지는 걸어갈 수 없는 거리였다. 말을 탈 수 없다고 알렸기에 마차가 준비되어 있었고 그녀 홀로 마차에 탔다.

달그락, 마차의 쳇바퀴가 마른 땅에 긴 흔적을 남겼다. 마차 안 의자에 기대던 로자리아는 얇은 커튼을 쳐 냈다. 햇살이 창틈으로 들어와 눈이 부셨다.

"도착했습니다."

해가 질 때가 되어서야 마차는 베헤누스강에 도착했다. 마부가 알리자 로자리아는 마차 밖으로 나섰다. 그녀의 시야에 성 하나 크기만 한 거대한 강이 펼쳐졌다.

처음 보게 된 베헤누스의 광경에 저도 모르게 탄성이 나왔다. 물을 부리는 인어가 살고 있다는 소문이 돌 정도로 강물이 마르지 않던 강이었다. 깎아지른 바위가 듬성듬성 나 있었고, 물줄기의 흔적이 메마른 땅에 그림처럼 새겨졌다.

이윽고 마부가 돌아가자 로자리아는 라쉬드와 단둘이 남게 되었다.

"강의 상류까지는 걸어가야 합니다. 길이 가파르니 조심하십시오."

로자리아는 고개를 끄덕였다. 그녀는 어렵지 않게 가파른 길을 헤쳐

올라갔다. 먼저 가는 로자리아를 본 라쉬드의 눈에 이채가 서렸다. 훈련받은 기사도 힘들어하던 비탈길을 사뿐사뿐 걸어가지 않나, 오히려 그에게 휴식이 필요하지 않느냐고 물어 오질 않나. 미세한 호흡조차 흐트러짐이 없었다. 라쉬드는 처음 가 보는 길을 앞장서는 정령술사의 뒤를 따랐다.

"여기가 강의 상류인가 봐요."

차가운 강의 바람이 땀에 젖은 뺨을 식혀 주었다. 그 덕분에 딱딱했던 말투가 조금이나마 풀어졌다.

"저보다 잘 아시는군요. 혹여 베헤누스에 와 본 적이 있으십니까?"

"처음이에요. 무나크도 처음."

로자리아는 '처음'을 강조하며 대답했다. 그녀는 고개를 들어 청명한 하늘을 보며 말을 이었다.

"정령술사는 대개 지리에 밝아요. 이상한 소리로 들릴진 모르겠지만, 바람이 길을 안내해 주곤 하거든요."

"이상하진 않습니다. 자연에 친숙하고 정령을 부리는 이들이라고 알고 있으니까요."

라쉬드의 말에 그녀는 몸을 돌렸다. 그를 쳐다만 봐도 심장이 쿵쾅거려서 로자리아는 라쉬드가 있는 쪽을 쳐다볼 수 없었다.

'어쩐지 정령술사를 이해하는 것처럼 들려.'

착각일지도 몰랐다. 비만 내리고 벗어나려던 그녀의 생각이 조금씩 흔들렸다.

"각하께선 정령술사를 싫어하시지 않았나요?"

질문을 하면서도 이상하게 들리지 않을까 걱정이 들었다. 하지만 어째서 그렇게 생각하는지 묻고 싶었다.

'정령술사를 어떻게 생각하는지 한 번도 들은 적이 없어.'

묻지 않았으니까. 아니, 물을 수가 없었다. 그의 대답이 들리기 전까지 로자리아는 숨을 죽였다.

"제가 정령술사를 싫어한다고 생각하십니까?"

돌아온 대답은 뜻밖의 것이었다. 이스타샤의 황족인 그가 정령술사를 증오한다 해도 이상하지 않은 일이었다.

"정령술사를 싫어하실 거라 생각했습니다."

"가뭄이 든 무나크를 위해 비를 내리러 온 그대를?"

로자리아의 눈이 크게 떠졌다. 늘 선을 지키던 그가 한 발 넘어온 기분이었다.

"싫어한 적도 증오한 적도 없습니다. 제가 성력을 지녔듯, 당신도 정령의 마나를 지닌 것뿐이니까요."

로자리아는 그 말에 울컥했다. 굳게 잠갔던 마음속 빗장에 틈이 생긴 것만 같았다. 가장 아래, 꺼내기 싫었던 감정이었다. 자신조차 외면했던 엉키고 진득한 것들. 슬픔, 비애, 원망, 불안. 차가운 비에 가뭄이 그치듯 엉킨 감정들도 옅어지면 얼마나 좋을까.

"그렇게 말해주셔서…… 감사합니다."

마지막엔 목소리가 떨렸을지도 몰랐다. 그럼에도 그 말은 전하고 싶었다. 로자리아는 한동안 고개를 들지 못했다. 얼굴을 가리는 가면 사이로, 미지근한 것이 뺨을 타고 흘렀다.

'왜 우는 거야.'

처음에는 우는 사실조차 몰랐다. 당황한 로자리아는 고개를 더욱 숙였다. 말없이 로자리아를 보던 라쉬드가 그녀에게로 다가갔다.

그가 품에서 손수건을 꺼내 건네자, 로자리아는 떨리는 손으로 손수건을 받아 들었다. 울음을 참기 위해 입술을 사리물었으나, 채 거두지 못한 흐느낌이 새어 나갔다. 울고 싶지 않았다. 그에게 약한 모습을 보이고 싶지 않았다. 악귀라 불리던 정령술사는 눈물 따위 흘리지 않을 거라 하였다. 그래서 지금에선 더더욱…….

"돌려주지 않으셔도 됩니다."

몸을 돌린 라쉬드는 자리를 피해 주었다. 멀리까지 비켜 주는 그를 보던 로자리아는 조심스레 가면을 벗었다. 빨개진 눈을 꾹 누르자 어쩐지 마음에 안정이 찾아들었다. 새하얀 백발이 뺨을 타고 흘러 간지럽혔다.

로자리아는 두 손으로 쥔 손수건을 내려다보았다. 정령술사라서 죽어야 했던 과거. 제 심장을 찌르던 은빛의 검날. 그때 느꼈던 회한과 절망이 더 이상 자신의 발목을 옭아매지 못했다. 그녀는 크게 숨을 들이쉬었다. 이제부터 정신 차려야 했다.

로자리아는 가면을 고정하고는 무나크 일대를 흐르던 거대한 강을 내려다보았다. 한참을 기다려 준 라쉬드가 그녀가 있는 곳으로 돌아왔다. 곁에서 자신을 지켜보는 시선에 그녀의 심장이 무너질 듯 요동쳤다. 로자리아는 라쉬드를 바라보다가 강이 있는 쪽으로 고개를 돌렸다. 그러고는 눈을 감았다.

'할 수 있어.'

로자리아는 손을 뻗으며 정령어를 읊었다. 그녀는 비를 내리는 정령나무, 수목을 불렀다. 바다를 닮은 청록색 머리칼이 물결처럼 흘러내렸다. 여인의 모습을 한 물의 정령, 마린이 나타났다. 마린의 손길에 따라 메마른 대지 위로 물줄기가 쏴아아 쏟아져 내렸다.

라쉬드는 하늘 위를 향해 손을 내뻗었다.

톡, 톡. 간지럽히듯 쏟아지는 비가 그의 손바닥에 내려앉았다. 동시에 그가 걸친 검은 제복이 비에 젖어 들었다. 하늘에서 빗줄기가 내려도 자리에서 못 박힌 듯 움직일 줄 몰랐다. 사내의 턱끝으로 차가운 빗물이 떨어져 내렸다. 하늘을 향한 손바닥에 빗물이 잘게 맺혔다.

라쉬드가 말했다.

"강물이 차오르면 남부를 괴롭히던 가뭄도 해갈되겠군요."

"시간이 지나면 강의 하류까지 찰 거예요."

상류에서 흐르기 시작한 강물은 메마른 터를 메울 것이다. 라쉬드는 무나크로 오기 전에 들었던 소식을 떠올렸다. 때마침 아내의 상단에서 식수를 보급한다고 하였지.

그는 지나가는 말을 던지듯 물었다.

"테베 출신이라 들었습니다만, 이스타샤어가 유창하시군요."

"예?"

갑작스런 질문이었다. 로자리아는 잘못 들었나 싶어 되물었다.

"테베에서 왔다고 라뮤엘에게 들었는데, 제가 잘못 아는 겁니까?"

'라뮤엘이 언제 말했지?'

잠시 고민하던 그녀는 고개를 끄덕였다.

"테베에서 이스타샤어를 배우기 쉽지 않았을 텐데, 타고난 것처럼 잘하시는군요."

"감사합니다, 각하."

로자리아는 차분하게 대답했다. 태연해 보이는 태도와 다르게 그녀의 심장이 망치질하듯 쿵쾅거렸다. 거리를 두던 라쉬드가 로자리아에게로 저벅저벅 걸음을 옮겼다. 그는 목깃까지 잠갔던 검은 제복의 단추를 풀었다. 그의 낯선 행동에 로자리아는 어찌해야 할지 몰랐다.

이내 검은 제복을 벗어 낸 그가 로자리아의 어깨에 겉옷을 걸쳐 주었다. 맨 살갗에 단단한 손이 스친 것처럼 그녀의 몸이 움찔했다. 그의 손이 닿은 곳이 불에 덴 듯 화악 열기가 올랐다. 놀란 듯한 여인을 보던 라쉬드가 잠긴 목소리로 말했다.

"당신에게서 장미 향이 나는군요."

그는 로자리아의 새하얗게 변한 머리칼을 손에 그러쥐며 중얼거렸다.

"……!"

로자리아의 심장이 쿵 아래로 떨어졌다.
“……공작 각하?”
그녀는 떨리는 목소리로 라쉬드를 불렀다. 제 목에 그의 숨결이 닿을 것만 같았다
“실례했습니다. 그대에게 익숙한 향이 나기에…….”
라쉬드는 로자리아가 그를 밀치기 전에 먼저 비켜 주었다. 화르륵 얼굴이 달아올랐지만 가면 아래에 감춰져 다행이었다.
‘설마…….’
라쉬드를 보던 그녀의 눈이 크게 떠졌다.
‘정령술사가 나인 걸 알고 있는 건가?!’
로자리아의 눈동자가 미세하게 흔들렸다. 그녀가 라쉬드를 붙잡기 전에 그가 먼저 말했다.
“시간이 늦었으니 공작저로 이만 돌아가는 게 좋겠군요.”
“……지금 말인가요?”
둘 사이에 기묘한 침묵이 찾아왔다.
“머물 데가 필요하지 않겠습니까? 밤늦게 의논할 일도 있고.”
“비를 내리기만 하는 거라면 의논하지 않아도…….”
“무나크에 가뭄이 극심하기에 조언을 구하고자 합니다. 저를 도와주시겠습니까?”
라쉬드가 손을 내밀었다. 로자리아가 그 손을 잡지 못하자 그의 눈매가 가늘어졌다. 그녀는 제 심장이 멎을 것만 같았다. 어째서 저런 눈으로 바라보는 걸까.
그때, 바람을 가르며 하얀 매가 날아왔다.
‘전언?’
매의 발톱에는 붉은 실로 서신이 묶여 있었다. 거대한 매가 주인의 어깨에 걸터앉았다. 서신을 읽는 라쉬드의 표정이 변해 갔다. 화가 난

건 아니었고, 그렇다고 기쁜 얼굴도 아니었다.

'성에 무슨 일이라도 생긴 건가?'

워낙 표정을 감추는 데 능숙한 사람이라, 로자리아는 마른침을 꿀꺽 삼켰다. 전언의 내용이 무엇인지 짐작조차 어려웠다.

"바로 가시기 곤란하시다면 여기서 기다려 주시겠습니까?"

그는 휴대용 깃펜을 꺼내 들어 서신을 써 내려갔다. 어떤 내용을 적는지 몰래 훔쳐보기엔 거리가 멀었다. 그래도 궁금했던 로자리아가 힐끔거리다 그와 눈이 딱 마주치고 말았다.

"성에 문제가 생긴 듯하여 먼저 돌아가 봐야겠습니다."

"문제라뇨?"

"경비에 문제가 생겼습니다."

말을 하는 라쉬드의 얼굴이 굳어 있었다. 먼저 돌아가려는 그를 붙잡은 건 로자리아였다.

"할 말이라도 있으신 겁니까?"

함부로 공작의 몸에 손을 댔으니 붙잡은 이유를 말해야했지만, 공작저에 무슨 일이 있는 거냐고 묻고 싶었다. 그녀는 라쉬드를 붙잡은 채로 아무런 말도 하지 않았다. 그럼에도 그는 로자리아의 손길을 뿌리치지 않았다. 그녀에게 붙잡힌 그대로였다. 입술을 잘근잘근 깨물던 로자리아가 말했다.

"문제가 생겼다면 저도 도와드리겠습니다."

"아닙니다. 바르세데스 일로 위험해지는 걸 원하지 않습니다."

로자리아는 라쉬드의 옷깃을 붙잡은 손에 힘을 주었다. 무례란 걸 알면서도 자신을 두고 가기를 원치 않았다.

"함께 가기를 원하시는군요."

라쉬드의 묘한 시선이 오랫동안 그녀에게 머물렀다.

로자리아는 라쉬드와 함께 성안으로 들어섰다. 성의 낮과 밤은 달랐다. 갑주를 걸친 사내가 빠른 걸음으로 라쉬드에게 다가왔다.

"센, 무슨 일이지?"

센은 공작 곁에 있는 정령술사를 보고 말하기를 망설였다. 라쉬드가 말해도 괜찮다고 이르자 그의 잔뜩 굳은 입매가 움직였다.

"병사들 사이에 소란이 있었습니다."

"소란?"

"경비를 맡은 병사가 살인을 일으켰습니다."

단순한 소란이라고 치기엔 넘길 수 없는 문제였다.

"그 병사는?"

"생포하려고 했으나 이미 이성을 잃은 상태라 사살했습니다. 숨이 붙어 있던 자들도 한 시간이 되지 못해 심장이 멎었습니다."

무나크의 병사 한 명이 아니었다. 족히 스물의 병사가 오십이 넘는 병사를 죽였다. 한순간의 일이었다.

"어젯밤만 해도 이상행동은 발견하지 못했습니다. 그도 그럴 것이, 죽은 이 중엔 형제가 있었으니까요."

'형제?'

보고를 듣던 라쉬드의 눈매가 가늘어졌다.

"이해관계에 따른 것도 아니었습니다. 어느 날 갑자기……."

참혹한 광경을 떠올리던 센은 고개를 떨구었다. 살육에 미치기라도 한 것처럼 저들끼리 엉켜 피와 살점을 뜯어 먹지 않았던가.

"라뮤엘 경의 말씀으로는……."

센은 떨리는 입술을 겨우 열었다.

"독에 중독되었다고 합니다. 자연 상태에서 나는 일반적인 독은 아니었습니다."

"독?"

라쉬드가 낮아진 목소리로 물었다.

"식수에 문제가 있었습니다."

그 말에 로자리아의 심장이 덜컹 아래로 내려앉았다.

"지금 라뮤엘 경이 확인하고 있습니다만, 원래 마시던 식수는 아니었습니다."

로자리아의 머릿속이 새하얘졌다. 상단을 통해 식수를 보급했고, 이 사실은 라쉬드도 이미 알고 있었다.

"어디서 공급된 식수였지?"

"확인해 봐야 알 것 같습니다."

센은 라쉬드의 시선을 피했다. 이미 라뮤엘로부터 부인의 이름으로 공급된 식수라고 들은 터였다.

'알리기를 주저하는군.'

라쉬드는 센을 날카로운 눈으로 주시했다.

"알겠다. 이 일에 관련된 자는 신분을 불문하고 조사할 것이다."

그는 센을 추궁하는 대신 돌려보냈다. 로자리아는 떨리는 손을 뒤로 움켜쥐었다. 만약 자신이 보낸 식수에 문제가 생긴 거라면……. 로자리아는 입술을 깨물었다.

20장 신뢰

라쉬드가 돌아온 건 밤이 지난 새벽이었다. 그는 정령술사와 식수에 들어 있던 독을 의논하기 위해 응접실을 찾았다. 소란이 잦아든 뒤 그는 로자리아를 연무장보다 더 넓은 홀로 안내했다. 기사들은 물론, 시종조차 물린 터라 홀에는 두 사람만이 존재했다.

"보고를 받느라 늦었습니다. 오래 기다리셨군요."

"괜찮습니다, 각하. ……그런데 부인께 가지 않으셔도 됩니까?"

"일을 해결하기 전까진 가지 않을 겁니다. 저를 도와주시겠습니까?"

"비를 내리는 사이에 생긴 일이니 힘이 닿는 데까지 돕겠습니다."

로자리아의 대답에 라쉬드는 고개를 끄덕였다. 이윽고 그는 협탁 위에 식수가 든 크리스털 잔을 놓았다.

"이 물엔 독이 들어 있습니다."

라쉬드는 매끄러운 손으로 차가운 잔을 매만졌다.

"그것도 자연에 존재하는 독이 아니라 제조한 거라 하더군요. 제 부인이 구한 식수입니다."

라쉬드의 말에 로자리아의 눈이 흔들렸다. 손가락으로 잔을 쳐 대자 맑은 소리가 들렸다. 투명한 물 안에는 독이 들었다고 믿기 힘들었다. 여타의 독과 다르게 은에도 반응하지 않았다. 고작 반나절 만에 생긴 일이었다. 비를 내리러 간 사이에 병사들이 독에 중독되었다. 입술을 수차례 깨물던 로자리아가 운을 떼었다.

"부인께선……."

"따로 말하지 않았습니다."

그 말은 무척 묘하게 들렸다. 저를 배려해서 말하지 않은 걸까, 아니면 다른 이유가 있는 걸까…….

"부인께서 준비한 식수에 문제가 생겼습니다."

밤늦게 라뮤엘을 찾아간 라쉬드는 그의 짐작이 맞았음을 확인했다. 주저하던 센과 다르게, 라뮤엘은 숨길 이유가 없다는 듯 사실을 고했다. 그는 공작 부인을 신뢰했기 때문이다.

"누군가 제 부인을 모함하기 위해 저지른 짓이라 생각합니다."

라쉬드는 눈을 내리깔며 나지막한 목소리로 말을 이었다.

"백 명가량 이 물을 마셨고, 증상이 발현되기 전에 해독제를 삼키게 하여 문제가 커지는 건 막았습니다."

"해독제가 있어 다행입니다. 증상은 어떤가요?"

로자리아의 시선이 그에게 닿았다. 말을 하는 라쉬드의 목소리는 너무나도 차분해서 오히려 이상하게 들렸다.

"독을 마신 자가 밝히기론 이성을 잃게 하고, 감각을 마비시키며 고통에 무뎌지더군요. 만들어진 독임에도 이페리아로 만든 해독제는 들었습니다."

라쉬드가 품에서 약통을 꺼내 들었다. 손가락 두 뼘만 한 유리병에는 익숙한 것이 들어 있었다. 말린 이페리아였다.

"마지막 이페리아입니다."

라쉬드는 로자리아와 눈을 마주치며 읊조렸다.

"……물 안에 든 독을 중화할 수 있는."

'어째서 저런 말을 하는 거지?'

로자리아는 초조함을 감추지 못했다. 힘을 준 탓에 협탁 아래로 감춰진 그녀의 손이 새하얗게 질려 갔다.

"제겐 귀한 해독제이나, 마시지 않을 생각입니다."

"공작 각하의 말씀이 잘 이해가 가지 않습니다. 독에 중독되지 않았는데 어째서 해독제를……."

라쉬드는 유리병에서 이페리아를 꺼내 들어 제 손바닥 위로 부었다. 바스락. 말린 잎이 그의 손바닥에 닿자 사각거리는 소리가 났다. 손에 있던 잎을 움켜쥐자 이페리아가 가루가 되어 바닥으로 떨어졌다. 이를 보던 라쉬드가 말했다.

"예전부터 줄곧 궁금했습니다."

"……?"

"십 년에 한 번 핀다는 꽃을 어떻게 하루 만에 피울 수 있는지."

라쉬드는 바닥으로 흩어진 이페리아의 흔적을 바라보며 말을 이었다.

"지금에서야 알게 되었습니다. 가장 가까운 사람에게 신뢰를 얻지 못한 것은 제 실책이었음을."

그가 무엇을 말하려는지 짐작할 수가 없었다. 조언을 구한다는 것과 다르게 정령술사인 자신에게 따로 묻는 것은 없었다.

"그러니 진실을 말해주지 않는 거라, 비밀로 감추는 거라 생각했습니다."

그는 쓴웃음을 목 끝까지 삼켜 냈다. 알고 싶었다. 알려 주지 않아도 묻고 싶었다. 어째서 제게만 그 사실을 숨기는지. 늘 평정을 유지했던 라쉬드가 떨리는 목소리로 말했다.

"그대가 제게 선택권을 주지 않으니 기다릴 수밖에 없었습니다."

그렇게 말한 라쉬드가 그녀를 보며 눈가를 휘었다. 평소답지 않은 그의 모습에 로자리아는 문득 불안해졌다. 그녀를 보는 라쉬드의 눈동자에 걷잡을 수 없는 짙은 그림자가 졌다.

"이제 기다리는 건 지쳤어."

그러니 직접 답을 구할 수밖에 없었다. 라쉬드는 손을 들어 크리스털 잔을 쥐었다. 그러고는 잔을 기울여 흘러내리는 물을 삼켰다. 그의 눈이 감기며 목울대가 넘어갔다.

"라쉬드!"

로자리아는 자리에서 벌떡 일어섰다. 눈을 감고 절벽 위를 걷는 것처럼 위험한 선택이었다. 자신을 부르는 목소리에 라쉬드의 눈이 느릿하게 떠졌다. 그는 라뮤엘이 했던 말을 똑똑히 기억했다.

"평소 무기를 들지 못하던 자도 사람을 죽이게 만드는 독입니다."

"어째서 독을……."

로자리아는 멍하니 그를 바라보았다. 제 심장이 한순간에 멎는 것만 같았다. 이 순간이 현실이 아닌 꿈이기만을 바랐다.

"그대의 신뢰를 얻기 위해선 목숨값을 지불해야 했어."

그녀를 보는 공작의 눈가가 휘어졌다. 무너질 듯한 얼굴의 사내가 저만을 바라보았다. 마치 그의 목숨이 그녀에게 달린 것처럼. 시간이 느리게 흘러갔다. 독을 마신 건 공작이건만 로자리아는 숨을 제대로 쉬지 못했다. 이미 등은 땀에 흠뻑 젖었고 눈꺼풀이 파르르 떨렸다.

"한때 내게 지어줬던 미소도, 내게 해주었던 말들도……."

전부 거짓말이라고 해도 좋았다. 이스타샤의 황족을 증오해 꾸민 일이라 해도 상관없었다. 테베의 왕녀이든, 악귀라 불리던 정령술사이든 지금은 그 구분조차 무의미해졌다.

"내게 당신만 보고 살아갈 기회를 주겠나?"

라쉬드는 로자리아가 쓴 가면 위로 손을 가져다 대었다. 그녀는 가면을 떨리는 손으로 만지는 라쉬드의 손을 붙잡았다. 손이 스친 순간, 얼음장처럼 차가워진 그의 체온이 느껴졌다. 시간이 야속하게 흘러갔다. 정적이 내려앉은 홀 안에는 흐트러진 숨소리만이 울렸다. 라쉬드를 보는 그녀의 눈동자가 잘게 흔들렸다. 라뮤엘을 부르려고 하자 라쉬드가 제 손을 움켜쥐었다. 처음에는 떠나갈까 강하게 붙잡았던 손길이 점점 미약해졌다. 규칙적이었던 사내의 호흡이 제멋대로 흐트러졌다. 이성적이었던 머리가 마비되어 한 가지 생각밖에 들지 않았다. 엉켜 버린 실처럼 모든 것이 엉망이 된 기분이었다.

"내 곁에 있어줘."

달아오른 숨 사이로 간절한 진심이 흘러나왔다. 조심스레 그녀의 손을 붙잡은 라쉬드가 달아오른 눈가로 로자리아를 바라보았다. 겨우 자리에서 일어선 그가 로자리아에게 다가가 그녀를 끌어안았다. 버리지 말라는 것처럼 불에 덴 듯 열이 오른 얼굴을 그녀에게로 묻었다.

"나를 미워해도 좋아. 이용 가치가 떨어지면 버려도 좋다."

"라쉬드……."

로자리아의 눈이 믿을 수 없다는 듯 크게 떠졌다. 라쉬드는 그런 그녀를 보며 쓰게 웃었다. 이제야 로자리아, 당신을 곁에 두고 싶다고 깨닫게 되었는데.

"당신 곁에 내가 있게 해줘."

혈색이 돌았던 사내의 입술이 핏기를 잃은 보라색으로 변해 갔다. 로자리아는 손을 들어 저를 가리던 로브를 벗어 내렸다. 그녀의 손이 가면으로 향했다. 잘게 떠는 손을 보던 라쉬드는 그녀의 손을 감쌌다. 로자리아는 제 모습을 가리던 가면으로 손을 가져다 대었다. 가면이 벗겨지는 소리와 함께 주인을 잃은 검은 가면이 바닥으로 떨어졌다.

"정말로 그거면 돼요?"

색을 잃었던 머리칼이 눈부신 금발로 되돌아왔다. 로자리아는 이페리아 신목을 불러 금빛 잎사귀를 입술에 물었다.

"그거면 돼."

라쉬드는 짙어진 눈동자로 로자리아를 보며 중얼거렸다. 금빛 이페리아, 절벽에 떨어진 저를 구해 준 신성한 나무. 거대한 홀에서 푸른 마나에 싸인 신목으로부터 금빛의 잎사귀가 떨어져 내렸다.

"로자리아."

라쉬드는 잔뜩 잠긴 목소리로 그녀의 이름을 읊조렸다. 반쯤 눈을 내리깐 그의 시야에 푸른 눈동자를 가진 여인의 모습이 비쳤다. 로자리아는 고개를 숙여 땀에 젖은 사내의 두 뺨을 그러쥐었다. 에메랄드 눈동자와 바이올렛 눈동자가 서로를 옭아매듯 얽혀 들었다. 금빛 이페리아가 든 그녀의 붉은 입술이 그를 향했다. 서로의 입술이 닿는 순간, 금빛 이페리아가 라쉬드에게로 전해졌다. 맞닿은 입술 사이, 깊은 숨결이 느껴졌다. 제 뺨을 그러쥔 손길의 온기를 놓치고 싶지 않았다. 다시 돌아오지 않을 순간이 될까, 라쉬드는 로자리아를 애타게 바라보았다.

"나 때문에 라쉬드가 위험해질까 봐 두려웠어요."

로자리아는 그와 애틋한 시선으로 마주했다. 입술을 타고 흐르는 그녀의 목소리가 볼품없이 떨렸다. 두렵고 무서웠다. 잃을 것 하나 없었던 자신에게 소중한 사람이 생겨서. 어머니를 잃듯, 당신도 잃게 될까 봐. 예언으로 어머니를 잃었다. 프리실라를 원망하고 증오했지만 그 원인이 자신인 것만 같아서 때때로 괴로웠다. 같은 피를 타고 태어난 아버지도 저를 죽이려 들었기에 사람을 믿고 기대는 건 어려웠다.

로자리아는 눈물에 젖은 얼굴을 라쉬드에게 묻었다. 끔찍했던 과거의 시간을 덮는 건 불가능하리라 여겼다. 그저 죽고 난 이후에야 잊히겠지. 그렇게 여겨야 했다. 무너질 모래성을 감춘 것에 불과했는데, 어째서 지금은 어찌 돼도 상관없다는 생각이 드는 걸까. 그의 짙은 눈동자에서 저와 닮은 눈물이 흘렀다. 한없이 깊어진 보랏빛 눈동자가 자신만을 향했다.

"나도 당신과 같았어, 로즈."

당신이 나를 외면할까, 지쳐 떠날까 두려웠다. 그러면서도 엉킨 붉은 실의 매듭을 푸는 방법은 알지 못했다. 꿈에서 당신과 만난 건 또 다른 삶의 기억이었나. 비틀린 만남으로 끝난 시간이었다. 다시 주어진 기회, 시간을 거슬러서라도 바로잡고 싶었다.

"내가 바르세데스와 이스타샤를 지키려는 건……."

"라쉬드."

애타게 움켜쥔 옷자락 사이로 격렬하게 뛰는 심장박동이 느껴졌다.

"오직 당신만을 위해서야."

라쉬드는 로자리아를 깊게 끌어안았다. 서서히 아내에게로 고개를 숙인 그가 눈부신 금발에 조심스레 입을 맞추었다.

"바르세데스도, 이스타샤도……."

로자리아는 말없이 고개를 들어 라쉬드를 바라보았다. 그녀를 보는 그의 보랏빛 눈동자가 짙어졌다. 조심스레 그녀의 턱을 그러쥔 라쉬드가 깊은 입맞춤을 선사했다.

"당신보다 더 중요하지 않아."

그는 제 품에 안긴 로자리아의 온기를 느끼며 눈을 감았다.

그날 밤, 로자리아는 라쉬드의 품에 안겨 잠이 들었다. 새벽에 차가운 바람이 닿자 잠에 든 사내의 눈이 떠졌다. 그는 찬바람이 들까 잠든 아내에게 이불을 덮어주었다.

"으음."

뒤척이는 소리에 잠에서 깨운 건가 싶어 라쉬드의 눈이 커졌다. 이내 다시 들리는 곤한 숨소리에 그는 안도하며 로자리아의 이마에 입술을 맞추었다.

"오늘처럼 시간이 흘러가면 좋겠어."

그는 잠든 아내를 다정하게 바라보며 속삭였다. 다른 미래는 찾아오지 않기를. 꿈속에서처럼 당신에게 검을 겨누는 일은 없도록……. 미래를 바꾼 대가를 치른다 한들, 성검 칼라네가 로자리아를 향하는 일은 없을 것이다.

비가 내린 후 메말랐던 베헤누스강에는 다시 한번 물길이 트였다. 햇빛에 반짝인 강물이 무나크 일대를 감싸며 마를 새 없이 흘렀다. 가뭄이 해결되자 무나크에 평화로운 날이 찾아들었다. 라쉬드는 케딜락에서 머무는 동안 밀린 업무를 보느라 무척 바빴다. 무나크의 가신은 이때다 싶어 쉴 새 없이 서류를 모아다 그에게 바쳤다. 로자리아도 줄곧 교역 준비를 하느라 성 밖으로 나가지 못했다.

황성으로 떠나기 전날 밤, 식수에 탔던 독의 정체가 밝혀졌다. 주술사 사이에서도 희귀한 독으로, 정신착란을 일으키는 검은뿔각버섯에서 채취한 성분으로 만든 것이었다. 식수에 독을 뿌린 범인은 오 년간 공작저에서 일했던 한 병사로 밝혀졌다. 병사는 강가 근처에서 싸늘한 시체로 발견되었다. 대신전의 소행일 거라 추측했지만 이렇다 할 증거가 없었다. 심증만으론 죄를 물을 수 없으므로 확실한 물증을 찾아야 했다. 유일한 단서는 독이 수도 부근에서 숨어 사는 독술사로부터 나왔다는 사실이었다.

독을 뿌린 범인을 찾았고, 남부 무나크의 가뭄을 해결했으니 수도에 들른 후에 북부 케딜락성으로 돌아가야 했다. 교역이 무사히 진행되면 공작 부부는 이름 없는 신전을 찾기 위해 폐허의 사막으로 가기로 하였다.

라쉬드는 로자리아에게 꿈속에서 보았던 백발의 정령술사에 대해 얘기하지 않았다. 그녀 또한 자신과 같은 꿈을 꾼 건지, 그 일을 알고 있다는 느낌은 지우지 못했다. 그날 이후로, 라뮤엘과 라쉬드 사이에 미묘한 기류가 흘렀다. 로자리아 앞에선 괜찮다며 다독이던 공작이 비밀을 감춰 준 보좌관에게는 잡아먹을 듯이 굴었다.

"왜 내게 말하지 않았지?"

"공작님께서 제게 확신을 주지 못했으니까요."

라뮤엘은 자신의 선택이 틀리지 않았다고 확고한 소신을 드러냈다. 라쉬드가 언제부터였는지 물었지만 그는 구렁이가 담을 넘듯 모른 척 넘어갔다. 그제야 라쉬드는 모든 게 이해가 가기 시작했다. 다른 이들에겐 거리를 두던 라뮤엘이 로자리아는 처음 본 그날부터 좋아했던 이유를. 지금에서도 어째서 처음 본 왕녀를 제 피붙이라도 되는 것처럼 챙겨 주었는지는 알지 못했지만.

사흘 전, 무나크에서 출발한 공작가의 마차는 늦은 밤이 되어서야 황성에 도착했다. 식수에 독을 넣도록 사주한 범인이 잡히지 않았기에, 공작 부부는 수도에서 일을 마무리 짓고 보름 후에 케딜락으로 돌아가기로 했다. 오랜만에 황성에서 지내는 밤이었지만 로자리아는 바로 집무실을 찾았다. 서궁의 집무실에서 상단의 서류를 보던 그녀에게 라뮤엘이 찾아왔다.

"성녀님께서 예지몽을 꾸셨다고 합니다."

"예지몽?"

데레사는 예언 능력을 가진 성녀였다. 그런 스승의 예언을 바꾼 건 프리실라였지만, 성녀라고 모두 예언을 할 수 있는 건 아니었다.

"무슨 예언?"

동대륙으로 보낼 이페리아의 물량을 검토하던 그녀의 손이 멎었다.

"……공작님에 관한 것이라 합니다."

"그것참 편리한데? 언제든 예언을 이용할 수 있으니."

라뮤엘도 예언이 어떤 내용인지 모르는 듯했다. 로자리아는 피식 웃으며 보던 서류로 다시 시선을 내렸다.

"이번에는 조심하는 게 좋을 듯합니다."

"알겠어."

라뮤엘의 말에 로자리아는 고개를 끄덕였다. 예언이라……. 이번엔 무슨 예언을 할지 기대되었다.

날이 밝았다. 이른 저녁이 되어서야 로자리아는 대신전을 찾았다. 가뭄의 일로 상황을 의논하기 위해서였지만, 사실상 겉치레에 불과했다.

"오랜만입니다, 성녀님."

"소식은 잘 들었어요. 남부의 가뭄을 해결하셨다고 하던데."

유리를 보던 로자리아는 눈을 가늘게 떴다. 무나크로 떠나기 전까지는 걷지 못했던 성녀가 불완전하게나마 걷고 있었다.

'무슨 짓을 한 거지?'

로자리아의 시선을 알아차렸음에도 유리는 모른 척 넘겼다. 로자리아가 말했다.
"운이 좋았나 봐요."
"그러게요, 정말로 운이 좋았다고 생각해요. 어떻게 발루아 님 말고 다른 정령술사를 구할 수 있었는지 모르겠지만."
"금제가 풀린 덕이에요."
로자리아는 차를 마시며 입가에 미소를 띠었다. 조금의 흔들림도 없는 그녀를 보는 유리의 시선이 싸늘해졌다.
"아, 성녀님께서 예언을 하셨다고 들었어요. 제 남편에 관한……."
유리는 치맛자락을 움켜잡던 두 손에 힘을 주었다. 제 남편이라니, 불쾌하기 짝이 없었다.
"예언이 궁금하시겠지만 바르세데스 공이 오시기 전까진 말씀드릴 수 없어요."
"그런가요? 그럼 그러도록 해요."
로자리아는 기꺼이 성녀의 뜻을 존중해 주었다. 무슨 짓을 벌이는진 몰라도 뜻대로 되긴 어려울 것이다.
"그러고 보니 얼마 전에 헤레이스의 가주가 글로리아에 다녀갔다죠?"
로자리아의 물음에도 유리는 대답하지 않았다. 던컨 헤레이스는 뒤늦게야 글로리아가 동대륙과의 교역을 시작한 일을 알게 되었고, 어떻게든 그를 대신전 편으로 돌리기 위해 더글라스 백작을 찾아갔다. 소식을 들은 더글라스는 친히 성 밖으로 나가 던컨 헤레이스를 마중 나왔다. 어찌나 급하게 왔던지 흠뻑 땀에 젖은 얼굴의 던컨이 백작을 붙잡으며 다시 대신전의 인장을 써 달라 부탁했다. 백작이 자신에게 보낸 서신에 '던컨 후께서 제 옛 정인이라도 된 것처럼 구질구질했다'는 내용이 적혀 있었다. 이를 떠올리던 로자리아는 나지막한 웃음을 지었다.
"공작 부인, 동대륙과의 교역은 전(前) 성녀께서 무척 신경 쓴 일이라 들었어요. 대대로 성녀가 교역을 주도해 온 건 알고 계신가요?"

"저로선 금시초문이군요."

로자리아가 가벼운 미소를 걸치며 대답했다.

"전 성녀께서 준비해 왔던 일을 공작 부인께서 가로채실 줄은 몰랐군요."

"전 성녀? 죄인 프리실라를 말하는 건가요?"

그렇게 물으며 로자리아는 유리를 똑바로 쳐다보았다.

"……."

"동대륙 측에서도 얻는 이익이 있어야 교역을 하고 싶어 하겠죠. 이를 준비하지 못한 건 성녀의 역량입니다."

이제 와서 글로리아가 제 소유인 것처럼 구는 성녀가 우스웠다. 또한 프리실라의 뒤를 이은 유리가 제멋대로 굴도록 내버려 둘 생각은 없었다.

"동대륙과의 교역은 바르세데스가 주관할 것입니다. 이미 이레펠트 대제와 결정 내린 사항이며 쉽게 바꿀 수 없습니다."

"듣기론, 공작 부인께서 빼앗기 전까지 글로리아는 원래 대신전에 속한 가문이었어요."

로자리아는 유리의 생각이 납득이 가지 않았다. 처음 만났을 때부터 성녀의 자리를 빼앗긴 것처럼 굴지 않던가.

"8대 명가인 글로리아를 품에 쥔 장난감처럼 말하시는군요. 신뢰를 얻지 못한 건 대신전입니다."

"이스타샤가 천 년의 역사를 지닐 동안, 글로리아는 대신전의 인장을 만들어 왔어요."

"그러니 바꿀 때가 찾아온 겁니다, 성녀님."

로자리아의 말에 유리가 격분을 참지 못하고 자리에서 벌떡 일어났다. 사제가 말리기도 전에 유리의 손이 높이 치켜 올라갔다. 로자리아는 제 뺨을 내려치려는 성녀의 손을 단번에 탁 붙잡았다. 유리가 붙잡힌 손을 빼내기 위해 안간힘을 썼지만 로자리아는 끄덕도 하지 않았다.

"성, 성녀님!"

로자리아는 다가오려는 사제에게 눈짓으로 물러서게 했다. 그녀는 픽 웃으며 낮게 읊조렸다.

"……도를 넘은 데다가, 놀랄 정도로 무례하십니다."

손목이 붙잡힌 유리가 거친 숨을 내뱉으며 로자리아를 노려보았다. 발버둥이 멎고 나서야 로자리아는 유리를 놔주었다. 씩씩 울분이 풀리지 않았는지 성녀의 등이 들썩였다.

"제 감정 하나 추스르지 못하는 분이 어찌 교역을 맡으실 수 있겠습니까?"

예의상 걸쳐졌던 미소가 멎었다. 로자리아는 서늘한 시선으로 유리를 올려다보았다. 시선이 마주치자 늘 로자리아를 아랫것처럼 대하던 유리의 몸이 움찔했다.

"마지막으로 말씀드리도록 하죠. 대신전은 물론, 성녀의 개입은 용납하지 않겠습니다."

"당신에게는 그럴 권리가 없어요!"

"제가 준비한 교역이니 권리와 의무 모두 제 것입니다."

"이스타샤는 신성제국이자 성녀의 나라예요! 성녀가 신경 쓰지 못할 건 없어요."

"성녀가 된 지 얼마 되지도 않았는데, 벌써 프리실라와 같은 길을 밟으실 겁니까?"

로자리아는 실소를 터뜨렸다. 어째서 그 말이 나오지 않나 싶었다. 그녀는 위태롭게 서 있는 유리에게 다가갔다. 그들의 거리가 가까워지자 유리는 숨을 들이켰다.

"언제부터 이스타샤가 성녀의 소유물로 전락했습니까."

차가운 푸른 눈동자가 유리를 꿰뚫듯 바라보았다. 오만할 정도로 고압적인 시선이었다.

"이스타샤는……."

유리가 굳은 얼굴로 말하려 했으나, 고요한 목소리가 먼저 들려왔다.

"이스타샤는 신성제국, 여신의 핏줄로 정당성을 가진 황가가 다스리는 나라입니다."

공작 부인에게서 뒷걸음질 친 유리는 무언가 잘못되었음을 직감했다. 언제나 예상대로 가던 미래의 일들이 검은 물감을 칠한 듯 보이지 않았다.

"충고 하나 할까요."

"무슨 충고를 한다는 거죠?"

"프리실라와 같은 성녀가 되지 않도록 행동을 조심하세요."

로자리아는 유리를 내려다보았다. 그녀의 눈에 성녀의 눈동자가 비쳤다. 언젠가 거울의 성물을 통해 보았던, 아니타와 닮은 보랏빛 눈동자. 라쉬드의 것보다 더 혼탁하고 어두웠다. 뱀의 눈처럼 번들거리는 눈은 성녀의 것이라 믿기 어려웠다.

"하! 공작 부인께서 뭐가 되기에 제게 충고를 하시나요?"

"저는 이스타샤의 황족입니다. 성녀의 자리가 당신의 것으로 바뀌기 이전부터."

로자리아의 말에 유리는 피가 새어 나올 정도로 입술을 깨물었다.

"그리고 명심하셨으면 합니다. 제아무리 성녀라 한들, 거짓된 예언을 쉬이 입에 담는다면 그 대가를 치르게 된다는 것을. 프리실라처럼."

무겁고 짙은, 위압적인 정령의 기운이 유리의 몸을 옭아매었다.

'이런 기운이 아니었어.'

율리아는 천성이 선한 존재였다. 살기로 번들거려도 자매에게 품을 내어주었던 아이. 유리는 멍한 얼굴로 로자리아를 쳐다보았다. 로자리아는 볼일이 없다는 듯 성녀에게서 몸을 돌렸다. 당황한 사제가 헐레 벌떡 달려 나가 문을 열어주었다. 문이 닫히고 난 후 유리는 바닥에 털썩 주저앉았다.

'어째서?'

금방이라도 목을 도려낼 것 같은 살기에 유리는 제 목을 매만졌다.

'마나의 기운이 그때와 달랐어. 데모나를 제대로 다스리지 못했던 주제에…….'

지금은 그녀조차도 두려움을 느낄 정도였다. 다행히도 목이 제대로 붙어 있었다. 유리는 덜덜 떨리는 몸을 감싸 안았다.

늦은 밤, 라쉬드는 대신전을 찾아왔다. 자신에게 내려진 예언이 무엇인지 듣기 위함이었다. 헛걸음하지 않도록 예상을 벗어난 거였으면 좋겠는데. 속으로 중얼거린 라쉬드는 묵례하는 사제들을 지나쳐 대신전의 기도실을 찾았다.

"기다리고 있었어요, 바르세데스 공."

"제게 내려진 예언이 있다고 들었습니다."

유리가 그를 반갑게 맞았지만, 라쉬드는 본론을 꺼냈다. 이제껏 모든 예언은 신성제국 전역에 공표되었다. 하지만 당사자가 아니면 말해줄 수 없다는 성녀의 태도는 대신전의 사제들도 받아들이기 어려웠다.

"중요한 이야기라 다른 사람에겐 알릴 수 없었어요."

유리는 행여 그의 심기를 거스를까 조심스러웠다. 그녀의 애처로운 목소리에도 라쉬드의 무표정한 얼굴은 그대로였다.

"이제 무슨 예언인지 알려 주시겠습니까?"

"그 예언은……."

유리는 한참이나 주저하며 입술을 달싹거렸다. 이미 기도실에는 단둘뿐이었다. 라쉬드 이외엔 들을 사람이 없었음에도 성녀는 극도로 예언을 밝히기를 꺼렸다.

'예언을 전하기 위해서 부른 게 아니었나.'

라쉬드의 눈이 가늘어졌다.

"테베 왕녀가 공작의 목을 벨 것이란 예언이었어요. 바르세데스 공께서도 아셔야 해요."

유리의 입술이 떼어지자 라쉬드의 눈이 가늘어졌다. 그의 귓가에 선명히 예언이 들렸지만, 그는 놀라는 것 없이 덤덤한 기색이었다.

"……방금 한 말이 진실입니까?"

"진실이에요."

라쉬드가 빠른 보폭으로 유리에게 다가갔다. 공작이 자신에게로 다가오는 걸 보면서 유리는 입을 열었다.

"그러니 그 전에 준비하셔야 해요. 프리실라가 테베의 왕에게 예언했던 것처럼 바르세데스 공 또한……."

이를 듣던 라쉬드는 낮아진 목소리로 물었다.

"제가 무얼 준비해야 한다는 겁니까?"

"정령술사와 성력을 가진 공작님 사이에서 아이가 태어나면 바르세데스 공께서 위험해지실 거예요!"

유리가 당황함을 감추지 못하고 다급한 목소리로 외쳤다.

"누가 정령술사란 말입니까?"

라쉬드가 날카로운 눈으로 유리를 예의 주시했다. 성녀의 대답에 따라 자신의 결정은 달라질 것이다.

"제가 모를 거라 생각했나요? 아비를 죽일 거라 예언했던 테베의 왕녀가 정령술사란 사실을."

유리가 그를 노려보며 말했다. 지금에야 금제가 풀렸지만 이스타샤의 황족으로서 정령술사를 용납하지 않으리라 여겼다. 그러나 자신의 예상과 달리 공작은 덤덤했다.

"……공께선 이미 알고 계셨군요."

유리의 목소리가 짙은 분노로 떨렸다. 심장이 홧홧 끓어올라 눈을 질끈 감았다. 이날을 위해 모든 걸 준비했는데, 어째서 동요하지 않는 거지?!

"금제를 푼 건 대신전입니다."

라쉬드는 유리에게 다가갔다. 고요한 어둠 속에서 은빛의 검이 드러났다.

"성녀의 탈을 쓰고 내 스승의 흉내를 내는 건 여기까지다."

라쉬드는 성검을 쥔 손에 힘을 주었다. 조금이라도 힘을 주면 성녀의 목이 베일 것만 같았다. 눈앞의 성녀가 데레사의 껍데기를 지녔다는 것은 진작 알아차렸다. 그것은 죽은 스승을 모욕하는 일이었다. 자신의 목을 누르는 검에도 유리는 두려워하지 않았다. 오히려 손을 뻗어 라쉬드의 검을 붙잡았다. 성녀의 손을 타고 주르륵 피가 흘러내렸다.

"당신은 절 죽이지 못해요."

"내 아내와 아이를 해하려 든다면 주저 없이 당신의 목을 베겠다."

마지막 경고였다. 예언이 진실이든 아니든 상관없었다. 애초에 프리실라는 노만 1세와 작당해 거짓 예언을 꾸몄고, 유리가 한 예언도 진실이라고 생각하지 않았다.

라쉬드는 유리에게서 몸을 돌렸다. 떠나가는 사내를 붙잡기 위해 성녀가 애절한 목소리로 소리쳤다.

"……결국 그녀가 당신을 죽일 거예요. 라쉬드, 그대가 과거에 왕녀를 죽였던 것처럼."

걸어 나가던 라쉬드의 발걸음이 우뚝 멈추었다.

"죗값을 받는 것이 어찌 두렵겠나."

진정으로 그렇다고 해도 로자리아를 배신할 이유가 되지 못했다. 자신을 원망하여 죽여야 한다면 기꺼이 심장을 내어줘도 아깝지 않으리라.

"라쉬드, 당신의 생을 대가로 태어난 악귀가…… 이스타샤를 멸망시킬 거예요."

"내 목숨을 바쳐서 아이가 태어날 수 있다면 기꺼이 그리할 거다."

라쉬드는 흔들리지 않았다. 그는 주저하지 않고 열린 문을 향해 계속 걸어 나갔다.

침실로 돌아온 라쉬드는 로자리아를 찾았다. 미열이 있는지 그녀의 뺨이 불그스레했다. 로자리아를 자신의 품에 안은 라쉬드가 그녀의 이마에 손등을 대었다. 서늘한 손길에 그녀는 잠에서 깼다.

"라쉬드?"

"어디 아픈 건 아닌지 걱정돼."

로자리아는 라쉬드가 대신전을 찾아간 사실을 알았다. 그에게서 대신전에서 태우는 향이 났으니, 모르려야 모를 수가 없었다. 그녀는 라쉬드에게 묻는 대신 그의 품에 몸을 기대었다.

"전 괜찮아요. 당신이 내 곁에 있으니까."

그 말에 땀에 젖은 그녀의 이마를 매만지던 손길이 멎었다. 걱정스러운 듯 바라보는 눈빛에 로자리아는 조심스레 입술을 떼었다.

"요새 가끔 열이 오르거나 어질어질해요."

"몸이 안 좋다고?"

라쉬드가 심각한 얼굴로 물었다.

"이전까지 이런 일은 없었는데 유리가 성녀가 된 후로 마나를 다스리기 어려워졌어요."

라쉬드는 그 말을 흘려듣지 않았다. 아니타로부터 성력을 받은 그도 서대륙의 마나가 바뀌었다는 건 이미 눈치챈 사실이었다.

“정령술사에겐 지금의 마나가 괴로운 건가.”
“다행히 라뮤엘이 성력을 막아줘서 지금은 괜찮아요.”
로자리아는 자신의 머리칼에 꽂힌 하얀 장미를 가리켰다.
“……이건 어떻게 만든 거지?”
“그건 저도 잘 모르겠어요. 비아의 기운이라고 듣긴 했는데.”
라쉬드는 고개를 끄덕였다. 그러고는 그녀의 머리칼에 입술을 맞추었다.
“너무 무리하지 마. 조금 쉬는 게 좋아.”
“조금만 더 하면 교역 준비도 끝이 나서 그땐 마음껏 쉴 거예요.”
“그래, 그러자. 당신이 원하는 만큼 쉬어야지.”
다정한 목소리로 속삭인 라쉬드가 로자리아를 더 깊게 안아주었다.

다음 날, 바르세데스 기사들 사이로 묘한 소문이 돌았다. 새벽부터 연무장에서 몸을 풀던 윈드는 훈련을 하다 말고 몰려 있는 기사들에게로 향했다.
“훈련은 하지 않고 왜 여기에 다들 모여 있는 겁니까?”
“아, 윈드 경. 이른 새벽부터 검술 훈련에 나오셨네요.”
한 기사가 말을 흘리며 어색한 웃음을 지었다. 윈드와 눈이 마주친 다른 기사들도 고개를 숙여 시선을 피했다.
“무슨 일입니까?”
넘어갈 법도 한데 고지식한 윈드는 다시 물어 왔다.
‘공작 부인의 호위인데 말해도 되나?’
얼버무리려던 기사는 굳은 윈드의 얼굴에 조심스레 입을 열었다.
“아, 오늘…… 대신전에서 새로운 예언을 발표하지 않았습니까.”

"예언이라뇨?"
"그게…… 저로서도 감히 입에 담기 어려운 예언이라."
기사는 말하기를 꺼렸다. 저보다 한 뼘은 큰 윈드가 멱살을 잡을 듯 손을 뻗자 기사가 질겁하며 소리쳤다.
"공작 부인께서 공작 각하를 시해한다는……."
기사는 말을 끝맺지 못했다. 윈드는 곧바로 로자리아가 있는 서궁으로 향했다.

아침이 되자, 새로운 예언은 빠르게 퍼져 나갔다. 로자리아도 이미 그 예언을 들은 직후였다. 놀라거나 화낼 것 같았던 공작 부인은 덤덤했다. 그녀는 오히려 불안에 떠는 주변의 이들을 안심시켰다.
"이건 바르세데스에 도전하는 겁니다."
소식을 알게 된 아이리쉬의 가주 마네가 한걸음에 달려왔다. 마네는 서궁의 응접실에서 더글라스와 함께 로자리아를 기다렸다. 약속된 시간에 부인이 나타나지 않자, 마네가 이를 악물며 읊조렸다.
"그놈들이 부인을 모함하기 위해……!"
"마네!"
"지금 화가 안 나게 생겼습니까?"
"어찌 화가 나지 않겠습니까! 부인이 들으실까 염려됩니다."
글로리아 성에서 돌아온 더글라스가 주의를 주었지만 마네는 쉽사리 노기를 억누르지 못했다. 상기된 얼굴의 기사가 달려와 그들에게 소식을 알렸다. 부인의 몸이 좋지 않으니 오늘은 볼 수 없다는 전언이었다.
"하아, 부인께서도 충격이 크신 모양입니다."
"그럴 만도 하죠. 대신전의 쥐새끼들이 멀쩡한 사람을 살인자로 만드는데.”

“설마, 그 안에 성녀도 포함된 겁니까?”

“그럼요. 당연한 걸 왜 물어요.”

마네는 더글라스를 흘겼다. 잠시 말이 없던 그가 곤혹스러운 얼굴로 입을 열었다.

“다시 찾아오는 게 좋겠군요. 제 몫의 케이크는 드셔도 좋습니다.”

더글라스는 디저트로 나온 생크림 케이크를 마네 앞으로 내밀었다. 마네는 한숨을 푹 내쉬며 케이크를 한입 떠먹었다. 언제 부인이 오시려나. 조금만 더 기다려 볼까 하는 생각에 마네는 응접실을 떠나지 못했다.

로자리아는 눈을 떴다. 유리 성녀가 한 예언은 이미 아침에 들은 지 오래였다. 예언의 내용이 결코 자신에게 좋을리 없다는 건 엇그제 눈치챘다.

한 달 전, 유리를 직접 찾아가 예언을 들은 라쉬드는 저에게 어떤 예언이었는지 말해주지 않았다. 예정대로라면 수도에서 보름을 지낸 뒤 바로 케딜락으로 돌아가야 했다. 어찌 된 영문인지 라쉬드는 케딜락으로 돌아가기를 꺼렸다. 그는 병사를 사주했던 범인과 식수에 독을 탄 증거를 찾기 전까지 떠날 수 없다고 못 박았다.

독술사가 사는 부근에 기사를 시켜 잠적하게 한 지 한 달이었다. 가닥이 잡히려던 때, 급작스레 대신전에서 이스타샤 전역에 예언을 공표했다. 로자리아가 무나크에서 수도로 돌아온 지 두 달이 되던 때였다. 그리고 그날, 정오가 되기 전에 마네와 더글라스가 저녁때 찾아뵙겠다는 전언이 왔었다. 그들을 만나기 위해 응접실로 가려던 로자리아는 갑작스레 쓰러졌다.

그녀가 정신이 들었을 땐 이미 늦은 밤이었다. 눈을 뜨자 익숙한 천장이 보였다. 서궁의 침실이었다. 시녀의 울음 섞인 목소리에 윈드는 쓰러진 로자리아를 침실로 옮긴 뒤, 곧바로 라뮤엘을 찾아갔다. 소식을 듣고 달려온 라뮤엘이 로자리아의 맥을 짚었다. 그가 떨리는 목소리로 말했다.

"……마님."

성력 때문에 몸이 약해진 건가 싶은 로자리아가 차분한 태도로 라뮤엘의 대답을 기다렸다.

"축하드립니다."

"축하라니?"

그녀는 영문을 모르겠다는 얼굴로 축하할 일이 뭐가 있느냐고 라뮤엘에게 되물었다. 그녀보다 더 놀란 건 라뮤엘이었다. 늘 침착했던 라뮤엘의 목소리가 떨리고 있었다. 한참을 숨을 가다듬던 라뮤엘이 겨우 입을 열었다.

"아이를 가지신 듯합니다."

뒤이어 축하한다는 말이 들렸지만, 그녀는 아무런 대답도 하지 않았다. 한참 후에야 정신을 차린 로자리아가 물었다.

"아이를 가졌다니?"

로자리아는 그녀의 귀를 의심했다. 서서히 떨리는 손이 드레스 자락을 움켜쥐었다. 정말로 아이가 생겼어. 손으로 얼굴을 쓸어내린 로자리아는 한동안 말을 잇지 못했다.

"라쉬드는?"

"아침에 수도로 떠났기에 곧 돌아오실 겁니다. 공작님을 모셔 오겠습니다."

"고마워, 라뮤엘."

로자리아는 손을 뻗어 배를 어루만졌다. 아직까지 실감이 나지 않았다. 얼떨떨했지만 시간이 지나자 놀랐던 속이 진정되었다.

“그와 나의 아이…….”

고개를 숙인 로자리아는 자신의 배를 감쌌다.

“라뮤엘, 다른 사람에겐 비밀로 해줘.”

“알겠습니다.”

유리가 자신을 모함하기 위해 예언을 했고, 전쟁이 언제 터질지 모르는 상황이었다. 아이를 가졌다는 건 약점이 될 수 있었다. 그러니 이 사실이 바깥으로 새어 나가지 않도록 해야 했다.

라쉬드가 도착한 건 늦은 밤이 되어서였다. 그는 곧바로 기사들과 함께 대신전으로 향했다. 이미 독술사로부터 던컨 헤레이스의 명령을 받았다는 자백을 받았고, 식수에 쓰인 독과 독술사가 만든 독이 같음을 확인했다.

이틀 전, 바르세데스의 기사들이 헤레이스성으로 떠났으나 던컨 헤레이스는 보이지 않았다. 갑주를 걸친 이들의 움직임에 맞춰 절그럭 소리가 났다. 굳게 잠긴 대신전의 문이 열렸다. 비명을 지르는 사제들을 지나쳐 라쉬드가 향한 곳은 성녀가 있는 앞이었다.

“던컨 헤레이스는 어디에 있습니까?”

“바르세데스 공, 이게 무슨 일인가요?”

라쉬드는 유리의 말에 대답하는 대신 기사들에게 명령을 내렸다.

“사제로 위장하고 있을지 모르니 대신전 안을 샅샅이 뒤져라.”

“바르세데스 공!”

유리가 이게 무슨 일이냐는 듯 소리쳤다. 공작의 날카로운 시선이 닿자 유리는 몸을 움찔했다.

"대신전으로 도망친 죄인을 찾기 위함이니 협조해 주십시오."

"그게 무슨 소리죠?"

라쉬드는 황가의 인장이 찍힌 공식 서신을 보여 주었다. 클라인 황제의 동의에 따라 죄인 던컨 헤레이스를 포박하겠단 내용이었다.

"누가 죄인이라는……."

"공작 각하, 던컨 헤레이스를 찾았습니다."

기사들의 손에 늙은 사제가 이끌려 나왔다. 제 발로 걸어나온 건 아니었는지 입가에는 선혈이 흘렀고 빳빳한 흰 수염이 핏덩이가 묻어 있었다. 수도에서 바르세데스 기사들이 독술사를 찾아간 사실을 알게 된 후로, 던컨 헤레이스는 보름간 대신전의 사제로 숨어 지냈다.

"공작 각하! 제게 이러실 순 없습니다!"

성녀 앞에서 무릎을 꿇게 된 던컨이 수염을 들썩이며 소리쳤다. 형형한 노기를 뱉으며 억울함을 호소하는 던컨에게 라쉬드가 다가갔다.

"그대가 결백했다면 사제로 숨어 지내진 않았겠지."

"그건 무장한 기사들이 헤레이스를 찾아왔기 때문에……!"

스컹. 풀어 헤친 던컨의 머리카락이 단칼에 잘렸다. 공작가의 기사가 경고하듯 죄인의 목에 검을 겨누었다.

"이미 독술사와 헤레이스의 혈족이 던컨 헤레이스, 그대의 죄를 입증했소."

"저를 모함하는 것입니다!"

라쉬드는 절절한 던컨의 외침에도 뜻 모를 미소를 지었다. 그러나 던컨을 내려다보는 시선만큼은 싸늘했다.

"식수에 독을 뿌려 바르세데스의 병사를 죽게 만든 책임을 져야 할 것이오."

증거는 물론, 증인을 찾았으니 제아무리 헤레이스의 가주라 한들 넘어가지 못할 터. 죽은 건 병사들이었지만 자칫 자신과 부인이 마셨을 수도 있으니 황족시해죄로 죄를 물을 수 있었다. 서서히 권력을 움켜쥔 프리실라와 달리, 유리에게는 던컨의 뒤를 봐줄 세력이 없었다. 또한 클라인은 전적으로 라쉬드의 편을 들었다.

"오늘부터 죄인에게서 후작 지위를 박탈한다. 또한 헤레이스의 가주로는 새로운 자가 부임할 것이며, 그 임명은 황명에 의해 바르세데스가 정한다."

유리가 말도 안 된다며 멈추라고 요구했으나, 바르세데스의 기사들은 성녀의 명령을 따르지 않았다. 죄를 짓지 않은 사제들조차 머리를 조아리며 용서를 구했다. 혼비백산한 대신전에서 유리만이 침착했다. 그녀는 분노로 떨리는 입술을 으득 피가 새어 나올 정도로 깨물었다.

"예언 때문에 보복하시는 건가요?"

"어떤 예언을 말씀하시는 겁니까?"

라쉬드의 말에 유리는 말아 쥔 손에 힘을 주었다. 여린 살에 날카로운 손톱이 박혀 살갗이 벗겨졌다.

"공작 부인께서 바르세데스 공을 시해할 거란 예언 때문에, 던컨 후에게 누명을 씌운 게 아닌가요?"

"신성제국의 공작으로서 어찌 그러겠습니까?"

포박된 던컨이 기사들에게 끌려간 후, 대신전에는 유리와 라쉬드 단 둘만이 남았다. 라쉬드는 가라앉은 목소리로 입을 열었다.

"이미 증거를 제출했고, 증인도 확보했습니다. 그런데도 죄인을 계속 감싼다면 성녀께 필시 누가 될 겁니다."

던컨이 죄를 저지른 건 맞았다. 어떻게든 제 세력인 던컨을 구해 내려 했으나 방법이 없었다. 갑작스레 유리가 웃음을 터뜨렸다. 제 배를 부여잡은 소녀가 큭큭거리며 기괴한 숨을 토해 냈다.

"뱀의 꼬리를 잘라 기뻐던가요? 어차피 던컨은 버릴 패였어요."

유리는 갑주를 걸친 라쉬드의 가슴에 손을 얹었다.
"왜 당신은 모르는 걸까. 내가 없으면 이스타샤는 버티지 못한다는걸."
유리가 애처로운 눈길로 그를 바라보며 속삭였다.
"바렛사와의 전쟁에서 이기고 싶지 않나요?"
"……."
라쉬드로부터 답이 없자 유리가 안타까운 듯 말했다.
"지금이라도 제 명령에 따른다면 전쟁에서 이길 수 있게 해줄게요."
"어떻게 제게 승리를 주시겠단 겁니까?"
라쉬드가 잔뜩 잠긴 목소리로 물었다. 뱀의 껍질이 돋은 손가락이 그의 뺨을 쓰다듬었다.
"당신의 핏줄을 내게 바치면."
라쉬드는 그녀의 손을 쳐 냈다. 한때 데레사와 같은 모습의 성녀였지만 그는 조금도 흔들리지 않았다.
"단 한 번도 성녀의 예언을 믿은 적 없었다."
라쉬드는 성검 칼라네를 불러들였다. 은빛의 날카로운 검을 보던 유리는 나지막이 웃었다.
"어찌 그대의 성력으로 저를 해할 수 있나요? 그 검 또한 내가 준 것이거늘."
라쉬드는 검을 거두었다. 그제야 유리의 정체가 무엇인지 알아차렸다. 이스타샤를 건국한 최초의 성녀. 아니타의 현신이 죽은 데레사의 몸에 깃들어 있었다.

서궁으로 돌아온 라쉬드는 갑주를 벗었다. 쉬지 않고 움직인 탓에 땀에 흠뻑 젖은 몰골이었다. 그는 어둠이 내려앉은 방을 둘러보았다. 그러다 문득 거울을 향해 무거운 걸음을 떼었다. 거울을 바라보던 사내는 제 눈가를 어루만졌다. 그전에는 보이지 않던 검은 성흔이 도드라져 있었다.

'착각인가.'

라쉬드는 눈을 가늘게 떴다. 성흔이 거짓말처럼 사라졌다. 거울에서 시선을 뗀 그는 센의 도움을 받아 갑주를 벗고 욕조로 향했다. 땀에 젖은 몸을 뜨거운 물로 씻고 나자 둔탁했던 정신이 맑아지는 기분이었다. 깨끗한 의복으로 갈아입은 뒤, 그는 로자리아가 있는 침실로 향했다.

'라뮤엘이 급히 불렀었지.'

전언이 온 건 한참 전이었으나 지금은 달이 저문 새벽이었다. 던컨을 지하 감옥에 넣고 나서야 서궁으로 돌아올 시간이 생겼다.

라쉬드는 센에게 쉬어도 좋다고 이르고는 침실을 찾았다. 서궁의 경비를 더욱 강화했기에 경비는 삼엄했다. 공작을 알아본 기사들이 묵례를 해왔다. 침실로 들어선 그는 조심스러운 발걸음으로 로자리아가 잠든 곳으로 향했다. 낯선 인기척에 그녀는 잠에서 깼다. 귀를 쫑긋 세우자 유달리 작은 발걸음 소리가 들려왔다. 라뮤엘은 새벽까지 곁을 지키다 떠났으니 그일 리는 없었다.

"로즈."

듣기 좋은 나지막한 목소리였다. 로자리아는 누웠던 몸을 일으켜 바닥에 발을 내디뎠다. 맨발이 바닥에 닿자 제법 서늘했다.

"왜 이제야 온 거예요?"

살짝 탓하는 목소리였다. 늘 차분했던 부인이 원망하는 것 같기도 해서 라쉬드는 눈을 크게 떴다.

"늦어서 미안해."

라쉬드는 그렇게 말하며 제 아내를 품에 꼬옥 안아주었다. 그에게서 방금 씻고 나온 건지 은은한 향이 감돌았다. 라쉬드가 로자리아의 머리칼을 다정하게 헤집으며 말했다.

"할 말이 있다고 들었어. 라뮤엘이 중요하게 전할 소식이 있다고 하더군."

"아직 몰랐어요?"

이미 라뮤엘이 말했다고 생각했는데. 그렇게 생각한 로자리아가 그의 대답을 기다렸다.

"중요한 소식이면 직접 듣겠다고 했지."

로자리아는 라쉬드가 왜 늦었는지 알고 있었다. 라뮤엘에게 듣기론 대신전에서 숨어 지내던 던컨을 사로잡느라 바로 오지 못한다고 했었다.

"예언 들었어요?"

"아니, 들을 가치가 없어서 듣지 않았어."

들었던 게 틀림없었다. 로자리아는 천연덕스럽게 거짓말하는 남편에게 눈을 가늘게 떴다.

"그 예언 믿어요?"

"믿을 리가 없지."

"고마워요. 믿어줘서."

"내겐 당연한 일이야."

라쉬드의 말에 로자리아는 그의 뺨을 조심스레 어루만졌다. 그녀를 바라보던 라쉬드가 아내의 어깨에 얼굴을 묻었다.

"당신에게 할 말이 있어요."

라쉬드는 묻었던 고개를 들었다. 그의 시야에 긴장한 듯한 로자리아의 모습이 비쳤다. 살짝 떨리던 그녀의 입술이 움직였다.

"아이가 생겼어요."

라쉬드의 눈이 믿을 수 없다는 듯 크게 떠졌다. 한참을 말을 잇지 못하던 라쉬드가 제 아내를 와락 끌어안았다.

"……라쉬드?"

뭐라고 대답해야 하는데 목이 메어 제대로 말이 나오지 않았다.

"……정말로 기뻐."

한참이 지나서 떨리는 목소리로 겨우 말을 이었다. 라쉬드는 행복감을 감추지 못하며 로자리아의 이마에 키스했다. 그 모습에 그녀는 걱정도 잊고 그를 마주 안았다.

던컨 헤레이스가 감옥에 갇힌 후로 황성에는 미묘한 분위기가 감돌았다. 한때 8대 명문으로 불렸던 후작의 말로는 초라했다. 그의 잘린 머리가 효시되었고, 이는 일종의 경고였다.

"성녀님, 선황의 후궁을 찾았습니다."

한 여인이 성기사들에 의해 짐승처럼 끌려와 성녀의 앞에 엎드렸다.

"당신이 누아인가요?"

"그, 그러하옵니다."

그녀는 프리실라가 감옥에 갇힌 후로 줄곧 수도에서 숨어 지내던 노만 1세의 후궁이었다. 유리는 다정한 손길로 벌벌 떠는 여인의 손을 붙잡았다.

"프리실라에 의해 협박당했다고 들었어요."

누아는 고개를 가로저었다. 눈물로 일렁거리는 눈을 보면서 유리는 입을 열었다.

"또한 노만 1세의 아이를 가졌다고 들었어요. 클라인 황제도, 공작도 누아의 아이를 황자로 인정해 주지 않을 거예요."

"황자라뇨. 당, 당치도 않아요."

누아가 겁에 질린 얼굴로 대답하자 유리가 쯧 혀를 찼다.

"내 뜻에 따른다면 아이를 만날 수 있게 해줄게요. 또한 이스타샤 황자로 살아갈 수 있을 거예요."

유리는 시선을 피하는 누아의 턱을 들어 올렸다.

"제, 제가 어떤 일을 해야 할지……."

"간단해요, 누아. 그대가 본 것을 재판에서 증언만 하면 되는 거니까."

유리는 누아에게 의미심장한 미소를 지었다.

❖

임신 소식을 알린 지 사흘이 지났다. 로자리아가 아이를 가졌단 사실을 아는 사람은 드물었다. 바르세데스 내에선 라쉬드와 윈드, 라뮤엘이 전부였다.

로자리아는 어질어질 열이 올랐던 몸이 제법 나아서 이틀 전부터 업무를 보기 시작했다. 이른 낮부터 집무를 보고 있던 그녀는 뜻밖의 소식에 쥐고 있던 깃펜을 놓았다. 보고하러 온 라뮤엘의 얼굴이 평소와 달리 잔뜩 굳어 있었다.

"성녀가 재판을 요구했다고? 재판을 요구할 명분이 없을 텐데."

"노만 1세가 자연사가 아닌 독살로 인해 죽었다고 주장하더군요."

"독살?"

그것도 이제 와서? 로자리아는 헛웃음을 터뜨렸다. 프리실라가 죄를 뒤집어씌우려다 스스로가 판 함정에 발을 헛디뎌 감옥 신세가 된 걸 모르는 건가?

"증인을 찾았다고 하더군요."

"증거도 없이 재판을 열진 않겠지. 그렇지만 소용없는 짓이야. 노만 1세가 죽은 지 한참이 지났어."

"재판에서 범인을 밝힌다고 합니다."

"재판은 언제야?"

"나흘 뒤입니다."

던컨 헤레이스를 잡았다고 시위하는 건가. 그렇게 생각하던 로자리아가 말했다.

"가겠다고 전해 줘."

"알겠습니다, 마님."

노만 1세와 관련된 재판에 이스타샤의 황족이 자리를 비울 순 없을 테고.

'무슨 꿍꿍이지?'

단두대에 의해 던컨의 목이 잘렸으나 유리는 눈 하나 깜짝하지 않았다. 목은 효시되었고, 던컨의 주검은 사제들에 의해 불태워졌다. 유리는 던컨의 잘못을 인정하면서도 다른 일로 재판을 요구했다. 노만 1세가 자연사로 죽은 것이 아니라 독살당했다는 증거가 발견되었다고 하면서. 한때 선황을 돌봤던 사제가 그때 당시 선황의 시체에서 검출된 다량의 독을 증거로 내밀었다. 또한 선황을 가장 곁에서 모셨던 후궁이 증인으로 나올 거라 하였다.

'그때 대신전에서 정령술사가 노만 1세를 죽였다고 공표했었어.'

증거나 증인이 있으니 성녀가 재판을 열려고 하는 거겠지. 그러나 자신이 정령술사란 사실까지 밝혀내진 못할 것이다.

"저는 마님께 누명을 씌울까 염려됩니다. 무나크에 비를 내린 것 때문에……."

"그 정령술사가 나란 건 누구도 알아내지 못할 거야."

로자리아의 말에 라뮤엘은 고개를 끄덕였다. 그러나 스멀스멀 밀려들기 시작한 불안감은 수그러들지 못했다.

'만에 하나 로자리아 님이 위험해진다면 그땐……'

목울대를 넘긴 라뮤엘의 시선이 협탁 위를 향했다. 서류에 서명하던 깃펜에서 검은 멍울이 쉴 새 없이 번져 나갔다.

재판 당일이 되었다. 황제에 의해 소집 명령이 내려졌고, 대신전에 다시 한번 중앙귀족이 모였다. 새하얀 드레스를 걸친 유리가 대신전의 기도실에서 걸어 나왔다.

로자리아는 라쉬드와 상석에 앉아 성녀를 물끄러미 지켜보았다. 이윽고 유리의 명령에 의해 질질 끌려 나온 것은 노만 1세의 후궁이었다. 어린 소녀의 손을 잡고 나온 여인이 덜덜 떨며 무릎을 꿇었다.

"그대의 이름이 뭔가요?"

"누, 누아라고 합니다."

누아는 한때 피로 질척거렸던 제 손을 내려다보았다. 지금은 깨끗했지만 프리실라에 의해 노만 1세를 죽였던 기억이 그녀의 뇌리를 잠식했다. 재판석에 앉아 있던 라쉬드가 날카로운 눈으로 상황을 주시했다.

"다들 아시다시피, 프리실라가 보호했던 후궁입니다."

유리는 기다란 소매로 누아를 가리켰다. 로자리아는 저를 보고 벌벌 떠는 여인을 내려다보았다. 누아의 질겁한 눈동자가 그녀를 향했다.

'왜 나를 바라보는 거지?'

로자리아와 눈을 마주친 누아가 간헐적인 숨을 내쉬며 한 자 한 자 겨우 말을 토해 냈다.

"선황 폐하를 시해한 범인이 이곳에…… 있어요."

누아의 시선이 향한 곳은 공작 부인이 있는 상석이었다. 로자리아는 성녀의 의도를 알아차렸다. 정령술사인 사실을 밝혀내서 누명을 씌우려는 거겠지.

"정령술사가 시해했다는 황가의 서신은 기억하셨을 거예요."

"성녀께선 무슨 말을 하고 싶으신 것이오?"

가만히 상황을 지켜보던 클라인이 궁금증을 참지 못하고 물었다. 일단 오라고 해서 오긴 했는데, 성녀가 노만 1세의 죽음을 꺼내 들자 제발이 저렸던 탓이다. 그럼에도 그는 믿는 구석이 있었다. 던컨 헤레이스가 죽은 후로 대다수의 중앙귀족은 대신전에 등을 돌렸다. 게다가 이미 황위는 그의 것이니, 감히 의혹을 제기하는 자는 없을 것이다.

'지금 와서 죽은 선황이 무어 대수라고.'

클라인이 속으로 이를 갈았다.

"문제가 있었다면 그 전에 밝혀야 했소."

"그전에 전 성녀가 선황을 죽인 범인을 밝히려고 했지만 실패하고 말았죠. 오히려 프리실라가 죄인으로 누명을 쓰게 되었어요."

"누명이라니, 그게 무슨 소리오?"

유리의 말이 탐탁지 않은 듯 클라인이 제 턱을 매만졌다. 성녀와 황제의 대화를 듣던 로자리아의 눈이 가늘어졌다. 프리실라를 감싸는 건 어리석은 짓이자 제 살을 파먹는 일이었다. 프리실라가 죄인으로 남아 있어야, 신탁에 의해 성녀가 된 유리가 성녀로서 정당성을 갖는다. 유리가 중대한 사실을 고하듯 말했다.

"노만 1세를 시해한 건 정령술사예요."

라쉬드가 유리에게 낮아진 목소리로 물었다.

"……정령술사라면 수도에 비를 내린 자를 말씀하시는 겁니까?"

"아쉽게도 발루아 님은 그 정령술사가 아니에요. 전 지금 공작령에 속하는 무나크에 비를 내린 정령술사를 말하는 거예요."

"정령술사에 대한 금제는 이미 풀렸습니다. 어찌하여 증거도 없이 선황의 독살을 쉽게 거론하십니까?"

"전(前) 성녀가 다루지 못했던 문제를 이제야 거론한 거예요. 금제가 풀렸다고 하여, 노만 1세를 시해한 죄인을 눈감아줄 수 있나요?"

증인으로 이 자리에 선 누아가 몸을 바들바들 떨었다. 초점을 잃은 그녀의 흐릿한 눈동자에 가시지 않는 두려움이 빼곡하게 채워졌다. 협박을 받아 거짓 증언을 할 가능성이 농후한 데다 세뇌했을 수도 있었다.

"누아는 정령술사가 노만 1세를 죽이는 것을 목격했어요."

"확실한 겁니까, 폐하?"

라쉬드는 왕좌에 앉은 클라인을 주시하며 물었다. 그 위압적인 시선에 클라인은 곤혹스러운 얼굴로 입을 열었다.

"더 이상 그 문제는 꺼내지 않는 게 좋을 것이오."

"아뇨, 확실히 범인을 밝혀야 한다고 생각해요. 노만 1세를 시해했다면 제아무리 귀한 신분이라 한들, 아니타의 심판을 받게 될 거예요."

유리가 단호히 나가자 클라인의 입이 꽉 다물어졌다.

"이제 와서 죄를 밝히는 연유가 무엇입니까?"

가라앉은 눈으로 상황을 지켜보던 라뮤엘이 물었다.

"누아가 말한 정령술사를 찾기 위해서예요."

아니타의 성물로 정령술사를 찾아낼 수 있었다. 유리는 대대로 성녀만이 다스릴 수 있다던 성마를 허공으로 들어 올렸다.

"이 성물이 그 정령술사가 누구인지 알려 줄 거예요."

오래된 나무뿌리로 만든 지팡이에 요요한 보랏빛 보석이 박혀 있었다. 유리는 성마를 로자리아가 있는 쪽으로 들었다. 아니타의 심장으로 만들었다던 보랏빛 신석이 빛을 발했다. 라쉬드는 로자리아의 손을 감쌌다. 행여 놓칠까 봐 잡은 손에 힘을 주었다.

로자리아는 눈을 내리감았다. 아니타의 성마에 의해 정령술사란 사실이 밝혀지면? 그녀의 심장이 거세게 요동쳤다. 그러나 한참을 기다려도 아무런 일이 일어나지 않자 로자리아는 눈을 떴다. 왜 아무런 일도 일어나지 않는 거지? 유리가 말도 안 된다는 듯 자리에서 일어났다.

바로 눈앞의 정령술사가 있거늘 어째서 반응조차 하지 않는 건가.

그때, 은빛의 결계가 로자리아를 보호하듯 가로막은 것이 보였다. 공작이 성력으로 로자리아의 마나를 감싸 주었으니 반응할 리가 없었다. 성마를 쥔 유리의 손이 힘을 준 탓에 핏기가 가셔 새하얗게 질렸다.

'후회할 거라 했을 텐데.'

유리는 라쉬드를 노려보았다. 얄팍한 수를 쓰더라도 어차피 발각되는 건 시간문제였다. 유리는 성마를 높이 치켜들었다.

쿵. 성마가 대신전의 바닥에 내려앉자 물결 같은 파동이 퍼졌다. 성마에서 나온 보랏빛이 일직선으로 뻗어갔다. 그 방향을 확인한 유리의 얼굴이 더욱 일그러졌다.

"……라뮤엘 공."

로자리아를 향했어야 할 빛이 라뮤엘을 가리켰다. 이를 지켜보던 귀족들이 믿을 수 없다는 듯 침음을 삼켰으나, 라뮤엘만큼은 평정을 유지했다. 라뮤엘은 자신을 말리듯 붙잡는 가신의 손을 부드럽게 떼어 냈다.

"성마의 빛이 왜 라뮤엘 공을 향하는 거죠……?"

유리가 떨리는 목소리로 물었다. 라뮤엘은 몸을 일으켜 재판장에서 죄인이 서던 자리로 걸어 나갔다. 그가 입은 하얀 옷이 바닥에 닿아 바스락거리는 소리가 들렸다. 로자리아는 제 곁을 스쳐 지나가는 라뮤엘을 붙잡으려 했으나, 라쉬드가 그녀를 가로막았다.

"제가 성녀님께서 찾던 정령술사이니까요."

3권에서 계속…